KB130863

다뉴브

인문 서가에
꽂힌 작가들

DA

클라우디오 마그리스 선집 1

다뉴브

NU

이승수 옮김

BE

문학동네

Danubio
by Claudio Magris

그들은 저멀리 다뉴브 강까지 말을 몰아 달려갔네……

슬로베니아 민요 〈마티아스 왕의 도주〉

일러두기

1. 이 책은 다음의 원서를 한국어로 옮긴 것이다: Claudio Magris, *Danubio*, Milano: Garzanti, 2007. 초판은 1986년에 발표되었으며, 한국어판에는 프랑스어판과 영어판에 실린 여행 당시의 다뉴브 강 전체 지도를 넣고 목차를 좀더 자세히 노출했다.
2. 외국 인지명은 국립국어원 외래어표기법 규정에 준하여 표기하되, 일부 우리말로 굳어진 것은 관용을 따랐다. 외국 인지명 원어는 가독성을 고려해 가급적 병기하지 않았다.
   참고로 다뉴브Danube는 독일어로는 '도나우Donau,' 슬로바키아어로는 '두나이Dunaj,' 헝가리어로는 '두너Duna,' 세르보크로아트어로는 '두나브Дунав,' 불가리아어로는 '두나프Дунав,' 루마니아어로는 '두너레아Dunărea,' 러시아와 우크라이나에서는 '두나이Дунай'로 불린다. 어원상으로 스키타이나 갈리아 언어에서 빌린 라틴 이름 '다누비우스Dānuvius'나 인도 게르만 어족에서 파생한 이름 '다누Dānu' 모두, 본래 강 또는 강의 여신을 가리키는 이름이기도 하다. 여기서는 혼동을 피하고자 '다뉴브'로 모두 통일했다.
3. 본문의 주는 모두 옮긴이 주다.
4. 단행본·신문 등은 『 』, 시·논문은 「 」, 그림·노래·영화는 〈 〉로 표시했다.

마리사, 프란체스코, 파올로에게

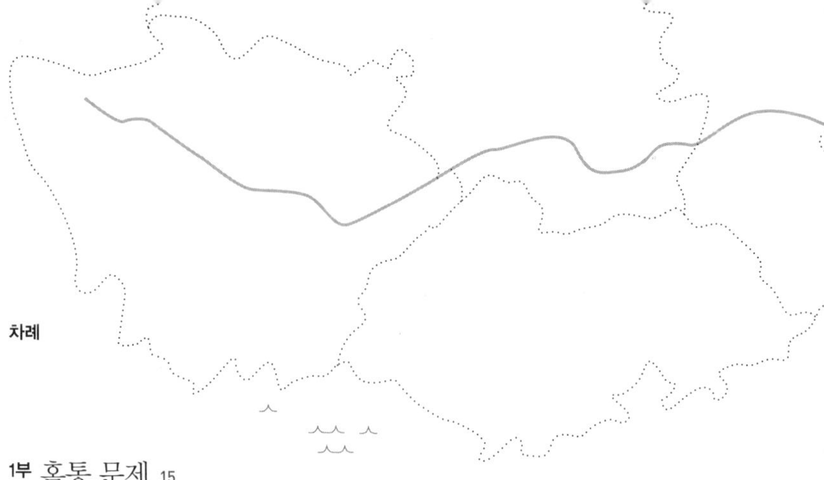

차례

1부 홈통 문제_15

1. 표지판_17 | 2. 도나우에싱겐 대 푸르트방겐_23 | 3. 보고서_26 | 4. 브레크 강 수원지의 모럴리스트들과 기하학자들_32 | 5. 힌터나치오날 중부유럽이냐 전체주의 독일의 중부유럽이냐?_36 | 6. 노텐티엔도_44 | 7. 호문쿨루스_48 | 8. 시간의 선로들_52 | 9. 비술라_56 | 10. 브리가흐 강의 수원_59 | 11. 메스키르히의 성당지기_61 | 12. 지크마링겐 성의 안내원_65

2부 공학자 네베클로프스키의 보편적인 다뉴브 강_75

1. 울름을 믿다_77 | 2. 다뉴브 강 상류: 2164쪽에 5킬로그램하고도 900그램_80 | 3. 확신과 수사학 사이에서_87 | 4. 다뉴브 강의 흑인 소녀_89 | 5. 독일의 목가_90 | 6. 울름 정복_93 | 7. 맨손으로 제3제국에 대항하다_94 | 8. 장례식_95 | 9. 빵 1파운드_97 | 10. 돼지 시장에서_99 | 11. 자신이 받은 모욕을 기록한 사람_101 | 12. 그릴파르처와 나폴레옹_105 | 13. 유랑 치료법_111 | 14. 라우잉겐에서 딜링겐으로_112 | 15. 악의 키치_122 | 16. 빈 무덤_127 | 17. 잉골슈타트의 마리루이제 플라이서_129 | 18. 국경_132 | 19. 발할라와 장미_134 | 20. 레겐스부르크_137 | 21. 제국의 방에서_143 | 22. 아무것도 아닌 육각형_145 | 23. 종려나무로 만든 당나귀_148 | 24. 거대한 바퀴_149 | 25. 수도원에 있던 아이히만_154 | 26. 필스호펜의 이중턱_155 | 27. 도시 파사우에서_157 | 28. 크림힐트와 구드룬 혹은 두 가문_162 | 29. '아름답고 푸른 인 강' 아닐까?_166

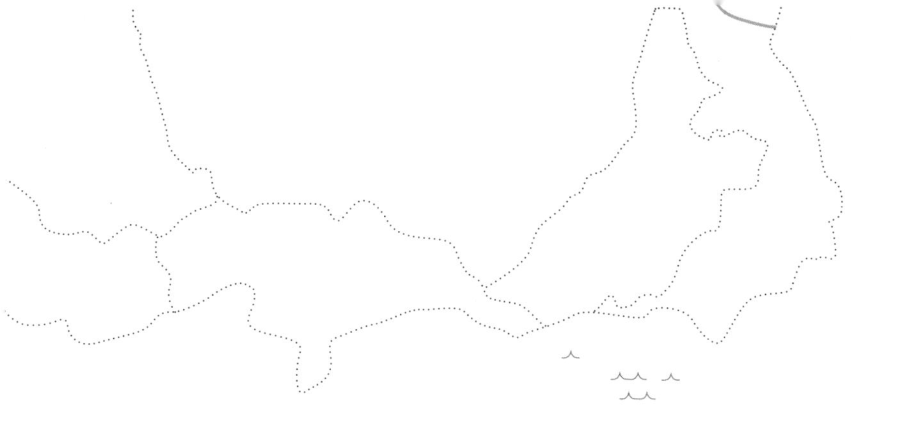

3부 바하우에서_169

1. 린츠에서의 부고_171 | 2. 줄라이카_177 | 3. A.E.I.O.U. _182 | 4. 베고 찌르고 정확히_186 | 5. 모락모락 피어오르는 연기_191 | 6. 마우트하우젠_192 | 7. 망각의 한 방울_197 | 8. 그라인의 오리_202 | 9. 대공을 위한 타르트_203 | 10. 키젤라크_208 | 11. 다뉴브 강의 포도밭_212 | 12. 10시 20분_213 | 13. 쌍두독수리와 흰꼬리수리_215 | 14. 키얼링의 하우프트슈트라세 거리 187번지_220

4부 카페 첸트랄_223

1. 시인의 마네킹_225 | 2. 비트겐슈타인의 집_227 | 3. 장크트슈테판 대성당_229 | 4. 바그너를 좋아하지 않은 남작의 딸_230 | 5. 슈트루들호프 계단_235 | 6. 도로테움_237 | 7. 시인들의 거짓말_237 | 8. 빈 앞에 온 터키인들_238 | 9. 피 얼룩_244 | 10. '또다른 빈 사람들' 사이에서_245 | 11. 결실이 있는 일_251 | 12. 겐츠가세 골목 7번지_252 | 13. 빈에 온 루카치_253 | 14. 그냥 물어봤습니다_255 | 15. 평소처럼 할까요, 손님?_256 | 16. 요제피눔_258 | 17. 현실의 카바레_259 | 18. 렘브란트슈트라세 거리 35번지_261 | 19. 현실의 언저리에서_261 | 20. 빈그룹과 스트립쇼_264 | 21. 카를마르크스호프 맥줏집_265 | 22. 오토네 삼촌_268 | 23. 범죄박물관에서_270 | 24. 즐겁게 살다 가뿐히 죽기_272 | 25. 베르크가세 골목 19번지_275 | 26. 스페이스 오디세이_276 | 27. 뒤돌아보기_278 | 28. 말, 말, 말_278 | 29. 에크하르차우_282 | 30. 카르눈툼_283 | 31. 동화되기를 원하는 소수_286 | 32. 하이든이 있는 곳이라면 아무 일도 일어날 수 없다_288 | 33. 더 어두워서 더 영광스러운_290

5부 성과 오두막_293

1. 붉은 가재_295 | 2. 우리의 성들은 어디에 있는가_298 | 3. 갈망의 이 어두운 대상_305 | 4. 각자에게는 그의 때가 있으리니_307 | 5. 다뉴브 강 위 프롤레타리아계급의 일요일_311 | 6. 도로변의 공동묘지들_315 | 7. 타트라에서_316 | 8. 중고시점, 삶과 법_318

6부 판노니아_323

1. 아시아의 문에서?_325 | 2. 변장한 왕_331 | 3. 코치시_333 | 4. 눈 속의 탱크 바퀸자국_339 | 5. 판노니아의 진창 속에서_341 | 6. 슬픈 마자르_345 | 7. 계단 밑 제국의 흉상_348 | 8. 바츠의 여관주인들_349 | 9. 센텐드레_349 | 10. 부다페스트의 아이스크림_351 | 11. 장미 사이의 무덤_358 | 12. 서사시, 소설, 여인들_359 | 13. 중부유럽과 반反정치_361 | 14. 두 통의 전보_362 | 15. 곡선미 있는 계몽주의_362 | 16. 다뉴브 강을 바라보는 서재_365 | 17. 스탈린 한 조각_370 | 18. 컬로처_372 | 19. 버여에서의 에필로그_373 | 20. 페치의 와인_376 | 21. 가짜 차르_379 | 22. 모하치의 바이올린_382

7부 안카 할머니_387

1. '여러 민족정신으로' 생각하기_389 | 2. 초록 말_391 | 3. 현명한 의원 티포바일러_396 | 4. 여러 나라 말을 하는 앵무새_399 | 5. 레나우의 흉상 아래서_400 | 6. 녹색 생명력_403 | 7. 티미쇼아라_406 | 8. 독일인의 운명_412 | 9. 옥타비안의 무덤_413 | 10. 애매모호한 제우스_416 | 11. 동부 도시_417 | 12. 트란실바니스무스

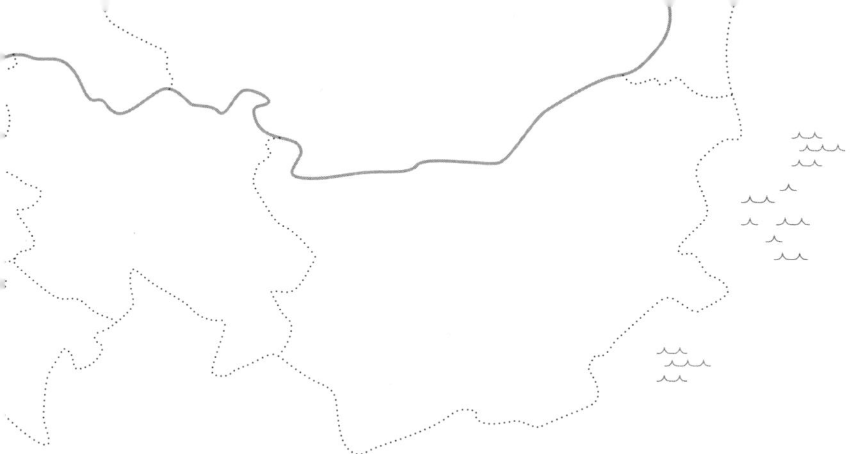

_419 | 13. 시계탑에서_424 | 14. 침묵의 언저리에서_426 | 15. 자살에 대한 가설들_430 | 16. 수보티차 혹은 위조된 시_431 | 17. 노비사드와 인근 지역_433 | 18. 국경 사람들_436 | 19. 베르테르 같은 스탈린주의자_439 | 20. 베오그라드의 전설_442 | 21. 철문에서_445

8부 불확실한 지도제작_449

1. 터키인들을 경멸하다_451 | 2. 어느 하이두크의 자서전_456 | 3. 다뉴브 강에 떨어진 원고_457 | 4. 타타르족과 체르케스족_460 | 5. 로제스코 지점장_462 | 6. 파도와 대양_463 | 7. 마케도니아 문제_465 | 8. 녹색 불가리아_466 | 9. 체르카즈키 이야기_467 | 10. 사타나엘이 창조한 세계_468 | 11. 고트족의 성경_471 | 12. 루세_472 | 13. 우렁찬 박물관_473 | 14. 이바노보의 낙서_474 | 15. 황새의 가로등_475 | 16. 카네티의 집_476

9부 마토아스_481

1. 악의 길에서_483 | 2. 신과 팬케이크_489 | 3. 장소가 바뀐 회의_494 | 4. 육군원수의 창문_496 | 5. 마할라와 아방가르드_499 | 6. 시의 슬롯머신_501 | 7. 민속촌에서_504 | 8. 히로시마_506 | 9. 트라야누스의 승리_509 | 10. 흑해_511 | 11. 트라키아 기사_513 | 12. 죽은 도시_517 | 13. 경계선에서_519 | 14. 삼각주에서_524 | 15. 거대한 바다로_534

옮긴이의 말_541

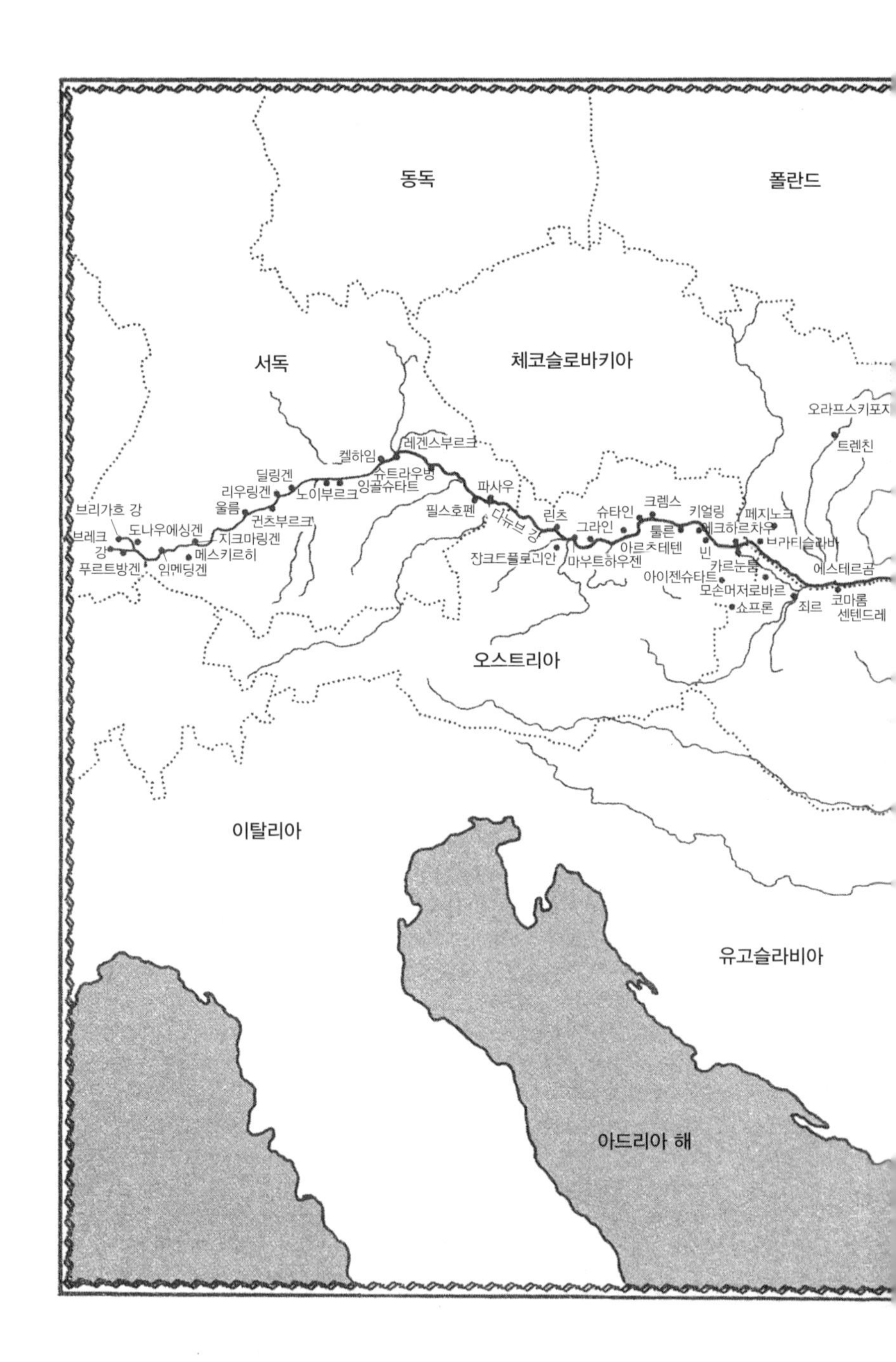
동독
폴란드
서독
체코슬로바키아
레겐스부르크
켈하임
슈트라우빙
딜링겐
잉골슈타트
노이부르크
리우링겐
울름
파사우
필스호펜
다뉴브 강
권츠부르크
브리가흐 강
브레크
강
도나우에싱겐
지크마링겐
메스키르히
푸르트방겐
임멘딩겐
린츠
슈타인
크렘스
그라인
툴른
키얼링
페지노크
에크하르차우
브라티슬라바
장크트플로리안
마우트하우젠
아르츠테텐
빈
카르눈툼
아이젠슈타트
모손머저로바르
쇼프론
죄르
에스테르곰
코마롬
센텐드레
트렌친
오스트리아
이탈리아
유고슬라비아
아드리아 해

다뉴브 강
0
100
200 킬로미터
소비에트 연방
마티아쇼우체
마틸라리
타트란스카롬니차
체르노비츠
헝가리
루마니아
비스트리차
클루지(클라우젠부르크)
시기쇼아라
세게드
수보티카
파사우
시비우(헤르만슈타트)
브라쇼브(크론슈타트)
갈라치
브러일라
칠리아베체
툴체아
술리나
히스트리아
노비사드
다뉴브 강
브르샤츠
벨라츠르크바
판체보
투르누세베린
베오그라드
클라도보
제르다프
부쿠레슈티
콘스탄차
아담클리시
지우르지우
다뉴브 강
루세
비딘
롬
코즐로두이
니코폴
벨로그라드치크
흑해
불가리아
소피아
플로브디프

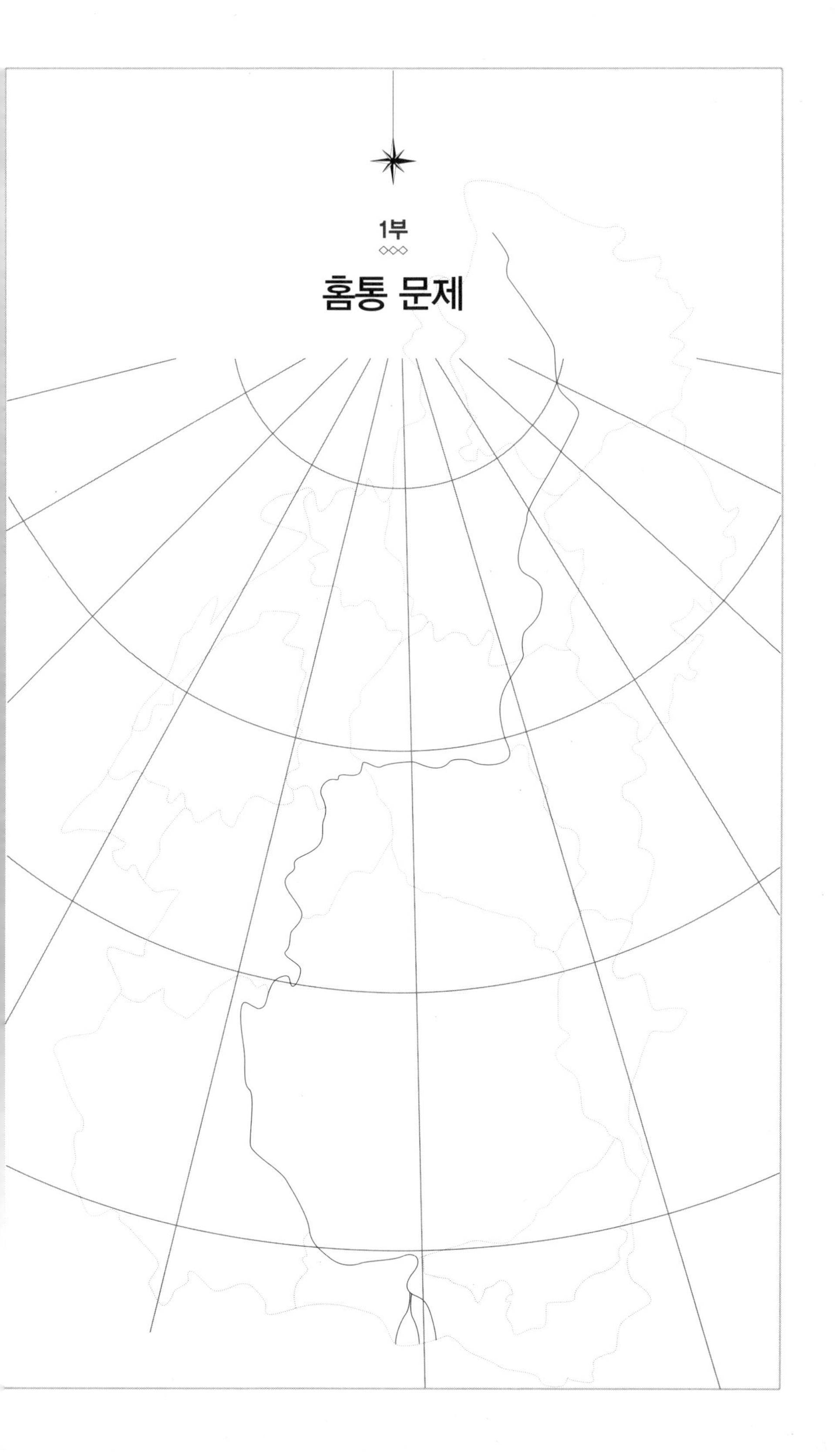

1부

홈통 문제

1. 표지판

"친애하는 이에게,

마우리치오 체코니 베네치아 시의원이 첨부된 사업계획서를 바탕으로 '여행 건축: 호텔의 역사와 유토피아'라는 주제로 전시회를 기획해보라고 우리에게 제안했답니다. 예정된 장소는 베네치아입니다. 재정 문제는 여러 단체와 협회의 도움을 받을 겁니다. 우리와 함께할 의향이 있다면……"

며칠 전에 배달된 이 열정적인 초대장은 특정 수신자에게 보낸 것이 아니다. 받는 사람 혹은 사람들의 이름을 거명하지 않고 그저 애정을 듬뿍 담아 부른 것일 뿐이다. 공공기관의 후원을 받은 이 열정 넘치는 초대는 특별한 개인을 넘어 일반 대중, 인류, 또는 적어도 폭넓고 유연한 교양인과 지식인 사회를 아우르고 있다. 첨부된 사업계획서는 튀빙겐 대학과 파도바 대학 교수들이 참고문헌을 갖추어 논리정연하게 작성했다. 이 계획서는 예측할 수 없는 여행의 묘미, 서로 만나고 갈라지는 오솔길들, 우연한 휴식, 불확실한 저녁, 어느 여정에서나 일어날 수 있는 불균형을 학술서의 논리정연함을 갖추어 설명하고자 한다. 흔히 말하듯, 삶이 하나의 여행이고 우리는 이 땅에서 손님처럼 살다 가는 게 맞는다면, 이야말로 실존의 입지를 그린 밑그림인 것이다.

물론 전지구적 규모로 관리되고 조직되는 이 세계에서, 여행의 모험과 신비는 끝난 것 같기도 하다. 보들레르 시에 나온 여행자들이 이미 그러했듯, 듣도 보도 못한 새로운 것을 찾아 떠났고 난파에 맞설 준비가 되어 있었던 그들조차 미지의 그 세계에서 발견한 건, 매번 예상치 못한 난관에도 불구하고, 바로 그들이 집에 떼놓고 온 똑같은 권태였다. 그러나 움직이는 것이 아무것도 하지 않는 것보다는 낫다. 풍경 속을 내달리는 기차 창밖을 내다보다 길가 나무들에서 내려와 사람들과 뒤섞이는 시원한 바람을 얼굴에 맞으면, 무언가 온몸을 스치며 당신을 지나친다. 바람이 옷깃 속으로 스며들면, 당신의 자아는 병에서 넘쳐 잉크빛 바다에 녹아내리는 약간의 잉크처럼, 해파리와도 같이 부풀어올랐다 꺼진다. 그러나 제복을 잠옷으로 갈아입듯, 슬그머니 이 결속을 느슨하게 해주는 것은 국경을 넘나드는 광적인 횡단, 대대적인 국경 해체 약속이 아니라, 학교 수업시간표에 있는 레크리에이션과도 같은 데서 나오는 시간이다. 복잡한 현실에서 시리도록 파란 하늘이 펼쳐지는 걸 느낀다 해도 그건 헛된 공상이라고 고트프리트 벤이 말했다. 여행사 요금표에 있는 '모든 것 포함'이라는 조항에는 하늘에 부는 바람까지도 포함된다는 사실을, 세상에 널린 자족적이고 독단적인 점쟁이들이 이미 우리에게 가르쳐주었다. 다행히 여행을 분류하고 도표화하는 모험, 여행 방법론에 대한 매력은 남아 있다. 시의원에게서 의뢰받은 튀빙겐 대학의 교수는 세상이 오디세우스를, 실제적이고도 반복될 수 없는 개인의 경험을, 충분히 위협할 수 있을 정도로 단조롭다는 것을 알고 있다. 그러나 그는 계획서 3쪽에서, 튀빙겐 신학 세미나가 낳은 위대한 문하생 헤겔을 인용해 방법은 곧 경험의 축적이라는 주장을 되풀이하면서 스스로를 독려한다.

가는 물줄기가 내려다보이는 이 나무 벤치는 출발 직전에 우체통에서 찾게 되는 그 체계적인 계획서에, 그 논리적 여정 아래에 숨어 흐르는 소박한 푸가 기법에, 친근함을 갖게 해준다. 나무에서는 좋은 냄새가 나고, 〈외딴 계곡의 사나이〉*에서처럼 무미건조한 남성다움이 느껴진다. 브레크 강—아니면 다뉴브 강?—은 반짝이며 흘러가는 갈빛 청동 띠 같다. 군데군데 남아 있는 숲속 잔설 덕에 삶이 시원하고 유쾌한 하루같이, 푸른 하늘과 청명한 바람의 약속같이 느껴진다. 주변 환경과 하나되는 행복과 더불어 기분좋은 여유가 '친애하는 이'라는 정감 어린 그 말로 더욱 고무되어 세상에 대한 신뢰로 이끌어주고, 이 독문학자가 헤겔 논리학과 항목에 따라 분류된 여러 호텔을 오가며 내린 종합, 베네치아 프로그램에 몸담도록 하는 이 계획안을 수락하게 했다.

여행이 건축일 수 있으며 그 건축물에 돌 몇 개를 보탤 수 있다는 것은 즐거운 일이다. 비록 여행자가—앉은뱅이 업무 때문에—풍경을 구축해나간다기보다는, 에른스트 호프만이 이야기했던 폰 R. 남작처럼 풍경을 부수고 해체하는 사람이라 해도 말이다. 폰 R. 남작은 파노라마를 수집하면서 세상을 돌아다녔는데, 멋진 경치를 즐기거나 그것도 모자라 그 멋진 경치를 만들어내야겠다 싶으면 나무를 톱질하고 가지를 쳐서 울퉁불퉁한 지면을 평평하게 고르는가 하면, 시선에 방해가 된다 싶으면 숲 전체를 없애버린다거나 농장을 부수기도 했

* 잭 스케퍼의 소설을 원작으로 한, 조지 스티븐스의 영화 〈셰인Shane〉(1953)의 유럽 개봉 당시 제목.

다. 그러나 파괴도 건축이다. 규칙과 계산이 따르는 해체다. 해체했다가 재구성하는 기술, 다시 말해 또다른 질서를 창조하는 기술인 것이다. 나뭇잎 울타리가 갑자기 쓰러지면서 멀리 석양빛에 물든 어느 성의 폐허를 드러냈을 때, 폰 R. 남작은 자신이 연출해놓은 그 광경을 몇 분 동안 가만히 바라보다가 서둘러 자리를 떠났고 다시는 돌아오지 않았다.

모든 경험은 끈질긴 방법의 결과다. 폰 R. 남작이 봤던 저멀리 투명한 석양빛이나 슈바르츠발트* 산맥에서부터 내가 지금 앉아 있는 이 벤치까지 불어오는 눈바람 역시 그렇다. 삶이 자신의 뜨거운 섬광을 드러내는 곳은 바로 그 분류들 속에서다. 삶을 카탈로그로 만들려 하고, 이런 식으로 삶의 신비와 매력의 마지막 잔여물을 명확히 제시하려 하는 문서를 통해 삶은 스스로를 드러낸다. 이와 같이 야심만만한 두 학자가 비트겐슈타인의 『논리철학 논고』(1.1, 1.2, 2.11, 2.12 등등)처럼 논리정연하게 정리한 사업계획서는, 숫자와 그다음 숫자 사이의 소소한 여백에서 여행의 변화무쌍함을 엿보게 해준다. 계획서에는 호텔이 이렇게 분류되어 있다. 럭셔리 호텔, 부르주아 호텔, 서민 호텔, 대중 호텔, 지방 호텔, 항구 호텔, 여행자 호텔, 전원 호텔, 왕족 호텔, 전통 호텔, 수도원 호텔, 자선 호텔, 귀족 호텔, 장인조합전용 호텔, 세관원 호텔, 우체국 호텔, 마부 호텔 등. 과학적인 도표만이 대상들과 일상적인 사건들, 그것들의 관계와 맥락에 대한 형이상학적 유머를 적절히 부각시킬 수 있다. 예를 들어 계획서 E 부분—호텔에서 벌어질 수 있는 것과 관련된—'장면들'이란 장의 어느 부분들은 이렇게 읽힌다. "2.13. 에로틱한 장면: —구애—매춘. 2.14. 목욕. 2.15. 침실.

* 다뉴브 강이 시작하는 독일 서남부 바덴뷔르템베르크 주의 삼림지대로, 불에 탄 듯한 검은 나무들이 많다. 독일어로 '검은 숲'이라는 뜻이다.

2.16. 기상 알람."

이 벤치에서 몇 킬로미터 떨어진 슈바르츠발트의 노이에크 호텔은 어떤 호텔 부류에 들어가는지 모르겠다. 23년 전 그 호텔 퓌어스텐베르크 맥주 광고가 그려져 있던 맥주잔 받침 앞에서 내 인생이 결정됐다. 청색 테두리가 있는 황금색 바탕에 붉은 용이 그려진 둥근 종이 받침은, 내가 두 손으로 만지작거렸던 흰색과 붉은색 테이블보를 배경으로 놓여 있었다. 출발과 귀환은, 파리의 그 미치광이가 말했듯 "나의 지리를 알기 위한 여행"*인 것이다. 이 벤치에서 몇 미터 떨어진 곳에 있는 표지판은 다뉴브 강의 수원 전체—또는 한 곳—를 표시해 이것이 중요한 문제임을 강조하고 있다. 횔덜린은 다뉴브 강의 수원 근처를 지나면서 이 강을 '멜로디의 강'이라고 불렀다. 다뉴브 강은 신들의 심오하고 은밀한 언어이며, 유럽과 아시아 그리고 독일과 그리스를 연결하는 길이다. 신화의 시대 동안 독일 서부에 존재감을 가져다주기 위해 거슬러 흘러온 시와 언어의 물줄기인 것이다. 횔덜린이 보기에 이 강변에는 아직도 신들이 있었다. 현대에 들어 추방과 소외의 밤을 보내고 있는 인간들에게 이해받지 못한 채 숨어 있기는 해도, 신들은 분명 살아 있고 존재하고 있었다. 독일인의 깊은 잠 속에, 현실 언어에 의해 마비되어 있으나 어느 유토피아적 미래에 다시 깨어날 운명으로, 가슴·자유·화해의 시가 잠들어 있었다.

다뉴브 강은 이름이 많다. 몇몇 민족 사이에서 다뉴브 강과 이스트로스 강은 각각 상류와 하류를 가리켰지만, 이따금 그 전체를 나타내기도 했다. 플리니우스·스트라본·프톨레마이오스는 다뉴브 강이 어디서 끝나고 이스트로스 강이 어디서 시작하는지 궁금해했다. 일리리

* 프랑스 정신과 의사이자 미술비평가·시인 마르셀 레자의 책 『광인들의 예술』(1907)에 나오는 구절.

아일 수도 있고 철문일 수도 있다.* 오비디우스가 이를 가리켜 '복명bisnominis'이라고 했던 이 강은, 집으로 돌아가려고 생각했던 오디세우스적 정신의 꿈을 품은 채 게르만 문화를 이끌고 동쪽으로 흐르다가 다른 문화들과 뒤섞이며 수없이 혼혈변형을 해왔다. 그 속에서 강은 역사의 흥망성쇠를 함께했다. 자신의 세상으로 모두를 통합해버리는 그 물길을 따라 기회가 될 때 틈틈이 여행하는 게르만어 학자는, 인용과 편집증적 공상으로 점철된 짐 꾸러미를 함께 갖고 다닌다. 한 시인이 「취한 배」에 자신을 맡겼다면, 이 시인 대역은 장 파울의 충고를 따르려 한다.† 장 파울은 낡은 서문, 연극 포스터, 역에서의 잡담 구문, 전쟁 시가곡, 장례 문구, 형이상학적 문구, 신문 스크랩, 술집 광고문과 교구의 공고문 같은 이미지들을 길에서 모아 메모하라고 권했다. 『동방 여행 동안의 기념품·인상·생각·풍경』이라는 라마르틴의 작품 제목처럼 말이다. 누구에 대한 인상과 생각일까? 흔히 그렇듯 혼자 여행할 때 우리는 자신의 쌈짓돈을 써야 한다. 하지만 때때로 인생은 후하기도 해서, 이따금일 뿐이고 잠깐이긴 해도, 심판의 날과도 같은 결정적인 날에 우리 이름을 말하며 우리를 위해 증언해줄 너덧 명의 친구들과 어울려 세상 구경을 하게 해주기도 한다.

여행과 다음 여행 사이에서 막 집에 돌아온 우리는 두툼한 서류가방에 든 메모를 종이에 반듯하게 적어놓으려 하고, 서신·메모지철·광고전단·카탈로그를 타자로 쳐 종이에 옮기려 한다. 이사와 같은 문학작업인 셈이다. 이사할 때마다 그렇듯, 뭔가는 없어지고 또 뭔가는

---

* 일리리아Illyria는 아드리아 해 동쪽, 즉 지금의 발칸반도 서부에 있던 고대 국가를, 철문Iron Gate은 루마니아와 구 유고슬바리아 국경을 이루는 다뉴브 강의 협곡을 가리킨다.

† 프랑스 시인 아르튀르 랭보와 그의 시 「취한 배」(1891)를 가리킴. 모험에 있어 시인의 '영감'을 중시한 랭보의 정신과 랭보보다 앞선 낭만주의 시대의 독일 소설가 장 파울의 태도를 비교한 대목.

까맣게 잊고 있던 은신처에서 튀어나온다. 사실 우리는 고아나 다름없이 살아간다고, 횔덜린은 「다뉴브 강의 수원에서」라는 시에서 말했다. 강은 삶의 흐름처럼 햇살에 반짝이며 흘러가지만, 빛나는 그 인상은 눈이 부신 시선이 만들어낸 시각적 환상이다. 그것은 존재하지 않는 빛 얼룩을 담 위에서 본다거나 화려하게 퍼지는 네온 불빛, 환영, 삽화가 들어간 표지들을 보는 것과 같다.

반사된 무無의 빛이 창문에 타오르는 노을처럼 사물들, 해변에 버려진 깡통, 자동차 반사경에 불을 놓는다. 강은 어떤 연속성도 없으며 여행은 부도덕한 것이라고, 오토 바이닝거가 여행하면서 말했다. 하지만 강은 늙은 도인道人과 같다. 강변을 따라가며 큰 바퀴 위에서도, 바퀴살 틈새에서도 가르친다. 여행마다 여유로운 시간, 나태, 흘러가는 물결 등, 적어도 남쪽의 한 조각이 있다. 자신의 강변에 있는 고아들에게 무관심한 채, 다뉴브 강은 바다를 향해, 위대한 확신을 향해 흘러간다.

2. 도나우에싱겐 대 푸르트방겐

여기서 다뉴브 강의 중요한 지류가 생겨납니다, 라고 브레크 강의 수원 근처에 있는 표지판이 알려준다. 이 장중하고 간결한 말에도 불구하고, 다뉴브 강의 수원을 놓고 수세기에 걸쳐 지금까지 뜨거운 논쟁이 있었고, 푸르트방겐과 도나우에싱겐 시 사이의 격렬한 논쟁도 그 때문이다. 한편 존경받는 퇴적학자이며 헷갈리는 정보를 제공한 숨은 역사학자 아메데오는, 다뉴브 강은 수도꼭지에서 생겨난다는 대담한 가설을 최근 내놓아 수원 논쟁을 더욱 복잡하게 만들었다. 헤로도토스의 선배인 헤카타이오스부터 가판대에서 파는 여행 잡지 『메리안』에 이르기까지, 발원지 문제와 관련해 수천 년의 문헌들을 정리할 마음은 없다. 다만 나일 강과 마찬가지로, 다뉴브 강의 알려지지 않은 수원이 생겨났던 이 머나먼 시대를 기억해둘 필요는 있다. 학자들이 수세기 전부터 끊임없이 언급하며 두 강을 비교하고 대조한 바대로, 다뉴브 강은 실제로는 아니어도 적어도 말 속에서는 나일 강을 되비추며 이와 합류한다.

다뉴브 강의 이 수원들에 대해 헤로도토스·스트라본·카이사르·플리니우스·프톨레마이오스·가칭 스킴누스·세네카·멜라·에라토스테네스 등이 연구하고 가설을 내세웠다. 헤르키니아 산림, 북극 사람들이 사는 땅 인근, 피레네 산맥, 켈트족과 스키타이족이 살던 지방, 압노바 산, 헤스페리아 땅 등이 수원지로 추정되거나 명시되었다. 한편 다뉴브 강의 분기, 아드리아 해로 흘러들어가는 지류, 흑해 하구에 대한 서로 다른 설명을 놓고도 여러 가설이 존재한다. 아르고호의 선원들*이 다뉴브 강을 따라 아드리아 해까지 내려갔을 거라는 신화 혹은 역사에서 선사시대로 넘어가면 우리는 거대한 것, 어마어마하게 펼쳐진 장대한 것, 거인과도 같은 지리와 맞닥뜨리게 된다. 지금의 융프라우와 아이거 산봉우리 위치에 그 발원지가 있는 베르네제오버란트의 우어도나우 강, 즉 선사시대의 다뉴브 강인 이곳으로 우어라인 강, 우어네카 강, 우어마인 강이 흘러들었다는 것이다. 선사시대의 다뉴브 강은 6천만 년 전부터 2천만 년 전 사이 신생대 제3기 중반경 에오세† 에, 오늘날 빈이 있는 지점에서 최초의 바다의 어머니인 테티스에서 유래한 테티스 만을 지나, 유럽 남동쪽을 전부 덮고 있는 사르마트 해로 흘러들어갔다.

---

* 고대 그리스 신화에서 영웅 이아손과 함께 황금양모를 구하기 위해 콜키스로 떠난 50명의 영웅들.

† 신생대 제3기를 구분하는 다섯 시기 중 두번째를 가리키는 말.

이 머나먼 시대와 인도게르만 접두어에는 별로 관심이 없었던 아메데오는 우어도나우 강을 건너뛰고 도리어 35킬로미터 떨어진 슈바르츠발트 지대의 두 소도시 푸르트방겐과 도나우에싱겐 사이의 논쟁에 관심을 쏟았다. 알려진 바대로, 공식적으로 다뉴브 강의 수원은 도나우에싱겐이다. 그곳 주민들은 자신들의 도시가 법적으로 최초의 수원이 맞다고 호언장담한다. 티베리우스 황제 시대부터 언덕에서 솟아나오는 작은 샘이 다뉴브 강의 발원지로 찬양되었다. 게다가 도나우에싱겐에서 두 강, 브레크 강과 브리가흐 강이 만난다. 여행 가이드북, 공공기관, 민담 등이 확인해준 오늘의 견해에 따르면, 이 두 강이 합류해서 다뉴브 강이 생겨난다. 중부유럽Mitteleuropa을 만들고 감싸 안는 강의 첫머리는 퓌어스텐베르크 성, 「니벨룽겐의 노래」와 「파르지팔」 등의 문헌을 소장한 궁정 도서관, 그곳 군주들의 이름을 딴 맥주, 파울 힌데미트의 명성을 드높인 음악 축제 등과 함께 고대 왕족의 삶을 보여주는 곳이다.

"여기서 다뉴브 강이 샘솟습니다"라고 도나우에싱겐에 있는 퓌어스텐베르크 공원 안 표지판이 말해준다. 하지만 루트비히 외를라인 박사가 브레크 강의 수원지에 붙이게 한 또다른 표지판은, 경쟁 수원지들 가운데 브레크 강의 수원이 흑해에서 가장 멀리 떨어져 있다는 사실을 분명히 밝히고 있다. 브레크 강 수원은 흑해에서 2888킬로미터 떨어져 있는데, 도나우에싱겐보다 48.5킬로미터 더 떨어져 있다는 것이다. 외를라인 박사는 푸르트방겐에서 몇 킬로미터 떨어진 곳, 브레크 강이 흘러나오는 땅의 소유주였고, 공증 서류와 증명서를 만들어 도나우에싱겐에 대항해 싸움을 시작했다. 이는 오랫동안 버텨온 '불쌍한 독일'*에 분 프랑스혁명의 뒤늦은 미풍이다. 이를테면 자유직

* 마르크스가 독일 부르주아계급의 구체제적 태도를 비판하면서 쓴 표현.

업에 종사한 부르주아 소지주가 봉건귀족과 그 가문들에 대항한 것이다. 푸르트방겐의 훌륭한 시민계급은 외를라인 박사 뒤에서 든든한 지원군이 되었다. 푸르트방겐 시장이 시민 행렬을 거느리고 도나우에싱겐 수원에 브레크 강의 강물 한 병을 부으며 경멸을 표했던 날을, 모두가 기억하고 있다.

3. 보고서

아메데오의 보고서는 상세하게 적어내려간 편지글이다. 나는 잠시 뒤에 우리와 합류할 아메데오와 직접 보고서를 놓고 토론을 벌이기 전에, 말하자면 현장에서 그 내용을 검토해보기 위해 보고서를 챙겨 왔다. 아메데오의 보고서는 비록 몇 가지 변수는 있지만 푸르트방겐의 주장을 받아들이고 있다. 다뉴브 강의 발원지는 브레크 강의 발원지이며, 그래서 브레크 강이 진정한 다뉴브 강이고, 흑해에서 좀더 가까운 브리가흐 강은 그 지류라는 주장 말이다. 신랄한 서간체 보고서에는, 과학적인 정확함과 함께 인문주의적 우아함이 깃들어 있고 우수가 숨어 있다. 그 보고서에서 우리는, 퇴적된 작은 돌들이 대량으로 붕괴되고 미끄러져내려가는 것을 연구하는 학자의 모습뿐 아니라, 「부주의에 대한 찬사」 같은 별로 알려지지 않은 글들을 썼고 독일 낭만주의 시를 불안하지만 꼼꼼히 번역해낸 아주 외롭고 특이한 작가로서의 모습도 엿볼 수 있다.

보고서에서 알 수 있듯 초반에 아메데오를 매료시킨 여관은 브레크 강 수원 근처에 있는, 지붕 경사가 가파른 이 판잣집 여관이다. 그의 보고서에는 많은 여관이 등장한다. 이 보고서는 나일 강의 발원지를 찾아 떠난 탐험가들의 원정처럼 실제 원정 이야기라서, 각 여정의 단계와 상황이 기록되어 있다. 그는 정원의 난쟁이 석조상들이나, 간판들, 낡은 자동피아노들, 다락방으로 이어지는 좁고 가파란 계단들이 있는 민박들을 언급하고 있다. 너무나 상냥하고 자신만만한 남자가 쓴 그 보고서 행간에는 도피 욕구, 숨을 곳, 즉 사라져 아무것도 아닌 것이 되는 곳을 찾는 듯한 사람의 불안한 방랑이 깃들어 있다. 이 여관들은 잡담하고 술 마시기에 좋은 편안한 곳들이지만, 여관에 딸린 주점의 다소 어두운 구석이나 천장이 경사진 방들에서 작가는 뭔가 다른 대조적인 것, 동화책에서 봤지만 이젠 누구도 찾을 수 없는 숲속 마녀의 오두막 같은 것을 찾고 있다. 도달할 수 없을까봐 두려워하는 트리스트럼 섄디*와는 반대로, 그는 마치 길을 잃고 더 방황하기 위한 방향을 자신에게 지시하려 했던 듯하다.

그는 푸르트방겐을 거쳐 수원에 도착했다. 푸르트방겐에서 시계박물관을 잠깐 관람한 그는, 갖가지 모양과 크기의 수많은 시계판, 시계 톱니바퀴와 시곗바늘, 시간의 흐름에 따라 움직이는 피아노와 자동기계들, 자신이 편지에서 특히나 강조한 것처럼 그 '시계추 숲' 사이에서 두 시간을 배회했다. 편지에서 쓴 대로 사방으로 그를 둘러싸던 동시간대의 이 움직임은 삶의 비밀스러운 리듬, 순수하고 공허한 시간의 기계적 운율인 듯하다. 이 편지에서 존재는 늘 처음으로 되돌아가는, 자기 자신 속에 갇힌 움직임으로 나타난다. 시계추가 왕복을 반복하는 양 끝점 사이에는 추상적인 시계추 운동 그 자체와 밑으로 잡아당기는 중력 말고는 아무것도 없는 것 같다. 결국 시간이 다 되어 육체가 어쩔 수 없이 평온한 상태에 도달할 때까지 계속되는 것은 중력뿐이다. 그의 인생 곡선은 현실의 직선과 나란히 가다가도 언제나 어느 지점에서 같아져 접선이 되어 지나갔다. 이 접점이 그를 아프게 했

* 로렌스 스턴의 『신사 트리스트럼 섄디의 인생과 생각 이야기』의 주인공.

는데, 이는 너무 가까이 붙은 척추뼈 둘이 좌골신경을 눌러서 겪는 고통, 차라리 닿아서 아픈 부분을 잡아뽑거나 아니면 하반신을 떼어버리고 싶은 그런 고통이었다.

발원지를 찾아나선 짧은 탐사 여행은, 그에게 정체감에서 벗어나기 위한 기분전환, 고여 있는 우물에서 빠져나와 야외에서 멋진 산보를 하려는 구실이었던 듯하다. 끝없는 자신의 심연으로부터 다른 곳으로 시선을 돌리기 위해서는, 타인의 정체성을 분석하고 현실과 사물들의 본성에 관심을 갖는 것보다 더 좋은 것이 없다.

어떻게 현상들은 세상과 정신의 지평선에 나타나는 것일까? 저 책은 청색이고 저 재떨이는 크리스마스 선물이다, 라고 파올로 보치는 1969년에 펴낸 책 『단일성·정체성·우연성』에서 썼다. 하지만 그는 곧 두 서술어의 차이, 즉 전자파와 시신경 자극을 통해 대뇌피질에 도달하는 청색이라는 시각적 속성과, 선물을 준 사람의 생각에서만 존재하고 그 순간 방에 들어온 낯선 관찰자에게는 존재하지 않는 크리스마스 선물이라는 특성 사이의 차이를 강조했다.

외를라인 박사의 땅에서 샘솟던 이 물은 다뉴브 강의 수원일까, 아니면 단지 다뉴브 강의 수원이라고 알려진(여겨진, 믿어진, 주장된) 것일까? 분명 아메데오는 사물 그 자체, 의식에 자극을 내는 사물의 처음으로 돌아가고 싶어했다. 그는 다뉴브 강의 발원지를 관찰된 바대로 설명하고, 이전에 알려진 모든 이론을 의심하여 괄호 안에 넣은 후 그 순수한 형태, 그 본질을 포착하기로 결심하고 푸르트방겐에서부터 출발했다.

아메데오의 보고서 전반부는 치밀하고 설득력이 있다. 브레크 강은 언덕의 작은 연못이 있는 땅에서 시작된다. 언덕은 수원이 있는 곳까지 몇십 미터가 계속 오르막이다. 아메데오는 비탈을 계속 올라갔고 막달레나와 마리아 주디타와 마찬가지로 신발·양말·바지가 온통 젖었다. 초원의 풀들은 물을 흠뻑 먹었고, 땅 전체에 축축하고 작은 실개천이 많이 퍼져 있었다. 그 초원 위에서 두 자매는 아메데오보다 더 즐거이 움직이며 흠뻑 젖었다. 한편 아메데오의 매력은 대부분 피에르 베즈호프* 같은 튼튼하고 건장한 몸에 있었다. 하지만 그의 펜 역시 그런 은총을 받을 만한 자격이 있다. 그의 펜은 나비가 꽃에 날아들듯 세세한 것들을 가볍고 정확하게 포착했고, 유쾌하고 청명한 하루를 만들어냈다. 현상학은 옳다. 사물들의 순수한 외관은 선하고 진실하며, 세계의 표면은 내부에 구멍이 나 있는 젤라틴보다 더 현실적이다. 자기 자신으로부터 나오지 마라, 라고 설교하던 때의 성 아우구스티누스는 어느 정도는 틀렸다. 그랬다가는 자기 안에 갇혀 별점을 치다가 자신을 잃어버리게 되고, 결국 그의 두려움에서 나온 찌꺼기와도 같은 연기에 휩싸인 우상, 저녁기도에서 어서 썩 꺼지라고 명하는 이 악몽에서처럼 어둠 속에 도사린 허망한 이 우상에게 향을 피우게 된다.

그 오르막 초원에 대한 글에서 이 퇴적학자는 큰 호흡, 서사 작가의 고전적인 함축성을 찾아낸다. 아주 작은 것들에서 그것들을 조화로운 하나의 단일성으로 묶어내는 보편적 법칙의 존재를 포착한 것이다. 과학은 이성을 잃지 않고 앞으로 나아가게 해주며, 마침내 세상은 좋은 것이고 서로 단단히 연결되어 있다는 사실을 발견하게 해준다. 즉 과학적 지식을 확고하게 갖춘 사람은, 계속 바뀌고 자신의 정체성을 잃는 것들 사이에서도 편안함을 느낀다.

아마도 이러한 것들에 그 자신도 속할까봐 두려웠던—혹은 거기에 속하고 싶었던—아메데오는, 자신의 보고서에 썼듯 "상류에서 이어져온 진짜 강줄기는 어떤 것일까" 하고 의문을 품었다. 헤라클레이

* 톨스토이가 쓴 『전쟁과 평화』에 나오는 주인공.

토스가 같은 강물에 두 번 들어갈 수 있을까 없을까 하는 오래된 질문을 던진 이후, 강은 정체성에 대한 의문의 상징이 되었다. 데카르트 역시, 희고 단단하고 차가운 양초 조각이 불에 가까이 다가가자 그 모양·크기·밀도·색깔을 바꾸면서도 양초 조각으로 남아 있는 걸 보고, 맑고도 분명한 정신으로 사유하기 시작했다. 1619년 11월 10일, 바이에른 공작의 호의 덕에 따뜻한 겨울을 보내게 된, 자신의 방이 있던 노이부르크의 이 다뉴브 강가에서 말이다.

수원지 연못의 물은 분명 상류 몇 미터에 걸쳐 퍼져 있는 습지에서 온 것이다. 막달레나가 마리아 주디타에게 몸을 기댄 채 물에 젖은 예쁜 한쪽 발을 위로 들어올리는 사진이 이 사실을 드러내 보여준다. 땅은 수많은 실개천을 빨아들였다가 걸러낸 다음 외를라인 박사의 표지판 근처 샘이 솟아나오는 바로 그곳으로 물을 대준다. 학자는 초원을 적시는 그 물, 그러니까 다뉴브 강의 그 물이 어디서 오는지 궁금했다. 그는 경사를 따라 내려오는 실개천 물길을 거슬러올라갔고, 몇십 미터 올라가자 장작 창고가 딸린 18세기 낡은 집이 나타났다. "튀어나온 긴 홈통 혹은 관 같은 게 보였는데, 관은 장작 창고 근처를 지나면서 좀더 아래에 있는 연못 쪽으로 물을 콸콸 쏟아냈다." "의심할 여지 없이" 하고 그가 글을 이어나갔다. "수원지인 비탈 아래 연못으로 내려가는 물은 산에 있는 이 홈통에서 온 것이다. 물은 오직 흘러내릴 뿐, 경사지나 관을 거슬러올라갈 수는 없다.(그게 아니라면 고전물리학의 가장 확고한 법칙이 제대로 작용하지 않는 세상의 유일한 장소가 이곳이거나!)"

강이 하늘과 인간의 시선에 노출된 눈에 보이는 물이라고 한다면, 이 홈통은 다뉴브 강이다. 여기까지 보면 보고서는 이론의 여지가 없다. 만일 다른 장소, 다른 순간에도 강변을 따라가면서 강물 쪽으로 손가락을 가리키며 매번 '다뉴브 강'이라고 말한다면—논리학자 콰인이 실제로 카이스트로스 강을 두고 했던, 이 반복 지시행위 이론과 지시적 정의 이론을 적용해본다면—우리는 마침내 다뉴브 강이라는 동일한 정체성에 가닿게 되는 셈이다. 다뉴브 강이 존재한다는 것은 의문의 여지가 없고, 이 강은 중간에 끊어지지 않는다. 만일 아메데오가 숨을 헐떡이며 비탈을 오르면서 둘째손가락으로 브레크 강의 수원을, 이 수원에 물을 대주는 초원의 실개천을, 이 실개천에 물을 대주는 홈통을 가리키며 계속 '다뉴브 강!'이라고 말한다면, 그것이 바로 다뉴브 강이다.

그러나 이 홈통에 물을 대는 이는 이름도 모르는 보이지 않는 강의 신일까? 여기서 보고서는 전복을 꾀한다. 아메데오가 가십에 가까운 이야기에 넘어가고 말기 때문이다. 아메데오는 전해 들은 말에 기댄다. 그는 이렇게 말한다. 누구보다도 먼저 마리아 주디타가 긴 다리로 껑충껑충 집을 향해 달려가 일층 창문에 얼굴을 들이밀며 무뚝뚝한 늙은 여주인에게 물었다. 그리고 물이 양동이에서 홈통으로 오게 되는 과정을 알게 됐다. 양동이는 아무도 잠그지 않는 한 수도꼭지 때문에 계속 물이 차고, "그 수도꼭지는 집만큼이나 낡은 납관에 연결되어 있는데, 그 납관이 시작하는 곳은 신도 모른다."

아마추어 같은 이 말에 자세한 설명 따윈 불필요하다. 이는 경솔한 존 스피크 선장*이 나일 강 발원지에 대해 쓴 글을 상기시킨다. 존 스피크 선장의 라이벌 리처드 버턴과 권위적이며 편견이 심한 왕립지리학회 회원 제임스 엠퀸에 따르면, 존 스피크 선장의 글은 지리학계 전체의 수치였다. 실험 증명에는 이력이 났음에도, 아메데오는 이 수도꼭지가 실제로 존재하는지에 대한 점검작업에는 수고를 들이지 않

---

* John Hanning Speke(1827~1864). 19세기 영국 탐험가이자 『나일 강 수원 발견기』의 저자. 아프리카를 탐험해 탕가니카 호를 발견했고, 빅토리아 호를 발견해 나일 강의 수원임을 주장했다.

았다. 단지 누군가 이런 게 있다는 걸 그에게 알려줬고, 또 그 얘기를 해준 누군가도 방금 다른 사람으로부터 신빙성을 장담할 수 없는 그 수도꼭지 얘기를 전해 들은 것일 뿐인데도 말이다. 헤로도토스는 대화 상대방이 다른 사람에게서 들은 얘기를 되풀이하는 게 아니라 직접 눈으로 확인한 경우에만 상대방의 말을 믿었다. 아마 아메데오는 조금 뒤에서 따라오던 흰 피부의 미인 막달레나가 소리쳐 물은 질문에 정신이 산만해진 모양이다. "만일 이 수도꼭지를 잠근다면 무슨 일이 일어날까요?" 말라 있는 거대한 강바닥에 골동품과 뼈만 남은 시체들이 널려 있는 메마른 브라티슬라바, 부다페스트, 베오그라드의 이미지는 그의 정신을 우연성과 조건절의 형이상학적 영역으로 향하게 했음이 틀림없다. 여기서 무슨 일이 일어난다면 저기서는 어떤 일이 일어날까? 물론 아무 일도 일어나지 않는다. 하지만……

4. 브레크 강 수원지의 모럴리스트들과 기하학자들

우선 이 수도꼭지는 존재하지 않는다. 아메데오의 여정을 되밟아가기는 어렵지 않다. 나는 브레크 강 수원지에서 떨어져 있는 내 벤치에서 몇 미터를 내려가 그 집까지 양말과 신발을 적셔가며 초원을 되짚어올라간다. 물은 풀들 사이에서 빛나고, 수원지 물은 조용히 흘러간다. 푸른 나무들과 초목 냄새 역시 좋다. 여행자는 뭔가 거북함을 느끼면서 소심해지고, 자신을 둘러싸고 있는 주변의 우월한 객관성을 느낀다. 초원을 흐르는 그 실개천들이 다뉴브 강, 그러니까 81만 7000평방킬로미터의 하천 유역과 매년 흑해로 쏟아져들어가는 1000억 세제곱미터의 물이 있는, 말 그대로 최상급의 강이 된다는 게 가능한 이야기일까? 아름답게 반짝이며 빠르게 하류로 흘러내려가는 몇백 미터의 실개천은, 헤시오도스가 이스트로스 강을 두고 말했듯 '아름다운 하천'이라고 부를 만했다.

집을 향한 발걸음은 종이 위 문장과 비슷하다. 발이 습지를 걸을 때 웅덩이를 돌아가듯, 펜은 종이의 희디흰 공간을 빙빙 돌다가 마음과 정신의 응어리가 나오면 피해간다. 그 응어리가 잉크 얼룩이라도 되는 듯 건너뛰어, 그 응어리를 뛰어넘은 척한다. 하지만 풀지 않고 그대로 뒤에 남긴 채 피해온 것뿐이다. 글쓰기는 풀 사이를 흐르는 물과 같은 것이어야 할지 모른다. 신선한 물이 수줍어하면서도 마르지 아니한 채 솟아나오듯 말이다. 그 나지막하고 수줍은 삶의 노래는 상념에 젖은 막달레나의 그윽한 눈과 닮았지, 물이 종종 잘 나오지 않는 수도관 같은 모호하고 건조한 글쓰기를 닮지는 않았다.

케플러가 자책했듯, 영혼은 빈약한 것이고 신의 섭리에 대해 궁금해하기보다는 문학의 한구석으로 도피하길 좋아한다. 종이에만 의지하는 사람은, 결국 자신이 바람에 바르르 떨리다 도르르 말리는 얇은 종이에 재단된 그저 그런 한 실루엣밖에 될 수 없음을 깨닫게 되는 수가 있다. 여행자가 원하는 것은 이 바람, 모험, 언덕 꼭대기로 질주하는 것이다. 여행자는 수학자 케플러처럼 신의 의도, 자연법칙뿐만 아니라 자신의 특별한 기질까지도 돌연 맞닥뜨릴 수 있기를 원할 것이다. 집으로 올라가는 이 짧은 산행이, 고향을 탈환하기 위해 혹은 해방시키기 위해 적의 화염 속으로 뛰어드는 몸프라쳄의 호랑이들* 과 같이, 영광스러운 진격이기를 바랄 것이다. 하지만 바람은 얼굴을 후려치는 게 아니라 오히려 등을 떠밀어 고향집과 약속의 땅에서 멀리 밀어낸다. 그리하여 여행자는 찢긴 일상의 배경막 틈새로, 비록 현

* 이탈리아 소설가 에밀리오 살가리의 작품 『산도칸: 몸프라쳄의 호랑이들』에 나오는, 네덜란드와 영국의 제국주의에 항거하는 해적단의 이름.

실의 바람막이 뒤에 숨어 있긴 하지만, 진실한 삶에서 불어오는 바람 혹은 외풍이 들어오기를 바라면서, 알레르기가 생기고 몸이 비틀거려도 앞으로 나아간다. 문학적 손질작업은 꿰매지 못한 무대막의 해진 틈을 보호하기 위한 전략, 그 작은 통풍구가 완전히 닫히는 걸 막기 위한 전략이 된다. 조반니 델라 카사*가 말했듯, 작가의 생존은 전쟁 상태다.

나는 비탈을 오르고, 나는 집에 도착한다. 내가 오른다, 내가 도착한다? 확실성을 강조하기 위해 일인칭 단수를 쓴 건 아니다. 다른 누구보다도 여행자는 사물의 객관성 앞에서 이 인칭대명사에 발이 걸려 당황해한다. 라인 강을 따라 방랑하던 빅토르 위고는, 펜에서 불쑥불쑥 끝없이 돋아나는 '나'라는 이 잡초가 거추장스러워 던져버리고 싶었던 것 같다. 그러나 그 못지않게 유명했고 위고만큼이나 자기 본위적 동사와 대명사에 적대적이었던 여행자 스탕달은, 프랑스를 돌아다니면서 결국 일인칭은 이야기하기에 편리한 수단이라고 말했다.

그래서 나는 집을 관찰하고, 나는 집 주변을 돌아다니며, 나는 조사하고, 또 나는 아메데오의 서간체 보고서와 집을 비교한다. 모든 학문의 문제는 지도상에 드러나는 쪽빛 표면과 강렬한 푸른빛으로 일렁이는 그들의 남쪽 바다가 일치되도록 만드는 것이다. 성격상 정확함이 조금 부족한 문인은 과학적인 정확한 추론을 피하고 정신적으로 고찰하기를 더 좋아한다. 우리는 줄곧 모럴리스트이고 어쩌다 기하학자가 될 뿐이다, 라고 새뮤얼 존슨 박사가 말했다.

어쨌든 수도꼭지는 이 집 안에 없다. 집은 오래되었고, 부엌은 1715년에나 만들어진 것이다. 한 노파가 문 앞에 나타나더니 도둑질하지 말고 1인당 2마르크 50페니히만 내고 그을음 낀 벽난로, 18세기

* 16세기 르네상스 시대의 이탈리아 시인이자 고위 성직자.

주방용구들, 옛 풍습과 관례에 대해 설명한 테이프를 들어보라고 권한다. 우리는 존경과 경의를 불러일으키는 고목 껍질같이 딱딱한 노파의 손바닥에 5마르크를 쥐여준다. 부엌은 꺼멓고 옛날 냄새와 훈제 햄 스펙 냄새가 나는 굴 같다. 테이프에 녹음된 목소리는 그 노파의 목소리다. 매번 같은 이야기를 되풀이하지 않아도 되니, 그녀는 오디오 내용에 맞추어 설명을 보완하는 권위적인 몸짓만 곁들이면 그만이다. 지나가는 삶과 지금까지 살아온 시커먼 부엌의 어두운 그림자에 아랑곳없이 자신의 고독에 익숙해져 혼자 사는, 둔하고도 통명스러운 노파다. 테이프에 녹음된 목소리가 흑해에 있는 다뉴브 강의 먼 하구인 술리나라는 이름을 부를 때만, 노파의 얼굴이 부드러워지며 한참이고 넋 나간 표정을 짓는다.

집 안팎 어디에도 수도꼭지는 없다. 브레크 강의 수원이 되는 초원을 적시는 물은 땅에 똑바로 박아 세운 관에서 흘러나온다. 조금 위쪽으로 흰 얼룩들이 보인다. 아마 눈이 녹으면서 다른 실개천들과 더불어 대지를 적시는 물을 대주는 모양이다. 아무튼 물은 관을 따라 올라와 관에서 넘쳐흐른다. 노파는 속이 빈 나무 몸통을 관에 연결해서 일종의 물받이 홈통을 만들었다. 관은 이 어설픈 홈통에 물을 붓고, 홈통은 또다시 양동이에 물을 흘려보내고, 노파는 필요한 물을 이 양동이에 받아 사용하고 있다. 양동이에는 늘 물이 가득하고, 계속 흘러와 넘친 물은 비탈을 따라 내려가며 개천을 이루면서 초원과 대지를 적시고, 좀더 아래쪽에 있는 웅덩이에서 브레크 강, 말하자면 다뉴브 강이 태어난다.

이건 새로운 발견이 아니다. 다뉴브의 '안티콰리우스'라는 별명이 있는 요한 헤르만 딜헬름은 1785년 그의 걸작에서 압노바 산 위에 있는 집에 대해 말한다.* 집 지붕에 있는 홈통 하나가 다뉴브 강으로, 또 다른 홈통 하나가 라인 강으로 물을 흘려보낸다는 것이다. 그것 말고도 프라이부르크로 가는 길에 있는, 시원한 호텔이란 뜻의 칼트헤르베르크 여관에 대해 말하길, 그 지붕에서 빗물이 지붕에서 두 물줄기로 갈라져 각각 다뉴브 강과 라인 강으로 흘러든다고 한다. 그러니까 예부터 홈통은 강의 발원지 논쟁에서 라이트모티프였다. 분명 안티콰리우스의 박학한 저서가 보여준바 이 홈통들은 이미 존재하는 다뉴브 강으로 물을 흘려보내고 있다. 반면 수도꼭지를 잘못 언급한 것만 빼면, 아메데오의 논문에서 홈통은 다뉴브 강의 수원이고 다뉴브 강이다. 우리는 대강 알고 있어, 최종 진실을 내놓기 전에 고트족처럼 적어도 두 번은 문제를 놓고 토론해야 할 것이다. 로렌스 스턴은 이 점 때문에 고트족을 좋아했는데, 고트족은 먼저 술에 취한 상태로 토론하고 이후 술이 깬 상태에서 또 한번 토론했다. 게다가 고트족은 이스트로스 강의 신에게 맹세까지 했다. 라이티아[†]에 있는 몇몇 기록에서 보자면, 다뉴브 강의 신은 주피터 옵티무스 막시무스와 맞먹는다.

5. 힌터나치오날 중부유럽이냐 전체주의 독일의 중부유럽이냐?

홈통이 다뉴브 강이라고 다뉴브 강에 대고 맹세할 수 있을까? 이 사건에는 중요한 토대, 즉 이 모든 것을 뒷받침할 근거가 부족하다. 수원에 물을 공급하는 홈통 역시 수원의 물을 받는다. 우리는 이미 무질이 고안한 '평행선운동위원회'[‡]가 처한 현실 속에서 다뉴브 강 문화의 불

* 딜헬름J. H. Diehelm의 별명 'Antiquarius'는 '고물상'이라는 뜻으로, 여기서 말하는 '그의 걸작'은 『고대의 라인 강 또는 라인 강에 대한 상세한 기술』(1776)을 가리킨다. '압노바'는 산은 물론 갈리아 신화에서 강과 숲의 여신, 특히 슈바르츠발트 산악지대의 여신이다.

† 지금의 티롤 바이에른 주 및 스위스 일부를 아우르는 고대 로마의 속주.

‡ 오스트리아 작가 무질의 『특성 없는 남자』의 주인공 울리히가 참여했던 위원회.

확실성을 충분히 보았다. 평행선운동위원회는 프란츠 요제프 1세 즉위 70주년 기념을 축하하기 위해 오스트리아 문화, 요컨대 유럽 문화를 창건한 중요한 인물을 찾아 기리고자 했으나 결국 못 찾고, 현실의 모든 건 그 무엇과도 관련이 없으며, 현실의 복잡한 모든 구성물도 결국 공중누각이라는 사실을 발견했다.

홈통의 물이 넘쳐흘러 대지를 적신다는 건 비주류 학자들의 들뜬 추론일 수 있으나 수원은 확실히 도나우에싱겐이 맞고, 다뉴브 강이 브리가흐 강이나 자신의 지류로 물을 흘려보내는 것은 분명하다. 수원지의 물이 모여 있는 둥그스름한 수반 위의 표지판은, 원래 작은 하천이었던 진짜 다뉴브 강이 옛날에는 브리가흐 강과 나란히 흐르다가 2킬로미터 지난 지점에서 브리가흐 강과 브레크 강과 합류하면서 바로 다뉴브 강이라고 불리는 하나의 강을 형성했지만, 1820년부터 지하 상수도관이 최초의 수원지 물을 끌어와 브리가흐 강으로 흘려보냈다는 사실을 말해준다. 그 당시 원래의 다뉴브 강은 브라가흐 강의 작디작은 지류로서 길이가 200미터 정도밖에 안 된다. 그러나 공식적인 다뉴브 강은, 앞에서 언급했던 브리가흐 강과 브레크 강, 그리고 정확히는 모젤 강이 합류하는 지점 조금 너머에서 시작한다. 모젤 강은 바트뒤르크하임에서 오는 소하천으로 한 번에 뛰어넘을 수 있을 것처럼 작다. 20~30킬로미터를 지나 임멘딩겐에서 다뉴브 강은 적어도 일부가 사라진다. 강물은 바위틈 사이로 스며들었다가 40킬로미터 더 남쪽에서 아흐 강이라는 이름으로 다시 나타나 콘스탄츠 호수와 라인 강으로 흘러들어간다. 라인 강의 수원 문제는 다뉴브 강만큼이나 논란이 많다. 그래서 어떤 면에서 다뉴브 강은 라인 강의 한 지류이고, 흑해가 아니라 북해로 흘러들어간다. 이는 곧 다뉴브 강에 대한 라인 강의 승리, 훈족에 대한 니벨룽겐족의 복수, 중부유럽에 대한 독일의 우위를 뜻한다.

『니벨룽겐의 노래』에서부터 라인 강과 다뉴브 강은 서로 대적하고 겨뤘다. 라인 강은 지크프리트*이고, 게르만의 미덕과 순수이며, 니벨룽겐의 충성이고, 기사의 영웅심, 독일혼이 갖고 있는 운명에 대한 용맹한 사랑이다. 다뉴브 강은 판노니아, 『니벨룽겐의 노래』 말미에서 게르만의 가치를 뒤집는 동방 아시아의 거대한 흐름인 아틸라 왕국이다.† 부르군트족‡이 변절자 훈족 왕궁에 가기 위해 다뉴브 강을 건넜을 때 그들의 운명, 즉 독일의 운명은 결정난 것이었다.

다뉴브 강은 종종 반反게르만주의의 상징적 후광에 휩싸인다. 순수 혈통을 고수하는 전설의 지킴이 라인 강과 달리, 다뉴브 강은 여러 민족이 서로 만나고 교차하고 섞이는 기나긴 강이다. 빈, 브라티슬라바, 부다페스트, 베오그라드, 다키아§의 강이며, 그리스 세계를 둘러싸고 있던 대서양처럼 합스부르크가의 오스트리아를 가로지르며 둘러싸고 있는 긴 벨트다. 오스트리아 합스부르크가의 신화와 이데올로기는 자신의 제국을 국가를 넘어서는 다원적 코이네¶의 상징으로 만들었다. 황제는 '나의 여러 백성'을 위하여 존재하고, 제국의 노래가 열한 개의 다른 언어로 불리는 제국을 만들었다. 다뉴브 강은, 게르만 제국과 종종 논쟁적으로 대립하는 게르만-마자르-슬라브-로망스-유대의 중부유럽, 요하네스 우르치딜이 프라하에서 칭송했던 '힌터나치오

---

* 『니벨룽겐의 노래』에 등장하는 영웅.

† 판노니아는 다뉴브 강 중류 우안의 헝가리 분지 지역을, 아틸라는 5세기 중엽 서쪽의 라인 강, 동쪽의 카스피 해에 이르는 대제국을 건설한 훈족의 왕을 가리킨다.

‡ 동게르만의 일족으로, 413년 라인 강 중류에 부르군트 왕국을 건설했다가 아틸라의 지도하에 있던 훈족에게 패하여 멸망했다. 『니벨룽겐의 노래』는 이 사건을 소재로 하였다.

§ 다뉴브 강 하류 만곡부의 북안을 가리키는 루마니아 고대의 지명.

¶ Koinē. 원래는 기원전 4세기 무렵 이타카의 방언을 중심으로 만들어진 고대 그리스의 공통어를 가리키나, 여기서는 서로 다른 언어를 사용하는 지역의 '공통어'를 뜻한다.

날hinternational' 세계 제국, 즉 '민족들을 아우르는' 세계다.

반면 다뉴브-아흐 강 버전은 독일 전체, 독일의 전체주의 이데올로기를 상징하는 듯하다. 독일의 전체주의 이데올로기는 합스부르크가의 다민족 군주제에서 튜턴인 문화의 한 지류를, 예를 들어 에우제니오 디 사보이아를 추앙해 프리드리히 2세와 프로이센에 반대하다 결국 국가사회주의자가 된 이 위대한 오스트리아 역사가 하인리히 폰 즈르비크가 주장했듯 중부유럽을 문화적으로 게르만화하기 위한 이성의 계책 혹은 도구를, 그 군주제에서 보았던 것이다.

오늘날 여러 다른 민족의 조화로서 이상화된 '힌터나치오날' 중부유럽은 물론 합스부르크제국의 마지막 시기에 나타났던 현실, 관용에 기반을 둔 공존으로, 제국 몰락 후 두 번의 세계대전을 겪으며 다뉴브 강 유역에서 일어났던 야만적 전체주의와 비교되면서 자연히 아쉬움의 대상이 됐다. 그러나 합스부르크가가 주장했던 중부유럽은 일부 편법적 이데올로기였고, 독일 내 오스트리아 정책에 실망해서 나온 이데올로기였다. 마리아 테레지아와 프리드리히 2세 사이의 전쟁은, 하인리히 폰 즈르비크가 1942년 펴낸 책에서 말한 '독일통일Deutsche Einheit'을 분열시켰다. 오스트리아와 독일의 분열은 다음 시기, 즉 나폴레옹 전쟁에서 1866년 오스트리아-프로이센 전쟁 시기까지 더욱 가속화했다. 합스부르크가 권력, 특히 독일에서의 합스부르크가 리더십은 무너져버렸다. 합스부르크가의 오스트리아는 프로이센이 앞장섰던 독일 통일을 실현할 수 없었고, 이 때문에 여러 민족과 문화가 서로 어울려 융화되는 초민족적 제국에서 새로운 정체성과 사명을 찾는다.

다뉴브 강을 라인 강에 대립시킨 합스부르크가 신화의 근간에는 이 역사적 분열이 있다. 그 분열의 상처가 깊을수록 신화는 더욱 정교하게 만들어진다. 일차대전 중 합스부르크가 몰락 이전에, 호프만슈탈은

'오스트리아인'을 찬양하고 오스트리아인의 전통적 자기비판과 역사에 대한 회의적 사고를 극찬하면서, 이들을 도덕적으로 광적이고 변증법적 사고를 지닌 국가주의 '프로이센인'과 비교했다. 1920~1930년대에 제국의 고아나 다름없던 작은 신생공화국 오스트리아는 '오스트리아 정신'의 정밀한 이론화, 독일인과는 아주 다른 고유의 '오스트리아인'에 대한 담론을 자극하고, 이를 더욱 맹렬히 만들어낸다.

오스트리아 파시즘은 심각한 모순을 피하지 못한 채 나치즘에 대항하려는 시도에 있어 이 전통의 연장선상에 있게 된다. 자신의 정체성을 밝히고자 한 오스트리아의 끈질긴 이 연구는 독일적 요소와의 동일시를 거부하면서 나온다. 그 결과 안드리안베르부르크 남작이 이미 19세기에 말했듯, 오스트리아 민족성은 존재하지 않는다고 선언하기에 이른다. 이러한 자기성찰은 궁극적으로 '오스트리아적인 것'은 정의할 수 없고 이 불가능성 자체가 그 본질이라는 발견, 즉 귀가 솔깃한 자기폄하의 지점으로 수렴된다.

다뉴브 강은 라인 강과 점점 멀어지며 흘러가는 것일까, 아니면 독일의 물을 동쪽으로 보내는 배수구인 것일까? 여러 시대의 다양한 중부유럽 정치 계획은 프란츠*나 포포비치†의 경우처럼 다민족을 연합하려는 계획과, 나우만‡의 계획처럼 독일 헤게모니를 위한 프로그램 사이에서 흔들렸다. 문인들은 거의 다뉴브 강을 '힌터나치오날' 즉 '민족들을 아우르는 세계'로만 보는 경향이 있었고, 역사가들은 다뉴

* Franz Joseph 1세(1830~1916). 오스트리아의 황제로, 헝가리 반란을 진압하고 오스트리아-헝가리 제국을 성립시켰으며 범게르만주의를 감행하여 러시아와 대립함으로써 일차대전 발발 계기를 만든 인물.

† Aurel C. Popovici(1863~1917). 루마니아 정치가이자 법관으로, 1906년 오스트리아 연합국 계획을 내놓으며 오스트리아와 헝가리 군주제의 연합을 주장했다.

‡ Friedrich Naumann(1860~1919). 독일 정치가로, 1915년에 저술한 『중부유럽』에서 중부유럽 통합 계획안을 제시하며 독일제국주의의 침략정책 이데올로기에 일조했다.

브 강의 오스트리아가 지닌 독일 민족성, 파란 다뉴브 강에서 종종 반짝이는 라인 강의 황금을 놓고 손익계산을 했다.

오스트리아에 대한 광범위한 정치적 역사적 논쟁은 주로 독일적 요소의 역할, 제국의 다른 여러 민족성과 독일 민족성과의 관계, '독일인'과 '오스트리아인' 사이의 동족성 그리고(혹은) 차이를 중심으로 벌어졌다. 오스트리아-독일 통합의 전망이 단지 독일 국수주의만을 의미하지는 않는다. 1918년의 대재난 이후 독일과의 통일을 원하던 민주사회주의 주장이 있었을 때처럼, 몇몇 역사적 시기에 오스트리아-독일 전망은 진보의 대변인 역할을 한 문화와의 동일시를 의미했다. 요제프 2세 시대와 19세기 자유주의 시대에 일어났던 일처럼 말이다. 1938년의 오스트리아 합병은, 독일의 리더십과 진보주의 정신 사이의 공존 관계가 어떻게 왜곡되었는지를 보여주는 비극적 사건이었다.

중부유럽과 독일 사이의 논쟁적 연관성은 아르두이노 아넬리*가 하인리히 폰 즈르비크의 경우를 언급했듯 자주 드라마틱한 주제가 된다. 하인리히 폰 즈르비크는 합스부르크가 군주제에서 보편적 이상, 제국주의 이상, 중부유럽의 이상이 서로 통합되어 있음을 인식했다. 또한 그 안에서 그는 독일 보편주의, 다뉴브 강 유역에서 여러 세기에 걸쳐 내려온 게르만의 역사적 사명과 그 사명의식을 보았다. 즈르비크는 작은 독일, 즉 소독일주의의 이상 혹은 게르만주의와 프로이센주의의 동일화에 반대했고 또한 빈의 전통을 찬양하는 큰 독일, 즉 대독일주의도 반대했다.† 사실상 그는 '독일 전체'라는 하나의 전망 아래 '오스트리아화'하려는 모든 것에 반대했다. 이러한 전망에서

---

* Arduino Agnelli(1932~). 이탈리아의 사회주의 정당 의원.

† '소독일주의kleindeutsch'는 19세기 독일 통일운동에서 오스트리아를 제외하고 프로이센을 중심으로 통일을 실현하려고 한 입장인 반면, '대독일주의grossdeutsch'는 오스트리아 제국을 포함하여 그 지도하에 독일 통일을 실현하려는 입장이다.

오스트리아의 이상, 그리고 즈르비크가 1937년 유명한 논문에서 중점적으로 다룬 중부유럽의 이상은, "근본적으로 독일적인 이상"이다. 오스트리아는 "독일혼의 일부, 독일의 영광의 일부, 독일의 고통의 일부"였고, 합스부르크제국의 사명은 중동부 유럽에서 우월한 게르만의 이상을 확인하고 그 공간 안에서 보편주의, 즉 독일 신성로마제국의 문화를 창조하는 것이었다.

그렇다면 다뉴브 강을 따라 카롤링거 왕조의 세계로 내려온다면? 즈르비크는 국수주의자도 인종주의자도 아니었다. 즈르비크에게 독일 문화는, 절대권력의 모든 정책에 자신의 우월한 가치를 부여해야만 했던 신성로마제국의 기독교적 보편성을 의미했다. 즈르비크는 중부유럽 지역에서 독일 민족과 타민족이 평화로이 공존해야 하며, 다른 모든 민족의 생존권을 인정해야 한다고 수차례 이야기했다. 그러나 그는 당연히 독일 민족이 중부유럽을 이끌어갈 민족, 문화와 보편성을 대변할 수 있는 유일한 민족이라고 생각했다. 신성로마제국은 독일 민족의 것이었다.

즈르비크는 생물학적 인종적 요소에 기대지 않고 다른 종족과의 결혼 및 혼혈 민족을 열망했다. 그의 가문이 몇 세대에 걸쳐 게르만화했음에도 그는 체코 혈통임을 잊지 않았다. 그러나 그에 따르면, 독일 혈통만이 중부유럽에서 문화, 문화민족의 기반이 될 수 있었다. 다른 민족에 속한 사람도 문화의 정점까지 올라설 수 있었으나 그의 가문처럼 게르만화하여 독일인이 되어야만 가능했다. 또한 이들은 자신의 민족성의 수준, 말하자면 존중받긴 하나 열등한, 보다 낮은 수준에 머물 수도 있다. 야만인들이 로마 시민이 될 수 있었던 것처럼 슬라브인들도 독일인이 될 수 있지만, 그리스로마 문화가 그랬듯 상위의 문화는 오직 독일 문화만이 될 수 있었다.

그런 독일의 보편주의, 질서를 열망하면서도 은밀히 혼란을 바라는 엉클어진 뒤틀린 내면성을 가리키기 위해 토마스 만이 말했던 "절망적으로 독일적인" 보편주의는, 유럽 문화의 위대한 페이지, 즉 삶과 가치 사이, 생존과 질서 사이에서 나온 긴장을 떠안고 있는 강력한 독일 문화와 결부된다. 즈르비크의 상징적 사례는 독일의 우월성이 위협받을 때 이런 보편주의가 어떻게 더욱 배타주의적 야만성으로 왜곡될 수 있는지를 보여준다. 음울한 파토스와 조용한 내면성을 지닌 '독일의 운명'은, 특히 독일인과 슬라브인이 넓은 영토에서 수세기에 걸쳐 대립하며 서로 만나고 충돌하는 방식이었다. 나치즘은 중부유럽에서 독일이 어떻게 타락했는지 보여주는 잊지 못할 교훈이다. 중부유럽에서 독일의 존재는 역사의 중요한 한 페이지였고, 독일의 쇠락은 거대한 비극으로, 그 타락과 패배에 책임 있는 나치즘이 결코 잊혀서는 안 될 것이다. 오늘날 유럽에 대해 질문한다는 것은 유럽과 독일의 관계에 대해 질문한다는 의미다.

우리 모두는 큰 전쟁들을 통해 세계정신Weltgeist을 보도록 교육받았고, 요한 고트프리트 폰 헤르더로부터 이를 포착하는 방법을 배울 필요가 있다. 세계정신이 아직 잠들어 있다거나 이제 겨우 유년기에 접어들었다 해도 말이다. 모든 민족에게는 자신의 때가 있는 법이고, 절대적으로 더 우월하다거나 열등한 문화는 없으며, 다만 민족들이 각기 다른 시기에 번영하고 쇠퇴하는 것이라는 사실을 몸으로 체험하여 확실하게 배우지 않는 한, 우리는 진정으로 안전하다 말할 수 없을 뿐이다. 삶을 살아가고 읽는다는 것은, 모든 시기와 모든 국가에서 일어난 '인간의 정신사'를 생각한다는 것을 의미한다. 헤르더는 인간정신의 영원한 보편성이라는 사상을 희생시키지 않으면서, 단 하나의 모델을 위해 인간 정신을 구현한 너무나 다양하고 다른 형태들 그 어느 것도 희생시키지 않으면서, 세계문학의 변화들을 통하여 인간의 정신사를 따라가고 싶어했다. 헤르더는 그리스의 완벽한 형태를 사랑한다고 해서 라트비아 민중의 축제 노래를 평가절하하거나 하지 않았다.

모든 질풍노도 작가처럼 헤르더는 강을, 비옥한 생명력을 주면서 계곡을 흐르는 젊고 거친 급류를 좋아했다. 갓 솟아난 다뉴브 강의 이 젊고 가는 물줄기를 보면서 나는 자문했다. 강을 따라 삼각주까지 가다보면 여러 다양한 사람과 민족 속에서 피비린내나는 전장을 보게 될까, 아니면 언어와 문화의 다양성 속에서 이 모두에도 불구하고 하나된 인류의 합창을 듣게 될까. 과거-현재-미래의 전쟁터들이 줄지어 나를 기다리고 있을까, 아니면 '다뉴브 연방'이 나를 기다리고 있을까. 사회주의 안에서 자신의 계급 지평을 극복하면서 진정한 애국자가 될 수 있었던 위대한 헝가리 귀족 카로이 백작이 1918~1919년 헝가리공화국 대통령을 지낸 후 런던에 망명하여 식비 마련을 위해 외투를 팔아야 했을 때도 그에 대한 신념을 버리지 않았던, 그 굳건한 다뉴브 연방 말이다.

6. 노텐티엔도

이 순수한 물에 대한 약속은 아마 거짓일 것이다. 그런 인간적 보편성은 존재하지 않는다. 나치 강제수용소를 방문해보면 헤르더가 조화로운 전체로 상상했던 인간성의 큰 나무를 믿는다는 것이 어리석어 보인다. 아마 조화로운 전체라는 이미지와 거기에서 온 충만감은, 단지 사건들의 무분별한 혼란에 우리의 욕구를 덧붙인 것일 뿐이다. 어쨌든 한 꼼꼼한 여행자의 '다뉴브 강' 여행은 (18세기 자연주의자 프란체스코 그리셀리니가 말했던 것처럼) 상당히 일찍 끝날 수밖에 없다. 내일 저녁 우리는 이곳 브레크 강에서 또다른 여행을 기대하고 있다.

하지만 다뉴브 강 여행이 너무 빨리 끝난다는 가설을 확인하게 될까봐 초조해진 우리는 임멘딩겐으로 급히 방향을 바꾸었다. 말했다시피 임멘딩겐에서 다뉴브 강은 바위틈 안으로 스며들어가 아흐 강물과 합류해 다시 나오고 콘스탄츠 호수로 함께 흘러들어간다. 강변을 따라 산책하던 어느 친절한 신사가 여름에는 그 지점 강바닥이 완전히 말라버린다고 우리에게 말해주었다. 그러나 불과 몇 킬로미터 더 위쪽에 있는 울름에서 다뉴브라 불리는 강은 여름에도 배가 다닐 수 있을 만큼 넓다. 그러므로 여름이면 다뉴브 강은 오늘 저녁 우리가 있는 지점을 지나 훨씬 더 아래쪽에 있는 투트링겐에서 생겨난다. 언덕들에서 내려오는, 도나우에싱겐과 푸르트방겐에 대해서는 전혀 알지 못하는 하천들과 지류들에서 말이다.

다뉴브 강 역시, 우리 각자가 그렇듯 '노텐티엔도Noteentiendo' 즉 '알 수 없는 너'다. '라스 카스타스'라 불리는 보드게임판에 있는 열여섯 개 그림 가운데 하나에 그려진 인물들처럼 말이다. 라스 카스타스는 사랑과 혈통에 대한 일종의 쌍쌍카드 그림판인데, 멕시코에서 시립박물관 한쪽 벽에 걸려 있던 걸 본 기억이 난다. 그림판에 있는 열여섯 칸에는 각각 세 인물이 그려져 있다. 혈통이 다르지만 서로 절실히 결혼하기를 원하는 남자와 여자, 그리고 그들의 만남에서 태어난 얌전한 아기 그림이다. 다음 그림에서 아기는 성인이 되고 새로운 결혼의 주인공이 된다. 이 결혼에서 혼혈의 고리를 계속 이어나갈 또다른 아들이 태어난다. 스페인 남자와 아메리카 인디오 여자 사이에서 태어난 메스티소, 그들의 후손인 카스티소와 물라토, 이 물라토 남성과 스페인 여성 사이에서 태어난 무어인, 이런 식으로 해서 나오는 치노, 로보, 로보 남성과 치노 여성 사이에서 태어난 히바로, 히바로 남성과 물라토 여성 사이에서 태어난 알바라사도, 그리고 알바라사도는 캄부호의 아버지가 되고 캄부호는 삼바이고의 아버지가 되고 등등.

그림판은 사회적 인종적 카스트를 의복에서까지 엄격히 분류하고 구분하려 했지만, 그 시도는 의도와는 달리 변덕스럽고 반항적인 사랑 게임, 모든 폐쇄적인 사회계급의 위대한 파괴자, 게임을 즐겁고 재미있게 만들기 위해 잘 정리된 카드 다발을 다시 흩트려 클로버나 스페이드에 다이아몬드를 섞어넣는 셔플러 같은 카드 섞는 사람을 돋보이게 하는 결과를 가져왔다.

끝에서 두번째 칸에 있는 텐테넬라이레* 남자와 물라토 여자의 사랑의 결실은 익명의 분류자로 하여금 자신의 작명 능력에 혼란을 느끼게 만들었다. 사실 분류자는 그 혼혈을 '노텐티엔도'라고 이름붙였다. 있기도 하고 없기도 하며 여러 곳과 여러 부모 밑에서 태어난 그 다뉴브 강은, 다수의 숨겨진 씨실과 날줄에서 존재가 비롯됐기 때문에 우리 각자가 노텐티엔도라는 사실을 상기시켜준다. 독일계 이름을 가진 프라하 사람들이나 체코 이름을 가진 빈 사람들처럼 말이다. 그러나 이날 저녁, 여름에 때때로 사라진다고 말하는 이 강을 따라, 나와 함께 걷던 이 발걸음은 이 강물만큼이나 확실한 것이다. 강의 굴곡과 리듬감 있는 그 물결을 따라가면서 결국 나는 나 자신에게 가닿고 있는지도 모를 일이다.

바로크 시인이며 페그니츠 목축화훼조합의 저명한 대표였고, 주관이 강했지만 개인적인 역사 서술 경향은 적었던 온화한 곱슬머리 지크문트 폰 비르켄은, 동쪽으로 꺾였다가 남쪽으로 꺾이고 다시 북쪽으로 꺾이는 등 변덕스럽게 구부러져 흘러가는 다뉴브 강의 굴곡을 보고 터키의 침략을 막기 위해 신의 섭리가 낳은 그림이라고 생각했다. 그가 1684년에 쓴 다뉴브 강에 대한 책에는 수원에서부터 하구까

* Tente en el aire. '공중에 붕 뜬 당신'이라는 뜻으로, 칼파물라토 남성(삼바이고 남성+로보 여성)과 캄부호 여성 사이의 혼혈.

지 다뉴브 강변과 지방들, 그 연변에 있는 도시들의 옛 이름과 새 이름이 반영되어 있다. 그 책에서 저자는 풍부한 지식이 담긴 방대한 자료들을 부지런히 수집한 후에 우리의 고향땅이 아직 미완의 장소라고 쓰면서, 그가 확실하게 재구성할 수 없었던 이름들을 여백으로 남겨놓은 채 독자로 하여금 그 자신의 경험과 불확실성에 대한 느낌을 통해 그 빈 공간들을 다시 채우도록 했다.

어쩌면 글을 쓴다는 것은, 존재의 빈 공간을, 즉 어느 날 어느 시간에 갑자기 방의 사물들 사이가 뜨면서 끝없는 비탄과 무의미함으로 사물들을 빨아들이는 그 무無를 채워나가는 것을 의미하는지도 모른다. 엘리아스 카네티가 썼듯, 공포는 주의를 딴 데로 돌리기 위해 이름들을 만들어낸다. 여행자는 자신이 탄 기차가 지나간 역 이름, 자신의 발길이 이끌고 간 골목 이름을 읽고 기록한다. 그리고 그 무를 리듬감 있게 발음해보고 질서를 이루는 것에 만족해서는 가벼워진 기분으로 여행을 계속한다.

지크문트 폰 비르켄은 사물들의 진짜 이름을 찾았고, 그가 말했듯 다뉴브 강의 수원을 직접 확인하기 위해 여행을 떠났다. 많은 사람이 다뉴브 강의 수원에 대해 썼지만 직접 보러 가는 번거로운 수고를 한 사람은 적었다. 16세기 세바스티안 뮌스터의 『코스모그라피아』는 노아의 대홍수에서 다뉴브 강의 근원을 찾았는데(XI, 11), 지크문트 폰 비르켄은 이를 충분히 납득하지 못했다. 그래서 강의 이름이, 몇몇 어원학이 주장하듯 실제 그 수원의 격하고 요란한 소리에서 연유했는지 확인하고 싶어했다. 아무튼 농담과 괴짜 짓을 즐기던 그의 바로크적 취향도, 어쨌거나 그 큰 강이 수도꼭지가 잠겨서 말랐다는 이미지까지 가닿게 할 수는 없었던 것이다.

7. 호문쿨루스

브레크 강 근처 선술집에서 흩어졌던 일행이 잠깐이나마 다시 모였을 때, 구테델 와인병을 앞에 놓고 지지가 말했다.* 그런 장난 같은 생각은 우리 세대의 사람에게나 떠오를 법한 것이라고 말이다. 그러니까 자연이 아직 존재하는지, 자연이 우주의 수수께끼 여주인인지, 아니면 인공적인 것에 내쫓겼는지를 의심하는 사람한테나 떠오를 수 있는 생각이라고 했다. 그도 그럴 것이 다뉴브 강은 오늘날 빈과 하인부르크 사이에 세워질 거대한 수력발전소 계획 때문에 위협받고 있다. 녹색당의 주장에 따르면, 이 수력발전소는 '도나우 강'의 생태 균형, 풍부한 열대 동식물군과 생태계를 가진 강 주변의 비옥한 땅을 파괴할 것이다. 지지는 다혈질이면서 음울한 고전주의 에세이 작가이자 툭하면 화를 내는 고집 센 미식가이기도 하다. 그런 지지가 다른 무엇보다 마리아 주디타의 말 때문에 다소 화가 났다. 주디타가 작년에 그 산비탈에서 확인했던 결과들을 사실인 것같이 말하고 옹호하면서 느닷없이 '터널에서 나오다'라는 표현 즉 '해냈다'는 표현을 사용했는데, 그 표현은 언제든지 지지의 화를 돋울 수 있는 말이었다.

지지는 줄곧 괴테에게 비자연적인 것은 존재하지 않았을 거라고 했다. 괴테의 자연은 만물을 얼싸안고 휘감는다. 뭔가 아이러니하게도 자연은 모든 형태, 자연을 거부하는 듯하고 인간들에게 '비자연적인 것'으로 보이게끔 하는 형태들조차 창조해내고 움직이게 한다. 고아 중의 고아에다 아무짝에도 쓸모없는 사람, 자신이 자연의 품에서 내쫓겼다고 생각하는 사람이라 할지라도, 의식하진 못해도 자연에 속

---

* '흩어졌던 일행'으로 번역된 라틴어 'disjecta membra'는 로마 시인 호라티우스 시구에 나온 표현으로, 주로 파괴되거나 여기저기 흩어져 잔존하는 고대 문헌이나 유물을 가리키는 말로 쓰인다. 구테델 와인은 독일 바덴 지역에서 나는 화이트 와인의 일종.

해 있으며 영원한 게임에서 자연이 그에게 맡긴 역할을 연기한다. 수도꼭지와 홈통도 강의 신에게 복종하고 있는 것이다.

그런데 브레크 강 근처의 이 선술집 테이블 주위로 의문이 감돈다. 우리를 둘러싼 이 제2의 자연—상징과 매개와 구성의 이 숲—이 그 뒤로 더이상 제1의 자연은 존재하지 않으며 인공적인 것과 다양한 생명공학이 자연의 영원하다던 법칙을 이어받아 그 자리를 내쳐버렸다는 의심이 슬그머니 고개를 쳐든 것이다. 이 다뉴브 강 유역에서 생겨난 오스트리아 문화는, 환멸에서 벗어나 똑똑히 포스트모더니즘의 허위성을 고발하고 어리석다고 조롱하면서도 이를 운명으로 받아들였다.

사실 스핑크스 같은 말년의 괴테도 그런 의심을 모르는 척 간과하지 않았다. 『파우스트』 2부에서 괴테는 단순히 호문쿨루스Homunculus, 즉 실험실에서 만들어진 인간만을 이야기한 게 아니라, 비자연적인 것의 완전한 승리 그리고 패션, 인위적 생산, 허위에 의해 모조된 고대 어머니의 패배 혹은 소멸을 암시했다. 『파우스트』 2부인 모던과 포스트모던으로의 그 이행과정에서, 수도꼭지는 강보다 더 살아 있는 생생한 실재가 되었으며, 수도관은 「요한계시록」에서 경고했듯 생명수의 보급을 언제든 중단시킬 수 있게 됐다. 하인부르크 근처에 세워질 수력발전소에 반대하는 우려 섞인 주장들은 가뭄, 말라붙을 땅과 생명, 개간되어 불모지가 될 어머니의 양막, 영원히 사라질지 모를 아우엔의 원시 습지 밀림에 대해 말하고 있다.

브레크 강 선술집에 모여 궤변을 늘어놓던 한량들은 자신들이 호문쿨루스처럼 생산된 것이 아닐까, 자신들의 머릿속에 자주 떠오르는 말라버린 강바닥처럼 자신들 심장의 부식토가 메말라가는 건 아닐까 마음속 깊이 두려웠다. 그러나 『파우스트』 2부에서 너무나 냉혹하게 표현된 인공의 카니발 앞에서도 괴테가 잃지 않았던 그 미소에, 그들은 은밀히 희망을 걸고 있었다. 모든 사람에게 그렇듯 그 선술집에서 우리 앞에 놓인 딜레마는 늙은 괴테가 제시했으나 메피스토펠레스의 방법으로도 풀어내지 못한 딜레마였다. 창조자 자연은 과연 인간들이 더이상 자연을 바라볼 수 없게 된 시대의 변화까지 얼싸안는 끝없는 지평일까, 아니면 그 너머에 더이상 아무것도 존재하지 않는 허상의 카니발 마차에 자연마저 편승해버린 것일까? 원자폭탄은 영원한 조화를 위험에 빠트리고 그와 더불어 영원의 의미를 전달했던 수천 년의 사고마저 위험에 빠트릴 인간의 사악한 발명품인가, 아니면 지구에 생명과 열기를 주고자 신이 만들었던 태양, 그곳에서 계속 일어나고 있는 핵분열과 거대한 폭발을 아주 작은 단위로 축소해 모방한 소소한 현상일까?

사실 이 반대명제는 그곳 선술집에 있는 동안 우리를 좀 으스스하게 만들었다. 왜냐하면 시간의 요란스러운 종말이 단지 여름을 조금 앞당겨 끝내는 호우와 같다 해도, 그것은 우리의 계절을 끝장내는 것이나 다름없기 때문이다. 나막신을 신고 위아래 마루를 오르락내리락하면서 서빙을 하는 종업원의 다리는, 신의 더 큰 영광을 위해서, 현재를 만들어나가기 위해서, 좀더 오래 세상에 머물 충분한 이유가 되고도 남는다. 혹은 단순히 이 선술집에서 토론을 이끌고 있는 지지의 말을 들으며 그 주변 사람들 얼굴을 바라보고 있을 충분한 이유가 된다. 마리아 주디타는 소시지와 겨자를 가지고 뭔가 분주했고, 프란체스카는 폰타네의 에피 브리스트*처럼 조용히 별 생각 없는 매력적인 표정으로 듣고 있었다. 그 모습은, 숨김없이 해맑은 표면을 보여주는 저 아래 시냇물처럼 가벼이 투명하게 흘러가는 물의 매력을 느끼게 해

---

* 명예와 의무 때문에 파멸하는 시민의 가정 비극을 다룬 19세기 독일 작가 테오도어 폰타네의 동명 소설에 나오는 주인공.

주었다. 그 해맑은 표면은 산들바람에 살랑살랑 물결이 이는 잔잔한 바다의 수면 같고, 동굴 속 같은 어둠을 보여주는 깊은 수심보다 더 헤아릴 수 없는 깊이가 있는, 부드럽고 조용한 무한함을 상기시킨다.

계곡을 흐르는 산의 급류에서 젊은 괴테는 땅을 비옥하게 하면서 초원을 향해 돌진하는 신선하고 격정적인 젊음을 보았다. 대혁명 이전 희망이 있었던 '질풍노도'의 시기에 강은 천재, 생명 에너지, 진보의 창조자를 상징했다. 『백과전서』 5권에서는 '열정enthousiasme'을 작은 시냇물에 비교했다. 즉 점점 물이 많아지며 굽이쳐 흘러가고 점점 더 크고 힘이 거세지다가 "행복한 땅을 물로 적셔 풍성하고 비옥하게 만든 후에" 결국 대양으로 흘러들어가는 작은 시냇물 말이다. 그러나 수십 년 후 19세기 오스트리아 시인 그릴파르처는 완전히 다른 톤의 시구로 시냇물의 흐름을 다루고자 했다. 그는 시냇물이 거세지다가도 역사에서 사라지기도 하고, 맑고 평온했던 유년시절의 작지만 조화로운 평화를 잃어버린 채 동요하고 혼란에 빠지다가, 결국 바다에서, 무無에서 융해되고 만다고 생각했다.

다뉴브는 오스트리아의 강이다. 그런데 역사가 모순을 제거하면서 모순을 해결한다는 사실을 믿지 못한 것도 오스트리아다. 한계를 넘어서고 없애는 통합을 불신하고, 미래는 죽음에 좀더 가까이 간다고 생각하여 미래를 불신한 것도 오스트리아다. 오늘날 노쇠한 오스트리아는 종종 우리의 고국같이 느껴진다. 왜냐하면 노쇠한 오스트리아는 자신들의 세계가 미래를 가질 수 있을까 의심하고, 노쇠한 제국의 모순들을 해결하려고 하기보다는 그 해결책이 이질적 속성을 많이 갖고 있는 제국에서 몇몇 본질적인 요소마저 파괴해 결국 제국의 종말을 초래할 뿐이라고 여겨 오히려 그 해결책을 미루고 싶어하는 사람들의 나라였기 때문이다.

브레크 강의 작은 골짜기에 가기 위해서는, 몇 미터지만 짧은 비탈을 내려가야 한다. 거기서 강이, 강의 하강이 시작된다. 강을 따라 내려가면서 쉬기도 하고 돌아가기도 하면서 쉬엄쉬엄 가는 게 좋다. 릴케도 알았듯, 승리에 대해 생각할 게 아니라 살아남는 일이 제일 중요한 문제이기 때문이다.

8. 시간의 선로들

푸르트방겐의 자랑인 국립 시계박물관은 시간을 재는 온갖 종류와 갖가지 형태의 도구가 빼곡한 숲이다. 값비싼 시계, 가정용 시계, 자동 시계, 음악 시계 등등. 물론 슈바르츠발트의 뻐꾸기시계가 단연 눈에 띈다. 그 뻐꾸기시계를 만든 사람은 보헤미안 장인일 수도 있고, 일설에 따르면 1730년경 프란츠 안톤 케테러나 그의 아버지 프란츠일 수도 있다. 추시계, 천체 시계, 태양계 시계, 수정 시계도 있다. 시간이란 것이 서로 다른 움직임으로 시간을 재는 이 도구들과 별개로 흘러가는지, 아니면 결국 단지 측정과 측량의 종합일 뿐인지 되묻지 않을 수 없다.

이 수많은 추시계 사이에서는, 아리스토텔레스와 성 아우구스티누스가 했던 질문들인 시간에 대한 형이상학적 물음을 떠올리기보다는, 좀더 사소한 연대기적 불일치와 모순들에 대해 생각하게 된다. 예를 들어 몇 달 전 이탈리아 사회운동당MSI의 몇몇 포스터는 살로공화국* 건국 40주년을 축하했다. 파시스트 경례를 하며 단검을 쥔 손을 높이 쳐든 그 이미지는, 역사적인 만큼 사적인 시간 모두를 평가하는 불확

* RSI. 1943년 이차대전에서 이탈리아가 패배하면서 나치 독일의 보호하에 살로라는 도시에 무솔리니가 세운 이탈리아 사회공화국 망명정부.

실하고 유연한 성격을 예시해주었다. 1948년 그 유명한 선거운동이 벌어질 당시, 일차대전이 끝나고 트리에스테가 이탈리아에 통합된 해인 1918년은 더이상 잔인한 열정을 불태울 수 없는, 이제는 잠잠해진 먼 과거가 됐다. 1918년과 1948년 사이의 30년은 화형대 너머 적의에 찬 분노가 일어나지 않는 곳에 그 사건들을 처박아두었다. 살로공화국 건국과 최근의 기념식 사이의 40년은 기록상 여전히 어떤 열정도 쏟지 못한 짧은 기간이다. 그런데 그 포스터에 언급된 정치집회는 무질서, 싸움, 상처를 유발할 수도 있었던 것이다.

수년 전 혹은 몇십 년 전에 일어난 사건들이 동시대 사건인 듯 생생히 느껴지기도 하고, 한 달밖에 안 된 사건들과 낡은 감정들이 멀게만 느껴지고 결국 기억에서 깨끗이 지워지기도 한다. 시간은 가늘어지기도 하고, 길게 늘어지기도 하고, 수축되기도 하고, 손으로 만져질 정도로 응어리가 지기도 하고, 짙은 안개가 점점 엷어지다가 사라지는 것처럼 분해되기도 한다. 서로 교차하고 갈라지는 많은 철길을 보듯이 그 위에서 시간은 여러 방향으로 달리다가도 역방향으로 내달리기도 한다. 몇 년 전부터 1918년은 다시 가까워졌다. 이미 과거 속으로 사라진 합스부르크제국의 종말이 현재가 되어, 열정적인 논쟁 대상이 되어 다시 소환된 것이다.

일정한 속도로 한 방향으로만 계속 달려가는 단 하나의 시간 기차란 없다. 때때로 우리는 다른 기차, 과거에서 출발해 역방향으로 오는 기차와 마주하기도 한다. 잠깐이나마 그 과거는 우리 가까이에, 우리 옆에, 우리의 현재 속에 있다. 제4기 혹은 아우구스투스 시대 등과 같이 역사책에서, 고등학교 시절 혹은 어떤 사람을 사랑했던 시절처럼 우리 삶의 연대기 속에서, 우리가 언급하는 시간 단위들은 무언가 신비롭고 측정하기 힘들다. 우리에게서 떨어져나간 살로공화국의 40년대는 거의 있었는지도 모르겠는 반면, 벨 에포크*의 43년은 아주 길게 느껴진다. 나폴레옹 제국은 기독교민주당 시대보다 훨씬 더 길게 느껴진다. 기독교민주당 시대가 훨씬 더 길었는데도 말이다.

브로델 같은 위대한 역사가들은 시간 길이의 이런 수수께끼 같은 면, '동시대'라 부르는 것의 모호함과 다양한 가치에 특히 관심을 기울였다. 동시대라는 말은 공상과학소설에서처럼 공간에서의 움직임에 따라 여러 다른 의미가 있다. 프란츠 요제프 1세는 고리차† 에 사는 사람, 주변 일상에서 그의 존재 흔적들을 곳곳에서 만나는 사람에게는 동시대인이다. 반면 비냘레 몬페라토‡ 에 사는 사람에게는 먼 시대 사람일 뿐이다. 스당 전투§ 시대에 이미 태어났고 한국전쟁이 시작될 때까지 살아 있던 크누트 함순에게 두 전쟁은 어떤 점에서 하나의 지평 안에서 이해된다. 반면 1903년 아주 젊은 나이에 죽은 오토 바이닝거에게 두 전쟁은 각각 그가 태어나기 전의 과거이자 먼 미래로, 그가 결코 상상할 수 없을 세계에 속한다.

사람들과 사회계급의 감정과 행동을 가르는 '비동시성Ungleichzeitigkeit'은, 마르크 블로크가 썼듯이 역사와 정책의 중요한 열쇠 가운데 하나다. 우리에게는 아직도 고단한 현재가 후손들에게는 이미 되돌아갈 수 없는 낯선 과거일 수도 있음을 우리는 좀처럼 생각할 수 없는 것 같다. 이런 의미에서 우리 각자는 몰이해의 희생자이자 몰이해를 범하는 죄인이다. 나보다 열 살이나 열다섯 살 어린 사람은 이차대전 후 이스트리아 사람들의 집단이주가 나에겐 현재의 일부라는 사실을 이

---

* belle époque. 19세기 말에서 일차대전 전까지 파리를 중심으로 문화와 예술이 융성했던 시기를 가리키는 프랑스어.

† 한때 합스부르크가가 지배했던, 이탈리아 프리울리베네치아줄리아 주에 있는 도시.

‡ 이탈리아 북서부 피에몬테 주 알렉산드리아 지방에 있는 도시.

§ 1870년, 프랑스-프로이센 전쟁 당시 프로이센군이 스당에서 프랑스군을 대파하고 나폴레옹 3세를 사로잡은 전투.

해하지 못한다. 이와 마찬가지로 어린 사람에게 1968년, 1977년, 1981년이 서로 다른 시기로 보인다는 사실을 실은 나도 이해하기 어렵다. 나에게 이 시기는 각각 차이가 크고 충격은 달라도 물결치는 초원의 수풀처럼 서로 포개어져 나란히 정렬되어 있는데 말이다.

역사는 좀더 뒤에, 이미 과거가 되어서야, 전체적인 연결관계가 몇 년 후 연대기에 기록되고 확립되면서 사건에 그 가치와 역할을 부여하고 나서야, 그 현실성을 획득한다. 일차대전의 결과와 한 문명의 종말에 결정적 영향을 미친 사건인 불가리아의 패배를 상기하면서, 카로이 백작은 "그 순간에, '그 순간'은 아직 '그 순간'이 되지 않았기" 때문에 그 사건을 겪는 동안에는 그 중요성을 인식하지 못했다고 썼다. 파브리치오 델 동고*에게 워털루전투가 그러했다. 전장에서 싸우고 있으면서도 그에게 워털루전투는 아직 존재하지 않았다. 우리가 살고 있는 단 하나의 차원, 순수한 현재에 역사란 없다. 파시즘이나 시월혁명은, 그 사건이 일어나는 각각의 순간에는 없는 것이다. 왜냐하면 그 작은 시간의 파편 속에서는 단지 침을 삼키는 입, 손동작, 창가에 서서 바라보는 시선만이 존재하기 때문이다. 제논은 활로 쏜 화살의 운동을 부정했다. 왜냐하면 매 순간 화살은 공간의 한 지점에 멈춰 있으며, 움직이지 않는 그 순간의 연속은 운동이 될 수 없기 때문이다. 그렇듯 역사 없는 그 순간들의 연속이 역사를 만드는 게 아니라, 역사기술에 의해 그 상관관계가 만들어지고 덧붙여져 역사가 만들어진다고 말할 수 있을지도 모르겠다. 키르케고르가 말했듯, 삶은 뒤돌아봐야만 이해될 수 있다. 비록 앞을 보며 살면서, 말하자면 존재하지 않는 어떤 것을 향하여 살아가야 할지라도 말이다.

---

* 스탕달의 『파르마의 수도원』에 등장하는 인물. 스탕달은 그가 워털루전투에 등장하는 모습을 묘사하면서 "그는 이 모든 것에 관해 아무것도 파악하지 못했다"라고 적었다.

9. 비술라

도나우에싱겐 수원 근처의 조각상은 여인의 무릎 위에 앉아 있는 귀여운 어린아이 모습과도 같은 다뉴브 강을 보여준다. 여인 조각상은 주변에 펼쳐진 정감 가는 언덕 지역 바아르를 형상화한 것이다. 어린아이 이미지는 큰 강을 상징하는 도상으로는 엉뚱하다. 큰 강은 일반적으로 힘세고 웅장한 원숙함을 보여주는 초상으로 그려져왔다. 빈에 있는 알베르티나미술관 건물 정면을 장식하고 있는 분수대의 상처럼 말이다. 부다페스트 엥겔스 광장에도, 미클로시 이블이 설계한 다누비우스 분수대에 원기왕성한 노인이 위풍당당하게 서 있다. 머리칼까지도 미켈란젤로의 모세상과 비슷하다. 노인상은 왕권을 상징하는 지팡이를 짚고 왼손으로 조개를 잡고 있으며, 노인의 망토 아래로 물고기 꼬리가 삐죽 나와 있다. 다뉴브 강의 충실한 지류들인 티서 강, 드라바 강, 사바 강은 분수 상들 사이에서 상냥한 여성의 모습을 하고 있다.

루이지 페르디난도 마르실리 사령관의 훌륭한 책 『다누비우스 판노니코미시쿠스: 지리학, 천문학, 수로학, 물리학적 관측』(1726)을 장식하고 있는 형상들도 다뉴브 강을 혈기왕성하고 남성다운 노인의 모습, 제왕처럼 당당하고 자비로운 사투르누스의 모습, 수력발전소와 운하 그리고 그 땅을 점령한 천하무적 이 난쟁이들의 또다른 협잡으로부터 아직 위협받은 적 없는 티탄의 모습으로 인격화해놓았다. 사실 독일어 'Donau'는 여성명사다. 빈 범죄박물관에 있는 O. 프리드리히의 1938년 그림은 익사자의 시체를 형상화했는데, 제목이 '어머니 다뉴브 강'이다. 개인적으로 박물관을 방문했을 때 나와 동행해준 친절한 범죄고문관은 그 그림이 별 값어치는 없다고 말했다. 경찰이 보수를 많이 줄 수 없어 돈을 적게 받는 예술가들을 찾아야 했기 때문이다. 그러나 로마의 나보나 광장에 자리한 베르니니의 분수에서 유럽을 상징하는 다뉴브 강은 성인 남성이다.

1600년 전에 도나우에싱겐 수원은 파란 눈을 가진 금발 소녀의 모습으로 더 친숙했다. 훗날 토마스 만을 매료시켰던 모습이다. 로마 황제 발렌티니아누스 1세의 아들인 어린 그라티아누스를 가르쳤던 수사학의 거장 데키무스 마그누스 아우소니우스의 시들이 그 점을 확인시켜준다. 기원후 368년에 아우소니우스는 슈바벤 사람들(수에비족)을 정벌하러 나선 로마 황제의 군대를 따라갔다. 군대는 브리가흐강과 브레크 강이 합류하는 지점 근처에 주둔했다. 로마군은 예상대로 승리해서 샬롱쉬르손의 패배를 설욕했고 아우소니우스는 여자 노예 한 명을 얻었다. 그는 그녀를 비술라라고 이름붙였다. 이 말은 야만인 처녀의 생기발랄함을 가리키는 알라만족의 말일 수도 있고, 두 갈래로 갈라지는 수원의 분기점을 나타낸다는 설도 있다.

쉰여덟의 아우소니우스는 비술라를 사랑했다. 아우소니우스가 비술라를 존중해서 금방 자유의 몸으로 놔주었는데도 비술라는 로마까지 그를 따라왔다. 아우소니우스가 친구 파울루스에게 쓴 편지에서는 이 늙은 문인의 어리석다 싶을 정도로 강렬한 열정, 사랑하는 여인에 대한 존경, 그의 인생의 중심이 되어버린 이 갑작스러운 운명의 선물에 대한 경건한 감사의 마음을 읽을 수 있다.

아우소니우스는 시를 짓고 문법을 가르칠 줄 알았으며, 존경받는 수사학자로서 삼라만상의 수수께끼 같은 짜임새를 가만히 지켜보았다. 알프스를 넘어가는 잦은 원정과 전쟁, 로마의 군사전략이 꼭 필요한지를 그가 자문했던 것 같지는 않다. 그리하여 그는 한 여인과 더불어 행복을 찾았는지도 모른다. 우리를 일깨울 수 있는 건 우리가 맞잡거나 키스하고 싶은 손 하나면 족하다. 그 손은 아주 멀리서 온 것이고, 그 손가락의 모양과 유혹을 만드는 데 빅뱅, 제4기, 아시아의 초원에서 건너온 훈족의 이주가 아주 적으나마 협력했으니 말이다.

아우소니우스는 비술라를 위해 시 몇 편을 썼다. 훌륭한 시들은 아니다. 그의 고향이며 당시에는 부르디갈라라고 불린 보르도 출신의 그 선생은 6보격 시와 5보격 시를 세심하게 잘 만들어내는 기술자였지, 분명 시인은 아니었기 때문이다. 모젤 강에 대해 쓴 길고 지루한 그의 시가 이를 말해준다. 때때로 사랑이 시 창작에 필요하긴 하지만 사랑만으로 시를 짓기란 불충분하다. 자신의 열정을 바탕으로 영웅시체 2행연구를 짓는 사람이 때때로 열정보다 2행연구에 더 신경쓰는 경우가 있다. 아무튼 아우소니우스의 2행연구는 아주 품위 있으며, 비술라의 이중성을 노래했다. 비술라는 게르만인의 금발과 눈을 가졌으면서도 의복과 습관은 로마인이었고, 라인 강의 딸이지만 다뉴브 강의 수원지 근처에서 라티움*의 시민이 되었다. 아우소니우스는 로마까지 자신을 따라온 사랑하는 여인, 로마인 옷을 입은 그녀를 찬미하면서도 그녀의 출생, 독일의 강과 숲을 부정하라고 요구하지는 않았다. 새로운 정체성을 획득한다는 것은 이전의 정체성을 부정한다는 의미가 아니라, 새로운 영혼으로 자신의 인격을 풍성하게 한다는 의미다.

분명 비술라는 아우소니우스를 따라 로마에 왔고, 그는 슈바벤에 남지 않았다. 모든 문화의 만남에서, 그것이 조화로운 만남이든 다툼이 따르는 만남이든, 여러 사람 사이의 만남이든 단 한 사람의 경험에서 일어나는 만남이든, 늘 피하기 힘든 선택의 순간이 있기 마련이다. 그 속에서 사람들은 어느 한 문화에서 잠깐이나마 자기 자신을 발견한다. 선험적으로 정해진 선택은 없다. 자신의 종족을 버리고 라벤나와 그 도시 성당의 수호자가 된 랑고바르드족 전사와 자신의 세계를 버리고 인디언 부족에 들어간 영국 귀부인, 이 두 사람은 같은 메달의

* 이탈리아 중부 지방의 고대 로마 발상지로, 지금의 로마 동남쪽에 있던 고대 국가.

두 얼굴로서 신 앞에서 동등하다고, 보르헤스는 자신이 쓴 우화에서 이야기했다.

아마 비술라는 라틴 세계에서 자기 자신을 발견했을 것이다. 로마 제국 최후의 위대한 수호자가 된 야만인 아에티우스와 스틸리코가 로마인과 그들의 나약한 황제들보다 더 로마인다웠듯이 말이다. 혹은 보르헤스가 이야기했던, 인디언 부족에서 자기 자신을 찾은 영국 귀부인처럼 말이다. 정체성은 언제나 열려 있는 탐색이다. 혈통을 지키려는 지나친 집착꾼이 또다른 상황에서는 혈통을 끊는 공모자가 되는 만큼, 때때로 그 집착은 우리를 퇴행시키는 예속일 수 있다. 너의 운명과 네 땅의 운명을 너는 고통스럽게 느끼지 않는구나, 라고 아우소니우스가 비술라에게 말했을 수도 있다. 게르만인으로 남아 있는 그녀의 개성에 비하면 로마 여인들은 그에게 꼭두각시 인형이나 유령으로 보인다고 덧붙이면서 말이다.

10. 브리가흐 강의 수원

도나우에싱겐에서 다뉴브 강의 짧은 물결이 그 지류인 브리가흐 강으로 흘러드는 변화가 일어나는데도, 수원지 논쟁에서 브리가흐 강을 지지하는 사람은 별로 없다. 1718년 M. W. 브로이닝거만이 다뉴브 강 수원에 관한 그의 논문에서 브리가흐 강을 수원으로 선택했다. 하지만 그가 그런 주장을 한 이유는 결국 단 하나로 귀결되었는데 설득력은 별로 없었다. 바로 브리가흐 강의 물이 신선하다는 점이었다. 놀랍도록 겸손하고 수수한 표지판을 들여다봐도 다뉴브 강에 관한 언급은 보이지 않는다. 그저 넓은 초원과 평화로운 숨결에 둘러싸인 조용한 장소라고만 적혀 있을 뿐이다. 선술집 하나 없으며, 단지 그 지역 관공서 저축은행이 표시한 '주택저축은행'이라는 글자가 적힌 벤치 하나밖에 없는 곳이다.

작은 샘이 땅에서 나와 고인 연못으로 흘러들어간다. 연못 밑바닥에 설치된 금속 파이프가 샘물을 모아 다시 지하로 흘려보내고, 몇 미터 더 가서 밖으로 흘러나온 물이 시냇물을 이루며 계곡으로 흘러들어간다. 이 경우 그 허술한 금속 파이프에 작은 이상이라도 생긴다면 다뉴브 강의 모습은 변해버릴지도 모른다……

거대한 이 침묵 사이로 살랑살랑 시원한 바람이 불어와, 물거품 항적을 남기며 나아가는 활짝 펼친 돛, 삶이란 게 이런 걸까 하고 꿈꾸게 한다. 이 바람을 맞으면서, 되는 대로 가거나 메마른 감정에 허우적거리는 이는 죄라도 지은 것 같은 기분이 되어, 카프카의 독신자처럼 자신을 감싸고 있는 자잘한 공포증 뒤로 꼭꼭 숨는다. 사물들 앞에 막 같은 게 있다. 이 막이 사물들을 가려 그것을 갈망하는 것도 막아버린다. 이렇게 내적으로 메마른 순간에는 탁 트인 들판이 두렵다. 그래서 바람이 잘 통하지 않는 폐쇄된 방을 원하게 되고, 그 방 안으로 몸을 피해 비열한 자기방어를 꾀하게 되는 것이다. 그러나 판노니아의 양쪽 광대뼈는 연거푸 이런 울혈을 풀어내며 구석에 남아 있던 나쁜 공기를 모조리 뿜어낸다. 그리하여 늙은 브로이닝거가 좋아했던 이 강물처럼 모든 것이 막힌 데 없이 자유롭게 다시 흘러가기 시작한다. 잠시 후 다른 강들을 찾아가보기 위해 브리가흐 강의 물길을 따라가면서, 나는 여자 없는 남자가 무엇인지에 대한 탈무드와 베르톨도의 말들을 떠올렸다. 둘 다 같은 생각이라지만, 탈무드의 말은 간결하고 베르톨도의 말은 급류처럼 격렬하다.

11. 메스키르히의 성당지기

메스키르히의 성 마르틴 성당 앞, 키르히 광장 3번지에 있는 표지판은 젊은 다뉴브 강 인근 소도시의 그 집에서 하이데거가 어린 시절을 보냈음을 알려준다. 집은 나지막하고 베이지색이다. 구리판으로 꾸민 허름한 창턱 맞은편 거리에 늙고 왜소한 나무 한 그루가 서 있다. 이유는 모르겠지만 누군가 나무 몸통에 못들을 박아놓았다.

지금은 3번지에 카우프만 가족이 살고 있다. 문을 열어준 부인에게 하이데거에 대해 묻자 성당지기의 아들을 말하는지 아니면 손자를 말하는지 내게 물었다. 하이데거는 분명 자신이 유명한 철학자라기보다는 그 지역 성당지기의 아들로 인식되기를 원했던 것 같다. 가문의 이름을 빛낸 유명인으로서가 아니라, 가문의 영광스러운 이름과 아버지의 직업이 지닌 소박한 명예로부터 자신의 정체성과 존엄, 즉 세상에서의 자신의 위치를 부여받은 사람으로 인식되었으면 했던 것 같다. 어쩌면 그는 자신이 전통 속에 포함되어 보호받고 있다고, 세대들이 스쳐간 자취와 풍경 안에 들어가 있다고 느꼈을 것이다. 그것은 존재 안에서 자신을 찾는, 작지만 진실한 방법이었다.

그러나 사실 하이데거는 자신을 슈바르츠발트의 농경세계의 일원이라고 여러 번 강조함으로써 충직과 겸허라는 이 감정, 이 종교적 감정religio을 모독했다. 직접적으로 접하는 가까운 지역사회, 그곳의 숲, 사투리, 벽난로가 있는 집 등과 자신을 자꾸 강하게 일치시키는 데에는, 마치 특허권을 얻은 독점상표처럼 확실성을 독점하려는 강한 주장이 숨어 있다. 자신의 땅에 순수한 애착을 보이는 것이 다른 나라 사람들이 그들 땅이나 나라에 보이는 충직, 그러니까 그들의 통나무집이나 답답한 사글세방 혹은 고층건물에 보이는 충직을 부정하거나 무시하는 것이듯 말이다. 비록 자신의 고향 사람들과 형제애로 묶여 있었지만, 하이데거가 슈바르츠발트에 있는 그의 유명한 오두막에서, 노년에 어떤 편의시설도 갖추지 않고 오직 고독 속에 파묻혀 있길 좋아했던 그 오두막에서, 존재의 파수꾼으로서의 겸허함을 찾지는 못했던 것 같다. 비록 무의식적이었다고는 해도 고집스럽게 자신을 존재의 일등 파수꾼, 존재를 관리하는 대표자로 생각하는 그에게서 어찌 겸허함을 찾을 수 있겠는가.

슈바르츠발트와 그 숲의 벌목꾼들과 맺은 자신의 관계를 강조할 때도, 하이데거는 그 개인이 속한 세상으로부터, 개인과 연결된 모든 기본적인 관계로부터, 개인적인 모든 것을 뿌리뽑아버리겠다고 위협했던 전 세계적인 과정을 잘 알고 있었다. 그러나 그는 영감이라도 받은 듯 단호하게 자신의 종교적 감정을 강조함으로써 오직 자신의 오두막 앞의 이 숲, 자신이 이름을 알고 있는 이 농부들, 도끼로 장작을 패는 이 몸짓이나 옛 알라만족의 이 사투리만을 진짜라고 생각하게 되었다. 볼 수 없고 만질 수 없지만 간접적인 이차 경로를 통해 알 수 있었던 산 너머, 바다 건너의 다른 농부들·숲·말·습관 등은 추상적이고, 이데올로기적이며, 비현실적인 것이 되었다. 마치 그것들은 딱딱한 통계 안에서만 존재하는 선동적인 선전의 창안물이지, 존재의 파수꾼인 자신처럼 살과 피로 만들어진 구체적인 살아 있는 존재가 아니란 듯이 말이다. 하이데거는 감각으로 그들 존재를 인식할 수 없었고, 오직 곁에 있던 슈바르츠발트의 냄새만 맡았을 뿐이다.

하이데거의 환멸스러운 파시즘적 태도는 우발적인 산물이 아니다. 적잖이 비열한 차원에서, 아니 그래서 적잖이 파괴적인 차원에서, 파시즘이란 것이 자신의 측근에게 좋은 친구가 될 줄 알지만 다른 사람들 역시도 자신의 측근에 대해서 좋은 친구가 될 수 있다는 사실을 고려하지 못하는 태도임을 생각해본다면 말이다. 아이히만은 예루살렘에서 몇 달 동안 그를 심문했고 그가 깊은 존경심을 품었던 이스라엘 장교 레스 대위의 아버지가 아우슈비츠 형무소에서 죽었다는 사실을 알고 공포에 휩싸였는데, 이때의 아이히만은 솔직했다. 그의 상상력의 부재가 희생자들의 숫자에서 실제 사람들의 얼굴, 흔적, 시선을 살피는 것을 가로막고 있었다는 것 때문에 그는 공포에 사로잡혔던 것이다.

개인적인 진정성을 강조하다가는 졸부같이 되고 마는데, 즉 자신도 대중의 일부라는 것을 잊고 대중에 대항하는 꼴을 보인다는 것이다. 한편 뿌리와 진짜를 주장하는 진정성의 이 수사학은, 설사 왜곡된 방식이라 해도, 현실적인 요구나 소외되지 않는 정치적이고 사회적인 삶에 대한 요구를 나타내준다. 그리고 이는 부당한 것을 묵과해버릴 수 있는 순전히 형식적이기만 한 합법성, 단순히 실증적이기만 한 법이 지닌 결점을 고발하고, 이에 대해 정당성을, 다시 말해 진정한 권위를 세울 수 있는 가치를 확보해준다.

그러나 베버가 말한 세계의 탈주술화와 민주주의의 냉정함에 대항하여 '따뜻한' 가치(공동체, 자발적인 감정)에 호소하면서 정당성과 합법성을 대비시키는 것은, 사람들로 하여금 성스럽다고 여기는 가치를 위해 싸움에 나서도록 만드는 정치 게임의 법칙을 파괴하는 것을 뜻한다. 즉 모든 정당성을 부정하는 전제적인 합법성을 세우는 셈이 된다. 법에 대항하여 사랑에 호소하는 것은 사랑에 대한 모독이다. 다른 사람들에게서 자유와 사랑 그 자체를 빼앗기 위한 도구로 사랑을 이용하기 때문이다.

그런데 하이데거 스스로는 뿌리내림에 대한 숭배를 성공적으로 부정했다. 자신의 가장 훌륭한 저서에서 그는 "낯섦은 세계-내-존재의 근원적 양상"이라고 가르치고 있다. 혼란과 상실을 경험하지 않고는, 숲 한복판에 흩어져 있는 오솔길들에서 헤매보지 않고서는, 존재의 부름은 없으며 존재의 진정한 말은 들을 수 없다고 했다.

메스키르히 성당지기의 아들, 슈바벤의 낡은 종교의식 안에서 자라난 아이가 진실과 사랑을 향해 다가가기 위해서는 자신의 뿌리를 벗어나 집에서 멀리 떠나야 하고 모든 직접적 관계에서 벗어나야 할 필요가 있었다. 또한 성경의 한 대목에서 그리스도가 자신의 어머니에게 그들 사이에 무슨 상관이 있는지 물었듯이, 태생에 대한 모든 종교적 감정에서도 벗어나야 할 필요가 있었다. 어떤 면에서 하이데거는 혈통과 땅의 신화에 가까이 있었고, 다른 한편 카프카의 진리에 가까이 있기도 했다. 카프카는 약속의 땅에서 점점 더 멀리 떠나 사막에서 모험을 하라고 등을 떠민다. 아마도 이 때문에, 나치 학살과 그로 인해 삭막해진 세상으로부터 고통받았던 파울 첼란 같은 유대인 시인은 하이데거의 오두막으로 가는 오솔길을 찾아나섰고, 그 오두막으로 올라가 전직 프라이부르크 대학 총장과 실제로 만나 이야기를 나눌 수 있었을 것이다. 비록 잠시 동안이지만 하이데거는 1934년 프라이부르크 대학에서 새로운 독일에 봉사하는 철학을 가르쳤다.

하이데거의 오두막을 둘러싼 슈바르츠발트 일대의 검은 숲은 철학의 선험적이고 보편적인 풍경이 되었다. '밝음Lichtung,' 즉 숲속 환히 트인 밝은 빈터는, 나의 스네주니크 산에 있는 빈터처럼, 포착할 수 없는 것이면서도 지평선을 이루어 그 위에서 사물들이 또렷이 드러나게 하며, 하이데거에게는 존재의 목소리를 듣는 장소로서 사유의 더 큰 겸허함으로 상징화된다.

하이데거는 기술의 승리로 이끄는 과정, 그의 말에 따르면 존재의 망각으로 이끄는 과정에서 객관성과 필연성을 간파했다. 이러한 비전 속에서 상대적인 것을 절대적으로 만든 그는, 기술을 현대의 시대적 숙명으로만 생각했다. 그는 땅을 일구는 쟁기도 이미 널리 보급된 인위적 기술이라는 것을 잊었다. 로마제국의 지식인도 멀어진 자연과 인간 소외, 몰개성으로 변화한 진실하지 못한 존재의 소외를 적잖이 강렬하게 느꼈으리라는 사실을 하이데거는 잊고 있었다.

하이데거는 에른스트 비헤르트*처럼 조화를 복구해내려면 소박한 삶을 장려하고 선의의 감정에 호소하면 된다고 믿는 순진한 영혼이 아니었다. 하이데거는 윤리주의자의 파토스 없이 전 세계적인 기술 편향을 진단했다. 그것이 철학자에게는 적절하다. 철학자의 임무는 사고를 통해 자신의 시간을 붙잡고 그 법칙을 이해하는 것이지, 시대의 해악을 비난하는 것이 아니다. 그렇다고 흔히 말하듯 그가 이 승리의 주역이라는 의미는 아니다. 지진학자들은 수정 메르칼리 진도계급으로 지진 강도를 진단하기는 해도 희생자들 때문에 눈물을 흘리지는 않는다. 그렇다고 그들이 지진을 괜찮다고 여기는 건 아니다. 나를 집 안으로 들여보내기 꺼리던 카우프만 부인과 문 앞에 서서 이야기를 나누면서, 나는 좁고 어두운 복도를 들여다보았다. 그 복도가, 하이데거가 그 집 안에서 행복한 유년시절을 보냈다고 말해주지는 않았다. 정신이 수치화되는 비율ratio에 따라 이뤄졌던 시대에, 옆문에 붙은 명패가 그 집이 정신의 중요한 기능인인 세무전문가의 집임을 알려준다.

12. 지크마링겐 성의 안내원

세기의 피비린내나는 연극의 또다른 주연배우인 다뉴브 강변의 성, 이 성벽 안에서 루이페르디낭 셀린은 세계대전을 겪었고 전쟁의 악몽과 학살을 체험했다. 그는 성의 아치에 부딪히며 거칠게 부서지는 강을 바라보면서 사악한 파괴자인 강이 탑·살롱·도자기를 휩쓸어 삼각주까지 끌고 간 다음 역사를 잘게 부수어 수천 년 쌓인 진흙 벌

* 『단순한 생활』(1930)을 쓴 독일 작가로, 나치에 반대해 수용소에 갇히기도 했다.

에 묻어버리는 상상을 했다. 결국 모든 것이 파멸되고야 마는 그 환각은 그에게 쓰디쓴 위안을 주었고, 만물의 잔인하며 무분별한 붕괴와 그 자신의 도피를 혼동하게 만들었다.

옅은 청색빛이 도는 날이다. 눈의 향기, 오리들과 갈대들이 있는 조용한 다뉴브 강에서, 40년이 지나서야 여행하는 이 독문학자 눈에 파괴의 이미지는 연상되지 않는다. 독문학자는 머리 위로 영국 공군의 폭탄이 떨어진다거나 단검을 뽑아든 르클레르* 부대의 세네갈인들에게 쫓긴다거나 하는 일 없이 여행하고 있다. 발길 닿는 장소마다 잠시 쉬어 가라고 한다. 여행자는 쫓겨야 할 이유가 없다. 잠시 머물렀다 떠날 때면 사람들과 풍경들을 데려가고 싶어진다. 몇 시간 전 떠나온 투트링겐의 호텔방, 그 방에서 보낸 시간, 꿈결 같은 물, 물속에서 떠오른 암포라 항아리마저 가져가고 싶다. 여행은, 어딜 가든 자신의 습관과 뿌리를 고수하고 그 공간 안에서 움직이며 시간의 침식을 속이면서 친숙한 사물과 몸짓을, 즉 식탁에 앉아 잡담하고 사랑하고 잠자는 등의 행위를 항상 되풀이하는, 정주자가 피우는 고집과 같다. 죽은 언어의 권위로 지크마링겐 성의 방들을 장식한 라틴어 격언 가운데 하나가 고향에 대한 사랑, 자신의 집에 틀어박혀 밖에 나갈 생각을 않는 마음을 찬양하고 있다. "행복한 사람들은 집에 남아 있다."

젊은 다뉴브 강변에 서 있는 이 지크마링겐 성은 조화와 성취의 장소라기보다는 출정·도주·추방의 장소였다. 성의 영주들, 호엔촐레른 지크마링겐가家의 왕들 역시 외국의 군주들이 되기 위해 출정하기도 했고(19세기에 루마니아의 카롤 1세처럼), 퇴각하는 독일군을 따라온 프랑스 비시정부 협력자들, 즉 페탱 장군과 그 정권의 첫 총리인 라발 장군의 비현실적이고 무력한 궁정에 자리를 내주며 1944년 한밤중

* 이차대전 때 활약한 프랑스 레지스탕스 군대 사령관.

에 쫓겨나기도 했다. 이 비극적인 장면이 벌어졌던 곳이 이 성이다. 즉 독일이 몰락했고, 이어 다뉴브 강 유럽에서의 독일적 요소도 쇠퇴했다.

한 아가씨가 성을 방문한 사람들을 안내해준다. 그녀는 역사와 예술, 17세기의 아라스 천, 나폴레옹 3세가 선물한 대포들을 기계적인 말로 입심 좋게 설명했다. 페탱 장군이 살았던 곳이 어디냐고 묻자 안내원 아가씨는 그런 이름을 처음 듣기라도 한 것처럼 당황하며 어깨를 으쓱했다. 잠시 후 몇몇 방을 가리키며 라발의 숙소였다고 말했다. '비시'니 '라발'이니 하는 이름이 그녀의 기억에서 번쩍 떠올라 구구절절 날짜와 자세한 이야기를 늘어놓게 했지만 페탱이라는 이름은 들어본 적이 없었던 것이다.

준비가 부족한 관광안내원의 이런 파편적인 지식을 셀린이라면 좋아했을지도 모르겠다. 셀린은 그곳에서 역사의 희비극적 정신분열을 발견했을 것이다. 그는 파멸의 시기에 비시정부를 따라 도착했던 지크마링겐에서 직접 그것을 생생히 체험했다. 그리고 지크마링겐에 머물렀던 시기를 곱씹으며 묘사한 『성에서 성으로』에서 이렇게 적었다. "내가 더듬거리며 어리석은 말을 하고 있다면 결국 나는 많은 안내원과 닮은꼴이다." 사실 그의 책은 나름대로 일종의 베데커 여행안내서, 역사 개론서다. 적어도 셀린에게는 그의 광폭한 망상을 정리한 책이다. 그는 『북부』에서 10년 안에 사람들은 페탱이 누구인지 모르거나 잡화점 이름과 혼동할 거라고 예언했다.

셀린이 아내 뤼세트, 친구 라비그, 그리고 고양이 베베르와 함께 대독 협력자들과 다른 도망자들 사이에 끼여 여러 국적의 망명자가 혼재해 있는 지크마링겐에 머무를 때, 라디오런던은 그를 '인간의 적'으로 지목했다. 자유 진영의 견해에 따르면, 이제 그는 초기 작품들이 그러했듯 훌륭한 민중작가가 아니었다. 그의 초기작들은 존재론적이고 사회적인 야만성을 고발했다. 그러나 이제는 나치 사형집행인들처럼 쫓겨나 세상 불순물이 된 파렴치한 반역자, 나치 공범자, 반유대 팸플릿을 만든 유대인 배척론자였다. 재생지로 만든 궁전 같은 곳에서, 봉건시대 초상화들의 조소 어린 가면들 사이에서, 셀린은 몇몇 병자의 고통을 최선을 다해 완화시켰으며 고통에 신음하는 사람에게는 모르핀을, 심판의 시기가 가까워졌음을 깨달은 사람에게는 청산가리를 나누어주었다. 몇백 년에 걸쳐 만들어진 강의 만곡부와 제국의 전통을 갖춘 저 아래 다뉴브 강이, 셀린에게는 부패한 역사의 강이거나 악행과 만연한 폭력에 물든 부패한 강인 듯했다. 센 강의 철썩이는 소리와 바다의 숨결에서, 셀린은 역사에 의해 부패하지 않은 삶의 목소리, 거짓 없는 순수한 서정성의 소리를 들었다. 반면 역사의 무게를 짊어진 다뉴브 강은 셀린에게 공포를 불러일으켰고, 당대의 위대한 인물 전부가 그에게는 호엔촐레른지크마링겐가의 왕들처럼 '다뉴브 강의 무법자들'이었다.

셀린은 지크마링겐 성의 새 주인들을 경멸했다. 비록 파시즘을 선택함으로써 그의 운명이 그 주인들과 연결되었지만 말이다. 셀린은 그들이 자기들끼리만 고고하게 지낸다는 점에서, 그 추종자들의 비참한 빈곤과 꽉 막힌 변소를 같이 나누지 않는다는 점에서, 진정한 삶의 배설물과 진흙탕을 멀리한 채 페탱처럼 스스로 우월한 무엇을 '구현한다'고 생각하며 거짓 속에 산다는 점에서, 그들을 경멸했다. 반면 직접적이고도 험악한 고통의 밑바닥에서 부글거리며 말하고, 짓밟힌 야수들의 헐떡이는 숨소리로 울부짖는다. 그는 받아들일 수 없는 악행과 어리석은 만행을 되새겼다. 하지만 그의 외골수적 생각은 변질되었고 결국 역사에서 두드러진 모든 배우, 즉 히틀러와 레옹 블룸 같은 인물을 동일선상에 놓고 말았다. 셀린에게 그들은 모두 똑같이 대중의 호의를 얻어 권력을 갖게 된 권력의지의 표상이었기 때문이다.

죄를 짊어지고 고통받는 메시아라도 되는 듯 셀린은 나치 사형집행인들과 자신을 동일시했다. 그들을 가망 없는 놈들이라고 진찰했던 것이다.

악취와 피비린내가 진동하는 지크마링겐의 카니발에서 그에게는 모든 게 무분별하고 거기서 거기 같았다. 무능한 페탱, 다뉴브 강의 제독을 자처했던 미친 코르페쇼, 그 좌절의 시기에 셀린이 생피에르에미콜롱 군도의 지배자라고 말했던 라발, 프랑스 대독 협력자들, 미군 폭탄, 나치 강제수용소가 잔인한 악마의 연회에서 한데 뒤섞였다. 셀린은 어지러운 이 혼란, "이쪽에서 저쪽으로, 위에서 아래로, 구름에서 내 머리로, 똥구멍으로 스치고 지나가는 역사의 가닥"을 피부로 체험했다.

셀린은 메두사의 얼굴을 보았다. 폭탄 때문에 내부가 모두 파괴되고 어쩌다 온전히 서 있는 정면 벽 뒤엔 아무것도 없는 건물처럼, 삶의 들끓던 잔해와 오물이 그 얼굴 뒤에 있었다. 그는 이러한 무無의 출현을 거듭 강조했다. 절대의 경험이 그렇듯, 무는 순간적 번뜩임의 대상이지 지속적인 설교의 대상이 될 수 없다. 셀린을 아주 좋아했던 지지는 셀린 못지않게 메두사를 볼 수 있었다. 지지는 카드놀이를 하거나 포도주를 따르면서 뜨거운 정으로 이 사실을 감추었다. 이 뜨거운 정이 모든 것이자 아무것도 아닌 삶을 더 공명정대하게 판단하게 해줄지도 모를 일이다.

셀린 작품 전체에는 위대함과 몰락이 공존한다. 그 가운데 가장 끔찍한 작품 『학살해 마땅한 것들』은 문학에서 죄가 되고 처벌받아 마땅한 몇 안 되는 진정한 위반작 중 하나다. 작가들에게 위반을 범하더라도 면죄와 안전을 보장받을 무해한 자격이 숱하게 있다 해도 말이다. 셀린의 작품에는 한 소상인의 장황하고 지루한 감정 토로가 있고, 궁핍하고 혼란스러운 하층 중산계급의 모든 편견이 담겨 있다. 하지만 이 작품에서 셀린은 우리와 떼려야 뗄 수 없는 20세기를 아주 독창적으로 비틀어 순간 포착하기도 했다. 어둡지만 때때로 증오로 날선 셀린의 시선은, 문화산업의 광적인 활동을 폭로하고, 메마르고 냉혹한 이 흥분, 영원히 지속되는 고통스러운 이 조루증 밑에 깔린 조용한 폭력을 포착했다. 심포지엄·논쟁·인터뷰 등의 군사훈련에 개인을 마구잡이로 소집하는 그 열띤 동원은 초만원인 혼잡한 방의 히스테리, 문마다 '만원입니다'라고 써붙인 세상의 히스테리다.

폭력을 억제하려고 하지도 않지만 그렇다고 해서 감히 그것과 맞서려고도 않는 집단의식은, 에고이즘과 박해를 셀린이 '서정적 비데'라는 치명적인 문구로 호명했던 문화로, 감정과 열정의 경박한 숭배로 순화시키고 만다. 성性의 기본적 진실과 사랑의 포괄적 진실을 모르는 '서정적 비데'는 거대한 거짓이 끼어드는 왕국이며, 생식선 활동의 서정화이고, 기만과 자기기만을 정당화하려는 욕정적 사랑의 고동이다. 성性의 시인이자 상사병 걸린 시인 셀린은 감정의 허위, 진정한 성과 진정한 사랑의 부재, 위로 올라가 흥분된 숨을 내쉼으로써 스스로 고상해질 필요가 있다고 느끼는 비천한 아랫배를 향한 피의 유입, 사랑할 줄 모르는 상태, 사랑하지 않을 때 다른 사람들의 발을 걸어 결국 그들 다리를 부러뜨리고 마는 감정의 목발을 섹스에 연결시키는 비겁함을 집요하게 폭로했다. 위대한 종교와는 달리, 서정적 비데는 늘 불쾌한 것을 괜찮게 보이게 만들 필요를 느낀다.

반동주의자 셀린은 세상의 파멸을 가져올 다음 전쟁에 집착한 나머지, 현실의 불편에 대해 거칠고 강한 목소리를 냈다. 비록 그가 제시한 치료약이 다음번에는 이 병의 파괴적인 증상이자 현상이 되긴 하지만 말이다. 그가 제시한 삶의 처방전은 죽음의 심연 위로 활짝 펼쳐진 『밤의 끝으로의 여행』의 훌륭한 페이지들이 보여주는 무의식적인 패러디로 울려퍼진다.

『밤의 끝으로의 여행』에서 전쟁의 공포에 대해, 전쟁을 실제 겪고 있으면서도 그것을 실제적으로 상상할 수 없는 인간의 무능력에 대해 잊을 수 없는 글을 썼던 이 위대한 반역자는, 결국 폭탄 터지는 전선을 진실의 순간으로 찬양하게 됐다. 어린 시절 난폭한 멸시를 경험한 시인은 배려 없이 바로 회초리를 휘두르는 건강한 훈육에 대한 미련으로 이를 해소시켜버렸다. 팸플릿 저자로서 그는 반유대주의의 끔찍하도록 진부한 말을 자신의 것으로 삼았다. 소설 『할부 방식의 죽음』에서는 아버지로 등장하는 인물의 입을 통해 어리석은 편견의 말들을 쏟아낸다. 익명으로 이야기하는 무정부주의자는 기독교 교회가 백인들의 우월성을 좀먹었다고 비난했다. 이차대전의 비극을 그린 삼부작에서 셀린은 모든 이데올로기, 즉 우익과 좌익, 민주주의, 파시즘, 반유대주의조차도 전 세계적인 하나의 단일한 허구로 버무려 사회 전체를 부정했다. 그가 부정한 사회는 더이상 유대인의 전 세계적 결합체가 아니라, 모든 승리자와 권력자, 그 안에 포함된 유대인, 은행연합, 베트콩, 우주정거장 등의 전 세계적 결합체였다.

셀린은 악의 계시에 현혹되었다. 베르나노스가 말했듯, 그는 빈민가의 고해신부 같다는 비하의 말을 들었다. 하지만 때때로 늙은 고해신부들이 그렇듯, 짐작 가능한 죄들이 되풀이되는 게 싫증난다고 해서 고해자들 앞에서 조는 일 따위는 할 수 없었다. 그는 악을 상투적이고 빤한 것으로 보지 않았다. 지드와 같이 "나는 살았노라"라고 말할 수 있다고 믿는 같은 세대의 다른 프랑스 작가들처럼, 셀린 역시 이런 주장을 과대망상이라 의심하지 않고 '삶'을 추구했다. 자신이 직접 썼던 것처럼, 셀린은 큰소리치고 마구 떠들어대면서 자아의 순결하고 야생적인 순수함을 보호하고자 했다. 그는 자신이 사무원이 아니라는 걸 자랑하며 스스로를 냉소했다. 마치 그 사실이 어떤 특별한 진실성을 그에게 보장해주고, 헤밍웨이식의 시끄러운 주먹다짐이 사무실에서 분주한 카프카식 일상보다 선험적으로 더 시적이란 듯이 말이다.

'사무원'이라는 용어를 모욕적으로 사용하는 것은 진부하기 그지없는 야비한 짓일 뿐이다. 아무튼 페소아와 스베보라면, 이를 시인의 정당한 속성으로 받아들였을지도 모른다. 스베보는 전차 위에서 마구 채찍을 휘두르는 아킬레우스나 디오메데스보다는 차라리 자신이 아무것도 아니라는 걸 아는 율리시스와 더 닮았다. 여행이 길거리 소음 속에서 여행자를 지우듯, 스베보는 장황한 사물들 속에서 자신을 감추는 몰개성을 드러냈다. 카프카와 페소아는 어두운 밤의 끝자락이 아니라, 점점 더 불안해지는 보잘것없는 무채색의 끝자락을 여행했다. 그 속에서 자신이 삶의 옷걸이일 뿐이라는 걸 깨닫고, 그 밑바닥에서 이런 인식 탓에 극단적으로 진실에 저항할 수 있게 된 것이다.

메시아는 익명의 존재들과 쫓겨난 존재들을 위해 오지, 근육질 존재를 위해 오는 게 아니다. 메시아는 아내와 자식을 사랑하고 시청 일 틈틈이 소박하고 퇴폐적이지 않은 빛나는 시를 썼던 '가난한 사람' 비르질리오 조티에게 오지, 자신의 회상록 제목을 '내가 살아온 날을 고백하다'라고 붙인 화려한 파블로 네루다에게 오지 않는다. 셀린은 그의 번뜩이는 위대한 기지로 개인적인 생기론을 제시하는 것이 쓸데없음을 인식했다. "나의 삶은 끝났어, 뤼시, 나의 문학은 시작하고 있는 게 아니라 끝나가고 있어." 그는 고립된 개인들에게 감동적인 연민을 보이기도 했다. 독일을 건너 도망치면서도 그는 자신이 돌보던 몽골의 아이들을 신경썼고, 그 아이들의 눈에서 역사의 도살장을 초월할 수 있는 존엄을 보았다. 하지만 자신의 잘못을 인식하지 못했다. 유대인 학살 이후 진정한 참회의 말 한마디 없었고, 직접 알지 못했던 사람들이 어떤 인간성을 가졌는지 느낄 수 없었다.

지크마링겐 성에는 교회 하나와 박물관 하나가 있다. 1530년경 거장이 그린 탈하임 제단화에 묘사된 우르술라 성인의 전설 세 편 가운데 하나에서, 한 궁수의 사악한 눈이 도드라져 눈에 들어온다.* 십자가 책형과 가시관 대관식 장면에서 흉포한 군중, 잔인한 주둥이, 음탕한 코, 혐오스러운 혀가 보인다. 그 저속하고 원시적인 고통스러운 폭력 속에서 셀린이라면 어쩌면 자기 자신의 모습을 볼지도 모르겠다. 왜냐하면 메스키르히의 거장이 수태고지와 예수의 탄생 안에 그려놓은 군중처럼, 그 역시 익명의 수많은 민중에 속한다는 것을 알고 있었기 때문이다. 저 그림이 훌륭한 건 바로 이 점 때문이다. 어떤 반동주의자들은 프롤레타리아의 비참함을 겪고 나서야만, 그들이 빗나간 선택을 했음에도 불구하고, 진정한 시인이 될 수 있었다. 함순과 셀린이 그렇다. 그들이 겪은 배고픔과 어둠, 결핍의 이 오디세이아는 윙거의 귀족주의적 고색을 바래게 한다.

무정부주의적이고 자기파괴적이었던 셀린은 자신이 자양분을 얻었던 조소에 대한 시적이고 지적인 췻값을 치렀다. 이 조소란 쉬운 놀이다. 어떤 문구, 태도, 인간적인 주장이라도, 이를 편견 섞인 일종의 형이상학으로 듣고 또 이것을 감지할 수 없고 형언하기 어려운 삶의 모호한 배경 위에 놓는 사람에게는 어리석어 보인다. 그에 반하는 모든 윤리원칙은 불충분하고 뻔뻔한 것으로 비친다. 인권선언은 이들에게 나팔총 소리처럼 우습게 들린다. 왜냐하면 존재의 심연을 들여다보면 인간은 냉혹할 정도로 서로 불평등하기 때문이다. 그러나 자신을 그 심연에서 영감받은 뛰어난 해석자로 생각해 모든 것을 아는 듯 냉소적인 태도를 보이는 사람 역시 똑같이 어리석고, 스핑크스의 수

* 우르술라는 4세기의 순교자로, 잉글랜드 왕국의 공주였으며 로마 성지순례에서 돌아오다 훈족의 왕 아틸라의 청혼을 거절해 화살에 맞아 죽었다.

수께끼를 풀지 못하는 자다. 셀린은 민주주의를 말하는 사람을 조롱할 수 있었지만, 민주주의를 말하던 사람도 그런 조소의 역학적 논리를 바탕으로 똑같은 권리로써 셀린의 모든 말을 조롱할 수 있다. 셀린은 조심스럽게 Y교수의 입을 통해 자기 자신에 대한 모독적인 정의를 하게 했지만, 그도 진정 타르튀프*다. "나를 비난하는 자들은 모두 사무원이다, 나는 아니다." 이것이야말로 분명 타르튀프다운 말이 아닌가. 사무원이었던 카프카도 분명 셀린보다 더 속물적이지는 않았다. 그렇다, 하지만 카프카는 유대인이었다.

* 몰리에르의 동명 희곡에 나오는 주인공으로, 흔히 '위선자'를 일컫는다.

2부

공학자 네베클로프스키의 보편적인 다뉴브 강

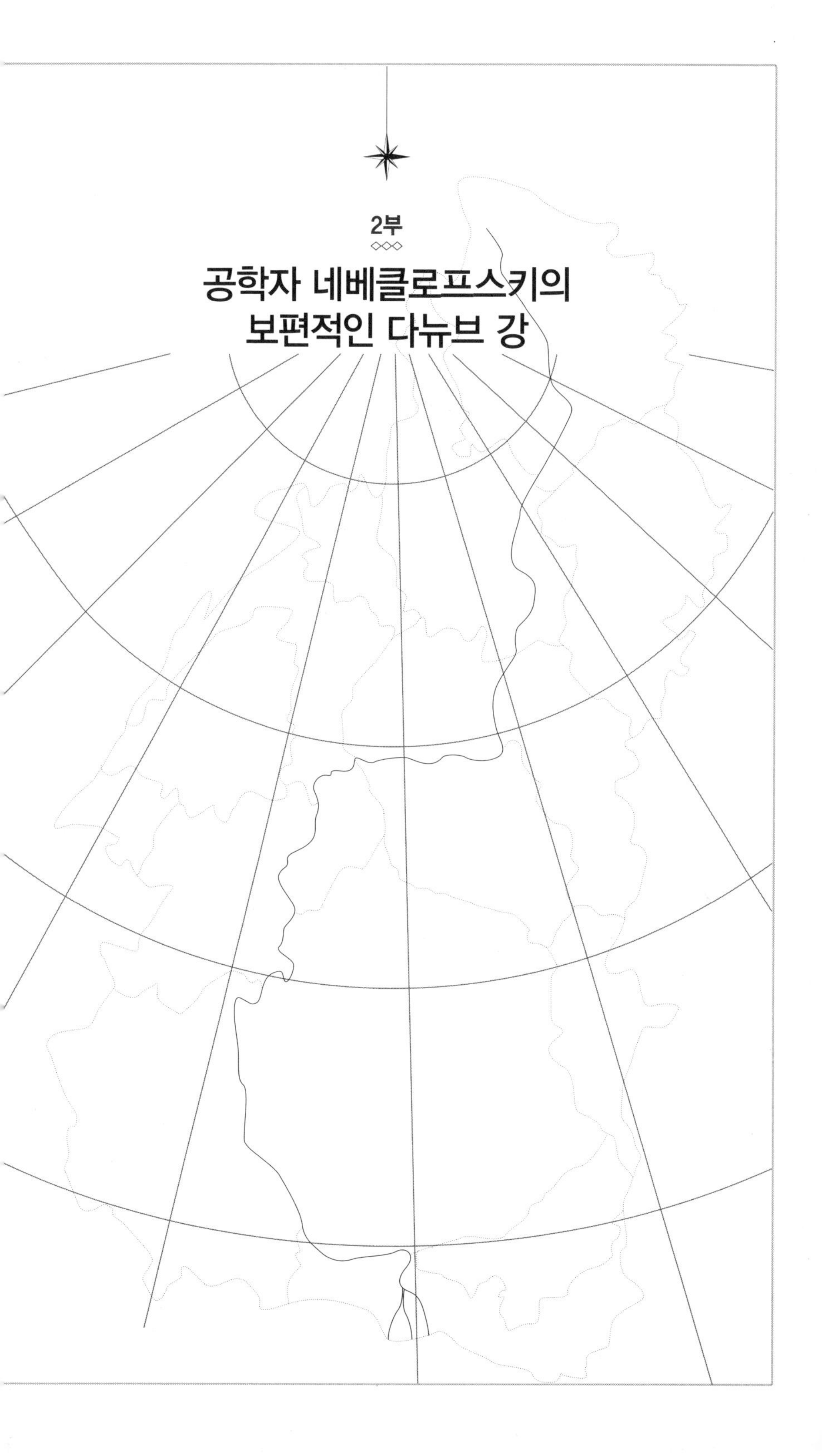

1. 울름을 믿다

너는 울름이 존재한다고 믿는가? 셸린은 황폐해진 독일을 가로질러 도망하며 물었다. 울름이 아직도 존재하는지 아니면 폭격으로 파괴되었는지, 빈정대며 조롱하는 투로 셸린은 자문했다. 폭력이 실재를 지우며 지나갔을 때 실재를 사유한다는 것은 믿음의 행위가 된다. 그러나 실재 전체는, 다행히 인을 함유한 폭탄 유혈참사가 항상 있는 게 아니라 하더라도, 매 순간 지워졌다. 실재는 그것이 존재한다고 믿지 않으면 달리 존재하지 않는다. 육체의 몸짓 안에 살다가 지워지고 마는 믿음은, 마음의 혼란을 겪지 않고 세상을 지나갈 수 있게끔 평온한 삶에 대한 확신을 부여해준다. 스당에서 승리했고 전쟁터의 철학자라 불렸던 프로이센 육군 사령관의 증손자 헬무트 야메스 폰 몰트케 백작은, 예수그리스도를 확고히 믿었다. 제3제국 인민재판소가 히틀러에게 반대한다는 죄목으로 1945년 사형을 언도하자, 그는 싫지만 어쩔 수 없이 받아들여야 하는 저녁식사에 가듯 사형집행장으로 향했다.

신에 대한 믿음은 필요 없다. 피조물에 대한 믿음만으로 충분하다. 피조물에 대한 믿음은 의자·우산·담배·우정 등과 같은 반박할 수 없는 실재를 믿고 사물이 존재한다고 확신하면서, 사물들 사이를 움직일 수 있게 한다. 자기 자신에 대해 의심하는 사람은 사랑을 못할까봐 두려워서 사랑하지 않는 사람처럼 자신감을 잃는다. 세상의 존재를 확실히 느끼게 해주는 사람들 옆에 있으면 행복하다. 사랑받는 이의 몸은 어깨, 가슴, 허리 곡선, 그리고 각 신체에서 일어나는 파도와 같은 물결을 확실히 느끼게 해준다. 믿음을 가지지 않은 사람도 믿음이 있는 것처럼 행동할 수 있다고 아이작 싱어가 가르쳐주었다. 믿음은 나중에 온다.

기차가 십중팔구 거기 울름으로, 친구들과의 약속 장소로 날 데려가는 동안, 나는 울름이 있다고 믿었다. 중학교 3학년 때 인도에 체라푼지라는 도시가 있다고 믿었던 것처럼 말이다. S. 크리노는 지리책 『우주』에서 체라푼지가 있다고 주장할 뿐만 아니라 연간 강수량이 1만 3000밀리미터로 세계에서 가장 비가 많이 오는 곳이라고 했다. 이 지리책은 뒤에 가서 호놀룰루의 연간 강수량이 1만 4000밀리미터라고 덧붙였다. 내 친구 슐츠는 상황이 그렇다면 세계에서 강수량이 가장 많은 곳은 체라푼지가 아니라 호놀룰루라면서 반박했다. 반면 좀더 유연하게 생각하는 사람들은 두 진술을 엄격히 구분하면서 논쟁을 벗어날 수 있었다. 두 진술을 서로 연결시키지 않으면 모순도 없는 것이다. 한 소설에 "하늘이 노을로 환했다"라고 쓴 것과 다른 소설에 "하늘이 노을 구름으로 덮여 있었다"라고 쓴 진술이 서로 모순된다고 할 수 없는 것처럼 말이다.

여기 다뉴브 강은 젊고 오스트리아는 아직도 멀지만, 분명 강은 구불구불 움직이는 아이러니의 대가다. 즉 중부유럽 문화를 일구었으며, 자신의 불모지를 돌려서 공격하고 자신의 약점을 물리칠 수 있는 기술인 이 아이러니의 대가다. 이 아이러니는 사물들의 이중성을 의미하며, 숨겨져 있지만 유일한 사물들의 진실을 의미한다. 그 아이러니는 삶에 대한 오해와 모순, 비록 같은 것이지만 서로 만나지 않는 종이 앞뒷면의 차이, 시간과 영원의 차이, 언어와 실재의 차이, 체라푼지와 호놀룰루의 강수량과 크리노가 그의 지리책에서 기록한 강수량 통계와의 차이를 존중하라고 가르쳤다. 세상의 불균형과 불일치에 대한 관용, 절대 만나지 않는 평행선에 대한 관용은, 그 평행선들이 결국 무한대에서 서로 만날 거라는 믿음을 약화시키지도 않지만, 그 평행선들을 강제로 먼저 만나게 하지도 않는다.

셀린이 마침내 울름에 도착했을 때 그랬던 것처럼, 나 역시 울름이 단순히 어느 파괴된 도시의 역에 붙어 있는 표지판 '울름'만이 아니길 바랐다. 나는 다뉴브 강가에 있던 합스부르크가의 첫 전초기지이자 황새들이 좋아하는 도시 리들링을 떠나왔다. 이 기차 안에서는 셀린을 위협했던 폭탄도, 늑대도, 유령도, 도깨비불도 나를 위협하지 못한다. 울름의 시민으로 선택된 마르틴 차일러는 17세기 중엽에 쓴 여행안내서(『충실한 아카테스 혹은 충실한 여행친구』)에서 도깨비불 퇴치법을 상세하게 가르쳐주었다. 차일러의 또다른 충고, 즉 떠나기 전에 유언을 해놓으라 권했던 그 충고를 따르는 것이 현명할지도 모르겠다. 유산, 유증, 유언 보충서 등 유언장을 작성해놓으면 삶에서 벗어나, 모든 구속과 직무에서 벗어나, 무정부 상태의 행복하고 신비한 땅에서 자유로이 여행할 수 있을 것이다. 어떤 무대이든 상관없이 무대에서 나가야, 비로소 그 신비한 땅에 한 발을 내디디게 되는 법이다.

2. 다뉴브 강 상류: 2164쪽에 5킬로그램하고도 900그램

틀림없이 울름은 다뉴브 강 상류에 있다. 그런데 다뉴브 강은 정확히 어디까지이고, 이 강의 시작과 끝, 영역, 정체성, 개념은 무엇일까? 공학자 에른스트 네베클로프스키는 '오버레 도나우Obere Donau' 즉 다뉴브 강 상류의 경계, 그가 한때 정해놓았던 그 경계를 추적하고 시공간, 물빛과 관세율표, 순간순간 눈에 들어오는 다뉴브 강의 풍경, 그 풍경을 만든 수세기의 세월 등을 한 뼘 한 뼘 세밀히 분석하여 분류하고 목록으로 만드는 데 평생을 바쳤다. 플로베르나 프루스트처럼 네베클로프스키 역시 작품에, 글쓰기에, 책에 그의 전 생애를 바쳤다. 그 결과물이 삽화를 포함하여 전체가 2164쪽에 달하고 무게가 5킬로그램하고도 900그램인 책 세 권이다. 『다뉴브 강 상류에서의 항해와 래프팅』(1952~1964)이라는 제목이 말해주듯, 다뉴브 강이 아니라 조금 소박한 방식으로 이 강을 다룬다.

서문에서 네베클로프스키는 자신의 학술서가 울름 조금 못 미쳐 다뉴브 강으로 흘러들어가는 일러 강 하구와 빈 사이의 659킬로미터를 다룬다는 점을 명시하고 있다. 당연히 그 지역 모든 지류와 지류의 지류들도 포함해서 말이다. 하지만 제3권 머리말에서 그는 사익을 넘어 대의명분을 제공하려는 사람처럼 편견 없이, 다뉴브 강 상류의 개념과 공간은 보는 관점에 따라 다양할 수 있음을 인정했다. 엄격한 지리적 관점에서 보면, 다뉴브 강 상류는 수원과 헝가리 북서부 죄뉘 폭포 사이의 1100킬로미터를 아우른다. 수로를 중심으로 보면 수원과 마르흐 강의 합류 지점 사이 1010킬로미터다. 국제법상으로는 철문, 즉 옛 터키 국경까지 2050킬로미터에 걸쳐 있다. 좀더 협소한 지역적 관점에서 보자면, 바이에른 사람들은 다뉴브 강 상류가 레겐스부르크 다리에서 끝났다고 보고 수력발전소 회사에 그 이름을 붙였고, 독일

남부의 레겐스부르크와 파사우 사이의 짧은 지역을 '다뉴브 강 하류'라고 생각했다. 일차대전 때 전자물자 수송과 관련된 전쟁 용어로, '다뉴브 강 상류'는 레겐스부르크와 죄뉘 사이의 물길로 이해되었다.

사실들이 너무 혼란스럽게 넘쳐난다는 걸 의식하고 있던 공학자 네베클로프스키는, 이 모든 가설을 자세히 조사 분석하고 비교 연결시켜 분류를 통해 이를 일반화했다. 항해학 관점에서 바라봤기에 일러 강이 합류하는 지점과 빈 사이의 659킬로미터를 '다뉴브 강 상류'라고 생각했지만 말이다. 네베클로프스키는 이미 1908년부터 린츠에서 하천사업 본부장을 맡고 있었고, 1925년까지 푸케나오와 마우트하우젠 사이 '도나우 강의 책임자'였다. 그는 1910년부터 그가 사망한 해인 1963년까지 이 주제로 150편 이상의 논문을 전문잡지에 실었으며 여러 강연회와 전시회를 열었고 산발적으로 숱한 기사와 박사 논문을 썼다. 1952년과 사망 다음해인 1964년 사이, 평생의 역작인 책 세 권이 나왔다.

이 책 세 권에 모든 게 담겨 있다. 로마 이전 시대부터 동시대까지 항해의 역사, 범선의 항로와 모양새, 통나무배와 증기선, 프로펠러와 갑판 플레이트, 배의 각 부분과 장치, 세월과 지역에 따라 다양하게 불리는 배들의 이름, 여러 지류의 특성과 차이점, 소용돌이치는 곳과 얕은 물, 갖가지 모양의 뗏목과 거룻배, 배에 사용된 다종다양한 목재의 장단점, 호송, 개울, 징검다리와 소로, 목재 수송, 뱃사공들의 구성과 관습, 강에 대한 미신과 전설, 세금징수권, 군주들과 대사들의 여행, 강에서 생겨난 시, 노래, 드라마, 소설.

'오버레 도나우'는 네베클로프스키에게 다뉴브 강 전체였다. 세상이자 동시에 자신의 지도이며 자기 자신까지도 포함하는 모든 것이다. 진정 안전하게 세상 구경을 하자면 주머니에 전체를 넣어 가야 좋기 때문에, 그 공학자는 성질 급한 여행자들이 실제로 무엇을 원하는

가를 생각하면서 그 세 권을 얇지만 중요한 정보를 모두 담은 59쪽짜리 포켓북으로 줄이고자 했다. 공학자는 정리하고 분류하고 체계화하고 그의 백과사전을 여러 장과 항목으로 나누었으며, 부록·색인·삽화·지리도표를 덧붙였다. 1882년에 태어난 공학자는 총체성, 즉 19세기 위대한 철학들에게서 보이는 그 총체성을 열망했다. 그는 헤겔이나 클라우제비츠의 어설프지 않은 모방자였다. 세상은 정리되기 위해 존재하며, 그래서 세상에 흩어져 있는 세부사항들을 사고를 통해 연결해야 한다고 생각했다. '소개말'을 인쇄소에 넘기면서 그는 이 일을 하는 것이 "운명이 맡긴 과제를 이행하는 것"이라고 했다.

모든 총체성은, 키르케고르가 당파적인 시각에서 날카롭게 지적했던 헤겔의 총체성까지도 신들의 조소를 받는다. 지난 여러 세기와 문화에서 아무리 천재적인 사색이라 해도 스쳐지나가는 삶의 단편을 모두 정리하려다 보면 결국 우스운 것이 되고 말았다. 토마스학파나 헤겔의 어떤 글 역시, 하이데거와 마찬가지로 그런 조소를 면치 못했다. 분명 이런 우스운 면이 헤겔이나 하이데거의 위대함을 깎아내린 건 아니다. 사실 모든 위대한 사고는 총체성을 열망해야 하고, 이런 긴장이 그 위대함 속에 풍자적인 요소, 자기 패러디적인 암시까지도 허용해주는 것이다.

박사 논문과 그 이후에 나온 책 세 권은 네베클로프스키의 승리이며 총체성의 달성이다. 세상의 무질서가 책 한 권에 정리되고 여러 범주로 분류됐을 때 총체성이 획득된다. 네베클로프스키는 가능한 한 여러 범주를 만들어 현상들을 다듬고 정리했다. 하지만 순간적이고 감각적인 작은 세부들, 반복될 수 없는 특유의 고유성에도 뜨거운 관심을 가졌다. 그의 저술은 시간의 변화, 바람, 예상치 못한 사건들, 치명적이건 아니건 배 위에서 일어났던 불행한 사건들의 목록, 자살과 살인, 강의 신들, 울름의 선장 백서른두 명의 반신상과 그들 각각에게 헌정한 시까지도 아우르고 있다. 그는 다리를 보호하는 수호성인들의 두상을 묘사했다. 수프에 소금을 너무 많이 넣은 선상 요리사에게 내려지는 형벌을 기록했고, 선술집 주인이기도 했던 뱃사공들의 이름과 그들이 선술집을 운영했던 장소들을 열거했다.

훌륭한 분류학자로서 그는 평평한 배를 가리키는 '칠레Zille'라는 용어의 발음과 철자 변이(Zilln, Cillen, Zielen, Züllen, Züln, Zullen, Zull, Czullen, Ziln, Zuin)를 기록했고 수많은 다른 기술 용어들도 그렇게 했다. 세밀한 공학자로서 여러 유형의 배의 크기와 적재량, 용적톤수도 기록했다. 이 종합적인 과학자는 세밀한 역사가이기도 했는데, 총체성에 대한 그의 열망은 세상과 그 변화까지 아우르고자 했기 때문이다. 그는 과거도 늘 현재라는 사실을 알고 있었다. 왜냐하면 과거에 존재했던 모든 것의 이미지들, 빛으로 전달되는 이미지들은 우주 어디에든 떠돌며 계속 생존하기 때문이다. 백과사전 편집자의 일은 완벽한 그림을 그리는 일과 같다. 그의 다뉴브 강은 모든 사건의 동시성이고, 전체에 대한 공시적 지식이다. 예를 들어 그는 1552년에 작센 지방 모리스 공작의 11개 부대가 70척의 뗏목을 타고 바이에른에서 내려왔으며, 지난 세기말까지 통나무배가 잘츠부르크에 130~140척, 볼프강 호수에 60척, 아터제 호수에 25척, 알타우서제 호수에 5척, 그룬들제, 할슈테터 호수, 그문터제에 2~3척 남아 있다는 사실을 언급했다.

네베클로프스키는 '완벽함'이 부족하다는 사실을 정직하게 인정하며 그 사실에 괴로워했고 또한 총체성에 은근히 집착하며 번민했다. 그는 페르디난트 3세의 배우자인 마리아 왕후가 1645년 3월 13일과 14일에 린츠에서 빈까지 여행한 것을 언급하면서 모두 52척의 선단을 나열했다. 그리고 각각의 배에 누가 타고 있었는지, 궁내장관 폰 케펜휠러 백작, 스페인 출신의 세 궁녀, 뷔예뤼알 백작, 왕후의 고해신부, 왕자의 고해신부, 가마와 가마꾼들까지 자세히 언급했다. 강 항해를 묘사한 문학작품들을 다루면서는 모순되는 점과 기술적인 부정확함, 사실 같지 않은 것, 항해학과 맞지 않는 시적인 말들을 꼬집어 들추어냈다. 보르헤스가 상상한 제국의 지도처럼 종이, 그러니까 문학은 세상과 부합해야만 한다. 다뉴브 강 상류에 대한 그의 저서는 세상과 완벽하게 부합해야 했다. 시인들의 거짓말을 고집스럽게 드러냈던 네베클로프스키는 그가 경멸했던 아리스토텔레스식 있음직함이 아닌 진짜 있는 그대로를 뮤즈들 사이에서 만났을 때 행복해했다. 1952년 10월 8일 린츠 스튜디오에서 방송한 C. H. 바칭거의 라디오 드라마 〈사공에서 증기선까지〉를 언급하면서 그는 "라디오 드라마가 다뉴느 강의 공기를 마시고 있다"며 진지하게 논평했다.

네베클로프스키의 체계적인 구성물 안에는 때때로 불완전한 단편적 구멍, 떠도는 어떤 세부들이 존재한다. 이 공학자는 카라칼라 황제가 파사우 3마일 너머에 세운 돌 이정표가 흔적도 없이 사라진 점을 아쉬워하고 슬퍼했다. 다뉴브 강을 항해했던 역사적인 여행들을 정리한 목록에는 튀르크 왕조의 사신들을 운송하던 배들이나 제국 함대들 사이에 갑자기 1528년 '슈테판 체러라는 인물'의 항해가 끼어들어가 있다. 이 인물은 레겐스부르크에서 배를 타고 다뉴브 강을 따라 잠시 내려갔던 사람이다.

네베클로프스키 그 자신도 그러했지만, 건축물도 물론 때때로 흔들릴 때가 있다. 잠깐의 이상현상과도 같은 유례없는 돌풍이 휘몰아쳐 종이와 고정 클립들을 흩어버리면서 일시적이고 순간적인 삶이 난입한다. 뱃사공들의 은어와 말하기에 관심을 가지면서, 그는 자연히 기존에 나와 있는 사전들에 주의를 집중하게 되고, 그것들을 해설하고, 논평하고, 그러다 못해 말문이 막히고 만다. J. A. 슐테스의 1819년 작품 『다뉴브 강 여행』에 내포된 언술에 흠뻑 빠져 헤어나지 못한 것이다.

제1권 12쪽에서 슐테스는 뱃사공들의 말을 정리하고자 했지만 중도에 그만두었다고 쓴다. 왜냐하면 뱃사공들이 큰 소리로 서로 뭔가 주고받는 동안 그들이 무엇을 하는지 살펴보면 사전을 일일이 펼쳐보지 않아도 충분히 그들 언어를 배울 수 있기 때문이다. 여기에서 깊은 인상을 받은 네베클로프스키는 뱃사공들의 몸짓이나 얼굴을 보고 강변에서 들리는 그들의 말소리를 듣는 것만으로도 실제 특정 단어, 그 단어 고유의 맛과 색을 포착할 수 있음을 순간 깨달았다. 단어 고유의 맛과 색은 그 단어를 둘러싸고 있는 직접적인 맥락 안에서, 서로 거친 말을 주고받는 선원들(그들이 용맹한 술주정뱅이 악당들이라는 명성은 제국의 여러 우려 섞인 포고문에서 증명되었고, 바로크 시대의 위대한 설교자 아무라함 아 산크타 클라라도 이를 확인시켜주었다) 사이에서 온전히 느낄 수 있다. 그러나 그들의 욕설, 공손하지 못한 행동, 얼굴, 은어는 시간의 소용돌이 속에서 강물에 휩쓸려 사라진다. 그래서 어떤 사전도 그것들을 다루지 않는다는 것을 슐테스는 깨달았고 자신도 그들의 말을 애써 정리하려 하지 않았던 것이다. 네베클로프스키는 다뉴브 강의 물결이 다뉴브 강 상류에 대해 기록한 자신의 5킬로그램하고도 900그램짜리의 책을 휩쓸어가 삼켜버릴 거라는 사실을 알고 있었을지 모른다. 하지만 그는 곧 다시 일을 시작했고, 자신의 심장 깊은 곳 미지의 물속에 허무주의의 전율을 처박으면서 슐테스가 어휘집을 완성하지 않은 것을 책망했다.

사실 네베클로프스키는 무無에서 불어오는 이런 돌풍으로부터 피신해 있다. 그의 가치 있는 삶은 2164페이지에 둘러싸여 보호받았고, 요새 안뜰에 있듯 그 페이지들 내부에서 성장했다. 검은색 겉표지와 두꺼운 분량은 무너뜨릴 수 없는 성벽, 실망시키거나 배반하지 않는 신앙과 같다.

그에게 다른 신앙의 신자들에 비해 이점이 있었다는 사실은 분명하다. 신을 믿는 사람은, 십자가에 못 박힌 예수조차 그랬듯, 불현듯 자신이 버림받았다고 느낄 수 있다. 또한 현실이 자신의 주변에서, 그리고 자신의 발아래로 사라지는 걸 목격할 수도 있다. 나중에 이스라엘에서 판사를 지낸 신앙심 깊은 하임 코엔은 조상 대대로 내려오는 전통적인 신앙심을 품고 아우슈비츠 수용소에 갔지만, 거기에서 돌아왔을 때 그의 신은 절멸하여 화장터 소각로에 남은 재처럼 변해 있었다. 혁명, 공산주의, 역사에 대한 메시아의 구원 역시, 케스틀러나 다른 많은 사람이 겪었듯 신이 이를 배신했음을, 신은 없다는 사실을 드러내주는 것일 수도 있다. 스완은 오데트를 뜨겁게 사랑하며 평생을 살다가 결국 사랑할 가치가 없는 여자를 위해 삶을 허비했음을 깨달았다.*
설사 어떤 사람들에게 강렬한 욕망과 매혹을 발산하는, 뜨거운 삶을 위한 맹목적이고 비이성적인 사랑이라 하더라도, 더러운 빨래 바구니에 처박혀 팔스타프† 처럼 끝장나듯, 바람에 펄럭이던 깃발이 걸레가 되듯, 생명력은 그 관능에 대한 대가로 갑자기 쇠락할 수 있다.

반면 다뉴브 강은, 설사 강 상류만 고려해보더라도, 그 자체로 존재하고 있다. 다뉴브는 사라지지 않는다, 헛된 약속도 안 한다, 끄떡없이 견디고 있다, 변함없이 우리 눈앞에서 흘러간다. 신학의 위험도, 이념의 도착倒錯도, 사랑의 실망도 모른 채로. 만질 수 있고 실재하는 강이 저기 있다. 강에 삶을 바친 사람은 자신의 삶이 흘러가는 강과 조화롭게 하나되어 흘러간다고 느낀다. 이 끊임없는 조화는 강의 신과 신자 모두로 하여금 계곡을 거쳐 하구로 흘러가고 있음을 잊게 한다. 네베클로프스키가 콰인과 마찬가지로 손가락으로 계속 강을 가리키면서 '다뉴브 강이다!'라고 말하는 것 같다. 그는 이렇게 끊임없는 정열로 변함없이 강을 보여주면서 자신의 삶을 생동감 있게 만들었다.

---

* 마르셀 프루스트의 『잃어버린 시간을 찾아서—스완네 집 쪽으로』에 나오는 인물들.

† 셰익스피어의 『윈저의 즐거운 아낙네들』 등에 나오는 인물로, 늙은 허풍쟁이 호색한. 이후 베르디가 〈팔스타프〉라는 오페라를 쓰기도 했다.

3. 확신과 수사학 사이에서

네베클로프스키에게 확신이 있었을까? 그의 전기 작가가 말했듯, 여든 살 생일을 맞고 얼마 지나지 않아 그는 "온화한 가운데 갑작스러운" 죽음을 맞았다. 그가 가볍고 조화롭게 죽음을 맞이한 걸 보면 이를 증명해주는 것도 같다. 카를로 미켈슈테터*가 썼듯이, 확신은 자신의 삶과 자신의 인격을 늘 현재 소유하고 있다는 말이다. 순간을 빨리 태워버리려 하고, 가능한 한 빨리 올 미래의 시각에서 순간을 사용하며, 삶이 송두리째 빨리 지나가기를 기다리면서 매 순간을 파괴하고자 하는 미친 듯한 열망에 흔들리지 않고, 매 순간을 깊이 있게 사는 능력이 확신이다. 확신 없는 사람은 언제든 올 것 같은데 결코 나타나지 않는 결과를 기다리며 자신의 인격을 허비한다. 현재의 어려운 시간이 빨리 지나가고 독감이 떨어지기를, 시험에 합격하기를, 결혼식을 올리거나 이혼 도장을 찍기를, 일이 끝나기를, 휴가가 오기를, 의사의 진단이 나오기를 기다리며 계속 무화되는 결핍, '없음deesse'으로서의 삶인 것이다. 이 노래처럼 말이다.

> 희망을 품다보면
> 때가 오기만을 기다리지.
> 최후의 시간이 오면
> 더이상 희망도 없어라.

'수사학' 혹은 지식을 조직하는 것은 문화의 거대한 톱니바퀴, 활동의 뜨거운 메커니즘이다. 사는 데 무능력한 사람들은 그 메커니즘을

* Carlo Michelstaedter(1887~1910). 이십대 초반에 자살한 이탈리아 작가이자 철학자.

통해 환상을 품게 되고, 자신들의 삶과 가치가 결핍되어 있다는 쓸데없는 인식을 스스로 차단하게 되며, 그들의 공허함을 자각하지 못하게 된다. 나는 도서관을 나와 어부들이 사는 마을로 향하면서 나 자신에게 물었다. 네베클로프스키의 2164쪽, 이 책 역시 자신의 무無를 보지 못하게, 의식하지 못하게 막는 수사학의 거대한 성벽으로 이뤄진 하나의 요새가 아닐까.

네베클로프스키가 확신이 있는 사람이었는지 아니면 수사학자였는지, 수천 쪽에 달하는 저서에서 그가 그의 악마의 목소리를 조용히 계속 지니고 있었는지 아니면 그의 악마들로부터 벗어나려 애썼는지 나는 모른다. 조용히 찾아온 갑작스러운 그의 죽음, 이 역시 고통 없이 유유히 흘러가는 삶인 듯하다. 모든 삶은 확신이 얼마나 더 있느냐 없느냐에 따라 결정되고, 모든 여행은 정박과 도주 사이에서 노닌다. 네베클로프스키는 슈바벤과 바이에른의 생기발랄한 처녀 150명을 태운 배에 관한 이야기 부분인 「처녀들의 배」에서 다소 고집스럽게 지체하며 이야기를 반복한다. 뷔르템베르크의 카를 알렉산더 공작은 파사로비츠조약* 이후 독일 식민지 바나트에 정착한 하사관들에게 그 처녀들을 보냈다. 하사관들이 아내를 구해 남동유럽의 역사와 문명에서 중요한 한 장이 되어야 하는 바나트에 슈바벤의 존재를 뿌리내리도록 하기 위해서였다. 많은 독일 노래가 처녀들의 생기발랄한 미덕을 전해준다. 150명의 처녀를 태운 그 배는 이 여행을 끝내는 데 이상적인 배 같다. 서두르지 않고, 아니 결코 도착하기를 바라지 않으면서, 확신을 가진 한 인간으로서 이 여행을 완수하기에 말이다.

---

* 1718년 베네치아-오스만제국 전쟁 종결을 위해 당시 유고슬라비아 땅이던 파사로비츠에서 오스만제국·오스트리아·베네치아가 맺은 조약.

4. 다뉴브 강의 흑인 소녀

다뉴브 상류에 바치는 아름다운 글들을 조사하던 네베클로프스키는, 잊혔지만 아름다운 이야기인 헤르만 슈미트의 『흑인 소녀 프란체스카』를 기억해냈다. 이야기는 1813년을 중심으로 전개되고, 배경은 라우펜 뱃사공의 극장 배우들이다. 네베클로프스키는 앞에서 이미 이 이야기를 아주 자세히 다루었다. 여주인공 프란첼, 즉 프란체스카는 나폴레옹 전쟁이 낳은 딸, 더 정확하게 말하자면 황제군의 나팔수였던 흑인과 독일 처녀 사이에서 태어난 딸이다. 이 이야기는 피부색 때문에 겪는 소녀의 고난과 굴욕, 연극에 대한 타고난 소질, 하니(소녀를 위해 「사바의 여왕」이라는 희극을 써서 흑인인 그녀가 주역을 맡아 성공을 거두도록 한 남자배우)에 대한 사랑, 사랑하는 연인들을 갈라놓는 음모, 하니의 배신과 참회에 대해서 이야기한다. 하니는 프란첼을 내쫓지만 결국 다뉴브 강 하류, 프란첼이 무어인 극단과 함께 시장에서 공연하던 터키 국경 근처까지 쫓아가, 그녀와 결혼하고 다시 라우펜으로 돌아온다.

다뉴브 강을 배경으로 펼쳐지는 이 작은 '극장용 소설'은 인종주의의 잔인함을 은유적으로 표현하여 그 편견을 낱낱이 파헤치고 연극적인 환상으로 해결한다. 희극의 한 역이나 마찬가지인 피부색을 넘어 개인의 인간적인 진실이 이 이야기 안에 담겨 있다. 평범한 서사지만 사랑 때문에, 사랑하는 흑인 여자 때문에, 사바의 아름다운 흑인 여왕이라는 역할을 만들어낸 그 슈바벤 배우의 직관은, 인종주의의 잔인한 모순을 드러내준다. 정신의 바람은 원하는 곳으로 불고, 누구도 자신의 재능이나 부족함을 영원히 자신할 수 없다. 위대한 셀린이 묵시록적 어조로 "당신의 백인 하녀와 흑인 우편배달부 사이의 작은 전원시"에 대해 말하는 어조는, 다른 한편으로는 곧바로 잊히게 될 헤르만 슈미트의 이 단편보다는 지적으로 훨씬 더 낮은 단계다.

5. 독일의 목가

울름은 옛 독일 신성로마제국의 전원도시다. 안티콰리우스는 울름을 '다뉴브 강가의 첫 수도'이자 '슈바벤의 아름다움'으로 칭송했다. 연대기들은 울름이 부르주아 귀족의 기품을 지녔고, 훌륭한 자치권과 풍요로운 부를 가졌다고 예찬했다. 옛날 시에 따르면 울름은 베네치아·아우크스부르크·뉘른베르크·스트라스부르와 함께 권세를 다투던 도시였다.

이 시들을 인용하면서, 안티콰리우스는 그 도시들이 화려했던 영광을 잃어버렸기 때문에 이제 쇠락의 길로 들어섰다고 각주에서 밝혔다. 하지만 그 역시 울름의 옛 부, 특히 독립적이었던 울름의 여러 조합, 제국 권력에 대항하여 자치권을 지켰던 특권들, '제국 법정의 상소권에 대한 거부권,' 제국을 희생시키며 제국의 자유도시가 수세기 동안 얻어냈던 각종 면제·권력·자유·권리를 다시금 상기시켰다. 카를 4세 황제가 1376년 울름을 포위하여 성벽 밖 성당에 가지 못하게 되자, 울름 시민들은 도시 안에 성당을 짓기로 결심하고, 1377년 대성당의 첫 주춧돌을 놓았다. 1890년 대성당은 세계에서 가장 높은 성당으로 건축됐다. 연대기들은 루트비히 크라프트 시장이 울름의 부를 과시하고자 자신의 주머니에서 금화 100플로린을 꺼내 성당의 첫 주춧돌을 덮었고, 다른 귀족들도 시장을 따라 금화와 은화 몇 줌을 주춧돌에 던졌으며, '저명한 시민들'과 '서민들'까지 따라했다고 전한다.

울름은 신성로마제국의 개별주의를 대표하는 곳이다. 울름은 모든 중앙집권적 권력과 국가중심적 형태, 천편일률적인 코드화에 반대하면서 전통과 역사적 차이를 인정했던 관습법에 기초한 옛 독일의 심장이었다. 제국의 보편주의는 작센 혹은 슈바벤 군주들의 노력에도 불구하고 하나로 통일된 튼튼한 국가를 만들지 못하고 정치적 통일을 모두 와해시켰으며, 수많은 지방자치정부와 조합 특권이 난무하게 했다. 13세기의 법서 『슈바벤슈피겔』은 다양한 사회계급 조직의 자유와 독립을 성문화하고 있다. 여기서 애잔하고 고통스러운 독일의 목가, 자치주의, 사회적 분열, 윤리와 정치의 충돌, 하이네가 나중에 말했듯 '독일의 비참'이 우글우글 생겨났다.

시민법은 자치권과 특권이 만들어내는 이 모자이크를 법적으로 인정했고, 수세기에 걸쳐 형성된 제도들의 유기적인 다양성을 보호했으며, 모든 단일 코드와 통합 법률에 저항했다. 계몽주의 사상에 영향받은 법학자 티보는, 평등과 이성의 보편성을 앞세워 차이와 특권을 없애는 법을 주장했다. 사비니는 시민권을 주장하고 인간의 차이를 옹호하며, 이 차이가 유기적인 역사적 진화의 산물이지 '추상적인' 합리주의의 산물이 아니라며, 인간의 차이를 옹호하는 법으로 티보에 맞섰다.

그래서 현대 민주주의의 의미로 이해되는 자유와 대립하여 독일 땅에는 계급과 조합의 자유, 몇 세기에 걸쳐 누적된 사회적 불평등을 옹호하는 그들의 '낡고도 선한 법'이 있었다. 인간의 보편성이 아니라 역사적 현실이 인간의 가치와 권리를 결정했다. 18세기 오스나뷔르크의 대주교 유스투스 뫼저에게, 전체주의 폭군들로부터 독일의 옛 자유를 옹호한다는 것은 결국 농노제와 자유농민의 독립권을 옹호한다는 의미였다. 그래서 독일 목가는 본질적으로 보수적 경향을 내면화한 것이며, 자신의 사회적 지위를 유기하지 않으면서 계급 '본래의' 다양성을 따르라는 사도 바울과 루터의 충고를 따른 것이다.

계급에 대한 자부심이 독일 목가의 인물들에 생기를 불어넣고 있는데, 이 자부심은 단지 하층계급과 거리를 두려고 할 뿐만 아니라 상층계급에 대해서도 당당히 자신의 신분의 한계를 고집한다. 호프만의 소설에서 통 제작의 명인 마르틴은 자신의 딸을 젊은 귀족에게 주는 걸 못마땅해한다. 왜냐하면 통 제조업자 조합의 정직한 조합장에게 딸을 주고 싶었기 때문이다. 파우스트가 마르가레테에게 접근해 아름다운 젊은 숙녀라고 부르자, 마르가레테는 겸손하지만 당당하게 자신은 젊은 숙녀가 아니며 한 서민 처녀일 뿐이라고 답한다. 유럽사에서 파우스트적 인물과 가장 거리가 멀었던 안토니에 따르면, 파우스트의 이 열렬한 동경이야말로 이러한 독일정신과는 반대되는 것이다.

울름 같은 '제국의 자유도시'는 평등한 정의에 대립하는 특권적 보수주의를 구현했다. 때때로 자유도시는 평준화된 전체주의, 예를 들어 나치의 중앙집권주의에 대항하여 개인의 자유를 옹호했다. 일반적으로 독일 목가는 개인을 협소한 영역, 정체되고 세분화된 여러 사회에 가두고, 개인을 시민citoyen보다는 부르주아에 가까운 시민Bürger으로 만드는 경향이 있다고 루카치가 말했다. 그래서 내면으로 돌아가는 감상적인 고립, "비정치적이고" "절망적으로 독일적인" 고립이 생겨났다. 토마스 만은 그 고립을 탁월하게 해석해냈으며 적어도 어느 부분 그 고립을 대표하기도 했다. 이러한 상황은 기괴하고 외로운 인물인 '괴짜'로 구현되어 독일 문학에 자주 나타났다. 주세페 베빌라쿠아는 그런 별난 인물을 "아주 예민한 천성과 그 특별한 자질들을 자유롭게 발휘할 여지가 없는 사회, 그 둘 사이의 깊은 거북함의 표현"이라고 정의했다.

호프만과 장 파울의 영웅적인 여러 인물은 별난 인물들이다. 심한 향수에 빠져 있는 고지식한 서기국 비서, 회계감사원, 지방 교육자, 혹은 현학적인 학자들이다. 편협한 사회적 인습이라는 숨막히는 옷

밑에 숨겨진 그들 내면의 강렬한 열정은 종종 고통스럽고 기괴하고 이상하게 비틀려 있다.

샤를 노디에는 지방마다 다른 수많은 제약과 특별한 관습이 있는 독일에서 환상문학 장르를 꽃피게 했다. 보통법이 보장하는 개별주의는 환상문학의 온상지다. 왜냐하면 환상문학은 다양한 법과 관습으로 조마조마한 미지의 세계를 열어주는 도시의 문 앞에 있기 때문이다. 과거의 이 잔여물이, 현실에 불안하면서도 유령 같은 후광을 준다. 유서 깊은 법과대학의 위대한 스승들의 제자이기도 했던 하이네의 서정시와 풍자시 역시, 독일 목가의 법적 개별주의에서 생겨났다. '괴짜'는 우선 독일의 내면성, 윤리와 정치 사이에서 야기되는 분열을 나타내는 인물이다. 예를 들어 나치즘에 대한 양심의 가책으로 정신적 저항은 했어도, 조직적인 정치적 저항은 하지 않았던 것이다. 울름의 목가는 이차대전 때 폭격 아래에 묻혔고, 결국 1만 2795채의 건물 가운데 2633채만이 살아남았다.

6. 울름 정복

'목가idyll'라는 말의 어원이 암시하듯, 독일 목가에는 협소하고 축소된 무언가가 있다. 이 작은 그림, 이 작은 이미지는 헬레니즘 문학에서 꽃폈다. 때때로 장구한 세계 제국을 향해 뻗어나가기도 한 독일 역사는, 때때로 한 지방이나 도시 정도의 범위에서 태어났다. 예를 들어 한 역사가는 1701년 루이 14세와 연합한 바이에른군 측에서 울름을 정복하기 위해 세웠던 비밀 계획을 기록해놓았다. 바이에른 병사 가운데 일부가 요새 성문을 여는 임무를 맡고 남녀 농민으로 변장하여 도시에 잠입하는 데 성공해 결국 임무를 완수했다. "베르텔만 대위는 양 한 마리를, 케르블러 하사관은 닭 몇 마리를 팔에 안고, 여자로 변장한 하바흐 대위는 손에 달걀 바구니를 들 것이다……"

이 기습 덕분에 현재 바덴뷔르템베르크와 바이에른 경계에 있는 울름을 정복했던 바이에른군은 태양왕과 연합했다. 그러나 중앙집권과 제국주의를 현대적으로 다듬어 지방 봉건세력을 분열시키고자 했던 루이 14세의 정책은 로베스피에르, 나폴레옹, 혹은 스탈린을 아우르는 역사의 한 장에 속하는 반면, 프랑스 전제군주의 독일 동맹군은 중세의 협소하고 '목가적인' 이 개별주의에 속하며 현대사, 특히 프랑스 역사는 이 개별주의를 산산이 부숴놓았다.

7. 맨손으로 제3제국에 대항하다

울름에서 독일의 내면성을 상징하는 커다란 꽃이 피어났다. 히틀러 정권에 반대하며 맹렬히 싸우다가 체포되어 사형선고를 받고 1943년 처형당한 한스와 조피 숄 남매*는 울름 출신이고, 현재 그들 이름을 딴 고등학교가 있다. 그들의 이야기는 크라토스Kratos에 대항하는 에토스Ethos의 순수한 저항을 보여주는 예다. 그들은 대개의 사람들이 수치스럽지만 어쩔 수 없이 받아들여야 한다고 느꼈던 것에 저항할 줄 알았다. 골로 만†이 썼듯이 그들은 제3제국의 거대 권력에 대항하여 맨손으로 싸웠고, 자신들의 윤전기만으로 나치의 정치군사기구에 대항해 이 기계로 히틀러에 반대하는 선전문을 찍어 유포시켰다. 그들은 젊었고 죽고 싶지 않았으며, 조피가 사형집행일에 조용

---

* '백장미단'이라는 조직을 결성하여 나치 독일에 저항했다. 이들의 얘기를 다룬 책으로 한스의 누이 잉에 숄이 지은 『아무도 미워하지 않는 자의 죽음*Weisse Rose*』이 있다.

† 독일의 역사가이자 작가로, 토마스 만의 아들.

히 말했듯, 좋은 날을 뒤로하고 작별을 고하기 싫었다. 하지만 목숨이 최상의 가치는 아니며, 목숨보다 더 가치 있는 무엇, 해처럼 삶을 밝고 뜨겁게 만드는 무엇을 위해 헌신할 때 삶이 더 사랑스럽고 유쾌해진다는 것을, 그들은 알고 있었다. 두려움 없이 그들이 조용히 죽음을 맞았던 것은, 이 세상의 원칙이 이미 심판받고 있음을 잘 알고 있었던 것이다.

8. 장례식

울름 시청 앞 광장에서 독일의 내면성을 우의적으로 나타내는 또 다른 장면이 펼쳐졌다. 1944년 10월 18일 폰 룬트슈테트가 참석한 가운데 롬멜 육군원수의 국장이 행해졌다. 아무것도 모르는 군중은 롬멜이 제국을 지키다가 부상을 입은 후 죽었다고 생각하면서 그에게 마지막 인사를 했다. 그러나 롬멜은 7월 20일 음모에 연루되어 재판과 자살 둘 중 하나를 선택하라고 강요받았고 결국 독극물을 마시는 자살을 택했다. 이것 역시 독일의 내면성이 지닌 역설이다. 롬멜은 분명 사형집행을 두려워하지 않았고 용기도 부족하지 않았다. 예를 들어 헬무트 야메스 폰 몰트케가 용기 있게 나치 인민재판소와 교수형에 당당히 대면했듯이 말이다. 롬멜이 아내에게 쓴 편지들은 아내에 대한 뜨거운 애정과 함께 정직한 남자의 책임감을 보여준다. 아마 그때 롬멜은 재판 결과 조국의 위대한 군인이 갑자기 조국의 적으로 변한 것에 따른 당혹스러움과 불안이 독일에 퍼지지 않도록 조국을 위해 봉사해야겠다고 생각했을 것이다.

냉정한 자기통제와 숭고하지만 역설적인 희생으로 그는 양심의 목소리를 침묵하게 했고, 그가 타도하려 했던 히틀러 정권과 제거하고

자 했던 히틀러를 간접적으로 크게 도운 격이 됐다. 롬멜을 형성시킨 성장 배경이 그로 하여금 조국과 정권을, 그러니까 조국을 대변한다고 주장하며 조국을 타락시키고 배신했던 정권을 명확히 분별해내지 못하게 만들었다. 게다가 독일 참모본부의 대표자들이 나치를 타도하고자 제기한 제안들을 완전히 신뢰하지 못했던 연합군 자체도, 베르사유의 카르타고식 평화조약 이후 조국 독일과 나치 정권을 동일시하는 이 오류에 분명 책임이 없지 않았다. 롬멜이 자살을 선택하게 된 데는 분명 존중과 충성이 그 자체로 큰 가치가 있다고 가르치던 독일 교육이 큰 역할을 했다. 옆에 있는 사람에 대한 충직, 자신이 한 말에 대한 충직이다. 그러나 그것은 뿌리가 너무 깊이 박혀 있어 뿌리박은 땅이 썩은 습지가 되었는데도 그 뿌리를 뽑아낼 수 없었다. 그러한 충성심은 너무나 강력해서 때때로 우리를 희생자로 만드는 속임수에 대해 인식하지 못하게 한다. 자신의 신이 아니라 괴물과도 같은 우상들에게 충성하게 됐다는 사실, 충성심을 부당하게 요구하는 사람에게 반항하며 진정한 충성이 무엇인지 보여주는 것이 자신의 의무라는 사실을 자각하지 못하게 한 것이다.

히틀러에 반역한 폰 슈타우펜베르크* 역시 조국에 대한 충성과 인류에 대한 충성 사이에서 독일의 이 분열 때문에 고통받았다. 이 사실은 독일에서 조직적인 무장 저항의 어려움을 이해하는 데 도움을 줄 수 있다. 하지만 보편적인 것에 대한 충성과 눈앞에 직면한 자신의 일에 대한 충성 사이의 기본적인 딜레마, 막스 베버가 말했듯 확신의 윤리와 책임의 윤리 사이의 딜레마는, 단지 제3제국의 독일에서만 여러 형태로 위장되어 나타난 게 아니다. 우리의 문명을 움직이게 하는 가

---

* 반히틀러 조직에 가담한 독일군. 1944년 히틀러 암살 계획, 이른바 발키리 작전을 실행에 옮겼으나 실패하고 총살당했다.

치체계들 사이의 모순들은 아직도 극복되지 못했다고 막스 베버는 진단했다. 나치가 행한 범죄들 중에서 우리는 역시 독일의 내면성이 지닌 왜곡된 지점을 언급해야 한다. 울름 시청 앞에서 연출된 이 장례식에는 거짓말로 재현된 어떤 인권의 비극이 있었다는 점을 말이다.

9. 빵 1파운드

울름의 빵박물관에 있는 한 도표에는, 1914년과 1924년 사이 10년 동안 빵 1파운드의 가격 변화가 기록되어 있다. 금화가 유통되던 1914년에 빵 1파운드는 15페니히였다. 지폐 유통 이후인 1918년에는 25페니히, 1919년에는 28페니히, 1922년에는 10마르크 57페니히, 1923년에는 2억 2천만 마르크였다. 1924년 빵값은 다시 1914년 가격에 근접해, 금화 가치와 구매력 그리고 환경이 다르긴 했지만 14페니히였다.

경제학과 화폐학의 법칙을 늘어놓으려는 것이 아니다. 삶의 예상치 못한 불규칙성, 사건들의 우연성, 열정, 조작 등으로 인해 금융 과정의 수학 곡선들이 서로 교차하고 겹치는 그 뒤얽힌 매듭을 내가 연구하고자 하는 것도 아니다. 신문들을 읽으면서 속인은 생각해본다. 루이 필리프의 금융가였던 라피트가 썼듯, 금융은 종종 뇌막염에 걸린다고 말이다.

문학적 은유 뒤로 자신의 무지몽매를 숨기며 독일 신문을 읽던 속인은 금융이 정말로 뇌막염에 걸렸다기보다는 정신병, 척하는 가장 망상증에 걸린 거라고 생각해본다. 격노한 이 광인들이 평정심을 유지하고 자기통제를 할 수 있는 듯 가장하거나, 20세기 초 빈의 한 위대한 정신의학의 대가가 주장했듯 무능력한 이 바보들이 훌륭한 지성을 지닌 것처럼 가장하는, 그런 종류의 거짓 망상증 말이다. 금융 통계는 확실한 것 같지만 그렇지가 않다. 어쩌면 결코 상연되지 않을지도 모를 한 공연의 극장 프로그램, 존재하지 않는 것을 재현하는 것이니까.

빵 1파운드에 2억 2천만 마르크나 하는 그 어지러운 현실은, 결코 평범하지 않은 책들을 펴낸 루돌프 브룬그라버가 1932년 자신의 걸작 『카를과 20세기』에서 썼듯, '위대한 20세기'의 현실이다. 『카를과 20세기』는 개인의 삶을 단순한 통계자료로 변화시키고, 개인을 집단화 과정 속에 밀어넣어 순환시키며, 보편적인 것을 위대한 숫자 법칙으로 강등시키면서, 개인의 삶을 통합시키는 세계의 역사와 경제의 자동 메커니즘을 표현할 수 있었던 몇 안 되는 소설 가운데 하나다. 소설은 독일보다 오스트리아에서 심각하게 일어났던 인플레이션을 다루고 있다. 이 소설에서 생산을 합리화하는 테일러는 개인을 여분의 것으로 만드는 운명의 직책을 맡게 된다. 일반적인 세상 법칙과 경제의 객관적인 숫자, 그러니까 생산·실업·평가절하·물가·봉급 등의 숫자가 진짜 주인공들이 된다. 그것들은 환영에 불과하지만 고대 비극의 폭군들처럼 인간의 운명을 마음대로 쥐고 흔들며 실질적으로 협박한다.

꿈과 희망이 있었지만 자신에게 일어나는 일을 이해할 수 없었던 카를의 삶은, 교차하는 조류와 바람이 바다의 파도를 만들었다가 해체되듯 일반 메커니즘들에 의해 구성되고 해체된다. 그러나 아무리 짧은 삶이라도 모든 삶이 그렇듯 영원하기를 원한다. 물 한 방울은, 그것이 속한 바다라는 전체 사회에서 용해되는 걸 고군분투하며 저항한다. 자신을 둘러싼 그물망을 인식할 수 없었던 인물, 카를을 그린 이 소설은 우리네 삶을 그린 소설이다. 이 소설은 소유주와 편집자가 누구인지 모르는 한 신문에 실린 비정기 연재물이었다. 때때로 그 연재물은 유혈 사건, 사기, 모호한 상황 속에 놓인 우리의 역사에 모호한 의미를 부여하는 감각적인 제목들로 넘쳐났다. 브룬그라버의 책은 삼차대전에 대한 실재적인 물리적 공포를 불러일으킨다. 그 책을 읽는 독자는 삼차대전을 불가피한 것으로 받아들이며 공포에 떨게 된다. 빵 한 덩어리 가격 2억 2천만 마르크는 상상할 수 없지만 불길한 실재이고, 살과 피를 가진 실재의 거대한 주인공, 무시무시한 서사시의 거인이라는 사실을 보여준다.

10. 돼지 시장에서

울름의 어촌 피셔피어텔은 친밀하고 정겨운 골목, 숭어와 아스파라거스를 인심 후하게 내주는 선술집, 야외 호프집, 다뉴브 강변 산책길, 옛날 집들, 블라우 강에 반사되는 등나무, 큰 강으로 유유히 흘러들어가는 친숙한 샛강이 매력적인 곳이다.

공기는 달콤하고 시원하다. 아메데오는 막달레나와 팔짱을 끼었고, 지지는 여러 여관을 놓고 저울질하며 장단점을 늘어놓았다. 프란체스카의 얼굴이 운하 쪽 낡은 유리창문에 비쳤다. 강물이 저녁 신비 속에 유유히 흘러가듯, 그렇게 삶이 잔잔히 흘러가는 듯했다. 도시는 사랑스러웠다. 1875년 통계에 잡힌 548개의 호프집들은 저항시인 크리스티안 프리드리히 다니엘 슈바르트와, 창공을 날려다가 다뉴브 강에 돌멩이처럼 떨어진 유명한 재단사 알브레히트 루트비히 베르블링거, 대부분 울름에서 생겨난 새로운 독일 영화, 유명한 디자인학교 등과 이상적으로 잘 조화되는 듯하다. 가장 유명한 울름의 자식인 아인슈타인 역시 이 친절한 '장소의 수호신genius loci'임을 증명한다. 아인슈타인은 상대성이론을 모르는 별들이 뉴턴의 법칙에 따라 자신들의 길을 영원히 따라가는 것을 세련된 4행시로 쓴 바 있다.

시청에 붙은 기념판은, 울름에서 케플러가 '루돌핀 목록'*을 발간했고 관측 체계를 만들었으며 이를 울름에서 채택했음을 상기시킨다. 가축시장 광장에 또다른 기념판이 있다. 1879년 독일의 승리와 빌헬름 제국의 건설을 자랑스러워하는 기념판이다. 거기에는 이렇게 적혀 있다.

돼지 시장에서조차
순수 독일인의 충성이 살아 있도다.

암돼지Säue와 충성Treue의 각운을 맞춘 이 시어는 의도하지 않았지만 짓궂은 풍자화이고, 이는 몇 해 지나지 않아 부강한 제2제국의 천박함을 그린 캐리커처가 됐다. 또다른 친절한 인물이 1717년 어부들의 집 광장에 자리한 아름다운 어부들의 집에 도시 바이센부르크 혹은 베오그라드의 이미지를 그렸다. 화가이자 길드의 장인인 요한 마토이스 샤이펠레는 터키군과 싸우기 위해 울름에서 출발해 다뉴브 강을 따라 내려갔던 군 수송선을 길이 남기고 싶어했다. 함락당한 베오그라드는 그 전쟁의 중요한 전략 기지였다. '울름의 바지선'이라고 알려진 배들을 타고 독일 식민지 개척자들도 울름에서 떠났다. 그들은 '도나우강의 슈바벤인들'을 바나트에 거주시키기 위해 갔다. 지금은 지워졌지만 그들은 마리아 테레지아 시대부터 이차대전까지 200년 동안 다뉴브 강의 문화에 중요한 흔적을 남겼다. 이 강을 따라가는 나의 여행은 무엇보다 바나트로 향하는 여행이다. 이차대전 말부터 우리 시대까지 남동유럽에서 독일이 퇴각하면서 지금은 사라진, 아니 묻혀버린 확장의 흔적을 따라가는 여행인 것이다.

---

* 1627년에 발간한 항성·행성 목록 및 운영표로, 루돌프 2세의 이름에서 딴 말.

11. 자신이 받은 모욕을 기록한 사람

울름 광장에 세상에서 가장 높은 종탑을 가진 성당이 우뚝 서 있다. 수세기에 걸쳐 형성된 서로 다른 양식을 보여주는 이 성당은, 1377년에 건축이 시작되어 (이후 복원작업을 고려하지 않는다면) 1890년에 완공됐다. 뭔가 조화가 맞지 않는 우아하지 못한 이 성당 마무리는 종종 여러 기록에 소개되기도 한다. 당황스러운 표정으로 저 위 종각을 바라보며 모든 일이 잘될 거라 믿으려 애쓰는 막달레나의 코는, 허공에서 대담하고 불안한 둥근 선을 이루고 있다. 그 앞에서 크고 웅장한 건물은 우둔한 돌덩어리 같다.

성당을 소개하는 수많은 안내서 가운데, 페르디난트 트렌이 쓴 정확하고 꼼꼼한 안내서가 단연 눈에 띈다. 기둥 가장자리 장식부터, 성당 일에 써달라며 신앙심 깊은 방앗간 주인 바메스가 헌납한 양말 한 켤레의 판매 수익(6실링 2센트)까지, 모든 세부사항을 자세히 기록하고 설명해놓은 트렌은, 안내서 저자이면서 고딕 건축가이기도 했다. 그는 자신이 발견했다고 믿었던 아치 짓는 '법'을 고집스럽게 확신한 나머지 성당을 무너뜨릴 뻔하기도 했다. 그 해박한 소책자 『울름 성당, 그에 대한 정확한 기술記述』(1857)의 표지에 운명의 장난인지 인쇄업자가 실수로 페르디난트 트렌의 이름을 적는 걸 잊어버렸다. 빈 국립박물관은 알베르티나박물관에 보관된 견본품에만 그 이름을 연필로 적어넣었다.

이름 누락은 트렌이 겪어야 했던 수많은 부당한 잘못 가운데 하나다. 지난 세기의 건축가이던 그는 성당 복원가였다. 예의 없는 행동에 특히 민감하게 반응했던 그는 『내가 받은 무례를 기록한 파일』에서 그 사실을 자세히 증언하고 있다. 그는 그 파일을 수년 동안 갖고 있었고, 파일은 공개되지 않은 채 성당 창고 안 금고에 아무도 모르게 보관되어 있었다. 고집 센 불운아이자 지속되는 횡포에 민감하게 반응했던 트렌은, 삶은 무례하고 심술궂다는 사실을 신랄하게 꼬집으며 희열을 느꼈다. 그는 자신이 받은 횡포와 무례를 꼼꼼히 기록하는 수밖에 없었다. 진정한 글쓰기가 삶의 수많은 불편을 설명해보고 싶은 갈망에서 생긴다면, 트렌은 진정한 작가다. 문학은 회계, 손익계산 장부, 피할 수 없는 적자 대차대조표다. 그러나 정돈된 장부와 정확하고 완벽한 기록은, 거기에 적힌 불쾌한 내용을 보상해주고도 남을 기쁨을 줄 수 있다. 성행위가 주는 기쁨은 전희에 비해 평범하다고 사르트르가 말했을 때, 그가 불만족스러운 마지막 쾌락을 만족한 듯 기록하고 있음을 우리는 느낀다.

기록자는 자신이 받은 무례한 언동들을 정리하고 조사했으며 비난받아 마땅한 세상과 그가 겪은 굴욕을 속속들이 기억해냈다. 1835년 슈투트가르트에서 트렌은 개인적으로 응시했던 건축 시험을 이야기하면서, 시험에서 좋은 성적을 받은 것에 대해서는 지나가듯 슬쩍 언급하면서도 새벽에 힘들게 일어났던 일, 불편했던 여행, 세관원의 불친절, 질 나쁜 맥주와 그로 인한 구토, 여행 경비 77플로린 은화와 47크로이처에 대해서는 자세히 언급한다. 도로시설물 조사관이 되고 나서, 그는 격식을 갖추고 저자세로 경의를 표하며 영향력 있는 사람들, 재정 고문들, 구역 책임자들을 만나봐야 했다. 그러나 숙부는 그가 그런 방문을 하기에는 너무 서투르고 우둔하다 생각했기 때문에 항상 그와 함께 동행하기를 고집했다.

성당 복원작업을 할 때 그는 경비가 지나치다며 그를 비난했던 윗사람들이나 시 당국과도 충돌했는데, 그럴 때마다 언쟁, 비판, 적대자들과 신문에서 펼친 논쟁, 그의 노동계약서 조항들에 관계된 법적 논쟁, 벌금, 고소, 비용에 대한 중상모략, 유명인사들의 폭력적인 멸시와 경멸, 가스 조명 도입을 놓고 벌인 싸움, 그의 라이벌들의 음모를 상세히 기록했다. 그의 라이벌들은 뷔르템베르크 왕이 그의 예술적 과학적 공로를 치하하며 그에게 금메달을 수여하는 걸 막진 못했지만 훈장 수여 공식 발표는 늦출 수 있었다.

트렌은 자신을 "쫓기는 야생동물"처럼 느끼지만, 그의 분노는 그를 박해하는 적들에게만 국한된 게 아니다. 왜냐하면 그 분노는 저속한 사적 동기를 넘어서는 것이기 때문이다. 시기심 많고 악의를 품은 각 개인이 그에게 잘못을 범하고 그를 모욕한 것이 아니라, 인생 전체가 잘못과 모욕을 만들어내고 부조리했던 것이다. 트렌은 사악하고 비열한 사람들과 얽힌 상황, 루프-로이틀링겐 시설물 관리자의 음모, 그가 복구한 성당 본당을 파괴하고 석회 조각들로 널브러지게 만든 심술궂은 폭풍우, 그에게 연금 없이 봉급만 주기로 한 결정, 그를 고통스럽게 만들었던 신경과민성 두통, 그의 수입으로 유지할 수 있는 유일한 교통수단인 늙은 말의 부실함 때문에 일어난 열한 번의 낙마 사고, 자식 넷의 죽음, 공사장 발판에서 미끄러지거나 다뉴브 강에 떨어진 잦은 사고들, 강에 떨어져 장대로 구출되다 장대에 찔릴 뻔했던 위험 등을 있는 그대로 기록한다. 비극과 짜증은 같은 면에 놓여 있다. 왜냐하면 인생의 진정한 비극은, 인생 자체가 짜증나는 것이기 때문이다.

중부유럽 문학은 자신의 불행을 급진적으로 기록한 덕분에 존재의 부정과 어리석음을 이겨냈던 이런 유형의 더 멋진 자해적 인물들을 알고 있다. 트렌은 그릴파르처와 카프카의 막내 동생뻘로, 자신의 실패를 자세히 기록한 이 측량사들 가운데 한 명이다. 그 실패의 측량 대장부를 보면 삶의 비열함과 사악함이 모두 드러난다. 이것들을 견뎌내며 자세히 기록한 사람은, 삶의 무례함을 적은 이 서류를 삶의 면전에 대고 흔들며, 마치 학급 꼴등에게 성적표를 건네는 선생처럼 위에서 아래로 내려다보면서 삶을 굽어볼 수 있다.

트렌은 공공 기관과 개인, 상사나 이웃에게서 받은 무례함에 대해 목록을 작성한 것을 자랑스러워하고 있다. 왜냐하면 다른 사람들이 그에게 보인 경멸에서 그는 자신의 존엄을 확인했고, 그를 경멸받아 마땅한 사람으로 만드는 부조리를 보았으며, 삶에 적응하기 어렵다는 사실을 확인했기 때문이다. 삶에 적응하지 못하는 것은 굽힐 줄 모르는 곧은 성격을 갖고 있다는 표시다. 트렌 탄생 100주년을 기념해 쓴 글에서, 디페를렌 교수는 트렌이 긴 머리카락과 텁수룩한 수염을 가졌으며, 부서진 유리창 틈새로 바람과 찬기가 들어오는 고딕 장식 격자 사이에 올빼미와 박쥐 들이 둥지를 틀어 더욱 황폐해진 잡초 무성한 폐허의 성당을 다시 복원하는 일에 아주 열심이었다고 기억했다. 트렌은 그 황량함과 버려진 상태를 좋아했던 것 같다. 예를 들어 그는 울름의 상징인 참새 조각상이 "인생 만사 덧없음"을 견뎌내지 못하고 산산조각난 걸 은근히 즐기며 기록했다. 또 새로 만든 점토 참새상이 옛날 참새 조각상 자리에 놓여야 할지 아닌지를 두고 관계 기관이 협의를 벌이는 동안, 그 점토 참새상은 지하실에서 논쟁이 끝나기를 끈질기게 기다리다가 금이 가고 보일 듯 말듯 손상이 됐지만, 다행히 그를 비난했던 고문관들이 병들고 노쇠해가는 것보다는 손상이 천천히 진행됐다고 덧붙였다.

모욕을 기록했던 그 사람은, 자신뿐만 아니라 그 모든 무례함까지도 세상에서 없애버릴 삶의 부패를 기쁘게 받아들였다. 죽음의 보편성은 세상에 널리 퍼진 어리석음과 사악함을 바로잡아준다. 그러나 토마스 만이 말했듯, 삶을 부정한 모든 책은 삶을 살고 싶은 유혹을 느끼게 한다. 트렌이 세상의 사악함에 끈질기게 대항했던 것은 현실에 대한 순수한 사랑, 그가 고집스러울 정도로 정확하게 측량했던 그 길들과 강들에 대한 과묵한 사랑 때문이기도 하다. 삶의 진정한 친구는, 감상적인 아첨의 말로 삶을 졸졸 따라다니는 사람이 아니다. 오히려 트렌이 썼듯, 쓸모없는 헌 가구처럼 삶으로부터 버려졌다고 느끼는 사람, 삶을 사랑했지만 삶으로부터 거부당한 불행한 사람일지 모른다.

12. 그릴파르처와 나폴레옹

도시에서 몇 킬로미터 떨어진 곳, 엘힝겐 수도원 근처에는 1805년 10월 19일 '울름의 항복'이 일어났던 곳, 즉 톨스토이가 『전쟁과 평화』에서 "불행한 마크"라고 말했던 오스트리아 장군이 나폴레옹에게 항복했던 곳이 있다. 기념비는 나폴레옹 전쟁의 전몰자들인 프랑스 군인과 그 당시 황제 나폴레옹과 연합했던 독일 내 여러 주의 군인들을 기념하고 있다.

À LA MÉMOIRE DES SOLDATS
DE LA GRANDE ARMÉE DE 1805
BAVAROIS, WURTEMBERGEOIS, BADOIS
ET FRANÇAIS
(1805년 대육군 바바리아, 뷔르템베르크, 바덴, 프랑스 군인들을 기념하며)

강변의 안개 낀 숲 풍경이 전쟁 장면을 떠올리게 한다. 구멍 하나가 미셸 네 사령관이 오스트리아의 방어선을 무너뜨렸던 지점을 나타내고 있다.

다뉴브 강의 이 지점은 회흐슈테트 전투(혹은 블렌하임 전투)처럼 큰 전투들이 벌어졌던 무대다. 회흐슈테트 전투에서 외젠과 말버러 대공은 스페인 왕위계승 전쟁이 벌어지던 때인 1705년, 태양왕의 프랑스 군대를 격파했다. 그러나 다뉴브 강 유역에서 벌어진 이 전투들은 혁명과 근대 이전 구유럽의 전투들이다. 이 전투들은 여러 강대국의 승리와 패배를 교차시키면서 1789년까지 절대군주들 사이에 균형을 유지시켰다. 다뉴브 강 제국은 특히 전통 세계를 전형적으로 보여준다. 울름에서 오스트리아군을 격퇴하고 빈으로 들어간 나폴레옹은 근대성을 구현한다. 근대성은 다뉴브 강 합스부르크 왕가의 구질서를 바짝 쫓아가며 압박했고, 그 추적은 1918년에 끝났다.

나폴레옹에 대한 그릴파르처의 관찰은 이 근대 이전과 이후의 오스트리아 정신을 대표적으로 보여준다. 그는 근대가 다뉴브 강으로 대변되는 전통이라는 상징적인 둑을 무너뜨리는 것을 보았다. 예리하고 당파적인 단일한 시각을 갖고 있던 그릴파르처는, 나폴레옹이 1809년 의기양양하게 빈으로 들어오는 것을 보고 고삐 풀린 환상과 현실에 대해 너무 주관적인 오만을 가진 인물이라고 비난했다. 이러한 오만을 그릴파르처 역시 자기 자신 안에서 느꼈으며, 그의 정신적 안정과 시 작품을 위협하는 요인으로 보았다. 모방자이지만 한때 선구자이기도 했던 19세기 오스트리아 희곡의 고전주의자 그릴파르처는, 합스부르크가 문학에서 최초의 능력 없는 문인, 무능한 사람들의 창조자다. 분열된 이중적 인간이었지만 조화된 개성에 내심 깊은 존경심을 가지고 있던 그는, 조화로운 개성을 갖진 못했지만 그것에 높은 가치를 부여했다. 우울증 환자에 삐뚤어진 성격을 가졌고, 자신의 억압을 현학적으로 조직하고 관리했으며, 즐거움을 못마땅하게 여기고 흥분된 열정과 자해적인 메마른 감정을 오가며 분열되어 있던 그릴파르처는, 자신의 부정적 측면을 강조하면서 자기 자신의 모습을 위조했던 작가다. 그릴파르처가 일기에서 그의 분신 픽슬뮐너를 호감 가지 않는 인물로서 또다른 나로 바라보았던 것처럼 말이다. 카프카가 그의 작품을 열성적으로 읽었던 것도 우연이 아니다.

삶이 박탈이자 결핍이고 없음deesse이라고 느껴질 때, 자신을 방어할 수 있는 방법은 끊임없이 스스로를 소외시키고 삶에 참여하기를 거부하는 것이다. 삶의 숨겨진 이면에 너무나 민감한 다뉴브 강 문화는 이러한 방어 전략을 훌륭하게 짜냈다. 그러나 이 문화는 같은 시간에 여러 곳에서 일어나는 '평행선운동들'*의 공허함을 드러내고 카를 크라우스처럼 뒤집힌 세상을 찬미했지만, 점차 소멸되어가는 그 전체, 세상을 뒤집어 보았던 바로크의 그 질서정연하고 조화로운 우주를 간과하지 않았다. 나중에 카프카가 그랬듯, 그릴파르처도 자신의 특이한 개성, 즉 우연히 만들어진 심리적인 것이 아니라 시대가 만들어냈고 개인과 전체 사이의 불균형을 보여주는 이 특이한 개성이, 법의 객관적인 의미를, 전통적인 빈 사회에서 신이 창조한 세계로 여겼던 그 세계의 객관적인 의미를 어둡게 하는 걸 용인하지 않았다.

그릴파르처는 분명 헤겔처럼 나폴레옹에게서 말을 탄 세계정신을 보지 않았다. 오히려 높은 이상이 아닌 고삐 풀린 이기심으로 권력을 행사하는 벼락출세가라고 보았다. 사실 나폴레옹을 경험하면서 비극 『오토카르 왕의 행운과 최후』(1825)가 태어났다. 그 작품에서 그릴파르처는 합스부르크가의 시조이자 초개인적인 업무로서 겸손히 권력을 행사했던 루돌프 왕과, 개인적인 야망을 위해 권력을 원하고 행사했던 보헤미아의 오토카르 왕을 대립시켰다. 그릴파르처에게 나폴레옹은 (국가의, 혁명의, 민중의) 주체성이 전통적인 종교에서 분리되어 대중의 애국심을 자극해, 18세기의 합리적이고 관대한 세계시민주의의 종말을 가져오는 걸 목격한 시대의 상징이었다.

나폴레옹은 "병든 시대의 열"이다. 하지만 열이 그렇듯, "병을 없애고" 회복시킬 수 있는 거친 반작용이기도 하다. 그릴파르처는 나폴레옹을 "운명의 아들"이라 정의하면서, 햄릿처럼 중심축에서 빠져나온 시대를 제자리로 돌려놓기 위해 세상에 나온 사람의 후광을 그에게

---

* 로베르트 무질의 『특성 없는 남자』에서 차용한 표현.

덧씌웠다. 그러나 코르시카 사람에게는 햄릿의 이 겸손함이 부족했다. "차라리 내가 개망나니라면!"이라고 말할 정도로, 햄릿은 자신의 사명이 버겁다고 의식하고 있었다. 자신에게 개인적 능력이 부족하다는 걸 알고 있었기 때문이다. 반면, 나폴레옹은 자신이 위대하다고 자부했기 때문에 작은 사람이었다. 하지만 무너지고 종교적으로 속죄하고 자신의 허영을 깨달았을 때 그는 비로소 위대해졌다. 그릴파르처의 비극에서 오토카르 왕이 전투와 사랑에 패배해 굴욕당하고 늙어 거지 신세가 되었을 때 진정한 왕으로, 즉 진정한 남자로 등극하듯이 말이다.

나폴레옹은 근대에는 정치가 운명을 대신한다고 주장했다. 그릴파르처에게 그런 나폴레옹은 전체주의, 삶 전체의 정치화를 나타내며, 사회 메커니즘에 잠식당한 개인의 삶에 역사와 국가가 끼어드는 것을 나타낸다. 그릴파르처는 나폴레옹주의가 지닌 독재적인 그 측면을 인식하고 있었지만, 민주주의와 해방에 자극이 된 점은 간과했다. 나폴레옹주의와 근대 사회의 고유한 특성인 이 국가 총동원은, 국가의 충성스러운 봉사자라는 요제프 2세의 에토스와 대립된다. 요제프의 에토스는 자신의 의무를 헌신적으로 수행하지만 공적 영역과 사적 영역의 구분을 지키면서 국가의 개입에 한계를 분명히 정하고 있다.

그릴파르처는 "어디서든 자신의 사상만을 보고 그 사상에 모든 것을 희생시키는" 나폴레옹의 일방주의를 "끔찍하다"고 정의한다. 이데올로기의 전체주의에 대항하여 오스트리아 전통은 민감한 세부, 떠도는 개개의 것, 체계에 통합되지 못하는 삶을 옹호한다. 어떤 것에 대한 종교적 관점은, 뒤늦게 나온 훌륭한 비극 『합스부르크가의 형제 싸움』에 나오는 말없는 황제 루돌프 2세가 지니고 있던 관점처럼, 형언하기 힘든 것, 즉 개개의 차이와 일탈적 개성까지도 존중하는 것이다. 종교적 초월의식이 이 세계 권력을 우상화하는 걸 막고 어떤 최상의 질서에 복속시킴으로써, 이 예외들조차도 신의 그림 안에서 그들의 자리를 찾게 함으로써 말이다. 순전히 현세적인 역사적 전망은 부수적이고 작아 보이는 것에 대해 독단적이고 잔인하다. 그릴파르처는 나폴레옹이 곧바로 중요한 문제로 향하면서, 주변적이고 부수적으로 보이는 것을 무시했다고 비난한다. 세부를 옹호하는 오스트리아 시인이 보기에, 주변적이고 부수적인 것도 독자적인 위엄을 가지고 있으며, 독재적인 전체주의 계획에 희생되어서는 안 되는 것이었다.

오스트리아 문화는, 역사를 초월한 바로크의 전체성 혹은 근대사의 커다란 물결을 잇는 일련의 탈역사적 세분화와 분산을 표방한다. 두 경우 모두에서 오스트리아 문화는 순전히 역사적인 가치평가 기준들, 현상들에 중요성을 부여할 것인가 아닌가를 결정하는 기준들을 거부하고, 거대한 질서 안에 그 현상들을 배치시킨다. 오스트리아 문화는 주변적인 것, 일시적인 것, 부수적인 것을 옹호하며, 더 중요한 결과를 이루기 위해 그런 주변적이고 부수적인 것들을 불태우고 싶어하는 메커니즘에서 떨어져 잠시 쉬어가기도 하는 문화다.

반면 나폴레옹은 한가함과 덧없는 것을 전멸시킨 이 근대적 열병의 작용을 의인화한 인물로, 계속 앞으로 나아가야 한다는 초조함 속에서 순간순간을 파괴한다. 요제프 로트는 자신의 소설 『100일』에서 황제의 조루증이라는 옛날 가십거리를 다시 취해 불안에 안달복달하는 조급증으로 이를 상징화한다. 조급증은 모든 것을 빨리 서둘러 처리해야 하고 늘 뭔가 해야 할 다른 일이 있어야 하며, 사랑과 쾌락에 빠져 있을 때조차 매 순간 다음 순간에 할 일을 계속 생각하게 한다. 확신이 없는 사람은, 해야 할 일이 아니라 이미 했던 일을 생각하기 때문이다.

오스트리아의 관점은 유럽의 나폴레옹 신화에 비해 좀 색다르다. 유럽의 나폴레옹 신화에는, 스탕달이나 도스토옙스키에서 나타나듯

무無에서 생겨난 위대한 삶의 매력부터 레옹 블루아의 계시적인 파토스까지, 여러 다른 억양이 있다. 그릴파르처는 나폴레옹이 지닌 근대성의 몇몇 측면을 직관했지만, 계몽주의적이고 관료적인 요제프 2세의 에토스와 대립시켰다. 요제프의 에토스는 그의 시대에는 아주 혁신적이었지만, 나폴레옹 시대에 와서 위대하고 진보적인 윤리적 정치적 전통의 끈질긴 저항에도 불구하고 보수적 정치기구로 변화되어갔다. 게다가 그릴파르처는 '아주 조용하고 말없는 남자' 루돌프 1세의 '위대한 균형'을 찬양하고자 했다. 하지만 그의 극작품에서 루돌프 1세는 빛바래고 무의미한 인물이 된 반면, 패배한 거인 오토카르 왕은 그보다 더 위대하게 그려진다. 그래도 현명하게 행동한 쪽은 인내심 강했던 이론가 루돌프다. 왜냐하면 그의 신중함은 정치적 기술이었던 반면, 오토카르 왕은 위대한 행동을 꿈꾸었으나 정치와는 딴판으로 몰아치는 이 꿈속에 수동적으로 숨어 있었기 때문이다.

'나폴레옹과 관련된' 극작품 『오토카르 왕의 행운과 최후』에서 그릴파르처는 합스부르크가가 동방정책을 펼치기 시작하고, 오스트리아의 왕가로서 인정받고, 운명적으로 동방으로, 다뉴브 강에 대한 사명으로 향해 가는 것을 찬미했다. 오토카르 왕은 중부유럽에서 루돌프 왕이 군림하던 독일 신성로마제국에 패배한 보헤미아를 대변한다. 그러나 그 작품에서, 오토카르 왕은 보헤미아를 근대화한 사람 혹은 게르만화한 사람으로 나타난다. 그리고 자신의 왕국을 보다 효율적으로 진보시키기 위해 독일적 요소를 기꺼이 받아들이고 19세기에 '역사 없는 민족'이라 불린 슬라브족의 농경 세계, 원시적인 옛 리듬에서 벗어나기 싫어한 자신의 부하들을 경멸했던 군왕으로 그려진다.

오토카르 왕은 슬라브족을 역사 속에 통합시키고 싶어하다 죽는다. 이 보헤미아 군주는 민족을 독일화하여 독일인들 위에 서려고 했지만 자신의 권력과 독립을 잃고 말았다. 멸망함으로써 역사에 들어간다고 본, 그릴파르처가 지닌 합스부르크가에 대한 비관주의와 일맥 상통하는 결과였다. 보헤미안이라는 단어는, 뜻이 모호하고 적어도 앞으로 한 세기 동안은 그럴 것이다. 체코인을 가리키기도 하지만 보헤미아의 독일인을 가리키기도 한다. 특히 대화와 분쟁을 오가며 서로 섞이고 갈라지는 국경선처럼 정의하기 어려운 정체성을 가리킨다. 그 어떤 것이든 자신에 대한 다른 사람들의 태도에 절대 만족하지 않는 다혈질 정체성을 가리킨다. 그 극작품은 보헤미안들에게 모욕이 될까봐 오랫동안 그들에게 다가가지 못했다. 그릴파르처는 오토카르 왕에게 용서를 빌려고 무덤을 찾아갔다가, 프라하에서 주변에서 본 사람들이 그에게 시무룩한 얼굴들이었노라고 직접 털어놓았다.

13. 유랑 치료법

전승에 따르면 17세기 울름에는 방랑하는 유대인 아하스베루스*의 신발이 보존되어 있었다고 한다. 몇백 년을 신은 그 신발을 신고 또다시 어디든 걸어갈 수 있을 것이다. 한때 의사들은 걷기운동이 육체적 균형을 유지하는 데 이롭다고 생각했다. 호프만의 소설들을 모은 이탈리아어판의 한 각주에서는, 작가가 모델로 취한 실제 인물에 대해 이렇게 언급해두었다. "F. 빌헬름 C. L. 폰 그로투스(1747~1801)는 그의 가문에 대대로 유전되던 정신병과 싸우고자 걸어서 긴 여행을 했다. 그는 바이로이트에서 미쳐 죽었다."

* 형장으로 가는 그리스도를 자기 집 앞에서 쉬지 못하게 하고 욕설을 한 죄과로 그리스도의 재림시까지 지상을 유랑해야 한다는 유대인.

14. 라우잉겐에서 딜링겐으로

알라만인들이 세운 고대 도시에는 탑들이 많다. 그중 다뉴브 강을 한 번에 훌쩍 뛰어넘었다는 4.5미터의 전설적인 군마, 백마탑이 날씬한 자태를 자랑하며 우뚝 서 있다. 근처 딜링겐처럼 라우잉겐에도 신학 연구 전통이 있고, 전통 있는 기숙학교와 신학교가 있다. 거기에는 슈바벤의 조용하고 침착한 종교적 분위기가 있다. 잔인한 종파 싸움으로 시끄러웠는데도 독일 시골 교구, 특히 슈바벤 시골 교구의 특징인 잔잔한 기쁨을 주는 깊은 내면성이 있다. 비록 라우잉겐이 1269년부터 공식적으로 바이에른에 속하긴 했지만 말이다. 그 작은 도시는 1561년 팔라틴 백작 볼프강이 세웠는데, 지금은 역사에서 잊힌 김나지움 일루스트레 같은 기숙학교들이 많은 곳이다. 슈바벤의 멘델스존이라 불리며 교회음악 작곡가인 다이겔레 같은 개인교사, 목자, 교구사제가 많은 곳이기도 하다. 오늘까지도 마을 교회에서는 신과의 친밀한 만남, 행복이라 정의할 수 있는 감정을 노래한다. 비록 그곳에서 삶의 그림자, 삶의 짧음과 덧없음이 느껴지기도 하지만 말이다. 라우잉겐에서 토마스 아퀴나스의 스승인 알베르투스 마그누스가 태어났다. 그의 조각상이 현재 시청 앞면을 장식하고 있다. 백과사전적 지식을 갖춘 이 성인은 『동물에 대하여』에서, 그가 자신의 고향이라고 부르는 다뉴브 강에서 관찰했던 물고기들에 대해서도 기록해놓았다.

장 파울을 가르쳤던 교사들과 교구사제들은 18세기 독일 지방 슈바벤과 바이에른을 순례하며 돌아다녔다. 소설가 장 파울은 완곡하고 불규칙적이며 지나치게 복잡하고 산만한 문장으로 그들이 다녔던 시골길들, 그들 삶의 여정을 따라갔다. 라디슬라오 미트너는 장 파울의 문장에서 하나-전체의 가변적 관계를, 재현하고 도달할 수 없는 무한에 다가가려는 노력을 보았다.

그의 문장은 제국, 즉 괴테가 『파우스트』에서 어떻게 해야 다시 하나가 될 수 있을지 자문했던 그 신성로마제국을 비춰주는 거울이기도 하다. 장 파울의 문장들은 주절 없이 종속절만 있는 것 같고, 허공에 떠 있거나 아니면 알아보기 어려운 어떤 중심에 간신히 매달려 있는 것 같다. 그 문장들은 주변, 개별주의, 예외조항, 분리된 몸체들과 특별 체제, 확고한 중심 골격을 갖추지 못한 그 모든 것이 난무하는 정치사회 조립물로서, 이제 형식상으로도 더이상 어떤 존재감도 없는 독일제국을 비추고 있다.

풍자 재료의 진정한 보고인 이 세계에서 장 파울은 삶이 소멸, 결핍, 없음이라는 것을 배웠다. 모든 인간의 여정은 그에게 육체가 늙어 죽어가듯 지속적인 어떤 몰락으로 비쳤다. 장 파울은 확신의 부재, 다시 말해 진정한 삶의 부재를 느꼈던 시인이다. 하지만 그는 시 덕분에 부재와 세속의 삭막한 세상에서 의미의 절대적인 순간, 확신의 영역을 끌어냈던 예민하고 교활한 책략가이기도 하다. 괴테와 실러와 동시대인이며 반고전주의 작가였던 장 파울은, 위대한 고전주의자들과 다소 거리가 있었으며 그 스스로 그들을 멀리했다. 그는 신성로마제국의 개별주의를 풍자했지만, 어쨌거나 그 지방의 지평 안에 갇혀 있었다. 그의 스승 마리아 부츠*의 이야기를 쓰기 전에 난로 가까이 의자를 당겨 앉고 나이트캡을 쓰면서, 그는 골목 너머에서 위대한 세상이 시작된다고 생각하는 사람의 순진함을 비웃었다. 그러나 자신도 그 정치의 '위대한 세상' 바깥에 머물러 있었다. 당시 고전문학은 파우스트처럼 인간사의 발걸음에 발맞추기 위해 한발을 내딛고 있었는데 말이다.

---

* 장 파울의 『마리아 부츠의 즐거운 생애』의 주인공.

그러나 장 파울은 유럽 문학에서, 나중에 거세게 들이닥친 독일 고전주의가 없애거나 쫓아내려고 한 분열과 상처를 메아리치게 했다. 그는 말 뒤에 감추어진 공허, 가치의 상실과 그 가치 토대의 붕괴, 자연을 시체로 만들고 현재를 무로 만들면서 모든 현실을 삼켜버리는 허무주의를 포착했다. 가정이 주는 기쁨과 종교적 검소함을 지닌 이 온순한 시인은, 신은 없다고 공표하는 죽은 그리스도에 대한 소름끼치는 이야기를 상상했던 시인이기도 하다. 비록 꿈이라는 간접적인 방법으로 그 이야기를 전달했지만 말이다. 장 파울은 고전 문화가 극복할 수 있다고 생각했던 그 허무주의, 가치들과 유한한 현실을 무無로 만들어버리는 허무주의를 표현했다. 주체와 자기 자신이 일치하지 않는다고 느꼈던 그는 꿈과 무의식의 복잡한 길들, 그의 인물들이 자신과 꼭 닮은 사람을 만나 소스라치게 놀랐던 그 어두운 복도들을 탐험했다. 이 분열의 고통을 치료할 수 있는 것은 유머뿐이다. 왜냐하면 유머는 유한한 것을 축소시키고 흩어버리지만, 선의와 호감으로 유한을 초월하여 그것에 보편적 의미를 주는 무한으로 향하게 하기 때문이다.

헤겔은 장 파울을 좋아하지 않았는데 그럴 만하다. 왜냐하면 장 파울은 현실, 근대의 현실에서 정신의 완전하고 완벽한 자기실현을 보려 하지 않았기 때문이다. 장 파울에게 근대는 구멍 나고 균열이 나 있는 세계다. 그 구멍과 찢긴 틈으로 초월의 속삭임과 바람, 무한의 반사된 빛이 들어온다. 그는 사실 『지벤케스』에서, 이 세상에서 다른 세상의 한 조각을 그려야 이 세상이 완성된다고 썼다. 그에게 현실은 다른 곳, 노을 뒤로 스며들어가는 듯한 붉은 길, 혹은 북극 주민이 기나긴 밤의 어둠 뒤에 기다리는 여름으로 향한다. 장 파울은 근대인이 아니다. 근대성은 모든 것을 체계적으로 통일시키려는 강력한 생각이다. 그는 차라리 동시대인에 가깝다. 현실이란 것이 불완전하고 단편적이며 구획화되어 있다고, 무엇보다 감정으로 정의내리는 시대가 우리 시대라면 말이다.

사람들이 말하는 의견이나 믿음이 어떤 것이든, 사람들을 구분하는 것은 그들의 생각과 개성 안에 저 너머의 것이 있느냐 없느냐, 자기 자신 안에서 소진되는 완성된 세상을 사느냐 혹은 다른 곳으로 열려 있는 완성되지 않은 세상을 사느냐의 감정이다. 여행은 저 먼 곳을 향한 여정인 듯하다. 여행은 태양이 떠올랐다가 지는 곳, 바다 수평선과 산 지평선 너머 저녁 하늘에서 붉은 보라색으로 타오르는 저 먼 곳을 향한 여정 같다. 여행자는 저녁 무렵 여행을 나선다. 발걸음이 그를 노을 지는 곳으로 데려가고, 꺼져가는 노을빛 너머로 인도한다. 장 파울이 쓰기를, 여행자는 환자와 비슷하다. 두 세상 사이에 불안하게 걸쳐 있다. 여정은 길다. 비록 그 여정이란 게 고작 주방에서 창문 유리를 통해 노을 진 지평선을 내다볼 수 있는 방으로 움직인 게 다라 해도 말이다. 왜냐하면 집은 미지의 넓은 왕국이고, 삶이란 것은 어린 시절의 방, 침실, 아이들이 뛰어다니는 복도, 병뚜껑이 축포처럼 펑 터지는 식탁, 부엌과 사무실 사이, 트로이와 이타카 사이를 오가는 의미를 말해주려는 몇몇 책과 종이가 놓인 책상, 그 사이를 오가는 오디세이아로는 충분하지 않기 때문이다.

지금 나는 현실의 라우잉겐과 딜링겐 사이에서 저녁을 맞고 있다. 붉은 하늘은 상징적 의도가 있는 이미지이기도 하지만 명백한 기상자료이기도 하다. 라우잉겐에 있는 종 만드는 사람의 집 앞에서, 계획들 속에 있는 예정조화를 드러내듯, 우리가 만난 아메데오는 솔방울 샘에 똬리를 튼 과묵함의 포로가 되어 때맞춰 느닷없이 입을 다물었다. 막달레나의 발그레한 얼굴빛이 점점 더 붉어졌다. 저녁의 투명한 빛과 마음의 투명한 빛이 막달레나의 두 뺨에서 만났다. 그 독일 연구자는 뉴턴의 색채론과 대립되는 괴테의 『색채론』에 대해 분명 알고 있을 테고, 괴테의 주장이 잘못된 건 아니었다는 생각 쪽으로 기울고 있다. 빛은 뉴턴의 말대로 퍼지지만, 다행히 우리는 빛의 파장이 아니라 오히려 녹색, 남색, 지금 막달레나의 뺨과 이 저녁을 물들이는 붉은색을 본다.

오늘 저녁이 절대 끝나지 않을 것 같다. 지평선 너머에 절대 도달하지 못하듯, 우리가 딜링겐에 절대 도착하지 못할 것 같다. 교사 마리아 부츠에게 그랬듯, 삶의 강물이 우리의 핏줄을 타고 흘러다니며 심장이 뛸 때마다 시간의 개흙 한 방울을 우리 안에 쌓아놓는다. 그 쌓인 것이 언젠가 심장까지 차올라와 심장을 다 덮어버릴 것이다. 하지만 이 순간 그 거센 강물은, 우리를 휩쓸어가버리지 않는다. 오히려 우리를 조용히 어르고 있는 중이다. 바람에 나부끼는 깃발같이 은은하고도 신비로운 노을이 프란체스카의 얼굴에서도 빛난다. 감각은 고전적이고 완벽한 것의 둥근 성질, 무르익을 대로 무르익어 활짝 피어난 여성, 여인의 요염한 곡선, 방탕한 세기말의 완벽한 종말이 주는 쾌락의 시간을 좋아한다. 쾌락은 그저 만질 수 있는 것과 유한한 것을 필요로 하지 저 너머의 것은 좋아하지 않는다. 하지만 소진perditio으로부터 나오는 찰나의 전주곡, 일말의 섬광 역시 이 쾌락 속에 스며들어가 있는 것이라면, 쾌락은 저 너머의 부름을 향해 깨어나 아직도 변화중인 것이 주는 수수께끼, 우리 옆에 있는 이 달갑지 않은 불완전함, 혈기왕성한 충동과 직선, 소녀, 밤에 똑바로 서 있는 나무를 사랑할 것이다.

지금 프란체스카가 다른 사람들과 함께 앞에 간다. 우리는 조금 뒤에서 뒤따라간다. 내가 쓰는 언어는 불완전하고, 그 문법은 삶의 연속적인 내용을 명확하게 활용하고 변형시키는 데 필요한 쌍수를 알지 못한다. 그런데 조금 앞서가는 그 사람들, 그 제삼자들도 우리 일행이다. 어둑어둑한 헐벗은 들판을 걷는 것도 곧 끝나리라. 딜링겐이 이제

가까웠다. 이 저녁의 교감, 우리 모두를 하나로 묶었던 조화도 깨질 것이다. 분열은 실존의 불완전함이요, 결함이다. 우리의 삶이란 세세한 이 시간 파편들로 흩어지고 있으며, 그러다가 결국 그 끝에는 아무것도 존재하지 않게 된다.

나중에 스베보의 작품 속 노인들에게서처럼, 장 파울의 온화한 인물들에게서도 삶의 빛은, 삶의 불안 때문에, 삶을 끈질기게 따라다니는 그때그때의 근심거리 때문에 종종 어두워진다. 실존에는 공기를 없애 우리를 숨가쁘게 하는 불필요한 누적물이 아주 조금 있다. 꼭 있어야 할 본질적인 것들이 부족하다. 장 파울 작품의 소심한 이 교사들은 부재를 피하고 심장을 조여오는 압력으로부터 달아나야 하는 게릴라전에서 탁월한 전략가들이다. 그들은 한순간도 삶에 확신을 주려 하지 않고 자유를 갉아먹는 조직으로부터 삶을 해방시키면서 삶을 즐기려 노력한다. 장 파울의 또다른 영웅 플로리안 팔벨 교장이 자신의 졸업생들과 피히텔베르크에서 여행하면서 여행 프로그램을 준비하는 데 온 신경을 다 썼듯이 말이다. 지도에 관심을 쏟다보면 지나가고 있는 장소들을 보지 못하게 되고, 뷔싱의 여행안내서에 설명된 건물 묘사를 큰 소리로 읽다보면 정작 건물 자체에 눈길을 주지 못하게 된다.

장 파울의 온순한 방랑 선생들은 과격한 동종요법으로, 끊임없이 제거해나가면서 없음deesse과 싸운다. 그들은 본질적인 것의 빛, 적어도 그 빛의 반사광 중 하나라도 떠 있는 순수한 어떤 빈 공간을 찾는다. 이를 위해 거추장스러운 모든 것, 무거운 집기류와도 같은 현실은 치워버린다. 마리아 부츠는 바람과 눈이 창문을 흐리게 할 때 눈을 감고 봄을 상상하면서 들판의 추위를 날려버린다. 어른인데도 그는 어린 시절을 되짚어보며, 특히 어릴 적 어머니가 저녁을 준비하는 동안 행복하게 두 눈을 감고 있던 그 순간들을 되짚어보며 저녁 시간을 보낸다. 행복했다고 기억되거나 행복을 꿈꾸었던 순간들을 기억할 때면, 뒤로 물러나 있던 것이 정면으로 나오고 빛이 잊힌 추억을 비춰낸다. 행복은 시간 밖 공간, 어린 시절 장난감들과 낡은 물건들이 남아 있는 지하실 어둠 속에 물러나 있었다. 부츠의 경우 어린 시절의 녹색 초원은 오랫동안 그것을 덮고 있던 눈 아래에서 다시 빛을 발한다.

장 파울은 현재를 사랑했다. 현재가 아직 미래이거나 이미 과거일 때는 기다려지거나 애석해하는 대상이 되지만, 그것이 현재일 때는 경멸받고 낭비된다. 이 순수한 현재는 시간 속에 존재하지 않는다. 시간은 매 순간 현재를 무로 만들어버린다. 현재는 시간의 바깥, 즉 삶의 바깥에만, 기억이나 글쓰기가 보기 드문 무언가를 이뤄낼 때만 존재한다. 소설 『크빈투스 픽슬라인의 생애』에서 말하기를, 연기는 고통스러운 우리들의 실존에서 솟아올라 안티몬* 증기처럼 새로운 기쁨의 꽃들로 피어오른다. 그 꽃은 단지 시의 꽃, 혹은 글쓰기가 소진되어가는 이 삶에서 끌어낸 이미지들일 뿐이다. 마음의 형상들을 투영해내는 무無로부터 끌려나온 이 비물질적 공간의 빛은 구체적인 현실에 반사되어, 아늑한 집을 "우주의 궁륭 속에 파고든 자그마한 자기 집"으로 바꿔놓는다. 장 파울이 아주 다정히 노래했던 가족 목가는 우주적 차원을 취한다. 부부의 사랑, 집안일, 행복한 하루, 요람과 관 등 가정생활을 노래한 서사시는 무한의 씨실과 날줄에 섞여 짜인다. 시간이 떨어져나가는 소리를 들으면서 마리아 부츠의 전기 작가는 "우리 실존의 허무함"을 느꼈고 "그토록 보잘것없는 삶을 경멸하고 누리고 깊이 음미할 것"을 맹세한다.

딜링겐으로 향한 우리들의 이 여정처럼, 모든 여행은 상실에 대한

---

* 유리금속으로 알려진 금속원소.

저항이다. 왜냐하면 목적지에 도착하기 위해서가 아니라 여행하기 위해 여행하기 때문이다. 여행을 이끌어나가는 사이에 순수한 현재가 빛난다. 여행을 하는 사람은 실제 누구일까? 크빈투스 픽슬라인의 전기 도입부를 서술하면서, 장 파울은 여행에서 조형예술 총감독을 만나 얘기하면서 스스로를 작품 속 등장인물인 픽슬라인으로 자신을 소개했다고 말한다. 그러나 아마 장 파울뿐만 아니라 글을 쓰는 누구든지 자기 자신을 위조하고, 너무나 진지하게, 하지만 임의적으로 다른 대명사를 사용해 '나'를 실제로 자기 길을 가고 있는 다른 사람에게 갖다붙인다. 다시 돌아오지 않을 오늘 저녁, 오솔길이 아닌 펜이 종이 위에 그리는 길을 따라가면서, 딜링겐으로 걸어가고 있는 사람은 누구인가? 종이에 자신의 운명을 맡긴 사람은 서글픈 카프카 모방자다. 문손잡이를 잡고 사랑하는 여인의 방으로 막 들어가려 할 때, 카프카가 밀레나의 방에서 그랬듯, 손가락만 댔다가 뒤돌아서는 자신의 지도학으로 되돌아오고 만다.

싱어의 인물들은 뒤로 물러서지 않고 조용히 이 방 안으로 들어간다. 삶의 위험에 직면해서도 두려워하지 않기 때문이다. 그들은 승리의 시간을 겸손히, 실패의 시간을 고통 없이 받아들인다. 바다의 밀물과 썰물처럼 승리도 패배도 자연법칙에 따른 것이라는 깊은 확신이 그들 몸에 확실히 새겨져 있기 때문이다. 제노나 요제프 K처럼,* 패배를 두려워하고 그것을 받아들일 줄 모르는 사람은 문학으로, 종잇장의 골 속으로 후퇴하고 만다. 그곳에서는 패배의 망령과 놀고, 그것을 교묘히 속이고, 그것을 감시하면서 희롱하거나 떼어놓거나 그것에게 알랑거릴 수 있다. 삶에서 훔쳐내 종이 위에 옮겨지는 덕에 문학은

* '제노'는 스베보의 소설 『제노의 의식』의 주인공을, '요제프 K'는 카프카의 『소송』에 나오는 주인공을 가리킨다.

부재에 대한 보상을 받지만, 삶은 여전히 좀더 공허하고 결핍되어간다. 장 파울이 말하길, 작가는 자신이 쓴 것 안에서만 모든 것을 인식하고 생각한다. 누군가 작가의 종이를 불사른다면 그는 아무것도 인식하지 못하고 생각하지 못하며 아무것도 못 한다. 수첩 없이 거리를 돌아다닐 때, 작가는 너무나 무지하고 어리석어서 "나라는 자아의 창백한 실루엣이자 복사물이며, 그 대리인이자 부재자 재산관리인"일 뿐이다.

그럼에도 종이는 좋은데, 이 겸손함을 가르치고 자아의 공허함에 눈뜨게 해주니 말이다. 글을 쓰고 난 뒤 30분 후 전차를 기다리면서 자신이 썼던 것을 전혀, 하나도 이해하지 못하고 있다는 사실을 깨달은 사람은, 자신이 작다고 인식하게 된다. 그리고 자신이 쓴 글의 공허함을 생각하면서 어떤 이든 각자 공들인 자신의 작품을 우주의 중심으로 만들려 한다는 사실을 알게 된다. 누구나 그렇다. 그리고 작가는 수많은 사람 각각에 대해 형제애를 느낄 것이다. 그 자신처럼 선택받은 영혼들이 저마다의 공상 속에서 죽음으로 향해 가고 있다고 생각하기 때문이다. 그리고 서로 상처를 주고받으며 무를 향해 다같이 몰려가고 있는 일이 얼마나 어리석은지 이해하게 될지도 모르겠다. 작가들은 범우주적인 비밀집단, 프리메이슨, 어리석은 비밀결사 본부를 만든다. 장 파울에서부터 무질에 이르는 작가들이 어리석음에 대한 찬가와 에세이를 썼던 것도 우연이 아니다.

그러나 부족한 글쓰기 능력은 지성의 부족함과 상대성을 발견하게 해주며, 형제의 마음으로 서로 이해하고 인내하며 길을 갈 수 있도록 해준다. 종이는 그 길을 너무 진지하게 가지 마라 가르친다. 싱어보다 카프카와 더 닮은 사람조차도, 손잡이를 돌려 문을 열고 방 안으로 들어가는 법을 『성』이나 『밀레나에게 보내는 편지』에서 배운다. 머지않아 자식들이 자신의 종이를 마구 흩트리고 종이배나 불쏘시개로 만드는 걸 기쁘게 바라보게 될 것이다. 내가 사랑하는 기니피그 부페토 2세가 책장 아래에서 기품 넘치는 먼지 낀 수염을 곧추세우고 『도덕의 계보』 표지를 갉아먹고 있었을 때, 니체에 대한 믿음이 녀석을 가만히 내버려두라고 내게 가르쳤다. 아니 녀석이 선과 악을 넘는 세계와 조용히 교감하고 있는 걸 기뻐하라고 가르쳤다.

그러므로 자신의 어리석음을 어느 정도 인식한 문인은, 글이 저절로 써지지 않는다는 걸 자각한 덕분에 쓴 것들에 대해 열정을 품게 되고, 그 말들이 자신을 앞으로 끌고 나가도록 해서 장 파울 작품의 한 인물처럼 옛 서문·프로그램·광고전단·부고·공고 들을 습득하게 된다. 그리고 가능한 한 최선을 다해 이미지와 문장 들을 붙잡으면서 떠오르는 대로 글을 쓰게 된다. 수첩이 낙서로 가득 차자, 영혼은 더 평온해져 지나가는 시간에 대고 태연하게 휘파람을 분다. 이제 거의 밤이 다 됐다. 우리는 딜링겐에 도착했고, 저녁의 우수는 패주했다. 매력적인 지난 몇 시간을 향해 빨리 지나가라 명령한 포고를 당황하지 않고 받아들일 수 있게 됐다. 중세의 문과 바로크 건축물들을 간직한 쾨니히 거리가 조용히 우리를 맞이한다. 광장의 고요함을 연장시키는 듯한 옛 거리들이 독일의 편안하고 신중한 친밀감을 느끼게 한다.

여인숙은 짙은 색 나무 내장재, 맥주 한 잔, 침대 위에 놓인 이글루 같은 솜털 이불로 아늑함을 준다. 우리는 인사하고 내일까지 머물 각자의 방으로 흩어진다. 내일 또 무슨 어리석은 말을 하게 될까. 장 파울이 말하길, 너무나 딱딱한 매트리스 위에서 인생의 꿈을 꾸게 되지만 함께 자는 것은 문법의 부족함을 채워주고 없음을 정지시킨다. 그것이 확신이다.

15. 악의 키치

귄츠부르크, 합스부르크가 시대에 작은 빈이라고 불리던 이 도시에서, 시민들은 1770년 4월 28일 마리 앙투아네트에게 경의를 표했다. 마리 앙투아네트는 말 370마리와 마차 57대가 이어지는 행렬을 이끌고 루이 16세와의 결혼식, 나중에 그녀를 단두대로 보내게 될 그 결혼식에 도착했다.

그러나 마리 앙투아네트 때문에 이 사랑스러운 집들, 이 아늑하고 질서정연한 길들, 황금빛 포도송이가 달린 골데네 트라우베 호텔의 간판이 생각나는 것은 아니다. 귄츠부르크에서 아우슈비츠의 냉혹한 의사, 아마 강제수용소에서 가장 잔인한 살인자였을 요제프 멩겔레가 태어났다. 그는 1949년까지 이곳 수도원에 숨어 있었고, 1951년 아버지 장례식 때문에 이곳에 몰래 다시 돌아왔다. 아우슈비츠에서 멩겔레는 늘 침착한 미소를 지으며 아이들을 불 속에 내던지고, 엄마의 품에서 젖먹이들을 빼앗아 땅바닥에 짓이겼으며, 모태에서 태아를 강제로 꺼내기도 했고, 쌍둥이들을 실험했으며(집시 쌍둥이들을 특히 좋아했다), 눈을 뽑아 자신의 방 벽에 일렬로 꿰어 오트란 폰 페어슈어 교수(그는 베를린 인류학연구소 소장이자 1953년 이후에도 뮌스터 대학 교수를 지냈다)에게 보냈다. 또한 바이러스를 주입하고 생식기를 태우기도 했다. 그는 40년 동안 추적을 피해왔으며, 아직 살아 있을지 모른다. 재미로 다른 사람을 죽이고 그 아들로 하여금 그 장면을 목격하도록 한 사람일지라도, 분명 자신의 아버지를 사랑할 수는 있다.

파렴치한에게는 늘 공모 세력이 있다. 미국인들은 멩겔레를 감옥에서 풀어주었으며, 영국인들은 그가 도망가도록 도왔고, 수도사들은 그를 숨겨주었으며, 파라과이 독재자는 그를 보호해주었다. 분명 나치즘이 세상에 존재하는 유일한 야만 행위는 아니다. 더이상 위협이 되지 못하는 나치의 폭력을 새삼 또다시 비난하는 것은, 인종과 색깔이 다른 또다른 희생자들에게 가해지는 또다른 폭력들을 잠재우고, 이 반파시즘 신앙고백으로 양심의 가책을 덜어내는 일이 많은 사람에게 필요하기 때문이다. 그러나 나치즘은 극악무도한 행위의 최고점, 절정이었고, 사회질서와 잔인함 사이에 오간 전례 없는 가장 밀접한 관계를 보여주었다. 조용히 미소 짓는 사디스트 의사를 마치 억제할 수 없는 충동에 휩싸인 환자인 것처럼 병리학적으로 설명하는 것은 옳지 않다. 숨어 있던 귄츠부르크 수도원에서 그는 눈을 뽑지도 않았고 내장을 꺼내지도 않았다. 나는 그가 금단증상을 앓았다고 생각하지 않는다. 그는 점잖고 분별 있는 신사처럼 잘 행동했을 것이다. 아마 꽃에 물을 주고 공손히 저녁 미사를 드렸을 것이다. 그는 살인하지 않았다. 그렇게 할 수도 없었고 주변 환경이 살인을 허락하지도 않았기 때문이다. 그는 이런 어쩔 수 없는 상황, 현실이 그가 바라는 것을 허락하지 않는 한계적 상황에서 야단법석을 떨기보다는 그냥 체념했다. 백만장자가 될 수 없거나 할리우드 유명 여배우와 함께 침대에 갈 수 없다면 그저 조용히 마음을 다잡을 수밖에 없는 것처럼 말이다. 지혜의 시작은 주님을 두려워함이다Timor domini, initium sapientiae. 법, 두려움, 아우슈비츠에서 아무 처벌도 안 받고 할 수 있던 짓을 못하게 막는 장벽이 없다면, 멩겔레 박사뿐 아니라 아마 누구든 멩겔레처럼 될 수 있을 것이다.

멩겔레의 범죄들은 강제수용소 이야기를 담은 책 내용 가운데서도 가장 끔찍한 페이지 중 하나다. 모든 범죄 욕구가 그렇듯, 고문하면서 느끼는 희열 역시 지극히 평범한 것임을 까발린다. 범죄를 저지르는 동안 그가 보여준 바보스러운 웃음처럼 겉보기에 아무 생각이 없어 보인다. 그의 실험에 어쩔 수 없이 참여하게 된 유대인 의사가 언제까지 그런 학살이 계속될 것인지 물은 적이 있었다. 온화한 미소를 지으며 멩겔레는 이렇게 대답했다. "영원히, 친구, 영원히." 뭔가에 홀린 듯한 그 어리석은 말 속에는 악에 대한 둔감함이 담겨 있다. 환각을 일으키는 노래의 후렴구 같기도 하고 종교적 위령기도 같기도 한 일종의 제의와도 같은 말, 이를 기계적으로 홀린 듯 반복한 것이다. 잔인함에 맛들인 빈약한 정신에서 나온 더듬거리는 말이다.

멩겔레는 그 순간 위반의 마법에 걸려 일종의 의식처럼 위반을 행했고, 그것이 일상생활을 숭고한 빛으로 비춰줄 것이라고 생각했다. 그가 저지른 행동들은 잔인함을 너머 극단적인 어리석음에서 나왔다. 누구나 저지를 수 있는 행동들인데, 키치에 현혹된 무지한 생각에서 그는 소수의 선택받은 자들만이 할 수 있는 행동들이라고 생각했다.

위반의 수사학은 범죄에 따라붙는 불행 때문에 또다른 어떤 카타르시스도 필요 없이 그 자체의 속죄를 치르고 있는 듯 범죄를 그린다. 폭력은 구원과 같아 보여 심리적 충동들 가운데 일종의 순수함을 만들어내는 것 같다. 교화적인 강세가 들어간 말인 위반, 그 신비주의는 모든 윤리를 무시한 채 악을 위한 악을 찬양하느라고 스스로를 속인다. 악의 암시적이고 어두운 테크니컬러는 선善의 간소한 흑백보다 더 매력적이다. 어떤 위반이든 위반을 찬양하는 작품이 경의를 받는다. 시를 쓰기 위해 베를렌이 랭보에게 했던 것처럼 친구에게 총을 쏴도 괜찮다.

위반에 매력을 느끼는 것은 아주 오래전부터다. 유대 전통은 악이 절정에 이르렀을 때 메시아가 올 것이라고 말한다. 몇몇 극단적인 종파에 따르면, 악에 협력해서 악이 더욱 빨리 승리하도록 재촉하는 것이 세상의 종말과 구원을 빨리 오게 하는 일이다. 자신의 인격 깊숙이 숨어 잠재되어 있는 어두운 폭력 앞에서 각자는 고대 그노시스파처럼 자신의 행동이, 비록 진흙과 잔인함이 범벅되어 있을지라도, 자신의 영혼의 숨어 있는 황금을 얼룩지게 할 수 없다고 믿고 싶어한다.

그러면서 폭력이 순수하다고 혹은 순수함을 준다고 착각하면서 그 폭력을 분출할 수 있는 권한, 나아가 명령권을 요구한다.

위반이 성적 코드로 향하게 되면 상황은 쉬워진다. 왜냐하면 에로틱한 금기에 대한 위반은 결정 능력이 있는 사람들이 자유로이 선택한 것이고, 다른 사람들에게 고통을 주지 않는다면 그 위반은 악이 아니며, 술에 취해 법석대는 사람들의 열성은 우스울 정도로 순박하기 때문이다. 멩겔레가 이 유희에 동의하지 않는 사람의 생식기를 찢을 때 상황은 약간 달라진다. 모든 욕망이 그렇듯 욕망은 당연히 억압받기를 원하지 않는다. 그때 우리의 욕망은 다른 사람의 고통을 대가로 만족될 수 있다. 라스콜리니코프*의 죄와 프리츠 랑의 유명한 영화 〈M〉에 나오는 유아 살해범 M의 죄는, 단순한 변덕 때문이 아니라 실재하는 고통스러운 열정 때문에 생긴 것이다. 그 열정이 자신의 고통 자체로 끝나면 괜찮지만, 그것이 다른 사람들에게 가하는 고통일 경우에는 정당화되지 못한다. 예술은 이런 극단적이고 비정상적인 예들을 특권화한다. 그러나 우리의 자잘한 일상의 삶 역시 우리의 쾌락과 다른 사람의 권리가 빚어내는 갈등으로 짜이는 것이다.

위반의 신비주의는, 죄인이 아니라, 오히려 죄 자체를 좋아한다. 단 하나 금지된 것이 섹스라고 생각하기 시작하면, 위반의 신비주의는 성적 충동만을 생각하면서, 욕구충족의 권리가 있다고 혹은 욕구충족이 불가피하다고 여기면서, 모든 충동을 쏟아붓는다. 멩겔레의 성적 충동은 그가 좋아했던 행동들과 연관이 있을 수 있다. 그의 성생활은 아우슈비츠에서 충족되었을 것이다. 하지만 그를 억제되지 않는 사람, 다시 말해 도덕적 억제 없이 자신의 삶을 살아온 사람이라고 보면서 그의 행동을 정당화하는 것은 문제가 있다.

---

* 도스토옙스키의 『죄와 벌』에 나오는 주인공.

위반을 구원이라 말하는 예술은 사실 삼류 죄인들, 악의 양성공養成工들을 찬양할 뿐이다. 이런 예술, 예를 들어 장 주네의 소설이 모델로 제시하는 구원의 범죄자들은 도둑·강간범·살인자, 즉 잔인하고 불행한 경범죄자들이다. 누가 감히 원자폭탄 투하를 명령하거나 한 도시를 지상에서 없애버리라고 명령한 국가원수, 병원에 갈 돈을 착복한 부패한 정부 관리, 자신의 이익 증대를 위해 한 국가를 전쟁으로 몰아넣는 무기생산업자나 자신의 부하를 모욕하는 상사 같은 자들에게서 죄인으로서의 메시아를 떠올리겠는가. 얼마나 더 불행한가 혹은 필요로 하는 것이 얼마나 더 컸나 하는 정황을 참작한다면 당연히 책상에 앉아 있는 학살자보다 길거리 살인자에게 더 많은 이해심을 보이는 게 맞겠지만, 그렇게 따지는 사람은 어떤 값어치에 더 많은 중점을 둔 것이다. 정직한 사람은 선을 바라보는 사람이다. 비록 그가 손사래를 치며 겉으로는 그걸 인정하려 들지 않더라도 말이다.

만약 반대로 악을 보다 철저히 실현하는 사람이 구원자라면, 원자폭탄을 투하하게 한 지도자나 무기생산업자, 파업을 방해하는 마피아 두목, 부정한 정부 관료는 토막 살인자 잭보다 더 진정한 메시아들이다. 살인마 잭을 찬양하는 순진한 예술가는 그 에로틱한 성적 도착, 살인을 저지르면서 느끼는 성적 흥분에 매혹된 것이다. 하지만 원자폭탄 투하 버튼을 누른 사람이나 다른 사람들의 생계비를 착복한 사람도 그 일을 하면서 색다른 오르가슴을 느꼈을 것이다. 성적 흥분이 모든 행위를 품위 있게 한다고 생각하는 사람의 눈에는 그것도 품위 있게 보일런지 모르겠다. 죽음의 천사와 닮기를 바라면서, 멩겔레가 지었던 온화하고 부드러운 미소와 말은, 악에 매혹되었음을 드러낸 진정으로 바보스러운 표시다. 어둠의 허섭스레기에서 자신의 부족함을 보상받으려는 무식함을 표현한 것이다. 금지된 행동, 종종 창문으로 쓰레기를 내던지는 것과 같은 시시한 행동이, 타인에게는 고통이나 고문이 되기도 하기 때문에 둔감하게 여겨서는 안 된다. 요제프 로트가 나치즘에 대해 말했듯, 메두사는 평범하다. 멩겔레의 희생자들은 비극의 주인공들이지만, 멩겔레 그 자체는 질 나쁜 연재란에 나오는 인물 그 이상을 넘어서지 못한다.

16. 빈 무덤

에른스트 트로스트는 자신의 책에서 블렌하임 전투와 1632년 구스타프 아돌프 측에서 감행한 도나우뵈르트 공격에 대해 언급한 직후 "다뉴브 강 지도는, 다소 지나친 말이지만, 군사지도와 비슷하다"라고 썼다. 오버하우젠 초원과 숲 사이, 노이부르크에서 조금 상류에 있는 작은 땅은 프랑스 땅이다. 그곳에 '공화국 군대 최초의 척탄병'인 테오필 말로 코레 드 라 투르 도베르뉴의 석관이 있기 때문에 프랑스는 그 땅을 샀다. 그는 프랑스 왕국군 장교였다가 미국 혁명에 가담했고 이후 프랑스 혁명을 위해 싸웠으며, 결국 평범한 병사로 나폴레옹 군대에 들어갔다가 다뉴브 강 전투에서 죽음을 맞았다.

석관은 비어 있는데, 유해를 파리로 옮겨놓았기 때문이다. 네모나게 둘러 선 나무들이 친위대처럼 외로운 들판 한가운데에 있는 그 석관을 지키고 있다. 묘지에는 제6보병여단의 여단장이었고 같은 날 죽은 드 포르티의 무덤도 마련되어 있다. 하지만 묘지의 진짜 주인공은 평범한 병사다. "프랑스의 최초 척탄병, 제1공화국 공화력 8년 메시도르(수확의 달 제10월) 제8일(1800년 6월 27일 금요일) 사망." 잠시 후 드러나는 노이부르크의 르네상스 풍경은 이 무덤에 비하면 얼마나 점잖고 번드르르하게 보이는지 모른다. 성당, 궁전, 귀족 저택, 우아한 안뜰 들은 역사적인 극장 무대처럼 보인다. 다뉴브 강변에 우아한 이탈리아 예술을 재창조해놓은 듯 양식적이고 인위적인 무대 같다. 반면에 그 황량한 무덤은 영광과 동시에 그 영광의 헛됨을 보여준다. 지방 귀족의 다툼, 가문 간의 싸움 때문이 아니라, 새로운 깃발에 대한 믿음 때문에 칼을 뽑은 삶이 어떤 의미를 지니는지 보여주는 동시에, 영광스러운 기마 전투와 나발에 나부끼는 깃발 뒤에 있는 그 큰 공허 또한 삽화로 끼워넣으며, 역사 영화에서 보통 죽음의 부름을 받은 기마부대원들을 부각시켜주는 뒷배경, 무한히 펼쳐진 의미 없는 하늘 배경을 보여준다.

독일 군주들의 유물이 박물관용 압인이 찍힌 것들이라면, 나폴레옹 공화국 척탄병의 그 석관은 프랑스 혁명처럼 위대한 자유의 꿈을 담은 작은 유물이다. 오늘날 틸리라는 장군의 이름을 딴 막사들은 대의명분이 아니라 지배자를 위해 칼을 뽑게 된 또다른 전쟁들을 상기시킨다. 분명 라 투르는 속았다. 왜냐하면 나폴레옹은 자신의 야망을 위해 그를 희생시켰기 때문이다. 나폴레옹이 메테르니히에게 냉소적으로 말했듯이, 그는 자신의 성공을 위해 수많은 사람을 죽게 할 준비가 되어 있었다. 나폴레옹의 생각이 비열했다. 하지만 진정 위대한 혁명의 힘이 그 깃발 아래 모이는 걸 막지는 못했다. 비록 그 혁명도 이내 타락하긴 했지만 말이다.

영광스러운 후광을 사랑하지만 정확한 분석을 좋아하기도 하는 지지와 아메데오는 데카르트 주니어스쿨에 마음이 끌렸다. 분명 커다란 상자 같은 학교 건물이 아니라 그 이름에 마음이 끌린 것이다. 이 도시에서 1619년에 데카르트는 자신의 따뜻하고 아늑한 방에서 겨울날을 보냈고 계시처럼 그의 유명한 개념을 떠올렸다. 마리아 주디타는 어디론가 가버렸고, 막달레나는 학교 앞에서 지지와 아메데오가 학교 수위와 말을 끝내기를 기다린다. 머리를 풀어헤치고 꼿꼿이 서 있는 그녀의 청순한 모습은, 명철한 생각과 복음서를 지상의 소금과 세상의 빛이라 부른 사람들의 빛나는 인격에서 우러나오는 그 진정한 영광의 후광 사이에 그 어떤 모순도 없음을 보여주는 것 같다.

마음은 정리定理를 설명해줄 기하학적 정신이 필요하다. 볼 수 있는 것의 왕국은 직각자와 컴퍼스로 측량되고, 운명의 곡선은 그것이 자리잡을 가로세로좌표 체계 덕분에 드러난다. 볼 수 있는 것에 대한 정확한 인식만이 가장자리까지 가서 그 경계 너머로, 막달레나의 빛 혹은 프란체스카의 침묵이 오는 그곳으로 시선을 돌리게 한다. 감춰진 원천에서 솟아나오는 이 빛과 이 침묵, 저 너머에 있는 것과 볼 수 없는 것이 분명하고 기하학적이듯, 이들 역시 구별하기 어려운 혼란은 싫어한다. 이 빛의 기하학은 방정식 수열뿐만 아니라 삶 전체를 점화시킬 질서와 명확함을 줄 수 있다. 지지와 아메데오는 이제 수위와의 대화를 그만 끝내고, 막달레나를 너무 기다리게 하지 말아야 할 것 같다.

17. 잉골슈타트의 마리루이제 플라이서

중세 연대기 작가의 이름처럼, 씩씩한 이 여성 작가의 이름에는 늘 출신 도시가 덧붙어 마치 한 단어처럼 언급된다. 마리루이제플라이서딩골슈타트Marieluisefleisserdingolstadt는 분명 바이에른 주의 이 도시 잉골슈타트에 논쟁적이고 끈끈한 유대관계로 뿌리내리고 있다. 잉골슈타트는 전통적으로 용맹한 군인정신, 수많은 공격을 받았음에도 한 번도 정복되지 않은 순결한 요새를 자랑한다. 지금은 트리에스테 지방까지 이어지는 유명한 송유관이 잉골슈타트에서 출발한다.

잉골슈타트는 1632년 구스타프 아돌프의 공격에서부터 30년전쟁의 훌륭한 제국군 장군이었던 틸리 장군의 죽음까지, 일차대전 동안

드골과 투하쳅스키 사령관이 감금되어 있던 유명한 요새부터 지금의 유명한 공병학교까지, 군사적 전통이 깊은 도시다. 마리루이제 플라이서가 1928~1929년에 집필하고 1968년에 개정판을 낸 희곡 『잉골슈타트의 공병들』은 이 공병들에게 헌정된 것이다. 이 작품은 큰 스캔들을 일으켰고, 자신의 고향을 미화하여 그리지 않은 많은 작가가 그랬듯 마리루이제 플라이서도 잉골슈타트 여론으로부터 심한 질타를 받았고 부정적 인물이 되었다.

좀더 유명한 또다른 희곡 『잉골슈타트의 연옥』이나 그녀의 일반적인 작품들처럼, 『잉골슈타트의 공병들』은 지방의 숨막히는 폭력과 개인, 특히 여성이 겪는 사회적 고통을 간결하고 강렬하게 그렸다. 여성의 고통스러운 신음과 빈란의 외침은 마리루이제의 작품에 항상 나타난다. 오늘밤 어두운 강에서 끼룩끼룩 우는 갈매기들처럼 쉰 목소리다.

브루노 프랑크는 마리루이제 플라이서를 "중부유럽의 가장 아름다운 가슴"이라고 정의했다. 그녀는 숨막히고 짓밟히는 여성의 삶을 살았고 그것을 표현했다. 폭력적인 상황을 겪었던 그녀는, 반론적이면서 동시에 비장한 방법으로 그 폭력적 상황에 직접 반항했다. 그녀는 서사적인 시를 써서 폭력적 상황을 극복했다. 마리루이제 플라이서는 자신의 삶이 여성의 종속적인 상황에 송두리째 짓밟힐 위기를 겪을 정도로 온몸으로 여성의 종속적인 삶을 경험했다. 하지만 동시에 그녀는 그런 상황을 딛고 일어나 자신의 작품 속에서 여성의 종속적인 삶을 분명하고 객관적으로 묘사했다. 그녀의 작품, 특히 희곡은 다혈질적인 서민의 거친 자연주의와 공상에 건조하고 사실적인 정확한 글쓰기가 합쳐졌다. 브레히트는 베를린의 거친 세계에 그녀를 소개해 유명하게 만들었다. 브레히트는 그녀에게서 현실성이 풍부하지만 상투적인 사실주의 냄새가 나지 않고 통속적인 색채가 보이지 않는 서민 문학의 예를 보았다. 브레히트에게 그런 그녀의 문학은 독일의 상황에 맞는 유일한 문학인 듯했다. 그러한 문학적 특징은 오랫동안 잊혀 있던 플라이서를 최근에 재발견하게 만들었다.

플라이서에게 브레히트와의 만남은, 지적인 면에서는 행운이었지만 삶에 있어서는 불행이었던 것 같다. 브레히트와 감정적으로 얽혀 있던 플라이서는 브레히트에게서 벗어나야겠다는 강한 욕구를 느꼈다. 그 여성 작가는 남자의 배신과 여성의 복종을 경험했고, 이를 자신의 작품에서 고발했다. 남성과의 공동작업과 순종, 지성과 성적 관심, 본능적인 헌신과 본능적인 저항이 어쩔 수 없이 뒤섞인 삶을 경험했던 그녀는, 남녀평등을 배제한 채 남성이 여성에게 가하는 폭력에 거세게 반항하면서도 그것을 숙명으로 받아들였다. 플라이서는 브레히트가 사람들을 소모적으로 이용했으며, 그녀 자신이 브레히트의 소모품이 되는 걸 피하지 않았노라고 썼다.

마리루이제 플라이서는 자신의 불행한 운명에 동조한 희생자, 『잉골슈타트의 공병들』에 나오는 베르타 같다. 여성의 종속적인 역할을 내면으로 받아들이고 특히 자신의 태도로 인정하면서 그것을 정당화했기 때문이다. 마리루이제는 브레히트나 다른 남자들과의 관계에서 부드러우면서도 반항적인 열정적인 여성, 보호해주고 싶은 대상이면서도 학대당하는 여성, 어쨌든 방어력이 없는 여성이었다. 그녀는 동등한 지위와 권리를 가진 파트너는 되지 못했다. 왜냐하면 어떤 의미에서 전통적 여성상을 고집하던 시대의 막바지에 있던 그녀 스스로가 남성과 동등한 지위와 권리를 가지고 있다고 느끼지는 않았기 때문일 것이다. 루 안드레아스 살로메나 몇몇 나의 학교 여성 동료 등에게 브레히트가 술탄 노릇 따윈 하지 않았던 것 같다. 왜냐하면 처음 만나는 순간부터 그는 지성에 앞서 인격적으로 그가 여성에게 술탄 노릇 따윈 할 수 없으며 또 그럴 생각조차 하지 못한다고 느끼도록 해주었기 때문이다.

희생자들은 때때로 남자들이 그녀들을 함부로 대해도 되게끔 해준다. 분명 남자들에게 적잖이 죄가 있지만 말이다. 마리루이제 플라이서는 자신의 작품에서 감정의 혼란을 피하고자 무던히 애썼지만, 그녀 같은 여성들에게 어떤 일이 일어나는지를 잘 보여주었다.

18. 국경

바이센부르크 고등학교 교장 요한 알렉산더 되덜라인이 아주 길고 지엽적인 제목을 가진 그의 학술 저서에 모은 민간전통 기록은 악마가 이 성벽, 지금은 다 부서져버린 이 경계석을 쌓았다고 전한다. 자신이 농사짓는 밭 너머를 볼 수 없었던 중세 말의 농부에게 국경이라는 생각, 성벽을 쌓아 흑해까지 로마제국의 국경을 표시하고자 했던 생각 자체는 상상할 수조차 없는 초인간적인 것, 금방 만질 수 있는 일상의 것을 초월하여 신비한 힘이 작용한 어떤 것으로 비칠 만했다. 악마가 아닌 로마제국의 황제들, 즉 아우구스투스 황제부터 베스파시아누스 황제까지, 하드리아누스 황제부터 마르쿠스 아우렐리우스 황제와 코모두스 황제에 이르는 로마제국 황제들이 그 국경선을 만들었다. 그 국경선 안쪽으로 로마제국, 로마의 이상과 세계 지배가 있었다. 국경 너머에는 야만인들이 있었다. 제국은 야만인들을 두려워하기 시작했으며 그들을 지배하고 흡수시키기보다 오히려 그들과 벽을 쌓으려 했다.

라에티아 세쿤다와 제르마니아 수페리오르 같은 로마제국의 속주들이 로마의 지배로부터 벗어났던 중세 말에 이들 지역 농부들이 그랬듯, 현대인들도 이 경계석의 위대함을 인식하기는 어려우며 이것들을 악마의 작품, 즉 틀림없이 제국주의 악마의 작품으로 볼 것이다. 분명 로마는 무엇보다 지배를 의미했다. 로마가 주장한 보편성은 지배를 위장하고자 한 가면이었으며, 로마제국의 영원성을 주장했음에도 불구하고 보편성의 이상은 소멸했다. 보편성과 문화를 대표한다고 주장했던 모든 권력에게는 그 대가를 치르게 하고, 종전까지 열등한 존재라고 생각했던 자에게는 무기를 내려놓는 순간이 오기 마련이다. 경멸받던 야만인들이 새로운 유럽을 만드는 사람들이 되었다. 몇백 년 동안 역사도 없는 무지한 속주 백성들로만 생각됐던 슬라브인들이, 이후 그들의 시대를 알리는 소리를 들었다. 인력거로 백인들을 실어나르던 중국인들이 지금은 세계 최강국이 되었다.

각 역사에는 자신의 시대와 맞은 사명이 있다. 밭과 울타리 사이에 폐허로 남아 있는 그 성벽은 로마제국의 위대한 시간, 로마제국의 세계 통일과 세계 제국 건설에 대해 이야기해준다. 우리의 역사, 우리의 문화, 우리의 유럽은 이 국경limes의 후손들이다. 이 돌들은 경계의 파토스, 자신을 한정짓고 형태를 만들어야 할 필요와 능력에서 나온 위대한 파토스를 말해준다. 로마제국은 알 수 없는 야만인들에 대항한 제방이요 방어망이자 성벽, 즉 개체성이다. 지금 내가 바라보고 있는 이 입구 역시 한 왕국의 선, 형태, 구체적인 윤곽이다. 정의되지 않은—그래서 비현실적인—그 속에서 에로스가 지닌 잠재성은 현실이 된다. 우리는 입구, 형태, 국경을 사랑하고 그곳에 입맞춤한다. 분명 로마제국의 국경선 역시, 그것을 수수께끼 같은 얼굴로 모호하게 바라보는 사람에게는 되덜라인 교장의 박학한 책만큼 귀중하지만 그냥 무시해버릴 수 있는, 케케묵은 호기심거리인 듯하다.

19. 발할라와 장미

나폴레옹의 지배에 대항한 독일 해방전쟁에서 바이에른 왕국의 루트비히 1세가 세운 해방기념관 베프라웅스할레가 다뉴브 강가, 100미터 높이의 미헬스베르크 언덕에 자리한 작은 도시 켈하임에 세워졌다. 그 낭만적인 바이에른의 왕은 1836년 그리스를 여행하는 동안 기념관을 세울 생각을 했다. 초석은 1842년에 놓였고, 1862년 마침내 건물이 완공되어 공식적으로 봉헌되었을 때, 루트비히 1세는 1848년 사건과 미녀 롤라 몬테즈와의 염문 때문에 권력을 잃고 정치 무대에서 사라진 지 오래였다. 그릴파르처의 말대로 왕은 롤라 몬테즈 품속의 남자가 되었다.

1813~1815년 전쟁에서 독일의 승리를 기념하여 세운 원형 건물은 가스저장고 같다. 적잖이 고되면서도 덧없는 인간의 일을 말해주는 기념 건물이다. 외부 원형 정면은 열여덟 개의 석고상들로 장식되어 있다. 6미터 높이의 석고상들이 거대한 벽기둥 위에 자리하고 있다. 석고상들은 반나폴레옹 진영에 가담했던 열여덟 개의 독일 부족을 의인화한 것이다.(그중 보헤미아와 모라비아 부족의 상도 있다) 건물 내부에는 카라라 대리석으로 만든 3.3미터 높이의 흰색 승리의 여신상 열여덟 개가 있고, 모두 전투 이름이 새겨진 청동 방패를 들고 있다. 여신상 머리 위 푯말에는 전투를 지휘한 명장들의 이름이 새겨져 있다.

이 모양 없는 석고 덩어리 판테온은 가스저장고를 둘러싼 풀밭 앞에서 빛바래 보인다. 파리 앵발리드의 찢긴 깃발들에 깃든 영광, 즉 전쟁을 삶으로 만든 바람과 먼지와 자만심의 눈부신 빛이 그 판테온에는 부족하다. 슈타인·샤른호르스트·그나이제나우·요르크·클라우제비츠 같은 프로이센 장군들과 유명 정치인들을 고취시킨 개혁정신에 영향받아 민족 봉기를 일으킨 1813년의 독일 전쟁은, 이 기념관이 보여주는 민족주의적 허풍과 공통점이 별로 없다. 독일, 특히 프로이센과 기타 여러 나라는 그 당시 각성하여 일어나 진보, 개혁, 시민의 자유를 희망하는 짧은 시기를 보냈다. 몇십 년 후 그 기념관을 세운 독일은 왕정복고와 정치적 반동이라는 침체기를 다시 맞았다. 애국심과 자유는 이미 분열되었으며, 자유를 두려워한 독일은 자유주의를 희생시키며 민족통일을 실현하는 쪽으로 나아갔다. 비스마르크와 빌헬름의 독일은 슈타인과 훔볼트의 독일을 부분적으로 부정하게 된다. 분명 루트비히 1세는 바이에른 왕국을 다스렸고, 프로이센 지휘 아래 독일 통일이 이루어지고 이후 프로이센이 독일 민족주의의 주도권을 쥐게 되는 상황에서, 때로는 퇴보적이고 때로는 진보적인 자세를 취하며 가장 눈에 띄게 오락가락했던 왕국의 군주였다. 그러나 그 기념관의 영광은 1813년의 자유주의 애국심을 경직시켰거나 패러디한 것에 불과하다.

헬라스*와 헬라스의 독립전쟁을 낭만적으로 사랑했기에 자신의 아들 오토를 터키로부터 막 해방된 그리스 왕좌에 올려놓았던 루트비히 1세는, 독일의 영광을 기리는 또다른 기념관 발할라를 세우게 했다. 발할라는 레겐스부르크에서 몇 킬로미터 떨어진 다뉴브 강가에 세워진 도리스식 사원이다. 북유럽 신화에서 이름을 취한 고대 그리스식 흰색 사원은 그리스와 독일의 공생을 희망하는 상징물이다. 옛날 도리아인의 후손인 독일인들은 새로운 유럽의 그리스인이 되어야 했고, 고대 그리스가 고대 세계에 그랬던 것처럼 이 새로운 유럽에 보편적인 새로운 휴머니즘 문화를 불어넣어줘야 했다. 횔덜린에게 이것은 자유주의 혁명의 꿈, 세상을 향해 열린 자유와 해방의 유토피아였

* 그리스의 옛 이름.

다. 스티브 리브스와 실바 코시나가 출연한 헤라클레스의 역경을 다룬 영화 〈헤라클레스의 대역습〉이 그리스 신화를 바탕으로 하듯이, 발할라도 이러한 꿈을 바탕으로 한다. 발할라에는 독일이 낳은 위대한 인물들의 흉상 백예순한 개가 있다. 몇몇 반신상은 그 이름(괴테)만이 언급됐고, 어떤 흉상은 그 직업(모차르트, 작곡가)이나 숭고한 정의(클롭슈토크, 성스러운 가수)로 언급되어 있다. 루트비히 1세 이후에도 이 판테온에 들어가려면 허가를 받아야 했다. 오늘날에도 불멸의 장소에 들어가고자 하는 사람은 복잡한 행정 절차를 밟은 후에야 판테온에 입장할 수 있다. 메테르니히가 발할라를 좋아하지 않았고, 헤벨이 그곳에 들어가고 싶어하지 않았던 것도 그럴 만하다.

발할라는 마치 밀랍박물관 같다. 바람에 흔들리는 풀포기, 100미터 아래쯤에서 반짝이며 흘러가는 다뉴브 강의 물결, 나무들의 그림자에 비유하면 그것이 얼마나 헛된 것인지 쉽게 알 수 있다. 시와 문학, 진짜와 가짜, 삶과 사물들 및 그 사물들의 박물관을 대립시키기는 쉽다. 등사기로 복사된 초등학교 신문에 실렸던 번뜩이는 동화가 암시하듯, 발할라의 기둥에 꽃을 비유해보면 아주 생생한 수사학이 될 수 있다. 오래 사랑하고 싶은 삶에, 삶의 은밀한 슬픔에 상처받은 이야기다. 1973년 5월 트리에스테의 학교 신문 『조스트리노 오베로 라 가제타 디 산 비토』 1호에 여자 초등학생이 동화 한 편을 실었다. 작가는 데아미치스 초등학교 1학년생 모니카 파바레토였다.

동화 제목은 '장미'다. "장미는 행복했습니다. 장미는 다른 꽃들과도 잘 지냈습니다. 어느 날 장미는 자신이 점점 시드는 걸 느꼈고 죽을 때가 됐습니다. 장미는 종이꽃을 보고 이렇게 말했습니다. '넌 참 예쁜 장미야!' '그래 봤자 난 종이꽃인걸.' '하지만 모르겠니? 난 죽어가고 있어.' 장미는 죽었고 다시는 말을 하지 않았습니다."

이 짧은 동화는 삶의 나약함과 이해할 수 없는 죽음의 고통에 대해 거의 모든 것을 말해준다. 사물들이 삶보다 조금 더 오래 지속되지만 사물들 역시 사라질 운명이며, 죽음의 고통 앞에서 진짜와 가짜를 놓고 진짜를 찬미하는 것은 별 의미가 없다는 것도 상기시켜준다. 살아 있는 사물들의 눈물, 이 거짓된 발할라의 도리아식 기둥들처럼 비록 가짜일지라도 좀더 오래 지속하고픈 그 갈망을 우리가 듣게 된다면, 살아 있는 사물들의 뜨거운 눈물에 더 많은 관심을 갖게 될 것이다.

알지도 못하는 그 초등학교 1학년 여자아이가 어디에 살고 있으며 어떻게 생겼는지, 나는 모른다. 나중에 커서 훌륭한 작가가 되고 싶어하는지 아니면 그 번뜩이는 천재성이 되풀이되지 않는 일회성 계시와 같아서 지금은 평범한 소녀가 되어 있는지, 난 알지 못한다. 시는 한 개인의 것이 아니다. 시는 바람처럼 원할 때 원하는 곳으로 불며, 시 말미에 쓴 이름에 귀속되는 것도 아니다. 때때로 시는, 종이에 무심코 그리게 된 어떤 데생처럼, 혹은 어떤 사람이 자기도 모르게 은총을 표현할 때의 어떤 몸짓처럼, 손에서 생겨나기도 한다. 몸짓을 취하는 사람은 은총을 받고 있다는 걸 알지 못한다. 아마 다시는 그 은총을 받지 못할지도 모른다.

20. 레겐스부르크

파우스트 박사 이야기를 다룬 대중 서적인 민중본에도, 몇백 년 동안 세계적인 경이의 대상이었던 레겐스부르크와 그곳 돌다리의 명성이 언급된다. 연대기 작가들은 주교와 황제의 도시인 레겐스부르크의 호화로움을 기록했다. 기사이며 황제인 막시밀리안 1세는 1517년에 레겐스부르크를 "우리 독일의 부유하고 유명한 도시들 가운데서도 한때 가장 융성했던 도시"라고 정의했다. 100개의 탑을 가진 고딕과 로마네스크 양식의 화려한 도시 레겐스부르크, 돌 장식마다 수세기에 걸쳐 층층이 쌓인 역사를 담고 있는 그곳 광장과 골목들에 찬사와 향수가 쏟아졌다. 레겐스부르크에 대한 찬가와 송가가 도서관들을 꽉 채웠다. 그러나 찬가는 늘 이미 저문 시대의 화려했던 과거, 막시밀리안 황제가 1517년 이미 말했던 대로, 그 한때를 노래했다. 성당·탑·저택·조각상은 과거의 위용, 기억할 수 있지만 절대 소유할 수 없는 영광, 과거엔 있었지만 지금은 없는 영광을 말해준다.

후손들은 향수에 젖어 과거의 흔적을 지킨다. 향수의 대상이 된 과거 사람들은 그 이전 시대의 유물과 추억을 소중히 가꾸었다. "도시는 시대에 뒤처졌다. 상원의원은 15세기 말투로 말한다"라고 1802년 요한 안드레아스 슈멜러가 썼다. 그러나 15세기에는 이미 화려했던 과거를 그리워했다. 그 탑들만이 아니라 아마 이러한 점 때문에, 레겐스부르크는 황금도시 프라하와 비교됐을 것이다. 프라하도 사라진 화려함으로만 늘 기억 속에 남아 있는 듯하다.

레겐스부르크는 자신들의 도시국가를 사랑하는 사람들, 정문과 기둥 하나하나에 담겨 있는 추억들을 소중히 간직하고 있는 사람들이 사는 곳이다. 박학한 지방 학자들이 그렇듯, 열정적이고 침착한 그 학자들은 지나간 옛날을 지키려 애쓰는 또다른 학자들을 과거에서 찾아내고 만난다. 그들은 자신들의 유물 중에서 호기심 나는 골동품을 찾아내는 것이 아니라 역사의 위대한 페이지, 돌다리를 건넜던 프리드리히 바르바로사*를 만난다. 소문자로 인쇄된 665페이지의 두꺼운 책에서 카를 바워는 돌 하나하나, 시내 지도, 모든 집과 기념물의 역사와 의미, 수백 년간 아름다운 작은 광장들의 구석구석과 문

* '붉은 수염(바르바로사)'이라 불린 12세기 신성로마제국 황제.

·아치·골목을 채웠던 사람들의 그림자를 재구성하고 다시 살펴보았다. 카를 바워는 1980년 그의 책에서, 크로이츠가세 골목 19번지에 있는 집에 잠시 멈춰 1841년 이 집 방에서 죽은 레겐스부르크의 역사학자 크리스티안 고틀리프 굼펠츠하이머를 언급했다. 굼펠츠하이머는 레겐스부르크의 과거에 뜨거운 관심을 보였다. 1830~1838년 사이에 나온『레겐스부르크의 역사, 전설, 경이로움』1권에서 굼펠츠하이머는 자신이 고향 도시의 유물들을 얼마나 사랑하는지에 대해 이야기했다.

1663년부터 제국 의회의 본거지였던 레겐스부르크는 신성로마제국의 심장이었다. 아마 이 때문인지 레겐스부르크는 과거에 대한 향수를 짙게 깔고 있는 듯하다. 왜냐하면 신성로마제국은 처음부터 그 내적 본질상 다시 떠올라 화려하게 빛나고픈, 저물어가는 태양의 반사였으니 말이다. 또한 이제는 없는 로마제국을 옮겨와 새로이 되살려낸 것이며, 이미 해체된 정치체제인 로마제국, 그 보편적 이상이 반사되어 있는 도시이기 때문이다. 명철하고 온건한 역사가들이 봤던 것처럼, 분명 신성로마제국은 "종교 사상가들이 인식한 세계 제국이 아니었으며, 전 세계 기독교 통합체 같은 곳도 아니었고, 서양 기독교와도 딱 맞아떨어지는 곳도 아니었다."(율리우스 피커) 제프리 배러클러프가 썼듯이, 신성로마제국은 세계 지배를 주장하지 않았다. 오토대제부터 하인리히 4세와 프리드리히 바르바로사, 작센 왕조부터 잘리어 왕조와 슈바벤 왕조에 이르는 위대한 독일 왕들은 강력한 독일군주제, 확고한 통일국가를 세우고자 생각했고 또한 부분적으로는 실현시켰으나, 세계 지배라는 가공할 꿈에 빠져 있었던 건 아니다.

그러나 헤로도토스가 말했듯 인간뿐만 아니라 사상, 이 경우 제국주의 사상 역시 변천을 거듭한다. 수세기에 걸쳐 역사적 상황이 변하면서 제국주의 사상에 대한 알맹이 역시 변했다. 제국이 실질적인 정치권력을 잃을수록(군주들의 자치권이 강화되어 권력 투쟁에서 밀려나거나 합스부르크가에서 일어났던 것처럼 왕조의 이익을 따르게 되면서) 그 보상으로 권력의 상실 혹은 위기를 감춰줄 제국 사상의 보편적 파토스가 점점 강화되었다. 독일 정치가 불확실하고 외세 침략에 위협받던 시기에, 알렉산더 폰 로에스는 제국이 붕괴된다면 세계 질서가 무너질 것이라고 경고했다.

제국주의의 파토스는 부재의 파토스, 위대한 사상과 빈약한 현실 사이에 있는 불균형의 파토스다. 단눈치오는 머리숱 많은 지기스문트의 운명에서 "세계가 아니라 몇몇 요새로 버티는 / 폭풍우 속 제국주의 정신"을 형상화했다. 제국주의 사상은 미래의 유토피아로 향하지만 과거의 신화를 자양분 삼아, 사라진 먼 과거의 화려한 빛을 펴올렸다. 막시밀리안 황제가 레겐스부르크의 영광에 대해 말했듯, 그 영광은 언제나 아득히 먼 과거의 사라진 영광이었다.

저녁 무렵 돌다리 아래로 물결무늬를 이루며 세차게 흘러가는 시커먼 다뉴브 강은 지나간 모든 것을 떠올리게 해주는 것 같다. 현재의 강물이 아닌, 이미 사라졌고 또 앞으로 사라질 강물을 말이다. 대기와 시커먼 강물은 바람과 물에 비치는 상들, 색깔, 소리, 새의 날갯짓, 살며시 흔들리는 풀포기로 풍성해지며 어둠 속에 잠겨든다. 탑의 도시로 들어가면서 나는 한 책의 두 페이지 사이, 즉 지나간 세기들을 환기시킨 굼펠츠하이머의 페이지와 굼펠츠하이머를 환기시킨 카를 바워의 페이지 사이로 들어가는 인상을 받았다. 두 페이지 사이, 아니 두 페이지가 아니라 같은 낱장의 앞면과 뒷면 사이 그 얇은 공간 안에서, 나는 편안했고 불행한 사건들로부터 안전했다. 하인리히 라우베는 1834년 옛날 레겐스부르크의 목가를 꿈꾸었다. 살며시 눈을 감으며 키스를 허락하는 아름다운 아가씨가 있고, 다뉴브 강의 물결처럼 덧없이 흘러가는 향수 어린 노래가 있고, 잠복중인 경찰도 검열관도 없는 그런 목가를 말이다. 그의 목가는 강제동원이나 조직활동을 원치 않으며 공중도덕과 문화산업의 경찰들을 피해 다닌다.

과거란 것이 어떤 식으로든 내가 레겐스부르크에 머물게 된 것과 연관이 있겠지만, 사실 나는 사라진 것을 찾아 이곳에 온 게 아니다. 여군 장교는 내가 도시 다른 쪽에 도착했는데도 레겐스부르크의 유서 깊은 돌다리 입구에서 나를 기다린다. 그녀가 느닷없이 변덕을 부려 돌다리에서 기다린 게 아니다. 그녀는 다뉴브 강들과 그 강기슭들을 연결하는 다리들을, 그녀의 웃음이 사물들을 살아나게 하고 샹들리에에 걸려 있는 축제 촛불을 밤하늘에 아름답게 빛나는 혜성으로 바꾸어놓는 듯하던, 고등학교 시절부터 좋아했다.

우리들 가운데 누가 그녀에게 플로베르 추종자라는 별명을 붙여주었는지 모르겠다. 그녀와 멀리 떨어져 산 지 오래다. 빈에 살다가 린츠로 옮겼고, 지금 그녀는 레겐스부르크에서 남편과 그녀를 쏙 빼닮은 두 딸과 함께 살고 있다. 그 학급도, 그때 당시의 여름도, 우리 모두에게 삶은 연속되는 것이고 사물들은 충직하다는 사실을 다시 한번 오늘날까지 여실히 보여주고 있다. 시간은 때때로 반기를 들 만한데도 지금 그녀의 아름다움을 한층 더해주었고, 봉신이라도 되는 듯 그녀에게 조공을 갖다 바쳤다. 시간은 욕심 많은 그녀의 성격에 어머니다운 부드러움을 더해주었고, 생기발랄함에 아주 매력적인 의식을 심어주었다. 여군 장교는 아직도 날카로운 발톱을 숨기고 있다. 그녀는 고개를 들어 밤바람을 맞으며, 학창 시절 그녀를 유목민 여장부처럼 느끼게 해주던, 그 거만하면서도 야성적인 관대함이 묻어나는 웃음을 지었다. 학창 시절 반장은 그녀의 학교 숙제나 번역을 칭찬하며 이렇게 말하곤 했다. "기억해, 배움에 능해도 정신적으로 모자란 자는 숙련공만도 못하다는 걸."

여군 장교는 라틴어를 좋아했다. 그녀는 라틴어 과목에서 최고 점수를 받았고, 그 덕에 그녀의 여타 기인 같은 행동들이 용서되었다. 항상 냉철하게 미래를 향해 내달리던 그녀의 그 냉철함 속에는 고전적인 날카로움이 있었다. 즉 세상의 어지러운 먼지를 정리하고 사물들을 제자리에 놓는 능력, 주어를 주격에, 직접목적보어를 목적격에 놓는 통사론이 있었다. 그녀가 좋아하는 계절인 10월 말의 어느 날 그녀가 바다에서 웃으며 나오는 걸 본 사람이라면, 그녀가 잘못된 선생님들에 의해 잘못 평가받기를 원하지 않을 것이다.

우리 친구 여군 장교에게 레겐스부르크는 아주 다양하지만 기본적으로 하나의 통일된 톤이 있는 기억·스타일·이미지 들을 보여주었다. 아름다운 성당 정면에서는 여러 형상이 돌에서 튀어나올 듯하다. 동물들, 인물들, 동화 속 피조물들이나 괴물들, 그리고 숭고한 조화와 창조의 통일성을 보여주는 삶의 울창한 숲이 보인다. 심연에서 올라온 음흉한 얼굴들을 용맹한 기독교 정신이 온순하게 길들여서 밝고 활짝 웃는 얼굴로 만든다. 기독교는 다양한 모습의 삶에, 수많은 피조물들 각각에 응답한다. 왜냐하면 그들은 신의 피조물들로서, 괴물들이 존재하지 않는, 신이 그린 세계의 형상들이기 때문이다.

여군 장교도 그 기독교적인 야생 숲의 한 피조물이다. 그녀는 돌에서 튀어나와 무모한 비행을 하려고 하지만 자신도 그 전체의 일부라는 걸 안다. 강자들, 즉 다른 사람들에게 부담이 되지 않기 위해 자신의 연약함을 숨기고 대신 다른 사람들에게 위안과 용기를 주려 애쓰는 사람들에게 삶이란 게 녹록지 않듯이, 그녀에게 삶은 녹록치 않았고 현재도 그렇다. 자신의 불확실한 실존을 인식하며 의식을 갖고 사는 사람에게 삶은 버겁다. 반면 약자들, 다시 말해 자신의 연약함을 드러내며 모든 삶의 무게를 다른 사람들에게 부담지우고 자신은 고상하고 아름다운 영혼인 것처럼 온갖 응석을 다 부리며 불평하는 사람들에게, 삶은 너그럽다. 예수조차도 마르타를 부당하게 대했다. 예수는 마르타가 식사 준비를 위해 분주히 애쓰는 반면, 마리아가 자신의 말을 편안하게 듣는 걸 당연하게 여겼다. 하지만 그리스도에게 더 투철한 신앙을 보여주었던 것은 마르타였다. 마르타는 베드로보다 더 신앙심이 깊었던 것 같다.

평범한 여군 장교가 되기란 얼마나 어려웠던지, 세상은 그녀에게 그런 역할을 끊임없이 요구했고 그녀가 치통을 앓거나 향수에 빠질 시간을 주지 않았다. 세상은 너무나 강해 보이는 그녀의 아름다운 어깨에 많은 짐을 떠넘겼다. 그녀의 심장 역시 약해질 때가 있고, 두려움을 알며, 때로는 자신의 어둠 속 유령들이 저 깊은 곳에서 올라오는 걸 느낄 때가 있다. 그러나 레겐스부르크의 성 야곱 성당 정문에 형상화된 알레고리에서처럼, 그녀는 그 유령들을 저 아래 무형의 곳으로 쫓아버리고, 어두운 무의 세계에다 쇠사슬을 채워 무력화시켰다. 저녁 기도에서 그녀는 고요한 밤과 영생을 기원했다. 내가 그녀와 더 오래 학교 친구로 지냈다면 지금쯤 나는 분명 개종했을 것이다.

21. 제국의 방에서

시청의 이 방에서 신성로마제국 의회가 열렸고, 이 빈 의자는 황제가 앉던 자리다. 황제는 군주들과 동업자조합(길드)으로 인해 점차 영향력을 잃었고, 황제 자신도 제국을 소홀히 하면서 점차 지배자dominus보다는 행정관administrator이 되어갔다. 이 방 주변에 선거인들, 군주들, 제국 도시 협회를 위한 방들이 있었다. 레겐스부르크가 1663년 제국 의회 본부가 되었을 때, 제국은 이미 위축되고 힘을 잃는다. 세계를 호령해야 하는 이 방에 세계가 빠져 있다. 세계가 빠져 있다는 사실은 "그 자신의 경계로만 규정되는 무無"를 생각나게 한다. 이 말은 독일의 과거를 사랑했던 19세기 낭만주의 시인 아힘 폰 아르님이 그의 희곡 『구멍』에서 했던 말이다. "황제와 제국Kaiser und Reich"에서 '와und'라는 약한 접속조사 역시 정말 아무것도 아닌, 접속이 아닌 어떤 분리일 뿐인 듯하다. 즉 분리시킬 뿐 아무것도 하지 않는다. 제국은 타원이다, 라고 베르너 나프가 썼다. 제국의 중심은 군주들과 길드들이었다. 황제라는 중심은 그저 추상적인 존재였다. 17세기의 한 법률가는 제국을 "불규칙하고 괴물 같은 몸체"로 묘사했다.

중심이 없고 응집력과 정치적 통일성이 부족하다는 이 점들이, 슈바벤의 프리드리히 2세의 날카롭고 명철한 시선에서는 읽히지 않는다. 프리드리히 2세는 사물들에 어떤 숨겨진 의미를 덧붙이지 않고 보이는 그대로 사물들을 봤기 때문이다. 그것은 오히려 사물들의 숨겨진 면, 비틀린 면, 어두운 면을 보았던 스페인 합스부르크가의 삐뚤어진 시선, 레판토 해전의 승리자인 오스트리아의 돈 후안에게 전통적으로 가해진 시선을 연상시킨다. 돈 후안은, 카를 5세와 레겐스부르크의 중산계급 출신인 아름다운 바르바라 블롬베르크 사이에서 태어난 사생아로, 레겐스부르크 탄들러가세 골목에 있는 집에서 태어났다. 바르바라 블롬베르크는 열여덟 살이었고, 7년 전에 황후를 잃은 황제는 마흔여섯 살이었다. 공허감 때문에 황제는 나이보다 빨리 늙고 우울과 피로에 젖었다. 플라톤의 시구대로 공허감은 낡은 제국과 더불어 황제를 쇠락하게 했다. 비록 중세의 유산이 쇠락함으로써 그의 왕권 아래에 있던 근대 세계의 힘이 부상했지만 말이다.

바르바라 블롬베르크를 다시 만나지 못했던 황제는 이 열정과 여인을 그리워했다. 그리고 임종 몇 시간 전에 다시 한번 그녀를 기억하며 금화 600두카트에 달하는 상당한 유산을 은밀히 그녀에게 남겼다. 브레히트가 말했던 대로, 우리는 사랑에 참 경솔하다. 오스트리아의 돈 후안은 레판토 해전의 승리로 영광을 얻었지만 행복을 얻지는 못했다. 밝은 삶이 아닌 어둡고 왜곡된 삶이 그의 운명이었다.

제국의 방 벽에 걸린 쌍두독수리는 어둡고 우울한 풍경에 대한 각인 같다. 제국 의회에서 소소한 다과상 전통을 끝내게 했던 그 비서 혹은 서기는 이런 쇠락의 파토스에 영향받지 않았던 모양이다. 여기 조그만 다과 테이블에는 제국 의회 대의원들에게 대접할 음료·포도주·과자가 놓였다. 특히 서기들과 비서들이 그 다과를 많이 먹었던 듯하다. 제국 의회가 열리는 동안 이들 서기 가운데 한 명이 포도주를 다소 지나치게 마셨다. 서기는 앉아 회의록을 작성해야 하는데 그만 깜박 잠이 들어 코를 심하게 골았고 신성로마제국과 세계의 문제가 달려 있는 그 회의를 방해하고 말았다. 이때부터 레겐스부르크의 상원의원이 다과를 폐지했다.

22. 아무것도 아닌 육각형

"당신이 아무것도 아닌 것을 좋아한다는 걸 나는 압니다. 그 가치가 아주 작기 때문이 아니라, 지저귀는 참새마냥 익살스럽고 가볍게 그것과 놀 수 있기에 아무것도 아닌 것을 좋아한다는 걸 말입니다. 그러므로 아무것도 아닌 것일수록 당신에게는 더욱 귀하고 환영받는 선물이 되리라 생각합니다." 케플러가 1611년 새해 첫날 친구이며 후견인인 요하네스 마트하우스 바커 폰 바켄펠스에게 보낸 선물은 소논문 「육각형 눈송이에 관하여」였다. 케플러는 위의 말로 논문을 시작하면서 왜 눈송이는 육각형의 작은 별모양으로 응어리져 떨어지는지 궁금해했다. 그는 장난스럽지만 치밀한 연구를 해나가며, 아주 작은 것과 아무것도 아닌 것 사이에서 반짝이는 아이러니한 공간에서 유희했다. 이 소책자는 케플러가 프라하에 머물 때 쓴 것이지만, 지금은 레겐스부르크의 케플러박물관 입구에서 판매중이다. 케플러박물관은 그가 1630년 사망했던 집에 세워졌으며, 실험에 사용했던 그의 도구들과 기계들이 보관되어 있다. 그 가운데 그가 아꼈던 술통, 포도주가 얼마나 남아 있는지 매번 정확하게 계산하고자 그가 고안해낸 기계도 함께 보관되어 있다.

바로크 문학은 아무것도 아닌 것에 대한 찬사와 영화로 넘쳐난다. 아무것도 아닌 것을 신의 영원성보다 더 이해하기 어려운 것으로 여기고, 아무것도 아닌 사물의 생각지도 못했던 면에 매료되어 그 불가능한 개념에 도전해 이를 포착하고자, 지적이고 시적인 개념의 찬사를 쏟아냈다. 케플러는 육각형 눈송이가 만들어지는 것을 설명하고 싶어했다. 뺄 건 빼고 부정할 건 부정하면서 여러 가설을 엄밀히 연구하고 검토하면서, 케플러는 아주 작은 틈과 인식할 수 없을 정도로 작은 영역 사이를 비집고 들어갔다. 그가 친구에게 준 선물은, 페르시아인들이 두 손으로 퍼서 자신들의 왕에게 가져다주었던 카르케(옛 코아스페스) 강의 강물처럼, 사라질 위험이 있는 것이었다.

장난스러운 어조는 논문을 하찮은 것nugella으로 깎아내린다. 그러나 장난스러운 베일 뒤에서 케플러는 자신이 진실과 정확성을 믿으며, 기하학에서 피조물의 신성한 비율을 발견하고, 정밀하고 정확하게 그 비율을 연구한다는 사실을 말해준다. 그는 지식이 신비의 의미를 풍성하게 하고, 진정한 신비는 정신을 그럴싸한 미신에 빠져들도록 하는 것이 아니라 이성을 도구 삼아 끊임없이 탐색해나가는 것임을 잘 알고 있었다. 기하학은 신의 그림에 더 가까이 다가간다. 헨리 워턴 경은 린츠에 있는 케플러의 연구실에서 케플러의 그림, 풍경화를 보았노라고 1620년 베이컨에게 보낸 편지에 썼다. 그러면서 케플러가 "나는 수학자로서 풍경화를 그린다"라고 말했다고 덧붙인다.

색, 빛, 그림자, 나무, 덤불, 장황하고 무질서해 보이는 자연의 다양함, 이 모두는 법칙·비례·비율을 따르고 있으며, 이는 각도와 선의 놀이다. 수학자 케플러는 그것의 진정한 얼굴을 인식하고 있었다. 그러나 케플러가 자신의 귀족 후원자에게 썼듯이, 수학자는 아무것도 없었으며 아무것도 받지 못했다. 틀림없이 그의 주머니는 비고 그의 연필이 추상과 유희했기 때문에, 그는 제로의 둥근 표시 안에 아무것도 아닌 것을 그려넣었던 것이다. 그는 사물이 아닌 표시만을 인식했다. 그래서 아무것도 아닌 것으로 녹아들어가는 눈송이에 관심갖게 된 것이다. 눈을 뜻하는 라틴어 닉스nix, 니비스nivis는 무無를 뜻하는 독일어 니히츠Nichts와 비슷하게 소리 난다.

케플러는 태양계가 어떻게 보면 우주의 중심에 있다고 생각했다. 그에게 혼란일 뿐인 무한은 증오했다. 그래서 레겐스부르크의 복음주의 사제 지기스문트 크리스토프 도나워가 말하는 주님에게 마음을 바쳤다. 사제는 "마땅히 하느님의 종으로서 열렬히" 그를 위로했다. 그러나 아무것도 아닌 눈송이를 다룬 재미있는 그 논문에서, 그는 눈송이가 녹는 과정을 모방하듯 버리고 배제하고 부정하면서 하나씩 제거해나갔다. 스스로를 "수학자·철학자·역사학자"라고 생각했던 케플러는 신이 창조한 우주 안에서 즐겁게 살았다. 하지만 우리의 정확성은 별로 신뢰할 만하지 않아서, 수학자로서 우리 삶의 풍경을 그릴 정도는 못 된다. 우리의 작업은 단순하기 짝이 없는 끝없는 제거작업이 될 것이다. 그 결과 둥글고 흰 제로는 눈송이같이 되어버릴지도 모르며, 풍경 전체와 그곳에 사는 사람들을 마구잡이로 지워버릴지도 모른다.

23. 종려나무로 만든 당나귀

레겐스부르크에는 "종려나무로 만든 당나귀"라 불리는 아주 생생한 전통, 즉 예수가 수난기 전에 위풍당당하게 예루살렘에 들어온 것을 기념하여 목조 당나귀 위에 예수의 형상을 태우고 돌아다니는 행렬 전통이 있었다. 이 전통에서 주인공은 당나귀인 듯하다. 학대당하고 멸시받던 동물 당나귀는 이런 영광을 받을 만하다. 우리는 관습적으로 당나귀를 천시해왔다. 실제로도 당나귀에게 채찍질을 가하고, 평소에는 말로 모욕을 가했다. 당나귀는 수레를 끌고, 무거운 짐을 나르고 삶의 무게를 지탱해왔다. 삶은 자신을 도와준 자에게 감사할 줄 모르고 불공평하게 대한다. 연애소설들과 총천연색 영화들에서나 매력적인 모습으로 그려진다. 삶은, 무미건조한 현실보다는 빛나는 운명들을 더 좋아한다. 그래서 시골길을 걷는 당나귀보다는 애스컷의 경주마들에 더 매력을 느끼는 것이다.

그러나 시詩는 삶보다 더 똑똑해서 당나귀의 위엄을 노래할 줄 안다. 마구간에서 예수님을 따뜻하게 해드린 건 경마장 종마가 아니라 당나귀다. 호메로스는 트로이군의 공격에 맞서 혼자 싸워 아카이아 배들을 구했던 아이아스를 당나귀에 비유한다. 무거운 짐과 구타에도 당나귀의 등은 텔라몬의 방패처럼 위대해진다. 고통을 참고 견디는 당나귀는 사람들을 돕다가 박해를 당한 그리스도와도 비교된다.

당나귀의 힘은 옛날 영웅들의 속성인 인내심, 조용하고 겸손하며 꺾이지 않는 강한 의지를 말해준다. 참을성 많고 의지가 강한 당나귀는 자신이 가야 할 길에서 절대 물러나지 않으며, 율리시스가 파리스보다 우위에 섰듯이, 까칠하게 벌떡 몸을 일으키는 우아한 말보다 우위에 있다. 그래서 당나귀는 고대 로마 아풀레이우스 시대부터 성적 능력 면에서도 높이 평가되었다. 18세기 뷔퐁도 연구했던 이 성적인 힘은 남자다움을 과시하는 데나 좋은 황소의 거만함이나 수탉의 불쾌한 남성색정증이 아니라, 삶을 대면하는 그 조용한 힘, 겸손한 힘의 일부다. 아풀레이우스의 소설 『황금당나귀』에서 아름답고 까다로운 코린트 귀부인이 했던 찬사는 당나귀에게 가해졌던 모욕적인 말들을 보상하고도 남는다. 엘리아스 카네티는 『마라케시의 목소리』에서 매질을 당하고 지친 당나귀가 갑자기 벌떡 일어서는 것을, 천시당하고 업신여김받던 모든 사람이 복수라도 하려는 듯 힘차게 박차고 일어서는 것으로 묘사했다.

24. 거대한 바퀴

슈트라우빙 근교 성 베드로 성당 묘지, 마치 정원처럼 성당 주변에 퍼져 있는 비석들은 계급에 자부심을 갖고 조용히 잠들어 있는 삶들을 증언해주고 있다. 맥주 제조인이며 시의원이었고 †1826년 바이에른 방위군 중위였던 아담 모어도 이 묘지에 누워 있다. 계급에 대한 자부심은 개인과 공동체가 서로 경건한 조화를 이루도록 해준다. 그러나 다른 법이나 마음의 다른 목소리가 개인으로 하여금 사회질서와 대립하게 만들고 뜻하지 않게 사회질서를 어지럽히도록 부추길 때는 계급에 대한 자부심이 금방 흉포해지기도 한다. 예배당 세 곳 가운데 하나에 아그네스 베르나워의 무덤이 있다. 아그네스 베르나워는 합스부르크가 이발사의 딸로, 미모가 뛰어났다. 1435년 10월 12일, 바이에른의 에른스트 공작이 아그네스에게 마녀라는 죄목을 씌워 그녀를 다뉴브 강에 익사시켰다. 아그네스가 공작의 아들 알베르트와 결혼했고, 이 어울리지 않는 결합 때문에 군주정과 국가질서 자체가 위협받았기 때문이다.

손에 든 묵주와 발밑의 작은 개 두 마리가 이곳이 아그네스 베르나워의 묘지임을 알려준다. 작은 개 두 마리는, 서민 아가씨와 왕족 신랑을 묶어주던 부부의 믿음을 상징한다. 이 묘지를 만든 사람은 그녀를 죽게 한 에른스트 공작이다. 전해져 내려온 이 이야기를 헤벨이 『아그네스 베르나워』(1851)라는 극작품으로 만들었는데, 국가이성에 대한 우화다. 에른스트 공작은 마음속으로 아그네스의 덕과 인품, 아그네스와 자기 아들의 티 없이 순수한 사랑을 높이 평가했던 것 같다. 그녀를 제거하기로 한 냉혹한 결단은 마지못해 어쩔 수 없이 내린 결론이었다. 결혼과 그에 따른 복잡한 상황들, 즉 무질서, 전쟁, 반란, 국가의 분열과 붕괴, 형제간의 싸움과 불행 등이 야기한 정치적 결과들 때문에 말이다. 이 희생 혹은 국가 범죄가 있고 나서, 공작은 희생자의 정신적 강인함과 순수함에 경의를 표하며 이제는 위험 요인이 아닌 그녀를 오래도록 기억할 무덤을 세웠고, 그 자신은 수도원으로 들어갔다. 그의 아들 알베르트는 아내를 보호하기 위해, 아내의 복수를 위해 공작에게 반기를 들었지만, 곧 군주정의 대열로 다시 들어갔다. 알베르트는 국가이성이라는 명목하에 그를 홀아비로 만든 아버지와 화해하면서 공작 작위를 받았고 이윽고 자기 신분에 맞는 여인과 다시 결혼했다.

아그네스는 다뉴브 강에서 익사당하면서도, 남편을 포기함으로써 자기 목숨을 구할 기회를 끝까지 거부했다. 공작의 하수인들은 그녀가 수면으로 다시 떠오를까봐 아름다운 그녀의 머리칼을 장대에 휘감아 목숨이 끊어질 때까지 오랫동안 머리를 물속에 처박았다. 명목상 죄목은 그녀가 마녀라는 거였다. 계몽주의 세기말에 글을 쓴 안티콰리우스는, 이 이야기를 언급하면서 더는 아그네스를 마녀라고 생각하지 않았다. 그러나 훌륭한 중산계급시민 출신인 안티콰리우스는 아그네스가 마녀라는 미신을 세속적으로 해석하여, 그녀가 '부끄럽게도' 알베르트 공작을 유혹했다고 경멸적인 어조로 말했다. 그러나 알베르트 공작은 어린아이가 아니라 한창 혈기왕성한 기사였고, 합스부르크가의 마상시합 때 그녀를 만나 청혼했다. 아그네스에게 마녀라는 죄를 씌웠던 법학자 엠메람 루스페르거와 그녀를 뻔뻔스러운 여자로 생각했던 안티콰리우스, 그리고 지금까지도 널리 퍼져 있는 일반적인 의견, 즉 가장이 아내와 자식들을 버리고 이십대 젊은 아가씨와 산다면 죄인은 젊은 아가씨이고 가장은 불쌍한 희생자일 뿐이라는 의견은, 서로 하나의 실마리로 연결되어 있다.

마리루이제 플라이서가 아그네스 베르나워에 대한 희곡을 쓰지 않아 유감이다. 왜냐하면 그녀는 아그네스 베르나워의 입장에서 희곡을 썼을 것이기 때문이다. 그 대신 1851년 프리드리히 헤벨이 훌륭한 시적 능력을 발휘해 비극을 썼다. 헤벨은 맑고 아름다운 여인을 찬양해 마지않았다. 아그네스는 『파우스트』의 마르가르테처럼 기독교 신앙의 교리들을 알고 있고 포도주가 크리스털 잔을 통해 비치듯 포도주를 마실 때 그녀의 목에서 포도주가 비칠 거라고 생각했다. "오직 아름답고 정직하다는 이유 때문에" 아그네스는 죽어야 했다. 세상의 질서가 무너지고 주님이 괭이가 아닌 낫을 든 채 정당한 이유도 없이 심술궂게 내리칠 때 "이젠 죄가 있느냐 없느냐의 문제가 아니라 원인과 결과의 문제"이기 때문에, 달리 말해 혼란의 원인을 제거하는 것만이 중요했기 때문이다. 헤벨은 국가이성의 파토스에 열광한다. 개인의 위엄과 순수함은 에른스트 공작과 헤벨처럼 전체의 입장에 서 있는 사람의 숭고한 신성함을 증폭시키는 데 이용될 뿐, 전체는 늘 정당화된다. 희생되는 개인이 순수하고 찬탄할 만한 대상일수록, 전체는 더욱 그렇게 되는 것 같다.

시는 이 희생을 찬양한다. 이 역시 자기희생이기도 하다. 시는 본래 개인에 대하여, 희생자에 대하여, 아그네스 베르나워에 대하여 애정 어린 연민을 보이는데 이를 억압당하니 말이다. 아그네스가 죽고 나서 에른스트 공작은 "거대한 바퀴가 그녀 위로 지나갔다"라고 말했다. "이제 그녀는 그녀를 맴돌던 남자 옆에 있다." 주관의 소멸, 주관의 자기소멸을 찬양하는 객관의 파토스가 의심스럽듯, 개인의 희생을 찬양하는 것 역시 의심스럽다. 전체를 과장하는 모든 것은 안티콰리우스의 속물적인 저속함을 숭고하게 위장하고 있다. 잔인한 말을 마구 내지르면서 한 사회의 집단적 요구와 사회 구성원들의 개인적 요구 사이의 관계를 패러디하는 객관의 수사학이 있다. 지나치도록 불필요하게 전체를 옹호하는 사람들이 "대패질할 때 톱밥이 떨어진다"라는 헤겔의 말을 흥분된 어조로 되풀이하는 것은, 헤겔의 사고를, 정치·사회 현실을 과장됨 없이 책임감 있게 고려하는 모든 사고를 우스꽝스럽게 과장한 것이다.

헤벨은 그런 '폭력'은 '법의 폭력'이라고 확신한다. 사실 전체를 옹호하는 사람은 역사에 남을 뭔가를 항상 생각하며, 자신이 역사나 일반 대중의 이익을 대표한다고 믿는다. 하지만 예를 들어 그 반대가 오히려 진실일 수 있다. 비극에서 말했던 대로, 알베르트와 아그네스의 결혼이 바이에른 공국을 약화시킬 위험이 있었고, 곰들이 먹이를 놓고 다투는 동안 독수리가 먹이를 낚아채가듯, 황제가 이런 위기 상황을 이용하여 영주들을 누르고 자신의 중앙집권제를 강화할 수도 있다. 그러나 역사, 전체는 영주들의 자주독립보다 오히려 제국의 승리를 원했을지 모른다. 에른스트 공작이 개인적인 야망을 대표하고, 아그네스 베르나워의 결혼이 전체를 위협하는 것이 아니라 오히려 전체를 대표하는 것이었을 수도 있다. 아그네스는 그 당시 세계정신을 구현하는 사람이었을지 모른다.

세계정신의 법적 대리인 명단은 없어도 그 타이틀을 불법 남용한 사람들의 혼란은 끝이 없다. 시대에 발맞추어 걸어가고 시대의 행렬에 끼고자 하는 갈망은, 모든 선택과 충돌 혹은 자유로부터 벗어나려는 퇴보적인 동경이다. 자율적으로 선택하고 행동할 수 없기 때문에 자신들은 죄가 없다고 확신하며 결백을 주장한다. 헤벨의 비극에서 시는 이런 착각, 이런 책무 거부의 신호다. 비극에서 아그네스만 결백한 게 아니라 그녀를 죽게 한 사람 역시 결백하다. "마치 꿈을 꾸듯 반드시 해야만 하는 것들이 있다. 예를 들어 이것이 그렇다." 에른스트 공작은 자신의 범죄에 대해 이렇게 말했다.

그릴파르처 역시 국가이성에 대한 희곡 『톨레도의 유대 여인』을 썼다. 그 희곡에서 스페인의 대공들은 카스틸리아 왕의 정부인 아름다운 악녀 라헬을 죽이기로 결정한다. 라헬은 카스틸리아 왕을 무기력한 사랑의 노예로 만들어 왕국을 마비시켰다. 왕국은 적들의 공격, 전쟁으로 파괴되고 황폐해졌다. 그러나 그릴파르처는 막스 베버가 말했듯 확신의 윤리와 책임의 윤리를 대립시키면서 두 논리 모두 옳음을 보여주었고 그중 어느 하나를 희생시키지 않았다. 오히려 두 윤리의 충돌이 해소될 수 없는 비극적인 문제이기에 굳이 화해시키려 하지 않았다. 라헬을 죽인 스페인 대공들은 "선을 행했지만 정의를 행한 것은 아니었다." 그들은 국가를 위해 자신들의 의무를 다했다고 생각했지만, 그 결말이 그들의 범죄를 경감시켜주고 일반 계율을 어긴 것을 정당화해줄 것이라고 생각하지는 않았다. 그들은 자신들이 범죄자요 살인자라고 생각했고, 머나먼 불가사의의 신에게 용서를 빌었다.

그들이 자신들의 행동에 대해 생각했던 것처럼, 사건의 필요성이 그 사건을 정당화하고 결백을 인정하는 것은 아니다. 오스트리아인 그릴파르처에게 보편적 역사는 독일사람 헤벨의 경우처럼 보편적 심판이 아니었다. 세상에 대한 윤리적 심판은 이 세상에서 단순히 일어나는 일과 같은 게 아니다. 사건들은 가치와 일치하지 않으며, 마땅히 있어야 하는 것과 일치하지 않는다. 현실과 합리성을 동일시하는 헤겔식의 사고에 맞서 오스트리아 문화는 또다른 방법을 제시한다. 상황은 늘 예상과 달리 전개될 수 있으며, 역사도 가정에 따라 달리 변할 수 있다는 것이다. 그릴파르처의 희곡들에서 군주는 빠져 있거나 시대에 뒤처져 있다. 엄밀히 말해 군주는 없고 있다 하더라도 불완전한 모습으로 그려진다.

이것이 오스트리아의 교훈이다. 슈트라우빙에서 오페라 〈마술피리〉의 대본작가, 빈의 동화 같은 대중 희극을 만든 시인 시카네더가 태어났다. 그는 모든 현실을 요리조리 해체해서 가능성 있는 또다른 숨은 현실로 창작해내고 객관의 파토스에, 아그네스 베르나워 위를 지나갔던 거대한 바퀴에, 파파게노와 파파게나의 떨리는 음을 대립시켰다. 파파게노와 파파게나의 노래에 차라스트로도 이제 그만 그들의 사랑과 무분별한 행동을 포기하라고는 요구할 수 없었을 것이다.

25. 수도원에 있던 아이히만

보겐베르크에선 매년 성령 강림절에 행렬이 벌어진다. 시민들이 13미터 높이의 양초 두 개를 돌아가며 어깨에 짊어지고 홀츠키르헨부터 보겐까지 65킬로미터를 걸어간다. 순례자들은 바이에른의 숲—좀더 멀리 가면 보헤미아 산림지대가 나온다—, 아달베르트 슈티프터의 숲, 오랜 세월 평온했고 계절이 바뀌듯 세대가 바뀌며 사람들이 살아온 경건한 곳을 지나간다. 나무를 벌목할 때, 바이에른의 산림관리원들은 잠깐 모자를 벗고 사후에 자신들이 편히 쉴 수 있게 해달라고 신에게 기도한다. 나무에 대한 종교심이 있는 것이다. 꽃을 피웠다 늙는 나무를 형제처럼 느낀다. 살아 있는 피조물이라면 구원에서 배제되지 않으며 영원에서 삭제되지 않는다. 싱어의 주인공들처럼 우리는 죽어가는 나비와 떨어지는 낙엽을 위해 장례기도, 카디시Kaddisch를 읊조려야 한다.

바이에른 숲에는 예언자들, 1800년경 빈트베르크 수도원에서 일하며 세상의 종말과 새로운 세상의 탄생을 예언했던 '뮐히아슬' 같은 '숲의 예언자들Waldpropheten'이 있었다. 그런데 1934년 아돌프 아이히만이 수도원에서 일주일 동안 정신적 칩거를 했다. 수도원 방명록에 아이히만이 직접 쓴 말들, 즉 그를 받아주고 친절히 대해준 것에 대한 감사 인사, 인상 깊었던 경험과 감동적인 인연의 끈에 대한 말이 아직도 남아 있다고 트로스트가 말했다. "믿음에는 믿음으로"라고 아이히만은 1934년 5월 7일 수도원 책에 썼다. 대학살 전문가는 명상, 정신집중, 숲의 평화를 사랑했다. 그리고 기도도 좋아했던 것 같다.

26. 필스호펜의 이중턱

모임을 찍은 사진들은 피둥피둥한 목덜미, 웃을 때마다 흔들리는 이중턱, 포도주를 채운 부대자루처럼 불룩한 배, 맥주에 젖어 시끄럽게 웃는 돼지 같은 얼굴들을 보여준다. 음주의 신 디오니소스가 어째서 맥주의 신이 아니라 포도주의 신이어야 하는지 알 것 같았다. 니더바이에른에 위치한 필스호펜에서 열린 재의 수요일 행사 모임은 몇백 년 전 가축시장 시절부터 내려온 전통적인 정치 모임이다. 한때 농촌 세계의 표현이었고 얼마 전 파사우의 니벨룽겐할레로 일부 옮겨온 이 민속축제에서는 독일 기독교사회동맹CSU이 득세했다. 독일기독교사회동맹 소속 프란츠 요제프 슈트라우스는 겉으로 봤을 때 당에서 급부상할 모든 자격을 갖추고 있었다. 땀나도록 열심히 뛰어다니는 넘치는 활력과 놀라운 정치감각은 그를 국제적 시야, 저속함, 에너지, 반동적인 대중선동 능력을 갖춘 지도자로 만들었다. 1957년까지 필스호펜에서 슈트라우스와 기독교사회동맹은, 바이에른당과 그 당의 혈기왕성한 지도자 요제프 바움가르트너만큼 지지를 얻지 못했다. 카를 아메리가 쓰기를, 바이에른당은 아직도 순전히 대중적이고 지방적이며 종교적인 이 전통에 뿌리박고 있었다. 바이에른당은 19세기 초 몬트겔라스 수상 시절에 득세한 계몽주의와 자유주의 세력을 대체해 100년 이상 필스호펜을 장악했다.

몬트겔라스는 진보와 이성을 앞세워 사회를 구속했던 정치기구, 관료조직이 이끄는 계몽주의 오스트리아를 만들었다. 계몽주의의 변증법 논리에 따라 바이에른의 행정기구는 현대화의 길로 나아가면서 개혁을 이루었고 민법 분야에서 괄목할 만한 성과를 거두었다. 하지만 그 완벽한 운영은 사회를 억압해 행정 톱니바퀴 안에 억지로 끼워넣은 셈이 되고 말았다.

몬트겔라스 반대파인 흑인·농부·성직자 들은 전통을 따르는 보수적 성향을 보였고 퇴보적인 인민주의를 주장했다. 그뿐만 아니라 그들은 때때로 민중이 진정으로 원하는 것들, 자유와 자치를, 역사에 의거한 각자의 고유한 취향존중권을 주장하기도 했다. 자코뱅당의 절대독재가 지워버리려고 하는 것을 정정당당히 거부해온 것이다.

진보를 주장하는 독재적 이성과 때로는 보수적이고 때로는 자유주의적인 일탈은 서로 오랫동안 충돌을 빚었다. 카를 아메리는 그가 사랑하는 바이에른의 이 인민이 사라지는 것을 보았고, 바이에른의 역사에서 이성과 일탈의 두 힘이 천천히 무자비하게 융합되어가는 걸 알았다. 두 힘이 길항작용을 일으켜 정권을 바꿔나갔다. 조금씩 기구는 자신에게 반대하는 인민주의적 요소들을 자신의 고유한 메커니즘 안에서 파괴하고 변형시켰으며, 계몽주의 이성 정권에 반기를 들었던 보수주의 민중의 열정을 그 무기고 안에 집어넣어버렸다. 인민 세력은 이제 더이상 아래로부터의 저항이 아니라 오히려 정권의 중심에서 이의를 제기하게 됐다.

기독교사회동맹은 이런 완벽한 전체주의를 실현했다. 전체주의는 관료기구의 상징이며 민중의 내면에 숨어 있는 속성의 상징이다. 그래서 기독교사회동맹이 바이에른을 확실하게 통치하게 된 것이다. 기독교사회동맹을 배제한 채 연정을 펼치며 3년 동안 바이에른을 통치했던 바움가르트너의 바이에른당은, 아직도 바이에른만을 생각하는 정책을 펼쳤고, 오랜 속성상 미덕과 악습을 모두 갖고 있는 인민의 목소리를 대변했다. 연정은 1957년 와해되었고 조금씩 의심스러운 움직임이 진행되며 바움가르트너를 정치 무대에서 제거했다. 그때부터 기독교사회동맹은 바이에른의 유일한 정치세력이 되었다. 그에 따라 교회도 약해졌다. 기독교사회동맹은 반목하는 두 전통을 뿌리째 뽑아내어 자신 안에 융화시키고 하나로 통합된 정권을 이루었다. 필스호펜은 이렇게 해서 세계의 평준화, 글로벌 통합을 보여주는 작은 거울이 되었다. 즉 서양 사회에서 어떻게 계몽주의와 민중적 낭만주의, 합리화와 비합리성, 냉혹한 조직화와 무작위적인 탈조직화, 대량생산과 위반의 증식을 하나의 지배 메커니즘 안에서 통일시키는가를 보여주는 작은 거울이 되었다.

27. 도시 파사우에서

"파사우에서는 / 주교가 다스린다." 『니벨룽겐의 노래』 21장에 나온 말이다. 위대한 독일 서사시에 언급된 이 주교는 바로 필그림으로,

부르군트족과 크림힐트의 숙부로 묘사된다. 그러나 파사우의 역사는 위풍당당한 주교의 권세에 휘둘렸다. 6세기부터 지금까지 수없는 찬가가 이름이 세 개고 강이 셋인 "화려하고 번성한" 도시, "아름답고 장엄한" 바이에른의 베네치아를, 파사우의 영광과 아름다움을 찬미했다. 파사우 교구는 한때 오스트리아와 헝가리까지 확대되었고, 파사우 주교들은 판노니아와 아퀼레이아 교구들을 다스렸다. 파사우는 신성로마제국의 자유로운 도시였고 특히 1803년까지 대공 주교가 거주했다. 주교가 살던 오버하우스 요새는 언덕 꼭대기에서 시민들과 시청을 눈 아래 두고 대포로 위협하며 종교적 헌신이 따르는 질서, 성직자의 권위, 바로크의 화려함, 견고한 고전 연구, 다정다감한 육체적 쾌락을 수호했다.

켈트족, 로마인, 바이에른 사람들이 살던 옛 보조두럼 혹은 바타비스(현 파사우 시)는 바이에른의 중심지이지만, 1803년에 바이에른 주에 합병되어 외세에 점령당한 것처럼 느껴지게 됐다. 때로 유럽의 수도가 되기도 했던 파사우의 천년에 걸친 다양한 역사는 이 도시 사람들에게 강한 자부심을 느끼게 했다. 나중에 교황 비오 2세가 된 에네아 실비오 피콜로미니는 로마에서 교황이 되기보다 파사우에서 성당 참사회 회원이 되기가 더 어려웠다고 말했다.

니벨룽겐의 비극적인 영웅 서사시와 연관이 있음에도 불구하고, 대공 주교의 세 군부대가 위대한 군사 전통을 만든 것 같지는 않다. 1703년 바이에른군에 포위되자 도시 수비대를 이끌던 오스트리아 장군이 시민들에게 맞서 싸워달라고 부탁했지만 시민들은 열이 심해 싸울 힘이 없다고 핑계를 댔다. 1741년 미누치 백작은 도시를 큰 피해 없이 손쉽게 정복했다고 바이에른 선제후에게 알렸다. 여행자들과 연대기 작가들은 음악·미사·초콜릿·사탕·여자에게 환심을 사기 위한 짓galenterie을 즐긴 성직자들의 즐거운 삶, 수많은 맥줏집, 아가씨들의 상냥함을 증언했다. 1834년 카를 율리우스 베버는 여기서 "간편하게 하룻밤 섹스를 즐기려는 사람들"*을 위해 일부러 다뉴브 강의 요정 나이아스들이 만들어졌다고 썼다. 바이에른의 루트비히 1세가 그리스 문화를 너무 좋아한 나머지 해방을 이룬 신생 그리스 왕좌에 자신의 아들 오토를 올려놓고 바이에른 관료제를 펼치고자 했을 때, 파사우 출신 루트하르트 장관은 고향에서 배를 타고 아테네로 향하면서 빼먹지 않고 가져온 고향 맥주를 마셨고 한스 외르글이 리제를을 따라가며 불렀던 바이에른 노래들을 불렀다. 그리스에서 실시한 바이에른 관료제는 곧 아테네에 큰 맥주공장과 맥줏집들을 들어서게 했다. 장관 집무실의 기밀문서계 폰 바스틀후버가 말했듯 맥주공장과 맥줏집들은 "아테네를 뮌헨 근교로" 바꿔버렸다.

파사우 맥주는 줄곧 중요한 역할을 했다. 인생을 포기하고 비극적 자살을 택한 내성적이고 음울했던 작가 슈티프터는, 파사우 맥주를 여러 번 극찬했고 친구 프란츠 X 로젠베르거에게 자신을 위해 파사우 맥주 25리터와 아내를 위해 25리터, 합해서 50리터를 보내달라고 부탁한 적도 있다. 작가 에른스트 폰 살로몬과 헤르베르트 아흐테른부슈는, 각각 무정부주의적 파시스트 시각과 충동적인 혁명주의자의 냉소적 시각에서, 어떻게 이 가톨릭에 가까운 에피쿠로스 소사회가 제3제국 시대와 그 붕괴를 경험했는지를 우스꽝스럽게 풍자했다.

파사우는 세 강—즉 다뉴브 강, 푸른 물의 인 강, 물이 검고 진주가 있는 일츠 강—이 합류하는 지점에 있어, 도시·강변·강둑이 물 위에 떠서 전체가 물과 함께 흘러가는 도시 같다. 하늘은 수레국화처럼 파랗고, 강과 언덕의 빛이 웅장한 건물들과 성당들의 황금빛

* amant parabilem venerem facilemque. 호라티우스 『풍자시』 1권 2장 119절에 나오는 말.

살색 대리석과 장엄하고 환하게 뒤섞인다. 하얀 눈, 숲의 향기, 시원한 물이 건물들의 종교적이고 귀족적인 장엄함에 섬세하고 향수 어린 은은함을 더해준다. 아치와 회랑들 아래로 구불구불 뻗어 있는 길들과 둥그렇게 닫혀 있는 돔 지붕들의 선이 먼 과거의 후광을 발하며 활짝 열린다.

파사우에서는 둥근 모양, 곡선, 구가 두드러진다. 주교 모자로 덮여 잘 보호받고 있는 공처럼 닫혀 있는 유한한 천체. 파사우의 아름다움은 귀부인이 보여주는 아름다움 그것이며, 완결된 것이 주는 편안하게 감싸주는 매력에 있다. 그러나 돔 지붕의 곡선은 어머니 품 같은 강변의 곡선으로 점차 바뀌고, 흘러가며 와해되는 물결의 곡선으로 변한다. 붙잡을 수 없게 찰랑찰랑 흘러가는 강물의 성질은, 황혼녘 하늘의 성채처럼 비현실적이며 신비롭고 멀게만 느껴지는 건물들과 성당들의 호화로움을 경쾌하고 가볍게 해준다.

파사우는 물의 도시이며, 돔 지붕의 바로크적 위엄은 이 덧없음, 흘러가며 물빛이 변하는 강물과 만물에서 피어난다. 흘러가며 변하는 것은 진정 바로크의 은밀한 영감이다. 강물들의 합류는, 남쪽 바다의 자유를 꿈꾸게 하며 삶과 갈망들의 흐름에 몸을 내맡기게 한다. 깔끔한 선을 가진 외관, 대문 장식이나 광장 조각상들은 물거품에서 저절로 올라온 듯한 비너스와 물의 요정 나이아스들을 연상시키며, 물줄기를 뿜는 분수 형상들처럼 물과 하나가 되는 듯하다.

파사우에서 여행자는 흘러가는 강물이 바다를 갈망하고 바다의 행복을 그리워한다고 느낀다. 그 삶의 충만감, 엔돌핀과 혈압의 선물, 혹은 뇌에서 은밀히 분비되는 몇 가지 호르몬의 선물을, 나는 파사우의 골목이나 강변에서 실제로 느꼈다. 아니면 지금 성 마르코 카페 테이블에서 그 느낌을 묘사하려고 하기 때문에 그것을 느꼈다고 생각하는 것일까? 종이에 느낌을 적는 경우 행복을 가장하며 창작하게 되는 듯하다. 사실 글쓰기는 극도의 고적감, 실존과 무, 삶이 공허할 뿐인 순간들, 상실, 공포를 진정으로 표현할 수 없을지도 모른다. 그런 감정을 쓰려는 사실만으로도, 어떤 식으로든 그 공허감은 다시 채워져 그것에 형태를 주며 공포와 대화할 수 있게 해주고, 그래서 조금이나마 의기양양하게 해준다. 비극을 그린 훌륭한 글들이 존재하지만, 죽어가는 사람이나 죽고 싶은 사람에게 이 글들은 죽음의 순간 혹은 죽음을 갈망하는 순간에 느껴지는 이 찰나의 고통에는 끔찍이도 맞지 않는 너무나 사치스러운 소리로 들릴 것이다.

절대적 상실감은 말해질 수 없다. 문학은 그것에 대해 이야기하고, 어떤 식으로든 이를 쫓아내거나 극복하거나 다른 것으로 변화시키며, 없앨 수도 없고 다가가기도 어려운 자신의 이질성을 유통화폐로 바꿔준다. 여행하면서 어떤 길로 가야 할지 몰라 망설이던 여행자는 자신의 메모를 다시 읽다가 좀더 행복하고 편안해진 자신, 특히 여행중에 자신이 생각했던 것보다 더 단호하고 확고해진 자신을 발견하고는 약간 놀란다. 여행자는 그를 괴롭히던 문제들에 분명하고 명확한 대답을 찾아냈다는 걸 발견하고, 언젠가 그 대답이 옳았노라 믿게 되길 희망한다.

이런 식으로 우리는 우리에게 위안을 주는 문학으로 들어간다. 문학 안에서 모든 것은, 파사우의 문들과 광장들처럼 더 사랑스럽고 편안해진다. 여행자는 자신의 혈관이 만들어내는 단조로운 맥박으로부터 관심을 돌려 누렘베르크의 그 수완 좋은 젊은 상인을 닮게 된다. 1842년 파사우에서 다정한 편지들을 써 보낸 그 젊은 상인은 거기에서 포도주·도서관·상점·상업, 그리고 아름다운 테레지아를 찬미했다. 편지에서 그는 점심식사 때 테레지아 옆에 앉지 못한 대신 그녀의 숙모, 그러니까 인상적인 보닛 모자로 눈길을 끌던 노부인 옆에 앉게 된 걸 개탄했다. 그 노부인은 전채요리에서 시작해 디저트가 나올 때까지 자신의 지병·권태·질병, 그리고 주치의 게르하르딩거가 처방한 약 이야기만 늘어놓고 있었던 것이다.

28. 크림힐트와 구드룬 혹은 두 가문

시청 홀 기둥에 19세기 뮌헨파 역사화가 페르디난트 바그너가 그린 그림은 크림힐트의 모습을 보여준다. 크림힐트가 숙부인 주교 필그림과 함께 파울루스토르를 지나 파사우로 들어가 시민들의 환영을 받고, 시민들은 그녀에게 선물과 존경을 바치는 모습이다. 그림에서 『니벨룽겐의 노래』의 어두운 본질이 연상되지는 않는다. 그 대신 19세기 후반 신화를 재탄생시킨 훌륭한 무대예술이나 프리츠 랑의 영화 〈니벨룽겐의 노래〉의 무대 세트가 떠오른다. 페르디난트 바그너가 그린 장면은 크림힐트가 판노니아에 도착해서 그녀의 복수 계획 첫 단계인 아틸라와의 결혼식에 가는 장면이다.

시에서 아주 훌륭하게 설명된 크림힐트의 복수는 가문의 에토스를 보여주는데, 이 에토스는 신화에서 나타나는 북유럽 전통과는 순전히 다르다. 『니벨룽겐의 노래』에서 숲에서 배신당해 살해된 빛나는 영웅 지크프리트는 사실 아내 크림힐트로부터 보복당한 것이다. 크림힐트는 강력한 훈족 왕 아틸라와 두번째 결혼을 하는데, 아틸라의 대군으로 지크프리트를 죽인 살인자들과 부르군트 영주들, 자신의 형제를 무너뜨리기 위해서였다. 『에다』(대략 9세기와 12세기 사이에 지어진 노르웨이 혹은 아이슬란드 시집)에 채집된 니벨룽겐 신화의 북유럽 버전에서도, 시군드르라는 이름으로 불리는 영웅을 살해한 자들을 죽이는 건 아틸라의 군대다. 『에다』에서도 아틸라는 영웅의 아내 구드룬과 결혼한다. 그녀는 영웅을 죽게 한 영주들의 누이였다. 두 경우 모두, 용을 물리치고 빛과 봄의 힘을 상징하는 신화 속 영웅을 찬양한 뒤, 영웅을 죽인 사람들의 영예와 용맹함을, 그들이 밀려오는 훈족에게 용맹하게 맞섰고 그 결과는 불가피했음을 두둔한다. 작가 혹은 작가들은 뻔히 패배할 걸 알면서도 운명에 도전했던 게르만인들의 용맹을 노래한다. 이로써 시들은 야만족의 이동 시기에 훈족이 부르군트 왕국을 멸망시킨 것을 이런 식으로 변형시켰다.

그러나 두 버전 사이에 크나큰 차이가 있다. 『니벨룽겐의 노래』에서 크림힐트는 사랑하는 남자의 복수를 하고자 자신의 형제를 죽게 했고 그들이 한 명씩 쓰러질 때까지 평화를 찾지 못했다. 반면 『에다』에서 구드룬 역시 시군드르를 사랑했고 그가 죽자 슬퍼했지만, 독일 시에서 그랬던 것처럼 그녀 자신이 형제들을 죽일 함정을 판 게 아니라 오히려 아틸라가 판 함정을 자기 형제들이 피할 수 있도록 애썼다. 구드룬은 남편을 죽인 형제들에게 복수하는 대신 그녀의 형제를 학살한 아틸라와 훈족에게 복수했다.

『니벨룽겐의 노래』에서는 사랑, 자유로운 선택에 기초한 부부 관계, 마음이 기우는 쪽, 결연히 선택한 충성을 중시한다. 『에다』에서는 가문의 에토스, 숙명적인 충성, 모든 개인적 감정을 떠나 운명적으로 단단히 묶여 있기 때문에 선택 불가능한 혈연의 끈이 지배한다. 사랑은 왔다가 지나갈 수 있고, 결혼은 깨질 수 있다. 형제라는 것은, 이목구비나 머리카락 색깔처럼 서사적이고 객관적인 사실이다.

어떤 이가 가족사에서 아들이나 형제로 자리하는 것과 배우자나 아버지로 자리매김해 가문을 만드는가 하는 이슈 사이에는, 사생활에서처럼 문화사에서도 종종 긴장과 대립이 있다. 물론 『에다』에서는 전자가 우세하다. 강철 언어는 자유가 아닌 필연을 중요시한다. 『에다』의 세계에는 냉혹한 사건과 대상, 물푸레나무가 검은 딸기나무를 덮고 올라오듯 전쟁에서 다른 용사를 무찔러야 하는 용사, 잿빛 하늘

밑을 달리는 말들, 야만인의 보석인 붉은 금이 있을 뿐이다. 보르헤스를 그토록 매혹시킨 이 세계, 있는 그대로의 바꿀 수 없는 것들의 세계, 이 세계에서 심판은 검 혹은 사건 발생에 따르며, 죽는다는 것은 운명이 준 시간이 다 됐음을 확정하는 것을 의미한다.

마치 하나의 합창처럼, 문학은 일반적으로 개개인을 포용하는 출신 가문의 서사적 전체성에 더 관심을 기울인다. 『전쟁과 평화』의 로스토프 가문 사람들은 조화롭고 통일된 분위기를 느끼게 한다. 부덴브로크 가문 사람들에게 회사의 명예로운 상징에 대한 집단적인 충성은, 외국인 아내 제다의 신비스러운 눈이 주는 매력보다 강하고 청년 모르텐을 좋아하는 아름다운 토니의 사랑보다 강하다. 『백년의 고독』의 부엔디아 가문의 구성원들은 만리장성의 돌들 같다.

사회 변화가 가부장제의 끈을 끊어버리고 가문의 단결을 느슨하게 했어도, 영웅 전설의 단단한 결속력을 그리워하는 우리의 마음까지 없애진 못했다. 시는 종종 유서 깊은 가문의 고통스러운 억압들을 고발했지만, 가문이 갖는 통일성에 매료되어 그 매력에 자주 경의를 표하기도 했다.

또하나의 가문, 즉 만들어나가는 가문은, 험난하고 예측할 수 없으며 고난과 유혹이 많고 몰락과 귀환이 있는 오디세이아다. 이런 위험천만한 의식적이고 열정적인 가문은 적절하게 시로 표현되지 못했다. 어쩌면 우리는 의식이 환상을 깰까 두려워하며 어린 시절로 도피하길 더 원하기 때문인지도 모른다.

세계문학에는 부덴브로크가 사람들이나 부엔디아가 사람들 같은 많은 가문이 있다. 그러나 호메로스가 헥토르, 안드로마케, 아스티아낙스를 그려냈던 이미지 같은 것은 적다. 위대함이 뭔지 아는 삶, 부부의 정과 부성애를 중심으로 돌아가고 아버지의 투구에 깊은 인상을 받은 아스티아낙스와 자신보다 아들이 더 높이 올라가기를 원했던 아버지의 희망을 중심으로 돌아가는 삶, 그런 삶을 그려내지는 못했다.

훌륭한 시는 뜨거운 사랑의 열정을 노래할 줄 안다. 하지만 자식에 대한 형언하기 어려운 사랑, 아주 고통스럽고 깊으며 아주 끔찍하고 절대적인 그 사랑을 표현하자면 정말 위대한 시가 필요하다.

호메로스가 표현한 원숙함은, 세상을 모른 채 자신의 빈약한 내면 세계에 갇혀 있는 가정주부의 초라한 목가와는 완전히 다른 것이다. 안드로마케와 아스티아낙스에 대한 사랑은 헥토르를, 모두를 위해 위험을 감수하는 영웅으로, 우정과 형제애, 효도를 다하고 다른 이들을 배려할 줄 아는 영웅으로 만들었다. 오늘날에는 싱어가 대가족을 특별히 중요하게 여긴 유대 문학의 교훈에 따라 세계의 연극으로 결혼의 신비를 표현했다. 이디시어 문학의 고전 작가 숄렘 알레이헴은 그의 코믹한 유랑 이야기들에서, 우유배달원 테비에처럼 아버지로 살아가며 아주 뜨겁고 강한 부성애를 보이는 인물들의 유머 전체와 깊이를 그려냈다.

결혼과 가정생활을 그린 가장 위대한 동시대 시인은 아마 카프카일 것이다. 카프카는 스스로 그 모험을 감행할 수 없다고 느꼈고 그것의 버거움과 불행을 모르지 않았다. 하지만 카프카는 그를 가로막는 현실, 부러워하면서도 그 자신이 모든 연대관계와 권력에서 도망쳐나오기 위해 빠져나와야 했던 그 현실의 크기를 너무나 강하게 인식했다. 카프카 작품의 인물 대부분은, 그의 몇몇 소설에 등장하는 나태하고 불쾌한 독신남들, 셋방에 살면서 유목민들이 사막을 지나다니듯 어두침침한 층계참을 지나다니는 사람들은, 카프카와 그의 고독과 닮았다. 그들이 완전히 넘어가지 못하고 안에서 맴돌던 그 빈 공간은 카프카가 아버지의 집으로부터, 가정이라는 '하나의 유기체'로부터, 아내가 될 수 없었던 약혼녀 펠리체에게 직접 썼듯이 그를 부당하게 휘감고 있는 '출신이라는 형태 없는 죽'으로부터 멀어지기 위해 건너야 했을 공간이기도 하다.

29. '아름답고 푸른 인 강' 아닐까?

파사우에서 세 강이 합류한다. 작은 일츠 강과 큰 인 강이 다뉴브 강으로 흘러들어간다. 그러나 그들 세 강이 합류해서 만드는 강, 흑해로 흘러들어가는 강이 왜 다뉴브 강으로 불려야 하는 것일까? 200년 전 야코프 쇼이처는 『헬베티아의 수로학』 30쪽에서, 그가 보기에 파사우에서는 인 강이 다뉴브 강보다 더 넓고 수량이 풍부하고 더 깊으며, 길이도 더 길다고 말했다. 두 강의 폭과 깊이를 측정했던 메츠거 박사와 프로이스만 박사는 쇼이처의 말이 옳다는 걸 증명했다. 그렇다면 다뉴브 강은 인 강의 지류이고, 요한 슈트라우스는 '아름답고 푸른 인 강' 왈츠를 작곡했어야 그 푸른색이 더 타당해지지 않았을까? 나는 다뉴브 강에 대한 책을 쓰기로 결정한 이상 결단코 이 이론을 받아들일 수 없다. 마치 가톨릭 대학 신학교수가 자신의 학문 대상인 신의 존재를 부정할 수 없는 것과 매한가지다.

다행히 지각론이라는 학문이 내게 도움이 됐다. 이 학문에 따르면, 두 강물이 만나 섞일 경우 합류 지점에서 흐르는 각도가 더 큰 강을 원류로 본다. 눈은 각도가 더 큰 강이 연속적으로 연결된다고 지각(설정?)하고 나머지 다른 강을 지류로 지각한다. 그렇다고 그 학문에 의지해서 파사우에서 합류하는 세 강을 관찰하고 어느 강이 각도가 더 큰지 확인하는 작업을 굳이 하지는 않겠다. 왜냐하면 눈이 한 지점을 너무 오랫동안 뚫어져라 바라다보고 있으면 형체가 흐려지고 두 개로 보이면서 명확히 지각하지 못하며, 다뉴브 강의 여행자에게 나쁜 인상을 불러일으킬 위험이 있기 때문이다.

분명한 것은, 강은 그 강을 따라가는 사람처럼 하류로 흘러간다는 사실이다. 흘러와 섞이는 물이 어디서 왔는지 밝히는 것은 중요하지 않다. 어떤 가계도 100퍼센트 순수 혈통을 보장하지 못한다. 우리의 뇌로 흘러들어오는 수많은 이질적인 것은 일일이 분명한 출생증명서를 보여줄 수 없다. 그러므로 강이 어디서 왔으며 진짜 이름이 인 강인지 아니면 다뉴브 강인지 혹은 어떤 다른 강인지 알 수 없다. 그러나 어디로 가며 어떻게 끝날지는 안다.

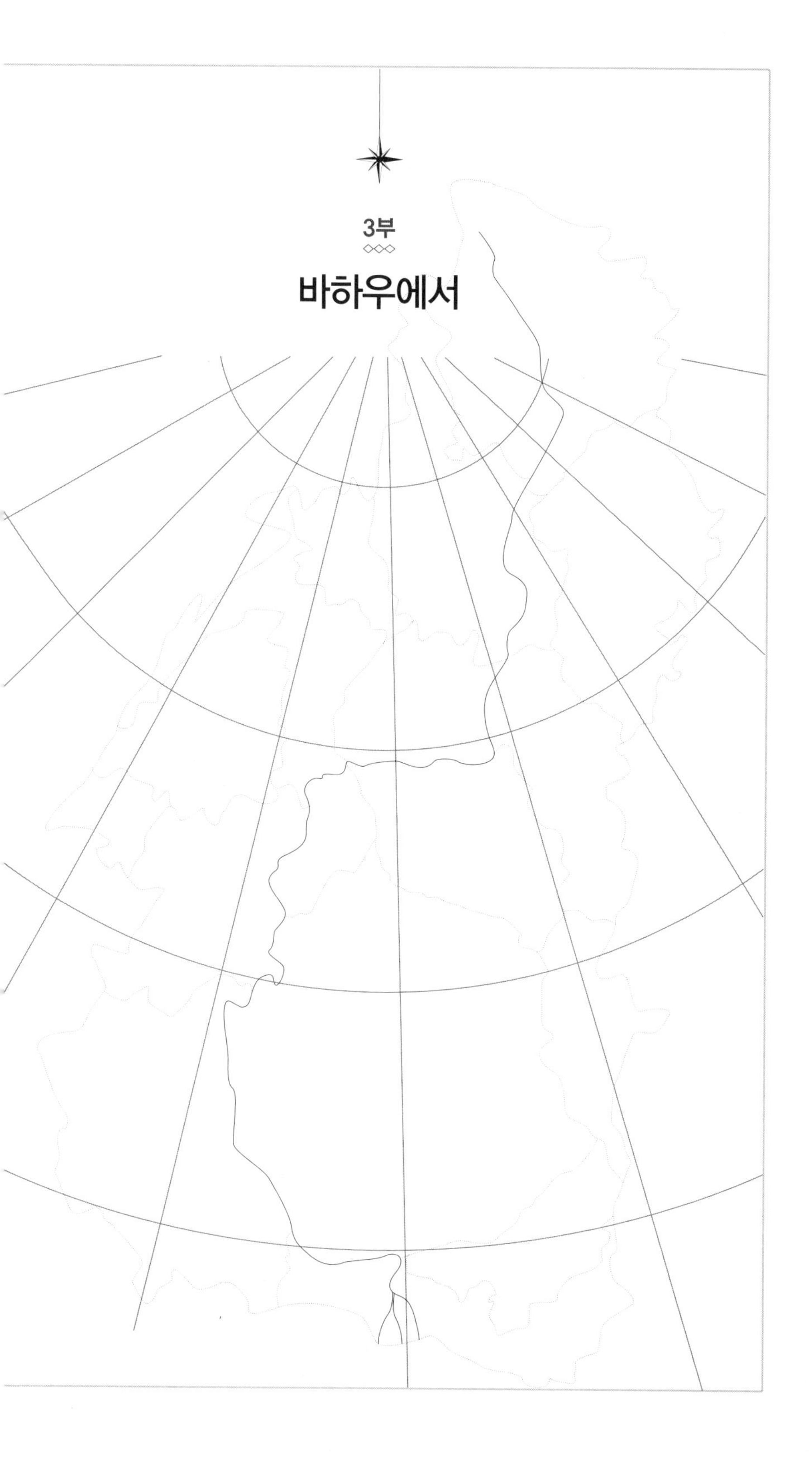
3부
바하우에서

1. 린츠에서의 부고

창문들은 다뉴브 강 쪽으로 나 있고, 밖으로 큰 강과 그 위로 솟아 있는 언덕들, 성당의 둥근 돔 지붕들과 숲이 만들어내는 풍경이 내다 보인다. 하늘은 차갑고, 군데군데 눈이 쌓인 겨울에 언덕과 강이 그리는 부드러운 곡선은 형체와 무게를 잃어버리고 소묘의 가벼운 선, 고상한 문양의 우수가 되는 듯하다. 오버외스터라이히 주의 주도 린츠는 히틀러가 다른 어떤 도시보다 사랑했던 도시다. 히틀러는 린츠를 다뉴브 강에서 가장 웅장한 대도시로 변모시키고자 했다. 제3제국의 건축가 알베르트 슈페어는 파라오 같은 거대한 건축물들을 설계했지만 실현시키지 못했다. 카네티가 썼듯, 히틀러는 이전의 다른 인공물들이 이미 이룬 크기를 넘어서고자 하는 과열된 욕망과 모든 기록을 깨고자 하는 투지 어린 집착을 보였다.

주州라는 뜻의 프로빈츠Provinz와 함께 저속한 시구의 각운처럼 늘 끝나는 조용한 도시 린츠Linz는 현재 오스트리아의 산업 중심지이며,

젊은이들의 신경증 비율이 다소 높은 곳이고, 몇 년 전 조사에 따르면 주민들이 자신들의 도시 사법제도를 특히나 못 미더워하는 곳이다. 18세기의 영국 여행자들을 놀라게 했던 린츠 사람들의 종교적 헌신은 사그라지지 않은 듯하다. 린츠 중앙광장에 있는 삼위일체 기둥, 즉 페스트 소멸을 기념하고 삼라만상의 위엄을 찬양하고자 중부유럽의 모든 광장에 세워진 그런 기둥들 가운데 하나 앞에서, 눈 덮인 차가운 저녁나절 한 무리의 사람들이 큰 소리로 기도하고 있다. 호전적인 교구 신문은 슈타이어마르크 주의 공장에서 해고된 노동자들과의 연대를 촉구하고, 기업가들과 논쟁을 펼쳤으며, 인종차별 정책 때문에 남아프리카공화국 정부에 항의하고 남아프리카공화국 대사관에 전화를 퍼부어 체포된 흑인 사제 스망갈리소 므캇츠와의 석방을 요구했다.

히틀러 총통이 꿈꾸었고 건설하고자 했던 거대도시 린츠는 틀림없이 그의 노년 생활의 안식처, 그가 천년제국을 공고히 다지고 적당한 후계자에게 제국을 맡긴 다음 물러나 쉬고 싶었던 장소였을 것이다. 냉혹한 독재자가 대부분 그렇듯 수백만 명을 죽이고 완전히 한 민족 전체를 강제로 말살시키고 싶어했던 히틀러 역시, 자기 자신을 생각하며 감동하고 목가적인 환상에 젖던 감상적인 사람이었다. 린츠에서 그는 때때로 자신의 친한 벗에게 속마음을 털어놓곤 했는데, 권력에서 물러나 자신을 찾아오는 후계자들에게 조언이나 해주며 인자한 할아버지로 고작 살고 싶다고 했지만—그가 결코 허용하지 않겠노라 다짐한 그 자신의 실각을 가정하여 너스레를 떨면서—틀림없이 아무도 그를 찾아오지 않을지도 모른다고 말하기도 했다.

평온한 시절을 보냈던 린츠에서 잔인한 독재자는 일종의 어린 시절, 계획과 목적에서 자유로운 시절을 다시 찾고자 꿈꾸었다. 아마 그는 그 공허한 미래를 생각하며 향수에 젖었을 것이다. 그 미래에서 그는 이미 인생을 살아봤던 사람, 세계를 지배하고자 싸워봤고 승리해 봤던 사람, 누구도 좌절시키지 못할 자신의 꿈들을 이미 실현했던 사람의 안전감을 즐겼을 것이다. 그 미래를 상상할 때마다 그는 자신의 목적을 하루빨리 달성하고자 노심초사했을 것이고 그 목적을 이루지 못할까봐 두려움에 떨었을 것이다. 그는 시간이 빨리 지나가 자신이 이겼다는 확신을 한시바삐 가질 수 있길 갈망했다. 즉 그는 죽음을 열망했고 삶의 좌절과 기습을 피한 채 린츠에서 죽음과 비슷한 달콤한 안전감 속에서 살길 꿈꾸었다.

다뉴브 강 쪽으로 나 있는 (지금은 주소가 운터레 도나울렌데 6번지인) 이 집의 창문들이 그가 결코 배워본 적 없던 또다른 삶의 방식, 척도, 양식을 그에게 드러내줄 수도 있었을 것이다. 다뉴브 강 증기해운 회사가 소유했고 아직도 소유하고 있는 이 집에서, 19세기 가장 난해한 오스트리아 작가들 가운데 한 명인 아달베르트 슈티프터가 20년간 조용히 살다 비극적으로 죽었다. 그는 일상의 단순한 몸짓들을 개성 없이 평범하게 되풀이함으로써 삶의 혼란을 피하고자 했던 외로운 인물이었다.

1848년에서 1868년, 즉 사망할 때까지 슈티프터는 그 창문들을 통해 다뉴브 강, 오스트리아의 정겨운 풍경을 바라보곤 했다. 그에게 그 풍경은 자연이 된 역사의 시간, 바스러진 낙엽이나 나무들처럼 땅에 흡수돼버린 제국과 전통을 간직하고 있는 듯했다. 강한 색채나 두드러진 요소가 없는 익숙한 그 풍경은 그에게 있는 그대로의 것을 존중하고 소소한 사건들에 애정 어린 관심을 기울일 것을 가르쳤다. 삶은 큰 변혁이나 현란한 장면에서보다 소소한 사건들에서 더한층 삶의 본질이 드러나기도 한다. 그 풍경은 그에게 빈약한 개인적 야망과 열정을 자연, 세대, 역사의 위대한 객관적 법칙 아래에 내려놓으라고 가르쳤다.

그 방들에서 집필한 많은 소설, 특히 단편들에서, 슈티프터는 절제하고 한계를 받아들이는 비밀을 조용히 심도 있게 연구했다. 이는 개인으로 하여금 자신의 주관적인 야망을 초개인적인 가치 아래 내려놓고 마음을 열어 다른 이들과 어울리며 대화하게 하지만, 애정 어린 이 접근은 다른 이의 자율성을 인정하고 거리를 두고 싶은 욕구를 존중하는 신중한 것이어야 했다.

이 방어적인 파토스는 슈티프터의 예술에서 성과가 없지 않았다. 소설 『늦여름』에서 그는 주인공 하인리히의 힘겨운 성장 과정을 서술했다. 하인리히의 개성은, 한창 성장하고 발전해나가는 중에 따분한 세상으로부터 위협받고, 개인의 조화롭고 전체적인 '고전적' 발전을 방해하는 현대 현실세계의 객관적인 장애물들로부터 위협받는다. 하인리히가 성장하기 위해 지불한 대가는 세상을 부분적으로 거부하고, 따분하기 짝이 없는 무질서한 상황에 맞서 귀족적인 고독을 택한 것이다. 플로베르의 영웅들에게 따분한 세상은 이미 그들 마음에 들어와 있다고 쇼스케가 지적했다. 따분한 세상은 그들 앞에 적으로 등장하는 게 아니라, 슬그머니 들어와 그들 개성의 한 구조, 그들 존재의 방식, 그들의 천성이 되었다. 그래서 『감정교육』에서 프레데릭 모로의 절망은, 『늦여름』의 영웅 하인리히가 행한 의식 절차, 즉 세속적인 현대 세계와 거리를 두면 자신의 내면이 세속에 물들지 않을 거라 착각했던 것보다 훨씬 더 고통스럽고 강하다. 프레데릭 모로의 절망은 현재의 삶과 역사 안에서 그것이 부식하면서 생겨난 것들이기 때문이다. 플로베르가 우리의 초상을 그려냈다면, 슈티프터는 날카로운 모서리를 갈아내고 봉건적인 목가 안에서 분해시키려 했던 듯하다. 현실의 심연을 피하려는 열정적인 노력이 그의 다색 석판화에 생기를 불어넣긴 했지만 말이다.

예를 들어 유대인의 운명을 그린 비극적인 소설 『오바다』에서처럼,

슈티프터는 이런 심연, 운명의 혼란과 비합리성, 느닷없이 찾아오는 운명의 무분별한 공격을 모르지 않았다. 그는 비극 앞에 눈을 감지 않았지만 비극에 젖어 살길 거부했고, 특히 후기 낭만주의를 통해 유럽 문화에 파고든 비극적이고 열정적이며 비정상적인 것에 대한 숭배를 부정했다. 그의 소설에서는 우수, 포기, 고독이 느껴지지만 고독과 불행에 대한 숭배를 아주 완강히 비난했다. 『외로운 남자』에서 한 나이 많은 여인은 세상사 즐거운 게 없다고 말하는 청년에게, 이 말은 아주 부적절하며 그 무엇도 우리에게 기쁨을 주지 못한다는 말은 옳지 않다고 반박한다.

이런 기쁨을 슈티프터는 단조롭기 짝이 없는 것에서, 되풀이되는 일상에서 찾았다. 자신의 집에서 작품을 집필하고 식물, 특히 선인장을 키웠으며 가구들, 지금도 그의 방에 놓여 있는 책상을 수리하고 윤나게 닦았다. 그림을 그렸고, 규칙적으로 산책했으며, 매일 매주 이어지는 시간을 찬양했고, 그의 스타일과 삶의 리듬에 맞추어 조용히 흘러가는 강을 바라보며 그 속삭임을 들었다. 늘 조금씩 새롭게 변하는 그 조용한 물소리를 행복으로 여겼던 그는, 이 현재가 절대 지나가지 않기를 바랐다.

그 자신은 행복을 많이 누리지 못했다. 그 강물에 양녀가 몸을 던졌고, 그 자신은 건강염려증과 육체적 고통 때문에 면도날로 자신의 죽음을 앞당기려 했다. 그러나 바로 이 때문에 그는, 평범하지 않은 영웅적 운명을 갈망하는 사람이 꿈꾸는 특이하고 비정상적이고 극적인 것은 결국 고통스러운 불행을 가져올 뿐이라는 사실을 깨달았다. 그의 인물들은 거의 대부분 정리정돈하고, 깨끗이 빨래하고, 서랍을 정리하고, 장미나무를 다듬는다. 그들의 목적은 대화, 결혼, 가정이다. 위반을 강조하며 현란하고 잔인한 효과를 즐기는 대신 슈티프터는 가문의 서사를 이야기하고, 진정한 질서와 연속성을 찾으려고 애쓰고 상처를 아물게 하려고 노력한다.

이런 의미에서 그는 오랜 세월 이어져 온, 정신적인 조화를 믿고 금방금방 변하는 것들과 뉴스 기사의 감각적인 효과에 크게 개의치 않는, 오스트리아의 보수적 전통에 뿌리박고 있다. 그와 동시대를 살았던 또 한 명의 위대한 오스트리아 작가 그릴파르처의 『가련한 악사』에 나오는 악사는 사람들이 자기 이야기를 들려달라고 하자 당황하는데, 왜냐하면 그는 자신의 삶이 이야기가 될 수 있다고 생각해본 적이 없으며 자신의 일상이 숨은 의미가 그리 풍부할지 어떨지는 몰라도 뭔가 특별하고 특이한 것이 될 수 있다고는 생각해보지 않았기 때문이다. 이런 인물들은 삶을, 보잘것없지만 매력적인 시간들인 소박한 현재를 사랑한다. 그래서 그들은 위대하고 특별한 사건의 주인공이 되고 싶어하지 않으며 역사적인 인물도 은밀한 인물도 되고 싶어하지 않는다. 가능한 한 그들은 예기치 못한 사건이라면 모두 피해 다닌다. 나중에 무질이 썼듯이, 나머지 세상에서는 뭔가 충격적인 일을 겪었다고 생각하는데도 노쇠한 오스트리아에서는 별 관심 없이 '이런 일이 일어났대……' 하고 말하기를 더 좋아했다. 슈티프터가 죽었을 때 그의 장례식 합창은 어쩌면 그처럼 '별다른 이야기가 없는' 남자에 의해 행해졌다. 바로 린츠 성당의 오르간 연주자였던 훌륭한 현대 음악가 안톤 브루크너였다. 브루크너는 자신이 특별한 예술가라고 생각하지 않았다. 오히려 정직히 일하며 종교적 일을 한다고만 생각했던 사람이다.

슈티프터의 집안 질서는 히틀러가 꿈꾸었던 웅장한 건물들보다 훨씬 신비하다. 지금은 슈티프터의 이름을 딴 문학연구소가 들어선 그의 방들에서 나는 그 질서의 흔적, 그 정돈된 신비의 열쇠를 찾고 있다. 한편 전화기를 붙들고 몇몇 연구소 직원은 전날 사망한 유명인사 부고에 형용사 '잊히지 않는'을 쓸 것인지 아니면 '잊지 못할'을 쓸 것인지를 두고 열렬히 논쟁을 벌이고 있다. 논쟁이 격화되고 직원들은 사전을 열어보고 누군가는 이전 기사들을 참조하기도 하면서 큰소리로 서로 기사를 두고 다투고 있다. 내가 방을 나서야만 하는데도 그들의 논쟁은 여전히 끊이지 않고 계속되었다. 가장 정확한 수사학 용어와 예법을 찾으려는 이 세심함이 죽음과, 죽음이 요구하는 형식과 모순되는 건 아니다. 적절한 장례의식 표현을 찾으려는 현학적인 노력에서 생겨난 이 우스운 상황은 죽음까지도 그 규모를 축소시키고, 죽음을 특별한 비석 아래 놓이게 했으며, 평범한 일상으로 다시 들어가게 만들었다. 린츠 성당 문에 붙은 포스터에는 이런 말이 씌어 있다. "당신이 다시 웃을 수 있을 때만이 당신은 진실로 용서한 것이다. 그 무엇도 뒤에 흘리지 마라!"

2. 줄라이카

지금은 린츠 교구 사무실이 들어선 파르플라츠 4번지에 붙어 있는 푯말은, 일설에 따르면 그곳에 "빌레머 부인 마리안네 융, 즉 괴테의 줄라이카"의 생가가 있었다는 사실을 말해준다. 사제관과 이런 열정적인 푯말은 정말 안 어울린다. 설사 괴테의 생애에서 그가 프리데리케 브리온을 사랑한 젊은 시절부터 그의 마음과 교구 사이에 어떤 분명한 연관 관계가 있었다고 해도 말이다.

1784년 11월 20일 태어난 걸로 짐작되는 마리안네 융은 출신이 알려지지 않은 예술가였다. 그녀는 엑스트라·무용수·단역배우 역을 맡아 코러스를 하거나 어릿광대 혹은 달걀 복장을 하고 무대에 올라가 춤을 추었다. 빌레머는 은행가이며 상원의원이었고 프로이센 정부의 재정관이자 정치교육 책자를 쓴 저술가였으며, 연극과 공연 후의 만찬을 사랑했던 그는 프랑크푸르트 공연에서 열여섯 살의 마리안네 융을 눈여겨보았고, 그녀의 어머니에게 금화 200플로린과 1년간의 연금을 지불한 후 그녀를 자신의 집으로 데려왔다. 프랑크푸르트와 오펜바흐 사이에 있는 낡은 물레방앗간 근처 빌레머의 시골집에서 마리안네는 예절·프랑스어·라틴어·이탈리아어·그림·노래를 배웠다. 그녀와 14년을 동거한 후 빌레머는 자신들의 조용한 생활에 괴테가 등장한 것이 염려되어 그녀와 결혼할 생각을 했다.

예순다섯 살의 괴테는 그의 창조적 전성기 가운데 한 시절을 보내고 있었다. 하피즈의 페르시아 서정시들을 훌륭히 개작한 『서동시집』의 시들을 쓰는 중이었다. 괴테는 요제프 폰 하머 푸르크슈탈의 번역으로 하피즈의 그 시들을 읽으면서, 동양의 영원한 빛에서 생명력을 끌어내어 나폴레옹의 마지막 원정들이 있던 어지러운 현실을 피하고자 했다.

괴테는 페르시아 옷으로 갈아입고 세부 하나하나에 실재하는 감각적인 현실이 인생의 신성한 전체성을 내비치는 상징이 되는 그런 전통에 동화되는 게 즐거웠다. 먼지 속에서 글을 쓰고 포도주로 활력을 얻던 그의 실존이 무한을 향해 열리면서 회교국 고관의 별장을 닮은 양귀비꽃처럼 금방 스러지면서도 영원한 어떤 것으로 색깔을 바꾸었다. 이제 괴테는 그리스 조각상의 깔끔한 선보다는 흘러가는 물을 더 좋아하게 됐다. 그러나 이 물 역시 형태, 윤곽을 갖고 있다. 분수가 그려내는 물은 움직이지만 분명한 형태를 지닌 형상이다. 위대한 고전주의자 괴테는 늘 형태, 유한한 것, 즉 분명한 것을 사랑했다. 하지만 이제 분수에서 뿜어져나오는 물이나 사랑받는 육체처럼, 움직임 없이 굳어 있는 게 아니라 흘러가고 변하는 것, 즉 삶을 추구하게 됐다.

『서동시집』에서 아름다운 줄라이카는 신이 보기에 모든 것은 영원하며, 금방 사라지고 말 그녀의 부드러운 아름다움에 깃든, 그녀 자신에게는 한 찰나인, 이 신성한 삶을 사람들은 사랑한다고 말한다. 줄라이카는 자신이 스쳐지나가는 한 순간, 물결 하나, 혹은 구름 한 조각일 뿐이라는 걸 안다. 그러나 그녀는 잠깐이나마 자신이 그 흐름에서 한 리듬을 만든다는 것에 담담히 기뻐한다. 그녀는 끊임없는 변화에 매료되지도 불안해하지도 않는다. 변하기 쉽고 변화무쌍한 이 삶에 자신이 온전히 들어가 있어서, 자신의 변신을 재촉하거나 강요할 필요가 없다고 느낀다. 마치 괴테가 변화 가능한 열린 멜로디를 붙잡아서 그것으로 자신의 노래를 짓고자 4행시의 운율과 운을 부술 필요가 없었듯이 말이다.

괴테는 마리안네를 이해했고, 마리안네는 『서동시집』에서 줄라이카가 되었다. 그렇게 해서 역사상 가장 위대한 시 가운데 하나인 사랑의 시가 태어났다. 『서동시집』, 그 시집에 실린 숭고한 사랑의 대화는 괴테의 이름으로 나왔다. 하지만 마리안네는 단순히 시에서 노래된 사랑하는 여인이기만 한 건 아니다. 그녀는 『서동시집』 전체에서 분명 가장 아름다운 서정시 몇 편을 지은 시인이기도 했다. 괴테는 그녀의 시를 손질해서 자신의 이름으로 시집을 발간했다. 괴테가 죽은 지 한참이 지나고 줄라이카가 죽은 지 9년째 되는 1869년에서야, 문헌학자 헤르만 그림이 『서동시집』에 실린 수준 높은 몇몇 서정시를 마리안네가 썼다고 밝혔다. 마리안네는 헤르만에게 비밀을 털어놨고 그녀가 비밀리에 간직해온 괴테와의 서신을 보여주었다.

슈베르트가 음악으로 작곡한 이 시들은 괴테의 이름으로 세상에 널리 알려졌고 책들이나 그 가곡을 사랑하는 사람의 기억 속에서도 여전히 괴테의 이름으로 기록되고 있다. 어떤 것이 추밀원 고문이 쓴 시이고, 또 어떤 것이 어릿광대 복장으로 달걀에서 나오다가 200플로린에 은행가에게 팔렸던 어린 무용수가 지은 시인지 알자면, 에리히 트룬츠가 괴테의 작품을 분석한 비평집 주석을 매번 읽어야 한다.

우리를 놀라게 하는 것은, 모방뿐만이 아니라 열정적인 대화 속에 뒤섞인 두 목소리의 화합이다. 마치 두 육체가 사랑을 나누듯, 혹은 서로 다른 감정과 가치가 한 삶 속에서 공존하고 있는 듯하다. 분명 남자가 위법행위를 하긴 했다. 남자 쪽에서 여자의 작품을 무단 도용한 아주 전형적인 경우다. 남자의 이름으로 나온 작품은 이번 괴테의 작품처럼 종종 여성의 작품을 수용한 것이기도 하다. 그러나 뭔가 다르다. 마리안네는 『서동시집』에서 세계적인 걸작시라 할 시 몇 편을 썼지만 그 이후에는 단 한 편도 쓰지 못했다. 동풍과 서풍에 부치는 그녀의 시, 존재의 숨결 그 자체가 되는 사랑의 노래를 읽을 때면, 마리안네가 그 이후 단 한 편도 시를 쓰지 못했다는 사실이 불가능해 보인다. 초등학교 1학년 여학생이 죽어가는 장미에 대한 작은 우화를 썼던 것처럼, 마리안네의 서정시들 역시 시의 초개인적인 특성을 증명해준다. 즉 여러 요소가 신비하게 결합되고 연결되어 시를 만들어낸다는 것을 말이다. 마치 수증기가 우연한—혹은 어쨌든 예측하기 어려운—어떤 요소들의 결합으로 액체로 응결되고, 비를 만들고, 우산 판매를 늘리며, 타고 갈 택시가 부족하게 되는 현상을 만들어내듯 말이다.

마리안네가 걸작시를 창작해낸 경우에도, 오스트리아에서 태어난 그녀에게 무질이 좋아했던 오스트리아 격언 "어쩌다 우연히 그렇게 됐다"라는 말을 또다시 붙여볼 수 있겠다. 한 손으로 글을 쓰고 다른 손으로는 특허를 낸다거나 소유권을 주장하겠다는 생각 없이 무심코 모래사장이나 종이에 그림을 그렸는데, 영혼과 세계 사이의 완벽한 접속이 우연히 일어난 것처럼. 마리안네는 자신의 서정시가 괴테의 이름으로 실리는 걸 허용했다. 시를 헌납한 그녀는, 조화로운 결합체에서 내 것과 네 것을 구분하는 게 얼마나 쓸데없는 짓인지 잘 알았다. 하지만 다른 사람의 이름으로 나간 그녀의 서정시들은 각주나 시집 겉표지에 실린 모든 이름 역시 공허한 것이라는 사실도 말해준다.

왜냐하면 공기나 계절처럼, 시란 어느 누구의 소유가 아니며, 시를 쓴 사람의 것도 아니기 때문이다.

마리안네 빌레머는 시라는 것이 그녀가 살아온 것처럼 경험의 총체에서 샘솟는 것일 때 비로소 의미가 있음을 알았던 것 같다. 은총의 이 순간이 지나가면 시도 지나가고 만다는 것을. 많은 세월이 흐른 후 그녀가 이렇게 말했다. "내 인생에서 단 한 번, 나는 고귀한 뭔가를 느꼈고, 사물들이 얼마나 감미로운지 마음으로 느끼고 말할 수 있는 능력이 내게 있음을 깨달았건만, 시간이 그것들을 파괴하진 않았어도 지워버리고 말았다." 그녀는 자기 자신에게 공정하지 못했다. 왜냐하면 영혼의 충만함이 사라지고 고귀한 감정이 메말라감을 느꼈던 그녀의 의식과 방식 자체가, 고귀한 정신과 뜨거운 감정을 보여주는 것이고, 열정 넘치는 과거에 경험했던 것 못지않은 또다른 형식의 시이기 때문이다. 마리안네는 괴테보다 위대하고 관대했다. 나빠지는 건강에 대한 염려와 작품에 대한 불안한 마음이 합해져, 괴테는 약삭빠르게 그녀의 것을 모아 작품에 실었다. 언제나 정이 많고 공손했던 빌레머 역시 시인보다는 더 관대한 사람이었다.

분명 마리안네는 1814~1815년의 뜨거운 열정이 없었어도 그녀의 지성과 그녀가 쌓은 세련된 교양으로 문학사에 기록될 만한 좋은 시들을 썼을 것이다. 문학 모임에 출입하는 사람 정도면 누구나 괜찮은 작가가 될 수 있고, 사실 종종 그런 일이 실제 일어나기도 한다. 정말 나쁜 책은 드물며, 평범한 문체를 구사했는데 형편없는 졸작을 내는 건 예외적인 경우다. 글을 읽고 쓰는 능력이 평범한 수준만 되면 철자법이 많이 틀리지 않듯이 말이다. 마리안네 빌레머 역시, 문학계나 한 나라에서 자동적으로 분출되는 규칙적인 생리현상처럼 시집이나 산문집을 수천 권씩 만들어내듯, 다섯 권 혹은 열 권 정도의 책은 창작해낼 수 있었을 것이다.

그녀는 차라리 입을 다물기로 했다. 그녀의 시 몇 편은 세계적으로 알려진 훌륭한 서정시들에 속한다. 하지만 몇몇 예리한 학자가 에세이에서 이를 밝혔음에도 불구하고 그 정도로는 마리안네 빌레머를 문학사에 편입시키기가 어렵다. 문학은 관리 시스템이다. 훌륭한 글 몇 줄로는 충분하지 않다. 문학은 창작 메커니즘을 필요로 한다. 유통 네트워크, 출판 주기, 편집, 졸업논문, 논쟁, 상, 교재, 학회를 만들자면 글이 훌륭한지 평범한지는 중요하지 않다. 이런 메커니즘 속에서 마리안네 빌레머의 시 몇 편으로는 정말 아무것도 할 수 없다. 이리하여 『서동시집』의 훌륭한 시 몇 편을 썼던 마리안네는, 괴테가 사랑했고 시로 노래했던 여인으로 문학사에 기록됐을 뿐, 시인들의 명부에는 기록되지 못했다.

3. A.E.I.O.U.

오늘 저녁은 춥고 소리 하나 없다. 썰매를 타는 아이들도 거리의 황량함과 고독, 거리에 깔린 대륙의 무거운 우수를 깨지 못한다. 린츠 성에 있는 프리드리히스토어 문에는 그 유명한 수수께끼 약자가 씌어 있다. 프리드리히 3세가 아마 그곳에서 멀지 않은 곳, 구시가지 10번지에서 죽었던 것으로 기억한다. 그는 조용한 건물들과 간소한 문장들을 그 약자로 치장했고 자신의 물건들과 건물들에도 그 약자를 써넣었다. 'A.E.I.O.U.'는 "Austriae est imperare orbi universo(오스트리아는 세계를 지배할 것이다)" 혹은 "Austria erit in orbe ultima(오스트리아가 마지막 나라가 될 것이다)"의 약자 같다. 프리드리히 자신이 보기에도, 세계와 시대의 경계를 향해 뻗어나가던 이 제국이 쇠락의 위기에 처해 잇단 패배로 움츠러든 상황에 놓여 있는 것 같았다. 일기에서 오스트리아가 승리의 깃발을 나부끼지 못한 사실을 한탄했던 프리드리히 황제는, 회피적이고 구태의연한 전략으로 난항을 막아내려고만 했다. 몇백 년간 그 전략은 그릴파르처와 베르펠이 찬양했던 위대한 합스부르크가의 정체를 초래하고 말았다. 즉 행동에 나서길 주저하고, 승리를 바라보는 게 아니라 살아남는 데 급급해, 프란츠 요제프처럼 늘 패배할 전쟁이라는 걸 알기에 전쟁을 좋아하지 않는 방어적 파토스를 보여준 것이다.

아담 반드루스카가 관찰한바 1493년 사망한 프리드리히 3세는 합스부르크가의 신화가 이후 확인시켜준 전형적인 특징들을 이미 보였다. 즉 지혜는 있는데 무능력하고, 지나치게 신중한 까닭에 너무 많은 것을 생각해서 전략을 행동으로 옮기지 못하며, 일반적인 선상의 행동에서도 주저하고 모순된 행동을 하며, 끝없이 일어나는 해결 불가능한 충돌들을 받아들일 힘이 있으면서도 평화를 갈구한다는 것이다.

그리 훌륭한 해석은 아니지만 약자 A.E.I.O.U.에 대한 해석들이 이어졌다. 이 약자는 포스트모더니즘의 암호, 비뚤어지고 추레한 우리 자아를 확인해주는 빗나간 자기방어와 무능력의 표상이 됐다. 살아남기 위한 위대하고 고통스러운 그 전략은 드러나진 않지만 아이아스의 방패 못지않게 방어력이 강한 방패라고, 나는 여러 번 생각해왔다. 그런데 오늘 저녁 그 전략은 내게 가죽처럼 메마르게 느껴진다. 나는 거기에서 위엄과 냉소를 갖춘 지혜를 본다. 하지만 그런 지혜에서는 최종적인 계시를, 〈베니 크레아토르 스피리투스〉*에서 노래한 창조하고 구원하는 그 사랑을, 단 한순간도 얻어내지 못한다.

다뉴브 강의 저녁 A.E.I.O.U.는 영광과 쇠락의 표상이다. 이 다뉴

* Veni Creator Spiritus. '생명의 창조주여 오소서'란 뜻으로, 8세기 이후의 성령에 대한 찬가.

브 강의 저녁은 비탄에 잠긴 대륙과 어둑어둑한 초원과 세무서 건물 같은 것들을 보여준다. 이 어둠은 단조롭기 그지없는 삶을 확인시켜 주고 바다, 끝없이 움직이는 바다, 사물에 날개를 달아주는 바닷바람에 대한 노스탤지어를 불러일으킨다. 대륙의 하늘 아래에는 오직 시간만이, 감옥이나 병영 앞마당에서 행해지는 아침 훈련처럼 시간에 박자를 부여하는 규칙적인 시간의 반복만이 있을 뿐이다. 중고서점 진열대에 진열된 명예 도지사 G. 데모르니의 저서 『다뉴브 강과 아드리아 해』(1934)는 다뉴브 강에서 자유로이 항해할 수 있는 권리와 중앙유럽 국가들과 발칸제국의 정책에 관련된 외교 문제들을 정리해서 보여준다. 그러나 흰색 표지 안 푸른색 제목이 지금 이 순간 눈길을 끄는 것은, 다뉴브 강 문제를 분석했다는 사실 때문이 아니라 그것이 암시하는 또다른 푸른색, 즉 바다를 상기시켜 주기 때문이다. 마음을 편안하게 해주면서도 뭔가 우울하게 하는 대칭성이 있는 다뉴브 강가 건물들의 오렌지빛 감도는 노란색과 황토색은 내 삶의 색 중 하나요, 경계와 한계와 시간의 색이다. 그러나 다뉴브 강의 문화가 알지 못했던 이 푸른색은 바다, 활짝 편 돛, 신세계를 향한 여행일 뿐만 아니라, 지리지도연구소 도서관으로 나를 향하게 했다.

대륙에 갇힌 시간의 감옥에서 우리는 영원성이 느껴지는 바다의 자유를 꿈꾼다. 시피오 슬라타페르*가 입센의 위대하고 엄격한 작품을 읽고 연구하면서 때때로 셰익스피어의 열린 공간을 꿈꾸었듯이 말이다. 왕정 고문이며 달마티아 보건 담당관이자 검시국장이었던 구글리엘모 메니스가 그의 책 『글과 그림으로 보는 아드리아 해』(자라, 1848) 250쪽에서 언급했던 근거 없는 옛 가설, 즉 "플리니우스에 따

* 오스트리아-헝가리 제국시대 때 그 일부였던 트리에스테 출신의 이탈리아 작가. 동향의 이탈로 스베보와 비견되며, 사후 2년 뒤 『입센』(1917) 연구서가 나왔다.

르면 저명한 작가들이 주장하길 퀴에투스 강은 다뉴브 강의 지류인 이스트로스 강이고, 콜키스에서 돌아온 아르고스 배는 그 강을 거쳐 아드리아 해로 들어갔다"라는 가설이 갑자기 증명된다 해도 지금 이 순간 불쾌하지 않을 것이다.

퀴에토 강은 치타노바 근처 이스트리아 해변의 아드리아 해로 흘러들어간다. 만약 저명한 작가들이 아직도 그렇게 믿는다면, 슈바벤 식민지 개척자들이 '울름의 바지선'을 타고 갈 때처럼, 나는 바나트 대신 바다를 향해, 아드리아 해의 섬들을 향해, 빅뱅으로 시작했던 연재소설이 진부한 싸구려 문학이 아닌 것처럼 느껴지고 생과 사의 문제를 받아들일 수 있을 것처럼 때때로 내게 다가오던 이 장소들을 향해 내려갈 것이다. 만약 우리가 제노이거나 특성 없는 남자라면* 아무리 재미있어 보이는 시합일지라도 실제로 뛰는 건 재미없다는 것을 안다. 요란을 떨 필요도 없고 아무것도 아닌 척해야 도리어 맞겠지만, 시간이 만든 합스부르크가의 황토색은 무례한 이 탄화수소 분자들이 경솔히 마구잡이로 움직여 일을 만들지 않았더라면 더 나았을지도 모른다는 걸 조심스레 암시해준다.

특성 없는 사람들, 도서관에서 탁상공론이나 펼치는 대륙의 율리시스들은 주머니에 늘 피임약을 가지고 다닌다. 중부유럽 문화는 전체적으로 봤을 때 위대한 지적 피임법이기도 하다. 반면에 아프로디테가 태어난 곳도 이 서사시와 같은 바다이고, 콘래드가 썼듯이 그 사람들이 자신의 죄를 용서해달라 빌고 영원히 죽지 않을 영혼의 구원을 구하였으며 한때 사람들 자신이 신이었음을 기억하는 곳도, 바로 이 바다 위에서다.

---

* 이탈로 스베보 『제노의 의식』에 나오는 주인공과 로베르트 무질 『특성 없는 남자』의 주인공을 가리킴.

4. 베고 찌르고 정확히

베토벤이 묵었던 린츠 '춤슈바르첸아들러Zum schwarzen Adler,' 즉 '검은 독수리에서'라는 뜻의 저택은, 1680년 제국의 육군원수이자 전술이론가였고 대공이었던 라이몬도 몬테쿠콜리가 사망했던 곳이다. 카푸친 교회 안에 있는 한 묘비명이 여행자에게 무덤 앞에서 잠시 발길을 멈출 것을 권한다. 다소 소름끼치는 바로크적 취향인지 무덤 안에는 몬테쿠콜리의 내장이 보관되어 있고, 육신은 빈에 묻혀 있다. 몬테쿠콜리는 구스타프 아돌프와 태양왕에 맞서 싸웠고, 뤼첸에서 부상을 입고 슈체친에서 포로 생활을 했으며, 1646년 스웨덴 군대를 포메라니로 퇴각시켰고, 1673년에는 전설적인 인물 튀렌을 라인 강 너머로 물러나게 만들었다. 1663년과 1664년 사이 헝가리에 침입했던 터키군을 유명한 라브 강 전투에서 물리쳤다.

카푸친 교회는 어두컴컴해서 묘비에 적힌 라틴어 글씨가 대문자임에도 잘 보이지 않았기에 주의깊게 글씨를 살펴야 했다. 마치 오후에 비친 드문 이 빛이, 영광의 허무함에 대한 바로크적 알레고리를 연출해내는 것 같았다. 몬테쿠콜리는 30년전쟁과 터키군과의 전쟁에서 중부유럽의 균형을 지켜냄으로써 제국의 종말, 즉 신중함과 보수적인 회의론, 살아남기 위한 기술이기도 했던 타협술 등으로 지켜져온 공동체의 붕괴를 몇백 년이나 연기시켰던, 제국의 오래된 이 검들 가운데 하나였다. 외젠 대공의 검처럼 몬테쿠콜리의 검 역시 1914년까지 중앙유럽을 보호했지만, 그 보호의 그늘막은 여러 다른 수단과 의도로 일어난 여러 다른 전쟁으로 산산조각이 나게 된다. 이제 전쟁은 궁정과 왕조의 이익을 위해 움직이는 전문 군대가 아니라 조건부 이상(조국·국가·자유·정의)을 위해, 죽이거나 죽고자 전장에 불려온 평민들을 동원하고 학살하는 전면전이 된다. 더이상 강요된 이익이 아니라, 악(전제정치, 야만인, 사악한 인종)이라는 구현체인 적을 완전히 희생시키고 파멸시키고자 하는 것이다.

몬테쿠콜리는 세계 정치의 큰 무대에서 싸웠지만, 그의 전략과 시각은 내각 전쟁의 것이었다. 그런 전쟁에서 군대는 마치 마상시합에서처럼 이기기보다는 지지 않으려 애쓰며, 적더라도 이겨서 이익을 얻을 수 있는 전쟁을 하고 그 이익을 지키고자 평화외교조약을 체결한다. 명장 몬테쿠콜리는 분명 번개같이 신속하게 움직일 수도 있었지만, 오히려 그는 절제되고 치밀한 기하학적 질서와도 같은 전술로써 상황과 규칙을 철저히 연구하고 숙지한 채 조용히 '사태를 숙고'하여, 병사가 처할 수 있는 '수많은 상황'에 대한 경험을 헛되이 하지 않았다.

19세기부터 전쟁이 하나의 운명, 사명, 혹은 개인과 국민을 교육하고 형성하는 요소로 장려되었을 때, 종종 전쟁 작가들의 글을 휘감곤 하던 신비하고 성스러운 감정·열정·파토스는 몬테쿠콜리에게 없다. 그런 것들이 있을 수도 없다. 마갈로티가 '살아 있는 에스코리알'*이라고 정의했던 제국의 원수에게, 전술이란 단순히 적의에 찬 역사, 나아가 적의에 찬 삶으로부터 필시 얻게 되는 지혜일 뿐이었다. 그는 지식인이라면 전술의 필요성을 알아야 한다고 생각했고, 그러므로 전술의 문법과 논리를 배워야 한다고 생각했다.

슈체친 감옥에 있는 동안, 즉 30년전쟁과 터키와의 전쟁이 끝나고 쉬는 동안, 몬테쿠콜리는 전술 문법책을 썼다. 『전쟁 개론』, 『전술에 관한 아포리즘』, 『헝가리에서 벌인 터키와의 전쟁에 관하여』 등의 책들이다. 그의 주된 관심이 전쟁 무기와 도구, 구체적인 세부사항, '전

* 성 로렌스 델 에스코리알이라고 불리는 이 수도원은 본래 1582년 펠리페 2세의 명으로 지어진 스페인 르네상스의 대표적 건축물로서 왕궁, 역대 왕의 묘소, 예배당, 수도원 등을 모두 갖추고 있다.

투의 여왕' 창, 적어도 세 방식을 갖춰야 하는 근본적인 방어전술에 능가 있었다고 해서 전쟁과 정치 사이의 관계를 파악하지 못하고 있던 건 아니다. 훌륭한 사령관인 그는 승리하기 위해서는 과거에 일어났던 전쟁 동기들 간의 밀접성이나 근본원리, 군인들의 정신과 능력, 혹은 사람들의 다양성과 자질과 성격을 결정하는 국가의 사회정치체제를 이해할 필요가 있다는 걸 알았다. 300년 후에 마오쩌둥은 그의 빨치산 혁명전쟁 전술 책자에서, 아주 작은 전쟁일지라도 군사적 지식뿐만 아니라 정치사회에 대한 전반적인 이해 안에서 이루어져야 한다는 사실을 더할 나위 없이 독창적으로 보여준다. 모든 개별적 현상은 전체와 연결되어 그 전체 안에서 현상들 각각이 진정한 의미를 찾도록 하고, 사령관은 군사전략을 혼란에 빠트릴지 모를 우연을 변증법적으로 통제하면서 개개의 모든 사건이 단지 법칙의 일례가 될 수 있도록 이 우연을 일반법칙 아래 두어, 매 순간 혼돈과 격랑 속에 휘말리는 '전쟁의 바다에서 익사'하지 않도록 해야 한다.

몬테쿠콜리가, 마오쩌둥으로 하여금 우연성 안에서 특별한 것을 보게 만들고 현란하고 왜곡된 그 폭력을 극복하게 해낸 헤겔의 변증법을 알았을 리 만무하다. 그는 좀더 소박한 전술, 논리와 수사학을 펼쳤고, 이는 그로 하여금 현실을, 전쟁의 예측할 수 없는 어지러운 현실을 대면하면서 수많은 사건을 도식화하고 분류하고 구분하게 해주었다. 수학자들의 방식을 언급하며, 그는 『전쟁 개론』에서 "견고한 토대를 마련하듯 지식인이 삼단논법으로 안전하게 밟아나갈 수 있는 주요 원칙과 대명제들에서" 출발하여 실전에서 응용할 수 있는 구체적인 예들로 넘어가겠다고 말한다. 그의 기학학적 엄밀함, 지도제작자와 지형학자 같은 이 열정 안에는, 피렌체 출신 서기관의 우울한 비관론이 있었다. 즉 그가 존경했던 마키아벨리가 말했듯 "법과 신에 대한 두려움을 가지고 살아가기 위해 문명이 만들어낸 질서는, 그것을 지킬 수 있는 방어책들이 마련되지 않으면 헛된 것이 될 수 있으며," 소중한 모든 것을 지키자면 평화를 사랑하면서도 전쟁을 일으킬 줄 아는 것도 필요하다고 그는 확신했다.

천재적이지만 보수주의자였고 과거에 집착했던 몬테쿠콜리는, 화승총을 든 병사들이 기존의 모든 전술을 무력화하고 있을 때 장창병들의 사각대형과 낡은 창, 갑주를 두른 말에 올라탄 갑옷 입은 전사를 찬양했다. 그러나 쇠락의 시기에 옛 규칙들을 지키려는 그의 태도는 질서에 대한 줄기찬 애착을 드러낸다. 전쟁과 삶에서 혼란을 느끼는 어느 순간, 그는 친숙한 것을 붙잡고 익숙한 것에서 자신을 재인식해야 할 필요가 있다고 생각했다. 왜냐하면 그가 존경했던 마키아벨리가 가르쳤듯, 익숙한 것 안에서는 사람들이 고통을 느끼지 않거나 덜 느끼기 때문이다.

그의 낡은 전술은, 잔인할 정도로 헤아리기 힘든 삶의 요소들에 대항한 방어적 전략이자 정확함에 대한 열정이었다. 죽음을 피하려고 취한 조치들과 그 죽음의 마지막이 주는 무용함 사이에는 늘 거리가 있음을 생각해본다면 정말이지 그 열정은 우스우면서 고통스러운 것이다. 게르하르트 리터는, 하인리히 디트리히 폰 뷜로프가 적어도 60도는 돼야 하고 가능한 한 90도를 넘지 않아야 하는 군사작전의 행동각에서 전쟁 성공의 공식을 발견했다고 믿었을 때, 세상과는 독립된 추상적 학문이기 때문에 정확한 학문인 수학에 목숨을 내맡긴 것이라고 보고했다. 폰 데어 골츠는 이 정확함의 유토피아를 보고 웃었다. 그 원칙에 따르자면 정찰대는 로그표를 참조하지 않은 채 하천을 건너서는 안 되었던 것이다. 그러나 로그표를 참조하여 하천을 건너고자 하는 데는 방어적이고 자기파괴적인 초조한 갈망, 사악한 운명에 맞서 그 운명을 분류표에 집어넣어 다스리고자 하는 불가능한 소망이 있다. 카프카와 카네티는 세상에 대하여 담을 쌓고 살다가 허리케인에 대한 공포심 때문에 기절해 죽는, 지성의 이 우울한 망상에 대해 훌륭히 설명했다.

지지는 성당 안에 들어가지 않은 채 뒤쪽에 처져 있었는데, 벌써 날은 어두워져, 프란체스카와 마리아 주디타와 함께 어두컴컴한 제과점 앞에 있었다. 그들 세 사람은 손에 빵을 든 채 제과점에서 새어나오는 희미한 불빛을 받으며 그 문턱에서 꼼짝 않고 있다. 어떤 알 수 없는 불편함이 그들을 옴짝달싹 못하게 마비시켜 이 문지방에다 묶어놓은 것 같다는 생각이 잠깐 들었다.

저멀리 다뉴브 강이 흘러간다. 무심코 강물에 던진 종잇조각이 아직 우리가 존재하지 않는 거기, 하류로, 저 앞의 미래로 벌써 흘러들어가 사라졌다. 물결이 칼날이 되어 강물을 가르고 물결을 일으킨다. 저무는 태양빛에 물거품이 반짝이고, 조용하고 평온한 숨결로 담담히 흘러가는 강 한가운데에서 영광이 빛난다. 선택하고, 나누고, 버리고, 제거하고, 배제한다. 정확하게 때리고, 새기고, 상처를 닦아내고, 자유로운 흐름을 방해하는 엉킴을 잘라낸다.

우리는 여행을 계속하면서 마르실리 사령관이 그의 훌륭한 저서 『다뉴브 강의 작품들』에서 말했듯이, 크고 작은 지류들로 강줄기가 그려내는 깔끔한 그림에서 위풍당당한 강의 살아 있는 의미를 얻어내야 한다. 우리는 강이 결정하는 대로 그 흐름을 따라가며, 정신을 가로막고 결정하기에 앞서 두려움을 느끼게 만드는 찌꺼기들로부터 우리의 정신을 깨끗이 씻어내야 한다. 엠브서가 말했듯 여행이 경계를 지우고 지평을 넓히는 어떤 전쟁이라면, 몬테쿠콜리의 소대나 이곳에서 몇 킬로미터 밖 포텐브룬의 트라우트만스도르프 성에 자리한 군사박물관의 주석으로 만든 연대처럼, 조직적이고 좀더 기하학적으로 여행하는 게 좋다. 작은 병정들이 질서 있게 행진하고, 대칭 구조가 모든 차이를 없애어 각 대대에는 하나의 색만 있을 뿐이다. 일렬종

대로 정렬된 사람들과 그들의 단일체가. 각 대대는 전진한다, 하나가 되어, 두려움 없이.

이 질서정연한 행군은 폭력과 전쟁을 피하기 위한 방법이 될 수 있다. 프란츠 요제프가 전쟁을 몰아내는 데 유용하다고 생각하며 군사 훈련과 행진을 수행했듯이 말이다. 프리드리히 2세가 말했듯, 훌륭한 장군은 자신이 맞서 싸워야 하는 상황을 절대 만들지 않는다. 왜냐하면 그의 계산과 재능은 충돌이 무익해서 의미가 없어지도록 상황을 기획하기 때문이다. 모든 진정한 학문이 그렇듯, 전술 역시 그 완벽함의 절정에 올랐을 때 스스로를 없애고 자신이 딛고 있는 터전을 없애게 된다.

그렇게 전쟁을 하나하나 없애다보면 평화, 완전한 평화만이 남을 것이다. 『아이네이드』의 결투 없는 전쟁터는 『농경시』의 땀 흘려 일하는 평온한 대지로 대치될 것이다. 불행히도 현실은 종종 이런 기하학적 유토피아를 방해하고, 주석 병정들을 방 이곳저곳에 흩트려놨다가 창고에 처박거나 쓰레기통에 버려버린다. 평화를 추구하고 지키는 일을 군사작전 참모들의 전략에만 맡길 게 분명 아니다. 스테파노 야코무치가 썼듯, 세계대전들 이후 더이상 문학은 행군을 사랑할 수 없다. 몬테쿠콜리가 사망한 건물 옆에 있는 리데아 사설 조사연구소 간판은 그곳이 신중하고 실력 있는 결혼연구소임을 알려준다. 또다른 기하학, 계산, 행동각, 또다른 전쟁이다.

5. 모락모락 피어오르는 연기

린츠 성 박물관에 보관된 19세기 인쇄물 하나에 마우트하우젠의 풍경이 보인다. 조용한 언덕, 아늑한 집들, 반가운 인사를 나누는 승객들로 붐비는 다뉴브 강의 배들, 나들이 가기에 좋은 목가적인 분위기. 강 위 작은 증기선들에서 연기가 모락모락 피어오른다.

6. 마우트하우젠

가장 혹독한 강제수용소 축에 들지는 않지만, 이 마우트하우젠 강제수용소에서만 11만 명 이상이 죽었다. 틀림없이 가스실보다 더 끔찍했을 광경은 예전에 수감자들이 모여 줄을 서서 소환을 기다리던 커다란 수용소의 이 앞마당 광경이었을 것이다. 이 마당은 비어 있고 햇볕이 내리쬐고 후텁지근하다. 이곳 담벼락 안에서 무슨 일이 벌어졌는지 생각하지 않을 수 없게 만드는 곳이 이 빈자리가 아니라면 어디란 말인가. 종교에서 신의 얼굴을 그리지 못하게 금지한 신성의 얼굴과 마찬가지로, 수많은 사람이 겪어야 했던 굴욕과 학살은 그려낼 수 없는 것이고, 그리스 신들의 아름다운 모습들과 달리 예술로도 환상으로도 묘사해낼 수 없다. 문학과 시는 절대 이 공포를 적절히 표현할 수 없다. 이 공포를 가장 훌륭히 표현했다는 글들도 모든 상상을 초월하는 이곳 현실의 적나라한 기록 앞에서는 무색해질 수밖에 없다. 아무리 위대한 작가라 해도 책상에 앉아서는 증언, 즉 막사와 가스실 안에서 일어났던 사건들을 있는 그대로 충실히 옮겨 적은 기록과는 경쟁할 수 없는 것이다. 마우트하우젠 수용소나 아우슈비츠 수용소에 있었던 사람만이 너무나도 끔찍했던 그 공포를 말할 수 있다. 토마스 만이나 베르톨트 브레히트가 위대한 작가들이기는 하나, 만약 그들이 아우슈비츠 이야기를 쓰려고 했다면 그들의 글은 프리모 레비의 『이것이 인간인가』에 비해 쓸모없는 하찮은 문학이 됐을 것이다.

그 현실을 가장 생생하게 묘사한 증언은, 희생자들보다는 오히려 아우슈비츠 수용소 소장 아이히만이나 루돌프 회스 같은, 학살자들이 쓴 증언 같다. 그 지옥을 생생하게 말하자면 부연설명이나 동정심 없이 글자로 옮겨놓을 수 있어야 하니까 말이다. 분노나 동정심으로 이야기하는 사람은 자기도 모르게 이야기를 치장하게 되고 글에다 자신의 생각을 옮겨놔서 그 흉악한 사건으로 독자들이 받을 충격을 감소시키려는 면이 있다. 아마 이 때문에, 편안하고 기분좋게 밥 먹는 자리에서 우연히라도 강제수용소 생존자를 만나게 되면 그가 상냥한 사람이든 호감 가지 않는 식사 친구든 그의 팔뚝에서 수감자 번호를 발견하고는 그토록 당황하게 되는 것 같다. 그가 겪은 상상하기 힘든 수용소 경험, 그리고 그 경험을 마치 평범한 일상으로 만들면서 이야기에 암시적으로 섞어내는 불충분한 몸짓과 말 사이에는, 늘 어떤 것이든 무력화시키는 심연이 가로놓여 있다.

강제수용소에 관한 가장 훌륭한 책을, 사형이 언도되고 교수형에 처해지기 전 몇 주 동안 루돌프 회스가 썼다. 그의 자서전 『아우슈비츠 수용소 소장』은 인간의 모든 척도를 뒤집어엎는 잔악성을 공정하고 충실히 묘사한 객관적 이야기다. 그의 이야기는 수용소의 삶과 현실을 도저히 참을 수 없는 것으로 만들며, 결국 그 삶과 현실 자체를 표현하는 것, 아니 표현 가능성마저도 막아버린다. 회스의 글에서는 스피노자의 신, 고통과 비극과 악행에 무관심한 자연이 그 학살을 설명하는 듯하다. 펜은 수용소에서 일어났던 일, 만행과 비열, 희생자들의 비겁함과 영웅심을 보여주는 일화들, 대학살, 폭격당할 때 학살자들과 희생자들 사이에 잠깐이나마 자발적으로 생겨났던 이상한 연대감을 담담히 기록해놓았다.

회스는 명령에 따라 기계적으로 사람을 죽이거나 살리는 그런 평범한 관리는 아니었다. 그는 멩겔레 같은 고문전문가도 아니었고, 이스라엘 사람들에게 심문받을 때 자신의 죄를 면책받을까 싶어 자기 삶을 각색해서 이야기한 아이히만도 아니었다. 회스는 사형을 언도받은 이후 누가 요구하지 않았는데도 자진해서 자서전을 썼다. 자서전 집필 동기야 모르겠지만, 그가 자기 모습을 품위 있게 치장하려고 글을 쓰진 않은 것 같다. 왜냐하면 그 글에 나타난 그의 자화상은 분명 범죄자의 모습이고, 책은 진실을 갈구하는 마음, 생을 마칠 때가 되자 자신의 지난 삶을 정리하고 정확하게 기록해서 공식 문서로 남기고 싶은 마음에서 나온 것이기 때문이다. 이 덕분에 이 책은 하나의 기념물이자, 자꾸 진실을 부정하거나 아니면 적어도 진실을 완화시키고 변형시키고자 하는 비열한 행위들에 대항해 야만적인 행위를 기록한 소중한 증언록이 되었다. 수천수만의 결백한 목숨을 앗아갔던 아우슈비츠 수용소 소장은 아우슈비츠의 현실을 부정했던 포리송 교수에 비해 비상식적인 인물은 아니었다.

나는 마우트하우젠의 동굴로 가는 죽음의 계단을 내려간다. 186개의 이 계단에서 수감자들은 돌을 지고 내려가다 SS부대원들의 발에 걸려 돌을 짊어진 채 굴러떨어지거나 몽둥이질을 당하거나 총살을 당했다. 계단은 모양이 불규칙하고 지나다니기에 불편하며, 햇볕은 뜨겁다. 우리 가까이에서 아직도 학살이 벌어지고 있다. 인간의 희생에 굶주린 고대의 신들, 테오티우아칸의 피라미드들과 아즈텍의 우상들이 머리에 떠오른다. 현대의 문명화된 신들 역시 고문전문가들에게 고문을 금지하지 않았다. 회스의 책은 끔찍하다. 또한 끔찍할 정도로 교훈적이다. 왜냐하면 사건들을 연결해나가는 그의 서사는 기계적으로 돌아가는 사물의 바퀴 안에서 어떻게 평범한 사람들이 조금씩 제3제국 군대의 요리사나 경찰 같은 공포의 엑스트라가 되었고 또한 어떻게 아우슈비츠 수용소 소장처럼 학살의 지휘자요 기록자가 되었는지를 보여주기 때문이다.

계단이 가팔라서 피곤하고 땀이 난다. 아도르노는 학살 현장을 겪고 난 후 시를 쓰기란 불가능하다고 했다. 이 말은 잘못됐다. 사실 시가 이 말을 부정했다. 예를 들어 움베르토 사바는 또다른 끔찍한 강제수용소 '마이다네크 이후' 시를 쓰는 것이 무엇을 의미하는지 알았지만, 그래도 '마이다네크 이후' 그는 시를 썼다. 아도르노의 말은 잘못됐다. 왜냐하면 비단 국가사회주의뿐만 아니라 16세기 스페인 정복자들인 콘키스타도르Conquistadores, 미국의 흑인노예 무역, 구소련 때의 강제노동수용소Goulag, 혹은 히로시마 원자폭탄을 경험한 이후, 꽃과 사랑을 노래하는 시는 그만큼 문제였고 여전히 문제로 남아 있기 때문이다.

하지만 그의 말에는 역설적이게도 진실이 내포되어 있다. 왜냐하면 강제수용소는 개인, 그 개성을 말살시키는 극단적인 예이고, 그 개성 없이는 시가 없기 때문이다. 마우트하우젠의 계단 위에서, 우리는 무가치하고 말살되고 사라지는 개인을 물리적으로 느낀다. 여기서 개인은, 디노사우루스나 오카피처럼 멸종동물이나 멸종의 길로 들어선 동물 같다.

나치의 卍자뿐만 아니라 역사 전체와 그 전반적인 과정이 개인을 묵살시키는 데 공모했다. 아이히만의 심문 기록은 삶, 인격, 그의 행동을 각기 달리 포장해서 책임과 창조성 모두를 없앤 극단적인 문서다. 아이히만은 살인을 하지 않았고 죽을 운명의 사람들을 이송 조치했을 뿐이다. 어느 누구에게도 책임이 없는 듯하다. 왜냐하면 아무리 높은 지위에 있더라도 각기 명령전달 체계의 한 고리일 뿐이니 말이다. 모두, 예를 들어 나치대원들의 강요로 어쩔 수 없이 강제 추방할 유대인들을 선별하는 데 도움을 주었던 유대인 조직조차도, 책임 따위는 없는 듯하다. 이 계단 위에서, 각자 개인은 세계정신, 정신적인 불안 증세를 농후히 드러내던 세계정신이 흩뿌려놓은 수많은 숫자 가운데 하나, 강제수용소 관리소에서 수감자들의 팔뚝에 새겨넣은 수

감자 인식번호들 가운데 하나라고 느꼈다.

그러나 이 계단 위에서 개인은, 자신을 누구도 지울 수 없는 유일무이한 존재, 트로이 성벽 아래에서의 헥토르보다 더 위대한 존재로 만들기도 했다. 아이히만이 얘기했던 젊은 여인이 그렇다. 그녀는 아우슈비츠 가스실 문 앞에서 회스에게 돌아서서 살아남을 수도 있었지만, 자신이 맡은 아이들을 따라가기 위해 생존자로 선택받길 원하지 않았노라고 경멸적인 어투로 말했고, 아이들과 함께 당당히 죽음의 방으로 들어갔다. 그 젊은 여인은 개인이 자신의 존엄성, 자신의 의미를 말살하려 위협하는 것에 어떻게 맞설 수 있는지를 보여주는 믿을 수 없는 저항의 증거다. 여러 강제수용소에서, 그리고 마우트하우젠의 이 계단에서도, 다가올 굴욕을 죽음으로 막아냈던 테르모필레 전투* 같은, 이런 저항의 몸짓이 많이 있었다.

아직 계단에 있는데, 강제수용소에서 조금 전에 봤던 많은 사진 가운데 하나가 내 눈앞에 떠오른다. 외모로 보아 발칸 사람이나 남동부 유럽인으로 보이는 이름 없는 남자 사진이었다. 얼굴은 구타 때문에 일그러졌고 피딱지가 앉은 두 눈은 퉁퉁 부어 있었다. 인내하는 표정에는 소심하지만 굳건한 저항의 의지가 담겨 있었다. 그는 누더기 재킷을 입었고, 나름대로 장식성을 살린 바지에는 깨끗하게 정성 들여 기운 천 조각들이 보였다. 지옥 한가운데서 잃어버리지 않고 있다가 찢어진 자기 바지에 발휘한 그런 자존감, 자기존중이, SS대원이나 수용소를 방문한 나치당원이 입은 제복을 남루하고 초라한 카니발 복장처럼, 피바다가 그들을 천년만년 계속 가게 해줄 거라 믿으며 전당포에서 빌려 입고 온 옷처럼 보이게 만들었다. 그들은 12년간 정권을

---

* 기원전 480년 제3차 페르시아 전쟁 때 막강한 페르시아 군사력에 맞서 레오니다스 왕이 이끄는 스파르타 군대가 좁은 협로인 테르모필레를 격전지로 하여 벌인 전투로, 결국 레오니다스와 병사들은 전멸했다.

유지했다. 내가 여행할 때 즐겨 입는 낡은 바람막이 재킷보다는 더 짧은 기간이었다.

7. 망각의 한 방울

장크트플로리안 수도원은, 제국의 계단실, 길게 늘어선 복도, 태피스트리, 침대에 터키군과 헝가리 반역자들을 패자의 모습으로 새겨넣은 외젠 대공의 방 등, 하나님과 합스부르크가의 더 큰 영광을 위한 후기 바로크의 화려함이 돋보이는 곳이다. 그러나 놋쇠 침대, 작은 책상 하나, 의자 하나, 피아노 한 대, 가치 없는 그림 두 점 뿐인 초라하고 빈약한 안톤 브루크너의 방도 있다. 이 수도원에는 브루크너의 위대하고 유명한 오르간이 있다. 오스트리아의 대수도원들—장크트플로리안, 괴트바이크, 마리아타페를, 특히 웅장하고 화려한 멜크 수도원—의 장식적인 화려함도 그 진정한 본성, 그 신비한 소박함은 지우지 못한다. 수도원의 둥근 지붕과 종각이, 오랜 세월 깊은 신앙심이 배어 있는 풍경, 언덕의 곡선, 조용한 숲, 평화로운 전통과 어울리며 이러한 소박함을 자아낸다. '선하신 하나님에게' 심포니를 헌정하고 싶어했던 브루크너는 고향의 공기와 종교 안에 살아 있는 이 조용한 내면성을 표현했고, 조화를 갈망하는 그 고통스럽고 순수한 감정 덕분에 현대의 불협화음을 이해했던 음악가다.

브루크너나 슈티프터의 예술은 숲, 마을 성당의 구형 돔이 있는 지붕, 조용한 집이 있는 오스트리아 보헤미아의 정겹고 목가적인 풍경에 대한 존경심에서 생겨났다. 집과 숲이 있는 평화로운 풍경에는 안전하게 보호되는 한정된 공간에서 갈등 요소들이 모두 사그라진 듯한, 어딘가 목가적인 구석이 있다. 숲 속의 삶은 변하고 형태가 바뀌지만 너무나 천천히 변해서, 각 개인은 그 움직임을 느끼지 못하며 영원히 지속되고 있다는 느낌을 받는다. 너그러운 이 법이 몇백 년에 걸쳐 지속되면서, 좋은 규칙에 따라 삶을 조직하고 천천히 깊은 시간 속으로 나아가도록 돌본다. 세르조 루피가 관찰했듯, 이런 시간 윤리는 과거를 좋은 것으로 보이게 만든다. 왜냐하면 우리는 과거에 너그러운 법이 얼마나 잘 운용됐고 얼마나 잘 세상을 조직했는지 알기 때문이다. 슈티프터는 과거를 사랑했고 현재를 두려워했다. 그는 완벽한 충만감을 느낄 때 멈추는, 그래서 삶의 아주 느린 흐름을 깨는, 파우스트의 찰나를 끔찍이 두려워했다.

쌍두독수리는 현대의 급박하고 세찬 리듬에 맞서 전통의 세계를 지키려 애썼다. 전통은 시간을 길게 측정했고 시간을 마치 영원처럼 생각했다. 슈티프터가 『평원의 마을』에서 썼듯이, 세대는 하나의 묵주, 즉 개인의 삶을 하나씩 빼낸 로사리오다. 비슷비슷한 각각의 삶은 시간의 사슬에 꿰인 망각의 한 방울이다. 왜냐하면 이 사슬 안에 들어가면서 스스로를 잊어버리기 때문이다.

파우스트의 찰나일까, 아니면 슈티프터의 로사리오일까? 장크트 플로리안 수도원 앞에서 막달레나가 엽서를 사고 있다. 뭔가에 집중할 때 늘 그렇듯, 그녀는 입술을 삐쭉 내민 채 고개 숙여 엽서를 살핀다. 입술을 내밀자 볼에 주름이 좀더 깊이 파인다. 살짝 빛바래 보이는 금발을 보자 문뜩 삶도 녹이 슨다는 생각이 든다. 아직 금발이긴 하지만 그 금빛 머리도 로사리오의 한 알, 망각의 한 방울이다. 파우스트적인 확신이 있느냐, 아니면 슈티프터적인 확신이 있느냐? 이것은 찰나 혹은 변하지 않는 황금을 붙잡을 것이냐, 아니면 진주알이 떨어져나가는 걸 침착하게 받아들이면서 로사리오를 조용히 풀어낼 것인가 하는 문제가 아닐까?

슈티프터가 말한바, 모든 사물은 무언가를 이야기하고 있지만 그 말을 듣는 사람은 두려움에 떤다. 왜냐하면 사물들은 일반법칙, 즉 현재가 과거로 흘러들어가는 법을 말해주기 때문이다. 아마 그가 말한 확신은 이 흐름과 하나될 줄 아는 것, 동사의 무한한 현재, 움직임과 지속, 시간과 영원과 하나될 줄 아는 것일 테다. 카를로 미켈슈테터에게 설득이란 그리스어 페이토Peithō였다. 그리스인은 쌍수를 안다. 몇 걸음 앞에서 길모퉁이를 돌아가게 될 이 실루엣은 하나의 방울, 진주 한 알, 로사리오의 알 하나이거나 로사리오 전체, 돌아가는 그 묵주알들이 아닐까? 나누어진 실존의 시간은, 우리 각자가 자신의 오디세이아의 장소와 순간들을 짚어나가고 다시 찾아나가는 하나의 여행이다. 육십 먹은 여인과 사랑을 하는 건 어떨까? 언젠가 내 친구 로베르토가 찻집에서 외쳤다. 제발, 그건 안 돼. 그러자 친구는 웅변조의 질문을 수정하면서 덧붙였다. 파올라는 지금 예순 살일 뿐이야, 지금껏 내 인생에서 나와 함께한 그녀는 마흔 살이기도 하고 서른 살이기도 하고 스물다섯 살이기도 해. 그러니 평균해서 따져보면 젊은 나이고, 내일도 그럴 거야. 얼굴은 좀더 진지하고 또렷하고 사려 깊어졌으며, 좀더 자신감 있고 매력적이 됐어. 코 아래 이 입가에 살짝 주름이 생기고, 촉촉하고 진한 두 눈에는 과거와 현재의 세월이 떠돌아. 시간이 그려져 있고 새겨져 있지. 둥근 목구멍은 시간의 구멍이고, 그 강의 물길이야. 그 강에서 흘러나온 입은 어제의 것이고 오늘의 것이지. 헤라클레이토스의 말이 틀린 것 같아. 우리는 늘 같은 강물, 늘 같은 무한한 현재의 강물에 몸을 담그고 있어. 매 순간 물은 더 맑아지고 더 깊어져. 경사를 따라 흑해로 내려가고, 흐름을 받아들이고, 소용돌이와 파도와 함께, 수면과 얼굴에 주름을 그리며 노는 거지.

슈티프터는 식물을 좋아했는데 아마 무생물을 좀더 좋아한 것 같다. 그는 돌에 도덕을 부여했다. 돌 속에 수정체 구조를 보여주는 법칙이 있기 때문이다. 『평원의 마을』에서 할머니의 모습을 숭고하게 표현하기 위해 할머니를 태양에 반짝이는 돌에 비유했던 그다. 사물들은 인간들보다 위에 있는 듯하다. 왜냐하면 그것들은 묵직이 움직이지 않고 조용히 객관성을 유지하며 느리고 불명료한 현실 법칙과 하나될 줄 알기 때문이다. 가장 훌륭한 지혜는 개인적인 오만과 지성을 과감히 버리는 것이다.

슈티프터는 긍정적이고 교훈적인 이야기를 서술할 때보다 오히려 어두운 우화, 게으른 무기력 상태의 사건들을 서술할 때 더 거장답다. 그 이야기 속에서 인간은 사물들, 즉 수동적인 무생물들로 퇴보해서 개인적인 야망을 넘어 이해하기 어려운 삶의 흐름과 신비로운 조화를 되찾게 된다. 그의 걸작 가운데 하나인 『투르말린』에서 정신지체아에 가까운 소녀가 감동적인 이야기를 쓰지만 소녀는 자신이 쓴 내용을 이해하지 못한다. 소녀는 아둔하면서도 사물들을 너무나도 잘 이해하는 그 불가해한 둔감함을 상징한다. 소설의 주인공인 소녀의 아버지는 어둠과 고통을 보여주는 또 한 명의 인물이다. 그는 스스로를 완전히 소외시킴으로써, 사회로부터, 역사와 진보의 변증법으로부터 자신을 지움으로써, 삶 즉 과거로 흘러들어가는 현재의 강물과 숭고한 조화를 이루어낸다.

슈티프터는 자연의 가장 작은 표현에서, 화산 폭발이 아니라, 자라는 풀에서 자연을 찾았다. 자연에 경의를 표하고자 슈티프터는 자연의 창조와 파괴 활동에는 관심을 두지 않고 보호자로서의 자연에 집중했다. 인간이 무서운 일, 파괴와 비극을 대면해야 할 때면, "강한 사람은 그것에 굴복하지만, 약한 사람은 반항하고 한탄한다. 일반 사람은 놀라 어쩔 줄 모른다"라고 말했다. 그는 『오바댜』나 『투르말린』에서처럼 운명의 잔인함 앞에서 놀라 어쩔 줄 모르는 인간으로서, 도덕적인 설교나 이데올로기적인 주장 없이 글을 썼을 때 훌륭한 작품들을 썼다. 운명을 받아들일 줄 아는 강한 사람의 긍정적인 전망을 갖길 원했을 때 그는 건설적인, 그래서 견딜 수 없이 지루한 글을 쓰기도 했다. 그들 자신이 생각하는 것보다 훨씬 더 악을 잘 알고 있던 슈티프터나 브루크너 같은 위대하고 순수한 영혼은, 어둠과 부정적인 것에 온화하면서도 굴복하지 않는 태도로 대면했을 때 진정한 시인이 됐다. 『투르말린』에서 안돌프 교수가 사물들이 시들고 침몰하고 허물어지는 모습, 낡은 담벼락을 따라 물기가 흘러내리는 습한 곳, 인간들이 버린 폐허를 터전 삼아 살아가는 새들과 짐승들을 천천히 지켜보았던 것처럼 말이다.

장크트플로리안 수도원에는 또 한 명의 좀더 불안한 악의 전문가가 있다. 성 세바스티아누스 제단 위에 알브레히트 알트도르퍼가 가장 강렬한 인상의 그림들 몇 점을 그려넣었다. 그리스도의 수난과 성인의 순교를 담은 장면이다. 비극적인 회색빛 하늘 아래 거칠고 어리석은 폭력이 뿜어져나와 두 죄인 위에서 맹위를 떨치고, 우둔하고 음침한 얼굴들이 눈에 띄는데 모두 악에 대해 둔감한 모습이다. 성 세바스티아누스의 죽음을 묘사한 볼프 후버의 그림에서도, 한 여인이 프라이팬 비슷한 것으로 순교자를 때리고 있고, 어리석고 악한 한 아이 역시 그 폭력에 동참하고 있다. 알트도르퍼가 마우트하우젠이 어떤 곳인지 말해준다. 그의 강렬한 색채가 강제수용소의 잔인한 광기에 맞서 절규하고 있다.

오스트리아 바로크 양식의 둥근 수도원 건축물, 장크트플로리안 수도원이나 멜크 수도원의 둥근 지붕은, 현실의 이런 비극적이고 잔인한 측면을 피하게 해주거나 완화시켜준다. 이런 식으로 공범자가 되어 현실의 비극적이고 잔인한 면을 숨기고 잊게 한다. 바로크의 부드러운 곡선은 자신감 넘치는 긍정적 지혜, 멜크 수도원 수도사들의 희열에나 어울린다. 몇 년 전에 사망한 토마스주의자 소설가인 귀터 슬로의 『우정 이야기』에는, 멜크 수도원 수도사들이 이 공의 둥글고 가벼운 성질과 수도원 분수가 만들어내는 움직이는 대칭 구조가 구球

의 조화를 표현한다고 철석같이 믿으며 공놀이하는 장면이 있다.

이 원형의 조화는, 전 기독교의 위대함을, 저녁 축복기도에서 세상에 질서와 안정을 나눠주며 둥글게 팔을 활짝 벌린 몸짓을 나타낸다. 하지만 유명 예술사에 참여했던 바로크의 위대한 수도원들은, 그 둥근 원을 너무 지나치게 닦고 윤을 냈다. 반면 변두리 사제들은, 그것을 적당히 분별 있게 취해서 비틀리고 찢긴 것에도 공간을 내어줄 줄 알았다. 그 수도원들의 매끄러운 둥근 지붕 아래에는 무분별한 고통, 비대칭, 인간들에게 매 순간 가해지는 십자가의 고통과 야만적인 열정을 위한 자리가 없다. 늘상 다시 시작되는 묵시록과 마우트하우젠의 살아남은 뼈대를 정당하게 보여주는 것은, 의기양양한 성당의 발다키노天蓋가 아니라 바로 알트도르퍼의 피와 비극의 하늘이다.

8. 그라인의 오리

그라인에 아이헨도르프가 묘사한 소용돌이와 여울은 이제 없다. 그 소용돌이들은 여행자를 놀라게 했고 보트와 연락선들을 삼켜버리곤 했다. 마리아 테레지아의 도움으로 이미 착수되어 최근에서야 끝이 난 공들인 이 작업이 다뉴브 강의 물을 조용하게 만들어놓았다. 오늘 다뉴브 강은 안개가 짙게 깔렸고, 태양이 벌써 안개를 증발시키고 있다. 감옥에 인접해 있는 낡은 시민 극장은 조용하기만 하다. 죄수들은 창살을 통해 공연을 훔쳐보며 아리스토텔레스식으로 말하자면 죄악에 물든 그들 마음을 정화시킬 수 있었을지도 모른다. 몇 미터 아래에 안개가 거의 걷힌 강에서 오리들이 어설픈 문장紋章을 그리며 정겹게 떠다닌다. 오리들은 멀리 북쪽에서 왔지만 집 선착장에 머물며 시민이 되는 바다제비들 같다.

이 지역에 스트린드베리가 오스트리아인 아내와 함께 살았다. 학자들은 그가 이곳에서 『지옥』과 『다마쿠스를 향해』를 집필하는 데 영감을 받았다고 말한다. 주변을 둘러보았다. 안개 깔린 이곳 풍경이 아이헨도르프의 낭만적인 그리움에 무엇을 암시해주었을지 쉽게 상상이 됐지만, 스웨덴 작가의 격정적인 공상이 그 풍경에서 무엇을 읽어냈을지는 짐작하기 어려웠다.

9. 대공을 위한 타르트

1908년 오스트리아-에스테 대공이며 오스트리아-헝가리 제국의 왕위 계승자인 프란츠 페르디난트는, 합스부르크가의 왕관을 가시면류관으로 정의했다. 그 문구는, 빈에서 약 80킬로미터 떨어져 있고 다뉴브 강에서 멀지 않은 아르츠테텐 성의 대공을 기념하는 박물관의 한 방에 남아 있다. 페르디난트 대공은 그토록 사랑했던 아내 소피와 함께 아르츠테텐에 묻혔다. 사라예보 저격으로 프란츠 페르디난트는 왕위에 오르지 못했다. 그러나 만약 그가 황제가 되고 프란츠 요제프 황제처럼 오랫동안 제국을 지배했다면, 그는 그의 조상들처럼 카푸친 수도원 지하 납골당에 묻히지 않았을 것이다. 그는 아내 옆에서 잠들고 싶어했다. 그의 아내 소피 호트코바 운트 포크닌은 체코의 유서 깊은 귀족 가문 소속의 백작부인일 뿐이므로 합스부르크가의 묘지에 안장될 권리가 없었다. 왕위 계승자와 결혼한 후에도 소피는 너무 비천한 혈통 때문에 호프부르크 왕궁에 살지 못했고 황실 마차에 타거나 극장 황실 특별석에도 앉지 못했다.

지금 부부는 성에서 가까운 아르츠테텐 성당 지하 납골당의 아주 소박한 흰색 석관 두 곳에 누워 있다. “Franciscus Ferdinandus,

Archidux Austriae-Este(오스트리아-에스테 대공 프란시스쿠스 페르디난두스)"라고 적힌 묘비에서 왕위 계승자라는 자격도, 다른 작위나 영예로운 칭호도 떠오르지 않는다. 라틴어로 각각의 날짜와 함께 정리한 세 가지 기본 사건이 그의 인생이다. "Natus, Uxorem duxit, obiit(태어났고, 결혼했고, 사망했노라)." 소피의 삶 역시 이 세 사건으로 간단히 응축된다. 탄생, 결혼, 사망. 이 간결한 서사로 삶의 본질, 대공의 삶과 개개인의 모든 삶의 본질이 정리된다. 모든 다른 속성, 아무리 고명한 속성이라 하더라도 부차적인 것이며, 대리석에 새겨 기억할 만큼 가치 있어 보이지는 않나 보다. 이 무덤에는 단지 어쩌다 왕위 계승자가 된 대공뿐만이 아니라, 더한 의미를 가진 누군가, 보다 보편적인 인물, 우리 모두와 공통적인 운명을 함께 나눈 인간이 잠들어 있다.

소피와의 결혼, 백작부인에 불과한 신분 낮은 여인과의 비난받던 결혼으로, 페르디난트는 자식들에게 왕위 계승권을 물려주지 못했을 뿐 아니라 가슴 아픈 굴욕, 궁정정치 도당의 격한 적의를 감내해야 했다. 궁정정치 도당은 사라예보 사건 이후 그의 장례식에서조차 자신들의 기분만 충족시켰다. 프란츠 페르디난트는 낭만적인 속물처럼 사랑 때문에 왕위를 포기한 사람이 아니다. 왜냐하면 그의 삶은 숭고한 책임감으로 제국에 헌신하면서 의미를 찾았고, 이 소명에 복종해야 비로소 그 사랑을 가치 있게 만드는 충만한 삶이 될 수 있었기 때문이다. 그는 사랑 속에서 왕관과 같은 가치를 발견했지만, (속물처럼 똑같이) 왕관 때문에 사랑을 포기하는 짓도 결코 하지 않았다.

모두가, 그의 형제인 오토 대공조차도 그 결혼에 반대했다. 오토 대공은 허리띠와 사브르 칼만을 차고 벌거벗은 자허 호텔에 나타나거나, 유대인 장례 행렬에 말을 타고 돌진해 들어가거나, 부하들을 대동해서 자신을 비난한 사람들을 몽둥이찜질하기를 좋아했다. 편견 없이 착한 테러리스트 오토 대공은 자신의 계급 관습에 충실하고 맹종할 줄 알았다. 프란츠 페르디난트에 대한 궁정 귀족들의 악의는 모든 사회집단의 저속성을 보여준다. 그들 사회집단은 스스로를 엘리트라 생각해 다른 집단을 배제시킨다고 생각하지만, 사실 세상 밖으로 격리되는 것은 그들이다. 그들 집단은 아주 작고 둥근 꽃밭 안에서 맴돌면서 그 꽃밭이 세상이고 그 울타리 밖은 감옥이고 그 안에 세상 사람들이 수감되어 있다고 믿는, 옛날이야기에나 나오는 술주정뱅이 같다.

프란츠 페르디난트의 삶을 상기시켜주고 조명해주는 아르츠테텐 성의 방들에서 모순적인 한 인물의 흔적을 느낀다. 군주의 권위를 신이 준 권력으로 보는 뒤처진 정서가 있기는 하지만, 그 권력을 귀족의 특권에 대항하고 제국에서 가장 학대받는 민중들을 위해 쓰려고 한 인간의 모습 말이다. 편지·사진·서류 등의 물건들은, 성질 급하고 고집 세며 무례할 정도로 도전적이고 아주 권위적이지만 뜨거운 애정으로 초개인적인 사명에 지칠 줄 모르는 에너지로써 헌신하던 한 사람의 이미지를 다시금 살펴보게 한다.

이 유물들, 이 기념품들은 사라예보에서 살해당한 부부의 운명을 부럽게 만들 정도로, 사랑이 넘치는 가정의 행복을 보여준다. 초상화들 속 소피는 잉그리드 버그먼을 조금 닮은 아름답고 침착한 모습이다. 그녀는 의미심장하고 비밀에 가득찬 고요한 신비에 휩싸여 있다. 소피의 매력은 깊이를 헤아릴 수 없을 정도로 맑고 충만한 삶에서 나올 수 있는 매력이다. 아내와 함께 있는 대공의 사진들에는 정신적이고 육체적인 친밀함, 행복하고 기쁨 충만한 두 육체가 있다. 이 조화는 자식들의 얼굴에도 번져 있다. 어린 소피는 쇤부른 궁정에서 열린 가장무도회에서 분홍색 리본을 달고, 히틀러가 1938년 오스트리아를 합병하면서 다카우로 추방했던 두 오빠 막시밀리안과 에른스트를 넘어 저 위쪽을 바라보고 있다. 프란츠 페르디난트가 자식들에게 보낸 엽서들은 결국 황제에게 전달됐지만 '아빠'라고 서명되어 있다.

이 귀족적인 기품은 사냥 사진들 때문에 저속해진다. 그 사진들은 왕위 계승자에게 사냥물을 산더미같이 쌓아놓고 싶은 열망이 있었고, 2763마리의 갈매기를 단 하루 만에 쏘아 죽이거나 6000마리째 사슴을 잡거나 하는 기록 세우기에 괜한 열정이 있었음을 보여준다. 쌓아올린 노루 더미 위에서 의기양양해하는 대공과 다른 사냥꾼들의 사진 속 모습은 도살장에나 어울릴 법한, 배가 불룩 튀어나온 거친 도살자들 같다.

그 가족의 이야기 안에 선물·성적표·파티·병정·과자 들이 있다. 아버지가 가시면류관에 대해 생각했던 그 1908년에, 어린 소피는 쇤부른 궁정에서 분홍색 드레스를 입고 타르트를 맛보았다. 그 타르트는 자신의 이름을 딴 전문 제과제빵 회사를 갖고 있던 진취적인 제과제빵사 오스카 피싱거가 남편을 따라 공작부인의 반열에 오른 존경하옵는 대공부인 마마께 보낸 편지에서 언급한 타르트였다. 아부와 끈질긴 투지가 넘치는 이 편지에서, 편지 보낸 사람은 아주 겸손하게 몸을 낮추며, 마음속 깊이 간직해온 간절한 소망을 이룰 수 있는 기회를 언길 감히 바라옵고, 또한 존경하옵는 공작부인 마마께 직접 만든 타르트를 맛보시도록 샘플을 보내드릴 테니 드시고 나서 소감을 받아볼 수 있는 영광을 주시면 감사하겠사옵니다, 라고 속내를 털어놓았다. 처음에서와 마찬가지로 오스카 피싱거는 다시 존경과 감사를 늘어놓지만, 자신의 창작품에 대한 공작부인의 의견을 받아보길 간절히 바라고 있음을 다시 한번 강조한다.

대공의 집에서 분명 답신을 보냈을 것이다. 정황 증거에 따르면 별다른 생각 없이 응원의 답신을 보냈던 모양이다. 왜냐하면 다음 편지에서 그 제과제빵업자는 감사 인사를 표하며, 자신의 회사가 만든 크림을 넣은 크라펜에 '소피 공작부인'이라는 이름을 공식 사용할 권리를 얻은 것에 감사 인사와 말할 수 없는 기쁨을 표시했기 때문이다.

반면 타르트에 대해서는 신기하게도 더이상 말이 없다. 아마 공작부인이 타르트에 큰 호감을 보내진 않았던 모양이다. 그러나 오스카 피싱거는 실패를 만회하고 크라펜을 성공시켜, 이 이름으로 대중으로부터 폭넓은 호응을 얻었다. 크라펜이 성공하자 공작부인은 별 생각 없이 이름 사용권을 허락했던 걸 후회했던지 뻔뻔한 제과제빵업자에게 냉정한 편지를 보낼 생각을 제때 해냈다. 그러자 제과제빵업자는 공작부인에게, 수수료를 즉시 보내겠으며 대공 가족이 빈에 체류하는 동안 거주지 벨베데레에 존경하옵는 마마가 주문하신 크라펜 여섯 개를 보내겠습니다, 라고 알렸다. 크라펜 여섯 개, 아이들 한 명당 두 개씩 계산해서 보낸 여섯 개의 크라펜은 아마 대공 식구들에겐 약간 적은 개수였을 것이다. 프란츠 페르디난트가 아무리 근검절약했더라도 말이다.

우리는 이 편지 배후에 있는 이야기를 짐작해볼 수 있다. 이상하게도 타르트에 대해 일체 말이 없었던 것, 그의 일생일대의 작품 크라펜을 준비하면서 오스카 피싱거가 보였을 법한 동요, 그가 짜증내며 점원들 머리에 먹였을 꿀밤, 냉정할 정도로 소박한 주문, 벨베데레의 커다란 저택에 배달된 작은 쟁반. 그 뒤의 몇몇 사진은 댈러스 저격사건과 너무나도 비슷한 사라예보 사건 이후 일어난 일들을 보여준다. 사진과 그다음 사진의 그 짧은 순간에, 유럽의 권총자살 사건들이 시작됐다. 무슨 이상하게 뒤틀린 논리인지 몰라도, 유럽에 치명상을 입힌 이 총격은 유럽의 구세력이 연합하여 계속해서 지배하고 착취할 수 있었을 아시아와 아프리카 국가들로부터, 해방을 이끌어내기 시작했다.

피싱거의 타르트가 오늘날 유명해졌듯이 '소피 공작부인' 크라펜은 가시면류관보다 오래 살아남았다. 세상은 계속되고 있고, 그 가족의 이야기는 사회학자들과 종교학자들에게 관심 대상이 되었다. 대공의 지하 납골당 앞 아르츠테텐 교구 게시판에는 다음주가 '시모-장

모-후모에 대해 생각하는 날'임을 공고하고 있다.

10. 키젤라크

19세기 초 빈 궁정기록실 보조원이자 활발한 도보 여행가였던 요제프 키젤라크에게 영원에 대한 야망을, 순식간에 흘러가버리는 강물에 정체된 뭔가를 대립시키고픈 열망을 불어넣어준 것은, 바로 그 덧없이 흘러가는 강물이었을 것이다. 불행히도 키젤라크는 자신의 이름보다 좋은 것이 머리에 떠오르지 않았다. 그래서 그는 다뉴브 강둑을 따라 여행하는 동안, 특히 로이벤 지역과 바하우의 포도밭을 여행하면서, 지워지지 않는 유화 물감을 사용하여 검은색 대문자로 자신의 이름 'J.(Josef) Kyselak'를 직접 적어넣기 시작했다. 사물들에, 예를 들어 바위 표면에 이름을 적어넣곤 했다. 그리스 기둥이나 산봉우리를 훼손하는 사람들이 모두 그렇듯, 키젤라크는 사라지지 않고 영원히 남을 작은 것을 염원했고 그것을 얻어냈다. 이차대전 이후 만들어진 아방가르드 문학, 신화적인 빈그룹의 두 시인 게르하르트 륌과 콘라트 바이어는, 플라톤의 초기 대화편 「아이온」에 나오는 호메로스 해석가 아이온이 시에서 봤던 그 신비한 망상에 버금가는 망상으로, 키젤라크가 점점 더 까다롭게 완벽한 글씨를 추구하며 자신의 서명을 써넣었다고 생각했다.

물론 흘러가는 물이 과대망상자의 고정관념보다는 더 위대하다. 요제프 키젤라크가 세상의 얼굴에—혹은 좀더 겸손히 바하우의 아름다운 지역에—다른 사람의 이름, 사랑하는 사람의 이름이라든가 요술 주문처럼 의미 없이 반복되는 그런 말을 써넣었더라면 더 좋았을 것이다. 만약 키젤라크가 자신의 이름을 적기보다는 지우고 다녔더라면 그는 더 위대해졌을지도 모르겠다. 그러나 자료실 보조원은 다뉴브 강 인근을 아무리 많이 돌아다녔다 하더라도 대륙 사람, 육지 사람이었다. 율리시스처럼 아무도 아닌 '사람'이 되는 법을 알려면 아마 바다가 필요할 것이다. 중부유럽은 육지이며 등산지팡이, 두꺼운 녹색 천으로 만든 옷, 세무서와 관청의 꼼꼼한 법규가 있다. 중부유럽의 문화는 액체적인 요소, 어머니의 양막, 태초의 물과의 친밀성을 잃어버리고 재킷·경계·지위·신분증·주민번호 없이는 발가벗겨진 불편함을 느끼기 때문에 쉽게 옷을 벗지 않는 사람의 문화다.

중부유럽은 요제프 키젤라크나 외부 공격으로부터 스스로를 보호하기 위해 참호와 지하갱도를 팠던 킨 박사처럼 삶에 맞서 장벽을, 보호막을 친 커다란 문화다. 다뉴브 강의 문화는 세상으로부터 위협받고 삶으로부터 공격받고 있다고 느끼며 미덥지 못한 현실에서 스스로를 잃게 될까봐 두려워질 때, 그래서 집 안이나 사무실의 서류 뭉치 뒤, 도서관 안, 슈티프터의 전나무 주변에, 올이 거친 따뜻한 모포를 두르고 스스로를 가두게 될 때, 편안한 안식처를 제공하는 요새다. 사면 벽 안에 갇혀 있으면, 사람들은 관청 주민등록부에 자신의 이름이 적혀 있나 보고 싶어질 것이고, 어쩌면 키젤라크처럼 벽에 자신의 이름을 적어넣고 싶어질 것이다.

반면 바다에서는 바람을 맞기도 하지만 파도가 움직이는 대로 몸을 맡기면서 미지의 새로운 곳으로 나아간다. 어느 작은 항구에서 낡은 셔츠 차림으로 발아래 햇볕에 달구어진 돌을 밟고 있노라면, 외투나 겨울 채비를 통해 쉽게 얻어낼 수 없었던 즐거움과 사랑을 받으려고 무심결에 한 손을 내밀게 되고, 첫 배에 올라타 콘래드의 인물들처럼 사라지고 싶어진다. 콘래드의 인물들은 항만관리사무소에서 나와 광대하게 펼쳐진 태평양 연안에서 사라졌고, 수천 킬로미터로 한없이 펼쳐진 무수한 삶이 그들을 삼켜버렸다. 유럽 대륙의 중심부는 분석적이고, 바다는 서사적이다. 바닷길에서 우리는 자신의 정체성을 계속 확인하고자 안달했던 키젤라크의 열망으로부터 자유로워지는 법을 배운다.

키젤라크는 1829년에 그의 서명보다 훨씬 못한 여행 스케치 두 권을 쓰기도 했다. 다뉴브 강 여객선 안에서 그 자료실 보조원은 승객·웨이터·행상·승무원 들에 대해 시시콜콜 불평을 늘어놓았다. 그는 오염되지 않는 장소를 원하며, 다른 사람들이 그곳을 오염시킬 뿐이라고 믿는, 그런 여행자들의 저속함을 보여준다. 키젤라크는 오직 자신에게만 무엇이 진짜인지 평가할 수 있는 고귀한 감성이 있다고 생각했다. 다른 사람들은 '덜떨어진 인간들,' 어리석고 야수 같은 대중인 것이다. 그는 자신도 그 가운데 한 명이라는 사실을 의심조차 하지 않았다.

키젤라크는 대중을 경멸하는 사람들 가운데 한 명이다. 오늘날에도 그런 사람들이 많다. 붐비는 만원 버스나 꽉 막힌 고속도로에서 그들은 각자 자신이 숭고한 고독을 즐기는 사람이거나 세련된 방에 살고 있는 사람이라고 생각하고, 같은 돈을 내고 탄 낯선 옆 사람들을 경멸한다. 혹은 옆 사람에게 윙크하면서 그곳에서 그들 둘만이 어리석은 무리와 같은 공간을 쓰게 된 뛰어나고 재치 있는 영혼들이라는 점을 알린다. '당신은 내가 누구인지 몰라'라고 주장하며 '사무실 보스'라도 된 듯 구는 것이다. 이 거만함은 진정 독립적인 판단, 즉 말에서 떨어진 돈키호테가 "난 내가 누구인지 알아"라고 중얼거릴 때 그 마음속에 있던, 이웃에 대해 쉽게 무분별한 경멸을 보이지 않는 그런 자부심과는 다른 것이다.

대중에 대해 일괄적으로 교만함을 보이는 것이야말로 대중화된 전형적인 태도다. 대중의 어리석음을 말하는 사람은 자신도 거기에서 예외일 수 없다는 사실을 알아야 한다. 왜냐하면 호메로스 역시 때때로 꾸벅꾸벅 졸았기 때문이다. 사람들이 공통적으로 겪는 위험과 운명처럼, 대중의 어리석음 역시 자기 자신에게 적용시켜 생각해봐야 하고, 이웃이나 전차 안 옆 사람보다 자신이 때로는 더 똑똑할 수 있고 때로는 더 어리석을 수 있다는 것을 인식하고 있어야 한다. 왜냐하면 바람은 어디로 불지 모르고, 언제 어느 때 정신의 바람이 그를 버릴지 누구도 확실히 알지 못하기 때문이다. 세르반테스에서 스턴 혹은 버스터 키튼에 이르기까지, 위대한 희극작가와 코미디언 들은 인간의 불행을 웃음거리로 만든다. 무엇보다도 이들은 우선 자기 자신 안에서 인간의 불행을 인식했던 자들이다. 이 준엄한 웃음은 인간 공통의 운명에 대한 따뜻한 이해에서 나온 것이다.

시대적인 문제이기도 한 이 어리석음은 역사적 시기에 따라 다른 유형과 의미를 지닌다. 그래서 키젤라크가 생각했던 것처럼, 다른 사람들뿐만 아니라 자기 자신을 비롯한 모든 사람을 끌어들이고 영향을 미친다. 대중을 경멸하는 작가는 모든 사람을 무분별하게 조소하는 듯해도, 실제로는 누구에게도 상처를 주지 않는다. 왜냐하면 그는 우둔한 대중 속에서 유일한 지성인으로 독자 자신을 생각하도록 만들면서, 각각 자신의 독자에게 접근해나가기 때문이다. 이런 기법은 일반적으로 성공했다. 독자는 다른 사람들을 무시하는 작가가 독자 모두에 대해 예외를 만들어놓은 것도 모른 채, 작가가 자신만을 예외로 만들었다며 우쭐해하기 때문이다. 그러나 독자를 현혹시키며 독자의 편견과 확신을 확인시키는 것은 진실한 문학이 아니다. 오히려 진실한 문학은, 독자를 어려움 속에 빠뜨리고 독자로 하여금 자신의 세상과 확신을 새로이 생각하게 만든다.

자신의 이웃들을 '덜떨어진 인간들'로 생각하는 사람이 키젤라크처럼 오직 자신의 서명을 적어넣기 위해서 펜을 든다면 그래도 나쁘지 않은 것 같다. 그 악필을 되풀이해서 적다보면 말이 여러 번 반복되면서 의미가 사라지듯, 그 이름의 의미가 비워지고, 이름이 잊히고, 이름에 대한 갖가지 추측을 넘어, 아무도 아닌 '사람'이 되게 하기 때문이다.

11. 다뉴브 강의 포도밭

두 인접한 도시 크렘스와 슈타인은 우스운 옛날이야기에 따르면 '~와'라는 단어 하나로 합쳐지기도 하고 나누어지기도 했는데, 포도주와 슈미트('크렘스의 슈미트'로 불림)의 바로크 민중회화로 유명한 곳이다. 한때 두 도시는 다뉴브 강의 활발한 상업 중심지였으나 19세기와 20세기 들어 발전과 산업화에서 완전히 격리되었다. 지금은 허공으로 올라가는 듯한 좁은 골목들, 활기 없는 작은 광장들이 내다보이는 작은 돌출 발코니들, 지붕들 숲으로 흘러나가는 듯한 숨은 작은 계단들, 문 닫은 호텔들, 썰렁한 회랑이 보인다. 모든 것이, 쥐죽은 듯 조용하고 자그마하다. 앞마당에서 비가 조용히 주룩주룩 떨어지는 소리가 들린다.

1153년에 아랍인 지리학자 알이드리시는, 그가 보기에 크렘스의 화려함이 빈의 화려함을 능가한다고 칭송했다. 크렘스는 지금은 물에 잠긴 도시 비네타와 닮았다. 전설에 따르면, 바다 밑에 가라앉은 비네타의 길들을 고대인 복장을 한 누군가가 돌아다닌다고 한다. 행인이 비좁은 길들 사이에서 불쑥 튀어나오거나 대문에서 나오기라도 하면, 마치 그림이나 전설 속 이야기를 짜넣은 태피스트리에서 튀어나오는 것처럼 여겨진다. 마법의 시간 동안 인물들이 그림이나 태피스트리에서 나와 살아 움직이는 것 같다. 모차르트의 작품 목록 번호에 있는 이름 쾨헬을 상기시켜주는 표지판에서 조금 떨어진 곳, 좀더 가라앉은 분위기의 슈타인에서 약사가 한 외국인의 예기치 않은 방문에 생기를 찾는다. 약사는 약국 안을 자랑스럽게 보여주더니 슈타인의 영광을 자랑한다. 오랜 라이벌 관계였던 탓인지 크렘스에 대한 비난의 말도 빠지지 않는다.

슈타인은 쥐죽은 듯 정체되어 있다. 각자 자신을 그대로 모방한 모조품인 듯하다. 각자 이 혼수상태의 망각에 자신을 맡기는 기쁨을 느끼지만, 떠나고픈 갈망과 변신에 대한 염원 역시 있다. 쥘 베른의 소설 『다뉴브 강의 항해사』에서처럼 다뉴브 강의 항해사가 되고픈 갈망말이다. 베른의 소설에서 헝가리인 경찰 예거—일명 카를 드라고흐—는, 일리아 브루슈—일명 세레그 라드코—를 강 해적단 두목 이반 스트리가(그 스스로 라드코로 행세했다)로 착각해 그를 잡으려고 자신도 다른 사람으로 변장했던 자다.

12. 10시 20분

툴른에서 시간은 찌르고 물어뜯는다. 삶은 허공을 향해 날아가는 화살, 물리학자들이 말한 돌이킬 수 없는 소멸 과정이다. 『니벨룽겐의 노래』에서 아틸라는 툴른에서 부르군트족 신부 크림힐트를 기다렸다 맞이한다. 시인은 아틸라와 함께 온 여러 국적의 영주들과 국민들, 왈라키아인들과 튀링겐족들, 덴마크인들, 페체네그인들, 그리고 머지않아 크림힐트의 복수로 전쟁터와 죽음으로 내몰릴 키예프의 전사들을 묘사한다.

날이 춥고 비가 온다. 도시 주변의 숲은 형광 녹색을 띠고 있고, 이끼는 빗물과 습기를 먹어 축축하다. 11~12세기에 건축된, 본당 세 개가 있는 장크트슈테판 대성당 안, 묘석 하나에 "여기에 마리아 소니아가 잠들다"라고 적혀 있고, 화살표로 지시된 그 지점에 죽음이 있다. 시계는 10시 20분에 멈춰 있다. 그 시곗바늘들은 화살들, 여기가 화살통임을 보여주는 죽음의 화살들이다.

화살은, 활시위를 떠나 돌이킬 수 없이 날아가다가 중력이 그 날아가는 힘보다 세질 때 떨어질 수밖에 없는 삶이다. 그러나 죽음 역시도 삶이 한창 달려갈 때 삶에 들이닥친다. 시간은 매 시간 우리를 찌르고, 시계는 우리에게 허용된 짧은 휴식마저 재면서 우리를 괴롭힌다. 영면에 든 우리의 자매, 여기에 마리아 소니아가 잠들어 있다. 우리가 키스로, 형제로서 하는 입맞춤이 아닌 키스로 그녀를 깨울 수만 있다면. 그 입맞춤이 잠들어 있는 그녀의 육체를 다시 일으켜세우고, 가슴과 두 다리를 그림자에서 나오게 하고, 밤중에 그녀의 어깨를 감싸안을 수 있도록 말이다. 어떤 삼라만상의 법령이 하달되었길래 우리는 마리아 소니아를 만날 수 없는 것일까? 어떤 전 세계 공연단의 행정위원회가 우리로 하여금 두 무대, 서로 다른 모순된 두 극장에서 연기하도록 규정했을까? 만약 편집기사나 영사기사가 〈헬자포핀〉(1941)에서처럼 우리 필름을 마구 헝클어놓았다가 실수로 우리를 각자 다른 영화에서 연기하도록 만들어놓은 것이라면! 천국은 '헬자포핀'이고, 우리 모두는 학교 휴식시간인 것처럼 난리법석을 피우며 연기하고 있는 것일지 모른다.

화살은 이미 마리아 소니아를 맞혔다. 하지만 얼마 후면 우리도 맞힐 것이다. 이미 우리 가까이 와 있을지 모른다. 마리아 소니아가 누워 있는 정확한 지점을 가리키는 죽음의 정확함은, 상처처럼 빼저리는 것이기 때문이다. 정문에, 쌍두독수리가 터키인 머리를 발톱으로 움켜쥐고 있는 문양과 한 집시 두목의 묘석이 있다. 이 교회에 보관된 야만인 집시의 거칠거칠한 묘석은, 역사의 기억에서 대개 사라져버리듯 우리의 의식에서 사라졌고 알려지지 않은 채 흐릿해진 한 민족의 유랑하는 위풍당당함 역시 보여준다.

13. 쌍두독수리와 흰꼬리수리

툴른 주변의 숲과 습지는 콘라트 로렌츠의 활동 무대로, 다뉴브 강 지류와 운하를 따라 그가 자주 찾던 곳이다. 툴른과 클로스터노이부르크 사이에 있는 마을 알텐베르크에 살 때, 동물 흔적이 그의 눈과 그가 기르던 개의 코에 들려준 것들에 관한 이야기는, 내가 옛날 책들이나 박물관에서 수집한 집 장식에 관한 이야기보다 더 흥미롭다. 여행하면서 나는 무척이나 자주 쌍두독수리 문양을 만났지만, 다뉴브 강물 위로 높이 선회하는 왕독수리나 흰꼬리수리를 만난 적은 별로 없다. 무질, 프란츠 요제프, 이슬람의 초승달 문양, 카페 첸트랄은 중부유럽에서 더 오래되고 더 합법적인 서식자들, 즉 느릅나무와 너도밤나무, 멧돼지와 청로를 가려버렸다.

동물학자들이 폰틱판노니안 지역이라 부르는 이 지역에 대해 내가 그린 지도에는, 가장 최근에 온 서식자, 포크너가 말했듯 숲의 주인으로 행세하려고 하는 그런 저돌적인 서식자들만이 기록되어 있다. 이 때문에 나의 하천 연구가 얼마나 신빙성이 떨어질지 나는 생각해본다. 1726년 『다뉴브 강의 작품들』에서 마르실리 사령관은 여러 민족과 유적, 도시와 왕관뿐만 아니라 금속, 다뉴브 강 속에 살고 있는 물고기들에 대해서도 이야기했다. 그는 다뉴브 강과 티비치 인근에 분포하는 철새, 물고기를 먹지 않고 늪지 생물들을 먹는 새들을 설명하고 분류했다. 그는 둥지 만드는 방법을 설명하고, 독수리와 철갑상어의 해부도를 그려놓았다.

그러나 그 볼로냐 출신 사령관은 보편적인 지식을 추구하고, 그 지식을 인간과 문화의 자연적인 기본 토대 위에 세우려 한 시대에 살았다. 제국 군인이었던 그는 트란실바니아에서 싸웠으며 베오그라드를 포위했었다. 그는 『오토만 제국의 군사 상황, 오토만 제국의 흥망성쇠』를 썼고, 게다가 버섯과 인 그리고 고인 물의 수력학에 대한 논문인 『바닷물의 물리적 역사』를 쓰기도 했다. 전략가이자 하천학자였던 그는 역사학자, 문인, 광물학자, 호수학자, 지도제작자였다. 아직 삶에 대해 총체적이고 고전적인 개념을 가지고 있던 그는, 개체가 지닌 물질적 구조를 소홀히 여기지 않았고 역사를 자연과 접합시켰다.

위대한 시는 종종 인간의 자연적인 역사에 대한 이런 의식에서 나왔다. 루크레티우스, 레오파르디, 중국 시인들, 그들은 개인과 멀리 있는 한 친구에 대한 향수를 개인이 숨쉬는 수천 년 역사의 풍경 안에, 산과 호수의 배경 안에 집어넣어 표현해낸다. 위대한 종교들도 우리가 짜는 천을 생각한다. 체스터턴이 말했듯, 허위적이고 미신적인 종교와 위대한 종교를 구분하는 것은 위대한 종교가 지닌 진정한 유물론 그 자체다.

일종의 젠틸레 법칙*이 전 지구적으로 생겨나 우리는 동물들을 식별해내는 법도 모르고 집 발밑에서 돋아나는 식물들에 이름을 붙여주는 법도 모른 채로 살아왔다. 진실로 경멸스러운 의사 자연과학들이 정부 내각의 프로그램에 따라 인문학humanae litterae에 발걸음을 머물게 했고, 그래서 린네의 『자연의 체계』 가운데 라틴어 이명법만 남고 이명법으로 표기한 생물은 남지 않아, 이 책은 말로만 존재하는

---

* 조반니 젠틸레Giovanni Gentile(1875~1944)는 무솔리니 내각의 교육부 장관으로, 대표적인 파시즘 이론가였다. 그의 '능동적 관념론'에 따르면, 참의 실재가 정신, 곧 선험적 자아인데, 이 정신은 영원부단한 발전을 거듭하는 능동적 활동이다. 이 상태에서는 이론과 실천의 대립은 없어지고, 문화의 제반 영역은 자립성을 상실하며, 개체적인 것은 전일적全一的 정신 속에 해소된다. 그는 정밀과학을 인문주의적 교과보다 못한 것으로 여겨 이를 기계적인 교육으로 강등시켜버렸다.

동화 속 동물들, 유니콘이나 불사조처럼 순전히 이름만을 모은 카탈로그가 된 것이다. 우리는 아이러니가 현실의 부족을 보충할 수 있기를 바라며 변칙적인 이 라틴어 이름하고만 놀게 됐다. 각기 다른 계절, 이 다뉴브 강변에서 본 꽃들과 새들에 이름을 붙여주고 싶다면, 나는 다뉴브 강의 동식물 안내서, 바워와 글라츠의 저서들이나 옛날 모이지쇼비치의 저서를 참조해야만 한다.

자연과 문화 사이의 분리는 모이지쇼비치를 불편하게 했다. 독일 문화에는 적어도 그 불편을 의식하고 그것을 고쳐보려는 메시아적 갈망이 살아 있다. 숲과 속삭이는 아이헨도르프의 서정시, 블로흐의 유토피아적인 사고는 우리가 자연에서 분리되어 있음을 상기시켜준다. 우리가 신들의 고아이며 추방됐다는 걸 인식하지 못한다면 우리에게는 구원의 희망조차 없다고 횔덜린은 말했다. 그러나 우리의 문화란 아이헨도르프의 숲에서, 멜빌의 바다에서 비롯된 게 아니다. 오히려 사드의 단조로운 환상에서 나온 것이다. 플로베르가 말했듯 사드의 환상에는 진짜 나무도, 진짜 동물도 없다. 세속적인 사회가 우리의 유일한 지평을 형성하고 있다.

프로이트가 훌륭하게 드러냈던 문명의 불편은 고칠 수 없는 모순에서 생겨나기도 했다. 문명과 도덕은 필요하지만 분리하기 어려운 구분, 인간과 동물 사이의 구분에 기초한다. 동물의 삶을 파괴하지 않고 살기란 불가능하다. 우리가 볼 수 없는 아주 작은 생물들의 삶 또한 마찬가지다. 동물들에게 침범할 수 없는 보편적 권리를 인정해주고, 칸트식으로 모든 동물을 수단이 아닌 목적으로 생각하기란 불가능하다. 끈끈한 형제애로 인류를 끌어안을 수 있지만 그것에 그친다. 이런 불가능함이 인간 세계와 자연계 사이의 분리를 어쩔 수 없는 것으로 만든다. 또한 인간을 괴롭히는 고통에 대항하여 싸우는 문화로 하여금, 동물들의 고통 위에서 자신의 건물을 지으면서 동물들의 고통을 완화하려 애쓰지만 고통을 완전히 없앨 수는 없다고 체념하게 한다. 우리 인간의 삶을 그림자처럼 따라다니는 잘 알려져 있지 않은 무리, 즉 동물들의 구제하기 어려운 고통은, 우리 인간의 삶에 원죄의 무게를 실어준다. 엘리아스 카네티의 작품, 특히 『군중과 권력』은 우리가 섭취한 생물들의 죽음으로 우리 안에 축적된 어둠을 발견해낸 책이다.

다뉴브 강의 습지에서 회색 거위들과 함께 사는 자연주의자 콘라트 로렌츠는 이런 구분이 독단적인 신인동형론에 기초한 것이라고 생각했다. 생태학은, 편하게 생각해왔듯 동물들이 자동적인 본능적 메커니즘만을 가진 게 아니라는 사실을 그에게 알려주었다. 그는 뷔퐁처럼 동물과 인간 사이의 '무한한 차이'를 인식하려 하지 않고, 오히려 린네처럼 인간을 단순히 포유동물들 가운데 포함시키려 했다. 보편적 관념들 안에서 그 자연주의자는 '인류의 쇼비니즘,' 부족에서 국가로 그리고 인류 전체로 확장되어가면서 같은 집단에 속하지 않은 사람에게는 권리와 존경을 주지 않는 국수주의를 보았다.

민주주의자는 휴머니스트다. 로렌츠의 과거에서 추적해볼 수 있는 친나치즘 성향이 전혀 나타나지 않는 자연주의자라고 해도 '인류 중심의 종교'에 찬동하는 건 아니다. 왜냐하면 자연주의자는—가장 진화됐다 할지라도—인간을 단순히 생물들 가운데 하나로 인식하기 때문이다. 자연주의자는, 무질의 주인공처럼 만일 신이 인간을 만들었다면 고양이나 꽃도 만들었을 것이고 또 그래야만 한다고 생각하기 때문이다. 쥐와 수달을 관찰하면서 자연주의자는 생존경쟁은 피할 수 없는 것이고, 그래서 인간 또한 우주의 주인공이나 목적이 아니며, 생존경쟁의 운명에서 벗어날 수 없다고 생각한다. 그래서 그는 인간이건 동물이건 모든 생물에게 가능한 한 잔인함과 고통을 주지 않으려고 애쓰지만, 집단 간에 운명적으로 일어나는 생존투쟁의 법칙에 대해서는 정당화하려는 준비가 되어 있다. 그 집단은 역사적 상황에 따라 도시, 정당, 계급, 부족, 국가, 인종, 서양 혹은 세계 혁명이 될 수 있다. 투쟁의 순간 보편적인 원칙들은 가치를 잃고, 집단에 대한 본능적인 소속감이 힘을 발휘한다. 집단의 이름으로 싸움은 정당화되며 의무가 된다. 싸워야 할 적이 다른 사람들인지 동물들인지는 중요하지 않다. 왜냐하면 두 경우 모두 비극이 될 것이지만, 두 경우 모두 필연적인 비극이기 때문이다.

자연주의자는 모든 쇼비니즘은 상대적이라 여기며, 전 인류의 쇼비니즘이 신성하고 절대적이라고 생각하지는 않는다. 이리하여 그는 모든 쇼비니즘, 즉 투쟁심을 불태우며 가치판단을 흐리게 하는 이 집단결속의 기본법칙을 정당화하고 찬양한다. 이런 식으로 가다보면 결국 계급의 일치단결을 강조하며, 패거리끼리 저지르는 어떤 폭력도 용납할 수 있게 된다. 제3제국이 저지른 대학살은, 18세기에 갈색쥐들이 유럽을 침공해 검은 쥐들을 대량 학살했던 것과 외양적으로 별반 다르지 않고 질적으로도 차이나지 않는다.

다뉴브 강의 이 물과 나무들의 빛깔, 혹은 이곳 새들의 울음소리도 인간의 쇼비니즘을 부정하게 만들지는 못한다. 인간의 쇼비니즘이 없었더라도 우리는 분명 동물들의 고통을 완화시키지 못한 채 어두운 야만 상태로 떨어져, 그 피할 수 없는 고통에 이 고통까지 더했을 것이다. 그러나 〈피델리오〉*에서 울렸던 나팔소리가 설사 울려퍼진다하더라도 자유의 몸이 된 인간은, 자신이 사는 고층건물 마지막 층에서 호르크하이머가 썼듯이, 그 맨 위층을 떠받치고 있는 굴욕적이고 고통스러운 아래층들을 기억해야만 할 것이다. 모차르트의 콘서트나

---

* 1805년 초연된 베토벤의 유일한 오페라. 형무소에 수감된 남편을 구하기 위해 아내 레오네레는 남장을 하여 들어가 위기의 순간 나팔소리와 함께 남편을 해방시킨다.

렘브란트의 그림 전시회가 열리는 고층 건물의 토대를 이루는 맨 아래 지하실에, 고통받는 동물의 땅굴이 있으며 피가 흥건한 도살장이 있다.

14. 키얼링의 하우프트슈트라세 거리 187번지

이 방들 가운데 하나에서 1924년 6월 3일 카프카가 죽었다. 지금은 현대식 숙박시설이 들어가 있는 이 작은 삼층집은, 예전에 호프만 박사의 요양소였다. 요양소는 클로스터노이부르크 인근의 이 작은 마을 키얼링에 있다. 이곳에서 카프카는 병이 회복되길 바라며 그의 인생 마지막 몇 주를 보냈다. 현관 바닥에 '안녕하십니까'라는 라틴어 '살베Salve'가 적혀 있다. 카프카의 방은 삼층 정원 쪽 방인 걸로 안다. 지금 소유자는 바허 씨다. 쓰레기차는 매달 셋째주 월요일에 정문으로 오며 집에서 장작을 패거나 사전 허락 없이 계단으로 무거운 짐들을 옮기는 걸 금한다는 공고문이 붙어 있다.

나는 삼층 아파트 벨을 눌렀다. 친절한 두나이 노부인이 나를 집 안으로 들여보내줬고 발코니로 안내했다. 발코니 난간은 목재고, 빨래가 걸려 있으며, 바닥에 천으로 만든 곰 인형이 있다. 아래층 발코니에서 하셔 부인이 열심히 일하고 있다. 그곳의 수많은 사슴뿔과 사냥 트로피들이 카프카의 생애 마지막 시간들과 쉽게 연결되지 않는다. 말기에 카프카는 극심한 고통을 느끼며 「단식 광대」 초고를 수정했다. 배고픈 예술가에 대해 이야기하는 이 작품은, 삶을 불모로 만드는 완벽한 우화다.

이곳에서 카프카는 긴 의자에 누워 아래 정원을 바라보곤 했다. 지금 아래 정원에는 손수레, 낫, 여러 용구를 가득 넣은 목재 창고가 들어서 있다. 카프카는 자신에게서 멀어지고 있는 이 푸르른 녹음을 바라보았다. 만발한 꽃, 계절, 수액을. 반면 종이는 순전히 맑고 무기력한 불모가 될 때까지 감각이 메마르도록 그의 몸에서 수액을 빨아냈다. 그토록 여성적인 이 녹음 앞에서, 카프카는 아마 자신의 위대함 안에는 남성적인 불안정, 고집 센 자기방어, 계속 확인받고 싶은 욕구가 그로테스크하게 고조되어 있음을 느꼈을 것이다. 그는 마침내 한 여인 도라 디만트와 함께 이 서사적 녹음을 지켜보았다. 카프카는 그녀에게 빠져들어가는 것을 두려워하지 않았으며, 결혼하고 싶어했고, 그녀와 함께 살고 싶어했다. 비록 죽음의 문턱에 있었지만, 카프카가 도라를 언급하며 했던 말 "그녀 없는 나는 과연 무엇일까"라는 말의 진실을 깨닫기에는 결코 늦은 게 아니었다. 도움을 받아들이려는 이러한 노력 덕에 그는 그의 작품 인물들을 넘어섰다. 작품에서 카프카는 자신을 무능력자로 여기고 자신의 단점을 끌어안은 채 살아가는 그 자신의 고통스러운 무능함을 그렸다.

병은 그를 삶으로부터 멀어지게 했던 이 끈질긴 글쓰기 의지를 빨아내버렸지만, 삶에 대한 이 힘을 되찾는 걸 겸손히 도와주었을 것이다. 겸손은 그동안 글쓰기가 그에게 용납하지 않던 것이다. 어쩌면 구원은 연약함의 열매, 자기 자신에 대해 만족하고 글을 쓰기에는 육체적으로 불가능한 상태에서 나온 열매일지 모른다. 일기에서 카프카는 자신의 유대 이름이 암셸Amschel이라는 걸 기억해낸다. 그에게 없던 인간의 정체성, 따뜻한 삶, 사랑, 가족을 표현하는 이름이었다. "오직 프란츠 카프카"가 되기 위해, 작가가 되기 위해 그는 이 모든 것을 부정해왔다. 생의 마지막 시기, 즉 도라에 대한 사랑이 유대교로 그리고 다른 사람과 함께 나누는 삶으로 다시 그를 인도했을 때, 그에게 일어난 일은 작가 카프카의 지나온 삶의 이야기와는 달랐고, 줄리아노 바요니가 말했듯 "오직 유대 이름이 암셸인 사람과 관계된" 이야기였다.

암셸은 카프카가 할 수 없던 것을 할 수 있었다. 암셸은 자신의 연약함을 받아들이고 사랑에 빠질 수 있었으며, 도라 없는 그는 아무것도 아니라는 사실을 인정할 줄 알았다. 카프카가 좋아한 『탈무드』에 나온 말대로, 여자 없는 남자는 남자가 아니다. 비록 죽음 직전이었지만 암셸은 진정한 남자가 되었다. 프란츠는 암셸이 되기 위해, 남자가 되기 위해, 이 오디세이아를 설명하고 가르쳤을 뿐이다.

알베르토 카발라리가 다른 방에서 열을 체크하며 그래프로 그린 차트를 고개 숙여 읽고 있다. 4월 12일 카프카는 열이 38.5도였다. 셰익스피어와 얼굴이 닮은 알베르토는 카프카와 같은 날 비너발트 요양소에 입원한 사람들의 이름에 열중한다. 크라우스 올가, 코바치 비안카, 키스팔루디 에텔카. 잡아먹을 듯 날카로우면서도 관대함이 묻어나는 알베르토의 이 얼굴에서, 나는 세상에 대한 환상이 없는 위대한 애정, 사라진 낯선 그 이름들에 시선을 멈추며 그들의 운명에 경의를 표하고, 그들의 기억을 꺼내 전직 기자로서의 감각으로 그들의 이야기를 들춰내고 싶어하는 피에타스*를 읽는다. 이 명부 위에서 잠깐 우리의 시선이 부딪힌다. 이 순간 역시, 명부에 적힌 낯모르는 이 세 이름처럼, 이 방 안에 영원히 보관될 것이다. 중세의 종교극에서처럼, 여기에서만 진정 만인Jedermann이 죽을 뿐이다.

---

* pietas. 타인에 대한 사랑과 신의, 책임감을 관장하는 로마 신화 속 정령의 이름에서 온 말.

4부

카페 첸트랄

1. 시인의 마네킹

빈. 카페 첸트랄에 들어서면 왼쪽 앞줄 테이블들 사이에 있는 한 작은 테이블에, 페터 알텐베르크의 마네킹이 우수에 젖은 깊은 눈을 하고 해마같이 생긴 그의 유명한 콧수염을 단 채 앉아 있다. 사람들로 꽉 찬 테이블들 사이에서 알텐베르크 마네킹은 신문을 읽고 있다. 그 옆에 앉아 있노라면 구식 양복을 입은 채 뭔가 친숙한 분위기로 가만히 앉아 있는 그 콧수염 신사가 모형 인형이라는 걸 이따금 잊게 된다. 카페에서 종종 그러듯, 나는 그가 손에 쥐고 있는 신문을 훔쳐보곤 한다. 아마 지금 우리가 읽고 있는 것과 똑같은 오늘 날짜 신문일 것이다. 매일 아침 종업원이 그의 손가락 사이에 끼워넣어주는 것 같다.

20세기 초, 빈의 이 테이블들에서, 이름 없는 호텔방과 그림엽서를 좋아했던 집 없는 시인 페터 알텐베르크는, 전광석화와 같으면서도 감지하기 어려운 우화들, 얼굴에 드리운 그림자나 경쾌한 발걸음, 거칠거나 슬픈 몸짓같이, 작은 세부에 집중된 간략한 스케치 같은 글들을 썼다. 이와 같은 스케치를 통해 삶은 그 우아함이나 허무함을 드러내고, 역사는 아직은 감지하기 어려운 균열, 가까이 다가온 일몰의 징조를 보여준다. 내 인조 이웃은 이 일몰의 어둑어둑한 그림자 속에 숨어 무명인의 조용한 삶을 살았고, 일차대전 이후 배고픈 처지가 되었음에도 오직 자신의 삶을 완수할 일에만 전념할 수 있다고 말하며 일자리 제의를 거절했다. 브론슈타인, 일명 트로츠키 역시 이 카페에 앉아 있곤 했는데, 유명한 일화에 따르면 러시아에서 혁명을 준비하는 비밀조직들로부터 정보를 들은 한 오스트리아 장관이 "러시아에서 누가 혁명을 일으킬 거라고? 하루 종일 카페 첸트랄에 죽치고 앉아 있는 그 브론슈타인이 말이야?"라고 대답했을 정도였다.

이 인체모형이 진짜 알텐베르크에 대해 생각하게 해주는 건 아니다. 왜냐하면 그는 난파된 널빤지 같은 이 테이블들에서 우화들을 쓰면서, 진짜 삶이 가짜 삶과 얼마나 뒤섞여 있는지 알고 있었기 때문이다. 그는 이 마네킹에 비해 자신이 훨씬 더 진실하다고 생각하지는 않았을 것이다. 각각의 삶은 한 편의 연극이었고 그 안에서 우리 역시 관객이었다. 알텐베르크는 셰익스피어 드라마보다 더 진지할 것도, 그렇다고 덜 진지할 것도 없다는 것에 유념했다. 삶을 안팎에서 스스로 느껴보고 이따금 몇 발짝이라도 나와 밤에 산책도 하고, 신선한 공기를 마시면서 경험했던 삶과 경험하지 못한 삶을 섞어보라고 권했다.

카페 첸트랄에서 사람들은 안에 있으면서도 밖에 있는 것 같은 착각을 일으킨다. 실내 정원을 덮고 있는 높은 유리돔 천장으로 햇살이 내려와 유리가 있다는 것을 잊게 만든다. 하지만 절대 비는 쏟아지지 않는다. 빈 사람들의 훌륭한 문화는 점점 집단정보의 메커니즘 안으로 흡수되고 각자가 연출하는 연극 무대로 탈바꿈되어, 점점 커가는 삶의 추상성과 비현실성을 드러내고 말았다. 알텐베르크, 무질, 그리고 그들과 같은 시대를 산 위대한 사람들은, 수많은 복사물로 재생되고 양산되는 삶의 이미지들부터 고유의 진실한 삶을 구분하는 게 점점 어려워지고 있다는 것을 깊이 인식했다. 한 은행의 파산을 알리는 허위 정보와 그 정보를 듣고 모든 고객이 자신의 자금을 인출함으로써 일어나는 진짜 파산을 구분하기란 또 얼마나 어려운가. 클리셰가 되어 공연되는 마이얼링 실화 사건만 봐도 그렇다. 삶을 쇼로 만드는 것을 고발했고 그 자신도 예외가 아니라고 생각했던 사람들이, 오늘날 쇼의 대상이 됐다. 진짜 같은 알텐베르크 마네킹은 이런 픽션을 잘 보여준다. 빈은 이 존재의 재현에 대한 재현을 보여주는 특별한 장소다.

그러나 이 작은 테이블에서 글을 끄적거린 방랑자들, 환상에서 깨어난 냉소가들은 더이상 양보할 수 없는 개성의 최후 공간, 대량생산으로 완전히 찍어낼 수 없는, 복제 불능의 어떤 것, 어떤 매력의 그림자들을 지켜냈다. 숨겨진 진실이건 접근할 수 없는 진실이건, 그들에게 진실이 존재하지 않았던 건 아니다. 그들은 무의미에 대해 떠드는 이론가들처럼 진실의 죽음을 기뻐하며 알리지 않았다. 로버트 올트먼이 영화 〈내슈빌〉에서 훌륭히 그려냈듯, 빈에서 동시대 현실은 연극 그 자체나 마찬가지였다. 세상을 각자 제대로 알지도 못하면서 보편적 의미의 역할을 해나가는 연극으로 본 바로크 세계관과 겹치는 것이다. 아무튼 나무로 만든 현명한 우리의 이웃은, 지금 일어나고 있는 것을 지나치게 진지하게 받아들이지도 말고, 상황은 그냥저냥 우연히 일어나기도 하며 달리 보면 잘 흘러가고 있다는 사실을 넌지시 알려준다.

2. 비트겐슈타인의 집

비트겐슈타인의 집은 3구역, 그러니까 안내서들에 성실히 적혀 있듯 정확히, 군트만가세 골목 19번지에 있다. 파울 엥겔만이 비트겐슈타인을 위해 1926년 세운 유명한 집이다. 비트겐슈타인은 파울 엥겔만과 건축설계 작업을 함께했다. 비트겐슈타인이 자신의 누이를 위해 건축한 이 집은 언뜻 보면 존재하지 않는 집 같은데, 거리 번지수가 13번지에서 21번지로 바로 건너뛰기 때문이다. 거리는 어지럽고 공사가 중지되어 길이 끊겨 있다. 다소 헤매고 나서야 집이 다른 쪽에 있고 입구가 파르크가세 골목에 있다는 사실을 알게 됐다. 큐브들을 끼워맞춘 것 같은 형태의 지저분한 황토색 누런 건물은 커다란 빈 상자 같다. 지금은 불가리아 대사관과 문화원이 들어서 있다. 불가리아 대사관은 70년대에 그곳에 들어가 건물을 복원했다. 저녁 여섯시고 문이 열려 있다. 몇몇 창문에 불이 켜져 있지만 사람은 보이지 않고, 베란다에는 의자 네 개를 엎어놓은 테이블 하나가 있다. 정원에는 키릴로스와 메토디오스의 커다란 청동상 두 점이 위풍당당하게 자리하고 있다. 분명 비트겐슈타인은 그 슬라브족의 성인상을 세우지 않았다.

끊임없이 사고의 가능성과 한계를 탐구했던 철학자가 원한 건축학적 형태, 그 기하학적 합리성이 지금은 처량한 무용지물이 된 것 같아 가슴이 아프다. 비트겐슈타인이 그 건물에서 무엇을 원했는지 의아하다. 집을 지으려 한 것인지, 아니면 진정한 집, 즉 한때 따뜻한 가정이라고 불린 것이 불가능함을 보여주려 했던 것인지. 도대체 무엇이 그의 머릿속에 네모난 집 모양을 그려넣었는지, 형언할 수 없는 어떤 공간들과 어떤 이미지들이 엄격히 배제되고 버려졌을지 누가 알 수 있겠는가.

3. 장크트슈테판 대성당

대성당 앞 광장 바닥에 불규칙한 모양의 오각형이 그려져 있다. 지하에 있는 두 개의 예배당 위치를 지시할 뿐 특별한 게 아니다. 그런데 한 안내책자에서 말한 잘못된 정보가 의미심장하다. 그 오각형 위에 기념 건물이 세워질 계획이었고 다양한 종류와 내용의 계획들이 있었으나 지어지지 않았다는 것이다. 그 정보는 오류이지만 존재하지 않는 것들에 대한 관심을 보여주고, 무질의 평행운동처럼 존재하지 않는 것들도 오스트리아를 표현해주고 있음을 말해준다. 혹은 일어나지 않은 사건들과 실현되지 않은 계획에 대한 관심을 드러낸다. 완벽한 전체성, 삶의 조화롭고 완성된 통일을 열망했던 오스트리아 문화는, 둥근 원을 완성하는 데 늘 부족했던 조각들, 사물들 사이의 빈 공간, 사실과 감정 사이의 빈 공간, 개인과 사회가 자신 안에 갖고 있는 분열을 조명했다.

때때로 그 빈 공간은, 역사가 창고에 넣었던 것을 다시 꺼내 정리할 때 필요할 수 있다. 크리티안 레더가 빈의 「대안적 안내서」에서 지적했듯이, 일차대전 이후 세워진 공화국 기념비는 1945년 이후 링으로 다시 옮겨졌다. 1934년에 그 기념비를 없애고자 했던 파시스트들은 기념비를 그냥 창고에 처박아놓았다. 버릴 필요까지는 없었던 모양이다. 거의 모든 가정에서 사람들, 그러니까 보다 감상적이고 냉소적이고 불안한 사람들은, 오스트리아의 이런 신중함을 따르고 사물들이 해체되는 순간을 늘 지연시키고자 한다. 그들은 여자들이 집 안을 정리하면서 재활용이 불가능해 보이는 낡은 물건들과 오래된 서류들, 고물들을 갖다버리려 할 때 다소 불안해한다.

4. 바그너를 좋아하지 않은 남작의 딸

남작의 딸 마리아 베체라는 바그너의 음악을 좋아하지 않았으며 참기 힘들다고까지 했다. 빈 오페라가 1888년 12월 11일 〈라인의 황금〉으로 바그너의 반지 사이클을 시작했을 때, 마리아 베체라는 바그너를 싫어한다는 점을 구실 삼아 어머니와 언니와 함께 극장에 가지 않았고, 어머니와 언니가 황금에 대한 지나친 욕심을 저주하는 난쟁이 알베리히의 노래를 듣고 있는 동안, 불과 몇 주 전에 알게 된 노쇠한 제국의 황태자를 비밀리에 만났다. 마리아 베체라는 집에서 나와 마로카너가세 골목의 바로 이 모퉁이에서, 대공의 명령으로 그녀를 기다리고 있던 마차에 올라타고 황제의 성에 도착했다. 하인이 보초 앞을 통과시켜주었고 그녀를 황태자의 방으로 안내했다. 아홉시에 그녀는 다시 집에 돌아와 있었고 극장에서 돌아오는 어머니와 언니를 반가이 맞이했다.

마이얼링의 비극, 즉 합스부르크가의 루돌프 황태자와 마리아 베체라가 1889년 1월 30일 사냥 별장에서 미스터리한 죽음을 맞이한 사건은, 100년 동안 민중의 환상을 자극했던 슬픈 이야기다. 그들의 죽음은 깊은 동정심을 불러일으켰고, 사랑 때문에 자살을 택하는 것에 대해 영웅적이고 감상적인 예찬을 늘어놓게 했고, 선정적인 소설들에 영감을 주었으며, 국가이성에 의해 자행된 어두운 음모라는 추측을 낳았다. 그 비극은 몇 가지 통속적인 운명의 걸림돌 때문에 삶이 평상시 달리던 길에서 이탈했고 파멸의 늪으로 떨어졌다는, 그렇고 그런 오해를 낳은 불쌍한 사랑 이야기다.

죽음의 순간, 마리아 베체라는 열여덟 살이 채 되지 않았다. 개인적으로 직접 대공을 알기도 전인 죽기 1년 전 여름에, 그녀는 멀리서 대공을 보고 사랑에 빠졌다. 자신을 방어할 줄 모르는 그녀의 흥분된 영혼은, 복종하고 주저 없이 자신을 희생할 수 있는 절대적인 것을 창조해내고 싶어했다. 시적인 삶을 살고 있다는 확신을 갖기 위해, 그리고 아직은 불안정한 자신의 삶에 의미를 부여하기 위해, 그녀는 자신이 숭배할 절대적인 것을 찾고 있었다. 그렇게 하지 않으면 뭐라 형언할 수 없는 공허한 우울감 때문에 자신이 사라져버릴 것만 같았기 때문이다. 서른 살이 막 지난 대공은 자유로운 사상, 거만하고 과시적인 방탕한 생활, 성마르고도 충동적인 성격으로 유명했다. 돌발적으로 관대함을 보이다가도, 지나치게 거만을 피우기도 했고, 괜히 불쑥불쑥 화를 내어 아내 스테파니 대공부인을 괴롭히기도 했다.

마리아 베체라의 어머니 헬레네 남작부인이 자신의 전기 『마이얼링』에서 설명했듯이, 마리아 베체라는 대공을 보러 경마장에 가곤 했다. 프라터에서 그녀는, 루돌프가 자신을 눈여겨봤고 얼마 후 대공이 특별한 관심을 가지고 자신에게 인사했다고 하녀에게 고백하며 다시는 다른 남자를 사랑하지 않을 거라고 맹세했다. 소녀에서 아가씨로 넘어가는 행복하면서도 불행한 그 짧은 시기에, 마리아 베체라는 가슴 떨리는 열정의 시기를 보냈고, 풋사랑의 첫걸음을 내디디며 첫 만남의 매력에 빠져 놀이하듯 사랑을 향해 더듬더듬 길을 찾아나섰다.

프라터의 대로에서 서로 주고받은 눈길과 얼마 뒤 몰래 만나 즐긴 밀회는 그녀에게도 불확실한 첫 음, 아직은 혼란스러운 소음 속에서 위대하고 조화로운 사랑의 멜로디를 준비하는 감정의 오케스트라를 위한 리허설이었다. 몇 주 뒤 그 모든 것은 마이얼링에서의 죽음으로 끝났다. 관자놀이에 가한 총격과 사후 경직이 그녀의 아름다운 몸을 엉망으로 만들어버렸다. 법의관 감정서에 그 상세한 내용이 정확히 기록되어 문서로 보고되었는데, 이는 소위 마이얼링의 미스터리를 더욱 가중시킬 뿐이었다. 남작의 딸의 초상, 그러니까 열여덟 살 아가씨의 개성과 깊이가 없는 우아함만을 보여주는 여리고 표정 없는 그 얼굴을 보면, 어린 학생들이 처음 받아본 나쁜 성적이나 첫 꾸지람에 생명을 끊는 학교의 비극이 연상된다. 그 어린 생명들도 씨실과 날실처럼 짜이는 절대와 우연의 짜임에 으스러져 다른 사람들에게는, 그러니까 살아남은 자들에게는 물론 보잘것없어 보이겠지만, 그들에게는 넘어설 수 없던 어떤 장애물 때문에 넘어지고 만 자들이다.

엘레나 베체라 역시 자신의 전기에 이 슬픈 이야기와 그 결말을 상세히 기록했다. 그 결말이 어떠했는지에 대한 엘레나 베체라의 설명은 사건에 대한 많은 설명 가운데 하나로, 치타 황비가 횡설수설했듯* 여전히 좀더 불확실한 다른 설명들과는 모순된 채로 남아 있다. 1891년 인쇄되어 오스트리아 경찰에 의해 압수당한 그 소책자는 딱딱하지만 감동적이다. 느슨한 산문체 속에서 분명 모성애를 드러내고 있지만, 모성애만큼이나 강한 감정 즉 존중받고 싶은 감정이 나타나 있다. 베체라 남작부인은 그 비극에 있어 딸의 책임이 크다는 비난으로부터 딸을 지켜주려 했고, 특히 부적절한 관계라는 것을 알면서도 황태자와 관계를 맺었다며 딸을 비난하는 험담들에 대해 반박하고자 했다.

베체라 남작부인의 자서전에는, 딸의 죽음을 금지된 사랑 이야기로 몰아가고 어조나 문체의 사소한 변화로써 대단한 정사 사건이나 사악한 장난, 창피하고 추잡스러운 어떤 것으로 몰아갈 수 있는 경찰 보고서에 대해, 가슴 아파하고 분노하는 내용이 담겨 있다. 애인으로부터 선물받은 담뱃갑이 우연히 발견되었으며, 그것을 증명하기 위해 온갖 그럴듯한 이야기가 만들어졌고, 편지들이 몰래 보내졌으며, 작은 거짓말들이 만들어지고, 무척 귀가 얇은 라리슈 백작부인이 음모

* 치타 왕비는 빈의 잡지 『크로넹 차이퉁』과의 인터뷰에서, 루돌프 황태자와 마리아 베체라가 프랑스나 오스트리아의 요원에 의해 피살된 것으로 믿는다고 말했다.

에 가담했다는 것이다. 이 책의 긴장감은 딸의 쓸쓸한 죽음과 스캔들을 감추기 위해 조작된 은폐를 얘기하면서부터 좀더 고조된다. 마리아의 시신은 품위 있게 감싸주려는 어떤 동정의 손길도 없이 서른여덟 시간 동안 방치되었고, 시체가 실려 있다는 것을 눈치채지 못하도록 몰래 마차에 실려 갔으며, 곤혹스러운 시신 안치를 놓고 당국과 유가족들 사이에 실랑이가 있었고, 시신은 허름한 관에 담겨 급히 땅에 묻혔으며, 시신이 묻힌 구덩이는 나중에 이장될 때까지 몇 달 동안 어떤 표식도 없이 익명으로 남아 있었다고 적었다.

책은 딸이 인격적으로 침해받지 않을까 걱정한다. 이 이상한 결말과 파멸의 알레고리에 자리잡고 있는 존중받고 싶은 감정 역시 하나의 열정이다. 일방적인 열정, 즉 한 사람의 인격과 삶 전체를 끌어안고 다시 정리하는 것이 아니라 그 일부분만 잘라 강조하고 부풀리려는 절대적이고 비합리적인 열정이다. 이 책에서 드러나는 것처럼 루돌프와 마리아의 이야기 역시 추상적이고 충동적인 열정의 이야기일 뿐이다. 심리적이거나 몽상적인 흥분을 시적 영감이라 말할 수 없는 것처럼 그런 열정을 사랑이라 말할 수 없다.

이 열정적 사랑은 퇴폐적 낭만주의의 것이다. 브로흐가 적었듯, 낭만주의는 절대적인 것을 상실했다고 느꼈으며, 어떤 것이 됐든 모든 가치를 대체할 수 있는 부분적 대체물로 절대적인 것을 대신하려 했다. 이 대체물을 사랑에서 찾았을 때, 이것은 고통스럽지만 과장된 수사학, 잔뜩 부풀려진 감상적 파토스가 된다. 그것은 타자를 사랑하는 것이 아니라, 자신의 열망을 사랑하는 환상적인 열망이다. 사랑과 죽음의 낭만적 유혹은, 육체적으로나 정신적으로나 창조도 생산도 못하는 불모의 정열을 암시한다.

이 열정 역시 위대할 수 있고 열정을 표현한 시도 위대할 수 있다. 사실 플로베르는 어떻게 열정이 거짓이면서도 진실할 수 있는지를 최종적으로 보여주었다. 에마 보바리의 만족할 줄 모르는 몽상과 회피는 사랑과는 전혀 다른 것이다. 하지만 에마는 자신의 시적이지 못한 운명을 열정적으로 살았고, 거짓 시로 자신의 시적이지 못한 운명을 감추려 애썼다. 그 강렬한 열정이야말로 사랑이 부족하다는 진정한 증거다.

세속적이고 방탕한 18세기는 열정과 사랑의 행동을 화학적으로 분석하면서 적어도 외면상으로는 사랑을 분해한 시대였다. 유명한 문구가 말했듯, 뇌가 심장을 대신한 것 같았다. 사실 『위험한 관계』에서처럼 사랑의 깊이와 전체성, 사랑의 갈등과 다정함, 증명의 그물망에 여과될수록 점점 더 왜곡되어 나타나는 마음의 파멸을 측정할 수 있게 만든 건, 그 삭막한 수학이다. 즉 기하학적 정신이 섬세의 정신을 만들었다.* 환상에서 깨어난 불경한 문화는 수없이 부풀려진 도취감을 세속화하거나 그 신비를 벗겨버렸다. 이후에 나타난 감상적 문화는 그 엄격함을 두려워했고, 그래서 종종 다시 되돌아가 미덕과 진솔함을 설교했지만, 갈망의 박동을 순수하고 자발적으로 토로하면서 가치를 찾을 수 있다고 스스로를 속임으로써 정신 상태를 진실로, 주관적인 심리를 윤리적 추구로, 감정의 흥분을 생명의 시로 착각하고 말았다.

난봉꾼 소설들의 주인공들은 마키아벨리의 지성을 갖추고 영원한 사랑을 맹세했다. 그들은 거짓말을 했지만 자신들이 거짓말하고 있음을 알았다. 낭만주의 소설의 주인공은 자기 자신까지도 속인 채 상대방의 요구는 무시하고 자신의 쾌락만을 앞세워 갈망의 대상을 파멸로 몰고 갔지만, 이를 숭고한 목소리에 응답하는 것이라고 믿었다. 자신의 호색을 자유주의자의 사명이라 말하는 거짓말쟁이의 다소 흐린

---

* esprit de géométrie/esprit de finesse. 파스칼이 진리 인식을 위한 방법으로 설정한 두 정신.

눈빛과 잘생긴 얼굴을 한 루돌프 대공은, 다른 사람의 삶을 자기 마음대로 연출하는 난폭한 연출자가 되어 마리아를 자신의 드라마의 여주인공으로 만들었다.

마이얼링의 사진들은 깨끗하고 조용한 풍경, 그 폭풍우 같은 비극보다는, 사냥복 차림을 한 프란츠 요제프의 자애로운 이미지에 더 어울리는 가족 휴양지용 오스트리아 시골 풍경을 보여준다. 프란츠 요제프 황제는 카테리나 슈라트로부터 황태자가 죽었다는 소식을 들었다. 황제는 불안한 엘리자베트 왕비로부터 얻지 못한 위안을 카테리나 슈라트의 신중하고 조용한 애정에서 찾았다. 황제에게 커피를 타주던 슈라트 부인과 황제가 보낸 시간들이, 루돌프 대공의 열정보다 강렬한 건 아니었다고 말하지는 못한다. 머리나 심장 속에서 무슨 일이 일어나는지 알기란 어렵다. 빈 의과대학의 명사였던 폰 호프만 교수보다 기발한 학자는 없을 것이다. 폰 호프만 교수는 마이얼링의 비극을, 존경하옵는 폐하 루돌프 대공을 부검할 때 "머리뼈가 여물다 말고 너무 일찍 닫혀버렸다"는 걸 발견했다며 이 비극의 원인을 학생들에게 설명했다.

5. 슈트루들호프 계단

나선형으로 물결치듯 리듬 있게 휘돌아내려가는 계단은 하이미토 폰 도데러에게 영감을 주었고, 장편소설 『슈트루들호프 계단』은 이 계단을 따라 흘러가는 삶의 흐름과 호흡을 같이한다. 이 계단은 빈의 작은 심장이고, 성당의 둥근 지붕과 어머니의 품을 떠올리게 하며, 광장들이나 링 환상도로로 펼쳐지는 공간은 드넓고도 편안하다. 이 계단을 내려오면 마치 강의 흐름에 몸을 맡기는 듯하다. 삶 그 자체이며, 우리를 데려가 집같이 편안한 강변 어딘가에 내려놓는 강 말이다.

오스트리아는 종종 친숙함과 거리감이 서로 조화를 이루는 가운데 집같이 느껴지는 그런 곳이다. 요제프 로트는 그런 조화를 좋아했다. 한편 서점에 도데러의 옛 애인이 쓴 책이 나와 있었다. 그 책에는 작가의 비열함과 인색함과 이기심, 남녀의 결속관계를 가장 끔찍하고 귀찮은 일상으로 만들 수 있는 그런 거짓말과 덧대기 치장이 나열되어 있었다. 계단 꼭대기에서 너무나 매력적으로 시작됐던 그 삶의 흐름이 세탁기에 들어간 빨래 거품으로 끝날 수도 있는 일이다. 다뉴브 강은, 카를 이지도어 베크의 시에 나온 것처럼 짙은 파란색이 아니다. 그의 시는 요한 슈트라우스에게 영감을 주어 슈트라우스 왈츠에 그 매력적인 거짓 제목을 달게 했다. 다뉴브 강은 헝가리인들이 "황금빛 다뉴브"라고 말했듯이 황금색이다. 그 색은 우아한 헝가리어나 프랑스어식 표현으로 "아름다운 황금빛 다뉴브 강," 가스통 라베르놀레는 1904년 다뉴브 강을 이렇게 불렀다. 베른은 보다 구체적으로 그의 소설에 "아름다운 황색 다뉴브 강"이라는 제목을 붙일 생각을 했다. 진흙탕 누런 물이 이 계단 끝에서 탁하게 흘러간다.

완전하고 영원한 사랑 혹은 거짓 환상을 주지도 받지도 않으면서, 그 자리에서 즉시 충족되는 동물적인 순수한 섹스만이 진실한 것 같다. 사랑의 관계를 만들어내는 다양한 영역의 중간 단계들, 인간이 만들어낸 창작물은 종종 감상적인 키치로 치장된 폭력이고 허위일 경우가 있다. 도데러의 복수심에 불타는 애인의 얘기가 진실인지 아닌지 관심을 갖고 살펴볼 마음은 없다. 분명 빈은 지방 대도시이기 때문에 다른 도시들처럼, 아니 그 이상으로 소문과 험담, 적의에 찬 사생활 침해와 무분별한 언행이 난무하는 곳이다. 빈은 카를 크라우스가 증오했던 곳이고, 계단에서 속닥이는 저속한 말들은 그의 날카로운 풍자글로 옮겨졌다. 페르디난트 라이문트나 요한 네스트로이처럼 지난 세기 대중 희곡의 천재들부터 시작해서 아름다운 빈이 낳은 위대한 시인들은, 빈의 매력과 동시에 그 미덕에 가려진 잔인함과 호전성을 포착해내면서, 빈을 역사의 수채통으로, 크라우스가 말했듯 "세상 종말의 기상관측소"로 만들었던 것을 드러냈다.

6. 도로테움

도로테움은 기괴한 형태의 경매회사 건물로 엘리아스 카네티의 『현혹』에서는 다른 이름으로 불렸다. 그 건물 맞은편쯤에 전설적인 유명한 카페 하벨카가 있다. 도로테움 문 앞에서 한 남자가 그림인 듯한 소포 하나를 겨드랑이에 낀 채 자동차 옆에 가만히 서 있다. 카페 첸트랄의 알텐베르크 모형보다 훨씬 더 가짜같이 창백하고 굳은 얼굴로 꿈적도 않고 있다.

7. 시인들의 거짓말

볼프강 슈멜츨은 16세기 중반 자신의 시작품에서 빈을 바벨탑에 비유했다. 왜냐하면 주변에서 히브리어·그리스어·라틴어·독일어·프랑스어·터키어·스페인어·보헤미아어·슬로베니아어·이탈리아어·헝가리어·네덜란드어·시리아어·크로아티아어·세르비아어·폴란드어·칼데아어 등이 들렸기 때문이다. 분명 그리스인들은 시인들이 많은 거짓말을 하고 또 많은 것을 과장한다고 경고했다. 하지만……

8. 빈 앞에 온 터키인들

빈 오페라 하우스에서 멀지 않은 카를 광장에 거대한 막사의 눈속임 모형 문이 세워졌다. 이 모형 문이 쿤스틀러하우스 정면을 뒤덮었다. '빈 앞에 온 터키인들'을 테마로 한 수많은 전시회 가운데 가장 중요한 전시회가 그곳 쿤스틀러하우스에서 열렸다. 동양과 서양이 정면으로 충돌했던 큰 사건 가운데 하나인 1683년 빈 포위전을 기념하는 300주년 행사였다. 전시회를 보러 온 방문객은 오스만튀르크 사령관의 거대한 막사 안으로 들어가는 느낌을 잠깐 받는다. 터키군의 지휘관 카라 무스타파가 현재의 성 울리히 교회 근처, 오늘날 도시 7구역에 해당하는 곳에, 화려하고 장엄한 거대 막사를 세웠었다.

어마어마한 크기였을 것으로 상상되는 그 막사는 오스만제국의 재상 모습을 연상시킨다. 재상은 장대하고 과도한 것에 끌렸던 오스만제국을 상징적으로 보여준다. 1683년 7월 초부터 빈을 포위한 터키군의 2만 5000개 막사 가운데, 카라 무스타파는 1500명이나 되는 자신의 첩들이 머물 막사까지 마련해 700명의 흑인 환관들로 하여금 첩들을 지키게 했다. 또한 물이 뿜어져나오는 분수와 목욕탕을 설치했고 사령부를 급히 마련했지만 이 역시 화려하게 치장했다.

지금 오스만제국 재상의 머리는 빈 역사박물관에 보관되어 있다. 쿤스틀러하우스 맞은편에 자리한 빈 역사박물관에서도 전시회가 열렸다. 얀 소비에스키 왕이 지휘하는 폴란드군과 연합한 샤를 드 로렌이 이끄는 제국군에 의해 1683년 9월 12일 패배한 카라 무스타파는 쫓겨 도망가다가 그란에서 다시 패배했다. 베오그라드에 술탄의 전령이 왔다. 전령은 카라 무스타파에게 비단끈을 가져왔고, "지상의 신의 그림자"인 술탄의 명예를 떨어트린 장군들은 그 비단끈으로 목이 졸려 교살당했다. 오스만제국의 재상 카라 무스타파는 기도 카펫을 깐

다음, 알라의 이름으로 자신의 운명을 받아들이며 사형집행관들에게 자신의 목을 내밀었다. 신성로마제국군은 몇십 년 후 베오그라드를 점령했고, 누군가 카라 무스타파의 시체를 땅에서 파내어 그의 머리를 전리품으로 빈에 가져왔다.

이 모형 막사에 들어간 방문객은 곧바로 전시회의 한 인물이 된다. 그런데 방문객은 자신을 침략군의 막사에 노예로 끌려온 수많은 포로 가운데 한 명으로 상상해야 할지, 아니면 승리 후에 터키군 진영과 카라 무스타파의 막사를 약탈한 소비에스키 기마부대원으로 상상해야 할지 주저하게 된다.

전시회는 승리자들과 패배자들 그리고 문명과 야만을 대비시키고자 하는 것이 아니라, 모든 승리와 모든 패배가 헛되다는 것을 암시해주고 있다. 각 개인에게 병과 건강 혹은 젊음과 늙음이 이어지듯, 각 민족에게도 승리와 패배가 이어지고 서로 상황이 바뀔 수 있음을 말이다.

9월 12일의 승리가 빈과 유럽을 구한 행운의 승리였다고 생각했던 방문객조차, 전시실들을 돌아다니다보면 단지 자신을 샤를 드 로렌과 얀 소비에스키의 검의 후손이자 계승자라고는 느끼지 않을 뿐만 아니라, 전례 규범은 대포에 복종해야 한다고 했던 아브라함 아 장크타 클라라나 프리울리 카푸친 수도사 마르코 다비아노처럼 십자가를 들고 신앙을 지키라고 교사한 위대한 전도사들의 후손이라고도 여기지 않게 된다. 난파선 잔해 같은 승리의 전리품들을 돌아다니며 구경하다보면, 방문객은 약탈된 터키 진영의 물건들처럼 여기저기 널려 있는 그 파편들 안에 있는 역사, 십자가와 이슬람의 반달무늬, 카푸친 수도복 끈과 터번으로 만들어진, 역사의 후손이요 계승자로서 자신을 느끼게 된다.

전시회는 분명 1683년의 승리를 기념하는 이전의 행사들과 다르기를 원했다. 50년 전 기독교사회당 총리였던 엥겔베르트 돌푸스는, 나치와 볼셰비키 정책에 대항해 협동조합적이고 독재적인 그의 가톨릭 정신을 내세워 빈의 해방을 찬양했다. 몇 년 후 국가사회주의 기념 청동상에서, 패배한 터키군의 깃발에 반달 대신 다비드의 별이 들어갔다. 즉 터키군들이 적군 혹은 유대인들과 동일시된 것이다. 그 변조된 모습을, 비극적이게도 오늘날 일용직 외국인 노동자들에 대한 외국인 혐오 태도에서 찾아볼 수 있다. 우리는 내일의 유대인들이 되고 싶지 않다고 악바르 베칼람의 그림은 말한다. 이 그림은 터키 예술가들이 그들 나라와 이민자들의 현실을 다룬 20세기 미술관 전시회에 출품되었다.

새로운 또다른 갈등의 그림자가 터키인들과 유럽인들, 특히 독일인들과의 관계를 위협하고 있다. 문제에 대한 명확한 인식만이 그 갈등이 파국으로 치닫는 걸 막을 수 있다. 300년 전에 물러났던 터키인들은, 지금 무기를 들고 쳐들어온 것이 아니라 외국인 노동자의 이 강인함으로 일자리를 찾아 유럽으로 되돌아왔다. 그들은 굴욕과 가난을 견디며 힘든 노동으로 얻은 땅에 조금씩 뿌리를 내리고 있다. 독일을 비롯한 다른 유럽 국가들의 여러 도시 학교에서 줄어드는 독일 아이들의 숫자를 터키 아이들이 채워가고 있다. 출산 감소가 자신들 국가의 쇠락을 가져온다고 생각한 서양은, 그들이 자초한 사회 메커니즘의 결과에 불안한 마음으로 오만하게 반응하고 있다. 역사·사회·문화의 차이가 더불어 사는 것을 어렵게 한다는 사실이 폭력적으로 드러날 순간이 가까이 다가왔는지도 모르겠다. 우리의 미래는, 이 증오의 광산 도화선에 불이 붙어 새로운 빈 전쟁이 사람들을 외국인과 적으로 만드는 것을 우리가 막아낼 수 있느냐 없느냐에 달려 있는지도 모른다.

역사는 어느 쪽이 더 무분별하고 잔인한지, 그뿐만 아니라 누가 외국인인지 정의내리기도 어렵다는 사실을 보여준다. 알레시오 봄바치에 따르면, 18세기에는 터키인들 자신이 '터키인'이라는 말을 듣는 걸 불쾌해했다. 그들의 역사는 중앙아시아 대초원에서 온 여러 부족 사이에 있던 오랜 전쟁의 역사다. 그들 부족은 오스만제국의 멸망이 임박해서야 자신들이 하나의 공동체라는 것을 의식하기 시작했다. 같은 터키 혈통이면서 종종 서로 증오하기도 했던 다양한 부족의 터키에 처음 붙여진 단일한 이름은 셀주크 왕국을 가리켰던 로마 이름 '룸제국mamālik-i-Rūm'이다.

그러나 모든 역사와 정체성은 이런 차이와 다원성으로, 즉 여러 다른 인종적 문화적 요소를 상호 교류하고 제거하면서, 각 국가와 개인을 한 연대의 자손들로 만들며 이루어진다. 터키 대국을 저지했던 합스부르크가의 독수리는 그 날개로 터키만큼이나 다양한 자신의 종족과 문화를 감추었다. 일차대전 기간 합스부르크제국과 오스만제국이 연합했을 때, 오스트리아 언론은 예전에 적이었던 두 제국이 무기 형제동맹을 맺었다고 떠들어댔다.

유럽과 오스만제국의 만남은, 서로 공격하고 상처를 입히다가 알게 모르게 상대방에게 침투해들어가면서 서로를 풍요롭게 한 두 세계를 보여주는 훌륭한 예다. 그 만남을 이야기했던 가장 훌륭한 서양 작가 이보 안드리치는 우연찮게도 다리의 이미지에 매료되었다. 다리는 그의 장단편 소설들에 계속 나오는데 급류와 깊은 계곡, 신앙과 종족 같은 장애물을 넘어 이어지는, 험난하고 힘겨운 의사소통의 길을 상징한다. 그 길에서 무기들이 서로 부딪히지만 결국 적들을 조금씩 통합해서, 서사적인 프레스코 벽화처럼 다양하지만 하나의 통일된 세계로 만들어간다. 발칸 협곡에서 터키군과 그들에 맞서 싸웠던 게릴라이자 산적인 하이두크군이 서로 닮아갔듯이 말이다.

전시회 최고의 물품 가운데 하나는 1529년 술레이만 대제 측에서 벌인 첫번째 빈 포위전의 놀라운 지도다. 술레이만 술탄은 시게트바르 포위전에서 죽었다. 병사들의 사기를 저하시키지 않기 위해 술탄의 죽음은 며칠 동안 비밀에 부쳐졌다. 전령들은 방부 처리된 술탄의 시체를 알현했고, 술탄은 꼼짝 않고 옥좌에 앉아 대답은 주지 않은 채 전령들의 보고를 들었다. 죽음의 위엄을 무표정한 왕의 위엄으로 가장했다. 그 빈 지도는 몇몇 파란 선으로 둘러싸여 있는데, 마치 고대인들이 생각했던 것처럼 대양에 둘러싸인 세계 전체 같다. 터키인들에게 빈은 '황금사과의 도시,' 어떤 희생을 치르더라도 정복해야 할 왕국의 신비한 얼굴이었다. 아시아 초원의 유목민들, 도시 정착을 부패라고 경멸했던 '야생 당나귀들'은 빈에서 자신들 것과는 아주 다른 것, 특히 도시라는 것을 가지고 싶었던 듯하다. 훌륭한 루마니아 역사학자 조르가에 따르면, 빈을 압박했던 술탄들은 '로마-이슬람' 세계제국을 세우고 싶어했고 빈을 그 세계제국의 수도로 본 듯하다. 페르시아의 신비주의 시인 루미가 그리스인들은 건설하고 터키인들은 파괴한다고 말했지만 말이다.

영화와 소설이 뒤섞인 전시회는 영웅적이거나 잔혹하거나 히스테리한 그 장면들과 더불어 우리를 포위된 도시 내부로 데려가, 오디오와 비디오 효과를 이용해 커다란 홀에서 전쟁터를 떠올리게 한다. 언덕에서 수비대를 철수시킨 카라 무스타파의 전략적 실수는 오스만제국군에게 치명적이었다. 오후 다섯시, 샤를 드 로렌의 기습공격으로 오스만제국군은 무너졌다. 기독교군은 약 6만 5000명에서 8만 명이었고, 이슬람군은 약 17만 명이었다. 사망자는 각각 2000명(포위된 4000명을 제외하고)과 1만 명이었고 부상병과 포로, 여러 질병에 감염된 병사들, 철수하고 추적하는 가운데 무자비하게 잔인한 일화와 기사다운 관용의 일화 속에 죽어간 병사들의 수는, 헤아릴 수 없이 많았다. 한 이탈리아 연대기 작가가 썼듯이 칼렌베르크에서 미사를 드렸던 소비에스키는, 왕은 신상 문제 때문에 폴란드에 머물고 전쟁터에는 폴란드군만이 왔다고 샤를 드 로렌에게 말했다고 한다. 9월 15일 빈으로 돌아온 레오폴트 황제와 소비에스키의 만남은 외교 절차상 복잡한 문제와 불화를 유발했다.

이 정경의 내막 역시 이 역사의 일부다. 장사꾼이자 사기꾼인 갈리시아 아르메니아인 콜치츠키가 빈 포위전 당시 처음으로 빈 카페를 열었다는 거짓 전설조차도 마찬가지다. 모든 전시회가 그렇듯, 터키인들에게 바치는 이 전시회도 살짝 비현실적인 느낌을 준다. 우리가 살아가고 있는 우리의 삶과 역사마저도. 우리의 삶과 역사는 마치 돌아가는 필름 같고, 영화에서처럼 우리가 모를 뿐 그 결과가 이미 필름릴 안에 들어 있듯 이미 일어난 일같이 느껴진다.

전시회 기획자들은 터키군을 물리친 사부아의 외젠 공의 유명한 거주지 벨베데레 궁전과 공원까지도 하나의 전시공간처럼 보여주었다. 외젠 공은 1683년 빈에서 아주 젊은 나이에 첫 승리를 거두었다. 그 전시회에서 삶은 그 자체로 하나의 상징이 된다. 조각상과 분수와 장식을 통해 계절의 아름다움을 보여주고, 이슬람을 물리친 승리의 영광을 예찬하면서 알레고리적으로 올라가는 이 공원의 대칭 구조는, 경계 안에서 살기를 원하는 문명이 경계 없는 공간을 생각했던 다른 문화의 충동을 누르고 승리했음을 보여준다.

후예들·관광객들·방문객들은, 아벨 강스의 영화처럼 대규모 공연의 엑스트라가 되어 우리가 좋아하는 그 경계와 규제 사이에서, 잘 정리된 대칭들 속에서 거닌다. 20세기 미술관에 터키 현대 예술가들이 전시한 잿빛 어두운 사진들과 그림들에서 또다른 얼굴들과 몸짓들, 이민자들의 굴욕당한 음울한 위엄이 피어난다. 그들 이민자들은 대규모 공연에서 역할을 맡지 못한 사람들, 아직 역을 맡지 못했거나 큰 역을 맡지 못하는 사람들이다. 우리들의 조상은 이곳에 말을 타고 왔고 우리는 그 길들을 청소한다, 라고 한 사진 문구에 적혀 있다. 위안을 찾으려는 듯, 그 정직한 문구에 이렇게 덧붙여놓았다. 그것은 우리 탓이지 오스트리아인들의 탓이 아니다.

9. 피 얼룩

피가 늘 그렇게 빨리 묽어지다 지워지는 건 아니다. 훌륭한 중국 작가 루쉰이 그의 아름다운 글에서 쓴 말이다. 군 역사박물관에 사라예보에서 살해된 프란츠 페르디난트 대공의 제복이 전시되어 있는데, 파란색 상의에는 피 얼룩이 묻어 있고 왼쪽 가슴과 소매는 찢겨 있다. 제복 옆에 커다란 녹색 깃털이 달린 모자도 있는데, 손상되지 않은 채 위풍당당한 모습 그대로다. 1914년 6월 28에 있었던 그 상처는, 아직도 아물지 않은 채 전 유럽에 열린 상처를 드러내고 있다. 세번째 파국의 대재앙이 그 상처를 처참하게 아물게 할지도 모르겠다. 왜냐하면 두 번의 세계대전이 사라예보에서 흔들린 균형을 안정적으로 되찾아놓지는 못했기 때문이다. 그해 6월 28일 프란츠 페르디난트의 식사 메뉴는 다음과 같다: 잔에 담긴 맑은 수프, 살짝 익혀 얼린 젤라토식 냉달걀, 버터에 찍어 먹는 과일들, 야채와 함께 삶은 쇠고기, 빌레루아식 닭고기 요리, 쌀로 만든 스튜, '여왕의 한 방'이란 뜻의 케이크, 치즈, 과일과 디저트.

이 얼룩들은 우리에게 그냥 사라지는 건 아무것도 없음을, 사물들이 머무르고 있음을, 우리 삶에서 그 어떤 의미 없는 순간도 보존되고 있음을 떠올리게 한다. 종종 친구들이 나를 놀린다. 내가 우리 학교 옛 여자동창들을 늘 아름답고 앳된 모습으로 기억하고 있으니 말이다. 시간은 여자동창들에게 그 위력을 발휘하지 못했고 여자동창들을 바라보는 내 방식도 바꿔놓지 못했기 때문이다. 피 얼룩인데도, 물론 그것들 사이에 불공평함은 있다. 대공의 피 얼룩은 유리 아래에 보관되어 있고, 1927년 7월 15일 정의의 광장 인근에서 경찰에 의해 살해된 시위자 여든다섯 명의 피는 빗물과 보행인들의 발걸음에 지워져버렸다. 그러나 바로 여기 이 얼룩들 역시 존재하고 있고, 영원히 존재할 것이다.

10. '또다른 빈 사람들' 사이에서

빈은 프란츠 요제프의 초상처럼 위엄 있고 비밀스러운 공동묘지들의 도시이기도 하다. 중앙묘지 첸트랄프리트호프는 시간의 승리를 막고자 나온 위대한 전략들의 열병식이다. 공동묘지 중앙 입구 왼쪽 2번 문에서 시작되는 유명인사 구역, 위대한 빈 시민의 무덤들이 경비대 맨 앞줄에 있다. 주저 없이 전투대형을 만드는 워털루에서의 나폴레옹 경비대와는 달리, 시간의 허무함에 대항하고 있는 이 경비대는, 탄력적인 전술에 따라 싸우면서 자신을 차폐하기를 원하는 듯하다. 적을 속일 함정을 파고 죽음을 회피하며 장난하고 질질 끌면서 죽음의 일정한 낫질을 혼란에 빠트리고자 한다. 새벽 다섯시, 이곳 묘비들과 흉상들과 기념물들이, 구름 끼고 비오는 밤에 여기저기 점점이 켜져 있는 봉헌 등의 빛깔 없는 어두침침한 현실에 숨어 아직 잘 보이지 않는다. 바움가르트너 씨가 옆에 장총을 들고 있다. 그가 30년째 갖고 있는 장총이라고 몇 분 전에 내게 말해주었다. 그는 오랫동안 같이 살아온 정과 친근함을 담아 총을 어루만진다. 마치 바이올린 연주자가 바이올린을 손으로 만질 때 그 촉감이 좋아 악기를 만지듯. 연주자는 악기 성능이 좋아 자신의 바이올린을 사랑할 뿐 아니라 그 형태와 굴곡, 나무 표면과 색깔이 좋아 사랑하기도 한다.

공동묘지에서 꽃이나 삽, 기도서가 아니라 장총과 탄약을 만지작거리는 사람 옆에 있어 보기는 처음이다. 그러나 오늘, 날이 밝기 전 몇 시간 동안 빈 중앙묘지는 마치 숲이나 정글, 레더스타킹*의 산림, 투르게네프의 스텝, 디아나 여신과 성 후베르투스†의 영토 같다. 땅에 묻고 축복하는 곳이 아니라, 숨어 총을 쏘고 옛 친척들을 죽이고, 그들을 위한 레퀴엠이나 카디시 같은 어떤 장례 절차 준비도 하지 않는 곳 같다. 오늘 아침 중앙묘지에서 사냥이 있다. 바움가르트너 씨는 사냥이라는 말을 좋아하지 않는다. 개체수가 늘어나거나 여러 다른 이유 때문에 해로워진 동물을 필요에 따라 허가받아 죽이는 것이라고 말하는 그는, 빈 시에서 고용한 사냥꾼 세 명 가운데 하나다. 사냥꾼들은 이 고인들의 도시(이 "또다른 빈 사람들의 도시")에 불법으로 거주하는 동물들의 개체수 균형을 유지해서 동물들이 지나치게 늘어나는 것을 막고, 동물들이 이 세계에서 너무 잘 지내서 번성하게 되면 즉시 사살하라고 고용된 사람들이다. 죽음은 해가 없고 깍듯하며 신중한 것이고, 사람을 탈나게 하지도 않으며 아프게 하지도 않는다. 오히려 삶이 혼란과 소란을 일으키고 해를 주며 공격이 되므로 너무 활발해지지 않도록 억제시켜야 하는 것이다. 예를 들어 토끼들은 유가족들이 무덤에 갖다 놓은 오랑캐꽃을 아주 좋아하는데, 모든 열정이 그렇듯 죄가 되는 파괴적 열정이다. 토끼들은 오랑캐꽃을 잘근잘근 씹고 뿌리째 뽑아버릴 뿐만 아니라 배를 채우는 것으로도 모자라 닭

---

* 제임스 페니모어 쿠퍼의 『모히칸족의 최후』(1825)로 대변되는 5부작 '레더스타킹 이야기' 시리즈에 나오는 주인공 넛티 범포의 별칭으로, 문명화된 삶과 동떨어져 야생에서 생활하기 위한 기술을 개발하는 인물이다.

† Hubertus(655~727). 리에주의 대주교로, 부활제 때 사냥하러 가서 사슴뿔에서 십자가를 보고 개심해 이후 사냥꾼·산림관 등의 수호성인으로 불리며 성인으로 추앙받았다.

장에 들어간 담비처럼 엉망진창으로 만들어놓는다. 사실 공화국 대표들이 잠들어 있는 명예의 무덤에는 뿌리가 뽑힌 채 뜯어먹힌 오랑캐꽃이 어지러이 널려 있다.

그런 다소 불경한 행위를 했다 해서 사살 허가까지 내줘야 하는 것일까? 사살 허가는 아주 제한적이고 통제를 받는다. 바움가르트너 씨의 장총 두 자루는 단지 수컷 꿩, 산토끼, 야생 집토끼 등을 정확한 규범 안에서만 겨냥한다. 우리 측에서 말하듯, 오스트리아는 질서 잡힌 나라였고 현재도 그렇다. 사냥 허가는 엄격한 관리 대상이고, 규칙 위반은 엄한 처벌을 받는다. 유아적인 살해 욕구에 사로잡혀 야생동물이나 사람들을 총으로 쏘는 일요일의 사냥꾼은 없다. 그런 사냥꾼들은 오랑캐꽃을 먹어치우는 토끼들보다 더 바움가르트너 씨가 손봐줘야 할 사람들이다.

바움가르트너 씨는 내 옆 풀밭에 숨어 있다가 아버지같은 건장한 체격으로 어둠 속에서 불쑥 나타나곤 한다. 그는 사냥 마니아가 아니다. 움직이는 것은 뭐든 쏴서 죽이는 것에 대해 무모하게 즐거워하지도 않는다. 그는 죽임을 당하는 동물과 죽이는 사람 사이의 토템적인 커뮤니케이션 운운하는 빤한 궤변에 현혹당하지 않는다. 그는 사냥에 조금의 희열도 보이지 않으며 묘지관리사로서의 온화함과 평온함을 보여준다. 오스트리아는 질서가 잘 잡힌 나라라서, 그는 잘 조준해서 해야 할 일을 한다. 혹시라도 빈손으로 집으로 돌아간다 해도 그다지 기분 나빠하지 않는다.

평소에 누구도 사냥을 참관할 수 없는데, 내가 옆에 있었다고 해서 그가 처음에 유달리 흥분하지도 않았을 것이다. 공동묘지 입구에서 그는 야간 경비에게, 내가 명망 있는 교수이며 빈 시장 사무실의 배려로 특별히 들어오게 됐다고 설명했다. 시커먼 구름들이 하얘지기 시작하는 이 눅눅한 새벽, 나는 위대한 사냥 모험을 하고 있는 게 아니라, 내 영광과 명예의 정점을 누리고 있는 것 같다. 빈 시청이 이 시간 중앙묘지 풀밭에 웅크리고 있을 특별 권리를 내게 허락해준 덕분에, 합스부르크가의 중앙유럽에 대해 쓴 내 책들이 현실에 더 큰 중압감을 행사해 그 한계와 금지를 돌파해나갈 수 있도록 하니 말이다. 그렇다. 리어왕이 말했듯, 이 새벽 나는 나의 날을 가졌다.

우리는 점점 더 유명한 인물들이 잠들어 있는 묘지들을 지나며 중앙묘지 끝 쪽으로 이동했다. 많은 대중 희극을 쓴 유쾌한 작가 카스텔리의 무덤에 동물보호협회에서 내건 팻말이 있다. 엷게 깔린 안개를 뚫고 소박한 긴 십자가가 튀어나와 있는데, 십자가에 적힌 문구가 페터 알텐베르크의 삶을 간결하게 이야기해준다. 토카타와 푸가 같다. "그는 사랑했고 보았노라." 장식 없고 아주 단순한 육면체는 아돌프 로스의 묘지다. 반면 좀더 불안한 기하학의 천재 쇤베르크의 묘지 역시 육면체이지만 기형이다.

바움가르트너 씨는 반나절 동안 주변을 살피며 소음에 귀를 기울이고 덤불 속 수상한 나뭇잎을 주의깊게 살핀다. 원하면 어디든 쏠 수 있다. 십자가와 아직 시들지 않은 화환 사이라도 말이다. 그러나 실수하지 않으려고 조심한다. 왜냐하면 다른 묘지 구역은 두 동료의 소관이지만, 묘지 그 구역, 약 3분의 1은 그의 책임이기 때문이다. 그는 자신의 총알에 책임을 져야 하고, 혹시라도 실수로 봉헌 등을 깨뜨리거나 생각에 잠긴 모습으로 무덤을 지키는 천사상을 박살내게 되면 그에 따른 책임을 져야 하기 때문이다. 지금부터 두 시간 후 묘지가 개방되고 유가족들이 서부영화에 나오는 챙 넓은 멕시코 모자처럼 구멍이 숭숭 뚫린 고인의 사진을 보게 되거나 하필 그때 나타나 총알에 맞아 죽은 야생 토끼의 피가 튄 묘비를 보게 되면, 유가족들이 누구에게 분노 어린 항의를 할지 뻔하기 때문이다. "그러면 안 되겠지만, 늘 그럴 수도 있는 법이니까." 그가 조용히 몇 번이고 되뇌던 말이지 않은가.

우리는 무덤 마지막 줄 가장자리, 묘지를 내려다볼 수 있는 돌출부에 앉았다. 뒤엎은 흙, 파편, 잡초, 큰길에서 모아 이곳에 쌓아놓은 눅눅한 잎들로 만들어진 곳이다. 이 일대에서 이곳 땅은 시체가 빨리 썩기에는 특히 좋은 땅이었다. 지난 세기 시 당국과 이 땅 소유주들도 이 점을 잘 알고 있었다. 공동묘지 건설 계획이 나오자 시당국과 땅 소유주들은 시체가 얼마나 더 빨리 부패하느냐 아니냐에 따른 보상 가격을 놓고 실랑이를 벌이며 싸웠다. 그래서 1869년 시의원 미트라허 박사와 래스키 남작 사이에 벌어졌던 분쟁처럼 서로 모욕적인 팸플릿을 주고받는 사태까지 벌어졌다. 우리가 지금 있는 곳은 황량하다. 숲 언저리와 빈 전차회사의 중앙수리소를 둘러싸고 있는 담장 사이의 넓은 초원지대다. 가까이 있는 묘석은 팝스트 가문의 이름으로 '아우프 비더젠,' 즉 안녕히 가세요 하고 말한다. 비교적 넓은 그 초원은 사회, 대칭 구조의 대로들, 일부는 장례 사업체, 일부는 시 운송회사에 둘러싸인 작은 자연이다. 그러나 이 작은 공간은 타이가 침엽수림 지대나 사바나 초원 지대 같다. 문명에 둘러싸여 있지만 냄새 맡고, 기어가고, 먹이를 찾고, 교미하고, 매복해 있기도 하고, 매복을 피해 도망가기도 하는 동물 세계의 옛 법칙, 집 정원 화단이나 식물 하나가 자라고 있는 화분에서도 효력을 발생시키는 그 법칙이 작용하는 곳이다.

색깔이 없던 수풀이 갑자기 녹색이 됐다. 새들의 첫 울음과 파닥거림이 나무들 사이에서 깨어난다. 러시아에서 온 커다란 철새 까마귀들이 날아오르기 시작하고, 동쪽에서 레몬 껍질 같은 흐릿한 태양이 올라온다. 그 변두리 숲에서도 아침이 주는 독특한 냄새가 물질적인 행복, 편안한 육체의 쾌락, 느끼고 만지고 보는 즐거움을 안겨준다. 아직 다소 떨어져 있긴 하지만, 수컷 꿩이 아까부터 풀밭에서 깡충깡

충 뛰어다니는 손닿지 않는 암컷들에게 조심스레 다가간다. 그 사이 내 옆에 있던 남자가 조준을 한다. 스네주니크 산에서 사냥꾼들이 놓은 덫을 해체하는 데 익숙해진 나는, 배신자 즉 다른 편으로 건너온 사람 같은 느낌이 막연히 든다. 이런 식으로 우리들 개개인도 조심스레 단련되어왔건마는 그마저도 쓸모없이 이처럼 자신의 운명을 마주하게 될까? 내 옆에 있는 남자의 총이 무수한 우연의 연쇄사슬에서 꿩 한 마리를 선택하여 조준하듯, 원자폭탄이나 생화학전, 우주전, 전염병 바이러스, 커브 길에서의 추월 같은 무수히 많은 위협이 내 생명을 노리고 있는 건 아닌지, 나는 가만히 서서 자문해본다.

죄책감을 느끼며 쓸데없이 기다리는 동안, 많은 비용(100만 플로린)이 들어 펠빙어와 후데츠가 고안해낸 압축공기를 이용한 1874년의 장례 계획이 실패로 돌아간 것을 나는 아쉬워했다. 긴 관을 통해 압축공기를 이용해 고인이 된 시민을 정해진 무덤으로 보내는 계획이었다. 빵빵 묘지로 계속 들어오는 메마른 시신들의 소리가 공기중에 울려퍼질 때마다 꿩이 푸드덕 날아올랐을 거라고, 나는 지레짐작해본다.

그러나 우주를 꽉 잡고 있는 우연과 연쇄사슬 게임이 또다른 모습을 취하면서 꿩 사냥을 연기시켰다. 그래도 그 모습 역시 오스트리아의 관료주의적 일면이다. 목표물이 정확한 표적 안에 들어오려는 찰나, 숲 언저리, '안녕히 가세요'라고 적힌 팝스트 가문의 묘석 근처에서, 썩은 낙엽과 기타 쓰레기를 실은 작은 트럭이 덜컹이며 나타났다. 사냥꾼들만큼이나 아침에 일찍 일어나는 묘지관리사들이 그 낙엽과 쓰레기를 길에서 모아와 우리가 있는 곳 근처에 내려놨다. 꿩은 놀라 달아났다. 바움가르드너 씨는 "젠장!" 하고 욕을 내뱉었지만 훼방꾼들에게 친절히 인사했다.

우리는 출구 쪽으로 간다. 잠시 후면 늘 이곳을 찾는 방문객들이 올 것이다. 결국 죽음을 놀리고 그 앞에서 알랑대지만 죽음을 비웃으며 따라다니고, 지루해진 애인을 못살게 굴듯 죽음을 완전히 외면하지 못하면서 죽음을 못살게 굴고 싶어하는, 빈 정신과 잘도 맞아떨어지는 새벽이었다. 문에서 우리는 바움가르트너 씨의 동료를 만났다. 그가 잡은 토끼는 우주의 결손, 죽음을 먹고 사는 삶의 원죄를 보여준다. 몇 시간 후면 그 토끼는 자랑스러운 전리품이 될 것이고 그다음에는 맛있는 요리가 될 것이다. 그러나 지금은 도주요 두려움, 마땅히 죽어야 할 가치도 없기에 살려 달라 요구하지도 못한 피조물의 고통, 삶의 미스터리, 조금 전까지 토끼 안에 있었지만 지금은 없는 이상한 것, 현자들도 무엇인지 잘 몰라 "죽음과 반대되는 현상들의 총체"라는 동어반복으로 되돌아와 정의할 수 있을 뿐인 이상한 것이다. 나도 무엇인지 잘 모르겠다. 세상의 연극에 출연하는 모든 단역 엑스트라처럼 내게도 어떤 중심역할이 있는 게 아니고, 그러니 직접적으로 떠맡은 정확한 책임도 없기 때문이다. 그러나 이 산토끼 앞에서 부끄러운 감정이 든 것만은 확실하다.

11. 결실이 있는 일

현재 노동자사무원협회가 있는 자리에, 예전에 아이히만의 사무실이 있었다. 그곳에서 아이히만은 제3제국의 인종정책을 실행하는 관료조직체를 진두지휘했다. 재판에서 아이히만은 빈에서의 활동을 "내 평생 가장 행복하고 성공적이었던 활동"이라고 기억했다. 오스트리아 국민 시인 그릴파르처가 19세기에 "영靈들의 카푸아"라고 정의했고* 자기 신비화의 예술에서 언제나 앞서가던 도시 빈에서, 아이히만은 큰 어려움 없이 그 일을 해냈던 모양이다. 앞서 언급했던 안내서에서 크리스티안 레더가 기억하길, 독일 나치스에 의한 오스트리아 합병Anschluss 후 1938년 시행된 공식 국민투표에서 빈 시민 1953명이 제3제국과의 합병에 반대표를 던졌다. 비록 연간 평균 자살자 수가 400명이었던 것에 비해 그해에는 1358명이나 됐지만 말이다.

12. 겐츠가세 골목 7번지

1938년 3월 16일 이 거리 창문들 중 하나에서, 이곳의 자살자 가운데 한 명인 에곤 프리델이 몸을 던졌다. 그는 역사가이자 보수적인 문화비평가였고, 잠깐 시인으로 활동했으며 짧은 유머 이야기들도 썼다. 이 이야기들을 통해 그는 신랄한 아이러니로 모든 유한성을 재평가하며 우리로 하여금 무한을, 즉 우리의 옹졸함을 끊임없이 넘어서는 것을 바라보게 하고 그 옹졸함을 더 사랑하게 해주었다. 창문에서 뛰어내린 것은 그의 마지막 위트였고, 그를 체포하러 온 게슈타포에 대한 조롱이었다. 집 정면은 황량하고 페인트칠이 벗겨져 있다. 연철로 만든 몇몇 발코니는 장식 면에서 애처로운 항의를 보여준다. 프리델은 유대인이었고, 나치즘은 독일 순수 혈통을 내세워 그 창문에서 그를 밀어냈다. 대문 명패들이 말해주듯, 현재 그 집에 사는 사람들 이름은 포코르니Pokorny, 페카레크Pekarek, 크리체르Kriczer, 우르방크Urbanck다. 옛말에 따르면, 진짜 빈 시민은 모두 보헤미안이다.

---

* 카푸아는 이탈리아 중남부에 있는 도시다. 기원전 3세기에 서부 지중해 패권 다툼이 이뤄지던 세 차례의 포에니 전쟁 때 활약한 한니발 군대가 승전 후 숙영했다가 이곳 카푸아에서 환락과 방만에 빠져 병사들의 사기가 꺾여 2차 포에니 전쟁(한니발 전쟁)의 패배로 이어졌다는 고사에 빗댄 표현이다.

13. 빈에 온 루카치

부르크 극장 근처 링에 자리한 카페 란트만에서, 볼프강 크라우스(그는 이차대전의 오랜 냉전 시기에 서양과 동유럽 국가들을 이어주는 진귀한 다리 역할을 했던 오스트리아 문학협회의 창시자이자 에세이 작가였다)는 그 카페 지하실에서 루카치의 강연이 있었다고 내게 말했다. 아마 1952년쯤이었을 거라고 한다. 그는 루카치 강연을, 소비에트 선전처럼 칙칙하고 연설이 장황했다고 기억했다. 청중은 한 서른 남짓 정도로 적었지만, 라디오를 통해 많은 공산주의 국가로 생방송되었다.

규모는 작았어도 전 세계적 반향을 일으킨 그 강연은, 루카치의 객관적 파토스를 역설적으로 드러내보여주었다. 루카치는 상위의 가치를 위해 봉사하고 헌신할 수 있는 인물이었고, 저 높이 있는 위대한 스타일에서 평범하고 조야한 수준의 마이크로 내려올 수 있는 인물이었다. 봉사란 게 그렇듯, 위험한 공모가 될 수 있고 야량 넓은 자기극복이 필요한 일인데도 말이다.

루카치는 빈 정신과 대척점에 있는 사람으로, 선량한 헝가리 사람인 그는 빈 정신에 호감을 느끼지 않았다. 그가 추방당해 와 있던 빈은 동시대의 불안을 보여주는 도시였다. 루카치는 자신의 사상을 스스로 패러디한 듯한 『이성의 파괴』에 그 불안을 함께 담았다. 비록 아이러니가 그걸 가리고 있지만, 빈은 난파의 장소이자, 보편적인 것과 가치체계에 대해 회의적인 생각을 보이는 곳이다. 그런 회의론 위에는 간혹 선험적인 사고가 자리할 수도 있다. 선험적인 사고는 변증법적 사고하고는 거리가 멀다. 루카치는 뛰어난 현대 사상가다. 그는 범주를 확실히 분류해서 사고해 세상을 하나의 체계로 그려내고, 욕구 위에 신성불가침의 가치들을 세운다. 빈은 포스트모던의 도시다. 그 안에서 현실은 자신을 표현하고 드러내는 데 가치를 두며, 확실한 범주는 느슨해지고, 보편적인 것은 선험적인 것 안에서 진실이 되거나 금방 와해되고, 욕구의 메커니즘이 가치들을 다시 빨아들인다.

아우구스토 델 노체가 말했듯, 『이성의 파괴』에는 니체가 마르크스보다 우위에 있을 수 있지 않을까 하는 은밀한 두려움이 숨어 있다. 서양 사회에서 바로 이런 일이 일어났고, 현재도 일어나고 있다. 즉 해석의 유희, 사회발전 과정의 자동화에 뿌리내린 권력의지, 모세혈관처럼 사방팔방으로 넓게 퍼진 욕구의 조직체, 집단 리비도의 불분명한 흐름이, 현실의 법칙들을 하나하나 규명하여 수정하고 세상을 판단해서 변화시키려는 사고를 대신해버린 듯하다. 문화공연이란 것도 혁명사상의 끝물에서 나온 듯하다.

『이성의 파괴』에서 루카치는 니체의 망령에 대항해 싸운다. 그는 니체가 다시 의기양양하게 부활하고 있다고 보았다. 그 저서는 아방가르드, 부정, 빈에 대항하는 책이다. 비록 빈이 모든 오만한 부정을, 관대하고 유쾌한 어리석음으로 위장한 포스트모던의 거만함을 풍자했지만 말이다. 그러나 루카치는 이런 형이상학의 무대 뒤, 빈이라는 극장에서 상연되는 급변하는 사건들에 눈을 두지 않았다. 토마스 만이 그의 변증법적인 것에 대한 힘을 강조하려고 루카치에 대해 말했듯, "그가 말을 하는 한 그는 옳았다." 세상에서 일어나는 유령 같은 일들에 대해서는 눈길을 주지 않던 늙은 루카치는, 때때로 침묵하는 게 옳을 수 있다는 걸 카프카에게 배웠는지도 모르겠다. 그러나 침묵은 전혀 변증법적인 것이 아니며 헤겔적인 것도 아니다. 침묵은 신비한 것, 혹은 아이러니한 것이다.(아니면 그 둘 다이든가) 침묵은 마르크스적인 게 아니라, 비트겐슈타인적인 것 또는 호프만슈탈적인 것이다. 침묵은 빈적인 것이다.

14. 그냥 물어봤습니다

동유럽 유대사상을 다룬 빈 전시회에 많은 사진이 전시됐는데, 그 가운데 우산 수선하는 노인의 모습을 찍은 사진이 있다. 모자를 잘 눌러 쓰고 매끈하게 콧수염을 길렀으며 코에 안경을 걸친 노인은 우산살과 실과 씨름하고 있다. 어두컴컴한 사진 속 우산수선공의 시커먼 옷에는 그림자가 짙게 드리웠고, 노인의 얼굴과 두 손은 렘브란트의 그림에서처럼 어떤 잔악무도한 행위로도 지울 수 없을 존경스러운 성스러움이 내비친다. 그 옆에 있는 다른 사진들이 파괴된 집들을 보여주듯, 그의 가게 유리창들도 집단학살Pogrom 때문에 깨진 듯하다. 폭력이 우산수선공의 수염을 뽑아버리거나 목숨을 앗아갈 수도 있을 것이다. 그러나 무엇도 그 의미의 충만함, 조용한 그의 몸짓과 육체 그 자체가 드러내는 자신감을 그에게서 앗아갈 수는 없을 것이다.

코에 걸친 안경 너머 두 눈은 수선할 우산살에 난 다루기 힘든 작은 구멍을 끈기 있게 찾고 있다. 그러나 율법이 그 어떤 우상도 만들지 말며 신의 말조차도 우상시하지 말라고 경고했기에, 세상이 하룻밤 사이에도 파괴될 수 있으며 그래서 세상의 크기, 약속, 협박을 너무 진지하게 생각할 필요가 없다는 걸 알고 있는 사람이 지닌 애정 어린 냉소로, 두 눈이 짓궂게 빛나고 있기도 하다.

그 노인은 요제프 로트가 말했던 것처럼 "영원히 다치지 않는" 유대인, 차분하고 당당한 가난뱅이다. 모든 파괴 후에도 파라오, 수용소 사령관, 귀족, 반유대주의자인 사무실 사장 등을 두려움에 떨게 하고 억누를 수 없는 생명력과 그 생명력에 종교적으로 자양분을 공급해주는 가족애가 지닌 꺼지지 않는 힘으로, 때 묻은 터키식 긴소매옷 카프탄을 입고 그는 다시 일어선다. 자신의 내적 분열과 상처를 점점 더 크게 느끼는 서쪽 지성의 창문 아래서, 유대인은 가난하건 부유하건

구걸꾼들의 왕, 대담하고 끈질긴 이 거지기생충들의 왕인 듯 그 아래서 맴돌았다. 비웃음과 공격을 받는 고집 센 부랑자지만, 고향 없이도 책과 법에 뿌리내리고 태연히 그 비웃음과 공격을 떨쳐낼 준비가 되어 있던 그들이다. 유대인은 왕처럼 삶에 단단히 뿌리박고 어디서든 집에 있는 것처럼 느낄 수 있다. 마치 그에게는 세상 전체가 친숙한 동네, 자신의 고향 사투리가 들리는 어린 시절의 거리인 것 같다. 언젠가 빈에서 몇 킬로미터 떨어진 부르겐란트 주州의 주도 아이젠슈타트의 유대인박물관에서 열린 문학간담회에서, 우리 토론에 참석했던 빈의 랍비가 내게 조심스러운 어투로 물었다. "당신은 유대인이 아닙니다, 그렇죠?" 내가 유대인이 아니라는 대답을 채 다 끝내기도 전에, 랍비가 오해를 피하려는 듯 혹은 내 불안을 없애주려는 듯, 두 손을 앞으로 내밀며 서둘러 말했다. "그냥 물어봤습니다……"

15. 평소처럼 할까요, 손님?

살 테면 살아봐라. 빈의 격언이다. 이 말 속에 담긴 자유로운 관대함은, 알프레트 폴가르가 말했듯 "죽을 테면 죽어봐라"라는 냉소적인 무관심으로 쉽게 바뀔 수 있다. 장크트 마르크스의 19세기 전반 비더마이어 양식의 공동묘지는 완전히 방치되어 있다. 녹슨 무덤들의 철제 장식은 부서졌고 문구는 지워졌다. 무덤 이름에 따라다니는 '잊을 수 없는'이라는 형용사는 망각 속에서 부식되었다. 천사 조각상 머리들은 떨어져나갔고, 잡초가 묘지를 뒤덮었으며, 묘비들은 정글에 파묻혀 있다. 횃불을 거꾸로 든 채 고통스러운 듯 한 손으로 머리를 짚고 있는 천사 조각상은, 모차르트가 묻혀 있는 무덤을 가리킨다. 이 소박한 기념비에 놓여 있는 국화가 아직도 생생하다.

마케도니아, 그리스, 폴란드, 로마 식의 많은 무덤이 있다. "대법률 회계사 필리프 렌슈 기사의 아들 클루서루 콘스탄틴 렌슈, 여기 잠들다." 망각이 짙게 드리운 이 가을 길을 찾은 방문객들은, 빈의 대중 희극에 많이 나오는 아를레키노나 한스 부르스트처럼* 죽음을 생각하다가 사랑을 생각하게 된다. 상실perditio이나 감응affectio 상태가 아니라 갈망appetitio, 침대, 사랑스럽고 포근했던 어떤 순간을 생각한다. 그 풍성한 쇠락이 충실, 추억, 시간에 대한 게릴라전을 야기한다. 불현듯 같이 게임하던 옛 여자친구들이 생각나 동전을 한 움큼 쥐고 처음 보이는 전화박스로 곧장 들어가 전화하고 싶은 마음이 간절해진다. 다행히 전화박스가 없다.

무명인들의 공동묘지에 있는 여관방들인데도 여행길의 기분좋은 휴식을, 편안하고 아담한 방들을 떠올려준다. 여관은 지금 레오폴디네 피폰카의 소유다. 새로 나온 포도주 슈투름은 가벼운 발포성 와인이고, 슈투베 즉 술 마시는 홀은 오스트리아식의 편안한 친근감을 주었다. 무명인들의 공동묘지에는 다뉴브 강에서 발견된 시신들이 묻혀 있다. 무덤들이 많지는 않다. 그들에게 바친 꽃들이 아직 생생하다. 무명인들의 묘지임에도 불구하고 몇몇 무덤은 이름이 있다. 여기서 죽음은 기본적이고 본질적이며, 이브의 자식들이고 죄인들인 우리 모두를 이름 없는 형제로 함께 묶는다. 죽음 앞에서 누구나 평등하며 모든 것, 특히 자만한 정체성을 벗어던지고 삶의 진실을 찾게 된다. 이곳에서 쉬는 사람은 돈키호테를 좇아 이렇게 말할 수 있다. "나는 내가 누구인지 안다."

엥겔베르트 돌푸스 시대에 지어진 오스트리아 파시스트 양식의 둥

* 아를레키노는 이탈리아의 즉흥 희극인 코메디아 델라르테에 나오는 익살스러운 광대를, 한스 부르스트는 중세 독일의 사육제극이나 18세기 연극에 나오는 어릿광대를 가리키는 말.

근 지붕 예배당은 이 작은 십자가들 앞에서 칙칙한데다 보잘것없어 보인다. 종교적인 친밀감으로, 그러나 약간은 불경스럽게 죽음을 대하는 빈 문화와는 어울리지 않는, 버려진 큰 통 같다. 내 친구 쿤츠는 요제프 로트보다 그런 빈 문화를 더 잘 보여준다. 그는 자신의 여흥비를 탐욕스러운 비너스들에게 줄 돈과 지인들의 장례식에 보낼 화려한 조화를 살 돈으로 공평히 나눈다. 친한 사이가 아니어도 자신이 알고 있는 모든 지인의 장례식에 조화를 보내는데, 조화가 너무나 풍성해서 고인의 유가족들을 당황하게 한다. 그가 꽃집 안으로 들어오는 걸 보면 꽃집 주인은 냉큼 정중하게 묻는다. "평소처럼 할까요, 손님?"

16. 요제피눔

요제피눔은 의학사 기관이자 박물관으로, 요제프 2세가 자신의 군의관들을 위해 만들었던 오래된 아카데미다. 그곳에서 빈의 훌륭한 임상의학교가 생겨났다. 요제프 황제는 정상적인 크기의 혹은 좀더 큰 크기의 생체해부 밀랍 모형들을 만들게 했다. 이 모형들은 수평으로 혹은 수직으로 다양하게 잘려 내부기관들의 끈적거리는 완벽한 메커니즘, 신경 다발, 뇌중추에서 뻗어나온 분지들, 신경과 힘줄과 근육과 정맥과 동맥의 미로를 방문객들에게 보여준다. 두개골을 수평으로 절단한 여성의 머리는 두 눈을 살짝 감고 있는데, 정면에서 바라보는 사람에게는 사랑스러운 입이 보이고, 위에서 바라보는 사람에게는 뇌의 주름이 보인다. 무표정한 신고전주의 조각상 얼굴에 입술을 살짝 올리며 고풍스러운 웃음을 짓는 아름다운 무채색 남성의 얼굴은, 두개골 중간 시상봉합 부분에서 소뇌 "생명의 나무"의 회색질과 백질을 낱낱이 보여준다. 생식기를 보여주기 위해 복벽이 제거된 채 드러누워 있는 여성은, 어깨까지 내려오는 금발 가발을 쓰고 목 주변에 목걸이를 하고 누워 있다.

우리 몸의 이 완벽하고 불안한 지형학, 신경말단조직과 우리 몸을 보호하는 점막조직들은 우리로 하여금 생각하게 만들고, 소네트를 만들거나 변화시키게 하며, 얼굴에 매료되게 하고 신을 상상하게 만든다. 이 밀랍박물관은 공포의 박물관이 아니다. 진실은 우리를 자유롭게 하고, 우리를 구성하는 물질에 대한 이해는 그 물질을 사랑할 만한 것으로 만들기 때문이다. 모든 진실한 말은 살이 되고 피가 되며, 그 생체 모형들은 은총의 순간 아름답게 나타나는 육체의 자연을 보여준다. 형태를 알 수 없는 태아 모형, 서로 붙어 있는 샴쌍둥이 모형은 그 모두가 우리 자신의 일임을 상기시켜준다. 한편에서는 대학 선거가 벌어지고 있다. 벽에 걸린 넥타이 착용 의무와 좌익운동 금지를 주장하는 '제스' 그룹 포스터가 '보수적인 성생활'에 관한 연속 강좌의 일환으로 6월 1일 크나크스 박사의 강연이 마련되었음을 알려준다. 강연 제목이 이렇다. "자위, 집단살인인가?"

17. 현실의 카바레

크리스타 야나타가 제가세 골목 9번지에 있는 옛 유대인 공동묘지를 내게 구경시켜주겠다고 했다. 크리스타는 50년대 오스트리아 빈 그룹의 마스코트였다. 빈의 전설적인 이 아방가르드 그룹은 오늘날 공식적으로 추앙받고 있다. 크리스타는 아르트만, 바이어, 륌의 친구였는데, 그들은 크리스타를 마이케라는 애칭으로 불렀다. 그들 자신을 빼고 모든 것을 조롱하는 그들의 이상한 행위를 크리스타는 경이롭게 바라보곤 했다. 바이어를 빼면 그녀는 아마 그들 모두보다 더 시적 자질이 풍부한 사람으로, 분명 지금은 훨씬 더 그럴 것이다. 환상에서 깨어났으나 그녀의 아름다움은 여전하다. 돌아가는 현실 상황을 잘 알고 있는 그녀는, 자신들도 결국 부르주아임을 모르고 맹렬히 부르주아를 비난하는 문인들의 아슬아슬한 줄타기식의 헛물켜는 기교와는 달리, 타인에 대한 존경과 애정이 무엇인지 알고 있다.

일요일이라 거리가 한산하다. 우리는 커피를 마시러 로저가세 골목의 가스트하우스 폭스로 들어갔다. 빈은, 엘리아스 카네티의 빈은, 타락에도 익숙한 세상의 시커먼 내장이기도 하다. 단골손님 서너 명이 알코올중독의 여러 단계를 보여주었다. 혼잣말하는 한 크로아티아 노인은 언제 누가 그의 손에 술잔을 쥐여주는지도 모른다. 다른 테이블에서 세 사람이 카드놀이를 한다. 한 명은 마치 브뤼헐 그림의 인물처럼 너무나 우둔하고 동물 같은 얼굴을 하고 있다. 또 한 명의 몸은 맥주 덕분에 마치 여자처럼 피둥피둥 살쪄 굴러간다. 마지막 한 여성은 표현주의 그림에서처럼 얼굴이 축 늘어졌다. 어느 순간 망치와 못을 든 미치광이가 들어왔다. 그는 테이블이나 벤치 아무데나 못을 박으며 돌아다녔다. 그것이 진정 빈의 카바레에서 볼 수 있는 장면이다. 그러나 문학으로는 표현해낼 수 없는, 야생의 적나라한 삶의 카바레다. 문학이 그것을 말로 단순화시켜 다시 표현하고자 한다면 허위가 되고 사변적인 것이 된다. 여주인은 침착하고 온화하지만 몇 년 후면 지금의 카페 손님들처럼 우둔해질지 모른다. "쉰 살처럼 보이는데" 하고 술주정뱅이 하나가 여주인에게 친절히 말했다. 막 쉰 살이 된 자신도 실제 나이와 달라 보이는지 내게 묻고 싶은 듯, 크리스타가 나를 쳐다보았다.

18. 렘브란트슈트라세 거리 35번지

렘브란트슈트라세 거리 35번지에 1913년 요제프 로트가 살았다. 그는 갈리시아에서 막 돌아와 모제스 요제프 로트라는 풀네임으로 빈 대학에 등록했다. 변두리 쓸쓸한 풍경 속에서, 집은 칙칙해 보인다. 계단은 어둡고, 빛이 잘 들지 않는 안뜰에는 마디마디 옹이 진 나무가 비스듬히 자라나고 있다. 이런 집에 살다보면 빈과 중앙유럽의 두드러진 특징인 우울증 전문가가 되는 것도 어렵지 않겠다. 기숙학교나 군막사에 있는 것 같은 슬픔, 대칭과 허무함이 주는 슬픔, 환상에서 깨어난 슬픔. 빈에서 사람들은 삶을 살지만 늘 과거 속에 산다는 인상을 받는다. 과거의 주름들이 기쁨마저 숨기고 보호한다. 리트 〈동무들아 오너라〉*는 애주가이자 부랑자의 노래다. 그들은 늘 주어진 나날을 마지막인 듯 자신의 매일을 산다. 언제나 연장된 에필로그 속에서, 일몰과 종말의 틈 사이에서, 지연되는 긴 이별 속에서 산다. 이 짧은 중지는 도주하는 것을 잡아채서 충만하게 즐기는 잠깐의 순간, 모든 게 제자리에 있다는 듯 무의 언저리에서 살아나가는 기술이다.

19. 현실의 언저리에서

아주 중대한 경제학조차도 빈에서는 무無의 기술이 될 수 있다. 이 포착하기 어려운 학문의 대가 슘페터의 글 가운데 소설 메모도 있다. 아서 스미시스가 슘페터의 부고에서 설명했듯, 슘페터는 자신의 소설

* '리트Lied'는 독일 가곡을 가리키는 말이며, 여기 언급된 〈동무들아 오너라〉(원제 '사랑스러운 아우구스틴')는 오스트리아 민요다.

을 '안개 낀 배'라고 이름하고자 했던 모양이다. 집필되지 않은 이 소설 초고가 말해주듯, 유약하고 우유부단한 주인공 헨리, 즉 국적이 불분명한 트리에스테 남성과 영국 여성 사이에서 태어난 아들은, 사업해서 돈을 벌고자 미국으로 갔으나 돈을 벌기보다는 오히려 경제활동의 복잡한 지적 구조, 일반경제법칙이 삶의 불규칙한 우연성과 교차되는 수학과 열정의 짜임에 매료당한다.

이 숨겨뒀던 짤막한 자서전적 이야기에서, 슘페터는 합스부르크가의 전형적 인물, 그 다국적 도가니가 낳은 자손이자 고아를 그려놓았다. 합스부르크가의 소멸은 어떤 확실한 세계에 속하지 못한다는 깊은 감정을 인물에게 남겼다. 그러나 서로 섞이고 빼고 제거하면서 만들어진 찾기 힘든 정체성은, 다뉴브 강 후손들의 운명일 뿐 아니라 전반적인 역사 상황, 모든 개인의 삶이다.

호프만슈탈 및 무질과 동시대인인 슘페터는, 수학처럼 그들 학문의 토대가 안고 있는 결점을 드러냈던 위대한 과학의 시대에서 성장했다. 비트겐슈타인처럼 그도, 정신과 정확성이라는 무질의 이분법 안에서 설명되는 사고와 삶의 양식을 지니고 있다. 그의 지성은 과학의 분석력으로 정신의 모호한 깊이를 측정하고자 했다. 가벼운 감상 따위는 금물이고 이성적으로 확인될 수 있는 것의 범주 안에서 항시 정직하게 남아 있고자 하는 정결하고 신중한 자세를 보여주었다. 그러나 이 인식 가능한 영토의 한계 너머에서 존재의 위대한 질문, 가치와 삶의 의미에 관한 물음들이 솟아나온다는 것을 알고 있었다. 경제발전법칙에 대한 슘페터의 천재적인 연구는, 자신의 지배권에서 도망치는 감정들과 현상들을 헤르만 브로흐의 소설들에서처럼 그리움에 사무친 눈길로 바라보는 사고思考의 수학을 보여주는 예다.

소설에서 헨리는 작가 슘페터처럼 어머니의 애정을 받으며 고귀하고 세련된 사회관계의 이상적인 체계 안에서 성장했다. 헨리의 이야기에서 슘페터는 쇼르스케가 주장했듯, 자신의 경제성장을 귀족주의의 미학적 문화 형태로 위장하려 했던 세기말 빈의 자유로운 중산계급을 그려내고 싶었던 것 같다. 헨리의 삶은 이런 사회 형태 안에서 존재감을 잃어갔고, 우아한 상실감과 함께 진실이 거짓이 되고 거짓이 진실이 되는 모호한 상황 속에서 모든 진실을 계속 회피하는 가운데 어두워지고 말았다. 헨리는 모든 나라에서, 모든 사회계급과 모든 공동체에서 자신이 이방인이라는 것을 깨달아야만 했다. 한 가정, 한 친구, 사랑하는 한 여인에게 정착할 수 없는 자신을 발견했다. 그에게는 오직 자신의 일 하나만 남게 되지만 그것은 난파의 잔해였을 뿐이다. "목적 없이, 희망 없이 효과적으로 일하는 것"일 뿐이다.

스미시스는 슘페터가 아이러니하게도 그의 이론에서 이를 논박할 주제를 상대자들에게 이미 제공해주고 있다고 말했다. 슘페터는 자신의 작품이 유포됨에 따라 일어날 수 있는 오해에 아이러니하게 접근하면서, 완벽하고 정확한 과학의 명확성과 저물어가는 것에 대한 은밀한 동경을 하나로 묶었다. 이러한 접근은 자신을 혼란에 빠트리게 내버려두지 않는 합리적인 명철함과 만나 역사의 균열을 일으키며 흔들리는데, 이 역시 노쇠한 오스트리아의 유산이다. 슘페터의 삶은 군데군데 구멍이 많고 애매모호하다. 그의 직관과 그 직관이 받아들여지는 때 사이에는 시간적 차가 있었으며, 세계적인 대재앙은 세기의 가장 위대한 경제학 서적들에 속하는 몇몇 그의 책의 성공을 지연시켰고, 그가 상황을 이해하고 그 상황에 대처할 수 있는 정확한 방법들을 가르쳐줄 수 있는 몇 안 되는 인물 가운데 한 명이었음에도 불구하고, 그는 재무장관과 은행총재로서 실패했다.

헨리처럼 슘페터는 반발심과 경멸을 마음속에서 차단했다. 그는 자신의 실망감을 세상 탓으로 돌리지 않았고, 부조리한 일들도 다른 사람들 탓으로 돌리지 않았다. 오스트리아 문화는 그에게, 확실한 모든 것의 정체를 까발리되 경멸은 숨기고 지성이 살아남는 데 필요한 어리석은 일상의 이 무에 제대로 된 가치를 부여하도록, 신중한 미소를 가르쳤다. 기업 활동과 자유로운 진취적 정신을 이론화한 경제학의 천재는, 무질처럼 계산적인 이성은 늙은 은행가이며, 계산하는 기술이 필요하긴 해도 생존에는 불충분하다고 생각했다. 역사란, 그의 메모에 있듯, 놓쳐버린 기회들이라는 측면에서 기술될 수도 있다. 상황이 어떤 한 방향으로 흘러간다 해도 그 상황이란 게 달리 돌아갈 수도 있음을, 늙은 카카니엔*의 자식은 알고 있었다.

20. 빈그룹과 스트립쇼

카른트너 거리에서 카푸친 수도원 지하묘지가 있는 광장으로 가는 짧은 파사주에, 로스가 지은 유명한 바 옆으로 아트클럽이 있다. 슈트로코퍼, 즉 버들광주리라고도 불리는 곳이다. 이곳은 빈그룹의 본거지였다. 1950~1960년대 침체된 보수적인 분위기에서 빈그룹은 초현실주의, 다다이즘, 대중문화 전통을 다시 찾았다. 점점 확산되는 소외로 서로가 가까이에서 직접 경험할 수 있는 기회가 박탈당하고 있다고 판단해 소외에 대항하려 했다. 또한 빈그룹은 시에서 과도한 실험, 몽타주, 언어유희, 음성 곡예, 해프닝, 광고와 난센스 뒤섞기, 빈정대는 언사로 유희했다. 새들의 합창을 지휘하고, 10킬로미터에 걸친 집 한 채를 짓고, 단 한 사람을 위해 거짓 신문을 찍어내는 계획을 펼쳤다.

이 곡예사들은 오스트리아의 둔감한 문화적 분위기에 활력을 불어

* 무질의 『특성 없는 남자』의 배경이 되는 카카니엔Kakanien은, 이원 군주제 체제인 오스트리아-헝가리 제국을 희화화한 표현으로, 황제와 왕실을 가리키는 두 단어 'kaiserlisch und königlisch'의 앞글자 두 '카k'를 따서 독일어 발음대로 읽어 만든 조어다.

넣었다. 그중 1964년에 사망한 진짜 시인 콘라트 바이어도 끼어 있다. 그러나 삶을 바꾸고자 했던 그들의 과시적인 '시적 행동'에는 바지를 벗으며 아버지의 법을 위반할 수 있다고 생각하는 사람의 건방진 순진함이 담겨 있다. 자발성을 마음대로 프로그램화할 수 있다는, 약간은 딱한 오만함 말이다. 자신들이 광대 같고 진탕 마시고 놀며 인공두뇌를 가진 새로운 천사, 그다지 새롭지도 않은 이 천사의 포고자라고 생각하는 거만함이 있는 것이다.

오늘날 진지한 학문 서적들이 이 시적 '행동주의'를 찬양하고 있다. 이들 책들은, 작가들이 벌거벗은 채 오줌 싸고 자신들의 거시기를 거품 나는 맥주잔에 처박으며 외설적인 포즈로, 즉 독창적이면서 순진하게 보이고 싶은 포즈로 서로 모여 대중 앞에 나섰던 사진들을, 이데올로기적인 중대 사안으로 들이댄다. 그 모든 것에는 안타깝게도 창작력, 진정한 난센스, 예측할 수 없는 환상, 아이러니가 부족하다. 그 누드와 도발적인 제스처는 사관학교 생도들의 유니폼처럼 너무 빤하다. 과격했던 대학생이 공증인이 되듯, 이제 인습 타파를 부르짖던 그 사람들이 위치가 바뀌어 판단을 하고 대학에서 강의를 하며 68운동을 비판한다. 당시 빈그룹이 드나들던 장소에, 지금 잠시 문을 닫긴 했지만 평범한 스트립쇼 클럽이 들어섰다고 크리스타가 내게 말해주었다. 아마 허세에 찬 예전의 그 스트립쇼와 별반 다르지 않은 스트립쇼일 것이다. 한 스트립쇼에서 다른 스트립쇼로 오가는 논리적 우화를, 요제프 로트라면 좋아했을지도 모르겠다.

21. 카를마르크스호프 맥줏집

일차대전 이후 '붉은 빈,' 즉 사회주의 지방정부에 의해 건설된 유명한 거대 노동자 거주지는 개혁 의지, 진보에 대한 믿음, 새로운 계급에게 열려 있고, 이들 계급이 이끌어가는 또다른 사회를 건설하고자 하는 의지에서 생겨났다. 지금 군대 병영처럼 모두 똑같은 이 회색 거주지를 보면 피식 웃음이 난다. 그러나 이 집들에 살기 전에 명패도 없는 판잣집이나 오두막에 살았던 아이들, 이 집에서 처음으로 존엄성 있는 인간다운 삶을 살게 된 가족들의 뿌듯함을 생각하면, 그 안뜰과 꽃밭은 우울한 기쁨을 담고 있다.

현대의 이 시기는 두 전쟁 사이에 있던 많은 진보적 환상, 실패한 환상을 구체적으로 보여준다. 그러나 이 시기는 건방지게 무시하며 함부로 깎아내릴 수 없는 위대한 진보의 현실 역시 증언해준다. 1934년 이 집들은 오스트리아 수상 돌푸스가 피비린내나는 폭력으로 제압했던 빈의 위대한 노동자 봉기의 중심지였다. 우익은 애국자였지만 조국 침략자들보다는 자신들 동족에게 더 자주, 기꺼이 총을 쏘았다.

오늘날 사람들은 스스로를 그 현대가 만들어낸 고아, 그 약속이 만들어낸 고아처럼 느낀다. 두 전쟁 사이 망명의 시기에, 빈은 수많은 이데올로기적 확신과 위대한 혁명의 희망이 바로크의 알레고리처럼 무너져내리는 걸 볼 수 있는 세계 극장이기도 했다.

그 당시 히틀러와 스탈린의 시기에 많은 사람들의 마음과 사고에서 무너져내린 것은, 특히 공산주의에 대한 믿음이었다. 빈을 배경으로 한 마네 슈페르버의 소설에서 이야기됐듯, 당에서 이탈한 사람은 전체에서 이탈한 고아로 취급되었다. 자신의 삶을 혁명에 바치며 파시즘 독재가 지배하는 나라에서 일했던 순수한 공산주의자 군인은, 스탈린 혁명의 타락을 발견하고 모든 사회를 등진 채 자기 자신의 삶으로부터도 추방되어 아무도 살지 않는 곳에 가서 살았다.

두 전쟁 사이의 시기에 빈의 거리와 카페들은 일종의 망명지와 같았는데, 이곳을 자주 돌아다녔던 "실패한 신"의 목격자들과 비난자들은 혁명을 세계가 나아갈 하나의 비전으로 보고 투쟁했던 사람들이었고, 정치적 선택도 혁명의 종결 문제와 직결되었다. 이들 스탈린 공산주의의 전향자들은 위대한 교훈을 남겼다. 왜냐하면 그들은 인간에 대한 고전적 합일 이미지, 즉 과거에 대한 내레이션에서 때때로 순진하게 표현되곤 하는 보편적이고 인간적인 것에 대한 믿음을, 마르크스 사상에 대해 갖고 있었기 때문이다. 그러나 그들 자신의 꿈이 일시적으로 패배한 것을 빌미로 지적 면책권에 몸을 내맡긴 그들의 과분한 아량은, 오늘날 마르크스 사상의 고아들이 보여주는 추파와는 상당히 다르다. 오늘날의 마르크스주의자들은 마르크스 사상이 역사의 "열려라 참깨"를 보여주지 못한 것에 실망해서, 어제까지 그들에게 성스럽고 실패할 수 없는 것으로 보였던 것을 요란스레 조롱해댔다.

그 망명자들의 가슴 아프고 냉랭한 태도는 오늘의 상황을 적절히 헤쳐나가는 데 도움을 준다. 이데올로기가 내버린 고아가 된다는 것은 부모로부터 버림받으면 고아가 되듯 당연한 일이다. 그 이행은 고통스럽지만 어쨌거나 이것이 부권의 상실을 뜻하는 건 아니다. 왜냐하면 아버지의 가르침으로부터 분리되는 것을 의미하는 건 아니기 때문이다. 정치 투쟁은 모든 것이 그 안에 담겨 있는 신비한 교회가 아니라, 단 한 번도 지상에서 벗어나본 적 없고 오류에 노출되어 있지만 그 오류를 고쳐나갈 준비가 된 일상의 일이다. 마르크스 사상에도 이런 자유로운 세속화 시기가 왔다. 세속화는, 우상숭배자도 베트남의 고아도 인정하지 않지만 계속되는 실망을 대면할 수 있는 성숙된 인격체를 만든다. 공산당에서 탈당하는 게, 더는 전체를 잃는 것이 아니라 전체에서 나가지 않기 위한 이유가 될 수도 있는 때가 왔다. 그러나 아무도 없는 그들의 땅에서 어제의 유목민들은 가치 있는 빈 공간을 만났다. 그 가치가 없다면, 세속화는 교리에서 벗어나는 것이 아니라 사회 메커니즘에 무관심하게 수동적으로 복종하는 것에 불과하다. 단 슈페르버가 말했던 것처럼 그 유목민들은 역사의 변방에 있었고, 과거를 기억하고 미래를 꿈꾸며 살았지 현재에 살지 않았다. 이런 운명은 오스트리아의 운명이기도 하다. 망명자의 카페와 초라한 호텔에서 노쇠한 오스트리아가 또다시 결정적인 죽음을 맞이했노라고 슈페르버가 덧붙였다.

그러나 이 죽음과 망명은 포스트모던이 조금씩 으깨져나가는 것에 대한 저항이기도 했다. 카를마르크스호프가 돌푸스의 대포에 대한 저항이었고, 저항 자체가 아무 의미가 없다고 생각하고픈 유혹에 저항하는 것이었듯 말이다. 이 공동주택phalanstère의 갑갑하고 궁핍한 잿빛 현대성은 그 빽빽한 집단성에 의해 압도당해 있다. 60년 후 그 공동주택의 가치를 다시 발견하고 복고 취향을 보이며 그것을 진보적이라 찬양하는 사람, 그래서 트리스테에서 불행한 결과를 초래했듯 그 공동주택을 주거와 공동생활의 모델로서 다시 제기하려는 사람의 생각은 이와 다를 것이다. 당대에 그 형태를 만들어낸 역사적 필요가 없어졌는데 형태만을 그대로 복구하려는 이런 변덕이 포스트모던이다. 가짜와 천한 것에 대한 키치의 즐거움이요, 사상이 없는 이데올로기에 대한 취향이다. 카를마르크스호프의 튼튼하고 무거운 토대와 아무 상관없는 기초 없는 문화다.

22. 오토네 삼촌

마리아힐퍼슈트라세. 이 거리의 방에서 오토네 큰외삼촌이 살았다. 역사의 파도는 몇십 년간 큰외삼촌을 출렁거리게 했지만 늘 우연히 안정되고 높은 지위에 오르게 했다. 일차대전 시기에 트리스테에서 큰외삼촌은 보급 일을 담당하는 오스트리아 공무원으로 일했다. 공평하게 처리해야 하는 일이었고, 삼촌은 그 일로 궁핍한 시기를 어렵지 않게 보낼 수 있었다. 1918년 트리에스테가 이탈리아에 병합되면서 큰외삼촌은 페티티 디 로레토 장군의 도움 요청을 받았고 약속 장소에 조금 늦게 나타났다. 그때 길에 모여 있던 군중이 큰외삼촌과 같은 직무를 맡았던 전 동료를 학대하며 "굶주린 오스트리아인은 물러나라"를 외쳤다. 군중은 이미 자신들의 호전성을 다 토로해서 큰외삼촌에게는 분노를 터트리지 않았다. 잘 정돈된 큰외삼촌 장부에서 깊은 인상을 받은 장군은, 그 어려운 과도기에 식량배급 문제를 맡아달라고 부탁하면서 트리에스테 해방 축하식이 열리고 있던 극장 특별석으로 삼촌을 데려갔고, 열렬한 환영과 함께 "만세 이탈리아"의 외침은 자동적으로 나의 삼촌에게도 물결쳤다.

파시즘 시대가 오자 큰외삼촌은 빈으로 이주했다. 빈에서도 큰외삼촌은 지난 경력이 인정되어 극심한 경제 위기 때 비슷한 일을 또 맡았다. 시위가 일어나기 전, 때때로 사회주의자 몇 명이 큰외삼촌 사무실로 찾아왔노라고 그가 내게 말해주었다. 사회주의자들은 다음날 자신들에게 예를 들어 밀가루 1만 킬로그램을 건네달라 통보했고, 큰외삼촌은 5000킬로그램밖에 줄 수 없노라 입장을 밝혔다. 그러면 결국 7500킬로그램에서 합의가 이루어졌다고 한다. 사회주의자들은 창문에 돌을 던질 때 필요하니 잘 쓰지 않는 사무실 몇 군데를 자신들에게 알려달라 큰외삼촌에게 부탁했다. 공직에서 물러난 후 큰외삼촌은 나치 시대에 박해받던 사회주의자와 공산주의자 몇 명을 보호해주었다. 아마 이 때문에 1945년 러시아 점령기에 소비에트 공산주의자들이 큰외삼촌에게 식량 공급과 배급을 맡아달라 부탁했던 모양이다. 노인이 된 큰외삼촌은 말타 기사단에 임명되었지만 본능적으로 그 높은 지위를 거절했다. 말타 기사단은 얼마 뒤 심각한 문제에 휘말렸다. 이후 기사단의 최고사령관이 된 큰외삼촌은 80년 넘게 큰외삼촌의 거동과 식사를 도와주었던 늙은 시종과 함께 로마 말타 기사단 궁전에서 1년의 반을 보냈다. 큰외삼촌은 자, 조반니, 산에 가세라고 말하곤 했고, 그럴 때면 둘 다 산소통에 있는 산소를 흠뻑 들이마시곤 했다. 큰외삼촌은 사람들로 붐비는 홀에서 다른 사람들을 건드리지 않고 빠져나가는 훌륭한 무용수처럼 여러 사건을 요리조리 빠져나갔다.

23. 범죄박물관에서

범죄박물관에서 나를 안내해준 친절한 경관은 내게 보여준 범죄와 죄악에 대해 자랑스러워했다. 마치 우피치미술관 관장이 자신의 미술관에 소장된 라파엘로와 보티첼리 그림들에 대해 자랑스러워하듯이 말이다. 비록 법의 충실한 수호자였지만 그 역시 도둑들의 왕 브라이트비저에 대한 은근한 호감을 숨기지 않았다. 브라이트비저를 사랑한 빈 시민들은 1919년 그가 마이들링 공동묘지에 묻히자 깊은 경의를 표하며 몰려들었다.

이 박물관에는 잊을 수 없는 사진이 두 장 있다. 희생자와 가해자 살인마인 두 여인의 사진이다. 살인자는 부잣집 부인 요제핀 루너다. 그녀는 엄하고 뚱뚱하며 자만심이 강했고, 존경받는 안주인에 걸맞게 도덕주의자인 체하는 사각턱에서는 마녀의 숨겨진 면이 엿보였다. 희생자는 땋은 갈색 머리에 반짝이면서도 내성적인 두 눈을 가진 열네 살 안나 아우구스틴이다. 다 큰 소녀라기보다 자기 자신을 방어할 능력이 없는 당황한 앳된 소녀의 모습이다. 루너 부인은 품행이 단정치 못하다며 안나를 야단치고, 가족들에게 알리겠다고 거짓 협박을 하면서 구박하기 시작해, 안나에게 손찌검을 하고 발로 차고 매질을 가했다. 나중에는 안나를 가두고 굶겨 고통스럽게 했으며 중노동을 시키고 아주 잔인한 방법으로 고문했다. 안나는 약 1년간 고통을 겪다 죽었다. 요제핀 루너는 죄가 들통나 사형을 언도받았지만 종신형으로 감형되었다. 오스트리아에서는 여성들에게 늘 이런 식으로 사형을 감형해주었다. 1938년 이후 나치는 여성에 대한 이런 특권을 폐지했다. 루너 부인의 남편은 같이 있긴 했지만 직접 고문을 하지 않았다 하여 몇 개월 형을 받았다.

어린 시절의 안나, 온화하고 악의 없는 어린애 같은 이 눈, 모든 게 복수를 부르짖고 있다. 이 소녀에게 일어났던 일, 다른 많은 사람에게도 다양한 형태로 일어나고 있는 일은, 세계의 역사를 부정하는 일이다. 이에 견줄 만큼 최고로 평가받은 인간의 작품들이라 해도, 이 공포를 보상해주지는 못하며 창작을 통해 이 잊을 수 없는 얼룩을 지우지도 못한다. 자신이 기르는 개들이 소년을 물어뜯게 내버려둔 장군을 보고 알로샤 카라마초프가 느꼈듯이, 이 사건에서 우리는 신은 전지전능하지 않다는 것, 요제핀 루너를 용서할 수 없다는 것, 그 튼튼한 여주인이 축복받은 사람들 무리에 들어가는 마지막 하모니 따위는 생각할 수 없다는 것을 느낀다.

이 폭력은 사회적 폭력이기도 하다. 안나는 감히 반항하지 못했으며 도망치지 못했다. 여주인이 안나를 학대하고 나서 장을 보러 보냈을 때도, 안나는 순순히 명령에 복종했을 뿐 도망칠 수 없었다. 누구도 안나에게 다른 사람과 동등한 권리를 가지고 있다 생각하도록 가르치지 않았다. 안주인이 속한 사회는 안나에게 두려운 복종을 강요했고, 이는 안주인의 포악함에 날개를 달아주었다. 요제핀 루너가 정부 각료의 딸이었더라면 그렇게 학대하지 못했을 것이다. 그럴 생각조차 못했을 것이다. 요제핀 루너도 처음에는 누군가를 고문하는 일 따위는 원치 않았고 또 누군가를 고문하지 못해 괴롭지도 않았다. 그녀가 자기방어력이 전혀 없는 어린 소녀, 분명 영리하지도 민첩하지도 못했을 어린 소녀를 접하게 되자, 소녀가 저항능력이 부족하고 범죄에 대해 취약하다는 점이 그녀 안에 있는 범죄 욕망을 일깨웠다.

약자들은 강자들을 두렵게 만드는 법을 배워야 한다. 혹은 두려움에서 벗어나고 싶다면 자신들도 그들처럼 강자가 될 수 있고 매는 매로 루너 부인에게 되갚아줄 수 있다는 사실을 깨달아야 한다. 몸을 굽혀 섬기기만 하는 사람은, 키플링의 코끼리처럼, 자신의 힘을 잊고 있기 때문에 그렇게 하는 것이다. 자신의 힘을 기억해서 자신을 괴롭히는 첫번째 사람에게 멋진 일격을 가할 준비가 되어 있다면 아마도 동물원에서 평화롭게 지낼 수 있을 것이다.

24. 즐겁게 살다 가뿐히 죽기

그릴파르처에게 브리기테나우와 레오폴트슈타트 사이에 있는 이 대공원 아우가르텐은 행복과 기쁨의 장소다. 그가 1848년 그의 단편 『가련한 악사』에서 묘사했던 대중축제 기간 동안에는 적어도 그랬다. 오늘 잎이 다 떨어진 쭉 뻗은 가로수 길들 주변의 아우가르텐 공원은 모든 기하학에서 볼 수 있는 고독을 암시해준다. 쩍쩍 금이 가고 황량한 대공포탑들 아래로 자신의 개를 데리고 산책 나온, 연금생활자를 위한 공원 같다. 지금은 사용되지 않는 대공포탑 세 개가 마치 야비하고 땅딸막한 폐물처럼 서 있다.

사라져가는 따뜻한 가족애에 가슴 찢어지는 슬픈 이별을 고하는 그릴파르처의 단편에서처럼, 늙은 빈이 행복에 이별을 고하는 슬픈 광경이다. 아메데오는 이제 막 나온 두 종류의 빈 포도주 모스트와 슈투름을 신중하게 비교 분석하고 있다. 지지는 자신의 삼촌 이야기로 숙녀들에게 웃음을 안겨주고 있다. 그의 삼촌은 죽음이 임박한 어머니에게 한 아가씨와 결혼할 것이며 물론 그 신성한 맹세를 절대 깨지 않을 거라고 맹세했다 한다. 그러나 결혼 전에 늘 약혼이란 게 있는 법이다. 늘 할 일이 너무 많았던 삼촌은 여든셋까지 약혼 상태로 남아 있었다. 분명 가능한 한 빨리 결혼해야겠다는 확고한 의지야 있었겠지만 삼촌이 갑자기 죽고 나자 약혼 상태도 깨져버렸다. 프란체스카는 고개를 살짝 뺐다. 습관적인 그녀의 동작인데도 저녁이면 희디흰 그녀 목이 더 도드라져 보인다. 세월은 아직 그녀의 초상화에 마지막 붓질을 다 하지 못했고 이 얼굴에 무엇이 있을지 알려주지 않는다. 조용히 파도를 넘어온 이 얼굴의 뺨과 머리에서 물이 뚝뚝 흘러내리도록 내버려둔 채, 아름답지만 화려하지 않은 이 얼굴이 남의 이목을 끌지 않을 평범한 외딴 정박지를, 고통스러운 해양 연구만이 그 깊이를 가늠할 수 있을 투명한 무채색을 찾아가도록 내버려둔 채.

여기서 이렇게 빈둥거리는 것도 곧 끝날 것이다. 왜냐하면 우리가 비록 한량이나 실업자처럼 굴어도 우리는 모두 능력 있고 반듯하며 활동적이고 믿을 수 있는 전문가들이기 때문이다. 수사학의 메커니즘이 우리 목에 개목걸이를 씌우고 우리를 질서로 다시 불러들일 것이다. 목줄을 한번 잡아당기고는 각자 자신의 개집으로 돌아가 진지한 삶이 미리 준비해둔 음악에 따라 짖어대게 만들 것이다.

이곳 나무들의 몸통과 잎사귀에서, 잿빛 하늘도 기상청 예보도 알려주지 못한 밝은 빛을 내며 그릴파르처가 묘사한 축제의 섬광이, 그의 글에서 말해주었던 130년 전 아우가르텐의 나무들과 잎사귀들의 빛이 반사되고 있다. 가련한 악사는 아무것도 소유하지 못했고 아무것도 소유하고 싶어하지 않던 사람이다. 믿음을 가지고 음악을 사랑하지만 자신의 바이올린을 서투르게 연주하는 거지였다. 가련한 악사는 고통스럽지만 세심하고 진솔하게 자신의 실패를 준비하고 존재론적이고 사회적인 자신의 추락 속에서도 삶의 흐름과의 겸손하고 은밀한 조화, 매 순간의 만족, 확신을 찾아간다. 카프카는 가련한 악사에게서 모든 것을 거부하고 삶을 깊이 즐길 줄 아는 사람을 보았다. 왜냐하면 그 거부가 어지러운 모든 계획으로부터 그를 해방시켜주었기 때문이다. 카프카는 가련한 악사를 플로베르, 『감정교육』의 공허함과 부재에 비교했다. 그릴파르처의 인물은 플로베르가 말했던 것처럼 "진실 안에서" 산다. 그러나 단순함과 진실은 그릴파르처에게 예술, 음악에의 헌신과 일치한다. 반면 플로베르나 카프카에게, 예술을 위한 절대적 소명은 이 인간의 진실에서 멀어지는 일이다. 게다가 가련한 악사의 예술은 그가 예술을 하모니로서 숭배한다 해도 듣기 싫은 깽깽이 소리다. 그럼에도 불구하고 그를 구하는 건, 그의 그르친 삶이다. 그 삶이 그를 역사와 사회의 역할들에서 빼내어 무의미한 하찮은 일에 몰두하게 하고, 그의 시간을 낭비하고 버리게 하며, 쓸데없는 작은 일들을 즐기게 해주고, 어설픈 그 연주 속에서도 모차르트의 경쾌함을 느끼게 해준다.

오스트리아적인 것, 이는 도주의 예술, 방랑, 고향을 기다리며 잠시 멈춰갈 수 있는 사랑이다. 슈베르트의 나그네가 말해주듯, 그 고향은 늘 찾게 되고 어떤 것이리라 짐작은 하지만 결코 가본 적 없는 곳이다. 수동적으로 생각만 하며 사는 이 미지의 고향이 오스트리아다. 그러나 고향은 사랑할 만한, 무의 언저리에 있는 즐거운 삶이기도 하다. 그릴파르처의 작품에 나오는 술꾼이며 방랑자인 온화한 시인 페르디난트 자우터는 빈 여관을 전전하며 삶을 보내다가, 자기 자신에게 불러주는 식으로 이런 묘비명을 썼다.

> 많은 걸 겪었어도 이룬 건 하나 없어라.
>
> 즐겁게 살다 가뿐히 죽었네.

25. 베르크가세 골목 19번지

그 사람이 거기 살 때는 찾지도 않더니만 지금은 별의별 사람이 다 그를 찾습니다요. 택시기사가 나를 프로이트의 집과 사무실로 데려다 주면서 말했다. 그 방들은 유명하다. 나 역시 종종 이곳에 왔지만 매번 깊은 인상을 받는다. 이곳 분위기에서, 19세기의 그 신사가 아케론 강에 내려왔을 때의 우수와 존경이 느껴진다. 프로이트가 방금 귀가하기라도 한 듯 현관에 모자와 지팡이가 있다. 진료가방, 여행 트렁크, 가죽으로 겉을 싼 작은 병, 숲속으로 산책 갈 때 가져가곤 했던 물병이 있다. 프로이트는 한 가정의 아버지로서 가족과 숲속 산책을 즐겼고 습관처럼 꼬박꼬박 이를 지켰다.

프로이트가 실제 사용했던 서재를 가득 채우고 있는 사진들과 서류들, 그의 초상화, 새로운 학문을 만들어낸 다른 창립자들의 초상화나 유명 저서들이 통속적인 정보들을 알려준다. 이곳은 이제 프로이트의 서재가 아니라 정신분석이 무엇인지 가르쳐주는 박물관이다. 정신분석은 오늘날 모든 담론에 꼭 들어가는 판에 박힌 이론이 되었다.

그러나 작은 대기실에 프로이트의 진짜 도서관을 채웠던 책 몇 권이 있다. 하이든, 실러, 입센, 그에게 분별력, 엄격함, 지옥에 내려가는 데 꼭 필요한 후마니타스를 가르쳐준 고전들이다. 이 지팡이와 이 물병은 프로이트의 위대함, 그의 측정 감각, 질서에 대한 그의 사랑, 불안으로부터 자유로운 강한 인간의 단순한 면모를 보여준다. 이 검박함이, 인간의 양가성이라는 소용돌이에 빠져 있으면서도 좀더 많이, 더 자유롭게 가족과의 산행을 즐기라고 그를 가르치고 이끈 것이다.

이런 모든 것이 정신분석 회의에서는 회자되지 않는다. 정신분석 회의에서는 종종 통사론을 무시한 채 함부로 당찮은 말을 남발하며,

도시청결 문제나 화폐의 불법유통 문제에 오이디푸스 콤플렉스를 적용시키면서, 정신분석을 이해할 수 없는 패러디로 격하시킨다. 프로이트의 후예들은 정신분석을 추잉 껌처럼 요란스레 받아들이는 불명료한 사상가들이 아니라, 누군가 더 나은 삶을 살도록 인내심 있게 도와주는 치료사들이다. 그 소박하고 튼튼한 가죽 진료가방은 내게 있는 약간의 안정감, 내 안의 어둠을 끌어안고 함께 살아가는 데 필요한, 최소한의 능력을 내게 준 모든 사람을 생각나게 한다.

빈의 숲을 바라볼 수 있는 아름다운 곳 힘멜슈트라세 거리 끝, 벨뷔라고 불리는 곳에, 1977년 기념물이 세워졌는데 이런 눈에 띄는 말이 씌어 있다. "1895년 7월 24일 꿈의 비밀이 여기 지크문트 프로이트 박사에게 모습을 드러냈다." 시크릿 신사가 희극에서의 사기꾼같이 마지막에 가면을 벗어버리는 모습을 생각한다는 것은 우스꽝스럽다. 차라리 그 풍경을 감상하고 그 풍경을 바라보며, 저멀리 도시의 둥그런 윤곽 안에서 아직 다 탐사하지 못한 내면의 구불구불한 길들의 지도를 읽고 있는 프로이트를 생각하게 된다. 그 수사학적 문구에서 '박사'라는 말이 감동을 준다. 학문적인 위엄, 엄격한 연구, 자만 없이 이를 성취해낸 노력이 느껴지는 말이다.

26. 스페이스 오디세이

다뉴브 강 운하를 따라 오버레도나우슈트라세 거리 95번지에 지어진 거대한 건물은 IBM 센터다. 중앙 입구에 붙어 있는 푯말은 지금은 없지만 디아나 여신의 목욕탕이 있던 그 장소에서, 요한 슈트라우스가 1867년 2월 15일 〈아름답고 푸른 다뉴브 강〉을 처음 시연했다는 사실을 상기시켜준다. 디아나 목욕탕은 분명 커다란 상자 같은 이

건물보다는 매력적이었다. 하지만 덧없이 사라진 옛 신전, 그 안에서 문명이 비극을 떨쳐내라고 경박하게 요구했던 이 자리에 지금 들어선 전자계산기와 인공지능도 그 왈츠의 회전을 방해하지는 않는다. 〈2001 스페이스 오디세이〉에서 큐브릭이 천재적으로 관찰해냈던 것처럼, 왈츠는 리듬과의 조화, 세상의 호흡과의 조화를 표현한다. 일본인들이 컴퓨터가 곧 사람의 복잡한 머리를 대신할 수 있다고 예고했다면, 이것은 아마 그 왈츠의 순환하는 리듬, 늘 도망하지만 늘 다시 돌아오는 기쁨, 좀더 멀리 갔다가 더 약해져서 돌아오고 애수적이지만 인생의 덧없음을 이겨낼 수 있을 만큼 회의적이 돼서 돌아오는 기쁨을 작곡해낼 수 있다는 말이 될 것이다.

전자계산기와 인공지능 역시, 그것들이 장착돼 작동시키는 우주선처럼, 우주선이 날아다니는 이 우주에 속한 천체 음악의 일부다. 왈츠의 영원한 귀환에는 영원한 어떤 것이 있다. 그것에는 과거의 메아리가 있다. 한 늙은 여인이 말했던 대로 슈트라우스가 죽으면서 끝난 프란츠 요제프의 시대의 메아리가 있을 뿐 아니라, 미래로 계속 투사되는 과거가 있다. 우주를 여행하는 먼 과거 사건들의 이미지가, 언제 어디서일지는 모르겠지만 그 이미지를 받아들일 어떤 사람에게는 이미 미래인 것처럼 말이다.

IBM 센터는 사업 세계의 중심이기도 하다. 브람스가 찬미했던 진정한 예술가 슈트라우스조차 손쉬운 소비재를 열심히 공급했던 발전소였다. 그러나 그 소비재는 기적적으로 시와 살짝 만났다. 그 건물에 붙은 푯말은 〈2001 스페이스 오디세이〉에서 실수하고, 열정과 두려움을 느낄 정도까지 인간화된 인공지능 컴퓨터 할 9000과 우리가 비슷하다고 느끼게 만든다. 왈츠를 사랑하는 사람은 1982년에 컴퓨터가 '올해의 인물'로 선정되었다고 해도 그리 놀라지 않을 것이다.

27. 뒤돌아보기

푯말이 말해주듯, 슈바르츠슈파니어슈트라세 거리 15번지 현 건물 위치에 베토벤이 죽었던 집이 1904년까지 있었다. 현재 까칠한 수위가 이 집을 지키고 있는데, 수위는 거친 말을 해가며 나를 이내 내쫓았다. 바로 이 집에서 1903년 10월 3일에서 4일로 넘어가는 밤에, 바이닝거는 자기 심장에 총을 발사했다. 죽기 몇 주 전, 길을 가다 뒤를 돌아다보던 그는 자신이 걸어온 길, 시간을 돌이킬 수 없다는 사실을 말해주듯 똑바로 뻗은 무심한 그 길을 봤을 때의 당혹감을 묘사했다. 결국 이는, 뒤를 돌아보았더니 허무밖에 보이지 않더라는 이야기다.

28. 말, 말, 말

사슴들과 멧돼지들이 사는 빈 외곽의 공원 헤르메스빌라는 프란츠 요제프 황제의 불행하고도 전설적인—참아내기 힘든—아내, 자유를 갈구했던 엘리자베트 황후가 특히 좋아했던 곳이다. 대중에게는 수줍음 많고 내성적인 시시로 사랑받았다. 당시 빈의 공식 장식미술가였던 한스 마카르트는 빌라(건축 시기는 1882~1886년으로 거슬러올라간다) 안 황후 방에 셰익스피어의 『한여름 밤의 꿈』에 나오는 장면을 그릴 임무를 맡았다. 사실 그는 스케치만 했을 뿐이고, 그의 제자들이 그 일을 완성했다.

색조는 어둡고 부드러우며, 황후의 침대는 우울한 알레고리로 보면 진짜 장례 침대 같다. 셰익스피어의 장면들은 냉담하면서도 은근히 음탕하다. 이는 체육실에 그려진 신화 속 인물들에게서도 나타난다. 체육실에서 엘리자베트 황후는 무슨 숭배의식을 치르듯 중성 같은 그녀의 몸을 운동으로 단련시켰다. 마치 정신단련을 하듯 했다. 빌라는 활력을 잃고 냉담해진 황후에게 안성맞춤이었다. 그곳에서 구체적 성생활에는 무감각해지고 비물질적 숭고함과 아름다움을 갈망하게 된다. 황후는, 금욕적인 나르시시즘으로 자신의 육체를 날씬하게 가꾸었고, 남자의 갈망을 즐기기만 할 뿐 그 갈망을 채워줄 필요는 느끼지 않았다. 그리고 그저 순수한 마음으로 여성의 아름다움에 심취해 합스부르크가의 대사들에게 그들이 나가 있는 외교지에서 가장 아름다운 여인들의 초상화를 가져와달라고 요구할 뿐이었다. 시시에게는 자웅동체적 순수함이 있었다. 그녀는 섹스의 육체적 측면을 증오했고, 단지 육체의 숭고함과 섹스 없는 육체를 사랑했을 뿐이다.

종종 그렇듯 시시의 경우에도, 불만은 시로 탈바꿈시키고자 했고 특별히 선택된 자의 표식인 듯 섹스 없는 불모의 삶을 살고자 했다. 황후는 서정시를 썼다. 자신의 시들에 그녀 영혼의 본질과 뻔한 비밀을 담아 꼭꼭 숨겨두려 했던 그녀 행동을 나무랄 수는 없다. 옛 합스부르크 제국에서는 고등학생들까지도 시쓰기가 쉽지 않았다. 예를 들어 호프만슈탈은 젊은 시절 훌륭한 시들을 가명으로 출간해야 했다. 엘리자베트처럼 의정서를 싫어하는 군왕 역시, 자신의 서정시를 자기가 갖고 있든가 아니면 몇몇 친한 벗에게 맡겨야 했다. 사실 황후는 그녀의 서정시를 후손에게 물려줄 작은 상자에 넣어 소중히 보관했다.

엘리자베트의 시는 그 복잡한 제목이 말해주듯, 시로 쓴 일기다. 혹은 일상사를 그냥 기록한 게 아니라 꼭꼭 숨어 있는 일상의 의미를 기록한 것이다. 즉 일상의 일들을 비춰줘야 하지만 매일의 아둔함이 꺼버리거나 숨겨버리는 그 섬광을 기록한 것이다. 시시의 서정시들은 멀어짐, 가슴 찢어지는 고통, 갈망하지만 이루어지지 않은 삶을 노래한다. 시시가 실제 살고 있는 삶과 반대되는 시다. 시시의 삶은 잘 알려져 있다. 바이에른의 아주 젊은 공주이자 바이에른의 루트비히의 사촌으로, 프란츠 요제프와 결혼했다. 처음에는 결혼 생활이 행복했지만 차츰 억압적으로 바뀌는 황실 생활을 점점 더 못 견디게 된다. 황후로서의 역할을 점차 참을 수 없어 했고, 남편과 아이들로부터 마음이 떠났으며, 우울과 불안에 젖어 자주 여행을 떠나 점점 더 궁을 비우는 날이 많아졌다. 모든 것에, 자기 자신에게조차 소외감을 느끼던 그녀는, 어처구니없게도 제네바에서 이탈리아 무정부주의자 루케니의 손에 죽는다.

서정시들은 개인적인 삶의 갈망과 궁정 생활에 대한 반발심을 보여준다. 이 생활에 반발하다가 합스부르크가 체제까지 비판하며 공화정을 지지한다고 주장하기까지 했다. 그러나 서정시들은 특히 불만, 향수를 이야기한다. 향수는 뭐라 정의할 수 없고 정의하고 싶지 않은 느낌, 뭔가 빠진 채 먼 곳에 있는 느낌이다. 뭐가 빠져 있는지 구체적으로 알 수는 없지만, 시시는 자신의 삶에 줄곧 뭔가 결핍되어 있다고 느꼈고 이 불안한 공허감에 휩싸여 그 안에서 살았다. 이 서정시들의 큰 배경은 바다, 그 형언할 수 없는 무한함, 영혼의 속삭임인 듯 계속 속삭이지만 번역해낼 수 없는 파도의 속삭임이다. 시시는 갈매기, 평화와 목적지가 없는 철새다. 바이에른의 루트비히 2세가 그랬듯이 말이다. 너무나 가까웠던 사촌 루트비히는 독수리, 제왕이지만, 땅에서는 살 수 없는 이방인이었다. 헤르메스빌라에는 알베르트 그레플레가 그린 루트비히 2세의 초상화도 있다. 아름다움을 사랑했던 군왕, 백조이자 독수리였던 루트비히는 뚱뚱하고 곱슬머리이며 세련되지 못한 능직 비단옷 때문에 더욱 무거워 보인다.

자신의 시에 흥분한 나머지 황후는, 통속적이고 종종 변변찮은 그녀의 시들을 영적 접촉을 통해 저세상에서 하이네가 자신에게 불러주었다고 생각하곤 했다. 실제로 엘리자베트 황후는 하이네의 가락과 레퍼토리에 따라 「하이네에게」라는 시를 썼다. 19세기에는 수많은 하이네 모방자와 추종자가 있어서 하나의 정형화된 시언어를 형성할 정도였다.

양식화된 음악이라 하더라도, 그 음악을 노래하는 고뇌에 찬 목소리의 개성을 완전히 지우지는 못한다. 천편일률적인 삶이라 해도, 그 삶을 사는 각 개인의 뜨거운 열정을 다 고갈시키지는 못하듯이 말이다. 그런 정형화된 언어가 황후에게는 가사 없는 음악처럼 마음대로 채울 수 있는 빈 구조처럼 여겨졌고, 그 개성 없는 언어의 멜로디에 엘리자베트 황후는 그녀의 진실하고 고통스러운 드라마, 그녀의 열정을 담아냈다. 황후가 저속하게도 아킬레우스를 광적으로 숭배했듯이 이런 열정 역시 역사에 뒤처진 열정이었고, 당시 시대 분위기의 일부였다. 그러나 엘리자베트 황후는 루트비히처럼 메마르고 고통스러운 삶 속에서도, 언제 무너질지 몰라 불안하기만 한 우울증을 겪으면서도 그 열정을 불살랐다. 잔인할 정도로 유별나게 무심한 황후를 프란츠 요제프 황제는 큰 사랑과 넓은 마음으로 포용할 줄 알았다. 냉담한 그녀였지만 너그러움을 보일 줄도 알았다. 프로이센군에게 무참히 패배당하고 돌아온 황제를 빈 역으로 마중 나가, 남들 앞에서 황제의 손에 키스했을 때처럼 말이다.

네 자녀가 있었음에도 황후는 남들에게 키스를 하지 않았다. 그녀의 불안한 개성은 확신이 없었고, 가치도 느긋한 섹스도 몰랐으며, 순간순간 현재의 삶을 즐길 줄 몰랐다. 그래서 엘리자베트는 늘 돌아다니는 철새 같은 자신의 천성을 시에 담았다. 어떤 때는 매끄럽고 어떤 때는 어설픈, 누구나 쓸 수 있을 법한 황후의 시는, 많은 사람이 이용할 수 있고 이용했던 일종의 공용시 사전 같다. 그 안에는 개인의 상처가 바닷속 깊이 있듯 가라앉아 있다. 그런 비슷한 서정시들을 또다른 사람, 군왕이 적성에 맞지 않았던 우아한 군주 멕시코의 막시밀리안 황제가 썼다. 멕시코의 막시밀리안 황제는, 엘리자베트 황후와는 달리 자신의 운명을 절제된 의무감으로 받아들일 줄 알았지만, 왕좌보다는 바다를 위해 태어난 사람이었다. 시시의 시가 아주 평범한 글은 아니다. 시시의 시는 외로운 고통을 느끼게 하지만 그것을 진부하게 표현해내는 데서 오는 긴장을 보여준다. 황후의 이 시들은 모두의 것이면서 그 누구의 것도 아닌, 시 형식의 일기다. 그러나 황후를 운 좋은 많은 문인에 속하게 만든 이 운명은, 마음의 목소리와 '말, 말, 말' 사이의 대화를 끊임없이 되풀이한 그녀를, 작지만 실재했던 문학계의 인물로 만들어놓았다.

29. 에크하르차우

이 작은 사냥 성에서, 이 푸른 전나무들 사이에서, 합스부르크가의 기나긴 역사가 끝났다. 이곳에서 마지막 황제 카를이 폐위됐다. 트리에스테인들은 카를 황제가 포도주를 좋아했기 때문에 그를 '카를 피리아(깔때기)'라고 불렀다. 통상적인 이미지로 그저 온화한 왕으로만 소개되는 카를 황제는 온화했을 뿐만 아니라 선량하기까지 했다. 선한 마음은 황제가 갖추어야 할 덕목이다. 이존초 강 전선에 가서 무자비하고 무분별한 학살을 보고 난 후 카를 황제는 어떻게 해서든 그 학살을 끝내겠다고 선언했다. 전쟁을 종식시키려는 노력, 전쟁 그 심연에 깔린 어리석음을 보려고 하는 용기는, 전쟁을 시작하려는 용기 못지않게 담대한 행동이며, 진정 황제다운 용기다.

이 작은 성은 평화로운 가정집 같은 분위기다. 지붕에는 황새의 안전한 둥지가 있다. 더할 나위 없이 사랑스럽고 친근한 이 성은 마리아 테레지아로부터 시작해서 수많은 아버지와 어머니를 낳은 왕조, 합스부르크가의 종말에 어울리는 장소다. 합스부르크가의 마지막 상징적 황제 프란츠 요제프에게는, 다정하고 현명하지만 약간 노망 든 할아버지의 카리스마가 있다. 공원의 큰 나무가 자신의 나뭇가지로 황실보다 더 화려한 홀을 만든다. 이 나무는 폐위가 뭔지 모른다. 주변 들판에 있는 간판 몇 개가 여기가 지클린데 경작지임을 알려준다. 지클린데는 특별한 종류의 감자를 가리키는 바그너풍의 이름이다.*

30. 카르눈툼

이곳 폐허가 된 로마제국의 도시에서, 폐허로 변하기 훨씬 전 아득한 과거에, 마르쿠스 아우렐리우스 황제가 그의 『명상록』 2권을 썼다. "내가 안토니누스†인 한 나의 도시와 나의 고향은 로마다. 한 인간으로서 나의 도시와 나의 고향은 우주다." 마르쿠스 아우렐리우스는 그에게 주어진 책임과 일을 자만하지 않고 받아들이면서 로마 황제가 될 수 있었다. 또한 그는 이 땅에 사는 모든 다른 사람과 동등한 세계시민, 아니 만물의 끊임없는 흐름과 변화에 끼어들어가 있는 우주의 단순한 생물체가 될 줄 알았으며, 삶의 변화를 눈살 찌푸리지 않고 받아들일 준비가 되어 있었다. "황제의 지위에 오를 준비가 이미 되어 있던 황제이자 로마인인 그는, 자신의 타고난 정치성을 의식하고 있었다." 군인으로서 그는 성벽을 공격하는 데 있어 혼자 이 성벽을 올라갈 수 없다면 남의 도움을 받는 걸 부끄러워하지 않고 공격할 수 있는 사람이었다. 그러나 모든 사람이 평등하고 동등하다는 것 역시

---

* 바그너 오페라 〈니벨룽겐의 반지〉에 나오는 인물 지클린데의 이름을 연상한 대목.

† 하드리아누스가 아끼던 아우렐리우스(161~180 재위)를 차기 황제로 점찍어 그를 양자로 들인 선왕 안토니누스 피우스(138~171 재위)를 비롯해 그 일가를 염두에 둔 말로, 그는 이 최고 평화번영기 안토니네가家의 마지막 황제였다.

알았다. 모든 인간은 평등하기에 사르마트족을 무찌를 사람은 일반 살인자와 마찬가지로 살인자이기도 했다.

로마 황제는 위대한 작가이자 위대한 스승이다. 그는 삶에 대해 동정심, 존경, 진심 어린 마음이 있었지만 우상숭배는 하지 않았다. 왜냐하면 단지 '의견'에 불과할 뿐임을 알고 있었기 때문이다. 그는 콰디족과 마르코만니족과 싸웠고, 모라바 강과 라이타 강 사이 지역인 프로타훙가리카로 자신의 군대를 끌고 가 그 너머에서 장차 몇백 년 동안 그곳을 넘어 침입해오게 될 야만인들의 침입을 막았다. 그는 제국을 지켰지만, 자신의 파토스에 끌려다니지 않았다. 그가 말했듯, 그는 카이사르가 되려고 하지 않았다. 제국을 지키는 것은 단지 그의 임무일 뿐 절대적 가치는 아님을 알고 있었기 때문이다. "아시아, 유럽, 우주의 작은 조각들"이라고 썼던 그였다.

그는 본질적인 것들, 최후의 것들을 숭배했다. 사람은 그 사람이 믿는 가치로 형성되고, 그가 믿는 가치들이 고귀한가 아니면 저속한가 하는 표시가 그의 얼굴에 찍힌다는 것을, 황제는 알고 있었다. 영혼은 그 영혼 안에서 만들어지는 이미지들로 염색되며, 각자의 가치는 각자가 중요성을 두는 가치와 밀접한 관계가 있다. 이는 인간의 본질에 대한 번뜩이는 직관이며, 인간의 역사와 천성을 읽는 중요한 열쇠다. 우리는 우리가 믿는 것, 우리가 우리 정신 안에 살게 한 신들이다. 숭고하건 미신적이건 이 종교는 우리에게 지울 수 없는 표시를 만들고, 우리 모습과 몸짓에 새겨지며, 우리의 존재방식이 된다.

마르쿠스 아우렐리우스는 끊임없이 변하는 우주의 통일성을 믿었지만, 정신활동이 뇌의 단순한 물리적 분비작용인 생명원리와 혼동되는 것을 인정하지 않았다. 그는 정신활동이 이것이 잠시 속해 있는 우주 자체에 대해 판단할 수 있을 정도로 올라서기를 요구했다. 비록 그가 생명을 만드는 물질과 그 물질을 생산하는 동물적인 결합 즉 "어떤 떨림에 동반된 막의 마찰과 점액 분비"에 대해 지적인 큰 친밀감을 느끼지 못했지만 말이다.

조용한 황제는 자신의 남성다움을 미리 앞서서 증명하지 않고 적정한 때에 증명해보이기를 좋아했다. 아직 로마라는 이름이 붙은 제국의 왕좌에 있던 먼 훗날의 합스부르크가 후계자들과는 달리, 마르쿠스 아우렐리우스 황제는 변화를 두려워하지 않았다. 왜냐하면 어떤 것이든 변화 없이는 일어날 수 없기 때문이다. 철학자 군왕은 수사학과 철학의 차이를 인식했던 플라톤의 위대한 논쟁을 기억하며, 그의 스승 루스티쿠스가 수사학과 시, 그리고 반지르르한 세련된 말에 반감을 갖도록 그에게 가르쳐준 것에 감사했다. 마르쿠스 아우렐리우스는 진실을 원했고 그에게 시는 거짓말이었다. 움베르토 사바의 독자들인 우리는 쉽게 그의 말을 논박하면서, 시도 진실을 말할 수 있으며, 진실은 문학과 수사학뿐만 아니라 철학마저도 피해간다는 사실을 그에게 보여줄 수도 있을 것이다.

마르쿠스 아우렐리우스는 아마 자신이 위대한 시인이라는 사실을 몰랐던 것 같다. "작가가 되겠다는 생각이 들지 않았던 것에 대해" 그가 신들에게 감사를 표했을 때조차도 그는 시인이었다. 그의 시는 윤리적 자아의 시이며, 다른 시, 즉 뮤즈의 신성한 열정에 사로잡힌 사람이 만든 논리적이고 윤리적 연결이 끊긴 환상적 시와는 대조된다. 그의 시는 사이렌의 노래를 듣는 시, 로토파고이족*의 망각에 대한 향수를 지닌 이 시와도 대치된다. 이런 의미에서 비록 황제가 멀리 판노니아로 떠났고, 로마에서 먼 빈도보나에서 죽었지만, 카를로 에밀리

* 그리스신화에 나오는 로토파고이(로토파게스 또는 로토파고스) 민족은 '로토스 lotus 열매를 먹는 자들'이란 뜻으로, 호메로스 『오디세이아』에 따르면 이타카로 귀향 중 9일을 표류하던 오디세우스 일행이 이들이 건넨 열매를 먹고 고향에 돌아갈 생각을 잊은 채 환각에 빠진다는 내용이 있다.

오 가다의 말대로 황제는 인내심을 갖고 일관성 있게 자신의 개성을 형성해가는 정착형 인물이었다. 방랑하는 시인들, 보들레르의 "진정한 여행가"는 목적 없이 떠돌아다니고, 여러 체험을 하며 자신들의 특별한 정체성을 자발적으로 분산시키고, 스스로를 혼돈에 빠트리고 허무에 빠진다.

자신의 자아를 형성해가는 마르쿠스 아우렐리우스의 대담한 여행은, 자기 자신을 분열시키고 없애는 랭보의 모험과 상반되는 게 아니다. 그러나 아마도 황제는, 철학에는 사유와 세상이면 충분하지만, 언어예술에는 가지고 다니기 쉽지 않은 시학 지침서, 참고서, 참고문헌들이 필요하다는 사실을 단순히 말하고자 했을지 모른다. 바로 카르눈툼에서, 황제는 두꺼운 책과 참고문헌들을 잔뜩 짊어지고 다니며 허공을 향해 기도문 외우듯 중얼거리는 미래의 다뉴브 강 여행자들에게 경고라도 하듯 이렇게 적었다. "중얼거리며 죽고 싶지 않거든 책에 대한 갈증을 던져버려라……"

31. 동화되기를 원하는 소수

아이젠슈타트는 라이타 강 너머에 있다. 이 강은 아이젠슈타트가 속했던 헝가리 왕국의 국경선이었다. 이곳에서 판노니아의 느긋함, 졸린 눈꺼풀 같은 초원의 낮은 집들, 일미츠의 지붕 위에 있는 황새의 둥지, 노이지들러 호수의 갈대, 짚과 진흙으로 만든 지붕, 헝가리 왕국 영토에서 만나볼 수 있는 에스테르하지 궁전의 노란빛 도는 황토색이 시작된다. 아이젠슈타트가 주도인 부르겐란트 주를 다스리는 사람은 지금은 봉건영주들이 아니다. '란데스하우프트만' 즉 주지사인데, 테오도어 케리가 헝가리 왕 같은 방식으로 그 주를 다스리는 바람에 '란데스퓌어스트' 즉 그 지역의 군주라고도 불린다. 그는 과거 귀족들보다 더 남의 말을 안 들으며 "나는 절대 실수하지 않는다"라고 주장하면서 모든 논쟁을 잘라버리고 봉건영주라도 되는 듯 자기 생일축하 인사를 받는다.

케리는 귀족의 피로 불리는 파란 피를 가졌을 거라고 일부러 소문이 떠돌도록 내버려두는 자로, 공금으로 세워진 자신의 저택까지 길이 들어오도록 정부 자문단의 관심을 일깨웠다. 그런 그를 사람들은 지노바츠 수상과 아주 비슷한 사회주의자라고 말한다. 지노바츠도 부르겐란트 주 출신이며 크로아티아 태생이다. 그는 고향 사람들의 운명을, 크로아티아 소수민의 운명과 급증한 동화 욕구를 축약해서 보여주는 예시다. 그 지역에 살던 크로아티아 사람들은 450년 전부터 급격히 사라져가고 있다. 다음 인구 조사에서는 약 1만 명 정도만 남을 거라고 마르틴 폴라크가 예상했다.

유럽 어디에서나 소수민족이 자신들의 정체성을 각성하고 바스크인, 코르시카인, 코소보의 알바니아인 같은 소수민족 측에서 자신의 정체성을 집요하게 그리고 종종 거세게 주장하고 나선 반면, 부르겐란트 주의 크로아티아인들은 동화를 촉구한다. 케른텐의 슬로바니아인들은 인종 회복에 적극 나서고 있는 반면, 마르틴 폴라크가 그의 보고서에서 주장했던 대로 부르겐란트 주의 크로아티아인들은 자신들의 소멸에 협조하고 있는 듯하다.

점차 사라지는 크로아티아 지명들은 호른슈타인 혹은 보리슈탄 교구 미사시간을 알려주는 알림판에서처럼 교회에나 남아 있다. 아이젠슈타트의 중학교 교사이며 용어집 편찬위원회 회원인 요제프 플라지츠는 크로아티아 소수민들은 자기 언어에 대한 애정이 부족하다고 강조했다. 슈타인브룬-슈티카프론 통합시의 전 시장이었고, 크로아티아 시들과 이중 언어권 시들의 시장들과 부시장들 협회 회원인 프리츠 로바크는 당이나 종교를 바꾸듯 언어를 바꿀 수 있으며 티토를 설득하려 헛되이 애쓰지 말라고 폴라크에게 말했다. 70년대 중반 크로아티아 소수민은 동화를 강요당한 게 아니라 자진해서 동화되길 바랐다.

로바크는 사회주의자이고 동화를 기쁜 마음으로 받아들였다. 왜냐하면 크로아티아 시민들은 스스로를 독일화하면서 자신의 전통적인 가톨릭을 버렸기 때문이다. 그는 지도의 한 지점을 폴라크에게 보여주며 흐뭇한 표정으로 말했다. 이 마을 찬첸도르프에는 한때 크로아티아인들이 많았지만 지금은 한 명도 없습니다……

몇몇 젊은이가 동화에 반발하며 그들 조상들의 크로아티아어로 돌아가려 애쓰고 있다. 카프카의 프라하에서 젊은 유대인들이 유대사상을 재발견하고 있듯, 제3세대가 보여주는 전형적인 복귀운동이다. 반면 그들의 부모들은, 자신들의 자식들이 독일어를 더 잘 배우고 오스트리아 사회에 더 잘 통합될 수 있도록 학교에서 크로아티아어를 폐지하길 원했다. 크로아티아어는 집에서 사용하는 사투리 정도로 남아 있어야 했다. 슬픈 일일까? 변화에 대해 헤겔과 괴테 식의 사고를 하는 요제프 브로이는 절대 슬픈 일이 아니라고 생각한다. 그는 말했다. "세상은 계속 변한다. 모든 게 늘 똑같은 모습으로 남아 있어야 한다면 오늘도 우리는 여전히 켈트어를 쓰고 있어야만 할 것이다……"

32. 하이든이 있는 곳이라면 아무 일도 일어날 수 없다

아이젠슈타트는 하이든의 도시이며, 그의 생가와 무덤이 있는 곳이고, 하이든의 생애와 그의 유품을 보여주는 박물관이 있는 곳이다. 1766년 10월 18일 『비너리셰스 디아리움』에서는 하이든의 음악을

"순수하고 맑은 물"로 정의한 바 있다. 비록 하이든의 음악을 명예롭게 한다 생각하여 요즘 독일 문학선생들만 아는 겔레르트의 시에 하이든의 음악을 비유하긴 했지만 말이다. 하이든의 음악은 아마도 손상되지 않은 조화로운 전체, 그림자 없는 창조, 마지막—혹은 아주 진귀한—현현들 가운데 하나일 것이다. 〈노인〉이라는 제목으로 박물관에 전시되어 있는 그의 사중창곡도—〈동무들아 오너라〉 같은 노래나 에밀 폰 자우어의 묘비명이나 가난한 연주자의 침착함처럼—이별의 수정같이 맑은 평정을 노래한다.

> 내 모든 힘이 다하고
> 나는 늙고 약해졌도다.
> 죽음이 내 방문을 두드리는구나.
> 나 두려움 없이 문을 여노라.
> 하늘이여, 감사를 표합니다!
> 내 삶은
> 한 편의 조화로운 노래였구나.

이런 안정감으로, 하이든은 빈 포위전이 있었을 당시 프랑스 폭탄을 두려워하지 않도록 어린아이 같은 순수함으로 다른 사람들을 안심시켰다. "하이든이 있는 곳이라면 아무 일도 일어날 수 없다." 너무나 자유롭고 용기 있는 남자의 자신감으로 하이든은 말했다. 그도 알았다시피, 아무것도 그를 위협할 수 없다, 프로이트의 말대로 그의 무의식 속에서만은.

33. 더 어두워서 더 영광스러운

다시 빈에 잠시 머물렀다. 고독과 함께 친밀감이 느껴진다. "신분을 숨긴 채 호텔에서 느끼는 무한한 이 거리감을 떠올려보라." 엘레오노라 두세가 옮긴 『모나리자』의 오스트리아 첫 번역판이 나왔을 당시, 단눈치오가 1900년 4월 19일 빈에서 썼던 말이다. 이 외로운 친밀감은 집으로 돌아가는 느낌, 몇 년 동안 비워서 변해버린 집으로 돌아가는 느낌을 준다.

정체성은, 우리가 살았고 우리의 일부가 된 장소, 길로도 만들어진다. 숲속 빈터와 오솔길들 이름이 적혀 있는 스네주니크 산 지도는 내 초상화이기도 하다. 즉 내가 살았고 현재 있는 것의 이미지다. 때때로 그 장소들은, 인간 본래의 것일 수 있고 그 속에서 자기 자신을 인식함으로써, 플라톤이 말한 정신의 상기想起를 통해 생겨날 수도 있다. 빈은 이런 장소 가운데 하나다. 그 안에서 나는 내가 익히 알고 있던 것, 친근한 것, 우정과 사랑에서처럼 시간이 갈수록 점점 더 새로워지는 것들의 매력을 다시 찾아냈다. 빈의 이 친근함은 아마 교차로의 성격을 지녔기 때문일 것이다. 즉 역사가 모았다가 다시 흩어버리는 이름 있거나 이름 없는 사람들, 우리들의 운명인 방랑하는 덧없는 인생을 살다 가는 사람들이 떠나고 되돌아오는 장소이기 때문이다.

도시는 큰 카페, 즉 습관처럼 꼭꼭 들르거나 우연히 왔다 가는 장소 같다. 또한 죽음을, 커피숍을 들어올 때부터 결정되어 있는 나감을 생각하게 한다. 그리고 요제프 로트의 그 인물처럼, 죽음이 무엇을 의미하는지 이해시키려고 카푸친 수도원 지하묘지로 우리 각자를 데려간다.* 그곳에는 어떤 대답도 없다. 나는 황제들의 무덤을 바라보면서, 최근 읽었던 미발간 원서의 한 구절이 생각났다. 거기에서 여성 작가는 어렸을 적 교리문답 선생이 죽음이 뭐냐고 물었을 때 얼마나 놀라고 당황했는지 이야기하고 있다. 그녀가 대답을 못하자 선생은 "육체에서 영혼이 분리되는 것"이라고 죽음을 정의했다. 어린 여자아이는 실망했다. 왜냐하면 죽음이란, 그게 뭔지 정확히 정의하지 못한 채, "더 어두워서 더 영광스러운 어떤 것"이라고 생각했기 때문이다. 아이는 분명 어떤 다른 영광을 생각했다. 그 웅장한 무덤들이 보여주는 영광도, 합스부르크가의 한 공무원이 무명작가인 자신의 신세를 한탄하는 작가에게 약속했던 영광, 즉 "죽기를 기다리십시오, 그러면 분명 당신은 유명해질 겁니다!" 같은 영광도 아닌 것을.

---

* 로트는 『카푸친 황제묘』(1938)라는 작품을 썼다. 카푸친 지하 납골당에는 비운의 황제 루돌프를 비롯해 마그리스가 여기에 언급한 합스부르크가의 통치자들—마리아 테레지아와 부군 프란츠 1세, 요제프 2세, 프란츠 요제프 황제와 엘리자베트(시시)—도 묻혀 있다.

5부

성과 오두막

1. 붉은 가재

브라티슬라바. 미헬스카 거리에 '붉은 가재'라는 오래된 약국이 있는데, 여기 현관 홀 천장에는 시간의 신이 그려진 프레스코 벽화가 있다. 시간의 신을 둘러싼 몰약과 혼합제들이, 이 홀에서 조용히 그에게 도전이라도 하고 있는 것 같다. 이 신 앞에 활짝 펼쳐진 두툼한 학술서는, 그의 힘을 쫓아내려 하고 그의 전진을 가로막으려 한다. 18세기의 그 가게는 지금 약학박물관으로 변해 있는데, 마치 질서정연하게 대칭을 이루는 군 열병식 같기도 하고, 크로노스에 맞서 펼치는 신중하지만 끈질긴 전술을 전시해놓은 것 같기도 하다. 꽃무늬와 짤막한 성경 문구들이 새겨진 푸른 코발트색, 에메랄드그린색, 파란 하늘색의 단지들이 선반들 위에 줄지어 정렬되어 있는 게, 마치 유명한 전투 대형을 재현한 모형 주석 병정들의 대열 같다. 팅크제, 발삼제, 연고, 대증약對症藥, 설사약들이 각자 위치에서 요구되는 전술과 적의 공격에 따라 전투에 뛰어들 만반의 태세를 취하고 있다. 약자로 단지에 붙은 라벨들은 군사 기호를 연상시킨다. Syr., Tinct., Extr., Bals., Fol., Pulv., Rad.

조제술은 시간의 파괴를 물리치고, 건물 정면을 복구하듯 신체와 얼굴을 복구하려고 한다. 작은 박물관 안은 편안하고, 성당 안이나 시골 여관의 나무 정자 아래 있는 것처럼 찌는 듯한 이 무더위에도 시원하고 조용하다. 연금술 실험실의 증류기들, 브라티슬라바에서 활동했던 때를 연상시키는 파라셀수스*의 흉상, 부자附子와 유계나무 단지들, 르네상스와 계몽주의 시대의 약학 서류들, 바로크 약초상들의 수호성인 성녀 엘리자베트의 목각상을 둘러보고 있자니, 중산층의 절제되고 산뜻한 친밀감이 느껴진다.

시간의 침범을 완화하는 이 약제박물관은 역사박물관이기도 하다. 시간의 세속적인 한 지류, 즉 생성과 파괴의 도구와 치료제, 추억, 소멸과 망각으로부터 기존의 것을 구해낼 수 있는 수단을 함께 가지고 있는 역사박물관이다. 약사협회에서 나온 오스트리아판 독일어 잡지 옆에 『헝가리 약학』과 얀 유스투스 코르코스가 1745년 라틴어·슬로바키아어·헝가리어·독일어 네 개 언어로 발간한 아주 방대한 책 『포조니의 약초 관세』가 나란히 선반에 진열되어 있다. 브라티슬라바는 슬로바키아의 수도이며, 늘 현재로 남아 있는 세기들, 아물지 않은 상처와 갈등들, 봉합되지 않은 상처들, 해결되지 않은 모순들이 층층이 쌓여 있는 중부유럽의 심장이다. 추억은 의술을 이용해 유리 아래 이 모든 것, 상처 난 입술과 그 상처를 가한 열정들을 보관하고 있다.

중부유럽은 사건들을 잊고 문서로 봉합해버리는 학문을 모른다. 네 개 언어로 된 그 약학 안내서와 '포조니의' 라는 말을 보고, 나는 중

* 16세기에 활동한 스위스의 의학자·화학자. 학문세계의 중세적 풍습 타파에 주력해 의학 속에 화학적 개념을 도입한 '의화학'의 원조가 되어, 금속 내복약과 팅크를 만들었다.

학교 시절 친구 몇 명과 브라티슬라바 도시의 여러 이름 가운데 각자 좋아하는 이름을 놓고 토론을 벌였던 일이 기억났다. 브라티슬라바는 슬로바키아식 이름이고, 프레스부르거는 독일식 이름이며, 포조니는 다뉴브 강에 있는 고대 로마의 전초기지 포조니움Posonium에서 유래한 헝가리식 이름이다. 그 매력적인 이름들은 복잡한 다민족 역사를 암시해주며, 그 이름들 중에서 어떤 이름을 좋아하느냐의 문제는 유치하지만 세계정신에 대한 태도를 잘 표현해준다. 즉 독일 문화처럼 거대한 역사를 만드는 위대하고 강력한 문화에 대해 본능적으로 찬양을 나타내는가, 헝가리 민족처럼 반항적이고 용감하고 대담한 민족의 무훈에 대해 낭만적인 찬사를 보여주는가, 아니면 숨어 있는 소수, 슬로바키아인들처럼 오랫동안 주목받지 못하고 인내의 세월을 보낸 하층부, 몇 세기 동안 번창할 날만 기다리고 있는 천하지만 비옥한 땅, 그 땅에 살고 있는 소수민족들에 대해 호감을 보여주는가 하는 것이다.

브라티슬라바는 훌륭한 시계제작 기술자와, 지도브스카(유대인) 거리의 박물관에 오늘날 모아놓은 그런 시계들을 수집했던 수집가들에게 과거에 유명했던 도시다. 브라티슬라바에서 수많은 충돌로 얼룩졌던 시대가 있었음을 느낀다. 고대 슬라브족 가운데 하나의 수도였던 브라티슬라바는, 200년 동안 헝가리 왕국의 수도였다. 헝가리 왕국은 1526년 모하치 전투 이후 터키군에 의해 거의 모두 점령당했다. 합스부르크가는 장크트슈테판의 왕관을 차지하러 브라티슬라바에 왔고, 젊은 마리아 테레지아는 아버지 카를 6세 황제가 사망한 이후 갓 태어난 아들 요제프를 품에 안고 헝가리 귀족에게 도움을 요청하러 왔다. 그 당시 브라티슬라바는 헝가리 지배세력 혹은 오스트리아-독일 지배세력만을 중요시했다. 기층부 슬로바키아 농촌 세계에서는 어떤 위엄이나 중요성도 찾아볼 수 없었다.

1918년 이전 빈 사람들은 브라티슬라바를 한 시간 안에 도착해서 백포도주를 맛보고 돌아올 수 있는 즐거운 변두리 정도로만 생각했다. 브라티슬라바의 포도주 전통은 9세기 대모라비아 슬라브 왕국 시절에 이미 꽃폈고, 포도주 상인들의 수호성인 성 우르바노가 이를 지키고 있다. 도시의 매력적인 바로크식 광장들과 버려진 골목들을 돌아다니다보면, 역사는 언젠가 다시 피어날 아직 살아 있는 많은 것을 여기저기에 놔두고 지나갔다는 인상을 받는다. 20세기의 가장 훌륭한 슬로바키아 시인 라디슬라프 노보메스키는 그의 시에서, 카페에 막 놔두고 온 낡은 우산처럼 잊은 채 내버려둔 1년을 이야기한다. 그러나 물건들은 밖으로 나오게 되어 있다. 여기저기 놔둔 우리 삶의 낡은 우산들은 언젠가 우리 손에 다시 돌아올 것이다.

2. 우리의 성들은 어디에 있는가

이것은 작가 블라디미르 미나치가 1968년에 쓴 에세이 제목이다. '흐라트Hrad' 즉 '성'이, 웅장한 탑들을 거느리고 단단한 대칭 구조로 브라티슬라바에 우뚝 서서 거대한 요새를 만들었다. 보초병의 거친 불굴의 충성심과 아득히 먼 동화 속 풍경을 하나로 묶은 듯한 요새다. 슬로바키아 전체에 성·요새·귀족저택 들이 산재해 있다. 즉 이곳에는 디즈니랜드 같은 환상적인, 그러나 진정 실물인 탑들과 함께 산이나 언덕 꼭대기에 서 있는 난공불락의 성들, 귀족저택들, 대개가 황토색인 나지막한 건축물들이 있다. 이 건축물들은 점차 친숙한 크기의 시골 대저택들로 바뀌어간다.

그러나 이 성들은, 미나치가 말했던 대로 슬로바키아인들이 만들지 않은 다른 역사, 다른 곳에 존재하는 듯하다. 이들 성에 살았던 대부분의 귀족들은 헝가리인들이었다. 슬로바키아 농부들은 '드레베니체drevenice'라고 하는 오두막 혹은 짚과 마른 퇴비로 덧바른 작은 판잣집에서 살았다. 슬로바키아 오라바 계곡에 있는 오라프스키포자모크 성 안의 한 그림에는, 니콜라우스 에스테르하지 왕자의 하얀 피부와 통통한 손이 묘사되어 있다. 반면 하층민에 속하는 가난한 마을 농부들의 손은 지금도 황토색이며, 비쩍 마르고 자갈 틈바구니에서 몸부림치는 나무뿌리들처럼 쭈글쭈글하다. 이 손들의 차이는 이 사람들이 살아온 삶의 차이를 보여주는 상징이다. 몇 세기 동안 슬로바키아인들은 멸시받던 민족이었고, 그들 나라의 어두운 하층민, 그들의 집을 만들 때 섞는 짚과 마른 퇴비와 비슷한 존재였다. 우리에게는 역사가 없다, 만약 이 역사라는 것이 왕·황제·공작·대공·승리·정복·폭력·강탈로 만들어진 것이라면 말이다, 라고 미나치가 썼다. 헝가리의 국민시인 샨도르 페퇴피는 그의 서정시에서, 비록 선의로 그렇게 말하긴 했지만, 슬로바키아를 빛바랜 작업복을 입은 붉은 코의 땜장이에 비유했다.

그러나 19세기 세계관 내에서 "역사 없는 민족"이라 불렸던 민족들은, 마치 그들이 천성적으로 영원히 하층 농경민으로 운명지어진 신화적 공동체인 듯, 몇 번의 정치군사적 패배로 지배계급에서 완전히 제외된 민족들을 말한다. 미나치는 다른 이들을 향해 파괴적인 폭력을 행사한 게 아니라, 오랫동안 패자들의 삶의 터전이었던 이 어두운 인내의 건축물에서 슬로바키아인들의 역할을 강력히 다시 요구했다. 1848년 혁명의 희망이 유럽을 불태웠을 때, 슬로바키아인들은 그 당시 합스부르크가에 맞서 반기를 든 헝가리 지배자들에게 달려갔다. 국민의 기본권을 요구한, 소위 '립토프스키미쿨라시 요구' 사건이었다. 이에 헝가리 당국은 체포와 강력한 억압적 수단을 써서 대응했다. 한편 48혁명에 패배한 오스트리아인들은 헝가리인들과 화해하려 애쓰면서 헝가리인들에게 슬로바키아인들을 넘겨버렸다. 특히 1867년 이후 오스트리아-헝가리 이중제국 시대 체제하에서 슬로바키아인들의 운명은 가혹한 억압 속에 있게 된다. 무엇보다도 1868년 헝가리 법 때문에 슬로바키아인들은 단지 헝가리 내부의 소수민족으로 여겨졌다. 슬로바키아인들의 정체성과 언어는 부정됐고, 그들의 학교는 폐쇄되거나 제재를 받았으며, 그들의 권리 요구는 피를 흘리며 무산되었고, 그들의 사회적 성공도 차단되었으며, 의회에 진출하는 것도 봉쇄되었다. 류도비트 홀로티크가 그의 연구에서 보고한 자료에 따르면, 과거 헝가리인들의 경제사회적 우세가 압도적이고 슬로바키아인들은 험난한 생활고에 시달렸으며, 슬로바키아인들이 문화활동이나 금융활동 혹은 중산층으로 성장하는 것을 아주 어렵게 만들었고, 여러 나라, 그중에서도 아메리카로 이민을 강요당했다는 기록이 있다. 무엇보다도 가톨릭과 복음주의 교회가 슬로바키아 민족을 수호해주었으며, 학교를 세워 숨기고 멸시받는 슬로바키아 언어를 보호했다.

언어 문제는 슬라브 동맹과 슬라브 민족해방운동 내부에서도 어려운 문제를 야기했다. 사실 오스트리아-슬라브주의의 선두에 있던 몇몇 체코인이 단결을 도모하고 운동의 효율을 높이기 위해 슬로바키아에서도 체코어를 문어로 사용하고, 슬로바키아어는 방언이나 집에서 사용하는 언어 정도로 제한시킬 것을 요구했다. 체코인들에게 동화된 훌륭한 슬로바키아 지식인 얀 콜라르 역시 이 주장에 동조했다. 그러나 이 주장들은 그의 동족들로부터 반박당했다. 그들은 이런 주장들에서 자신들의 정체성 종말을 보았고, 자신들 언어의 자율성을 요구하며 그들 언어의 문법과 변이에 대해 토론했다.

체코인들과 슬로바키아인들에게는 오늘날까지 서로 경쟁의식이 있는데, 이런 긴장은 슬라브족의 부흥 단결, 특히 오스트리아-슬라브주의를 약화시켰다. 사실 슬로바키아인들은 자신들이 슬라브족 고유의 모습을 그대로 간직한 민족, 슬라비아와 그 옛 통일 문화 본래의 진정한 요람이라고 생각했다. 그런 이유 때문에 그들은 자신들이 우크라이나인이나 슬로베니아인들 같은 다른 슬라브 농경민족과 특히 더 가깝다고 느꼈다. 이미 18세기에, 얀 발타자르 마진이 트라나바 대학 교수인 미할 벤치크의 명예훼손 발언에 라틴어로 반박한 그의 『변론』에서, 이 본래의 손상되지 않은 순수함을 찬양한 바 있다. 얀 콜라르는 체코어로 방향을 돌려 체코어로 글을 썼지만 슬로바키아인이었다. 그는 1824년 자신의 시 『슬라바의 딸』을 통해 이 친슬라브주의를 표현했다. 머지않아 슬로바키아에서는 체코에서보다 더 뜨겁게 슬라브주의의 메시아 신앙이 두각을 나타나게 된다.

이런 불안한 갈등은 점점 커졌고 서로 상충되는 방향으로 전개되기도 했다. 그 결과 친러시아 범슬라브주의라든가, 아니면 예를 들어 프란츠 페르디난트의 삼중 계획 및 사상*과 비슷한 밀란 호자 같은 호전적인 지도자가 주장한 오스트리아-슬라브주의가 나타날 수 있었다. 그러나 체코인들에게는 그들이 주장한 오스트리아-슬라브주의가 원하는 미래 제국에서 체코인이 주도권을 쥘 수도 있다는 희망의 빛을 줄 수 있었다. 반면 이 계획에서 슬로바키아인들, 강제로 헝가리화되고 체코인들과도 분명히 구별되었던 슬로바키아인들은, 소수 위치에서 빠져나올 수 있는 가능성이 어려웠다. 시인이며 1848년 혁명의 민족운동가인 류도비트 슈투르는 자신의 생애 말기에 『슬라비아와 미래 세계』라는 책을 썼다. 이 책은 1869년 사후에 러시아어판으로 출간되었는데, 이 책에서 그는 합스부르크제국의 해체를 예언했다.

---

* 프란츠 페르디난트는 슬라브인들의 지위 개선을 위하여 남슬라브계 여러 민족을 참여시킨 삼중왕국을 만들려고 시도하였으나 헝가리, 세르비아의 반감을 샀다.

에세이 작가이며 과학아카데미 회원인 스타니슬라프 슈마틀라크가 내게 말한바, 슬로바키아 문학은 세계 역사의 법정에서 고소인이었고, 니체가 말했던 것처럼 세계 역사의 무서운 "소멸 정신"의 증인이었다. 프라하에서 열린 평화회의 때 쓴 에세이에서 슈마틀라크는, 전쟁의 비극을 슬퍼하고 비난했던 두 라틴어 작품, 1645년 야쿱 야코베우스의 『슬라브족의 눈물·탄식·맹세』나 1633년 미할 인스티토리스의 『평화에 대한 눈부신 갈망』에서부터, 거의 모든 도시나 마을 광장에 조각상이 세워진 민족시인 흐비에즈도슬라프가 1914년 그 운명적인 해에 펴낸 『피투성이 소네트』까지, 슬로바키아 문학 전체를 관통하는 한 맥락인, 조용하지만 고통스러운 이 전통을 환기시켰다.

최근 문학에서도 이런 테마들이 나타난다. 미할리크는 하녀들의 꿈에 관한 시를 썼고, 발레크의 시들은 평생 채찍질만 당해온 할머니의 삶을 이야기했고, 부자들의 마차 바퀴 때문에 고랑이 패인 초원, 그 고랑에 피땀 어린 고통이 배어 있음을 이야기했다. 많은 작품을 내며 왕성하게 활동하는 작가 트란티셰크 슈반트너는 『목사』라는 놀라운 이야기에서, 1944년 반파시스트 민족 봉기가 일어나던 시기, 수백 년 전부터 매년 똑같이 계절 변화에 따라 땅만 일구며 살아온 농촌 세계에서 서서히 정치적 윤리의식이 막연하게나마 깨어나고 있음을 이야기했다. 빈센트 시쿨라의 삼부작은 밑에서 바라본, 즉 억압받던 하층민 계급의 관점에서 민족 이야기를 되살려냈다. 1983년 베네치아영화제에서 상연된 영화 덕분에 유명해진 페테르 야로시의 소설 『천년 된 꿀벌』은 립토프 지방의 한 벽돌공 가정을 다룬 이야기다.

이런 사람들의 이야기는 쉽지 않았다. 브라티슬라바박물관에 보관된 한 문장에는 "당신의 날개 그늘 아래서sub umbra alarum tuarum"라는 말과 함께 합스부르크가의 쌍두독수리 문양이 새겨져 있다. 그러나 슬로바키아인들은 슬라브족으로부터 종종 숭상되던 관대하고 올바른 오스트리아 행정이 아니라, 민족주의 색깔이 강한 헝가리 행정의 지배를 받고 있었다. 범슬라브 이데올로기나 본래의 고유한 정체성을 되찾고자 하는 요구는, 그때까지 그림자 속에 남아 있던 사람들의 존엄성과 미래를 인정하지 않는 권력과 그 권력이 생산한 문화에 맞서, 파괴할 수 없는 자신들의 본질을 신화적으로 찬양하면서 스스로를 보호하기 위한 것으로 풀이해볼 수 있다.

19세기의 역사적 변화에 필요한 법들을 연구했던 철학자들은 종종 소수민족들에 대해 낙관적인 시각이나 유연한 태도를 취하지 않았다. 슬라브족에 대해서도 그랬다. "거시" 정치에 너무 빠져 있는 사람은 큰 것 역시 작은 것이 되기도 하며, 각자 부흥과 멸망의 시기가 있다는 것, 소수에게도 머리를 들 날이 온다는 것을 종종 잊어버리게 된다.

그러나 작은 민족, 즉 어쩌면 더는 오래 못 갈 번영이라는 것을 지금 누리고 있는 민족들의 멸시나 무관심으로부터 벗어나야 하는 작은 민족은, 자신들이 작다고 생각하는 콤플렉스로부터 벗어나야 한다. 그리고 이런 느낌은 계속 고쳐나가거나 지워나가야 하며, 아니면 완전히 뒤집어엎어버리고, 그것을 자신들의 특별한 표지로 영광스럽게 생각해야 한다는 감정에서도 벗어나야 한다. 오랫동안 소수의 위치에만 머물렀고 자신의 정체성을 형성하고 지키는 데 온갖 노력을 바쳐야 했던 사람은, 더이상 그럴 필요가 없어졌을 때에도 이런 태도를 계속 견지하는 경향이 있다. 심혈을 기울여 자신의 정체성을 주장하고 다른 사람들이 그것을 인정해주도록 노력하면서 모든 관심을 자기 자신에게만 돌렸던 사람은, 자기방어에 에너지를 전부 쏟아부어 경험의 지평을 빈약하게 하고 세상에 대해 관대해지지 못하게 될 위험이 있다.

카프카는 비록 유대 게토의 삶과 게토 문학에 매혹되어 있었으나 시인은 소수민족의 문학에서 빠져나와야 한다고, 고통스럽지만 단호하게 주장했다. 외부의 영향으로부터 자기 자신을 지키고 살아남기 위해 계속 투쟁을 벌여야 하는 소수민족은 대작가를 인정하지 않는다. 줄리아노 바이오니가 쓰길, 카프카는 의식적으로 그런 대작가가 되었다. 즉 자신의 민족문화적 정체성을 지키고 긍정적이고 위안이 되는 목소리들만을 바라는, 억눌린 소수문학이 거부한 그런 대작가 말이다. 소수문학은, 대작가가 주변에 공허를 만들고 상처를 만들어내며 작은 공동체의 단합을 위기에 빠트린다는 이유로 이들을 저버린다.

작가는 단지 한 가정의 가장이 아니라, 집에서 나가 자기 길을 가야 하는 아들이다. 작가가 자신의 작은 나라의 실상을 증언하거나 억압을 철저히 견뎌내며 그것을 자신의 것으로 축적한다면, 그러면서 동시에 모든 예술과 자유로운 경험에 필요한 일정한 거리를 두고 그 억압을 초월해낼 수 있다면, 그는 자신의 작은 나라에 충실한 것이다. 오늘날 체코인들과 슬로바키아인들의 관계는 상호 의심과 불신의 소용돌이에서 벗어나야 하고, 어느 한쪽이 더 우월하다는 낡은 편견과 끊임없는 경쟁의식의 그림자에서 벗어나야 한다.

가장 활기찬 슬로바키아 문화는 이런 자유를 보여준다. 자신의 아름다운 땅을 사랑하기에 가난과 곤궁함까지 드러낼 수 있는 것이다. 에세이 작가 슈테판 크르치메리는 1924년 협소한 정치 상황과 그로 인한 전망과 경험 부족 때문에, 슬로바키아에서는 사회소설을 쓰기 어렵다고 한탄했다. 지금은 암울한 경찰국가임에도 불구하고, 슬로바키아 국민들은 자신의 역사를 다시 되찾아가고 있거나 만들어가는 과정 중에 있다는 인상을 준다. 마치 정부 건물이나 귀족저택의 양식, 낮은 단층 농가들이 즐비한 슬라브 초원에 우뚝 서 있던 오스트리아-헝가리 양식이, 점차 그 단층 농가들과 섞이며 더이상 그 높이와 웅대함으로 농가들을 억누르지 않듯이 말이다. 포도밭에 둘러싸인 위풍당당한 옛 소도시 페지노크의 성은 방은 다소 누추하지만 맛있는 생선요리와 백포도주가 제공되는 와인바 겸 여관이 있는 성채로 은근슬쩍 변해갔다. 오라프스키포자모크의 공공건물 지붕에 자리한 정의의 여신 조각상은, 저울 옆에서 양날검이 아니라 아주 위협적인 청룡 언월도를 손에 들고 있는데, 아마 정의의 여신이 불공정한 고르디우스의 매듭을 싹둑 잘라버리고, 한때 헝가리 귀족의 특권이었던 그 생선과 포도주를 보다 쉽게 접할 수 있는 식탁으로 이 칼을 가져온 모양이다.

1968년 프라하의 봄에 몇몇 주요 인물이 특별히 기여했던 슬로바키아이건만, 역설적이게도 이 나라는 체코 문화를 억압하고 소멸시킨 1968년 8월 소비에트와 친소비에트의 거센 반발 덕을 보았다. 프라하의 목이 잘려나가는 동안 1968년 다시 복고된 전체주의는, 슬로바키아 시민의 자유와 개인의 권리에도 많은 영향을 미쳤으나 정치적 계산속과 범슬라브 그러니까 친러시아 전통에 대한 신임 문제로, 지방적 요소의 정치적 무게를 늘려주었다. 그래서 지금 슬로바키아는, 강철군화 아래 있으면서도 자신의 역할을 자각하고 확대해가는 역사적 상승 단계에 있다. 아름다운 프라하에서는 1968년 이후 자포자기와 죽음의 분위기가 느껴진다. 반면 브라티슬라바는, 지난 모든 일에도 불구하고 혈기왕성하고 활기차며, 확장 일로에 있는 생기 있는 세계, 과거의 우수가 아니라 성장과 미래를 바라보는 세계를 보여준다.

3. 갈망의 이 어두운 대상

비록 우리가 포도주 생산을 자랑하는 슬로바키아에 있다 해도, 맥주(체코슬로바키아가 세계에서 가장 맛좋은 맥주 몇 가지를 생산한다)를 마시고 싶어하는 건 정당한 요구일 수 있다. 그런데 그것이 부뉴엘의 어느 유명한 영화에서 사랑을 하거나 먹으려는 시도가 좌절되듯이, 말하자면 다소 충족될 수 없는 요구였나보다. 아메데오는 비록 목이 마르긴 해도 이내 수긍했지만, 얼굴을 곧잘 찌푸리곤 하는 지지는 그런 그의 장기를 금방 드러내기 시작했다. 벨키 프란티슈카니 같은 유명한 장소나 평범한 카페에서는 맥주를 달라는 주문이 종업원에게 이상하게 여겨지는 모양이다. 어느 여관에서 우리는 체코 맥주 피보를 주문했지만 마시지 못했고, 다른 곳에서는 필센이나 부데요비체 같은 체코 맥주를 마시려면 우리가 직접 주문해야 할 것이라는 말을 들었다. 동유럽의 전형적인 대형 호텔이며, 화려하지만 썰렁하고 평판이 의심스러운 호텔 키예프에서, 외국인들은 알코올 도수가 높은 아주 비싼 술에서부터 쉽게 만날 수 있는 여자 도우미까지 모든 것을 찾을 수 있다. 쿠웨이트 출신의 아랍인 몇 명이 그런 여자들과 시끄럽게 밤을 보내며 점잖은 옆방 투숙객들을 귀찮게 한다. 그러나 키예프 호텔에서도 맥주는 어림도 없는 소리다. 어느 날 저녁 수위가 미지근해진 맥주 한 병을 책상 아래로 몰래 우리에게 건넸다.

낮은 땅에서부터 높은 타트라 산맥까지 계곡과 강, 마을과 언덕을 지나온 우리의 연구가 불안하고 무질서해졌다. 그런데 우리가 참조한 안내책자들은 페이지를 넘길 때마다 각 지방의 다양한 맥주를 칭찬하며 알코올 도수, 술통에서의 각기 다른 압력, 색의 변화, 맥주 거품이 만들어지는 미묘한 차이 등을 열변한다. 우리 가운데 누군가는 이 연구가 실패한 이유를 배급 체계에서 갑자기 문제가 생긴 걸로 돌리며, 자신의 사회주의 신념에 대해 생각한다. 다른 사람들은 체코 전통 맥주에 반대하는 슬로바키아 민족의 반감이라고 생각했다. 우리가 타트라 산 작은 마을 포드비엘의 한 선술집에 들어갔을 때, 그곳 테이블에 거품 나는 맥주잔들이 놓여 있었건만 우리 차례가 왔을 때 맥주통은 비어 있었다. 큰 성 아래 트렌친에서 드디어 종업원이 맥주 몇 잔을 들고 우리 앞에 나타났다. 그러나 테이블 가까이에서 발이 걸려 비틀거리는 통에 맥주가 바닥에 떨어져 산산조각이 나버렸다. 병 조각을 모으고 비로 쓸고 마루를 닦고 말리고 쓰레기를 버리는, 길고 꼼꼼한 작업이 하염없이 우리를 기다리게 하면서, 우리의 욕구 충족은 또다시 어려워지고 말았다.

4. 각자에게는 그의 때가 있으리니

곤돌라 울리카에 있는 브라티슬라바 대학 철학과는, 철학자이며 교육자인 코메니우스를 기리기 위한 것이다. 코메니우스의 『세계도회』(1658)는 슬로바키아 옛 도시들의 도서관에 네 가지 언어로 소장되어 있다. 품위 있는 이 건물을 보니 독특한 한 인물이 떠올랐다. 나는 이분 덕에 학교 책상에서 처음으로 독일 문화에 관심을 갖게 됐고, 다뉴브 강의 세계를 발견하게 됐다. 그는 바로 고등학교 선생으로, 젊은 날 중부유럽의 이 대학들에서 이탈리아어를 가르쳤던 그는 허풍떠는 엉터리 배우, 그러나 타고난 엉터리 배우 같은 중부유럽의 분위기를 자아내는 사람이었다. 그를 트라니라 부르겠다. 트라니는 뚱뚱해진 나폴레옹을 조금 닮기도 했고, 샤일록*을 조금 닮기도 했다. 면도도 안 하고 제대로 씻지도 않는 걸로 평판 난 그의 얼굴은, 세계라는 거대한 극장에서 초연되는 연극에서 중요한 역할을 연기하게 될 운명을 타고난 한 사람, 위대한 배우로서 그 속을 헤아릴 수 없게 하는 마스크였고, 어쩌다 보니 우연찮게 아이들에게 독일어를 가르치게 된 사람 같았다.

---

* 셰익스피어 희곡 『베니스의 상인』에 나오는 유대인 고리대금업자.

학생들과 부모들은 많은 정당한 이유를 내세우며 트라니에 대해 불평을 늘어놓았다. 열정적이고 연극적이며 말수가 적은 그의 개성은 그림자가 없지 않았고, 그의 편견 없는 태도는 칭찬할 만한 것이 전혀 아니었다. 하지만 우리는 그의 천재적인 능력 덕분에 몇 가지 중요한 사실을 직관하게 됐다. 그는 훨씬 더 높은 곳에서 그 자신을 증명해보일 수 있고 그래야 마땅한 재능이 있지만, 그렇다고 우리를 그런 그의 재능에 어울리지 않는 관객이라고 생각하지는 않는다는 거였다. 그는 우리가 마치 코메디프랑세즈의 관객이나 불멸의 명예를 안겨주는 스위스 한림원 멤버라도 되는 듯, 우리를 위해 강렬한 인상을 심어줄 수 있는 행위를 고심했다.

그는 우리와 독일어 혹은 트리에스테어로만 이야기했다. 시란 무엇인지 우리에게 이해시켜주기 위해, 바다 한가운데서 선원들을 유혹했던 세이렌에 대한 단테의 시들을 읽어주었다. 그의 생각에 시가 아닌 것을 이해시켜주고자 할 때는, 티티새에 대해 이야기한 카르두치의 시를 우리에게 읽어주었다. 그 티티새는 몸을 덮을 깃털 하나 없고 사이프러스 열매가 아닌 다른 것을 먹는다. 나쁜 취향을 가진 이탈리아 교수만이 딸을 키우는 데 들었던 돈 몇 푼을 두고 딸 앞에서 공치사할 수 있다고 그는 말했다. 그리고 그는 지켜내야 하는 몇몇 관습이 있다고 덧붙였다. 누군가 카르두치 교수의 집 문 앞에서 초인종을 눌렀는데 교수 딸이 벌거벗은 채 문을 열어줄 수는 없다는 것이다. 먼저 생각을 해야 한다, 라고 그는 말했다. 왜냐하면 반드시 자식을 가질 필요는 없기 때문이다. 그런데 만약 딸을 가지게 됐다면 그 딸을 사랑하고 같이 놀아주고 잘 먹여 키워야 한다고 말했다. 그는 상황에 따른 몇 가지 계산적 이유 때문에 곧 수정된 카르두치의 향수 어린 탄식을 읽으면서 특히 더 화를 냈다.

아, 진심으로 너희와 함께 남고 싶어라……

아, 진심으로!

하나, 내 작은 사이프러스들이여, 날 놔주어라……

"정말 기가 막혀서" 하고 그는 설명했다. "마치 내가 이렇게 말하는 것과 같은 상황이다. '마그리스, 아빠는 파리에 간다. 할머니에게 인사드리러 가라고? 아, 그러면 좋지, 불쌍한 노친네, 할머니도 기뻐하실 거다. 그런데 너도 알다시피, 아빠는 딱 이틀 출장 갈 거고 할 일이 많단다. 그런데 할머니는 외곽에 살고 계셔. 기차를 세 번 갈아타고 그다음 버스를 타야 해…… 그러고 나면 지쳐 기절할 거야. 누가 너한테 그렇게 말해 달라 부탁한 모양이구나!'"

그는 지나치게 감상적인 마음을, 자신의 인자한 마음에서 나온 충동이라 믿고 잠시 좋은 뜻에서 충동적으로 산으로 가자 바다로 가자 약속했다가 막상 때가 되면 여러 가지 그럴듯한 이유를 대며 뒤로 물러나는 그런 잘못된 선의를 멸시하는 법을 우리에게 가르치고자 했다. 그는 자신의 방식대로 우리를 사랑했고 냉혹한 인생에 우리를 예비시키고자 했다. 그가 말했다. "내일 시 300행을 외워 와야 한다. 못 외워 오는 사람은 낙제점을 받을 거다. 부당하다는 걸 나도 안다. 왜냐하면 하루에 300행 외우기가 불가능하기 때문이다. 하지만 삶은 정의롭지 않으며 불가능한 것들을 요구한다. 나는 너희가 이것들을 견뎌내고 이것들에 갑자기 압도당하지 않도록 너희들을 준비시킬 것이다. 그럼 내일 너희가 어떻게 하는지 보겠다."

부모들은 학부모 모임에서 만나면 그 선생님에 대해 서로 말이 많았다. 나는 이 선생님 덕분에 중부유럽 문화를 발견하게 됐을 뿐 아니라 흔치 않은 훌륭한 윤리수업을 들었다. 사실 그가 수업을 개인교습으로 만든 감이 없지 않지만, 그 스스로가 정의를 행할 능력은 없었다. 그러나 그는 무엇이 옳은지 우리에게 가르쳤고 악을 경멸하도록 가르쳤다. 많은 교실에서 그렇듯 우리 교실에서도 희생자가 있었다. 희생자는 쉽게 얼굴이 빨개지고 식은땀을 흘리는 뚱뚱하고 아주 소심한 소년이었다. 그 아이는 모욕에 어떻게 대응해야 할지 몰랐고, 그래서 무의식적이지만 그만큼 적잖이 죄가 되는 잔인성의 표적이 되었다. 그런 잔인성은 우리 모두 안에 내재해 있다. 외적 혹은 내적 법으로 적절히 막아내지 못한다면 자신도 모르게 그 순간 약자를 찾아 난폭성을 발휘한다.

우리 누구도 그 앞에서 결백하지 못하며 우리 누구도 자신이 죄인이라는 것을 인식하지 못한다. 어느 날 트라니 선생이 연극 같은 몸짓으로 중요한 동사변형을 설명하고 있는데, 이 뚱뚱하고 소심한 소년의 짝꿍 산드린이라는 아이가 갑자기 소년의 만년필을 집어 두 동강을 냈다. 나는 얼굴이 빨개지고 땀을 삘삘 흘리는 희생자를 보았다. 굴욕감과 함께 어찌 반항해야 할지 몰라 소년의 두 눈에 눈물이 글썽했다. 그런 짓을 한 이유에 대해 선생님이 묻자 산드린은 이렇게 대답했다. "신경질이 났어요⋯⋯ 전 신경질이 나면 어떻게 참아야 할지 모르거든요⋯⋯ 제 성격이 그런 걸 어쩌겠어요." 우리의 놀라움과 가해자의 기쁨 그리고 피해자의 굴욕감을 느끼며 트라니 선생님이 이렇게 답했다. "알겠다. 네 성격이 그러니까 달리 어쩔 수 없었다, 이 말이지. 그러니 이를 두고 널 탓할 수야 없지, 이게 인생이다" 하며 수업을 마쳤다. 십오분 후, 선생님은 덥다고 투덜거리더니 넥타이를 풀고 조끼를 벗고 창문을 시끄럽게 여닫았다 하며 신경이 곤두선다고 말했다. 그러더니 불쑥 화가 치솟는 척하며 산드린의 펜, 연필, 노트를 집어들어 산산조각내고 발기발기 찢어 공중이고 땅바닥이고 다 내동댕이쳤다. 마침내 화가 진정된 척하며 산드린에게 돌아서더니 이렇게 말했다. "미안하구나, 잠깐 신경질이 났다. 내 성격이 그러니까 나도 어쩔 수가 없더구나. 이게 인생이다……" 그러면서 선생님은 중요한 동사들을 다시 설명했다.

그때부터 나는 힘, 지성, 어리석음, 아름다움, 비열함, 약함이란 것이, 빠르건 늦건 우리 모두에게 일어나는 상황이고 부분들이라는 것을 이해했다. 삶의 숙명이나 자신의 성격 탓으로 돌리며 이를 악용하는 사람은 한 시간이나 일 년 후 형언할 수 없는 똑같은 이유로 공격당할 것이다. 똑같은 일이 국민들, 그들의 덕, 그들의 멸망과 번창에도 일어난다. '최종 해결책'*과 관련된 제3제국의 한 공무원은 몇 년 후 유대인들이 아주 큰 군사력을 지닌 국가를 건설하리라고는 상상하기 힘들었을 것이다. 오랫동안 짓밟혀온 한 소수민족의 활기찬 수도 브라티슬라바는 이런 기억과 생각까지, 정의를 가르쳤던 그 옛날 수업까지 떠올리게 해준다.

5. 다뉴브 강 위 프롤레타리아계급의 일요일

'네델라Nedel'a(일요일)'는 노보메스키의 가장 유명한 책 가운데 한 제목으로, 1927년에 나왔다. 처음부터 국가의 정체성 문제를 다루었던 라디슬라프 노보메스키는, 젊은 시절부터 자신의 국가가 정체성이 없다는 얘기를 들어왔다. 아방가르드 시인이며 호전적인 공산주의자인 그는 자신의 작품과 정치활동을 통해 민족문화와 국제적 전망을 위해, 시에서 말했던 그의 핏속에 흐르는 "동쪽의 우울"을 위해, 마르크스 혁명을 위해 싸웠다. 마르크스 혁명을 위한 투쟁에서 그는 억압된 모든 것의 해방을 보았고, 그래서 프롤레타리아 국가에 가까운 그

* 나치 독일에 의한 유대인 절멸 계획을 뜻하는 말.

들 민족의 해방까지도 바라보았다. 외세의 지배를 자주 받았던 슬로바키아의 불안한 국경은 그의 서정시에서 국경 없는 세계의 상징이 되었다.

그러나 비평가 슈테판 크르치메리가 『일요일』에서 보았던 "다뉴브 강의 우울한 행렬"은, 단지 노보메스키가 노래했던 비천하고 고통스러운 운명들의 행렬만은 아니다. 이는 노보메스키의 시 전체에 스며들어 그의 시를 위대하게 하고, 슬로바키아 문화와 정치의 중심점으로 만든 모순이 보여주는 우울함이다. 노보메스키의 예술은 처음에 반항시, 저주받은 시, 혁명시와 시혁명이 한몸인 시였다. 그의 예술은 유럽 아방가르드가 그랬던 것처럼 기존의 것을 부정했다. 사회참여 시인들과 마찬가지로 현실을 전복시켜 새로운 현실을 창조하고, 소외의 사슬로부터 자유로운 새로운 인간의 유토피아를 창조하려 했다.

그러나 시의 우울함은 처음에는 소외된 세상에서 시가 쓸모없다는 감정에 기인한 반면, 나중에 실제 사회주의가 도래하고 나서는 혁명을 기다리는 시가 아닌 노동 산문시를 필요로 하는 세상에서 시가 쓸모없어졌다는 느낌에 기인한 것이다. 새로운 체계는 바라보는 시각에 따라 혁명을 실현했다 말할 수도 있고 혁명을 잊어버렸다 말할 수도 있다. 혁명이 완수되었는데 훨씬 전에 쓴 이 시, 혁명을 기다리며 낙담했던 시절에 쓴 이 시를 다시 말해야 하는 게 더 슬픈 일일 것이다.

> 여전히 배내옷을 입은 이 시,
> 세상의 얼굴을 바꾸지는 못했으니.

노보메스키는 이런 절망감에 결코 젖어 있지 않았다. 1951년 그가 체포되고 '부르주아 민족주의자'로 낙인찍혀 1956년까지 감옥에 있어야 했을 때도 절대 절망하지 않았다. 클라스토르나 지하 저장고의 맛있고 향기 좋은 포도주들이 졸졸 흘러나오는 포도주통들 사이에 자리잡은 한 기분좋은 테이블에서, 슈마틀라크가 내게 노보메스키에 대해 오랫동안 말했다. 노보메스키는 슬로바키아의 대표적인 시인일 뿐만 아니라 슬로바키아의 최근 역사를 보여주는 한 예다. 여기서 말하는 역사란, 1968년 불타버린 프라하의 봄을 말하는 것이 아니라, 1951년 공산주의의 꽃을 싹둑 잘라냈던 50년대 스탈린 재판을 말한다. 서양에서 공산주의자들은 1956년에 소비에트 전체주의를 인식하기 시작했다. 50년대 초에 벌어진 재판과 형 집행은 더욱 타락하고 동기가 없었기 때문에 더욱 무거워졌으며, 그래서 몇몇 투사들만 흔들어놓았을 뿐이다.

1963년 명예를 되찾은 노보메스키(1976년 사망)는 프라하의 봄 편에 서지 않았다. 오늘날 그를 찬양한다는 것은, 공산주의와의 연속성을 보여준다 할 수 있는 인물을 찬양하는 것이다. 그 연속성은 공식적으로 스탈린주의의 핏빛 왜곡으로 생각되는 것들에 의해 유린당했다. 그러나 1968년 소비에트 개입으로 그 연속성은 유린당했다기보다는, 오히려 공식적인 엄격한 이데올로기에 따라 재정립되었다. 노보메스키는 슬로바키아 땅에 뿌리박은 국제적인 시의 상징, 반스탈린주의자이지만 1968년 소요와는 거리를 둔 시의 상징이다. 그의 극적인 운명은 역설적이게도 정권의 순응주의와 권위주의에 알리바이를 대주었다.

브라티슬라바 사람들은 1968년 소비에트에 의해 행해진 복구와 더불어 더 쉽게 융화되었다는 인상을 받는다. 이런 식의 주제에 대해 엄격히 말을 아끼는 만큼 그 이상의 인상은 전혀 아니지만 말이다. 프라하의 봄이 있기 전, 브라티슬라바는 내적으로 민주화운동에 강한 자극을 받으면서도, 감상적이고 정신적으로 친러시아 경향을 보이면서 유능한 반대세력의 역할을 수행했다고 엔조 베티차는 썼다. 1968년 이후 공식적으로나 실제적으로나 많은 변화가 일어났고, 국가 내부에서 슬로바키아의 중요성이 점차 커졌다. 체코 사람들과 체코 문학이 피폐해진 것과 달리, 슬로바키아에는 만족할 만한 보상이 주어졌다.

체코 문학은 공식적으로 해체되어 지금은 망명자들 사이에서만 살아남았고, 남아 있는 사람도 기생충 노릇을 하며 살아야 할지 아니면 땅 밑에 굴을 파고 기어들어가는 카프카식의 동물이 되어야 할지를 선택해야 했다. 반면 슬로바키아 문학은 새로운 서사시와 새로운 긍정적 시각을 필요로 하고, 정치사회적 대립보다는 공조기능을 강조한다 해도, 효과적이고 유기적으로 돌아가고 있다. 이스라엘로 이주했던 작가 므나치코에게 가한 비판에는 분명 기회주의적인 면이 있다. 그의 『뒤늦은 보도기사』는 60년대 스탈린의 공포를 비난했던 아주 인기 있는 작품이었다. 그러나 단편 『열』에서 요제프 코트가 1968년 봄에 대해 비판을 가하자, 그 작품은 50년대 체코슬로바키아에서 몇몇 지식인이 비굴하게 당 동무들과 동지들을 제거하는 데 동의했던 것과는 비교할 수도 없을 정도로 많은 비판을 받았다.

슬로바키아 문학에서 지금 종종 주장하는 긍정적인 서사성은, 서양의 시 의식으로는 받아들일 수 없는 것이다. 그것은 아마 압제적인 관료주의 엘리트의 무게 아래서 과거보다 더 자신을 역사의 주체로 느끼는, 그리하여 모방 단계가 아니라 시작 단계에 있는 국민에게나 어울리는 일일 것이다. 비록 노보메스키의 시가 변하게 한 것은 아니지만, 세상은 변했다.

6. 도로변의 공동묘지들

슬로바키아의 공동묘지를 노래한 노보메스키의 시가 있다. 많은 산간벽촌의 공동묘지에는 담장이 없고, 담장으로 보일 만한 것조차도 없다. 공동묘지는 개방되어 있고 초원으로 확장되며, 폴란드 국경 쪽 마티아쇼우체에서처럼 도로를 따라 길게 자리하거나, 집 현관 앞에 있는 정원처럼 마을 입구에 자리한다. 죽음과의 이러한 서사적인 친숙함—예를 들어 집 텃밭에 조용히 자리한 보스니아의 회교도 무덤들에서 볼 수 있는데, 반면 우리의 세계는 점점 더 전전긍긍하며 이를 제거하려 하고 있다—은 당연하고도 마땅한 것으로, 이는 개인과 세대들, 땅, 자연, 자연을 구성하는 요소들, 그 요소들이 조합되고 해체되는 데 관여하는 법 사이의 관계를 느끼게 해준다.

이 공동묘지 근처 판잣집들 창문으로 넓적하고 온화한 얼굴들이 보이는데, 이 집을 만든 질 좋은 널빤지와 비슷하게 생겼다. 슬픔이 없는 그 묘지들은 죽음에 대한 공포가 얼마나 거짓된 속임수이고 얼마나 미신적인 것인지 말해준다. 그 공동묘지들이 외떨어진 지역이 아닌 일상생활의 앞이나 옆에 자리한 것처럼, 그렇게 죽음을 다른 면에서 바라보는 법을 배울 필요가 있겠다. 밀란 루푸스의 시가 이렇게 노래했듯이 말이다.

앞에서 봤을 때만 죽음은 두렵지.
뒤에서 보면
너무나 아름답고 순결하며 느닷없는 것.
카니발의 가면, 그 속에서
자정이 지나 너는 물을 받지.
마시기 위해 혹은 땀에 흠뻑 젖은 몸을 씻기 위해.

7. 타트라에서

형언할 수 없는 보랏빛 노을이 깔린 타트라 산은 큰 산들이 갖는 깊은 신비를 보여주며 벌써 어두운 윤곽을 드러냈다. 아메데오와 지지는 빛의 장난, 굴절 효과, 저 아래 사물들과 우리가 그 사물들을 인식하는 것 사이의 관계에 대해 이야기한다. 이 순간 우리 모두는 푸르스름한 자줏빛의 오늘 저녁이 초우라늄 원소세계에서든 신의 정신 속에서든 어딘가에서 어떤 식으로든 영원히 존재할 것이라 확신한다. 플라톤이 생각했던 영원하고 한결같은 이데아처럼, 저녁 그 자체로 말이다. 이 윤곽, 이 빛, 이 섬광은 우리가 보내고 있는 이 날들과 그 비밀을 그 자체에 물질적으로 내포하고 있는 듯하다. 비비기만 하면 숨어 있던 정령이 밖으로 툭 튀어나오는 동화 속 마법 물건들 같다.

어두운 숲을 돌아다니던 자동차 전조등 불빛이 갑자기 마틀리아리가 2킬로미터 남았다는 화살표를 비춘다. 마틀리아리 요양원에서, 카프카가 1920년 12월에서 1921년 4월까지 몇 달을 보냈다. 눈부신 빛이 어둠 밖으로 불쑥 표지판을 튀어나오게 한 순간, 나는 사진 한 장이 떠올랐다. 카프카가 마틀리아리의 이 나무들을 배경으로 행복하고 수줍은 미소를 지으면서 사람들과 함께 찍은 사진이다. 그 사진 배경에는 신비로 가득찬 어두운 나뭇잎들과 지금 우리가 지나가고 있는 이 숲이 있었는데, 바람만 한 번 훅 불어도 날아가버릴 것 같은 아주 약한 벽 같았다. 사진이 그의 찰나들 중 하나의 이미지로 붙들어놓은 이 삶은 영원히 사라졌다. 카프카의 작품마저도 그 삶의 비밀을 온전히 우리에게 전하지 못한다. 왜냐하면 작품이 훨씬 더 단단하고 진실되다 하더라도 작품 역시 종이이기 때문이다. 그러나 작품은 사라지는 존재와 늘 같지는 않으며, 지금 우리가 있는 이 숲의 그림자와도 같지 않다.

타트란스카롬니차처럼 타트라 산 위에 있는 휴양지는 벨 에포크의 사치스러운 여행 장식이었다. 지금은 체코슬로바키아 사람들뿐만 아니라 동독 사람들이 자주 찾는 곳이다. 그곳의 우아함에는 휴가철에만 존재하는 곳들, 어쨌든 휴가철이 그곳 본래의 리듬과 생활을 압도하고 지우는 곳들에서 특징적으로 볼 수 있는, 저속한 이 비현실성이 없지 않다. 조용한 기쁨 혹은 금지된 기쁨을 맛보기 위해 그 마을을 찾는 것뿐만 아니라 자신의 지위에 필요하다고 생각되는 어떤 의식을 치르기 위해 그 마을을 찾을 때, 저속성은 더욱 뚜렷이 세련된 방법으로 나타난다. 자신이 좋아하는 것을 마음껏 하는 도락가는 분명 저속하지 않다. 그러나 자신이 하고 싶은 것을 마음껏 하면서 사회적으로나 문화적으로 의미 있는 행동을 한다고 생각하며 그 자신을 우월한 존재로 만드는 도락가는 저속하다.

지배계층의 귀족, 권력자 군인계급처럼 자신의 역사적 정치적 기능을 수행하는 특별한 엘리트는 증오의 대상이나 범죄자로 보일 수 있지만, 비열한도 속물도 아니다. 왜냐하면 개개의 모든 요소를 넘어서는 비개성적이고 현실적인 일을 수행하기 때문이다. 카프리의 신화를 만들었던 유명한 관광객들은, 종종 저속하다는 낙인이 찍힌다. 실제적인 대표성이 없으면서 그들의 너무나도 빤한 변덕과 지나치게 꾸민 자기과시 덕분에 무언가를 대표한다고 여기게끔 하는 이상하기 짝이 없는 회색 군중이기 때문이다. 우리가 타트라의 대형 호텔 레스토랑을 나오는 게 그리 싫지만은 않은 이유다. 비록 저녁식사가 더할 나위 없이 맛있고 국제적인 환경 탓에 맛있는 맥주도 마실 수 있지만 말이다.

8. 중고서점, 삶과 법

전쟁 후에, 체코슬로바키아의 중고서점은 독일 것에 관심 있는 사람에게는 황금광산이었다. 독일 태생이나 몇백 년 전부터 체코슬로바키아에 거주하던 가문들이 쫓겨났다. 나치의 악행을 되갚아주는 것이라 생각했지만 체코슬로바키아에서 아주 중요한 요소 하나를 없애버리는, 어리석은 부당행위였다. 독일 가문들은 떠나면서 자신들이 소장했던 책들을 내다팔았다. 즉 중고서점에 가면 체코슬로바키아의 독일 문화가 청산된 잔해를 쉽게 찾아볼 수 있었다. 지금은 세월이 많이 지나서, 그 비극적인 대탈출의 흔적은 거의 지워졌고 그 책들 가운데 약간만이 남아 있다. 세기말의 흥미로운 프랑스 잡지 『라 렉튀르 일러스트레』 시리즈나 모라비아 지방 올뮈츠 신학대학 교수인 요세포 카흐니크 박사가 1910년 올로무치(올뮈츠)에서 발간한 라틴어판 책 두 권 『가톨릭 윤리학—일반과 특수』가 우연히 손에 들어왔다.

『라 렉튀르 일러스트레』 잡지에서 한 관상학 연구자가 훌륭한 여배우이자 위대한 연인 클레오 드 메로드의 입을 묘사했다. "나는 열한 살 된 메로드의 탐스럽고도 호기심 많은 큰 입을 본 적이 있었다. 오늘 난 그 입을 보고 있다. 더이상 같은 입이 아니다. 더이상 배울 거라곤 하나도 없는 듯 자족적이면서도 무감한 사람의 입처럼 일그러져 오므라든 채 다물려 있다. 관능적이고도 어여쁜 이 입속에는 막 시작된 싫증과 피로가 있다. 또한 슬픔도." 카흐니크 박사의 안내서는 독창성을 주장하지 않고 단지 교회의 교리를 설명하겠다는 의도로 모든 인간 행위, 인간 행위가 낳은 사건들, 따라야 할 규칙을 다룬 논문이다. 그는 행동의 자유와 필요성, 인간의 종교법이 지닌 특성과 법규, 의무와 면제, 관습과 위반, 상황과 열정, 여러 가지 죄와 미덕에 관한 구분, 간통 사례, 술에 취했을 때의 현상, 도덕적 사회적 가치들, 장애물, 정상참작과 가중처벌, 의식의 혼란을 야기하는 환상들과 이 의식이 자기 자신을 속이려 하는 교활한 자기기만적 추론을 연구하고 분류했다.

아주 예리한 정신분석과 수사학적 지식을 보여주는 책의 한 장은, 죄의식에 사로잡혀 어디서나 죄를 보는 사람의 비정상적인 신경증, 지나치게 세심한 의식을 다룬다. 그는 광적으로 고집스럽게 자신의 죄를 여러 고해신부에게 고백하지만 그 누구의 말도 듣지 않으며, 자신의 망상에서 치유되지도 못한다. 그는 자신의 고뇌와 오만에 빠져 방황하고 그 고통을 즐긴다. 또한 자신의 의견을 계속 바꾸면서 옳은 것과 옳지 않은 것을 두고 계속 트집을 잡아가며 도덕적으로 오락가락한다.

이 치밀한 학자도 우스꽝스러운 현학적 태도와 성직자적인 순진한 판단을 내비치는 면이 있다. 그는 협소한 의식에서 나온 이 강박증을 교회가 악과 죄로 생각하며, 강박증은 일종의 병이고 우울한 기질과 기질적 장애로 인해 "육체의 체질"을 야기하는 "정신 상태"라는 사실을 날카롭게 이해했다. 양심의 가책으로 기우는 우울증은 "신경과 뇌의 사악한 애착관계"에서 나온 결과이며, 개인의 온전한 정신물리학적 상태를 해친다. 지나치게 섬세한 의식은 도덕과는 전혀 상관없이 집요한 오만에 빠져 있다. 즉 자신은 죄를 짓지 않았으며, 단순한 신경증적 불안이라며, 스스로를 받아들이려 하지 않는다. 지나치게 섬세한 사람은 "행동하기 전이나 후에 어떤 동기도 없이 자신이 죄를 지었다고 두려워하고, 죄지을 만한 것이 전혀 없는 곳에서조차 죄를 인식하며, 전혀 상관없는 이유들 때문에 쓸데없이 괴로워하고, 어떤 것이 합법적이라고 확신할 때조차 혹시 불법이 될 수 있지 않을까 의심한다."

박사는 두려움에 사로잡힌 소년소녀들이 무지하게도 여섯번째 계명 때문에 불안에 떨며 혼란에 빠질 수 있지만, 정당한 지침이 그들을 쉽게 이 혼란에서 구해줄 수 있다고 생각했다. 그는 고해신부들에게 지나치게 세심한 사람들을 인내로 대하라고 조언하지만, 그들의 공포증을 그냥 넘기지 말고 그들이 필요로 하는 확신을 주면서 강박적이고 자기만족적인 죄의식 콤플렉스에 빠지지 않도록 이끌고, 고해할 때 그들이 가진 공상·망상·가상의 죄, 특히 "불결한 행위" 등을 산만하게 드러내지 못하도록 해야 한다고 말한다. 지나치게 세심한 사람들의 경우에는 여러 치유책 가운데 다른 신경증 환자들과 이야기하지("지나치게 섬세한 사람들과 대화하지") 않도록 하는 방법을 권한다. 무엇보다도 사람들과 사귀는 것을 싫어하고 고독을 즐기는 것이, 마치 정신적으로 특별하고 심오한 것으로 잘못 아는데, 그런 감정을 이기도록 해야 한다고 권한다. 또한 그들이 다른 사람들과 대화하고 사귀도록 이끌어야 하는데, 괴테의 메피스토펠레스도 잘 알고 있었듯, 다른 사람들과 대화하고 교제하면서 실제로 각자 자기 자신을 발견하게 된다는 것이다.

관상학자의 프랑스어와 신학자의 거창한 라틴어는, 삶을 이해하고 살아가는 두 가지 방법으로서 둘 다 매력 있고 지혜가 담겨 있지만, 서로 대립되는 듯하다. 관상학자가 아름다운 여배우의 입에서 읽어내는 이야기는, 누구나 느낄 수 있지만 설명할 수 없는 이야기이며, 뜻하지 않게 자기도 모르게 악마에게 복종하면서 우울로 흘러가게 되는 삶이다. 악마는 감지하기 어려운 제스처, 미소, 무관심, 사소해 보이지만 모이면 결국 운명의 냉혹한 궤적을 드러내는 작고 가벼운 발걸음의 연속으로 삶을 끌고 들어간다. 어두운 속내와 덧없는 피상성을 지닌 삶, 선택할 수도 해석할 수도 없는 인상만 주는 삶에 적응해 나가야 하는 수밖에 없다. 반면 도덕적인 신학자는, 삶의 불분명한 흐름에, 어두운 그림자에, 정신 상태의 모순된 기억에 매료되지도 당황하지도 않는다. 신학자는 명확하게 밝히고 싶어하고 법을 만들고 싶어하고 우주 만물에 대한 확실한 개념을 정의하고 싶어한다.

법보다는 삶에, 정확하게 맞아떨어지는 코드보다는 끊임없이 변화하는 자발적인 창조성의 편에 서는 것이 더 매력적이다. 그러나 시는 형식 없는 모호함보다는 단테의 3행시에서 더 진가를 나타낸다. 도덕적인 창조성은 법을 찾고 자유롭게 세울 수 있는 능력이다. 삶의 모순들의 흐름 안에서 질서를 만드는 힘만이 그 모순들에 정당성을 준다. 모순이 지나치게 왜곡될 때가 있는데, 우리가 모순 안에서, 그 흔들리는 불명확성 안에서 존재의 숭고한 진실을 보고, 마르쿠스 아우렐리우스의 경고를 무시한 채 그 모순을 정신의 활동으로 착각할 때이다.

"인생이란 그런 것이다"라는 철학의 이름으로 모든 제스처와 행동을 같은 면 위에 올려놓고 혼합할 때, 판단은 흐려지고 생명력 자체는 거짓과 섞여 시들게 된다. 법의 의미와 엄정함은, 열정을 억누르는 게 아니라, 열정에 힘과 현실성을 준다. 만일 클레오 드 메로드가 라틴어와 카흐니크 박사의 논문을 공부했더라면, 그녀의 아름다운 입에 슬픔의 그림자가 드리우지 않았을지 모른다. 왜냐하면 올뮈츠 출신의 그 박사는 궤변과 "우울한 기질"에 굴복당하지 말라고 가르쳤기 때문이다.

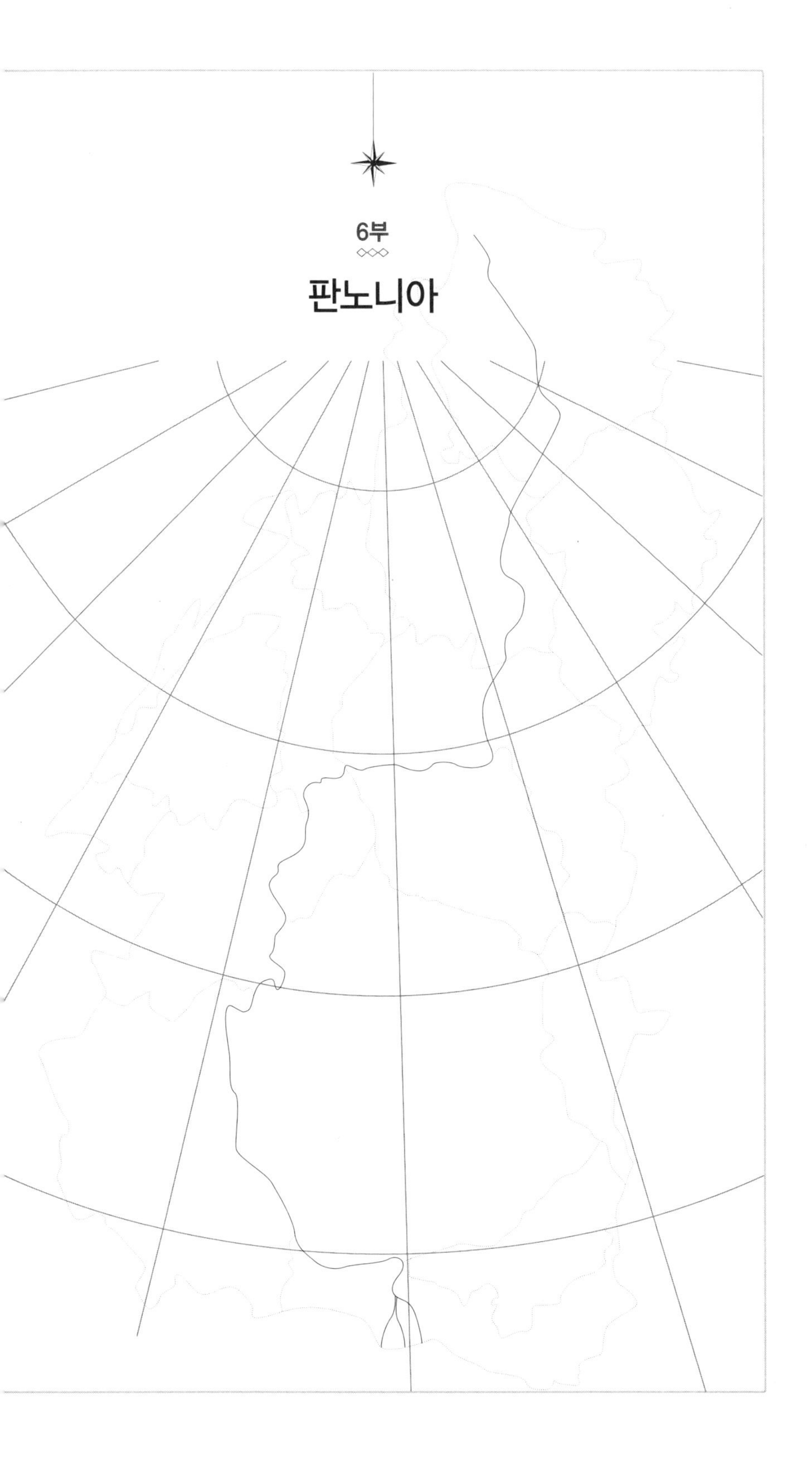

6부

판노니아

1. 아시아의 문에서?

해바라기와 옥수수의 노란 빛이 들판에 퍼져 있다. 마치 여름이 이 언덕들 사이에 텐트를 쳐놓은 것 같다. 상업경제를 지지했던 합스부르크가의 재상 회르니크가 18세기에 제국의 곡창지대로 만들고 싶어 했던 헝가리 역시, 이런 생기 넘치는 따뜻한 색이다. 이 빛깔이 건물과 집들의 오렌지빛 감도는 황토색과 어우러진다.

실제로 헝가리를 여행하지 않더라도, 여행 계획에 대해 말하는 것만으로도 이는 어느 정도 무모한 짓을 벌이기 시작한 것이다. 부족한 지식을 성실히 메워줄 착실한 참고서도 부족하고, 교착어를 사용하는 헝가리에서 빈 거리와 사람들 사이를 자유롭게 활보하듯 그렇게 쏘다닐 수 있을 것 같지도 않기 때문이다. 여행자는 평소보다 더 자신이 하찮은 존재처럼 여겨지고, 마치 70년대 헝가리 작가들이 좋아했던 이 '히치하이크 소설들'에 나오는 한 주인공 같다고 느낀다. 70년대 헝가리 작가들은 내부의 정치적 긴장이 완화되고 자유로운 복지를 누리던 분위기에서 성장했기 때문에 헝가리 사회의 진보가 그들이 보기에 너무 느리고 조심스러워 초초히 발만 동동거렸다. 그들은 무기력과 허무에 빠져 존재 자체를 방랑하고 불연속적인 개체로 느꼈다. 마치 그들 작품의 주인공들이 히치하이크를 하며 목적 없이 이리저리 떠돌아다닌 것처럼 말이다.

그래서 이 다뉴브 강 지역을 따라가며 적는 나의 다뉴브 강 메모가 그 작가들의 소위 "청바지 차림의 산문" 즉 그 작가들의 즉흥적이고 캐주얼한 장광설과 비슷해질 가능성도 있다. 그렇다고 좀더 격식 차려 입은 옷이 성급하게 내린 판단을 보증해줄 건 아니지만 말이다. 오스트리아와 헝가리 사이의 국경에서 두 세계 강대국의 두 영향 반경을 구분하는 철의 장막은, 더 크고 쉬운 메타정치적 정의의 파토스를, 19세기 초 오스트리아 재상 메테르니히의 빈체제 같은 세계 역사에 대한 간결한 표명을 이끌어낸다. 메테르니히는 빈을 거쳐가는 길, 렌베크를 지나면 바로 발칸이, 다시 말해 아시아가 시작된다고 말했다.

강하면서도 느린 마자르의 이 풍경은 벌써 동양적이다. 아직도 기억 속에 생생히 남아 있는 아시아의 대초원, 훈족과 페체네그족 혹은 초승달 문양의 터키제국을 떠올려준다. 에밀 시오랑은, 역사나 서양의 역사학이 만들어낸 이데올로기적 시대구분을 모르는, 활력 넘쳤던 군소 민족들이 모여 살던 곳으로서 이 다뉴브 강 유역을 찬양했다. 또한 합리주의나 진보에 의해 아직 활력을 뺏기지 않은, 문명의 자궁이요 수액으로 찬양했다.

스스로 이데올로기에 물들지 않았다고 주장하는 이 본능적인 파토스는 이데올로기적 책략일 뿐이다. 부다페스트의 제과점이나 서점에 들러본 사람은, 오스트리아 동쪽에서, 명확하진 않지만 아시아의 자궁 속에 있다고 여기게 된다. 헝가리 대초원에 들어가는 것은 분명 부분적으로 다른 유럽으로 들어가는 것, 서양 반죽에 들어간 것과는 다른 성분들이 뒤섞인 도가니 속으로 들어가는 것이다. 20세기 헝가리의 위대한 시인 엔드레 어디의 시에는, 마자르 사람들을 짓누르고 있는 오랜 부담감, 즉 동양과 서양 중 하나를 선택해야 하지만 선택할 수 없는 상황이 어둡게 그려져 있다. 종종 헝가리 역사에서 그 선택은, 터키의 침입에서 합스부르크가와의 연대 혹은 소비에트 연합까지, 외부에 의해 어쩔 수 없이 혹은 강제 결정에 의해 이루어졌다. "서양은 우리를 밀쳐냈다. 그래서 우리는 동양으로 돌아섰다"라고 사회민주당 지도자 가르바이가 1919년 짧은 의회공화국 시절에 말했다. 지난 세기에 소설가 지그몬드 케메니는, 헝가리의 역할은 독일주의와 슬라브주의를 나누어 그중 어느 하나가 우위에 서지 않도록 하면서 합스부르크제국의 다국적성을 지키는 것이라고 주장했다.

영웅적이고 격정적으로 헝가리 역사를 만들어왔던 마자르의 민족적 열정은 훈족과 아바르족, 슬라브족과 마자르족, 타타르족과 쿠만족, 야지게스족과 페체네그족, 터키와 독일 등 여러 외세의 침략이 서로 섞이고 축적되어 층층이 쌓인 땅에서 생겨났다. 민족 이동은 황폐화시키기도 하지만 문명화시키기도 한다. 터키인들이 약탈을 해갔을 뿐 아니라 이슬람 문화를 가져왔듯이 말이다. 그리고 민족 이동은 민족을 혼합시키기도 하지만, 인종의 순수한 혈통을 고집하는 국수주의 모형을 만들어내기도 한다. 헝가리인들이 훈족 혈통을 이어받았다고 주장하는 전설처럼 말이다. 15세기 인문주의자이자 시인인 야누스 판노니우스는 즈리니의 귀족 가문이 그랬듯 크로아티아 출생이다. 이 가문에서 헝가리 서사 시인들과 영웅들이 배출됐다. 마자르의 국민시인 페퇴피의 어머니는 헝가리어를 몰랐다. 위대한 애국지사이며 국민의 문화의식 고취에 힘썼던 세체니 백작은 서른네 살에 헝가리어를 배웠다. 합스부르크가에 대항하여 헝가리 민족의 회복을 주장한 상징, 코슈트 추종자들이 단춧구멍에 꽂았던 튤립은, 오스만 지배자들이 가져온 꽃이며, 그들이 시에서 터키 문화의 상징으로 찬양했던 꽃이다. 민족적 열정은 절실히 필요한 것일 뿐 아니라, 지난 18세기 중엽에 나온 모르 요커이의 소설 『헝가리의 매력』에서처럼 열렬한 헝가리 애국지사들이 될 것을 절실히 요구한다.

에반스가 썼듯이, 헝가리는 여러 다른 문화가 다양하게 존재했으며 모자이크처럼 그 안에서 여러 통치권이 함께 효력을 발생하며 교차했다. 즉 합스부르크가 영토이자 터키제국의 주, 트란실바니아 공국이었다. 18세기 말 오스만제국이 점차 물러나면서 오스트리아가 헝가리 전체를 지배했다. 몬테쿠콜리 육군원수는 그의 책 『1677년 헝가리』에서 이렇게 썼다. 헝가리인들은 "잔인하고, 불안하며, 변덕이 심하고, 만족할 줄 모른다. 그들은, 스키타이인들과 타타르인들의 성격을 가지고 있고 이 민족들에게서 나왔다. 그들은 끊임없이 자유를 열망한다…… 어느 때는 사랑에 빠졌다가 또 어느 때는 증오하고, 금방 기분이 들떠 있다가 금방 우울해하고, 금방 좋다고 했다가 금방 싫다고 하는 프로테우스들이다……"

에너지 넘치는 이 육군원수가 인종적인 편견을 표현하고자 한 것은 아니다. 하지만 마자르의 개별성 안에서 피비린내나는 끊임없는 혼란, 명확하고 분명한 법의 부재, 분리를 지향하는 투쟁적 다원성을 보았던 그의 반개혁주의적인 게르만화 프로그램은, 제국의 체계적이고 단일한 힘으로 이 다양성을 길들여서 "철막대기로 세우고 끈으로 단단히 묶어" 질서 있는 하나의 통일체로 이끌어가야 했다. 몇백 년 차이를 두고 일어나는 역사적 현상들 사이에는 분명 차이가 있긴 하지만, 1849년과 1860년 사이 합스부르크가가 받아들인 절대주의 정책은 비슷한 과정을 열망하게 된다.

그러나 하나의 중심으로 몰아가는 단일한 이 현대화 과정은, 합스부르크가의 오랜 정책에서 하나의 예외다. 합스부르크가는 탄력적인 신중한 정책과 조심스러운 무관심의 태도를 견지해왔다. 합스부르크가의 통치는 루이 14세나 프리드리히 2세 혹은 나폴레옹의 중앙집권적인 단일한 독재정치가 아니었다. 합스부르크왕가의 통치술은 분열을 막거나 모순을 극복하려 한 것이 아니라, 모순을 덮고 늘 잠시 평형을 이루도록 만들어서 본질적으로 모순 그 상태로 남아 있게 했으며, 그 모순들이 서로 대립하도록 했다. 제국의 통치자, 그 역시 말하자면 프로테우스였다. 변화에 따라 유연하게 가면과 정책을 바꾸면서 자신의 부하 프로테우스들이 모두 똑같은 시민으로 변화되기보다는, 그들이 목적도 발전도 없는 게임을 통해 사랑에서 반란으로 혹은 그 반대로, 우울에서 병적인 행복감으로 이행하도록 내버려두었다. 여러 민족에게 하나의 엄격한 통일을 강요하기보다는, 그들이 자신들의 이질성을 지키며 공존해나가도록 했다.

사회 혹은 사회들을 침입하고 먹어치우기보다는, 국가가 가능한 한 사회를 터치하지 않으려고 애썼다. 합스부르크가의 관료주의는 신중하고 용의주도했지만, 아름답게 정리된 지도를 그리는 것에 머문 듯하다. 1816년과 1820년 사이에 다뉴브 강 지도제작을 맡은 부서가 기관장 오토 히에로니미와 해운회사 감독관 폴 바사헬리의 지도하에 제작한, 그 다뉴브 강의 지도처럼 말이다. 지도 뒤와 아래로 강의 삶이 조용히 흘러간다. 그곳 배나 낚싯줄에 지도제작법 따위는 필요 없으리라.

국가는 정책을 잊게 하고 싶은 듯하다. 아니 적어도 개입을 줄이고 변화를 늦추거나 완화시키며, 이 변화란 것이 오랜 시간을 두고 일어나므로 개인보다는 세대가 그 변화를 인식할 수 있음을 백성들에게 인식시키고, 현재 있는 상태로 가능한 한 오래오래 감정·열정·기억들을 존속시키고자 하는 듯하다. 페퇴피의 훌륭한 친구인 야노시 어러니의 시에서, 한 노인이 현악기 치터를 마음대로 뜯으며 마자르의 옛 소리, 민족의 기억 속에 묻혀 보존되어 있는 민족의 서사시, 옛날 연대기, 훈족의 말발굽 소리를 끌어낸다. 1867년의 타협, 오스트리아-헝가리 이중 군주제를 만들었던 타협은, 자신의 상처 즉 헝가리의 분리주의를 훌륭하게 치료한 합스부르크가의 가장 위대한 시도였다. 합스부르크가는 그 치터 소리와 그 노래가 지닌 위험성을 누그러뜨리면서 자신의 왕관 아래 놓이도록 했고, 헝가리의 반란과 역할을 유지시키면서 아니 강화시키면서 살아남도록 했다.

1867년의 타협이 정치경제적으로 헝가리에 대한 오스트리아의 승리였을까, 아니면 그 반대일까? 이는 역사가들 사이에서 아직도 의견이 분분하다. 오스트리아-헝가리 군주제가, 분명 조화가 아니라 오히려 둘 사이의 긴장을 보여준다는 점은 다 아는 사실이다. 그 사실을 증명해주는 에피소드와 일화 들을 골라본다. 미하이 카로이 백작은 쾨니히그레츠에서 합스부르크가의 군대가 패배했던 것에 대해 신에게 감사하고자 자신의 증조할아버지는 봉헌 예배당을 지었던 반면, 그의 어머니는 빈에 와야 했을 때 이를 보지 않으려고 마차에서 눈을 감은 채 도시를 지나갔다고 썼다. 헝가리 정치지도자 티서는, 1903년 오스트리아 수상 쾨르버를 훌륭한 외국인이라 지칭했다. 반면 전 헝가리 수상 반피의 경우, 치스라이타니아*의 관세율 때문에 경제적으로 손해를 입은 헝가리인들은 전몰자나 다름없이 여겨야 하며 그 가족들은 전몰자 가족으로서 바라봐야 한다고 말했다.

아마 오스트리아와 헝가리의 연대는, 제국이 멸망해가는 시기에 새삼 중부유럽을 그리워하는 동양권이 있었다는 사실 때문에 잠시 생겨났을 것이다. 그 동양권은 오스트리아와 헝가리의 교과서들을 나란히 놓고 재검토하면서 양쪽의 민족적 전망을 수정하고, 다국적 '다

* 'Cisleithania 또는 Cisleithanien'이라고 하며 '라이타(또는 러이터) 강 이편'이란 뜻으로 이 강 서쪽 영토의 대부분, 즉 오스트리아-헝가리 이중 군주제 때의 오스트리아령을 가리키는 말.

뉴브 강 대학'을 세우고, 공통의 문화를 인식함으로써 공통의 문화 인식을 형성해나가자는 등 여러 계획을 세웠다. 몇 년 전부터 '다뉴브에서An der Donau'라는 제목의 헝가리 라디오방송이 다뉴브 강 코이네의 양상과 문제를 보도했다. 렌베크는 아시아에 닿지 않는다.

2. 변장한 왕

쇼프론에 있는 합스부르크가 건물들의 우울하고 대칭적인 위엄은, 청바지 히치하이크들의 그 가벼운 불확실성에 안정감과 화려한 장식틀을 마련해준다. 템플롬 가 11번지에서 나는 왕관 모양의 철책을 지나 안뜰로 들어가 계단을 몇 층 올라갔다. 어두컴컴했고, 난간 손잡이는 녹이 슬었지만, 흔히 볼 수 있는 장엄한 조각상들이 어두운 각 층마다 놓여 있었다. 관습적으로 내려온 사실주의적인 모방 예술, 공직에 있는 사람들의 핏기 없는 투명한 얼굴과 닮은 인물상을 만들어내는 이 예술에서도 신비로움이 맴돈다. 알람브라의 아라베스크나 미켈란젤로의 죄수들은 영원하다. 반면 이 계단의 우울하고 장엄한 조각상들, 우리처럼 무의미한 조각상들은 역시나 우리처럼 나이를 먹어왔고, 관리가 소홀한 어두컴컴한 공간에서 녹슬어가고 있다. 이 조각상들은 그들의 쓸데없음과 고독, 늙는다는 것의 불가해함을 전시하고 있는 것이다.

도시는 화려하지 않지만 빛바랜 장식 뒤에 뭔가를 숨기고 있는 듯 무정하고 견고하다. 리스트박물관 근처 일층 창문에서 잠옷 차림의 한 남자가 얼굴을 내밀고 있다. 윤기가 흐르고 기름진, 검은 머리칼을 가진 청년이다. 비틀린 집시 얼굴에 멍하면서도 순한 표정이 떠올라 있다. 중증 신체장애인이어서, 몸이 빈 자루처럼 쓰러지려 하고, 반복적으로 발작할 때만 마비된 몸이 풀린다. 우리가 그 창문 앞을 지나가자, 청년은 밖으로 얼굴을 내밀고 늘어지는 소리, 중간중간 끊어지는 헝가리어로 어렵게 뭐라뭐라 우물거린다. 지지가 발걸음을 멈추고 그의 말을 듣는다. 청년의 말을 이해하고 몸짓으로 그에게 대답해보려 하지만 말을 알아듣지 못하자, 지지는 자기 자신에게 화를 내며 이 말썽 많은 우주의 창조자에게 욕설을 퍼붓는다.

만일 그 낯선 남자가 말하고자 하는 것을 우리가 이해한다면, 아마 우리는 모든 것을 이해하게 될 것이다. 분명 침을 질질 흘리는 그 쇠약한 청년에게서 명확하고 분명한 의사표현을 기대하기란 힘들지만, 우리를 향해 그가 내민 순간의 움직임 속에는, 그가 처한 상황 속에서 그가 표현할 수 있는 고유한 방법과 형식으로 뭔가를 말하고 싶은 절실한 욕구, 우리에게 그 순간 말하고자 한 것이 있다.

사람들이 버린 돌을 나는 내 집의 주춧돌로 삼았다, 라는 말이 있다. 아마 우리가 그 더러운 집에 남겨두고 온 낯선 이 남자는 왕의 돌, 거지로 변장한 왕, 감옥에 갇힌 왕자일지 모른다. 혹시 그는 우리의 해방자일지 모른다. 왜냐하면 그가 우리의 두려움, 우리의 히스테릭한 떨림, 우리의 무능력으로부터 우리를 해방시켜줄 형제일 수 있기 때문이다. 그는 서른여섯 명의 정의로운 사람 가운데 한 명일지 모른다. 그 서른여섯 명은 세상에 알려지지 않았고 그들이 존재한다는 것도 세상이 알 턱이 없지만, 유대의 전설에 따르면, 그들 덕에 세상은 계속 존재한다.

다뉴브 강 문명의 허구, 이 비꼬인 위장술은 참기 힘든 고통의 풍문을 뒤로하고 앞으로 나아가도록 돕는다. 비록 이 힘이 이 허구의 한계이지만 이에 감사할 줄 알아야 한다. 지지가 지었던 그 얼굴 표정으로 이 창문 앞에 멈추기 위해서는 다른 목소리, 다른 외침들을 들었어야 한다. 무질은 결코 복음서를 쓸 수 없었지만, 도스토옙스키는 거의 복음서에 가까운 글을 썼다. 오늘 아침부터 쇼프론에서, 결코 전달되지 못하고 거리를 배회하게 될 메시지를 보낸 카프카의 「황제의 칙령」 속 그 황제는, 바로 이 병색 짙은 청년일 것이다.

3. 코치시

예상했던 대로, 내가 코치시라 이름붙인 동료가 쇼프론에서 우리를 찾아왔다. 다시 말해 우리를 기다리고 있었다. 그는 유명한 에세이 작가이며, 훌륭하고 교양 있는 신사다. 여러 언어를 구사할 줄 알며, 그의 책은 국제적으로 학계에서 높이 평가받았다. 나이에도 불구하고 활기 넘치는 사람이었고, 판노니아같은 넓적한 얼굴을 갖고 있었으며, 검은 두 눈에는 알 수 없는 뭔가가 있는 반면, 미소는 진솔하고 매력적인 사람이었다. 간간이 담배를 쥐어든 그는 테이블이나 의자 끝에다 담배를 가볍게 턴 다음 불을 붙이고는, 주술사가 공중에 마법의 원을 그리듯 주변 공간에 담배연기를 내뿜었다. 마치 곧 닥쳐올 위협적인 무엇을 몇 분이라도 지연시키려는 듯 연기를 분산시켜 영원히 이를 사라져버리게 하려는 듯했다.

코치시는 우리 무리에 작은 힘이 되었고 우리의 귀중한 동반자가 됐다. 그는 능숙한 관광안내인처럼 사물들과 인물들, 강철 발코니와 졸고 있는 분수, 고서점 진열장 안의 낡은 책들, 인류학적으로 그에게 흥미를 주는 군중 속의 몇몇 얼굴을 꺼진 담배꽁초로 가리켰다. 오늘 그가 맡은 역할은, 세상에 끼어들어 부연 설명하고 요약해야 할 자신의 책임을 제대로 알고 있는 지식인에게 안성맞춤 같다. 그는 작품을 창조하는 예술가나 작품을 선택하고 진열하는 박물관 관장으로서가 아니라, 작품들을 보여주고 설명하는 관광안내인으로서 역사의 사건들 사이를 돌아다녔다.

무리에서 코치시는 권좌에서 물러난 작은 힘이었다. 즉 명령을 내릴 수는 없지만 존경과 호의를 받는 존재였다. 마치 운영권을 발휘하진 못하지만 아직도 운전수 딸린 자동차를 마음대로 쓸 수 있는 전직 회사 사장처럼 말이다. 그의 정치 경력은 하나의 우화 같다. 젊어서 그는 라이크에 대한 파렴치한 비난에 동참하지 않아 학계에서 물러났다. 라이크는 티토주의자들이 비판하던 공산주의자 리더였고, 배신자로 잘못 몰려 재판을 받았던 인물이다. 코치시는 라코시의 독재정치에 개인적으로 휘말리지 않고 50년대 스탈린주의자로 다시 나타났지만, 당의 절대적 우위를 무조건 따르는 지지자였다.

코치시는 소비에트의 천국을 믿기에는 너무 학식이 많고 민감했다. 그는 냉전시대의 세상이, 혁명의 전 세계적인 승리냐 아니면 실패냐를 결정할, 거대한 마지막 충돌을 앞두고 있다고 생각했다. 서구는 순전히 사회적 메커니즘, 즉 경제발전 과정을 강자의 게임에 내맡긴 권력의지 상태, 현혹적이지만 거칠고 잔인한 삶, 있는 그대로의 그 상황에 삶을 내맡겨놓은 상태였다. 동구권 공산주의자는 반드시 이렇게 되어야 한다는 논리로 현실을 개선하려 들었고, 정의와 평등을 실현하며, 발생하는 사건들에 의미를 부여하려고 했다.

바로 헝가리에서, 루카치는 마르크스주의의 고전 논리를 확인했다. 이 고전 논리에 따르면, 즉각적 자발성은 진정한 것이 아니며 형식의 규제를 통해 비로소 의미를 지니는 것이다. 스탈린주의는, 형태이자 질서이며 니체의 "원자들의 무정부 상태"에 원칙을 부여하는 것이다. 서양의 자유주의는 미완의 자발성, 비윤리적 생명력, 건성건성한 캐주얼 이기주의, 어떤 윤리적 지표도 고려하지 않는 생리적 욕구가 만들어낸 단순 연쇄로 드러났다. 하나는 국가였고, 다른 하나는 사회였다. 1971년에 사회참여 작가이며 반체제 인사였던 티보르 데리는, 자신의 소설에서 미국 팝 청춘문화의 아메바 같은 잡다하고 불분명한 순수를 비난했으며, 리비도의 흐름에 빠진 사회에 대해 혐오를 표현했다.

곡과 마곡*의 전쟁 전야에 놓인 국가는 전쟁 경제와 훈련에서 일어나는 자유를 규제하거나 억압하면서 사회 전체를 통제한다는 것을, 코치시는 이해하고 있는 듯했다. 1956년 그런 입장이 패배하고 그 입장을 표방한 사람들이 위험해졌던 짧은 며칠 동안 코치시는 소비에트 지지자였고, 바르샤바조약에서 나오려는 임레 너지 정부의 결정에 반대하며 개인적인 위험에도 불구하고 동구권의 통합을 지지했다. 지금은 야노시 카다르의 정책에 반대하는 입장에 있다. 헝가리를 유럽 공산국가 가운데 가장 민주적이고 서양에 가깝게 번영된 나라로 만들었던 카다르의 자유주의는, 그에게 너무 신중하고 너무 권위적인 듯했다.

코치시는 정치적 변환을 보여주는 여러 예 가운데 하나다. 정치적 변환은 최근 몇십 년간 헝가리 정책을 특징짓는 데 있어 기회주의와는 다른 것이었다. 국경을 넘어가게 해준 소비에트 장갑차 덕분에 1956년 혁명에서 국민의 분노를 피할 수 있었던, 라코시의 오른팔이자 대표적인 스탈린주의자인 언드라시 헤게뒤시는, 60년대 자유주의 지식인의 상징, 비판적인 독립과 수정주의의 상징이었다. 잡지 『발로샤그』는, 국가 운용과 마르크스이론에 대한 편견 없는 사회정치적 논쟁의 장을 열었고 헤게뒤시를 이단자로 만들었다. 다른 사람들은 그 반대 여정을 밟았다. 즉 1956년 혁명에서 새로운 정통 마르크스주의자가 되었다.

헝가리 역사 자체가 특징적인 많은 변화를 통해 이런 정치적 변환

* 「요한계시록」에서 세상의 종말에 나타난다고 하는 반기독교의 두 지도자.

을 이끌어냈다. 1956년 추방자들이 다시 돌아와 요직을 차지했다. 민주주의 전환을 꾀했다가 다시 권위적인 생활로 돌아오기를 반복했다. 많은 늙은 투사가 보기에, 정부가 당 없는 사람들에게 특별대우를 하는 것 같았다. 이런 두드러진 변화의 예를 보여주는 카다르 자신도 보다 숭고한 사명에 헌신한다는 이유를 내세워 정치적 변환을 꾀했다. 카다르는 파시즘 시절 지하 비밀조직에 가담하여 지칠 줄 모르고 싸웠던 공산주의 투사였고, 스탈린 비밀경찰로부터 손톱이 뽑히는 고문을 당했으며, 1956년에는 소비에트의 억압을 받았고, 그의 고국 헝가리에 러시아로부터의 독립과 자유와 복지를 최대한 도로 가져오도록 힘쓴 공무원이었다.

인생은 타협이다, 라고 언젠가 카다르가 자신의 생일파티 때 말했다. 지름길이 때때로 겉보기에 아주 긴 길처럼 보일 수 있다. 지금 코치시는 꺼진 담배꽁초를 손에 들고 이런 지름길을 가고 있을지 모른다. 때때로 발길을 멈추고 벤치에 앉아 풍경을 감상하면서 말이다. 그가 믿었던 바로 그 혁명전쟁의 경제가, 실제로 사회주의의 약점이었다. 권력이 사회의 모든 짐과 문제를 직접 떠맡아 세부 하나하나를 책임지고 제각기 모두 통제하다보면, 그 전체주의가 취지와는 반대로 왜곡되고 내부에서 그 전체주의를 위협하게 된다고, 마시모 살바도리가 말했다. 조직이 지나치게 오래 거대한 노력을 하다보면 그런 일이 일어난다. 1956년 혁명은 이런 과도한 힘이 일으킨 뇌내출혈, 모든 사회생활을 간섭하고 감시하려는 정부-당 측의 거대한 노력이 붕괴되어 일어난 것이다. 카다르의 타협은 "우리에게 대항하지 않는 사람은 우리 편이다"라는 탄력적이고 유연한 공식으로 이 전체주의를 뒤집으면서 여러 다양한 요소와 태도에 자리를 내주었다. 하나의 모델로 힘들게 ("지루하게") 단일화시키는 것이 아니라, 자유로운 원칙("우리에게 대항만 하지 않으면 된다")에 따라 부정적인 방법으로 일정한 한계를 지었다. 카다르의 타협과 긴 지름길은 합스부르크가의 전략이다. 소비에트 모델에 따라 만들어진 체계가 붕괴되면서, 단순히 중부유럽을 다시 그리워하게 된 것 뿐 아니라 중부유럽의 형태, 그 윤리적 정치적 양식 역시 그리워하게 되었다.

코치시 역시 개인적인 방법으로 자신의 암시적 중부유럽, 자기 지름길을 다시 찾아냈다. 그가 바비츠에 대한 책을 쓰고 있다고 내게 말했다. 그 나름대로 이 선택은 의미심장하다. 왜냐하면 부수적인 선택이지만 그렇다고 지나치게 부수적이지도 않은 선택이기 때문이다. 정권의 이데올로기는, 마르크스주의 작가들이나 공산주의가 자신의 진정한 후예라고 주장한 뵈뢰슈머르치나 페퇴피 같은 위대한 고전 국민작가들, 혹은 엔드레 어디처럼 부르주아의 위기와 멸망을 낱낱이 해석하고 가면을 벗긴 작가들을 좋아한다. 요제프 어틸러 같은 혁명주의자 시인들은 정당 노선과 쉽게 분리되는 그들의 급진주의 때문에 이미 더 많은 의심을 받았다. 비록 요제프 어틸러에 대해 쓴 미클로시 서볼치의 기념비적인 책이 오늘날 헝가리의 문화 개방을 보여주고 있지만 말이다.

미하이 바비츠는 특별한 경우다. 그는 문학 안내서나 문화 논쟁에서 주변부 고전 작가로서 그에 합당한 존경을 받기도 했지만 또한 잊힌 시인이기도 하다. 1883년과 1941년 사이에 살았던 바비츠는 전통에 매료된 휴머니스트였지만, 현대 서정시의 아픔을 좀더 깔끔한 형식으로 표현해낸 훌륭한 작가, 무의 암초에 부서진 현대 시의 위대한 조난자들에게 구명정을 던져주었던 작가였다. 바비츠는 전쟁에 열광하는 것과 전쟁을 두려워하는 것 모두를 비난했고, 벨러 쿤의 공산주의 공화국의 문학교수직을 받아들였다. 하지만 바비츠는 반마르크스주의자였고, 나중에 호르티의 파시스트 정권 앞에서 조심스럽게 반대 입장을 취했다. 그는 비합리주의를 혐오했고, 눈물 어린 상황을, 특히 개인의 불행과 억압받는 계급의 불행에 관심을 기울이며 고통스러운 인간의 영감을 섬세한 그의 시에 담아냈다.

그는 결코 승리자들을 노래하지 않았다. 코치시는 분명 이 점을 좋아했다. 아마 코치시는 바비츠의 시에서 그 자신을 보았을 것이다. 시인은 자신의 소네트에 모든 것을 담고 싶다고 말했지만, 자기 자신과 자신의 작은 막다른 상황을 넘어갈 수 없노라고 말했다. 시는 죽었다, 라고 바비츠는 시에서 말했다. 손가락으로 시를 긁적이는 것은 모래 위에 쓰는 일처럼 쓸데없는 짓이다, 라고 다른 곳에서도 읊었다. 신들은 죽었고 인간은 계속 살아간다. 코치시의 신들도 아마 죽었을 것이다. 그래도 분명 코치시는 남에게 도움을 주며 쾌활하게 계속 살아가고 있다. 그는 시인 바비츠를 따르며 조용히 마음의 긴장을 푼다. 자신의 연약함에 골몰한 바비츠 역시, 다뉴브 강에서 올라오는 둔중한 모터 소리와 배들의 소리를 들으며 방황하는 문자와 말들을 이끌고 종이의 미로를 따라가, 신이 그의 입술에서 맴돌며 올라오는 말들로 편편한 강을 만들고, 그 말들이 바다까지 유유히 흘러가 사라지기를 바랐다.

바비츠의 서정시가 오늘날 이데올로기 논쟁에서, 우익과 좌익의 물밑 충돌에서, 헝가리 문화와 정치의 보수주의자들과 진보주의자들 사이의 충돌에서, 더이상 하나의 집결표지일 수는 없다. 그의 시는 분명하지만 낮은 목소리다. 여기에는 시인 자신이 어린 시절 세크사르드의 포도밭, 자신의 주변 풍경에서 발견했던 것과 같은 목가적 유토피아가 있다. 바비츠가 이따금 깨끗이 없애버리려고 했던 이 폭력을 잘 알고 있는, 판노니아의 그 목가적 유토피아가.

4. 눈 속의 탱크 바퀴자국

우리는 조금 전에 에스테르하지가家의 베르사유인 페르퇴드를 떠나왔다. 에스테르하지가는 18세기에 200만 에이커 이상의 땅을 소유했던 봉건영주들로, 다른 귀족들과 함께 일명 헝가리 왕국natio hungarica의 전全 민족 구성원이었다.

우리는 이 몇 킬로미터 거리를, 마치 히치하이커들이나 오래된 시골길을 유랑하던 줄러 크루디의 유명한 주홍색 마차처럼, 그렇게 종잡을 수 없이 산만하게 오가며 지그재그로 움직였다. 모손머저로바르까지 직선 코스를 놔두고 의도적으로 이렇게 움직인 것이다. 여기 모손머저로바르에서 1956년 11월 2일 밤 헝가리 혁명을 취재하기 위해 『코리에레 델라 세라』 신문이 파견한 알베르토 카발라리가 도리어 9단짜리 헤드라인 기사의 주인공이 되었다. 왜냐하면 그가 러시아군의 포로가 되었다는 소문이 퍼졌기 때문이다. 그러나 그는 반란군의 은신처에서 밤을 보냈다. 이에 앞서 그는 예상대로 혁명이 승리하지 못한 채 끝나가고 있고 소비에트의 억압이 시작되고 있다는 소식을 전하러 전날 빈에 가려 했지만 실패했던 것이다. 기사에서 간결하고 날카로운 필치로 카발라리는 밤에 눈 속을 헤매던 일, 자동차 바퀴가 진창에 빠져 옴짝달싹 못했던 일, 진창과 어둠 속에서 길을 잃고 헤매던 일, 총성과 부상자들, 예상치 못했던 빨치산들의 바리케이드, 소련군이 빈과 부다페스트 사이를 그물을 짜듯 퍼져서 헝가리를 봉쇄하고 있는 사이 그가 어둠 속에서 우연히 러시아 탱크들을 맞닥뜨린 일 등을 설명했다.

빈과 부다페스트 사이를 오갔던 자신의 여정을 되풀이해서 말하면서, 그는 자신의 발자국을 되짚어나간 것 같았다. 늪지나 바리케이드에서 죽어간 이름 모를 사람들의 얼굴에서 역사적 전환의 본질을 포착한 1956년 10월에서 12월 사이, 그의 주간 기사들은 우리의 이 헝가리 여행에 있어 일종의 성무일도서와 같다. 베라르가 『오디세이아』를 손에 들고 지중해를 돌아다니며 베데커 여행안내서 격인 그 책 안에 담긴 장소와 비밀을 확인해나갔듯이, 순전히 여행을 위한 비극적인 성무일도서를 우리는 항상 손에 지니고 다닌다. 그러나 지난 30년의 세월이 그 눈을 녹였고 눈에 찍힌 탱크 바퀴자국을 지웠다. 비록 그 기억까지 지우진 못했지만 말이다. 그 당시의 견해는 정확히 다음과 같다. 카다르는 배신과 학살의 공범자이며 소비에트의 보병이고 소비에트로부터 조정당하고 이용당하다가 곧 버림받을 거라는 거였다. 30년 후 확인해보아야 할 것은 카다르가 자신의 고국을 위해 온몸을 바쳤고, 실제적으로 가능한 유일한 길을 선택했으며, 헝가리의 복지를 위해 최선을 다해 정직하게 그 길을 갔다는 사실이다.

이 모든 사실이 당시의 견해를 수정하지는 못하더라도, 또다른 견해가 그 옆에 자리잡게 해준다. 이 새로운 견해들은 예전의 견해를 부정하지 않은 채 그에게 하나의 대척점을 마련해준다. 마치 한 개인의 이미지에 몇십 년 전 혹은 몇십 년 후의 그의 이미지가 보태지듯이 말이다. 오늘날 카다르에게 해줄 수 있는 긍정적인 평가가, 그 당시의 부정적 평가가 잘못됐다거나 그때 당시 그가 잘못했다고 말할 필요는 없었다는 것을 의미하는 건 아니다.

과거에는 미래가 있다. 미래를 바꾸는 변화가 있다. 현실이 그렇듯, 현실을 살아가고 현실을 바라보는 나 역시 복수라는 사실을 발견하게 된다. 30년 전 그 서사적인 기사들에 표시된 장소들을 따라가면서, 보이지 않는 얇은 막들을, 여러 다른 현실이 켜켜이 쌓인 층들, 맨눈으로 볼 수는 없지만 여전히 현존하는 것들을, 역사의 적외선이나 자외선, 필름 감광판에 와닿을 수는 없지만 늘 거기에 존재하고 있는 이미지와 순간들을, 만질 수 없지만 예민한 감각적 경험을 통해 감지할 수 있는 전자들처럼 그렇게 존재하는 이미지와 순간들을 걷어내고 있다는 인상을 받게 된다.

어떤 환상문학 작가가 몇백 년, 몇천 년 동안 존재했던 모든 것을 렌즈 안 네모난 공간 안에 확대시켜 재생할 수 있는 시공간 사진기를 만들었는지 나는 모른다. 아홉 개 도시들이 층층이 쌓여 있는 트로이의 폐허든 단순한 석회층이든, 현실의 모든 파편은 이를 해석해줄 고고학자나 지리학자를 필요로 한다. 문학이, 바로 이런 삶의 고고학인 것 같다. 분명 삼차원의 가난한 여행자는, 비록 여행이 사차원적인 것 혹은 다차원적인 것이라 해도, 사차원의 장난 앞에서 혼란을 느끼고 많은 반대 주장, 그렇지만 모순적이지 않은 이 주장들을 이해하려 애쓴다. 민드센치 추기경이 몇 년간의 감옥살이 후 막 풀려나 낯설고 새로운 현실에서 혼란을 느꼈듯, 우리도 이런 혼란을 느낀다. 숨을 돌리고 주변을 둘러볼 필요가 있다. 그리고 질문에 대답하기에 앞서, 반란자들로부터 풀려난 헝가리 대주교가 자신에게 질문을 던진 카발라리에게 답했듯, 이렇게 말하고 싶어질 것이다. "금요일에 답하리다. 세상이 어찌 돌아가고 있나 살펴보고 나서 말이오."

5. 판노니아의 진창 속에서

헝가리 텔레비전은 야노시 되뵐키 감독이 만든 미로슬라브 크를레자의 유명하고 신랄한 드라마 〈글렘바이 일가〉를 방영한 바 있다. 몇몇 헝가리 작가는 판노니아의 세계, 크로아티아 문학의 대부 크를레자와 같은 힘과 폭력을 가진 자그레브와 부다페스트 사이의 민족과 문화의 모자이크를 거부했다. 크를레자의 글에서는 한 가지 이미지가 어둡고 집요하게 계속 나타난다. 바로 판노니아의 진창, 먼지와 늪과

썩은 나뭇잎이 범벅된 크로아티아 마자르의 초원, 이민과 여러 문화 투쟁이 몇백 년에 걸쳐 피투성이 발자국들을 찍어놓은 초원이다. 그 초원과 그 진흙탕에는 피투성이 발자국들이 야만인들의 말발굽처럼 겹겹이 뒤섞인 채 찍혀 있다.

크를레자는 1893년에 자그레브에서 태어나 1981년에 죽었다. 그의 작품들은 여러 다양한 나라에서 다양한 언어로 번역되었다. 그는 원초적인 생명력과 여러 언어와 국가를 넘나드는 폭넓은 교양을 갖춘 특별한 대가였다. 크로아티아인들, 헝가리인들, 독일인들, 다뉴브강 세계의 여러 다른 민족의 만남과 충돌을 그린 시인. 그는 넘치도록 풍부한 교양과 열정을 갖춘 작가였고, 에세이 토론뿐만 아니라 충동과 파열, 기습공격과 풍자적인 독설도 좋아하는 표현주의 시인이자 지식인이었다. 다면적이고 가늠할 수 없는 그의 작품에서 중심 테마는, 수세기에 걸쳐 내려온 오스트리아-헝가리 제국의 붕괴와 함께 사회질서가 무너지고 비합리적이고 병적인 힘이 분출되어 나오면서 해체된 19세기 문화다. 이 훙청망청한 허무주의의 퇴폐를 고발하면서(『글렘바이 일가』에 특히 합스부르크가 몰락의 어둡고 잔인한 그림이 잘 표현되어 있다) 크를레자는 전체주의를 신랄하게 분석하고 비판하기 위한 수액을 끌어냈다. 그는 그 부패에서 전체주의가 생겨나 30년대의 유럽에 암처럼 퍼져나가는 것을 보았다.

유고슬라비아 노동운동에 가담했다가 우스타셰 정권에 체포되었던 크를레자는 공산주의를 버리지 않았다. 그러나 반파시즘 투쟁을 벌이던 스탈린 시대에 너무 일찍 급진적으로 스탈린에 반대함으로써 당과 상당히 껄끄러운 사이가 되었다. 그 당시 크를레자의 머리를 요구했던 비난자들 중에는 당파성이 강했던 절대론자 질라스가 있었다. 질라스도 나중에는 스탈린을 거부한 기수가 된다. 늘 크를레자를 옹호해주고 크를레자와 그의 독립이 새롭고 혁명적인 유고슬라비아를 위해 그 무엇과도 바꿀 수 없는 중요한 가치라는 사실을, 지식인 질라스보다 더 예리하게 간파한 사람은 바로 티토였다. 사실 크를레자는 유고슬라비아의 아버지 중 한 사람이요 원로로서, 티토만큼이나 위대한 노인이었다.

일차대전이 일어나기 전에 크로아티아의 민족주의자로서, 세르비아인들이 지배하던 유고슬라비아에서 애국활동을 했지만 곧 반동적인 군주제 정권에 혐오감을 느꼈던 크를레자는, 자신의 뿌리 크로아티아로 되돌아왔고, 의식 있고 용맹한 투사로서 국제주의적 마르크스주의로 이동한 다뉴브 강 공동체 문화로 되돌아왔다. 크를레자의 판노니아는 여러 민족과 문화의 복합체였으며, 그 속에서 개인은 다원성과 불확실성을 느끼기도 하지만 복잡하게 얽혀 있는 자신의 정체성을 발견하기도 한다. 판노니아의 진창에는 글렘바이 가문으로 대표되는 오스트리아-헝가리의 상류층gentry이 매몰되어 있다. 판노니아의 진창 속에는 1932년에 나온 크를레자의 유명한 작품 『필리프 라티노비치의 귀환』의 주인공이 빠져 있다. 이 작품은 사르트르가 아주 좋아했던 작품이다. 사르트르는 이 작품에서 개인의 정체성 위기를 나타내주는 우화, 자신의 계급이 무너지고 자신의 자아가 분열되는 것을 의식하면서 해체되어 무로 사라지는 개인의 소외를 그린 시대적 초상을 보았다.

크를레자는 서정시·소설·드라마·에세이 등 아주 많은, 너무나 많은 작품을 썼는데, 모두가 같은 가치를 지니지는 않는다. 그의 힘은 복합적인 그의 사고력, 일상의 사회현실과 역사적 과정과 자연법칙들 사이의 관계를 파악할 수 있는 그 능력에 있다. 아주 일상적인 제스처에서 죽음의 번뇌, 보편적인 것의 필요성, 원자의 응축과 분산, 관념의 운동 안에 숨어 있는 생물학적인 어두운 의식 등을 볼 수 있는 그 시선에 있다. 그의 심각한 한계는 진흙이 너무 넘쳐나고, 잔인함과 비열함이 강조되어 있으며, 부패를 너무 많이 드러내서 때때로 불필요한 반복과 어려운 주지주의로 빠져들게 만들곤 한다는 것이다.

합스부르크가에 반대하는 크를레자의 비평은 당파적이고 일방적이다. 제국을 그리워하는 많은 이데올로기도 마찬가지였다. 그러나 시적 윤리적 진실은 때때로 이런 당파적인 열정을 필요로 한다. 과장된 왜곡을 넘어 삶과 역사의 본질적 순간을, 정확한 사실적 객관성이 포착할 수 없는 인간의 절대적 가치를 포착할 수 있기 때문이다. 편파적이지만 환상적인 집착 덕분에 삶의 어떤 영원한 순간을 드러낼 수 있는 위대한 풍자시인들은 이를 잘 안다. 빈은 카를 크라우스가 묘사했던 것처럼 그렇게 파렴치한 곳이 아니다. 아마 고대 로마 역시 유베날리스가 묘사했던 대로는 아닐 것이다. 그러나 크라우스나 유베날리스의 격렬한 과장이 없었더라면, 그 찢어진 베일 틈을 통해 나온 극단적인 표정, 인간의 얼굴이 지을 수 있는 비정상적일 정도로 찡그린 그 표정은 볼 수 없었을 것이다.

크를레자의 작품, 특히 종합연구서 같은 후기 소설 『깃발들』은 판노니아의 백과전서 같은, 크로아티아의 삶뿐만 아니라 세기 초 부다페스트와 헝가리의 삶을 보여주는 프레스코 벽화 같은 기념물이다. 크를레자는 다뉴브 강 제국에 대해 아주 엄하고 논쟁적이었지만, 그의 주장은 그 세계의 문화에 젖어 있다. 카를 크라우스에 대한 크를레자의 에세이가 자기 자신을 논박하는 합스부르크가 문화의 목소리를 드러내듯이 말이다.

크를레자는 후기 회고록에서 일말의 애정을 담아 합스부르크가의 모자이크를 상기시켜주는데, 회고록에서 그는 자신의 고향 도시 자그레브를 독일식으로 아그람이라고 부르며 스스로를 '아그람 사람'이라고 말했다. 왕국과 제국의 폭넓은 결합은, 다른 많은 사람에게 그랬듯 (지금 중부유럽을 그리워하고 있는, 크를레자의 옛 비평가 질라스에게 그랬듯) 크를레자에게도 중부유럽을 사랑하든가 아니면 적어도 반항을 통해서라도 중부유럽을 이해하라고 가르쳤다.

6. 슬픈 마자르

다뉴브 강은 진주알 같은 도시들을 꿰어나간다. 1956년 가장 급진적인 권리 주장의 중심지였으며, 가장 현대화된 부다페스트와 친공산주의 성향이 너무 강했던 임레 너지 정부에 최후통첩이 가해졌던 죄르는 아름답고 조용한 도시다. 일요일 산책하듯 오래된 길들을 따라가노라면, 다뉴브 강 지류로 흘러드는 라바 강의 푸른 물결과 강둑이 나온다. 닥터 코바치 가 5번지에는 기품 있고 엄해 보이는 마자르인의 콧수염이 메달 위 페퇴피 얼굴에 장식되어 있다. 예수회 성당에서는 햇살에 황금빛으로 물든 초록 잎들이 창문을 둘러쌌고, 창문가로 보이는 얼굴들이 잠시 햇살을 받으며 고딕 유리창보다 더한층 아름다운 유리창 그림을 그려놓았다. 나폴레옹이 살았던 얼코트마니 가의 작은 발코니들은 조용하고 절제된 우아함을, 여인상 기둥과 사브르 칼을 떠받치고 있는 사자들을 보여준다.

코마롬-코마르노(혹은 코모른)는 대부분의 지역이 다뉴브 강 반대편 강둑, 체코슬로바키아에 있다. 이 도시에는 마자르 정신을 상징하는 것들이 모여 있다. 1848년의 장군 클럽커의 조각상은 마자르의 반항정신을 보여준다. 모르 요커이가 태어난 곳임을 알려주는 표지판은, 대타협 후에 특히 강해진 민족의 환상주의를 암시한다. 헝가리 지배계급은 환상주의를 통해 생기 있고 화려한 가면을 스스로 만들어 씀으로써, 마자르 정신을 하나의 진부한 상투어구로 변형시켜버렸다. 자유주의의 낙관적인 분위기에서 성장한 요커이는 헝가리 귀족의 초상을 훌륭하게 그려냈다. 반면 요제프 외트뵈시는, 헝가리 귀족을 억압적인 기생충이라고 묘사했다. 그 역시 소설가였으며, 자주 묵살되곤 했던 민족정신을 1848년 일깨웠던 작가다.

헝가리의 위대한 문학은, 헝가리의 화려한 영웅적 면모를 찬양한 게 아니라 헝가리의 불행과 그 어두운 운명을 고발했다. 헝가리와 마자르 신을 노래했던 페퇴피 역시 귀족들의 무기력한 영웅심과 나태한 민족을 비난했다. 엔드레 어디는 "우울한 마자르 땅"을 노래했고, 스스로를 "슬픈 마자르인"으로 정의하며, "마자르에서는 메시아들이 수없이 나타났다." 왜냐하면 그들 땅에서 눈물은 더욱 짰고 아무것도 해방시키지 못한 채 죽어갔기 때문이다. 헝가리에서 태어난 사람은 몸값이 붙는다. 왜냐하면 헝가리는—다른 시에서 말하길—죽음의 썩은 내가 나는 호수이기 때문이다. 지친 헝가리인들은 "세상의 어릿광대"이고, 시인은 고통스럽게도 자신 안에 우울한 초원을 품고 산다.

마자르 문학은, 요제프 어틸러가 서정시에서 노래했듯, 헝가리인들로 하여금 "세계의 가장자리에 앉아 있는" 듯 느끼게 만드는 자포자기와 고독의 이 감정, 이 상처들을 모은 두꺼운 전집이다. 민족혼을 일깨우는 작가들의 리더 라슬로 네메트는 헝가리 문학의 "영원한 죽음의 고통" 상태에 대해 말했다. 모하치 전투에서부터 1956년 혁명 때까지, 헝가리에서는 이런 질문이 후렴처럼 되풀이됐다. 우리는 언제까지나 패배자들인가? 언제 헝가리인들은 승리할 수 있을까? 학생들은 역사 교사가 합스부르크가에 의해 짓밟힌 라코치 반란을 설명해줄 때 이런 질문을 던진다. 또 당 기관지에서도 논의되는 질문이다. 티보르 데리나 카다르까지도 던졌던 질문이다. 그러나 카다르는, 패배자의 운명은 과거이지 더이상 현재의 운명이 아니라고 말했다.

요커이나 많은 다른 작가가 키웠던 민족의 환상주의는 과도한 실망, 즉 어둠 속에서 말하는 목소리들과 대립되었다. 자기비판이나 자기연민이 자기찬양보다 더 진실한 건 아니다. 게르만·슬라브·라틴 세계에 끼어 헝가리는 위협받았지만, 분명 이웃 민족에게 순순히 복종하지 않았다. 터키의 지배를 받았고 많은 혁명이 실패했음에도 불구하고, 헝가리는 슬라브인들이나 루마니아인들을 지배했던 국가이기도 하다. 세계 역사에서 잊힌 한낱 변방이 아니라, 오히려 역사를 만들었던 국가였다.

그래서 요커이의 화려한 낙관주의를 부분적으로 다시 회복시킨다 해도 부당할 건 없다. 게다가 1872년에 나온 소설『황금인간』에서, 요커이 역시 헝가리 초원의 슬픔, 판에 박은 토속적인 우수와는 다른 슬픔을 보여주었다. 즉 세상에 알려져 있지 않은 낯선 다뉴브 강의 작은 섬은, 부자가 되어 중산층으로 신분상승했지만 실망한 뱃사공 미하이 티마르가 휴식과 행복을 찾은 비장소non-luogo가 된다. 이 소설에서 요커이는 다뉴브 강의 작은 로빈슨 크루소를, 사회에서 무너진 자기 존재를 아무것도 없는 데서 다시 만들고 로빈슨과는 달리 세상으로 돌아가고 싶어하지 않는 남자를 이야기한다. 그의 섬은 파라다이스, 에덴, 타이티 섬, 남태평양의 산호섬이다. 비록 애수에 젖어 다시 찾은 순수함을 지켜주는 게 바다가 아니라 다뉴브 강의 지류이지만 말이다.

코모른에서 2개국어로 된 또다른 표지판이, 이 집에서 프란츠 레하르가 태어났음을 알려준다. 그는 환상주의를 최고조로 올려놓은 거장이며, 재주는 뛰어나지만 슈트라우스 왈츠에 대한 향수를 뻔뻔스러울 정도로 상스럽게 부숴버린 하찮은 음악의 거장이다. "웨이터, 샴페인!" 하는 대사로 삶의 모든 문제를 해결해버리는 오페레타의 환상주의는 빛나는 위선, 쾌활함을 가장한 가면이라는 사실을 숨기지 못한다. 그의 우아하고 감상적인 이 냉소의 산업음악은, 어떤 중요성도 띠지 못한 채 진지한 삶을 방해하는 쓸데없는 것이다.

7. 계단 밑 제국의 흉상

에스테르곰. 아르파드의 지휘 아래 일찍이 러시아 초원에서 건너온 헝가리인들의 군주 게저는, 973년 이곳 에스테르곰에 자신의 거주지와 궁전을 지었다. 이곳에서 게저의 아들이며 최초의 헝가리 왕 성聖 이슈트반이 태어났다. 헝가리를 기독교화한 최초의 기독교 왕이자 이교도 페체네그족을 물리친 성 이슈트반과 함께, 샤먼들과 초원을 유랑하던 신들의 지배가 끝났다. 다뉴브 강에 위풍당당하게 서 있는 신고전주의 양식의 거대한 대성당은 차갑게 죽어 있는 거대한 기념물 같아서, 시간의 냉정한 힘 혹은 횡포를 드러내준다.

에스테르곰에서 몽골의 침입, 터키의 공격과 지배 등 많은 전투가 있었다. 오스만튀르크족에 맞서 싸우다 1594년 헝가리 문학의 초기 시인들 가운데 한 명인 발린트 벌러시가 전사했다. 그를 기리는 박물관 문이 닫혀 있다. 박물관 문을 열어준 젊은 아가씨는 아무것도 모르며, 정문에는 석회 조각들이 가득하다. 현관 계단 밑에, 헝가리를 사랑했던 황후 시시의 흉상이 버려진 채 비스듬히 누워 있다. 아주 관습적인 양식으로 조각된 얼굴의 미소는 현실에는 없는 미소 같다. 그 비현실성은 갈매기가 되고 싶었던 황후의 불가능한 꿈을 말해주는 듯하다. 세계 역사 그 자체도, 종종 중단되기도 하고 중간에 멈추기도 했던, 수많은 장소 이동으로 이뤄진다. 왕이 공식 석상에서 들었던 봉·왕관·망토 들이 고물장수에게 넘겨졌다. 합스부르크제국이 청산되면서 어떤 잘못이 있었는지는 몰라도 시시는 그 계단 밑에 처박혀 있다. 문이 닫히고 경첩이 떨어져나간 다른 박물관에서 혹시 또 실망하지 않을까 염려되어 코치시는 우리를 미하이바비츠박물관에 데려가지 않는지도 모른다.

8. 바츠의 여관주인들

르네상스와 바로크 건물들이 많은 이 작은 도시는 아름답다. 이 도시 역시 피로 얼룩진 기억들이 많다. 안티콰리우스보다 먼저 빈에서 타타르산맥의 크림반도까지 다뉴브 강을 여행하면서, 신사 니콜라우스 에른스트 클레만은 헝가리 여관주인들 전체에 대해, 특히 바츠 여관주인들에 대해 불평을 늘어놓았다. 바츠에서는 "무례한 여관주인의 진수"를 찾아볼 수 있고, 더러운 식기에 담긴 터무니없이 비싸기만 한 맛없는 음식과 술을 맛볼 수 있다. 그러나 바츠에는 더 나쁜 것이 있다. 옛날에 마리아 테레지아가 세운 귀족 학교이자 나중에 감옥으로 사용된 테레지아눔, 이곳은 호르티 정권이 노동운동 투사들을 감옥에 가두고 제거했던 곳이기도 하다.

9. 센텐드레

센텐드레는 다뉴브 강의 몽마르트다. 집들과 거리에 진열된 그림들 색깔이 강의 색깔과 섞이고, 가볍고 청아한 유쾌함이 거리산보자 flâneur를 감싸며 그림같이 아름다운 골목길을 따라 느긋이 끌고 간다. 골목길들은 강둑 쪽으로 내려가 부드러이 흘러가는 강에 닿는다. 이 작은 도시에는 세르비아의 흔적이 남아 있는데, 차츰차츰 그 흔적은 옅어져 가고 있다. 17세기 말, 제국군의 진군에 오스만튀르크가 반격을 가했던 때, 센텐드레에는 터키군을 피해 발칸반도에서 건너온 망명자들이 많았다. 망명자들은 알바니아인·그리스인·보스니아인·달마티아인, 특히 아르세니예 차로노예비치 족장이 이끄는 세르비아인이 중심이었다. 진취적인 상인이었던 세르비아인들은 그리스인들과 함께 센텐드레에 번영과 풍요로운 우아함, 바로크·로코코·신고전주의 양식의 성당들, 부유한 상인들의 집, 조용한 광장과 유명한 상업 간판의 조화로운 전체를 가져다주었다.

가장과 함께 건너온 800세대 가운데, 지금은 60~70세대만 남아 있다. 여행은 늘 구출작업, 사라져가고 있거나 조만간 사라질 뭔가를 서류로 남기고 수집하는 작업이며, 물에 잠기고 있는 섬에 마지막으로 상륙하는 것이다. 퀴비에는 여행자를 자연주의자 여행자, 지리학자 여행자, 식물학자 여행자로 구분했다. 식물학자에게 가장 용이한 점은, 마지막 남은 식물을 조심스럽게 채취해서 자신의 식물표본실에 보전하거나, 아니면 화분에 심어 기후와 온도가 맞는 곳으로 가져갈 수 있다는 것이다. 지리학자의 경우 조금 상황이 복잡하다. 왜냐하면 건물 투기로 인해 사라지는 풍경, 감소하는 소수집단, 그들의 거리, 그들의 습관, 시장에서 장사하는 사람들을 방부처리하여 보존하기란 어렵기 때문이다. 그러나 센텐드레에서 세르비아인의 존재감이 약화되는 것은 그다지 우울한 일이 아니다. 왜냐하면 세르비아인들은 마지막 모히칸족처럼 고립되어 소수만 우울하게 살아남은 것이 아니라, 헝가리의 현실 안에 조용히 스며들어가 있기 때문이다.

식물학자 여행자는 분명 많은 것을 조심스럽게 채취해서 식물표본실에 넣고, 비록 너무 늦었더라도 이를 세상사 돌아가는 바퀴에 눌려 사라지지 않도록 보호할 수 있다. 그러나 고통은 있기 마련이고, 어떤 유물도 그 고통을 멀리 떨쳐내지는 못한다. 세르비아 상인 딤쉬치 바줄의 집처럼 유명한 18세기 집에 오래도록 보관되어온 마르기트 코바치의 아름다운 도자기들에도 고통은 있다. 마르기트 코바치의 인물들에게 고통이란 말 못하고 설명할 수 없는 어떤 것이다. 생명과 형벌을 창조하는 위대한 모성의 고통이다. 그러나 그 침묵 속에는 고통보다 훨씬 더 신비한 무너지지 않는 위엄, 존재의 수수께끼, 비극을 내포한 행복의 수수께끼가 있다.

차를 타고 부다페스트로 올라가기 전에 좀더 걸었다. 작은 고서점에서 니농 드 랑클로의 편지가 몇 통 실린 책 한 권을 보고, 지지는 립시아에서 30년 동안 음악을 가르쳤던 거장 그라디스카 디손초 지역 출신 미첼레 에우람비오가 〈니농 드 랑클로〉라는 제목의 서정적인 오페라 작품을 작곡해서 트리에스테의 베르디 극장에서 상연했던 것을 기억해냈다. 쓸데없이 화려한 그 작품은 재능은 있지만 언급할 만한 새로운 예술적 능력을 갖추지 못한 제자의 비극을 보여준다고 지지가 말했다. 기품 있지만 진부하기 짝이 없는 작품을 만드느라 자신들의 삶을 소비한 베르디의 훌륭한 제자들은 비극적 인물들이다. 쇤베르크나 에즈라 파운드의 노련한 제자들, 마찬가지로 재능은 있으나 쓸데없었던 그 제자들은, 그들이 뒤처진다는 걸 숨기고 자신들의 작품이 오리지널인 척하면서 속물근성을 발휘해 비극적인 어떤 상황들을 모면한 자들이다. 리히텐베르크가 그의 작품을 헌정한 존경하옵는 '망각'이라는 폐하가 에우람비오에게 망각의 법령을 내릴 텐데도, 에우람비오 선생은 점심식사 후 멋쟁이 친구들과 함께 약간은 노닥거리는 자세로 건반이나 치고 있던 셈이다.

10. 부다페스트의 아이스크림

부다페스트는 다뉴브 강에서 가장 아름다운 도시다. 빈처럼 자기 스스로 지혜롭게 무대를 꾸밀 줄 알지만, 오스트리아의 라이벌 도시에는 없는 생명력과 튼튼한 본질을 지니고 있다. 부다페스트는 역사의 주인공으로서 세련됨과 위품을 갖추고 있어, 이곳이 한 나라의 수도라는 물리적 느낌을 준다. 비록 엔드레 어디가 마자르의 삶을 "회색 먼지 색깔"이라고 한탄했지만 말이다. 분명 현대의 부다페스트는 19세기 도시와는 아주 다른, 최근에 만들어진 도시다. 미크사트가 썼듯, 1840년대에 부다페스트는 세르비아산 베르무트를 마시고 독일어로 이야기했다. 정치경제적 성장의 안정된 현실을 바탕으로 대도시의 장대함을 갖춘 부다페스트는 매력적인 환상주의의 얼굴 역시 보여준다. 죄르지 클뢰스의 사진예술은 부다페스트의 환상주의적 얼굴을 마술적으로 선명히 포착해냈다. 현대의 빈이 큰 대로가 많은 오스만 남작의 파리를 모방했다고 한다면, 부다페스트는 도시 빈의 도시계획을 다시 모방한 셈이다. 모방의 모방이다. 바로 이 때문에 부다페스트는 플라톤이 말한 의미에서 시詩와 닮은 것 같다. 부다페스트의 풍경은 예술보다는, 예술의 의미를 암시한다.

세기 초에 우연찮게도 부다페스트는 놀라운 문화의 요람이었다. 젊은 루카치 말고도 많은 사람이 영혼과 형식 사이에 어떤 관계가 있는지, 비본질적인 다양성 뒤에 삶의 본질이 있는지, 있는 그대로의 현실 상황과 있어야 되는 진실 사이에는 어떤 관련이 있는지 궁금해했다. 1896년 헝가리 역사 천년을 축하하는 기념행사에서 극단적으로 보여준 허구의 그 무대는, 헝가리의 위대한 아방가르드 예술과 음악이 보여준 것처럼 인위적 장치와 실험을 장려하고, 새로운 언어를 연구해 만들어내도록 부추겼다. 또한 이는 에세이를 장려했다. 왜냐하면 에세이는 즉각적인 것이 얼마나 진실하지 못한 것인지, 삶과 그 의미 사이에는 어떤 차이가 있는지 인식하는, 지성의 고통스러우면서도 냉소적인 변화를 드러내기 때문이다. 그러나 지성은, 비록 간접적으로나마 의미의 선험성을 바라본다. 의미란 현실에서는 얻을 수 없지만, 의미의 부재를 느끼고 그 의미를 그리워하게 될 때 반짝 나타난다.

젊은 루카치는 버이더후녀드 성에서 멀지 않은 곳에 살았다. 버이더후녀드 성은, 영웅광장 뒤에 자리한 시민공원 바로슬리게트에 1896년과 1908년 사이에 건설되었다. 이곳에서 루카치는 천년 헝가리에서 일어난 공식 문화의 포톰킨 효과를 볼 수 있었다. 버이더후녀드 성은 15세기 트란실바니아에 건설된 야노시 후녀디의 동명의 성을 모방한 것으로, 서로 다른 양식이 다양하게 섞여 들어가 있어 키치가 무엇인지 보여준다. 정문은 고딕 양식이고, 몇몇 블록은 로마 양식이며, 르네상스 양식도 보이고, 건물 정면은 바로크 양식이다. 탑은 현재 루마니아 땅인 매력적인 시기쇼아라(셰게스바르, 셰스부르크) 역사 지구의 탑을 모방했다. 1915년 벨러 벌라주의 집에 소위 '일요서클'(루카치·하우저·만하임 등이 있었다)이라는 이름으로 모인 친구들은 "타당한 삶의 가능성" 혹은 의미 있는 삶의 가능성을 연구했다. 그들은 루카치가 말했던 대로 "현실이 약해지는" 시기, 불안하고 위태로운 역사적 시기에 살고 있다는 걸 알았다. 그래서 그들은 미학이나 사회학에 새로운 길을 열면서 가치를 부정하는 객관적인 세계에서 가치를 주장할 수 있는 개인의 가능성, 공허한 현실을 부정하는 사람의 비극, 그 모든 것에도 불구하고 이런 현실을 비극적으로 부정하고 싶지 않은, 즉 죽고 싶지 않은 사람의 냉소적이고 관대한 정신을 분석했다. 부다페스트의 매력적인 키치는 진실한 삶을 추구하게 하고, 진실 혹은 형식의 위선을 연구하도록 북돋우는 무대장치다.

부다페스트의 화려함은 도시가 그 특성을 잃어가고 있는 것에 대한 보상이며, 거대함과 풍요로움이 이색적으로 혼합되어 나온 것이다. 그 혼합은 헝가리의 수도와 합스부르크가의 쌍두독수리 사이의 이질적인 동맹에 따른 결과이며, 건축의 역사적 절충으로 변형되어 나타났다. 미클로시 이블이 르네상스 양식으로 지은 오페라 극장이나 옛 국회, 임레 슈테인들이 지은 고딕-바로크 양식의 새 국회는 절충주의 건축을 보여주는 예다. 새로운 진취적 부르주아는 과거의 문장으로 자신들의 도시를 짓기 원했다. 부르주아는 제7지역을 시카고라고 이름붙일 정도로, 지나치게 과열되어가는 도시의 변신과 요란한 산업 확장을 허황되고 가벼운 겉모습 아래 감추고 싶어했고, 수도의 발전이 전통에서 뿌리뽑혀 나올수록 어떻게든 헝가리적인 특성을 과시하려 했다. 1907년 게저 렌젤은 극장 건물의 공허한 정면을, 또다른 현실을 덮어버리는 부다페스트의 "깁스한 포톰키니즘"*이라고 비판했다. 브로흐가 어떤 양식도 없는 빈의 링 거리가 빈의 무가치를 감추고 있다고 비판했듯이 말이다. 외된 레크네르는 1900년에 우체국 저축은행 건물을 지었다. 불투명 유리로 전 세계를 정복한 미크샤 뢰스의 예술은 "회사의 경제적인 힘"을 유리를 통해 드러내기도 하지만 (지그몬드 퀴트네르가 설계한 그레셤 보험회사 건물처럼), 이 힘이 지닌 야만성을 순화시키고 치장하기도 했다.

"소규모로 축소된 아메리카"였던 1867년과 1914년 사이의 부다페스트는, 활기와 유쾌한 흥분으로 위장된 도시였다. 모르 요커이는 전설적인 거물 샨도르 모리츠가 용감히 무훈을 세운 옛 부다페스트를, 다뉴브 강둑에서 메론과 수박과 물 한잔을 파는 사람들을, 법률가들의 유명한 연례 무도회를 노래했다. 한 세기 반 전에 이미 귀족 클레만 역시 비속한 것들에 특별한 관심을 보였고, 매너 없는 천박한 사람들을 등급으로 나눠 맨 첫째 자리에 37번 소형 4륜 합승마차 마부를, 두번째 자리에는 극장 매표원을 올려놓았다.

거대한 대도시는 아름다운 옛 시대의 우아함으로 자신을 감싸 지방에서 느낄 수 있는 친밀함을 주고자 한 듯하다. 또 강변도로와 대로로 생활의 기쁨을 보여주는 테두리 공간을 마련했다. 그곳에서 삶은 걱정 없는 튼튼한 건강을 자랑하며 즐겁고 영광스럽게 흘러가는 듯하다. 발코니·파사드·프리즈·여상기둥 들은, 젊은 루카치와 일요서클

* 자신의 나약함을 숨기기 위해 허세로 당당히 맞서는 태도. 위장 선전술.

친구들이 빛나는 지성으로 날카롭게 분석하고 공감했던 그 현대의 비극을 가려버리고 말았다. 1944~1945년에 폭탄이 터지고 나서야 겨우, 무너진 건물 뒤 조각난 장엄한 조각상들, 가난과 어둠의 뒷면이 비춰졌다. 아름다운 시대는 그 가난과 어둠을 숨길 수 있었고, 현대의 폭력적이고 극단적인 병, 파시즘은 이를 과장하다가 역설적이게도 그 가면을 벗었다.

오늘도 거리산보자는 이 은폐의 화려한 고고학으로 들어간다. 건강한 활기와 환상, 고통스러운 시와 세상 산문을 길고 지루한 시로 바꾸어놓는 작업이 혼재된 이곳으로 들어간다. 루즈벨트 광장, 세체니 조각상 주변의 인물상들 가운데 넵투누스는 항해를, 케레스는 농업을 상징한다. 불카누스는 산업을 대표하는 반면, 지혜와 생각의 신 미네르바는 상업을 나타내는 알레고리다. 페퇴피 광장에는 물론 그 민족 대시인의 조각상이 서 있다. 1896년 코르비나 출판사의 관광안내서는 주식 시세의 안전성을 확신하지 못하는 사람처럼 신중하게 절제된 어조로 페퇴피를 "지금까지 가장 위대한 헝가리 서정시인"으로 소개했다. 또한 헝가리 천년 역사를 기념하여 1896년 영웅광장 회죄크테르에 세운 기념물 가운데, 신화적 인물 아르파드의 조각상과 야노시 후냐디나 코슈트 같은 헝가리 역사의 영웅들 조각상 옆에 노동과 복지, 명예와 영광을 나타내는 조각상들이, 신화적이고 영웅적으로 변장한 부르주아 정신, 웅장한 절충주의를 보여주는 부르주아 정신을 드러내며 서 있다.

다뉴브 강은 넓게 흘러가고, 초저녁 바람이 구유럽의 숨결처럼 야외 카페를 살랑이며 지나간다. 구유럽은 이제 세상의 변방에 있고 역사를 생산하지 못한 채 소비만 하고 있다. 마치 프란체스카가 지금 뵈뢰슈마르티 광장, 제르보 제과점에 앉아, 아름다운 입으로 아이스크림을 빨아먹으며 시간의 바스락거리는 소리에 은근슬쩍 어여쁜 눈썹을 찡그리고 두 눈을 지그시 감은 채, 그녀의 삶이 지나가는 걸 바라보듯이 말이다. 유럽은 바로 이 카페이기도 하다. 이곳에, 더이상 세계정신을 대표하는 책임자들이 앉아 있는 건 아니다. 결정을 내리지 못하고 따를 뿐인 말단 지점의 사무원들, 자신의 얘기를 수다스럽게 늘어놓는 아름다운 귀부인들이 대부분 있을 뿐이다.

사진작가들의 진열장에 졸업 전날 찍은 고등학교 3학년생들의 얼굴이 있다. 처음 담배를 피워보는 남학생들, 세일러복에 넥타이를 맨 여학생들이 앞날을 바라보고 있다. 앞날은 그 순간 그들이 감지하기 어려운 속도로 교실 문 앞에 와 그들을 마주한다. 마치 가속기 안에서 인위적으로 가속화된 분자들이 그들 위로 쏟아지는 것 같다. 마리안나 센디는 검은 머리에 짙고 불안한 두 눈, 거만해 보이는 코를 가졌다. 그 코는 적어도 그녀를 기다리는 거대한 맷돌에 자신의 노역을 내맡길 태세가 되어 있는 듯 고압적이고, 잠깐이지만 숫자판에 약간 혼란이 생기기 전에는 늙은 어부의 그물에 떨어지지 않을 것 같은 분위기를 풍긴다. 졸탄 키스는 반에서 내로라하는 뚱보다. 그 아이는 조금 일찍 프라이팬에서 생을 마감할 뻔했던 위험이 있다. 체육시간에 높이 뛰어오르다가 줄넘기끈을 떨어뜨렸으니 말이다. 그러나 각자의 이름과 성이 적힌 이름표를 달고 있는 졸업생들 사진에서 그 아이는, 성적표를 건네면서 낙제를 알리는 사람이 지을 법한 흡족하면서도 심각한 표정으로 웃을 줄 아는 교장 같은 표정을 짓고 있다. 아마 그 아이는 입구에서 자신을 기다리는 불행의 전령들에게도 웃는 얼굴을 할 수 있을 것이다.

엔드레 어디가 썼듯, 다뉴브 강은 거대한 다리들 아래로 장황하고 지루하게 흘러가며, 부다페스트가 제국의 거울로 비춰주는 그 파리, 센 강에서의 도주와 죽음까지도 떠오르게 한다. 유럽은 끝났고, 역사의 변방이 된 것 같다. 역사는 다른 곳, 다른 제국의 밀실에서 결정된다. 유럽 정신은 아이작 싱어의 단편들에 나타나는 악마들처럼 책들을 자양분으로 삼고, 도서관의 역사책들을 갉아먹거나 좀벌레처럼 여성용 모자, 숄, 옷장 안의 다른 우아한 옷들을 좀먹는다.

유럽에 남아 있는 운명은 최종적으로 극단 여주인공의 보조 역할 정도뿐인 듯하다. 중부유럽의 출연진으로 무대에 서는 것에만 익숙해 있어서, 돌이킬 수 없는 이 운명을 믿지 못해 불확실한 원칙을 따른다. 분명 부다페스트에서는 공연을 끝낸 후의 유럽을 느낄 수 있다. 그러나 부다페스트는, 빈처럼 단지 과거의 영광을 회상하는 무대가 아니라, 오히려 튼튼하고 혈기 넘치는 도시이기도 하다. 만일 유럽이 분산된 다양한 에너지를 보물로 만들고, 이 에너지들을 계속 없애며 소모하는 게 아니라 하나의 지속적인 상태로 모을 줄 안다면, 부다페스트는 유럽이 어떤 힘을 지닐 수 있고 지녀야 하는지 암시해주는 도시다. 부다페스트에서는 유럽의 쇠퇴, 이를 두려워하고 있거나 이것이 확실해 보이거나 혹은 이에 처해 있는, 유럽의 쇠퇴에 대해 강렬히 떠올려보게 된다. 왜냐하면 유럽은 아직 존재하고, 유럽의 태양은 아직 지평선 높이 떠서 빛을 발하고 있지만, 구름과 안개에 가려 있어 곧 조락이 임박했음을 상기시키기 때문이다. 20세기 초 헝가리 문화의 위대한 아방가르드는 그렇게 일몰과 미래가 섞여 있었다. 벨러 버르토크 음악의 새로운 질서와 엔드레 어디, 외된 디오시, 그리고 그들 레더의 고통스러운 트라이앵글을 보여준다. 레더는 팜므 파탈이자 대개 그런 여인들이 그렇듯 희생자다. 머리를 파란색으로 물들이고 콧구멍을 조개 안쪽 껍질처럼 붉게 물들인 그녀는, 세기말 복고풍 사랑 이야기의 주인공이지만, 어디는 시에서 창으로 찌르는 듯 고통스러운 진실의 핵심을 드러내고 노래했다.

부다페스트의 절충적인 역사적 건물들, 무겁고 종종 화려한 장식으로 치장한 건물들이 보여주는 스타일 없음은 때때로 미래의 이상한 얼굴, 〈블레이드 러너〉 같은 공상과학 영화에서 예고하듯 지난 역사를 담고 있으면서도 미래에 올 대도시 풍경 같다. 뒤에 올 역사는 특정한 스타일이 없는 미래, 민족적으로나 인종적으로 구분할 수 없는 여러 사람이 복잡하게 얽혀 사는 미래다. 말레이시아-아메리카 인디언계 레반트인들이 판자촌과 마천루 사이에서 살고, 12세대 컴퓨터가 나오고, 녹슨 자전거들이 과거에서 나오며, 사차세계대전의 잔해가 남아 있고, 초인적인 로봇들이 판치는 미래다. 이 미래 대도시의 건축 풍경은 고층건물이 몇 킬로미터에 걸쳐 서 있고 밀라노 역처럼 거대한 신전이 있는, 고풍스러우면서도 초현대적인 풍경이다. 부다페스트의 절충주의, 스타일의 혼합은 현대의 바벨탑이 되어 대재난에도 살아남은 사람들이 살 미래를 연상시킨다. 합스부르크가의 후예는 진정 미래적 인간이다. 왜냐하면 누구보다 더 먼저 연속된 역사가 없는 상태에서 미래 없이 사는 법, 즉 사는 게 아니라 생존하는 법을 배웠기 때문이다. 동유럽 국가의 우수를 보여주지 않는 너무나 활기차고 우아한 세상에서, 그러나 이 아름다운 대로들을 따라 생존하는 것 역시 사랑스럽고 매력적이며, 너그러운 마음을 주고, 때때로 행복감을 안겨주기도 한다.

11. 장미 사이의 무덤

장미 언덕에 묻힌 16세기 무슬림 성인 귈 버버의 무덤은 평화롭고 장미 정원에 둘러싸여 있다. 무덤은 옛날 지배자의 오만한 시선이 아니라, 알라신 안에서 편히 쉬고 있는 사람의 일정한 거리를 둔 시선으로 높은 곳에서 부다페스트를 바라본다. 이 예배당, 이 조용한 정적 앞에서, 죽음은 어떤 두려움도 주지 않는다. 사막을 건넌 후 찾은 오아시스, 편안한 휴식의 세계다.

12. 서사시, 소설, 여인들

고서점에서 나는 라틴어로 된 시학 입문서 한 권을 샀다. 1831년 부다에서 발간된 『헝가리 제국 및 인근 학교 교과용 시 학습서』다. 제목이 가리키듯 중등학교 교과서다. 그러니까 1831년 야생의 판노니아의 학생들은 라틴어로 공부하고 숙제를 했다는 말이다.

이 안내서는 '섬세의 정신'이 맨 처음 보장하는 기하학 정신으로 시학을 소개하고 분류하고 세분하면서 나아간다. 장들이 세련되고 거침없이 이어진다. 시의 정의, 내용, 형식, 반전, 장치, 서사시의 정의, 서사시의 내용, 우화의 구분, 풍습, 문장, 대화, 음운, 주석…… 별로 예의바르지 못한 질문이 한 단락 있다. "서사시에서 여자를 주인공으로 내세울 수 있는가?" 통일성과 조화로 세상을 끌어안고 모든 특정주의를 초월한 서사시의 전체성이 여자, 즉 형이상학적인 여성혐오에서 나온 무모하고도 우연한 이 존재, 형식 없는 이 내용, 스스로를 초월할 수 없는 감성적인 순수한 이 수동적 존재를, 주인공으로 인정할 수 있을까?

이 안내서로 공부한 학생들은 이 질문에 뭐라고 대답했을까? 그 당시 혹은 좀더 나중에 야노시 어러니는 서사시에 대해 좀더 진지한 질문을 했다. 그는 "즐길 수 있는" 예술을 필요로 하고 생산하는 "산업" 시대에 의미 있는 삶, 세부들을 하나로 모을 수 있는 전체의 숨결을 주장하는 서사시의 전체성이 과연 가능한 것인지 의문을 품었다. 현대 사회는 어떤 서사시의 순수함도, 어떤 『일리아스』도, 어떤 『니벨룽겐의 노래』도 허락하지 않았다. 현대 사회는 호메로스의 시대가 아니라 오시안*의 시대였고, 잃어버린 전체성을 애가조로 그리워하며 한탄하는 시대였다. 어러니에게 현대는 베르길리우스의 시대, 새로운

---

* 3세기 무렵 켈트족의 전설적 시인.

창조성을 허용하는 것이 아니라 문화적 답습만을 허용하는 시대였다. 어러니의 시에서 말하길, 세상은 낡아빠진 헌 망토다. 같은 시기 트란실바니아의 소설가이며 에세이 작가였던 지기스몬드 케메니가 주장한바, 소설은 사람들을 환상으로부터 깨워내야 할 책임이 있다.

서사시와 소설에 대한 주요 논쟁은 독일에서 괴테와 헤겔의 시대에 생겨나, 한 세기 후 청년 루카치의 작품에서 문학적 문제들뿐만 아니라 삶과 역사의 본질, 현대에 과연 진실한 삶이 가능하며 개인이 충만감을 느낄 수 있는지 하는 문제들을 아우르면서 절정에 달했다가, 마침내 어러니라는 날카로운 논쟁 상대를 만나게 되었다. 푸시킨처럼 어러니 역시 시대가 "진지한 산문에 너그럽다"는 것을 알았다. 그 자신도 서사시인이었던 어러니는, 자신의 시들이 옛 훈족의 기마병들을 환기시키지만 그들의 질주를 따라가다보면 시들이 서로 부딪히고 비틀거린다고 말했다. 그러나 현대 시인인 그는 개인적인 위로인지는 몰라도 그 자신이 호메로스가 될 수는 없어도 타소는 될 수 있다고 덧붙였다. 그는 삶으로부터 동떨어진 존재로서의 거리감과 이 거리를 우회해갈 수 있는 지적 향수 덕분에, 서사시의 순수함과 속화된 소시민의 가치를 화해시킬 수 있다고 말했다.

그렇게 어러니는 자신의 작품이 경험에서 나온 게 아니라 문화에서 시작해 재구성되는 서사시가 되기를 바랐고, 『프리초프 사가』, 『차일드 해럴드의 편력』, 『예브게니 오네긴』 등을 인용했다. 그가 말한바, 진정한 민중시인은 오늘날 많은 지식을 갖추어 고대의 노래들을 따르면서도, 옛 정신을 모으고 민중들에게 널리 보급하여 모두의 자산이 되도록 하는 노래들을 만들어내야 한다. 이 마자르 애국자이자 시인에게, 진정한 서사시는 과거와 현재가 끊이지 않고 이어져서 미래로 나아가는 민족이다. 객관적인 전통은 시의 모체라기보다, 시 그 자체다.

13. 중부유럽과 반反정치

대중의 인기는 얻었지만 지지는 좋아하지 않았던 죄르지 콘라드의 책은, 검열 때문에 헝가리에서 발간되지 못하고 독일에서 독일어판으로 나왔다. 헝가리 작가 콘라드는 그의 소설 『방문객』을 통해 이탈리아에서도 유명해졌다. 『반정치』라는 그의 금서에는 '중부유럽에 관한 사색'이라는 부제가 달려 있다. 중부유럽은 정치를 거부하는 암호, 다시 말해 모든 생존 세계에 국가와 국가이성이 침입하는 전체주의의 범정치화를 거부하는 암호다. 알타회담에서 승인된 두 초강대국 사이의 유럽 분할은, 콘라드에게 이 잘못된 거대세계의 정치 혹은 독재적으로 악용된 정치가 낳은 전형적인 비극적 결과로 비춰졌다.

두 라이벌 진영의 이데올로기에, 콘라드는 경험에 의거한 사실주의와 균형감각에 영향받아 유연하고 자유로우며 관대한 지적 전략으로 맞섰다. 중부유럽의 감성은 콘라드에게 있어서도 모든 독단적 전체주의 계획으로부터 세부를 보호하는 것을 의미했다. 중부유럽은, 콘라드가 두 진영과는 상관없이 자율적으로 하나된 통일유럽이라는 그의 개념 혹은 희망에 붙인 이름이다. 이것은 오늘날 세계 역사의 축이 된 듯한 러시아와 미국 사이의 대립이, 몇십 년 전 프랑스와 독일의 대립처럼 부조리하고 무책임해질 거라는 확신에서 나온 것이다. 그러므로 부다페스트에서 유럽은, 강변 카페들에만 있는 것이 아니라 사람들의 머릿속에도 있다. 그러나 지지의 생각이 완전히 틀린 것도 아니다. 쿤데라의 경우처럼 콘라드의 경우에도, '중부유럽'은 우아하지만 모호하고 포괄적인 말, 모든 정치적 야심을 위한 메타정치적 환상의 만능열쇠가 됐다. 콘라드 스스로도, 그가 기대한 지식인들과 민중의 결합은 권력이 붕괴됐을 때, 즉 그가 염원했던 것과는 달리 특별하고 비극적인 상황에 처했을 때만 실현될 거라고 보았다.

14. 두 통의 전보

1919년 5월 15일 외교관 실러시 남작이 스위스 벡스의 살리네스 호텔에서 부다페스트에 있는 인민위원 벨러 쿤에게 보낸 전보가 있다. "미국이 헝가리의 보호국이 돼주고, 가능하다면 헝가리가 미합중국의 한 나라로 공표되기를 요청하는 바입니다." 이틀 후 벨러 쿤이 간결하게 답신을 보냈다. "당신의 전보를 받아들이겠습니다." 정치는 카바레를 모방하는 듯하다. 다뉴브 강의 역사에는 비록 실현되지 못했지만 다국적 연맹 계획들이 많았다. 게르만-마자르-슬라브-라틴 동맹이나, 미클로시 베셀레니 남작이 1842년과 1849년에 각각 고안해낸 모든 국가에게 열려 있는 다뉴브 강 연맹공화국에서부터 1849년 이슈트반 세체니의 다국적 계획까지, 코슈트의 심경 변화(격렬히 활동했던 시기에 코슈트는 크로아티아를 지도에서 찾을 수 없을 거라 말했다)에서부터 1906년 루마니아인 아우렐 포포비치의 원대한 계획 '대 오스트리아 연합국'까지, 이들은 이런 다국적 연맹 의도들을 보여준다. 실러시 남작의 전보는 농담인 듯하다. 얄타회담이 야기한 나중의 일을 생각하면 농담이 아닐 수도 있다. 어쨌든 텍사스나 와이오밍 주와 국경을 같이하는 헝가리라는 생각은, 정치가들의 구체적이고 계산된 행동에서 객관적으로 나온 어처구니없는 계획이다. 그 두 전보와 더불어, 남작과 인민위원은 세계 역사의 고도를 기다리며 대화를 나눈 블라디미르와 에스트라공*인 듯하다.

15. 곡선미 있는 계몽주의

바르 언덕, 성이 있는 이 언덕에 소위 빈의 문이라 불리는 베치 카푸가 있다. 이 근처 조각상 하나가 계몽주의자 페렌츠 커진치를 은유적으로 상기시킨다. 이 여성 인물상은 이성의 빛을 상징하는 램프를 한 손에 들고 있다. 인물상의 형태는 날씬하며 부드럽고 가벼운 곡선을 이룬다. 여성의 옷을 입은 이 계몽주의는, 이성ratio을 부드럽게 하고 지성의 건조함과 진보의 오만함을 이성에서 걷어내어, 아도르노와 호르크하이머가 분석했듯이, 우리의 문명을 치명적인 소용돌이로 몰아넣는 진보와 폭력의 이 변증법으로부터 벗어나게 해줄 수도 있을 좀더 유연하고 온화한 이해를 이성에 부여해주기 위함인 듯하다.

물결치듯 흘러내리는 선과 감각적인 쾌락을 넉넉히 맛볼 수 있는 하루다. 아주 유명하지는 않지만 페렌츠 메드제시가 1921년 포르투나 거리 9번지에 새겨놓은 포르투나 여신의 부드러운 가슴을, 지상의 곡선미를 보여주는 아름다운 모델을 봤다. 포르투나는 여관 이름이기도 했는데, 그 여관이 있던 포르투나 거리 4번지에 지금은 헝가리 상업호텔박물관이 있다. 테스트 씨[†]처럼 분류하면서 인생을 살아가는 아메데오는, 분명 이 이름에서 영감받아 에로틱한 것과 여행술 사이의 관계를 이론화하고 여러 가지로 분류한 것 같다. 에로스와 역마차, 에로스와 역 여관, 기차 여행, 음탕한 유람선 여행, 항구와 내륙 도시들의 습성, 수도와 지방 소도시의 차이, 비행기와 성행위를 못하는 것(전적으로 그런 것은 아니지만 주로 비행기 여행이 짧고 자주 연기되며 갈아타야 하는 것에 따른 문제) 등.

사실 호텔박물관은 관능을 자극하는 게 아니라 입맛을 자극한다. 자라산産 마라스키노 술, 퀴라소 술, 아니스 술, 타마린드 술을 약속했던 조셉프 나이스의 제과점처럼 역사적인 제과점들의 포스터들을 전

* 사뮈엘 베케트의 희곡 『고도를 기다리며』에서 오지 않는 고도Godot를 기다리는 두 주인공.

† 폴 발레리의 『테스트 씨』에 나오는 인물.

시한다. 사원의 탑처럼 위풍당당한 케이크들을 보여주고 유명한 추억의 과자들, 생크림과 초콜릿으로 만든 인물, 지치 가문의 파인애플 케이크, 지젤 공작부인식 통과일 케이크를 다시 만든다. 유혹의 피라미드, 레다 산딸기 케이크에도 군침을 흘리게 된다. 벌거벗은 여인이 조개껍질 안에서 마치 백조에게 자기 자신을 내보이듯 서 있고, 맛있어 보이는 백조 역시 여인을 향해 고개를 길게 빼고 있는 요리다. 꾸밈 많은 값비싼 요리가 그렇듯 한입씩 먹다보면 속이 느글거린다. 그러나 옛날 제과점을 재현한 그곳의 서랍 손잡이는 피우메와 트리에스테에서 40년 전에 사용했던 것으로, 중부유럽의 가정, 어린 시절의 미스터리한 보물, 집에 대한 아련한 기억을 떠올려주었다.

우리는 머르기트 섬으로 내려갔다. 속담에 의하면 그곳에서 사랑이 생겨나고 끝난다고 한다. 마음과 감각의 이런 덧없음이 30년대 헝가리의 많은 소설, 『부다페스트 최고의 미인』이나 『머르기트 섬에서의 만남』 같은 책들이 나오게 했다. 이런 책들은 여기 화단, 공원, 호텔, 벨에포크식 정자, 장미원 안의 분수처럼 틀에 박혔으나 사랑스러운 분위기와 똑 닮은 듯하다. 그러나 이런 유혹도 안단테의 옛 왈츠처럼 영혼을 만지고, 작은 행복을 약속하며, 즐거운 생각을 하면서도 우수에 젖게 만든다. 사랑이 끝날 수 있다는 생각은, 비록 가요 후렴이나 평범한 문장으로 표현된다 하더라도 늘 가슴을 아프게 하기 마련이다. 저녁나절 마티아스 식당에서 한 집시 바이올린 연주자가 '종달새'라는 뜻의 〈파치르타〉를 연주했다. 모든 것이 아직도 세기 초의 장식이며, 헝가리 집시음악을 좋아했던 저급한 젠트리 스타일이다. 헝가리 집시음악은 사실 마자르답지도, 집시답지도 않다. 그러나 〈파치르타〉는 아름다운 노래고, 바이올린 연주자는 능숙하게 잘도 연주한다. 적어도 오늘 저녁만은, 사랑은 아직 끝나지 않았다. 평범한 저녁일지언정, 위조된 삶 속에 일말의 진정한 삶이 있을지도 모를 일이다.

16. 다뉴브 강을 바라보는 서재

생애 마지막에 찍은 사진들 가운데 하나가 여든다섯 살의 루카치를 보여준다. 그는 부다페스트 베오그라드 라크파트 2번지 6층 다뉴브 강가의 집, 커다란 그의 서재를 배경으로 책과 서류 들로 뒤덮인 책상 옆에 서 있다. 어깨는 약간 구부정하고, 오른손은 옆구리 뒤에 반쯤 가린 채, 그 유명한 시가를 들고 있다. 긴 인생을 루카치와 함께 하며 위안을 주었고, 세계정신이나 세계사의 핵심줄기보다 더 충실히 우리 세기의 중요한 사건들에 주인공으로 등장했던 시가다.

죽기 불과 몇 주 전에 찍은 사진들에서, 활기 넘치고 전투적인 노인의 모습이 보인다. 책상에 수북이 쌓여 있는 서류들, 준비중인 강연이나 간담회는 의미가 충만한 몸짓, 그가 믿는 본질적인 무엇에 대해 확신하는 표정을 보여주는 듯하다. 1971년 바로 여든여섯에 암에 걸려, 점차 지적 집중력을 그에게서 앗아가고 있던 경직화로 고통스러워하던 루카치는, "『사회적 존재의 존재론』을 판단할 능력이 더이상 없다"고 이야기했다. 루카치는 이 철학서적을 집필하고 교정하는 데 그의 마지막 시간을 보냈고, 병의 진행 속도에 맞춰가며 아직 정신이 온전할 때 끝낼 수 있기를 희망했다. 자신의 육체적 쇠약을 침착하게 체크하면서 자기 작품을 통제하고 평가할 능력이 되지 않는다고 판단한 루카치는, 작품을 역사에 맡기겠다는 겸손하면서도 오만한 확신으로 제자들에게 그 작품을 맡겼다. 그는 역사가 이 책을 무시하고 그를 무無로 떨어뜨리거나 사물의 먼지 속에 함께 잠겨 사라지게 하지는 않을 거라고 믿었다.

루카치는 자신의 생물학적 쇠퇴를 살피며 에스키모가 결단을 내릴 때와 비슷한 행동으로 무대에서 스스로 사라졌다. 죽음이 가까운 에스키모는 공동체에게 자신이 쓸모없어졌다고 느끼면 이글루에서 나가

죽으러 간다. 루카치가 명석함과 활기를 잃었음을 받아들인 그 상징적 행위는, 자신의 무능력을 이겨낸 것, 자신의 논리적 명철함이 이젠 흐려졌다는 걸 자각할 수 있는 사람이 보여준 극한 지성이다. 루카치의 마지막 몇 달은 무력한 시간이 아니라, 오히려 삶이 도망가는 것을 본 사람의 이 우울함과 감정의 이 파토스가 없는 활기찬 시간이었다.

그러나 마지막 사진에서 얼굴이 변한 듯하다. 시선은 피곤하고 냉소적이며, 철학자가 자신의 존재와 활동의 원칙으로 삼았던 이 질서의 한계를 넘어가 있다. 루카치는 자애롭고 놀란 시선으로, 더이상 그의 영토가 아니며 그가 더는 지배할 수 없는 영토를 바라본다. 무의미한 희극 무대를 바라보면서, 이런 발견에 놀라워하고 이런 것에 놀라워하는 자신의 순진함을 비웃고 있는 듯하다. 작별의 시선이다. 신비·고통·작별에 대한 우스운 오해를 발견한 사람의 시선, 영원에 대한 우리의 갈망을 조롱하는 사람의 시선이다. 늙은 루카치의 이 극단적인 시선에서, 현실과 이성의 통일을 추구했던 철학자는 젊은 루카치를 그리워하는 듯하다. 『영혼과 형식』에서 『소설의 이론』까지, 젊은 날의 이 에세이들에서 그는 존재와 그 의미, 정신과 말, 본질과 현상 사이의 차이를 뛰어나게 묘사했다.

그러나 포즈를 취하면서 루카치가 사진사에게 향한 이 수수께끼 같은 냉소적 시선은, 서재 맞은편 벽에 붙은 사진을 바라보고 있다. 젊은 날의 에세이를 쓰게 해준 여인 이르머 세이들레르의 사진이 아니라, 그가 너무나 사랑했던 아내 게르트루드의 사진 석 장이다. 그는 게르트루드와 잘 화합하며 행복하게 마흔 해 이상을 살았다. 이르머는 삶의 갈망이었고, 존재와 예술작품 그리고 진정한 삶과 평범한 일상이 서로 화합할 수 없음을 보여주는 상징적 인물이었다. 이르머는 특히 남성의 이기심을 상징하는 인물이다. 남자는 여인을 사랑한다기보다는 여인 자체에 대한 자신의 동경을 사랑하며, 예술작품을 창조하게 하는 문학적 환상으로 여인을 희생시킨다. 부치진 않았으나 오랜 세월이 지나 다시 발견된 편지에서 보면, 루카치는 이르머에게 자신의 자살 의도를 알렸다. 그러나 이르머는 루카치와의 관계가 깨지고 불행한 결혼생활을 겪은 후 1911년 자살했고, 루카치는 건강을 누리며 그녀보다 60년을 더 살았다.

루카치의 젊은 날의 책들은 그의 걸작이며, 정통적이고 세련된 『문제는 리얼리즘이다』나 스탈린주의와의 타협의 표시를 보여주는 교육적인 딱딱한 다른 책들보다 더 우리에게 많은 것을 말해준다. 그러나 루카치는 위대하다. 의미가 충만한 통일성 안에서 개인의 삶을 구성하는 멜로디가 있는지 젊어서부터 자문했기 때문만이 아니라, 그 스스로 이 질문에 대한 대답을 찾았고, 모든 역사적이고 사회적인 구체적 현실 없이는 삶은 공허한 수사학에 지나지 않음을 인식하면서, 모든 대답에는 모호하고 불분명한 항수를 일으키는 한계가 있음을 받아들였기 때문이다.

루카치가 바라보는 곳, 지금 방문객이 바라보는 곳 서재 앞 벽면에는, 아직도 게르트루드의 사진 석 장이 있다. 이르머에게 이기적인 서정적 사랑을 바치고 난 후, 엘라나 그라벵코(젊은 루카치의 도스토옙스키적인 메시아 개념을 지닌 무정부주의 혁명주의자)와 짧은 결혼생활마저 실패한 후, 루카치는 게르트루드와 결혼했다. 그리고 1963년 게르트루드가 죽을 때까지 43년을 함께 살았다.

게르트루드와는 서사적인 사랑과 결혼으로 맺어진 사이다. 루카치는 그녀로부터 인정받고 싶어했고 그녀와 불화를 느끼는 걸 견딜 수 없어 했다. 분명 서로 이질감을 느끼는 시기가 있었지만, 이전의 감상적 관계와는 달리 그 불화를 "견딜 수 없었다"라고 그가 말했다. 루카치는 세계정신과 자신의 헤겔식 조화를 너무나 확신한 나머지, 세계정신에 휘둘린 이 전략으로 자신의 가장 독창적인 직관을 성급히 그려내려 했지만, 아마 이 점 때문에 그의 가장 내밀한 정신적 본질에 대해서는 확신하지 못했던 것 같다. 루카치는, 그의 가장 큰 자신감은 자신과 함께 보낸 삶이 게르트루드에게도 풍요롭고 인격 형성에 중요한 것이었는지 확인하는 데서부터 나왔다고 말했다.

게르트루드의 고요한 엄격함은 아마 루카치를 공산주의로 이끈 결정적 요소였을 것이다. 이때부터 그의 전기는 공산주의의 전기와 합쳐져, 자료가 풍부하고 객관적 원인에 충실한 명철한 역사교과서가 된다. 이는 사건의 필연성과 자기 자신의 오만한 동일시를 전제로 한 것이다. 젊은 날의 조용한 도스토옙스키적 열정을 기억하며, 루카치는—비토리오 스트라다가 관찰했듯이 위대한 신비주의자 죄인으로서—대의명분에 자신의 영혼을 희생시키며 그것이 요구하는 죄를 저지르기로 마음먹었다. 루카치에게 자서전도 객관적인 초개인적 가치를 지니며, 개인의 역사와 세상과 사회의 일반과정 사이의 연관관계를 증명하는 것이다.

루카치는 특히 자신의 전기에 있어 통일성과 일관성, 그의 개성을 형성하는 데 있어 주요했던 논리와 질서를 강조하고자 했다. "내 안의 모든 것은 뭔가의 연속이다. 나의 진화 안에서 조직적이지 않은 요소들은 없다고 생각한다"라고, 그는 역사의 위대한 과정을 몸으로 겪은 위대한 노인들에게 용서를 구하며 단호히 말했다. 루카치는 삶과 사건들에 의미를 부여하려고 끈질기게 노력했고, 또 그럴 수 있다는 것을 굳게 믿었던 위대한 사람이다. "나는 1956년을 자발적인 큰 운동 안에서 파악했다. 이 운동은 분명히 표명된 이데올로기를 필요로 했다. 몇 군데 공공 강연회를 이용해 나는 이 일을 하려고 시도했다." 그의 사고는 혼란스럽고 다양한 세상을 통일성과 이성의 법으로 이끌어가려는 위대한 시도다. 비록 스탈린주의가 시도했던 이 작업에 지나친 노력과 희생이 따른다는 사실을 알지만 말이다.

루카치에게 게르트루드는 삶이었고, 그녀의 신비는 삶에 대한 형언할 수 없는 그의 갈망만큼이나 크나큰 것이었다. 그 사진 석 장 가운데 두 장은 늙은 게르트루드를 보여주며, 나머지 하나는 아주 젊고 빛나는 숙녀를, 이마에서 물결치는 머리 아래로 밝고 순수한 매력을 발산하는 그 얼굴을 보여준다. 이 세 초상사진 사이에 흐른 시간, 역사는 이르머의 불행을 쟀던 시간만큼 많은 고통이 따랐다. 그 벽 사이에서, 그 초상사진들 사이에서 무엇인가가 사라졌다. 블로흐 역시 루카치와의 우정과 불화를 다시 이야기하면서, 그들 이야기 안에서 무엇인가를 잃어버렸다고 말했다.

성숙기 동안 루카치의 위대함은, 삶이 불확실한 무로 사라지는 것에 맞서 싸우며 엄격한 훈련을 통해 삶에서 의미 있는 중요한 순간을 뽑아내려 했다는 데에 있다. 그가 매일 점심 후에 어떻게든 몇 시간을 게르투르드와 보내려고 애썼던 것처럼 말이다. 그러지 않고 순간의 즉흥적인 감정을 좇다보면, 그 의미 있는 중요한 순간은 다각도에서 점유해오는 일상의 공격으로 해체되고 만다.

이 방에서 루카치는 사색에 몰두하고, 이 사색이 생활을 침해하는 건 아님을 잘 알면서 살아갔다. 어둡고 묵직한 그의 나무 책상 앞에 있는 헝가리의 저주받은 시인 엔드레 어디의 흉상이, 젊은 날 배반당한 아방가르드를 향한 그의 사랑을 상기시켜준다. 창문에서 그는 위대한 다뉴브 강을 볼 수 있었지만, 자연에 대해 무관심했던 만큼 강을 감상했던 건 아닌 것 같다. 그가 보기에, 자연에는 칸트나 헤겔을 읽지 않은 잘못이 있었다. 블로흐는 루카치가 자연을, 사물의 눈물을 이해하지 못했다고 비난했다. 루카치의 글에서 위안을 얻으려면, 분명 건강 상태가 양호해야 하고 지나친 고통을 겪지 않아야 할 필요가 있다. 반면 블로흐에게는 어둠을 위한 자리가 있고, 우리가 세상의 잔해요 쓰레기가 된 것같이 느껴지는 순간이 자리한다.

아마 마지막으로 사진사의 카메라 렌즈 앞에 있었을, 지치고 헤아리기 어려운 이 노인 뒤에는, 독일의 위대한 문화Kultur 서재가 있다. 독일 문화는 세상을 묘사하는 데 그치는 게 아니라 그 자신에 의미를 부여하도록 하려고 그를 이 세상으로 불러들여 앉혀놓았던 것 같다. 서재 책 중에서 나는 비트겐슈타인의 『논리철학 논고』를 뽑아들었다. 몇 가지 명제에 대해 루카치가 여백에 끄적인 메모가 보인다. 그 당시 잠깐 세상을 바라보며 그가 물었던 게 아닐까. 밑줄을 그어놓은 4003 명제가 말하듯, 가장 심오한 철학적 문제들은 정말 무의미하고 대답을 얻지 못할 문제들이며, 단지 그 문제들이 정말 무의미하다는 사실을 인식할 수 있을 뿐이라고 말이다.

17. 스탈린 한 조각

부다페스트 남쪽 다뉴브 강에 있는 체펠 섬은, 헝가리 산업과 정치의 중심지이자 철강업과 제조업에 종사하는 노동자 구역이다. 1949년 이후 몇 년간 열정에 찬 수많은 젊은 공산주의자들이 그곳을 찾았다. 그들 공산주의자들은 스타하노프 운동*으로 새로운 혁명사회를 건설하고자 했다. 1956년 체펠 섬은 반공산주의자 소비에트의 중심인 반볼셰비키 혁명의 스탈린그라드가 되었다. 몇 주 만에 결성된 제조업 노동위원회는 소련의 장갑차에 대항하여 끈질긴 무장투쟁을 벌였다. 다른 곳에서 봉기자들이 굴복했는데도, 소련은 산업노동자가 만든 방어벽을 계속 공격했다. 1956년 11월 9~10일 카발라리 기자가 이 사

* 1935년 우크라이나 지방의 광부 스타하노프A. G. Stakhanov가 새로운 기술로 보통 사람의 열네 배를 채탄한 것이 계기가 되어 일어난 노동생산력 증대운동이자, 소련의 제2차 5개년계획 중 국민경제 전반에 걸쳐 전개된 노동생산성 향상운동.

건을 보도했다. 자유민주적인 혁명을 일으킨 사람들은 프롤레타리아였다. 부르주아들은 오래전부터 더이상 자유민주주의적인 혁명을 할 능력이 되지 않았다. 현대 시대에 서사시, 즉 용감하고 단순하게 죽음을 대면하게 해주는 전체적 비전은, 주로 노동계급의 특성이다. 오늘날의 『일리아스』의 주인공들은 노동계급에서, 강인함은 약해졌지만 여전히 그들이 존재하는 그곳에서 나온다.

1956년 가을에 얄타회담에서 체결된 유럽 질서가 무너져 산산조각나버렸다. 단결력을 유지하기 위한 어마어마하고도 힘겨운 노력은, 이 힘을 견인해내는 데 과도한 비용이 드는 만큼, 언제 터질지 모를 정도로 팽팽히 부풀어오른 역도 선수의 핏줄을 갑자기 드러냈다. 그 며칠 동안 부다페스트에서 스탈린의 거대한 조각상이 부서졌다. 그 사건을 목도한 젊은 기자는 로마제국의 폐허 앞에 선 타키투스였다. 카발라리는 썼다. "스탈린 기념상이 이미 부서졌지만 초석 위에 아직 스탈린 장화가 절단되고 남은 조각이 있었다. 사람들은 돌멩이·망치·쇠톱까지 들고서 길고 긴 계단을 올라가며 독재자의 커다란 발까지 천천히 조각냈다. 좀더 잘 보고자 우리도 긴 계단을 올라갔고, '스탈린 한 조각'을 기념품으로 가져왔던 걸 기억한다. 장갑차를 피해 도망가다 우리는 곧 그 조각을 잃어버렸다. 반면 그들 헝가리인들은, 총알이 끊임없이 날아오는데도 계단을 계속 올라가며 스탈린 조각상을 때리고 부수고 산산조각냈다. 그들은 탱크들이 오는데도 절대 내려오지 않았고, 시끄러운 탱크 바퀴 소리가 가까이 다가오는데도 노동자 두 명이 한쪽 장화를 끈질기게 톱질하고 있던 걸 나는 기억한다."

흔들리다 무너진 이 질서는, 비록 다른 형태이긴 해도 다시 세워졌다. 스탈린 조각상이 보수되고 다시 붙여져 재건립된 건 아니지만, 그 파편들이 아직 기념품이 된 것도 아니다. 단지 모두 다른 기능으로 이용되며, 아직도 사용되고 있다. 1956년 헝가리 혁명 역시 급진적인 전환점이 됐음에도 불구하고, 세계 역사를 움직이는 은밀한 연출에 일부 복종한 듯한다. 그 위대한 사건이 끝난 지 얼마 되지 않았음에도, 마치 없던 일처럼 만들고 사건의 결과를 무효화시키거나 완화시키려 애쓰는 이 은밀한 연출에 말이다.

18. 컬로처

대주교 저택 철문에 주교의 모자가 저택을 보호하며 조용히 걸려 있다. 늦여름 무더위가 기승을 부리고 있고, 회양목 관목들은 거미집으로 덮여 있다. 아주 가늘고 불안한 그 거미줄은 자연과 개인의 모든 투자가 별 볼일 없는 결과를 내기라도 한 것처럼 불균형해 보인다. 뜨거운 바람이 유목민처럼 거리를 돌아다니고, 대로에는 짙은 그림자가 빽빽하다. 광장에는 삼위일체 기둥이 있는데, 그 하단에는 이 전체가 또다시 재생된 프리즈가 붙어 있다. 말하자면 도안으로 재생된 삼위일체가 그 자신을 다시 재생하고 있는 모양새다. 마치 셰에라자드가 하는 이야기 속에 그녀 자신의 이야기도 재생되는 『천일야화』처럼, 한없이 이어지고 따라붙는 것 같다. 모든 이야기는 이미 그 자체로 하나의 역설, 끝없는 거울의 장난이다. 이야기를 서술하는 사람은 자신도 포함되어 있는 세상을 이야기한다. 어두운 두 눈, 살짝 놀란 듯한 깊은 시선을 묘사하는 대담한 화자는, 그 갈빛 물속에서 수면에 반영된 모든 것, 그 물을 탐색하는 자신의 불안한 얼굴까지도 만난다.

컬로처는 해안가에 부서지는 파도처럼 목덜미에 장인들이 붉은색 자수를 놓아 짜낸 대중적인 셔츠 자수산업으로 유명하다. 이 셔츠 한 벌을 구입하는 것 자체가 형이상학적인 행위는 아니다. 그러나 적당한 때에 만난 고귀한 목덜미 장식은 뉴턴의 사과, 데카르트의 양초 조각, 부인할 수 없는 너그러운 현실에 대한 발견과 맞먹는다. 컬로처에서 예술은 여성의 허영심만을 키운 것이 아니라 장례식의 허영도 키웠다. 나무에 조각해서 최후 심판의 날처럼 강렬한 색상으로 칠한 조각상들, 땅과 죽음처럼 서사적 양식화를 보여주는 고대의 인물상들. 무덤 위에는 아주 옛날 이스터 섬에서 온 듯한 여성의 커다란 검은색 두상이 세워져 있다. 하지만 이것은 1969년에 죽은 카코니 라슬로네를 기념한 것이다. 반면 1980년에 죽은 어포스톨 팔네의 비석은 붉은색이다. 짙고도 강렬한 붉은색 벽돌로 지은, 야생화처럼 땅에 뿌리를 내린 냉혹하고도 무관심한 색의 비석이다.

19. 버여에서의 에필로그

이곳 대낮의 황토빛 햇살과 강줄기의 금갈색 배경은, 노란 건물들과 더불어 넓고 우아한 베케 테르처럼, 이 다뉴브 강가에서 일어난 합스부르크가 역사의 에필로그 혹은 추신을 위한 적절한 배경을 이룬다. 마지막 황제 카를은 1921년 자신의 머리에 성 이슈트반의 왕관을 다시 씌우고자 시도했다. 작은 전쟁을 일으켰지만 부다페스트에서 열리고 있던 유명한 축구 시합조차 중단시키지 못할 만큼 시도가 실패하자, 영국 포함砲艦이 황후 지타와 함께 그를 버여에서 망명지 마데이라로 데려갔다. 이 강둑에서 교황의 사신이 황제에게 축복을 주었다. 그렇게 마지막 합스부르크가는 이 왕가의 강이었던 다뉴브 강을 내려가 흑해, 지중해, 헤라클레스의 기둥들, 망명지로 나아갔다.

강은 바다를 향해 흐른다. 그러나 다뉴브 강의 가장 위대한 시인 횔덜린은 다뉴브 강의 흐름을 여름날을 향해, 흑해 강변과 태양의 자식들을 향해 강을 따라간 독일인 선조들의 신비한 여행으로 노래했을 뿐만 아니라, 그리스에서 북극까지 이어지는 헤라클레스의 여행으로도 노래했다. 시가 현대의 분열을 치료하길 원했던 횔덜린 자신은 이 뜨거운 화해를 이끌어내면서 그만 부서지고 만다. 횔덜린에게 다뉴브 강은 동서의 만남-여행, 카프카스 산맥과 게르만의 통합, 독일 땅에서 다시 꽃피워 신들을 다시 돌아오게 해야 할 헬레니즘의 봄이었다. 시인은 최초의 요람에, 헬라스와 카프카스 산맥에 가고 싶은 향수가 있었고, 다뉴브 강은 이 해방의 여정을 향한 길이었다. 그러나 「이스터 강」 찬가에서, 강은 그 원천을 향해 거슬러올라가는 듯하다. 동쪽에서 시작되어 그리스를 거쳐 독일과 유럽으로 흐름으로써, 저녁의 나라에서 아침을 맞고 다시 태어나는 듯하다.

그러므로 강은 수원으로 되돌아간다. '검은 바다'라는 거창한 이름의 흑해 하구는 끝이 아니라 시작이며 인생의 입구가 아닐까? 아마 모든 여행은 자신의 얼굴을 찾아, 무無에서 자신의 얼굴을 불러낸 창조주의 의지를 찾아 기원으로 떠나는 건지도 모른다. 여행자는 반복해서 자기를 우리 속에 집어넣는 현실의 압박을 피해 자유와 미래, 다시 말해 아직 열려 있고 아직 선택의 여지가 남아 있는 미래, 삶이 아직 그 앞에 있었던 어린 시절, 고향집을 찾는다.

다뉴브 강이 흘러가는 곳, 저 아래에서는 얼굴에 드리웠던 피로도 사라지기를, 횔덜린은 기대한 것 같다. 자신의 신들을 거리에서 잃어버린 사람처럼 조용히 갈망하는 눈길로 쳐다보는 게 아니라, 뜰에서 노는 고양이를 행복하게 관찰할 때 사진에 찍힌 소년의 두 눈처럼 황홀하게 바라보기를 원한 듯하다. 집으로 돌아가 수원의 물을 퍼올릴 수 있다는 환상, 마음의 시를 다시 가까이 접할 수 있다는 환상은, 오래된 집요한 환상이며 달콤한 속임수다. 베르길리우스는 너무 늦긴 했지만 『아이네이스』를 불사르고 자신의 불가능을 말해야 한다는 것을 이해했기 때문에 시인이다. 오디세우스, 성취와 귀향을 꿈꾸는 이 여행자는, 뜻하지 않게 우스운 역할을 하지 않으려면 제때에 발길을 멈추고 다뉴브 강가에 앉아 낚시를 즐길 줄 알아야 한다. 그렇게 한다면 아마 다뉴브 강물 속에서 아름다운 구원을 찾을 것이다. 비록 횔덜린이 「이스터 강」에서 이렇게 말했지만 말이다. "강이 하는 일을 그 누가 알까."

요제프 어틸러에게 "탁하고 지혜롭고 위대한" 다뉴브 강의 물결은, 단조로이 흘러가며 노쇠를, 지난 수세기의 동시적 현존을, 승자와 패자의 뒤섞임, 시간과 물속에서 서로 어지러이 혼합되었던 종족들의 충돌을 말해주었다. 어머니의 쿠마에인 피와 트란실바니아 태생 아버지의 로마인 피가 그의 핏줄 속에서 합쳐지듯 말이다. 그의 다뉴브 강은 "과거요, 현재요, 미래다." 요제프는 위대한 시인이었고, 시의 무정부적 자유와 인간과 사회의 합리적 사랑의 연대를 자신의 노래에 담을 줄 알았다. 개인적 정치적 절망이 1937년 그로 하여금 기차 바퀴 아래로 뛰어들게 하고 말았다. 다뉴브 강 서정시에서, 그는 아버지를 다정하게 떠올린다. 미클로시 서볼치에 따르면, 그의 아버지는 가족을 버렸고 자신의 아들이 시인이라는 사실조차 몰랐다. 시인이 죽고 나서 몇 년 후, 그가 헝가리와 유럽에서 유명한 작가의 아버지라는 사실을 사람들로부터 들었을 때 그는 많이 놀랐다고 한다.

다뉴브 강에 대해 쓰는 것은 쉽지 않다. 몇 년 전 프란츠 튐러가 『다뉴브 강에 대한 명제들』에서 말했듯, 강은 삶의 통일성을 부수고 잘라내는 언어와 명제 들을 모른 채 지표 없이 유유히 흘러가기 때문이다. 깊은 곳은 조용하다. 요제프가 자신의 서정시에 쓴 말이다. 그 깊은 곳을 말하게 했다가는 그 입속에 지나치게 도드라진 과장된 웅변을 담게 할 위험이 있다. 두 루마니아 시인 디미트리에 안겔과 스테판 옥타비안의 『세기의 찬가』에서 봤듯이, 민중시의 알레고리로 의인화한 도이나와 우아하게 쓸데없는 대화를 나누는 다뉴브 강처럼 말이다.

20. 페치의 와인

"독일 사람들에게는 빈이 있고, 헝가리 사람들에게는 페치가 있다"라는 속담이 있다. 조용하고 내향적인 도시, '다섯 개의 교회'라는 뜻의 독일어 '퓐프키르헨'으로 불리는 도시 페치는, 빈과의 비유가 과장된 게 아니며 중세부터 내려온 페치를 찬양한 많은 찬미가의 목록도 거짓이 아님을 보여준다. 이 찬미가들은 페치의 기후(온화한 겨울, 쾌적한 여름, 달콤하고 긴 가을), 고대 로마의 유적이 풍부하고 샤르트르와 관련이 많은 문화 전통을 예찬했다. 또한 페치가 배출한 연대기 작가들과 학자들, 헝가리에서는 처음이고 중부유럽에서는 네번째로 1367년에 설립된 대학, 주교 게오르크 클리모의 도서관을 예찬했다. 찬가들은 페치의 와인까지도 예찬했다. 한때 독일인들이 사랑했던 메체크 와인, 슬라보니아인들이 좋아했던 시클로시 와인, 바치커의 세르비아인들이 좋아했던 알포버러녜르 와인이 유명하다.

페치가 속한 버러녀 주의 와인 예찬은 오래전부터 주도 페치의 지방 와인을 제일로 아는 파와, 빌라니의 포도주를 예찬하는 보다 과격한 파로 구분되어 왔다. 지지가 파리스의 심판을 하게 됐다. 다시 말해 로자케르트 레스토랑에 스스로 나서서 모여 있던 배심원들의 대표를 맡게 됐다. "심판하지 말라"고 하지만, 인간의 행위와 형기를 심판하는 게 아니라 책이나 계절 와인을 심판하는 것일 때는, 배심원 노릇을 하는 것도 즐거운 경험일 수 있다. 문학상 심판진은 모여 토론하고, 면밀히 검토하고, 주장하고, 선정하고, 수상식을 연다. 반면 흐릿한 삶은 다행히도 주목받지 않고 슬며시 지나간다. 무대로 올라오는 수상자를 향해 살며시 몸을 굽히며 상을 수여하는 사람이 지금 중요한 일을 하고 있다고 느끼는 모호한 감정은, 자신의 공허함과 마지막 에필로그가 가까이 다가오고 있음을 잊게 만든다. 오늘 저녁, 로자케르트 레스토랑에 작가들은 없고 오직 작품들, 즉 지하실 와인들만 있다. 그러므로 토론할 게 많지 않다. 페치의 백포도주는 훌륭하고 맛이 섬세하며 약간 달다. 빌라니의 흑포도주는 시큼한 맛이 난다. 그래서 빌라니의 견고한 명성도 그렇고 그런 저녁에는 무너지고 만다.

알렉산더 바크사이는 버러녀를 두 강이 무늬를 짠 태피스트리에 비유했다. 버러녀는 여러 인종이 합치고 층층이 쌓인 국경 지역이다. 헝가리인들과 소수 독일인들 이외에, 18세기 기록에 따르면 라스시아인들 혹은 그리스 신앙을 가진 세르비아인들, 발칸반도에서 온 가톨릭 슬라브인 쇼카치인들도 있었다. 쇼카치인들은 손바닥을 벌리고 성호를 그었으며, 주로 여자들이 글을 읽고 쓸 줄 알았다. 아마 글 읽고 쓰는 남자들의 피로를 덜어주고 보다 완전하게 여성을 이용하도록 하기 위해 그런 것 같다. 버러녀 주에 있는 오르만사그에 떠도는 얘기로, 위원회가 판사직을 원하는 한 후보자에게 읽고 쓸 수 있는지 물었을 때 후보자는 이렇게 답했다고 한다. "모릅니다. 하지만 노래는 할 줄 압니다."

독일의 존재는 특히 강했다. 버러녀 위원회는 '슈바벤 터키'라고 불렸다. 마자르화에 대항하여 독일의 단결을 주장했던 아담 뮐러구텐브룬은, 80년 전 바나트의 슈바벤인들과 1848년 오스트리아에 충성했고 헝가리 혁명의 적이었던 트란실바니아의 작센족을 대변했다. 반면 주로 페치와 보니하드에서 성장한 헝가리 독일인들의 문학은, 합스부르크가와 오스트리아에 반대하며 1848년 그 지역 헝가리인들과 슈바벤인들이 연맹했던 것을 찬양했다. 1972년에 죽은 빌헬름 크나벨은 1967년 11월 17일 공개서한에서 현재 헝가리에 있는 독일어권 작가들의 역할을 명확히 이론화했다. 독일어와 슈바벤 방언으로 쓰인 그의 시는 위대한 시는 아니지만 자연을 모방한 정직한 작품이다. 에리카 아츠가 지방의 꾸밈없는 진솔한 사람들을 소개한 선집

『깊은 뿌리』에 실린 다양한 작가들의 산문처럼 말이다. 벨러 센데 같은 보다 낙천적인 비평가들은 "각자의 심장을 건드리는 그들의 순박함"에 대해 이야기했다. 헝가리 내 독일 소수사회에 대한 전적인 침묵 이후—1918년 이후 더욱 쇠퇴했던 합스부르크가 시대에는 마자르화를 강요받았고, 나치 시대에는 독일 쇼비니즘과 타협했으며, 1945년 이후에는 억압받거나 무시를 받았다—지금은 인위적이긴 하나 활력과 의미를 되찾으려고 노력하고 있다. 헝가리의 독일 사회는 여러 문화를 매개하는 역할(중부유럽 전체의 핵심 슬로건)을 되찾고 있다. 지난 세기에 했던 역할, 예를 들어 독일-헝가리계 유대인 도치 러요시가 괴테의 『파우스트』를 헝가리어로 번역하고, 루트비히 폰 도치가 머다치의 『인간의 비극』을 독일어로 번역한 것과 비슷한 역할이다.

이 독일 작가들은 헝가리에 대한 끊임없는 애국심으로 헝가리와 독일이 서로 대립하고 분열했던 기억, 특히 제3제국 동안의 긴장을 지우려고 애쓴다. 제3제국 시기에 상황은 특히 복잡했다. 야코프 블라이어가 이끄는 헝가리의 독일 집단의 국수주의적인 독일 운동은 그 민족성 이데올로기에도 불구하고 나치즘과 맞지 않았다. 히틀러는 소수 독일인을 보호하면서도 그들이 사는 땅을 합병하려 하지 않았다. 히틀러에 연합한 헝가리의 파시스트 혹은 친파시스트 정권의 우두머리인 호르티는 헝가리에 사는 모든 소수민과 독일인에게 강한 국수주의 정책을 펼쳤다.

이차대전 직후 몇 년간 헝가리 정부는 소수 독일인들을 나치즘과 동일시하며 억압하거나 쫓아냈다. 지금 독일어를 쓰는 헝가리 작가들은 부다페스트에서 용기를 얻고, 보호받으며, 헝가리와 사회주의에 충성한다. 물론 나치 조직 분트Bund는 당시 버러녀에서, 특히 보니하드에서 가장 많은 지지자를 얻어냈다. 모든 악에 대한 책임을, 하물며 나치즘에 대한 책임마저 유대인에게 돌리는 중상모략을 일삼는 일이, 잘 알다시피 여전히 문제가 되고 있다. 유대인 배척론자들은 유대인만이 그런 범죄들을 저지를 수 있기 때문에 히틀러 역시 유대인이 틀림없다고 말한다. 블라이어는, 히틀러 시대의 당기관지 『민족의 관찰자』의 헝가리 통신원이자 독일 민족주의 지도자가 유대계였으며, 가명으로 헝가리 신문에 반독일 기사들을 써서 국민 정신을 일깨웠다고 주장한 바 있다……

21. 가짜 차르

존 해닝 스피크 선장이 나일 강을 따라 탐험했던 것처럼, 우리는 때때로 지그재그로 여정을 계속했고, 잠시 강을 떠나 다른 방향으로 길을 잡았다가 우리가 떠났던 곳에서 몇 킬로미터 떨어진 강으로 나중에 다시 돌아왔다. 아메데오는 방향을 바꿔 세게드까지 가보자고 했다. 왜냐하면 옛날에 그는 줄무늬 스타킹을 신고 다니던 세게드 출신의 클라라라는 여인을 만난 적이 있었기 때문이다.

먼지 이는 푸스타*는 엔드레 어디가 묘사한 어두운 마자르 땅이다. 푸스타에서 헝가리인의 삶은 먼지처럼 잿빛이었다고 어디는 말했다. 길은 바다처럼 끝없는 낮은 초원의 남쪽 테두리를 따라 달린다고 페퇴피는 썼다. 페퇴피는 소小쿠머니에 지방의 시인이었고, 초원의 황새와 저멀리 지평선의 신기루를 노래했다. 이 공허하고 무심한 풍경에서 삶은 무한히 먼 곳을 향해 달려가는 동물 떼처럼 태연히 흘러간다. 유일한 사건이라고는 흘러가는 시간뿐이다. 총성을 듣고 획 날아

* 헝가리 동부에 펼쳐진 초원.

가는 새떼처럼 세월이 날아가는구나, 라고 페퇴피는 서정시에서 노래했다.

미크샤트는 티서 강을 헝가리의 나태한 나일 강이라 불렀다. 어둡고 따분한 저녁에 티서 강을 건너는 게 다소 내키지 않는다. 마치 집처럼 느껴졌던 땅을 버리고 외국으로 들어가는 것 같다. 책의 권위에 복종하며 나는 티서 강과 머로시 강이 합류하는 지점 노란 섬에서 "세상에서 가장 맛있는 생선 스프"를 맛볼 수 있다는 호텔을 찾아가고 싶었다. 그러나 그 책은 분명 거짓 학문도 아니고 진짜 학문도 아니다. 그러므로 안티쾨리우스가 말했듯이, 티서 강이 3분의 2는 물이고 3분의 1은 곤들매기와 잉어 같은 물고기들이라서, 1두카트로 1000마리를 살 수 있을 정도로 이 강에 물고기가 많다는 것은 의문의 여지가 있다.

루돌프 대공이 후원했던 기념비적인 작품『설명과 삽화를 곁들인 오스트리아-헝가리 군주제』에서 도시를 친절히 설명하면서 미크샤트는 "초원에 사는 거의 모든 민족의 경우처럼 세게드에서도 산보다 시詩가 적다"고 말했다. 사랑에 있어서도 세게드 시민은 열정이 부족하며, 아내를 고를 때도 재산이 많거나 아니면 적어도 커다란 자루를 등에 질 수 있는 처녀들 중에서 선택하는 경향이 있다.

세게드는 허름하며, 마치 역 앞 광장 같다. 도시의 역사는 자연적인 만큼 역사적인 "온갖 종류의 재앙이 우글거린다"라고 도시의 엄격한 시인은 썼다. 숱한 재난은 시민들의 반항정신에 대한 벌, 그들의 뿌리 깊은 민주 전통에 대한 벌일 수 있다. 잘사는 부르주아들까지도 시민 반란의 지도자 죄르지 도저에게 호감을 보였다. 반란을 진압하고 난 후 귀족들은 도저를 체포하고 고문한 다음 그의 머리를 잘라 경고성 기증의 뜻으로 세게드의 최고행정관 블러시우시 팔피에게 보냈다. 세게드에서 폭력은 일상적이었던 듯하다. 1527년 러디슬러우시 실라지의 저택 창문에서 총을 쏴 가짜 차르 이반 즉 이오버를 맞췄다. 그는 자신의 부하 강도들과 함께 테메시 강과 티서 강 사이의 땅을 공포에 떨게 했던 "끔찍한 흑인"이었다. 이반, 그의 진짜 이름은 프란츠 페케테였는데, 그는 슬라브 역사에 많았던 가짜 차르 가운데 한 명이었다. 처음에는 강도짓으로 시작했다가 가진 능력 덕분에 뜻하지 않게 격상되어 정치적 역할을 맡는가 싶더니, 결국 잡초같이 뿌리째 뽑아내야 할 도적들이라는 그들 원래의 현실로 다시 쫓겨나간 약탈자 도적들 가운데 한 명이었다.

세르비아 폭군 가정 출신이라고 자기 마음대로 주장했던 프란츠 페케테는 5000명—누구는 1만 명이라고도 하는데—의 군사를 모았다. 대개 시민들이었는데 그들과 함께 나라를 약탈했다. 병사 600명이 그의 경호대, 그의 '예니체리'였다. 프란츠 페케테는 아마 거대망상에 젖어, 모하치 전투에서 헝가리를 정복했던 콘스탄티노플의 술탄 술레이만 대제와 비교해 자신의 경호대를 '터키 근위병'인 일명 예니체리라 불렀던 것 같다.

그 당시 모하치의 대재난 이후 헝가리 왕관을 놓고 빈에 거주하던 합스부르크가의 페르디난트 황제와 트란실바니아 총독 야노시 자포여가 다투었다. 야노시 자포여는 한때 헝가리를 지배했던 터키군의 지지를 받았다. 두 세력 간의 경쟁이 가짜 차르를 끌어들였다. 가짜 차르는 때에 따라 이리 붙었다 저리 붙었다 고도의 마키아벨리식 정책을 펼치며 '거대 세계'의 놀이에 편입했던 노상강도였다.

그 끔찍한 흑인이 자신에게 일어나고 있던 일에 대해, 역사가 그에게 맡긴 역할에 대해 인식하고 있었는지, 아니면 마지막까지 단지 약탈과 강탈만 생각했는지 누가 알겠는가. 그것을 몰랐건 혹은 원하지 않았건 간에 그는 이중 인물, 역할 가면을 쓰고 조금씩 변해가는 그런 인물 가운데 한 명이 되어갔다. 학자 슈토야치코비치는 세르비아의 일곱번째 폭군으로 그를 기록했다. 반면 바나트의 연륜 많은 역사가 야노시 헨리크 슈치비케르는 그에게 이러한 자격을 주는 것에 반대하며 그를 도적이라고 반박했다. 세게드에서 패배해 상처를 입은 가짜 차르는 숲으로 도망갔다. 그곳에서 결국 그의 마지막 부하들과 함께 죽음을 맞았다. 그의 머리는 옛 부다, 오펜에 머물던 자포여에게 전달되었다.

분명 죽음은 세게드와 어울린다. 대성당 돔 테르 광장 안에 있는 대리석 판테온의 삼면을 따라 유명인들의 흉상과 조상 들이 있다. 백과사전 편집자 야노시 아파차이 체레는 두개골로 형상화되었다. 수단을 걸치고 목걸이를 했지만 입속 치아가 두 개 빠져 있고 뼈대만 있는 손가락으로 책 『마자르 백과사전 MDCLIII』을 잡고 있다. 지식이란 게 죽음과 닮았고, 존재와 그 흐름의 치명적인 경직이라는 걸까? 대성당에서 멀지 않은 세르비아 성당, 그 안에 있는 성모마리아 역시도, 메마른 마음을 풀어주는 여성과 어머니의 중재를, 해방을 보여주고 있진 않다. 발칸인 성모마리아의 이마에는 왕관이 씌어 있지만, 살갗이 찔려 피가 흐르고, 그 피가 가슴에 안은 아기 예수의 머리 위로 떨어져 그 입술을 더럽히고 있다. 어둡고 고통스러운 이런 신성은 오월의 호칭기도, 새벽별에 드리는 기도에 대해 아무것도 떠올릴 말이 없게 한다.

22. 모하치의 바이올린

예정한 대로 여정을 다시 돌려 우리는 모하치에 있다. 1526년 터키군의 침입을 받아 헝가리 왕국은 몇백 년간 사라졌다. 그 옛날 전장은 지금 옥수수와 해바라기 밭이다. 날이 무덥고 음울하다. 여기저기 피어 있는 파란색 불로화와 붉은 사루비아 꽃들이, 쓸데없이 인생은 전쟁뿐이 아니라는 사실을 상기시킨다. 모하치는 그 나름대로 하나의 박물관이다. 뭔가를 전시하는 게 아니라 인생 자체, 인생의 허무와 영원을 전시하는 고통스러운 박물관이다. 누군가 전쟁 날짜 옆에 신선한 꽃들을 놓았다. 그 옛날의 패배가 아직도 쓰라리고, 그때 죽은 자들이 아직도 옆에 있다.

창이나 뒤집힌 텐트 말뚝처럼 땅에 박아놓은 나뭇조각들은 전쟁, 그 질서와 무질서, 무너진 균형, 먼지 이는 순간, 지울 수 없이 깊게 새겨진 폭력과 죽음에 대해 생각하게 한다. 그 성급하고 독창적인 조각들은 인간과 말의 머리, 죽어가는 말들의 갈기, 거대한 터번, 치명적으로 내리치는 몽둥이, 죽음의 고통이나 잔인함에 일그러진 얼굴들, 십자가들과 반달들, 멍에를 쓴 노예들, 술레이만 대제의 발밑에 굴러다니던 머리들에 대해 사유하게 한다. 물결치는 곡식 이삭을 모방하여 나무에 새겨넣은 조각 속에서 번쩍하고 떠오르는 윤곽, 모든 것은 추상적이고 본질적이다.

바람이 술레이만 대제의 머리에 장식된 이민족의 화려한 금속 펜던트들을 짤랑이게 한다. 떨리는 다른 칼날 소리에 뒤섞인 그 은은한 소리는 먼 옛날 요란했던 소리의 메아리, 몇백 년을 여행한 소리의 파동이다. 과거에서 온 고통의 소리가 이제 아픔이 아닌 매혹적인 음악이 된 듯 달콤한 소리로 현혹시킨다.

이 나뭇조각들은 어지러운 체스판 같다. 전사들 어깨의 펜던트들처럼 곡식 이삭들이 바람에 물결친다. 인물들 배치는 원형이지만, 도망가는 군대와 쫓아가는 군대가 원형 밖에서 지친 모습으로 먼지바람 속에 흩어져 있거나 길을 잃었다. 삶이 영원해 보인다. 신과 무無 앞에 폭력, 딸꾹질, 고함, 호흡, 도주, 죽어가는 사람의 눈 속에 비친 흐릿한 세상, 멸망, 종말 등을 영원히 새겨넣은 이 전투의 모든 행위도 영원한 듯하다. 이 많은 것을 조각한 위대한 조각가는, 이 무더운 들판에 모든 죽음의 영원한 현존의 순간과 전쟁의 기하학, 전쟁이 면밀한 질서로 카오스를 선동해나가는 것, 태양 아래 군대와 몸과 분자들의 붕괴와 해체를 기념하는 기념비를 세워놓았다.

코소보처럼 모하치는 시대의 한 순간, 한 민족의 운명을 몇백 년간 확정지은 전투였다. 일설에 의하면 모하치 전투가 벌어지던 날, 러요시 대제가 200년 전 페치에 심은 올리브 나무가 갑자기 열매를 맺지 않았다고 한다. 이슈트반 브러다리치의 『모하치에서 벌어진 터키군과 헝가리군의 전투에 대한 아주 진솔한 해설』(1527)처럼, 1526년 4월 29일 전투를 이야기한 작품들은 헝가리 문학사의 한 단락을 장식한다. 술레이만 대제의 막강한 군대가 가까이 다가오자, 헝가리의 왕 러요시 2세는 관례대로 집집마다 피 묻은 칼을 보내 각자 군의 부름을 받고 그의 깃발 아래로 무기를 들고 달려나오도록 했다. 헝가리 귀족들은 오스만튀르크군의 위협을 물리치기보다는 왕권을 약화시키길 더 바랐기 때문에, 왕의 부름을 못 들은 체하거나 그들 자체의 내부 분쟁에 휘말려 있었다. 생각보다 병력이 적자 러요시 왕은 충돌을 피하고 지원군을 기다리고자 했으나, 토모리 대주교의 교사를 받아 군자문위원회에 참석한 귀족들이 군대를 일으켜 전투를 하라고 왕을 압박했다.

안티콰리우스가 쓰기를, 왕은 어깨를 한 번 으쓱해 보이고는 이 무심한 태도로 자신의 운명을 맞으러 나아갔다. 일주일에 두 번 자신의 사냥개들을 씻기라고 명령한 후에, 의식하고 있던 그 자신의 운명을 만나러 전쟁터로 향했다. 연대기 서술자가 말하길, 전장에서 시종이 그에게 투구를 씌워주다 왕의 얼굴을 봤더니 하얗게 질려 있었다고 한다. 그러니까 그는 그 난투 속으로 투신해버린 셈이다. 몇 시간 후, 전투가 벌어지는 와중에 왕은 자신의 말에 깔려 죽어버렸다. 말은 작디작은 첼레 도랑을 건너다 진창에서 넘어져 왕을 덮쳤다. 지난 세기까지 버러녀에서 불리던 한 가곡은 왕을 덮었던 들장미를 찬양했다. 안티콰리우스가 세심하게 설명한 바에 따르면, 터키군이 강탈해간 전리품들 가운데 하나가 그런 시집이었다고 한다. 세상을 명명하고자 열망하는, 바로크 문학을 풍요롭게 해준 시집 말이다.

외셰프 푈뢰슈케이의 커다란 문, 줄러 이예시의 분수, 키라이, 키스, 서보 주니어, 팔 쾨의 조각들—지방 혹은 트란실바니아 장식예술을 꽃피운 나무들처럼 헝가리 땅에 이식된 오세아니아나 아프리카 조각상—은 자연처럼 통일되면서 다양하고, 전쟁처럼 서사적이면서 하나의 소리로 합쳐지는 유일한 기념물인 듯하다. 모든 게 멈춰 있지만, 그 부동의 조각은 전쟁의 절망스러운 순간적 돌진, 죽음의 절대적 순간을 담고 있다. 날씨가 더워서 우리는 시원한 나무 그늘에 가 쉬었다. 아메데오가 여행용 작은 바이올린을 꺼내 보면대를 세우더니 연주를 시작한다. 뒤에 있는 펜던트들이 바람에 짤랑거린다. 그는 한 번도 클래식 음악을 연주한 적이 없다. 헝가리 집시 노래, 이디시 문학의 떠돌이 음악가들처럼 뜰과 여관을 전전하는 리트를 연주해준다. 그 음악은 전쟁에 대한 답변, 짤랑이는 칼날에 대한 답변이다. 요셀레 숄로베이, 나이팅게일 요셀레는 숄렘 얼레이헴의 소설에서 자신의 바이올린으로 그리워하는 것을 노래했다. 숄로베이, 숄로베이, 고통을 말하는 독주곡이다. 이슈라엘 베르코비치는 자신의 시에서 종달새를 뜻하는 이 매력적인 이디시어, 숄로베이solovej를 가지고 유희했다. 그는 그 단어의 음절을 나누어, 종달새가 '베이vej' 즉 '우울'을 말하는 외로운 노래라고 상상했다.

아메데오의 근시안이 19세기식 안경 너머로 저멀리 말들과 기마병들이 죽어가던 초원을 바라본다. 그의 바이올린은 뭔가 사라졌고 사라질 거라고 말한다. 그러나 마음의 시가 사라지는 것에 대한 애통함은, 유대인 유랑 음악가의 억누를 수 없는 방랑벽, 도망치는 사랑의 끝을 붙잡고 있는 향수와 같다. 바이올린 소리가 전쟁터, 위대한 세계, 역사적 사건들의 피비린내나는 폭음을 덮어준다. 이 나무 아래서 우리는 집에 있는 듯 편안하다. 우리는 그 불행한 왕처럼 잠시 얼굴이 창백해지겠지만, 곧 어깨를 으쓱하고 연주자의 모자에 분명 동전을 던져줄 상상의 관객에게 감사하며, 서로 인사하고 각자 자신의 길을 떠날 것이다.

7부

안카 할머니

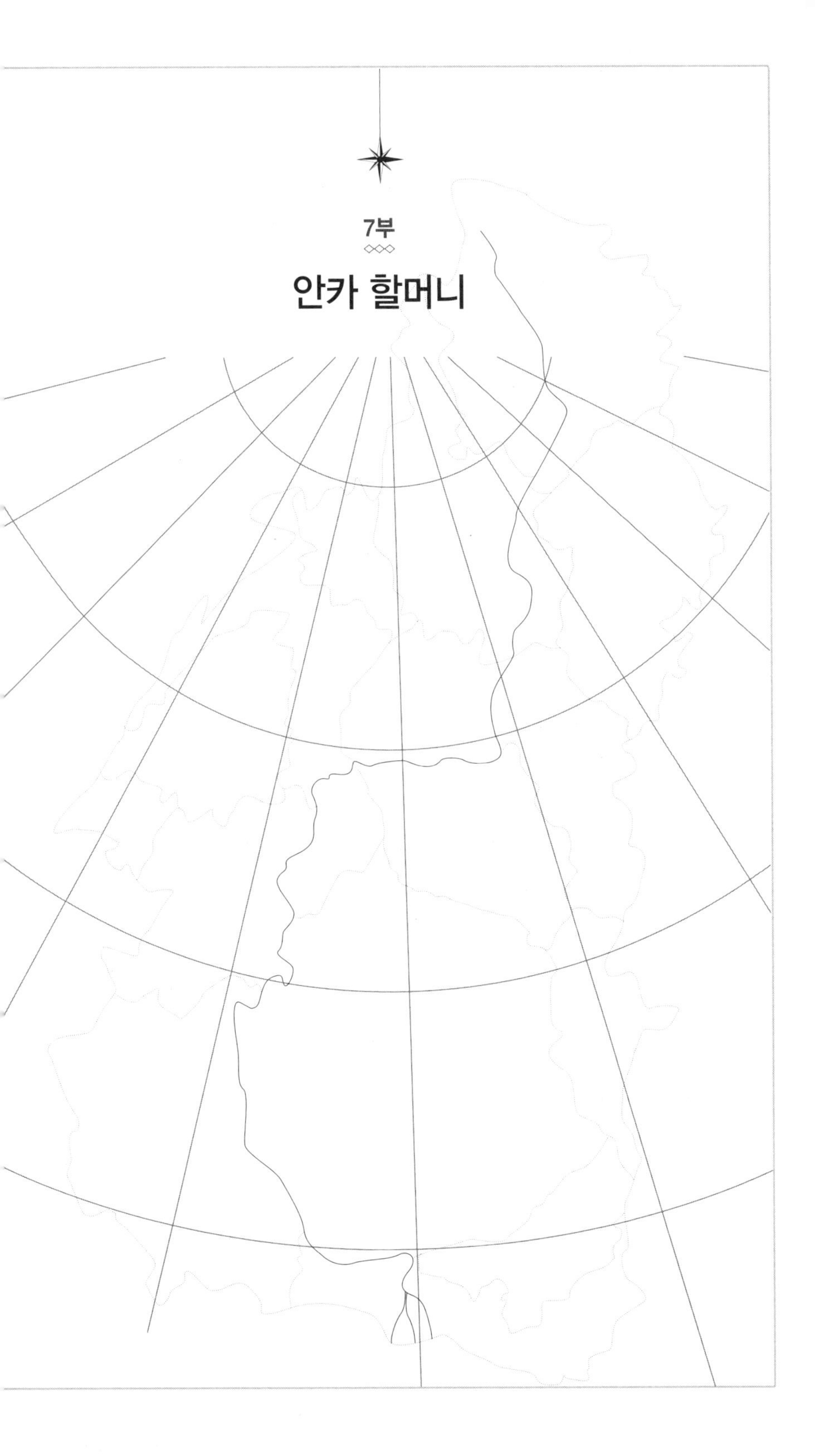

1. '여러 민족정신으로' 생각하기

이 이야기는, 미클로시 서볼치가 부다페스트 근처 다뉴브 강 유역 괴드에 있는 자신의 시골집에서 내게 해주었다. 저녁 무렵 강은 먼 하구를 향해 조용히 흘러갔고, 우리는 테메슈바르·티미쇼아라·테메슈부르크의 옛이야기들을 하고 있었다. 이 도시(헝가리 도시? 로마제국의 도시? 독일 도시?)는, 타타르족 시대부터 터키인들과 외젠 공작의 시대 혹은 프란츠 요제프 시대까지, 동유럽의 많은 이야기의 주인공이었다. 몇 년 전 서볼치는 한 텔레비전 방송 시리즈에서 20세기 초 격렬했던 헝가리의 문화환경, 젊은 루카치와 엔드레 어디와 벨러 버르토크의 위대한 시기를 상기시켜주고자 했다. 그는 그 시기의 모든 크고 작은 인물을 추적했고, 호르티의 파시스트 정권이 들어서면서 20년대에 마감한 그 천재적이며 열정적이던 시대가 끝난 뒤의 사건들까지 재구성해냈다.

다양한 조사를 한 후 서볼치는 모자이크를 거의 다 짜맞추었지만 작은 조각 하나가 부족했다. 그는 로베르트 라이터Robert Reiter라는 사람, 아니 가장 호전적인 실험주의 그룹에 참여했던 헝가리 아방가르드 시인 레이테르 로베르트Reiter Róbert의 흔적을 찾지 못했다. 진정한 문학비평가는 탐정이다. 아마도 논란의 여지가 있을 이 탐정활동의 매력은 궤변적인 해석에 있는 것이 아니라 서랍, 도서관, 인생의 비밀을 뒤지게 만드는 탐정으로서의 직감에 있을 것이다. 그렇게 해서 서볼치는 레이테르 로베르트를 찾아냈다. 그가 살아 있고, 루마니아 티미쇼아라에 살며, 지금은 이름이 프란츠 리프하르트Franz Liebhard이고 독일어로 다소 전통적인 시와 소네트, 운율이 반복 교차하는 시를 썼다는 사실을 알아냈다. 이 시인은 국적·이름·언어·문투를 바꾸었다. 지금은 바나트에 있는 독일어권 작가들의 원로로서, 혹은 루마니아에 사는 독일 소수민의 원로로서 존경받고 있었다. 1984년 4월, 그는 여든다섯 해 생일을 맞았다.

부다페스트 과학아카데미에서 발간한 헝가리 실험시 선집에 실리고, 루마니아에서 독일 시인으로서 추앙받았으며, 슈바벤 방언으로 혹은 18세기 초 바나트에 온 여러 식민지 주민의 방언으로 시를 쓴 작가. 일명 프란츠 리프하르트인 레이테르 로베르트는 한 인터뷰에서 "여러 민족정신으로 생각하는 법을 배웠다"라고 이야기했다. 그의 정체성은 두 가지 성이 가리키는 것보다 좀더 복잡하다. 무엇보다 그는 이중 인간 아니 삼중 인간이었다. '리프하르트'는 사고로 죽은 그의 광부 친구의 이름이다. 시인은 40년대 초 우정의 표시로 그 이름을 사용했다. 레이테르 로베르트는 처음에 필명으로 사용했던 로베르트 라이터가 되었다가 이후 프란츠 리프하르트가 되었다. 그러나 이 독일 이름은 작가의 개성, 즉 바나트 출신의 슈바벤인이라는 것을 드러낸다. 1952년 독일어로 발간된 『슈바벤 연대기』에서 그는 자신의 민족, 처음에는 빈에 속했다가 나중에는 부다페스트에, 현재는 루마니아의 불안한 소수민이 된 바나트의 독일인들을 이야기했다.

왜 레이테르 로베르트는 갑자기 침묵했을까? 어떤 경로를 거쳐 그는 헝가리어에서 모국어 독일어로 옮아갔을까? 어떤 비평가는 몇 년 전 그를 랭보와 비교했다. 분명 그의 시 때문이라기보다는 비밀스러운 침묵과 형이상학 때문에 랭보에 비유한 것이다. 헝가리의 유명한 아방가르드 잡지 『오늘*Ma*』의 1917년 11월호에 실린 그의 첫 서정시는 제목이 '숲'이다. 그의 언어 곡예는 숲에 대해, 숲의 그림자 혹은 녹음에 대해서는 별로 이야기하지 않았다. 잡지 제목인 '오늘'은 어제나 그제가 되었다. 지금 늙은 라이터-리프하르트는 시를 통해, 더이상 위험할 건 없는 이미지를 통해, 선하고 친숙한 숲, 친구 같은 편안한 휴식을 주는 숲의 향기를 묘사한다.

2. 초록 말

라이터-리프하르트의 이야기는 일보 전진일까 후퇴일까, 율리시스의 서사적 귀환일까 아니면 항의차 집 나갔다가 꼬리 내리고 다시 기어들어와 새 사람이 되려는 것일까? '여러 민족정신으로' 생각하기는 통일된 조합일까 아니면 이질적인 것들의 뭉치일까, 덧셈일까 뺄셈일까, 좀더 풍요로워지는 방법일까 아니면 아무것도 아닌 존재가 되는 방법일까? 이 질문에 대답을 찾기 위해서라도 나는 지금 안카 할머니와 함께 바나트에 있다. 여든 살의 안카 할머니 자신이 이 질문에 대한 한 대답이 될 수 있다. 우리 여행의 출발지는 안카 할머니의 고향 벨라츠르크바('하얀 교회'라는 뜻)이다. 1914년 합스부르크제국의 옛날 기차시간표에 따르면, 벨라츠르크바는 페헤르템플롬이다. 그곳에서 주로 사용하는 이름을 따른 것이다. 지금은 유고슬라비아

도시인 벨라츠르크바는 과거에 헝가리 왕국의 땅이었다. 오늘날 공식 3개국어 세르비아어·헝가리어·루마니아어 이름대로 하자면, 벨라츠르크바·페헤르템플롬·비세리카알버로 표시된다. 독일 이름은 바이스키르헨인데 거의 사라졌다. 가톨릭 교회, 프로테스탄트 교회, 러시아 교회, 그리스 교회, 루마니아 정통 교회들이 있다. 슬로바키아 교회처럼 어떤 교회들은 폐허가 되었다.

다뉴브 강을 일직선으로 똑바로 따라가는 게 아니라 불규칙적으로 우회해 돌아가는 것은, 이 경우 나름대로 역사적인 정당한 이유가 있다. 물론 심리적인 이유나 안카 할머니의 성급한 결정 탓도 있다. 앞선 것이 나중 것을 지시하고 4는 3과 5 사이에 있어야 하는 식으로, 말하자면 시공간상 따르기에 좋은 순서인 아파틴·노비사드·제문·판체보를 따라가기기보다는, 안카 할머니는 순전히 일이 돌아가는 방식대로 코스를 짜나가고 싶어했다. 여기서 나야 안카 할머니와 함께하니, 무엇이 먼저고 나중인지 결정하는 사람은 할머니다. 그녀는 자신감 있게 살아가고 체계적인 질서를 필요치 않는 사람의 조용한 확신으로 이것들을 결정해나갔다.

그러므로 우리는 벨라츠르크바에서 출발해 방사상으로, 즉 갔다가 다시 중심으로 되돌아오는 식으로, 바나트와 인근 지역 다뉴브 강의 여러 곳을 오갔다. 답답한 현학적 태도로 언제나 강을 1미터씩 따라갔던 안티콰리우스 역시, 이곳에 이르자 소풍과 우회로를 즐겼고 다뉴브 강을 떠나, 예를 들어 약 100킬로미터 떨어져 있는 테메슈바르에 머물기도 했다. 그러나 안티콰리우스도, 안카 할머니도 잘못한 게 아니다. 왜냐하면 이 지역 전체가 다뉴브 강이기 때문이다. 바나트의 박학한 연대기 학자 슈치비츠케르가 말했듯이, 다뉴브 강은 이 지역 생명의 신경이고 역사 자체이기 때문이다. "세계적인 역사적" 강이 없다면, 다뉴브 강이 그 물결에 실어 나른 세계적 역사가 없었다면, 이 지역은 단순한 습지와 저지대일 뿐이라고 뮐러구텐브룬이 주장했다. 테메슈바르의 성벽은 다뉴브 강의 강둑이며, 벨라츠르크바의 교회들은 이 강둑 가장자리에 서 있는 포플러 나무나 버들가지와 매한가지다.

안카 할머니는 자신의 고향집, 부유한 상인이며 관리자요 구매자였던 밀란 부코비치의 집을 내게 보여주었다. 밀란 부코비치는 헝가리를 사랑했기 때문에 자신의 성을 'Vuković'가 아니라 헝가리어식으로 'Vukovics'라고 썼다. 일차대전 후에 베오그라드의 루마니아 소수민 대표 이온 지안 박사의 마차가 이 집 앞에 섰었다. 그는 안카 할머니의 많은 구혼자 가운데 한 명이었고, 할머니가 이미 결혼한 상태였기에 남편이 될 수 없었던 소수 가운데 한 명이었다. 할머니의 남편들은 모두 동등한 배려를 받았고, 지금까지 그들 가운데 네 명이 무덤에 묻혔다. 안카 할머니는 그들과의 사이에 자식이 한 명도 없었다.

벨라츠르크바는 베오그라드에서 100킬로미터 이상 떨어진 다뉴브 강 왼쪽 강변, 바나트 지방의 작은 도시다. 바나트는 판노니아와 옛 합스부르크제국의 중심지 가운데 하나였다. 오늘날 바나트는 세르비아의 일부인 보이보디나 자치주를 이루는 세 지역 가운데 하나다. 바나트는 보이보디나의 북동쪽을 이루며, 루마니아와 긴 국경지대를 접하고 있다. 보이보디나를 이루는 다른 두 지역은 다뉴브 강 남쪽의 스렘—옛 로마 지명으로 시르미움—과 북서쪽의 바치카다. 그러나 테메슈바르의 바나트라는 이름을 사용했던 옛 역사적 바나트의 대부분은 지금 루마니아 땅이며, 수도는 사실 테메슈바르 혹은 티미쇼아라다. 1774년에서 1776년 사이에 그 지역을 여행한 베네치아의 계몽주의자 프란체스코 그리셀리니는 오늘날까지도 귀중한 자료가 되고 있는 자신의 『여행 편지』에서 베네토 주에 대해 묘사했는데, 이곳이 다뉴브 강, 티서 강, 머로시 강, 트란실바니아알프스 산맥 사이에 있다고 쓰면서 여기와 접하고 있는 경계를 설명했다. 바나트는 여러 민족이 모인 모자이크이자 사람들과 권력과 관할권이 서로 겹치고 계층을 이룬 지역이다. 오스만제국, 합스부르크가의 권위, 독립해서 자율적으로 통치하겠다는 헝가리의 완강한 의지, 세르비아와 루마니아의 탄생이 서로 만나고 충돌했던 땅이다.

보이보디나에 관한 텔레비전 다큐멘터리는 스물네 개의 인종집단에 대해 다루었다. 그리셀리니는 이보다는 적은 열 개 집단에 대해 말했는데, 자세히 설명하면 왈라키아인 혹은 루마니아인, 라슈카인 즉 세르비아인, 그리스인, 불가리아인, 헝가리인, 독일 식민지인, 프랑스인, 스페인인, 이탈리아인, 유대인이다. 사실 외젠 공이 1716년 터키인들에게 테메슈바르를 빼앗아 다시 정복한 이후, 현명하고 진취적이었던 메르시 장군은 습지를 개간하고 메마른 초원에 사람들을 정착시키고 여러 나라로부터 이민자들을 불러들였다. 1734년 작은 도시 베치케레크는 카탈루냐인들로 가득찼고, 그들은 그곳을 새로운 바르셀로나로 만들었다.

거대 식민지 집단은 마리아 테레지아와 요제프 2세가 18세기에 불러들인 독일인 집단이었다. 주로 슈바벤, 라인란트-팔츠에서 울름의 바지선을 타고 다뉴브 강을 따라 도착한 그들은, 강인하고 부지런한 시민들이었고 비위생적인 습지대를 비옥한 땅으로 바꾸어놓았다. 옛 독일의 중심 가운데 하나인 슈바벤은 그렇게 바나트로 이식되었고, 지금도 루마니아 일부 마을에서는 뷔르템베르크나 슈바르츠발트에서 들을 수 있듯 슈바벤 방언이나 알라만 방언을 들을 수 있다.

바나트에 온 건 독일인들만이 아니었다. 대개가 개신교들인 슬로바키아인, 터키의 침입으로 인해 몇백 년에 걸쳐 계속 건너온 세르비아인 등 많은 다른 민족이 있었다. 민족들은 계속 나타나고 세상은 그들의 권력 앞에서 떨었지만, 그들 역시 곧 지상의 허무함을 느껴야 했다고 학자 슈치비츠케르가 썼다. 모든 민족은 다른 모든 민족 앞에서 떨었다. 터키군은 베오그라드를 차지한 제국군 앞에서 떨었고, 제국군은 베오그라드를 다시 차지한 터키군 앞에서 떨었다. 수년, 수십 년, 수세기에 걸쳐 도시의 헌법, 국적이나 종교의 숫자가 바뀐다. 그 도가니는 계속 끓어오르고 혼합하고 융합하고 불타오르고 소진시킨다.

19세기 말 판체보에는 세케이인 공동체가 있었다. 베치케레크는 스페인 도시였다는 것을 기억하지 못한다. 19세기 중반까지는 민족주의를 운운하지 않았다. 통치자 메르시는 독일 식민지인들을 불러들이면서 그 땅을 독일화하고자 하는 대신, 그의 계몽주의적 진보를 촉진할 능력 있는 농부들과 수공업자들을 그 땅에 살게 했다. 이들 독일 식민지인들은 사실 루마니아인이나 슬라브인이었을 수도 있다 요제프 칼브루너가 이에 주목했듯, 주요골자는 그들이 독일인의 근면함과 부지런한 성향을 좇아 이를 확산시킬 수 있는 능력이 있다는 면에서 그들 민족과 동류시되었을 뿐이라는 것이다.

1974년 헌법에 의거하여 유고슬라비아 보이보디나에서 서로 평화로이 공존하는 다섯 민족은 지금 세르비아인들, 헝가리인들, 슬로바키아인들, 루마니아인들, 루테니아인들이다. 하지만 수적으로 적은 민족 독일인들, 불가리아인들, 집시들도 있다. 남부 달마시아와 보스니아 혹은 헤르체고비나에서 수세기 전에 건너온 부네바트지와 스츠호카트지도 있는데, 이상하게도 세르비아 가톨릭 신자들인 그들은 각기 세르비아나 크로아티아 출신이라고 주장하며 스스로를 하나의 독자적인 집단으로 생각하는 경향이 있다. 과장스럽게 선전되긴 했지만, 이 목가적 상황은 사실이다. 아직도 이렇게 묻는 루마니아 속담이 있다. "세상에서 제일 보기 드문 건? 그야 초록 말과 똑똑한 세르비아인이지." 담담히 이 속담을 내게 말해준 안카 할머니는 옛 세르비아 가문 출신이다. 레이테르 로베르트는 독일인에 대해, 프란츠 리프하르트는 헝가리인에 대해, 각각 무슨 생각을 했을지 누가 알겠는가.

3. 현명한 의원 티포바일러

여러 인종이 형제처럼 살아가자는 공식적인 표명 안에서, 모든 다양한 인종집단은 서로의 장점을 인정하면서 서로를 격려해준다. 반면에 그들의 언어를 모두 할 줄 아는 안카 할머니에게는 여러 국적이 서로 겹치고 충돌한다. 벨라츠르크바에 가기 위해 우리는 루마니아 마을 스트라자를 지났다. 안카 할머니에게 스트라자는, 자신이 사랑스러운 루마니아 할머니라는 사실을 잊고 루마니아인들을 도둑들로, 오판키시라 부르는 흔한 슬리퍼 하나 없는 빈털터리들로, 할머니의 아버지가 마차에 탄 채 한 손에 전등과 권총을 들고 지나가야 했던 곳으로 규정된 곳이다. 안카 할머니는 루마니아인들을 부정하면서 근면하고 질서 있는 독일인들을 칭찬했다. 그러나 안카 할머니는 잠시 후, 당시 벨라츠르크바의 최고판사였던 포페스쿠 대통령의 "루마니아의 기품"을 경건한 마음으로 상기시킨 후, 독일인들의 예의바른 태도는 종종 완고한 고집과 부정직한 탐욕을 감추고 있다고 말하며 그들을 "오늘날 메르세데스를 어슬렁거리는 집시들보다 못한 집시떼"라고 불렀다. 강경한 반공산주의자였던 안카 할머니는 나치 점령기의 잔악무도함과 눈밭에서 활약한 유격대원들의 영웅적 무훈을 회상했다.

벤 마테스라는, 독일 냄새가 약간 나는 이름을 가진 벨라츠르크바의 열성 독일예찬론자가, 예전에 한번 술집에서 세르비아인들의 머리로 공놀이를 하고 싶다고 큰소리를 쳤다. 그러자 그 앞을 지나가던 안카 할머니의 어머니가 조용히 그에게 반박했다. "좋아요, 마테스, 오늘은 당신들이 우리를 갖고 그러지만, 내일은 우리가 당신들한테 그 말을 하게 될 테니까요." 사실 반격은 곧 성공했다. 1944년과 1945년 말에 바나트와 바치카의 독일인들이 강제 추방당했고, 죽음의 장소가 된 노동수용소와 강제수용소로 무차별 이송되었다. 독일인들 모두에게 집단 책임을 물었고, 그들은 인종적 보복과 박해를 당했다. 뜻을 다 펼치지 못하고 죽은 슬로베니아 공산주의자 리더인 카르델은, 이런 복수의 연쇄에 반대하고 사회적으로 경제적으로 생산력 있는 집단을 추방하는 것을 비난했던 소수자 가운데 한 명이었다.

티토와 공산주의에 반감이 있던 안카 할머니조차, 비록 어린 시절을 지배했던 부정과 억압을 공정하게 차분히 다시 상기하긴 했지만, 질서를 사랑하고 슬라브인의 감정을 지니고 있기에 소련에 호감을 느끼던 터라, 미국과 레이건을 가장 깔보았다. 할머니는 레이건을 "텔레비전에서 말할 때 늘 자신의 유대인 조언자들의 말을 들으려 애쓰는 나쁜 배우"라고 말했다. 안카 할머니가 표현하는 역사적 분노와 편견들 안에는 물론 나무 나이테처럼 유대인 배척사상도 들어 있다. 그러나 할머니의 유대인 배척사상은 로윙거 변호사에 대해 말할 때는 갑자기 사라지는 듯했다. 로윙거는 그녀의 일화 속에서 유대인의 지혜와 천년의 위엄을 나타내는 화신이었다. 이 부조리한 편견들에도 어쩌면 일말의 진실은 있을지 모른다. 왜냐하면 어떤 민족도, 문화도, 개인도 역사적 잘못을 저지를 수 있기 때문이다. 모든 사람과 자기 자신의 단점과 어둠을 냉정하게 판단한다는 것은, 예의바르고 관대하게 서로 공존할 수 있는 훌륭한 전제조건이 될 수 있다. 모든 공식적인 정치성명이 쏟아놓는 지나치게 낙관적인 확신의 말보다야 틀림없이 유익할 것이다.

안카 할머니 내면의 갈등은 사실 아주 일반적인 갈등이다. 모든 편견은 다른 사람들도 편견을 가질 권리, 다시 말해 편견을 가질 수 있다는 것을 인정한다. 벨라츠르크바에서도 헝가리 전역에서 찾아볼 수 있는 불그스름하고 누런 황토색 단층짜리 낮은 집들이 보인다. 이 집들은 동쪽 중부유럽에 로베르트 무질이 말했던 납작코 얼굴과도 같은 인상을 준다. 파르티잔카 거리에 독일인의 집들이 있다. 이 집들은 좀더 관리가 잘 되어 있고, 띠 장식과 석고 여성 두상으로 창가를 장식했으며, 루마니아의 활기찬 색깔로 타일을 붙였고, 내부는 정원 쪽으로 개방되어 있다. 전해오는 말에 따르면, 바나트의 슈바벤인들은 너무나 부유해서 옷에다 금화로 단추를 달았다고 한다. 독일인들의 탈출 이후 벨라츠르크바에는 지금 나이가 아주 많은 독일인 단 한 명만 남아 있을 뿐, 마케도니아인들과 보스니아인들이 살고 있다. 지금 살고 있는 마케도니아인들과 보스니아인들을, 그곳 사람들과 몇십 년 전 그곳에 온 보스니아인들 및 마케도니아인들 역시 '식민지인들'이라고 경멸조로 부른다. 벨라츠르크바의 독일어명 바이스키르헨은 잘츠부르크로 추방된 사람들의 공동체에서 영위되고 있고, 과거를 증언하는 수많은 책을, 박학하고 고통스러우며 원한에 사무친 책들을 발간하고 있다. 최근에 나온 666쪽짜리 빽빽한 책 『바나트에 있는 바이스키르헨 도시의 홈북』은 알프레트 쿤이 편집을 맡았다. 안카 할머니는 "그 독일놈, 나야 잘 알지"라며 말했다.

이 가운데 한 집에 늙은 티포바일러가 살았다. 그는 시의원이었으며 안카 할머니 집에 자주 찾아왔다. 할머니는 그가 진짜 신사라고 말했다. 1914년 세르비아와 전쟁이 일어나자 벨라츠르크바의 몇몇 독일 주요 인물은 밤에 회담을 갖고 눈엣가시 같은 세르비아인들을 제거할 기회를 엿보았다. 성 이반의 카네이션과 노란 꽃들로 엮은 작은 화관을 대문에 걸어놓던 사람들이다. 조용히 토론을 거친 뒤 그 제안은 대다수의 찬성을 얻었다. 그때 양식을 갖춘 노인 티포바일러가 제안에 찬성하고 생각은 좋지만 벨라츠르크바가 세르비아 국경 가까이 있어서 만일 세르비아 군대가 진격하여 도시를 점령한다면 벨라츠르크바의 독일인들이 복수의 대상이 되어 쫓겨날 수 있다고, 그럼 어떻게 하느냐고 말했다. 그러자 야간 회동은 평화롭게 해산되었다.

그날 밤의 사건으로 안카 할머니는 티포바일러 씨에 대한 존경심을 잃지 않았다. 티포바일러의 리스트에는 아마 안카 할머니의 부친 이름도 있었을 것이다. 게다가 안카 할머니는 터키의 지배 아래 몇백 년간 남아 있던 다뉴브 강 오른편 강둑의 세르비아인들을 '게저 Gedža'라고 불렀다. 안카 할머니는 세르비아인과는 절대 결혼하지 않았다고, 다뉴브 강 왼쪽 강변의 세르비아인과도 결혼하지 않았다고 말했다. "한데 할머니는 어느 민족이죠?"라고 묻자, 그녀는 "세르비아인이지"라고 자랑스럽게 답했다. "우리 가문은 아주 유서 깊은 세르비아 가문 중 하나지."

4. 여러 나라 말을 하는 앵무새

셰셰르코의 앵무새의 경우처럼, 벨라츠르크바에는 온화한 여러 민족이 서로 얽혀 있다. 셰셰르코는 아주 부유한 부자였고, 그의 빌라는 중앙광장 근처에 있었다. 폐허가 된 그 집 옆에 지금은 먼지 이는 버스 역이 들어서 있다. 중앙광장에는 위풍당당한 큰 탑을 갖춘 포페스쿠 대통령궁, 수비대를 지휘했던 헝가리 장군의 별관, 장교 클럽, 헝가리 왕국에서 최고에 속했던 '레알김나지움'이 있었다고 안카 할머니가 말했다. 셰셰르코의 빌라에는 방만 한 커다란 새장이 있었는데, 그 안에는 노래할 줄 아는 앵무새 한 마리가 있었다. 아이들이 독일어로 노래를 해달라고 부탁하면 앵무새는 먼저 슈바벤 억양이 섞인 독일어로 말하며 뒤로 빼다가 이에 응해 헝가리어로 〈차르더의 공주〉를 노래했다. 앙코르를 요청받으면 다시 독일어로 주저하는 척하다가 헝가리어로 같은 노래를 되풀이했다. 그러나 세번째 요청을 받으면 인내심을 잃고, 괴테의 『괴츠 폰 베를리힝겐』에서 처음으로 문학적 위엄을 갖추게 된 "내 엉덩이나 핥아"라는 표현인 '괴츠의 인용'으로 유명한 이 독일 말을 따와 정중히 독일어로 돌려 답했다.

5. 레나우의 흉상 아래서

현재 유고슬라비아의 시인이며 이 땅의 대변자인 바스코 포파의 시에, 브르샤츠 공원 니콜라우스 레나우의 흉상 아래 벤치에서 키스를 나누는 대목이 있다. 브르샤츠는 유고슬라비아 바나트의 주도이며, 벨라츠르크바와 루마니아 국경에서 몇 킬로미터 떨어진 거리에 있다. 페렌츠 헤르체그는 폭넓은 유럽 독자층의 지지를 받으며 세속적인 우아함으로 치장한 열정, 상류사회 사람들의 거품 낀 환각을 찬양한, 뛰어나지만 깊이는 없는 헝가리 소설가다. 그는 고향 도시 브르샤츠의 여인들에게 1902년 소설 『이교도들』을 바쳤다. 이 작품은 헝가리 역사가 동트기 시작할 때 여러 민족과 종교 간의 싸움, 마자르족과 페체네그족 사이의 싸움, 십자가와 조상들의 성스러운 떡갈나무 사이의 싸움을 그린 프레스코 벽화 같은 작품이다. 과장되지만 변화무쌍한 그의 소설은, 페체네그 유목민들의 황금 군단, 영혼이 하늘로 올라가지 못하도록 초원 위로 끌고 다니는 푸스타의 바람, 판노니아와 발칸의 안개에 잠겨 사라지는 야만인들의 이주를 환기시켜준다.

처음에는 루마니아어로 썼으나 몇 년 전부터 세르보크로아트어로 쓰고 있는 바스코 포파의 서정시 역시, 또다른 힘으로 야만인들의 겨울과 옛날 늑대들을 환기시킨다. 이미 행해진 문학은 오목거울, 즉 땅에 엎어놓은 둥근 지붕으로, 우리의 무능력을 구제해주기 위해 직접 사물들과 감정들이 말하도록 해준다. 잘 가꾼 문학적 취향과 조심스럽고도 수줍은 태도는, 문인으로 하여금 고독과 거대한 초원의 바람, 진흙땅에 찍힌 원시 이주민들의 발자국에 대해서는 함구하게 한다.

그러나 만약 인기 있는 소설가나 엄격한 시인이 이 바람과 옛날의 이 냉혹함을 환기시켜준다면, 우리는 감상적인 지방색에 빠지는 걸 두려워하지 않으면서 다른 사람들에게서 빌려온 이 말을 통해 정확히 이것들을 말하기 위해 인용만 하면 될 것이다. 이처럼 문학은, 다른 반구 위에 놓인 반구처럼 세상에 놓인다. 이발소의 거울처럼 서로를 비추는 두 거울, 붙잡을 수 없는 삶의 성격, 혹은 삶을 붙잡을 수 없는 우리의 무능력을 서로에게 반사해주는 두 거울인 것이다.

공원을 장식했던 레나우의 흉상은 지금 브르샤츠의 박물관에 있지만, 그의 생가는 오늘날 루마니아 땅, 티미쇼아라 근처에 있다. 티미쇼아라에는 레나우의 이름을 딴 독일 고등학교가 있다. 헝가리와 슬라브계이기도 한 오스트리아의 위대한 시인 레나우는 1850년 미치광이가 되어 죽었다. 그는 성격이 매력적이지만 허무에 잘 빠졌고, 음악성이 풍부하고 신경질적이며 자해적인 섬세한 가닥의 감수성으로 세상의 고통을 경험한, 보기 드문 강렬한 고독과 상처에 시달린 시인이었다. 부정적이고 절망적인 그의 『파우스트』는 괴테 이후 씌인 위대한 파우스트들 가운데 하나다. 어쨌든 인간의 역사가 의미 있다고 믿는, 괴테의 고전 사상에 젖어 있던 유럽 문화 속에서 오히려 심각한 고비를 보고, 인간의 역사는 아무 의미 없고 부조리하다는 확신으로 치환해버린 작품이다.

레나우의 파우스트는 자신이 신이 꾸는 희미한 꿈이거나 불분명하고 사악한 어떤 전체가 만들어낸 최선일 뿐이라는 사실을 알고 자살한다. 그의 『파우스트』는 훌륭한 시작품이다. 작품에서 레나우의 떠도는 다국적성은, 다뉴브 강의 다양한 지방색을 모르는 보편성으로 격상된다. 현재 중부유럽의 문화적 통일을 위해 설립된 한 국제문학협회가 레나우의 이름을 걸고 있다. 바나트의 독일 문화 옹호자인 아담 뮐러구텐브룬은, 1911년 레나우 시인을 자기네 사람으로 만들려고 하는 마자르의 시도와 현재 루마니아 땅인 그의 탄생 도시에 '레나우 미클로시, 독일어로 쓴 헝가리인' 기념비를 세우려 했던 것을 비난했다. 모국어가 독일어였던 헤르체그는, 이슈트반 티서의 쇼비니즘과 비슷한 헝가리 민족주의 경향을 보이며 『이교도들』에도 나타났던 거친 반독일 억양을 드러냈다. 반면 부네바트지인에 대해서는 호감을 보였다. 그러나 1948년 혁명을 배경으로 한 1916년 소설 『7인의 슈바벤인』에서 그 자신 스스로가 주인공으로 하여금 "독일에 충성"하기 위해 반란자 헝가리인들 편에 서야 할 의무를 느낀다고 말하게 했다. 왜냐하면 비록 헝가리인들이 오스트리아-독일의 빈에 대항하여 반란을 일으켰지만, 그는 헝가리인들과 나란히 살아왔고 지금 독일인으로서 혹은 정직한 사람으로서 위험한 순간에 처한 그들을 저버릴 수 없기 때문이다.

브르샤츠 주변의 초원은 우수에 잠겨 있다. 부다페스트에서 세르비아인 부모 밑에서 태어난 동시대 오스트리아 작가 밀로 도어는 『남은 건 오직 기억뿐』이라는 소설에서, 바나트의 한 유복한 세르비아 가정의 몰락에 대해, 슐리보비차 술병에 들어 있다가 술이 비워지고 술병이 버려지면 아무 메시지 없이 판노니아 바다에 버려지고 마는 한낱 술병으로 우리를 변형시키는 우수 어린 무기력에 대해 이야기했다. 레나우의 허무주의 그 자체인 이 우수는, 아직도 가치와 의미를 그리워하고 필요로 하는 데로 돌아가게 하는 어떤 공허감이다. 바스코 포파는 그의 서정시에서 "원죄도 기억도 없는 우리의 아이들"에 대해 이야기했다. 아방가르드 시인으로서 너무나 쉽게 흥분하면서, 그는 이 새로운 세대의 자유를 노래했다. 하지만 정신적 갈등을 기억하지 않고 의식하지 않는 것은, 그 아이들을 선악을 넘어 형태와 색깔이 없는 군중, 죄와 행복을 모르는 순진하고 멍청한 군중과 비슷하게 만들어놓고 말았다.

6. 녹색 생명력

“참 훌륭한 신사였어” 하고 헝가리를 사랑하는 안카 할머니가, 아담의 무덤 앞에서 말했다. 아담은 1914년 세르비아 스파이로 몰려 헝가리인들로부터 총살당한 인물이다. ‘훌륭한 신사’라는 말은 할머니가 좋아하는 표현들 가운데 하나다. 안카 할머니는 레나우의 파우스트가 되고 싶었지만 되지 못했던 것, 즉 순수한 생명력이다. 조용하고 변함없기 때문에 악마적이며, 자연처럼 서사적인 생명력이다. 안카 할머니는 여든 살인데도 젊은 사람처럼 에너지 넘치고 민첩하다. 소유한 땅에 뿌리를 박고 있는 사람만이 삶을 볼 수 있다는 듯, 맹금류 같은 동그란 눈으로 위에서 삶을 내려다본다. 그리고 자신이 소유한 것에서 나와 개인적인 작은 문제들이나 정신 상태의 신경 변화보다는 들판과 숲, 계절의 변화를 바라본다.

안카 할머니가 지금 트리에스테의 작은 아파트에서 아주 검소하게 살고 있다는 것은 별로 중요하지 않다. 그녀의 몸에는 위에서 내려다보는 편안함과 자신감이 항상 배어 있다. 안카 할머니는 베네데토 크로체의 마지막 글들을 기억나게 한다. 크로체의 글들은 그의 추종자들의 맹목성에도 불구하고 윤리적이고 정신적인 모든 차원으로 치환될 수 없는 순수한 삶의 찰나, 어떤 가치와 성찰로도 길들일 수 없는 “녹색 생명력”에 동요하게 하고 사로잡히게 한다. 크로체는 에너지를 확인할 수 있고 에너지가 확장되는 이 순간을 “경제적”이라고 정의했다. 안카 할머니는 비록 다른 사람들에게 관대하게 자신의 돈을 쓰고 자기 개인에게는 아주 검소했지만, 할머니에게 삶은 주고받는 계산이다. 젊은 시절, 결혼, 노년을 거치며 재산을 늘리기도 하고 잃기도 했고 벌목된 숲이나 습지를 소유하기도 했다. 발자크의 인물들처럼 혈관 속을 흐르는 피가 돈의 흐름과 비슷하게 흘러가는 듯하다. 안카 할머니가 내게 보여준 오렌지빛 도는 노란 집에 라자르 룬구가 살았다. 아랫동네 바나트에서 가장 큰 돈육업자였는데 할머니와 결혼하고 싶어했다. "안카, 돼지우리에서 구르고 싶니?" 하고 할머니의 아버지가 물었다. "돈은 많을수록 좋지만 돈이 다가 아니란다. 네 맘에 드는 청년을 골라라. 그러면 아버지가 그 청년을 사주마."

흙 파먹고 사는 농부의 삶은 개인을 넘어서는 어떤 양식을 심어주면서 건방진 주체는 모두 솎아낸다. 안카 할머니는 남편이 네 명이었다. 스무 해를 함께 산 두번째 남편과 늙어서 만난 마지막 남편, 이 두 사람을 아주 많이 사랑했고 인내로써 두 사람을 견뎌냈다. 그러나 사랑과 짜증은 그녀의 모범적이고 헌신적인 결혼생활에 조금도 영향을 주지 않았다. 왜냐하면 그녀에게 결혼이란 불확실한 감정 따위가 상처를 낼 수는 없는 객관적인 현실이었기 때문이다.

안카 할머니는 삶을 살면서 자기 자신이나 타인에 대해서 불평불만을 하지 않았고 불행에 대해 항의하지도 않았다. 할머니는 자기 자신을 비롯하여 그 누구도 동정하지 않았으며, 죽음을 두려워하지 않았고, 다른 사람의 죽음 때문에 혼란에 빠지지도 않았다. 비록 할머니는 도움을 필요로 하는 사람을 기꺼이 도우려 했고 그것을 힘들다거나 희생이라 생각하지 않았지만 말이다. 그녀의 세상에서 사건들은 그저 계속 일어날 뿐이다. 안카 할머니는 내게 자신의 친구가 사는 집을 보여주었다. 친구는 병마에 시달려서 거의 식물인간이 되었고, 어쩌다 두려움과 사랑의 감정이 막연히 들 때만 움직였다. 벨라츠르크바에 있을 때 안카 할머니는, 친구 곁을 지키며 밤을 보내거나 힘든 줄 모르고 몇 시간이나 친구에게 말을 걸며 친구를 쓰다듬어주고 입밖으로 흘러나온 침을 닦아주었으며, 친구를 발코니로 데려가 지나가는 사람들, 할머니 말에 따르면 시끄러운 떼거지를 친구에게 보여주었다. 안카 할머니가 늘 말했듯이 스스로가 좋은 일을 한다는 생각도

하지 않았다. 할머니에게 그런 생각은 존재하지 않았으며, 그냥 그걸로 족할 뿐인 삶이다.

안카 할머니와 같이 있으면 길을 잃고 헤매는 그런 일은 절대 일어나지 않을 것 같은 생각이 든다. 안카 할머니는 판노니아의 몇백 년 세월과 자신을 동일시했다. 여든 살임에도 할머니의 흐트러짐 없는 꼿꼿한 몸은 단단하고 자신감이 넘친다. 할머니는 지나간 세상을 사랑하게 만들려고 그 세상을 이상화하지도 않았으며, 날도둑 같은 과거의 재판관들에 대해 내게 꼬치꼬치 따지기도 했다. 그 집에서 치머 변호사가 살았던 걸 할머니는 기억해냈다. 변호사의 아내는 푸트니크 박사, 라이코브 변호사, 슐뢰서 약사, 네메스 대령의 애인이었다고, 안카 할머니는 손가락으로 하나하나 세면서 덧붙였다…… 몇 미터 거리에 있는 또다른 집은, 합스부르크가 시대의 이야기가 아니라 이차대전 이후의 이야기를 들려준다. 방앗간 주인 마이에로슈의 집이었는데 티토 정부가 그 집을 몰수했다. 딸은 집에서 나가길 거부했다. 수비대가 딸의 가구들을 뜰로 내던져버리자 그녀는 2년 동안 입구에서 이불을 뒤집어쓴 채 잠을 잤고, 마침내 유고슬라비아 당국이 그녀에게 아파트 일부를 되돌려주었다. 집 재건작업이 아직도 진행중이다. 동유럽 국가에서는 늘 어디서나 재건작업이 진행되고 있다. 꾸준히 하고는 있는데 끝나지 않는다. 1년 후에는 다시 제자리를 찾을 것이다. 벽돌들, 건설장비들, 돌무더기, 대들보, 임시 물품들이 어지러이 널려 있다. 시간은 아주 천천히 흐른다. 그것은 방문자들에게 그 나라들을 보다 안전하고 친숙하게 만들어주면서 익히 알고 있는 것을 보는 편안함을 준다.

안카 할머니는 다양한 공동체의 수많은 공동묘지를 사랑한다. 할머니는 포페스쿠 대통령의 동양풍 묘, 스물세 군데 칼을 맞고 살해된 부자 보보로니의 화려한 무덤, 슈미츠 약사가 저녁마다 가서 그곳에 묻힌 아내에게 자신의 하루일과를 설명하고 조언을 구했던 예배당으로 나를 데려갔다. 할머니는 무덤이 땅을 소유하는 것이고, 자신의 재산에 경계를 긋는 것이기 때문에 묘지를 사랑한다. 사실 안카 할머니는 종종 벨라츠르크바에 가서 무덤 자리를 놓고 시와 이웃들과 싸웠다. 그녀를 보면 내 친구 어머니가 떠오른다. 친구 어머니는 자신의 가족 무덤이 얄미운 지인들의 가족 무덤보다 높이 있다는 것을 아주 자랑스러워했다. 그러나 화려한 장례식에도 애도는 필요하기에, 그녀는 조금 슬픈 목소리로 이렇게 유감을 표했다. "생각해봐, 저렇게 아름다운 무덤이 거의 완전히 비어 있어."

7. 티미쇼아라

안티콰리우스는 옛 바나트의 주도인 이 도시 테메슈바르가 "몇백년 동안 숱한 숙명에 좌지우지됐다"고 말했다. 푸르른 녹음에도 불구하고 우수가 없지 않은 아름다운 도시 티미쇼아라는, 돌 하나하나가 지난 여러 세기의 헝클어진 역사를 얘기해준다. 그리셀리니는, 티미쇼아라에는 여관이 많고 까마귀들이 우글거리는 늪지의 유독가스와 함께 열기가 많이 올라오는 곳이라 묘사했고 구토제가 많이 소비된다는 점을 지적했다. 마리아 테레지아의 대칭 양식이 헝가리의 무거운 절충주의 양식과 루마니아의 아주 선명한 색상 장식과 번갈아 나타난다. 넓고 조용한 화려한 광장 피아차 유니리에 중부유럽의 모든 광장에서처럼 삼위일체 기둥이 세워져 있다. 성문에서 1514년 귀족들은 농민 반란의 주동자 죄르지 도저를 물리쳤다. 도저는 벌겋게 달아오른 철 왕좌 위에 알몸으로 앉힌 채 집게로 살점이 찢겨나갔다.

돌들을 보니 터키군과 맞서 싸운 전사 야노시 휴녀디, 무슬림의 지배, 알리 파샤, 1848년 오스트리아 포위가 떠오른다. 창가에 제라늄 화분들이 놓인, 붉은빛 감도는 황토색의 다 무너져가는 작은 집, 거기에 붙은 푯말이 1716년 10월 13일 티미쇼아라에 외젠 공이 들어와 터키군으로부터 도시를 해방시켰음을 알려준다. 도시를 지키던 파샤는 항복 요구를 받자 자신은 이길 수 없다는 걸 이미 알고 있었지만 외젠 공에게 보다 힘들고 영광스러운 승리를 안겨줌으로써 그의 명성을 드높여야 할 의무를 느꼈다고 대답했다. 접이식 도시관광안내 책자들은 티미쇼아라가 최초로 전기 전차를 가졌으며, 타잔 즉 조니 와이즈뮬러가 이곳에서 태어났다는 점을 강조해놓았다.

헝가리인과 세르비아인 소수도 살고 있는 티미쇼아라는 루마니아 독일인들의 중심지 가운데 하나다. 독일인들은 약 30만 명에 달하는데, 매년 그 숫자가 눈에 띄게 줄고 있다. 독일인 중심지인 트란실바니아 지벤뷔르겐에도, 800년 전부터 작센족이 살고 있다. 티미쇼아라는 옛 다뉴브 강이 들려주는 수많은 이야기의 서사적 수도이며 주도다. 문학 카페들이 있긴 하지만, 세기 초에 가장 유명한 모임 장소는 로노비히가세 골목에 있는 이발관이었다. 이발관 주인은 안톤 데네스라는 피가로였을 뿐 아니라, 지방 문학의 영웅 중 한 사람인 에케르만이기도 했고, 시인이자 소설가 프란츠 크자퍼 카푸스이기도 했다. 프란츠 크자퍼 카푸스는 그가 쓴 작품 때문에 유명하기도 하지만, 릴케가 그에게 보낸 『젊은 시인에게 보내는 편지』 때문에 유명하기도 하다. 이발관 의자에 카푸스는 터키의 익살맞은 현인 나스레딘처럼 당당히 앉아 있곤 했다. 이발사이기도 했던 나스레딘은 세상을 지배한 잔인하고 무서운 지배자 티무르 대제를 말로 침묵하게 했던 자다.

카푸스의 이야기들은 재치 있는 일화들, 익살맞은 농담, 일상의 잡담이다. 이발관으로 흘러들어온 로노비히가세 골목의 소소한 서사적 전통과 삶이 그에게 들려준 이야기들과, 그가 쓴 글을 구분해내기란 어렵다. 그 일화들은 지난 세월의 파편, 옛 역사의 부스러기, 바람이 일순간 먼지처럼 일어나 가게 안으로 던져준 인종 간의 갈등과 목가시의 잔해다. 잠시 후면 이발사가 비를 들고 바닥을 쓸며 방금 이발을 마친 손님의 머리카락과 함께 그것들을 거리로 다시 쓸어낼 것이다.

테메슈바르는 바나트의 수도였으므로 슈바벤인들, 바나트의 독일인들의 수도이기도 하다. 바나트의 독일인들은 트란실바니아의 작센족과는 달리, 자신들의 민족의식을 지키려고 격렬히 애쓰는 성향이 별로 없었다. 전쟁 직후에 바나트의 독일인들은 혹독한 탄압을 받았다. 재산을 몰수당하고 러시아로 집단 이주되고 차별을 받았다. 루마니아의 정치문화 생활에서 중요한 위치를 차지한 독일 작가 아르놀트 하우저는 1968년 나온 소설 『야코프 뷜만의 문제 보고서』에서 자기 민족의 오디세이아와 자신의 당이 저지른 오류들을 설명하고 분석했다. 1972년 차우셰스쿠 본인도 몇 년 전 루마니아 정부가 세르비아인들과 독일인들을 강제 이주시키고 그들 소유의 토지를 몰수한 것을 공식적으로 규탄했다.

지금 루마니아 정부는 언어적 소수민족의 작품활동을 장려하고 있다. 전문 출판사들이 헝가리어·독일어·세르비아어·슬로바키아어·우크라이나어·이디시어 등의 언어로 잡지와 책을 다수 발간했다. 그러나 이런 배려와 함께 억압적이고 혹독한 정치적 통제가 뒤따른다. 많은 독일인이 그랬듯 출국 비자를 신청한 사람은 책을 발간할 수 없다. 대통령에게 비굴할 정도로 지극한 경의를 표하는 건 의무사항이다.

그리하여 속내를 털어놓으면서도 말을 조심해야 하고 박해의 위협에 시달려야 하는, 어렵지만 뜨거운 문학활동이 시작됐다. 유력 출판사들과 잡지사들이 들어선 부쿠레슈티를 제외하고, 이런 문학활동의 중심지는 티미쇼아라를 중심으로 한 바나트, 지벤뷔르겐 혹은 브라쇼브(크론슈타트), 시비우(헤르만슈타트), 클루지(클라우젠부르크)를 포함한 트란실바니아다. 독일 문화가 활짝 꽃피었던 핵심 도시는 합스부르크가 시절의 부코비나다. 부코비나는 그레고어 폰 레초리, 알프레트 마르굴슈페르버, 위대한 시인 파울 첼란의 고향이다. 그러나 지금 부코비나의 주도 체르노비츠는 소련 땅이다.

보이보디나의 독일인이 4000~5000명으로 줄어들었다면, 루마니아 즉 바나트와 지벤뷔르겐에서 독일 문화는 여전히 아주 생생하다. 1944년과 1984년 사이에 100편 이상의 문학작품들이 나왔고 방언시들도 다시 활력을 찾았다. (지나칠 정도로) 진취적인 루마니아 독일 문화의 지도자였고 얼마 전 서독으로 이주한 니콜라우스 베르방거는 몇 년 전 시를 '에스페란토사미즈다트'*로 써야 할 필요가 있다고 주장했다. 즉 진실한 시는 지하에서 씌인 비밀스러운 시여야 하며, 모두가 동시에 한목소리를 내더라도 숨어서 반대의견의 금지된 목소리를 내야 한다는 것이다. 리더로서의 그의 역할은 운명적으로 그를 공용어 에스페란토어로 향하게 했다. 반면 헤르타 뮐러가 쓴, 시간의 흐름처럼 단순하고 어려운 소설 『저지대』는 '사미즈다트'의 본질적인 진실, 늘 비공식적 시어의 본질적인 진실을 담고 있다. 이전의 많은 바나트 문학처럼, 헤르타 뮐러는 마을에 대해 이야기하지만 그 마을은 부재의 장소다. 서술어가 없는 그녀의 문장들에서 의미 없이 나열된 불투명한 상황은 세상을 억압하고 개인 자신까지도 억압하는 이질성을 이야기한다.

헤르타 뮐러는 베른하르트, 한트케 혹은 이네르호퍼와 함께 오스트리아에 꽃핀 마을—아주 새롭고 이질적인 마을—문학에서 영향받았다. 헤르타 뮐러는 마을 문학이 갖고 있는 감각적이고 어두운 뿌리

---

* esperanto-samizdat. 1887년 폴란드 자멘호프가 공표한 세계공용어이자 보조어인 '에스페란토어'와 구소련과 동구권에서 의사 표현의 자유를 위해 비밀리에 진행한 '자가출판'을 뜻하는 러시아어 '사미즈다트'의 합성어.

를 독창적으로 탐구했다. 그러나 뮐러가 그 문학을 이론화했을 때, 그녀가 전형으로 삼은 나머지들과 마찬가지로 때때로 정형화된 문학으로 떨어지고 말았다. 루마니아의 독일인들에게 가해진 혹독한 정치 탄압 속에서 헤르타 뮐러 역시 침묵할 수밖에 없게 됐다.

이웃으로부터 위협받는 루마니아의 독일 작가는 고향에서 분리된 느낌, 이중성, 정체성의 위기를 겪게 되고 이것들이 시를 자극한다. 그는 독일 세계를 빼고 루마니아에서 이질적인 언어로 루마니아의 현실을 표현한다. 한편 만일 루마니아의 독일 작가가 독일로 이민을 가거나 망명을 선택한다면 자신의 나라와는 너무나 다른 나라(서독), 어떤 의미에서 덜 '독일적인' 나라에 있게 되는 셈이다. 자신이 떠나온 나라 그리고 세월과 함께 그사이 많이 변화되어 그에게는 외국이 되어버린 나라에 대해 계속 쓰게 된다. 때때로 이 드라마는 견딜 수 없이 무거워진다. 부쿠레슈티에서 나는 출국사증을 기다리고 있던 젊은 시인 롤프 보서트를 만났던 적이 있다. 무사히 출국해서 총살을 피할 수 있었던 그가, 몇 달 뒤 자유와 성공까지도 얻은 서독에서 자살하고 말았다.

루마니아-독일 문학의 파노라마는 다양한 상황들을 증언한다. 이 상황의 다양성은 시대의 다원성을 아우르는 것으로, 다른 감정으로 다른 조건에서 산다는 것은 다른 시대를 사는 것을 의미하기 때문이다. 루마니아 공화국과 사회주의 이데올로기에 완전히 편입된 바나트 독일인들의 문화협회는, 19세기 작가 아담 뮐러구텐브룬의 이름에서 명칭을 따왔다. 그는 헝가리화에 대항하여 강력한 민족주의 어조로 바나트에서 온전한 독일 정체성을 주장했던 인물이다. 1848년 바나트의 슈바벤인들은 트란실바니아의 작센족처럼 자신들이 무엇을 해야 하는지 몰랐고, 자신들이 누구인지도 몰랐다. 합스부르크가에 충성하며 마자르인들에게 둘러싸이게 된 그들은, 대타협 이후 분명해졌듯, 마자르인들로부터 대놓고 실질적 협박을 당했고 헝가리인들의 적이 되었다. 그러나 예를 들어 벨라츠르크바에서 1848년의 혼란스러운 소요 때문에, 독일인들과 세르비아인들 사이에 진짜 무력 충돌이 일어났다. 세르비아인들이 도시를 포위했고 마침내 도시를 점령했다. 세르비아인들과 맞서 싸우면서 "다뉴브 강의 슈바벤인들"은 오스트리아에 반대했던 헝가리인들을 지지했다. 왜냐하면 세르비아인들은 헝가리인 및 빈 연합국과 갈등상태에 있었기 때문이다.

바나트의 수도 테메슈바르에는 1902년 독일어 신문 열두 종, 헝가리어 신문 열두 종, 루마니아어 신문 한 종이 있었다. 헝가리화는 독일의 존재를 깊이 침식해들어갔다. 아담 뮐러구텐브룬은 점차 독일 민족성을 잃어가고 독일 학교들이 줄어들고, 이름과 성을 헝가리식으로 바꾸고, 슈바벤인들의 집 벽에서 프란츠 요제프 황제의 초상화가 점차 사라지는 것을 묘사한 바 있다. 트란실바니아의 작센족이 자신들의 민족적 정체성을 맹렬히 지키고 있는 것에 반해, 바나트의 슈바벤인들은 기꺼이 동화되어갔고, 자기 자식들에게 헝가리 이름을 붙여주거나 자기 이름을 헝가리식으로 바꾸었다. 1916년의 재미있는 한 논쟁에서 테메슈바르 시장은, 뮐러구텐브룬과 독일 소수민 권리를 요구하는 그의 주장을 반박하고 나섰다. 그런데 헝가리화를 지지했던 이 시장은 슈바벤인이었다.

1848년이라는 말에는 늘 혼돈과 대혼란의 의미가 담겨 있다. 뮐러구텐브룬은 어려서부터 무너진 기념비 돌 조각, 비웃음 짓는 동물 두상들을 갖고 놀았다. 기념비는 헝가리 폭도들로부터 테메슈바르를 지킨 것을 기념하기 위해 세웠는데, 동물들 두상은 세계 제국 덕분에 물리칠 수 있었던 민족 혁명의 악마들을 상징하는 것이었다. 이후 기념비는 헝가리인이 부숴버렸지만, 땅에 널브러져 있던 이 악마들은 아이들에게 아직 살아 꿈틀대며 협박을 가했던 듯하다. 오늘도 안카 할머니가 벨라츠르크바의 한 건물을 보여주며 말했다. "여기서, 혁명 전에……" 여기서 혁명 전이라는 말은 1848년 이전을 의미한다.

8. 독일인의 운명

우리는 다시 벨라츠르크바에 있다. 10월 1일 울리카 35번지에 부유한 기업인이며 지주인 포그터가 살았다. 그는 일차대전이 끝난 뒤에도 바나트에 남아 있었다. 안카 할머니 말로는, 이차대전 당시 독일군이 바나트를 점령했을 때, 포그터가 독일국방군 중위를 초대해 융숭한 식사를 대접하곤 했다고 한다. 독일국방군은 1941년 벨라츠르크바에 들어왔고, 요제프 얀코가 이끄는 독일군은 '바나트 자치' 정책을 폈다. '프린츠 오이겐 사단'은 전적으로 군사력을 바나트 방어에만 고개를 돌리고 있던 부대라서, 지방의 독일정신과 나치즘을 구별하고 싶어했던 얀코의 입장에서는, 다른 임무를 받고 다른 지역으로 부대 이전을 해야 했을 때 거세게 항의할 수밖에 없었다.

독일군은 강하고 두려웠다. 나치 독일은 여전히 강성했고 부자 포그터는 부를 지키며 안전하게 살고 있었다. 그의 농부들은 여름에 새벽 두시에 들로 나가 밤 열시까지 일하고, 집으로 돌아와 주인집 뒤에 있는 허름한 오두막에서 하루에 한 번 함께 모여 끼니를 때웠다. 냄비에 있는 멀건 죽과 빵 조각과 돼지기름이 다였다. 어느 날 저녁 아무것도 모르는 중위가 오두막으로 들어갔다가 어째서 이 시간에 이런 걸 먹고 있느냐고 농부들에게 물었다. 겁에 질린 농부들은 모자를 손에 들고 벌떡 일어나 저녁을 먹고 있다고 답했다. 중위는 냄비를 발로 차 엎어버린 후 포그터를 불렀다. 그에게 독일군의 이름을 더럽힌 악당이라고 소리치면서, 농부들에게 자기가 돈을 내줄 테니 앞으로는 식당에서 매일 먹으라고 말했다. 나는 그 중위가 어떻게 됐느냐고 안카 할머니에게 물었다. "음, 아마 후퇴할 때 숲에서 그 사람들, 유격대원들에게 살해당했을 거야. 식당에 밥 먹으러 갔던 그 농부들 가운데 한 명일지도 모르네."

9. 옥타비안의 무덤

안카 할머니는 갑자기 지벤뷔르겐 지방 시기쇼아라에 있는 옥타비안의 무덤에 가고 싶다고 말했다. 나는 옥타비안이 누구냐고 할머니에게 물었다. 안카 할머니가 옥타비안의 무덤을 언급했기 때문에 그가 누구인지 묻는 게 당연한데도, 할머니는 과거의 한 사람, 어떤 사람에 대해 말한다는 게 이상하게 느껴진 모양이다. 할머니의 권위적이고 여전히 아름다운 얼굴은 생각에 잠겨 있고 약간 당황한 듯하다. 안카 할머니도 당혹감을 느낀다고 생각하기란 어렵지만 말이다. "아, 날 따라다녔던 젊은 장교네. 난 그때 열일곱 살이었고 결국 그 사람이 맘에 들어서, 우린 약혼 상태까지 갔었지. 그런데 이후 무슨 이유 때문에 변덕을 부렸는지 잘 기억나지 않지만, 난 그 남자를 울리고 말았어." "그래서 그 남자는 어떻게 됐죠?" "총살당했어." 그때 할머니가 슬펐냐고 물었다. "아니." 안카 할머니는 단호하게 대답했다. "그때는 슬프지 않았어, 전혀, 난 그 사건을 더는 생각하지 않았지. 그런데 몇 년 전부터 그를 찾아가야겠다는, 그 사람 무덤을 보러 가야겠다는 생각이 들더라고."

그러니까 바로 다른 누군가에 대한 빚이, 갚아야 할 뒤늦은 오랜 빚이 나를 트란실바니아로, 루마니아-독일-마자르 이 여러 국가가 만든 모자이크 속으로 데려온 것이다. 트란실바니아에는 800년 전부터 작센족, 즉 헝가리 왕 게저 2세가 불러들인 독일인 식민지인들이 거주했다. 이후 1224년 엔드레 2세는 특별한 자유와 특권을 그들 독일인들에게 주었다. 그런데 지금 이 땅에 오랜 세월 살아왔던 그들의 존재는 쇠락하고 있다. 유대 문화와 함께 독일 문화는 중부유럽과 동유럽 문화를 하나로 묶어주는 요소였다. 독일에서는 이미 사라진 듯한 독일 고유의 전통적 이미지를 갖고 있는 시비우(헤르만슈타트) 광장과 브라쇼브(크론슈타트) 광장은, 로마의 아치나 수로처럼 중부유럽의 얼굴을 만든 통일된 문화를 보여준다.

작센족이라 널리 불리고 있는 이 독일인들은, 원래 여러 독일 지역에서 왔다고 '작센족의 헤로도토스'인 역사학자 프리드리히 토이치가 썼다. 그는 유감스럽지만 유명한 학자였던 그의 부친 게오르크 다니엘 토이치의 일원론적인 이론을 반박했다. 몇백 년 동안 작센족은 자랑스러운 자율권을 누렸다. 아틸라 훈족의 자손이라 불리며 구성원 모두 귀족의 특권을 누렸던 마자르족인 세케이인들, 그리고 헝가리인들과 함께 작센족은, 인정받는 세 민족 가운데 하나였다. 특히 19세기에 루마니아인들은, 그들 민족에 대항하여 혹은 옆에 서서 자신들의 민족적 자존심을 획득하기 위해 싸워야 했다. 자유로운 농업인이며 정직하고 용감한 중산계급이었던 작센족은, 봉건적인 영주나 농노의 노예생활을 경험하지 않았다. 고향으로부터 외로이 멀리 떨어져 있던 작센족은 늘 '문화 민족'이었고, 독일과의 영토 재결합을 주장하기보다 오히려 자신들의 문화적 정체성을 보존하려고 애썼다.

안카 할머니는 시기쇼아라에 있는 무덤에 마음이 가 있었지만, 그렇다고 해서 트란실바니아의 다른 곳을 둘러보는 것을 반대하지 않았다. 시비우의 에미네스쿠 서점은 루마니아의 독일 문학이 얼마나 풍요롭고 활발한지 증명해준다. 『카르파텐룬드샤우』의 편집인 호르슈트 슐러가 브라쇼브에서 내게 말했듯, 루마니아의 독일 문학은 아주 다르다. 블루멘탈에서 약사를 하면서 지방 고유의 특성이 묻어나는 서정시들을 매일 열 편씩 쓰다가 얼마 전에 죽은 페터 바르트 같은 지방 시인들도 있지만, 최첨단 특별 잡지인 부쿠레슈티의 『노이에 리테라투어』도 있다. 이 잡지는 자본이 더 많고 속박으로부터 더 자유로운 유럽 잡지들과 경쟁하기를 두려워하지 않았다. 1970~1975년에 정치문화 아방가르드 그룹 '악치온스그루페Aktionsgruppe'가 있었다. 이 그룹은 좌파 입장에서 정권을 비판했으며 아주 중요한 활동을 펼쳤다. 페터 모찬과 슈테판 지네르트의 연구는 단지 몇 작가, 특히 부쿠레슈티에 살던 젊은 비평가이며 에세이 작가인 게르하르트 크제이카 같은 인물들을 인용하면서 비범하고 진취적인 활동, 몰락해가는 공동체의 정신적 성장을 밝혀주었다. 에르빈 비츠토크가 몇십 년 전 작센 지방을 멋있게 붓질해놓았다면, 지금은 그의 아들 요아힘의 서정시가 "누렇게 바래가려는 것들에 대한 관심"을 읊고 있다. 루마니아 독일 문학과 특히 비평은 동떨어진 변두리가 아니라, 점차 죽어가고 있는 몸속에서 아주 다양하고 특이한 살아 있는 지적 중심이다.

이민자들 사이에도 큰 차이가 있다. 하인리히 칠리히처럼 40년 전 고향을 떠나 더는 존재하지 않는 땅을 계속 이야기하는 이민자와, 각자 고향의 다른 조각과 다른 시간을 품고 온 이후의 이민자들 사이에는 큰 차이가 있다. 에세이 작가이며 시인이자, 훌륭한 원로이고 작가들의 보호자였으며, 파울 첼란의 친구였던 알프레트 키트너 역시 몇 년 전 고향을 떠났다. 그 전설적인 키트너는 시의 영원성을 믿었다. 그가 도왔던 누벨바그의 실험적인 젊은이들은 키트너가 시대에 뒤처졌다고 생각하며 그를 비웃었지만, 몇십 년이 지나 그 배은망덕한 숱한 자식들은 잊혔어도 늙은 아버지는 아직 건재하다.

키트너가 고향을 떠난 것은 실수일지 모른다. 그의 역할은 마지막까지 자신의 세계를 지키는 것이 아니었을까. 너덧 명의 중요한 작가들이 또 고향을 떠나자 크제이카가 말했다. 난 내 비평과 에세이를 어느 누군가를 위해 쓰진 않겠노라고. 그러나 문학에서라면, 여기저기 도처에서 문화생활 조직단체가 자신들이 세상을 대표하는 척 꾸며대고 있는 시대에, 어느 누군가를 위해 글을 쓰지 않겠다는 건 이로운 일이다.

10. 애매모호한 제우스

시비우에 있는 브루켄탈미술관에는 제우스와 플로라를 그린 카를로 치냐니의 그림이 있다. 자무엘 폰 브루켄탈은 지벤뷔르겐 대공국의 마리아 테레지아 밑에 있는 통치자로서, 계몽주의 중앙집권정치를 계속 유지하는 것과 지방의 특수성에 대한 관심을 화해시킬 줄 안 유능한 정치인이었다. 그 덕에 오늘날 그의 이름을 딴 미술관이 생겼다.

아름다운 어린 처녀를 유혹하는 치냐니의 제우스는 불안정하고 역겨운 자웅동체다. 근육질의 건장한 체격에, 숱 많은 백발이 드리워진 얼굴은 할아버지의 얼굴인데, 음탕하고 모호한 할머니로 보일 수도 있다. 펠리니의 〈사타리콘〉에 나오는 성 역할이 바뀌는 양가적 인물들, 혹은 하이너 뮐러 극작품에 나오는 프리드리히 2세를 떠올리게 한다. 치냐니는 볼로냐 사람이었고 카라치 추종자였지만, 그의 제우스는 다뉴브 강이 흘러들어가는 흑해의 그리스 발칸 세계, 불분명하고 여러 다른 맥박이 섞여 있는 세계, 정신의 레반트 무역 시장에 속해 있는 듯하다.

11. 동부 도시

크론슈타트(지금은 브라쇼브) 검은 교회의 낡은 담벼락은 루터의 찬송가 〈내 주는 강한 성이요〉가 생각나게 한다. 치냐니의 제우스가 어지러이 혼합된 여러 형태의 신인 반면, 크론슈타트의 검은 교회는 성채처럼 단단한 믿음과 명확함으로 된 독일 요새다. 교회 내부에 있는 1647년의 한 묘비에는 "나는 알고 있고 믿는다"라고 적혀 있다. 갑옷과 투구, 목가리개를 착용하고 얼굴에 커다란 콧수염을 기른 전사 조각상은 죽음을 두려워하지도, 다뉴브 강의 젤리같이 달콤한 유혹에 빠지지도 않은 채, 자신의 길을 꿋꿋이 갔던 뒤러의 기사를 연상시킨다.

검은 교회와 혼테루스 기념비 맞은편에 있는 혼테루스 중학교처럼, 여기에 있는 독일 정서는 근본적으로 프로테스탄트적이며, 종교개혁에서 나온 절제와 솔직함과 강건함을 보여준다. 이런 명민하고 강한 미덕들 덕분에 독일인들은 중부유럽의 로마인들이 되었고, 여러 다른 종족의 용광로에서 하나의 통일된 문화를 만들어냈다. 검은 교회 내부에 있는 화려한 터키 양탄자는 트란실바니아에 있던 오스만 제국의 존재를 증명해주며, 또다른 신앙을 말해준다. 그 신앙 역시 유약한 양면 가치에 반대하며 유일한 승리자 알라에게 복종할 것을 주장한다.

이 작센족 도시들의 시는 단단하면서도 우수를 띤, 엄밀했던 부르주아 수공업자들의 시다. '동부 도시' 혹은 유럽 동쪽 국경의 키비타스*인 크론슈타트의 시인 아돌프 메셴되르퍼는 교사였던 증조부와 부친의 엄밀한 태도를 높이 치켜세웠다. 작센 전통은 법규와 옛 권리

* 라틴어 키비타스civitas는 여기서 게르만의 소규모 국가조직 또는 공동체를 가리킨다.

들, 여러 길드 사이의 갈등, 무두장이와 마구제조인의 다툼을 찬양한다. 또한 1688년 크론슈타트의 제화업자들이 독일 황제에게 전쟁을 선포하고 이중국가 체제 동안 헝가리화에 저항했듯이, 모든 권력으로부터 독립하고자 했던 강한 의지를 찬양한다. 헝가리인 지그몬드 모리츠는 지벤뷔르겐에 대해 쓴 역사소설들에서, 황제군이든 보이보디나군이든 어떤 군대도 클라우젠부르크(클루지)의 성벽 안으로 들어오지 못하게 했던 법령을 되새기며 도시의 특권들을 지켰던 행정장관의 용맹함에 경의를 표했다.

이 도시의 시는 질서와 반복의 우수 어린 시다. 즉 안정되게 오래 지속될 거라는 환상과 그 보장을 먹어치우는 역사와 도망가는 삶에서, 안정된 습관들과 장소들을 찾아내려 애쓰는 체계적인 열정이다. 독일 부르주아 수공업자의 정서는 집과 가족, 그들의 보편적이고 인간적인 리듬, 즉 태어나서 결혼하고 죽는 것에 맞는 리듬과 우정을 사랑한다. 식사, 가게, 맥줏집, 시가, 카드놀이, 종교의식, 잠을 사랑한다. 하인리히 칠리히의 단편에서, 브레츠 노인은 매일 저녁 같은 시간에 시장 광장을 지나 "수에즈 운하 같은" 좁은 골목들을 돌아다니며, 캄캄한 데서 다리를 벌리고 바지 단추를 풀어 조용히 오줌을 싸면서 판사나 선생 등 지나가는 사람들의 인사에 답한다. 엄격히 지켜지는 이 저녁 습관은, 어쨌든 삶의 잔인한 도주와 생각 없이 새것을 좋아하는 것에 반대하려는 확고한 의지다.

카페에 앉아 보내는 조용하고 즐거운 저녁 시간은 우수를 남기며 빠르게 지나간다. 시간이 흘러감에 따라 각 개인과 독일인 공동체의 삶도 조금씩 지워진다. 이미 1931년에 메센되르퍼의 소설 『동부 도시』의 주인공은 크론슈타트를 너무나 사랑해서 끝까지 도시에 남아 고독 속에서 자신이 사랑하는 도시에 관한 연대기와 회고록을 썼고, 과거를 애정 어린 눈으로 바라보는 박학하고 현학적인 생활 태도로 사막 같은 자신의 현재 삶에서 위안을 찾았다. 스베보의 노인처럼, 삶을 종이에 올려놓고 삶과 거리를 유지하면서 끔찍한 실제 삶에서 빠져나올 수도 있다. 분명, 안카 할머니는 글을 쓰지 않았고, 글을 쓸 필요도 없었다.

12. 트란실바니스무스

때로는 평화롭고 때로는 우수에 젖은 이 독일 부르주아의 현학적 태도는, 이따금 아주 우스운 것이 되곤 했다. 1848년 트란실바니아의 작센족은 헝가리와의 통합을 받아들여야 할지 거부해야 할지 망설이고 있었다. 크론슈타트는 통합에 우호적이었지만, 헤르만슈타트는 통합에 반대했다. 성문에서, 보초들이 성안으로 들어가고자 하는 외국인들에게 황제 편인지 반란자들 편인지 물을 정도로 통합에 반대했다. 질문받은 사람이 '반란자들 편'이라고 답하면 그를 성안으로 들여보내지 않았다. 1848년은, 어디에 있든 작센족에게도 혼란스러운 시기였다. 헝가리인들이 합스부르크가에 대항해 반란을 일으키면서도 이안쿠가 주동한 루마니아인들의 반란에 대해서는 적의를 보였던 것처럼, 때에 따라 서로 모순되는 자유주의 혁명운동들이 일어났다. 트란실바니아 역사 전체는 대립, 교차, 충돌, 동맹국 결성과 파기 등이 복잡하게 얽히고설켜 있다. 예를 들어 모리츠나 미클로시 요시카의 소설들은, 트란실바니아 대공들이 오스만제국 시대에 합스부르크가와 터키군 사이에서 어떻게 교묘하게 잘 헤쳐나갔는지 보여준다.

여러 민족이 함께 모여 살면서 분열과 갈등을 겪는 이러한 상황은, 국경이 서로 섞여 있는 지역에서 때때로 일어나듯 공통의 속성, 특별한 정체성을 의식하게 만든다. 여러 가지 충돌 요인이 얽혀 있지만 이 특수한 갈등상황에서도 어떤 분명한 정체성, 다툼 속에 있는 요소들 각각에게 고유한 특성을 의식하게 한다. 트란실바니아는, 미클로시 베틀렌의 18세기 자서전이나 합스부르크에 대항한 쿠루젠인들의 반란 주동자인 페렌츠 라코치 대공의 고백록과 회고록에서부터, 헝가리 문화의 요람이었다. 또한 트란실바니아는 루마니아 민족의식의 요람이었고, 18세기와 19세기 사이 다키아에 라틴 요소가 이어지고 있으며, 루마니아인들의 언어-민족적 통일을 확인해준 문학 유파의 요람이었다.

시인이며 괴테의 『파우스트』를 루마니아어로 번역한 루치안 블라가는 18세기 트란실바니아 문화를 폭넓게 연구했다. 그러나 그의 시적 트란실바니아는, 특히 그의 산문에서 이야기한 마을에서 생생하게 드러난다. 그는 조상들의 옛 농촌세계로 되돌아가고 싶다거나 도시를 싫어하는 마음에서 트란실바니아의 마을을 사랑했던 것이 아니라, 신화적이고 환상적인 모델로서, "미오리차mioritza"의 이상적 공간 혹은 루마니아의 정신을 보여주는 풍경으로서 사랑했다. 루마니아 민요에서 '미오리차'는 '어린양'을 뜻한다. 어린양은 자신의 죽음이 복수와 보복이 되지 않도록 다른 사람들을 위해 죽음을 순순히 받아들이는 희생의 상징이다.

반면 트란실바니아의 헝가리인 데죄 서보의 『잃어버린 마을』(1919)은 어둡고 극적이다. 데죄 서보는 활기 넘치는 지식인이었지만 고통이 많았던 재미있는 인물이다. 니체의 작품에서 많은 영향을 받았고 순수하고 절대적인 헝가리 민족정신에 집착한 서보는, 땅과 인종을 예찬하고 설파하면서 파시즘적이고 반도시적인 쇼비니즘 경향을 보였다. 트란실바니아의 부패하지 않은 마을은 그에게 이상적인 얼굴이었다. 그러나 호르티의 반혁명이 승리하면서, 진정한 니체 추종자인 서보는 민주주의뿐만 아니라 파시즘 역시 인위적이고 잘못된 현대화로 전통이 갖고 있는 본래의 순수함을 부패시키고 전복시킬 수 있다는 것을 깨달았다. 그래서 그는 모두에게, '독일인-유대인-슬라브인' 부르주아에게, 진정으로 마자르적인 것을 말살하려 한 파시즘과 나치즘에 전쟁을 선포했다.

'트란실바니스무스Transylvanismus'는 여러 민족이 섞여 구성된 지역에 속해 있다는 감정으로, 하나가 된 다민족을 암시한다. 작센족은 1876년 헝가리 정부가 '코메스'를, '작센 백작'을,* 말하자면 그들의 한 '민족통합체'를 대표했던 백작을 없애면서, 자치권을 잃게 된 것을 분명 매우 슬퍼했다. 중단편 소설들은 때로는 너그럽게 때로는 분노를 불태우며, 이것을 받아들여야 할지 거부해야 할지를 이야기했고, 헝가리 아이들과 독일 아이들이 서로 돌을 던지며 싸우는 장면을 묘사했다.

그러나 작센족은 몇백 년 동안 자신들의 자치권에 대한 의식을 키워나갔고, 1908년 그들의 리더 루돌프 슐러는 그들이 "단순히 독일인이 되려는 것이 아니라 지벤뷔르겐의 독일인"이 되고자 한다는 점을 표명했다. 또한 그들은 작센족으로서의 자신들의 존재와 다양성을 지키면서 마자르화에 의해 위협받는 슈바벤인들로 희생되기보다는, 차라리 헝가리의 "또다른 독일인"으로 사라질 운명을 받아들이겠다고 말했다.

독일 작가들은 헝가리 왕으로서가 아니라 오스트리아 황제로서 프란츠 요제프에게 헌신하면서, 독일 정신과 합스부르크의 왕관, 그리고 트란실바니아의 자치권을 화해시키려 애썼다. 메센되르퍼는 비록 독일 민족주의 경향이 없지 않지만 독일인과 켈트인, 슬라브인과 갈

* 'Comes'는 동지, 동맹자 등을 뜻하는 라틴어로 루마니아 공화국 체제하에 쓰였던 그들의 행정 공조체제를 가리키는 말이며, 'Sachengraf'에서 작센Sachsen은 색슨Saxon의 독일어식 표기다. 여기서는 모두 '작센'으로 표기했다.

리아인 등 모든 민족을 아우르는 신성로마제국 사상, 즉 보편주의로서의 독일 정신을 찬양했다. 그는 '고딕인'을 만들어내는 튜턴 인종주의자들을 비웃었다. 왜냐하면 독일인들이 내세우는 보편이라는 사상은, 그의 생각에 따르면 어떤 한 인종이나 양식에 연관된 것이 아니라, 라틴과 슬라브를 포함한 유럽 전체로 확장되어야 하기 때문이다. 그러나 크론슈타트의 사제가 자신의 책에서 말했듯, 독일 황제는 배신자였다. 왜냐하면 동유럽의 독일인들, 독일 정신을 최전선에서 지켰던 진정한 주창자들을 버리고 멸망의 길로 가게 했기 때문이다. 하인리히 칠리히의 소설 『국경과 시대 사이에서』(1937)에도 나오듯, 자신들의 이웃 민족들에게 늘 "주기만" 했던 작센족들은 빈의 궁정으로부터 버림받았다고 느꼈다.

쇼비니즘과 반유대적인 경향이 없지 않은 이 작품에서, 칠리히는 트란실바니아의 다민족 체제와 분열을 묘사하면서 그 다양한 인종 요소들에 호감을 보이기도 했다. 주인공 루츠의 친구들은 다양한 국적을 갖고 있다. 소설 초반부에서 루츠는, 목사가 루마니아인이라는 걸 알고 깜짝 놀라며 자신의 고향 산천 밖에 또다른 나라, 즉 루마니아가 있다는 것을 상상하려고 애쓴다. 소설 마지막에서 친구들 가운데 한 명인 니콜라스는 루마니아 중위가 되어, 일차대전 후 트란실바니아를 병합한 새로운 루마니아에서 전통과의 단절이 아니라 연속을 희망하는 상징이 된다.

게르만인들의 인색하고 과장된 믿음을 비웃던 칠리히에게도 독일 민족은 위대하다. 칠리히가 쓴바, 왜냐하면 독일 민족은 자신들의 협소한 울타리 밖을 보려 하지 않는 소수 종족들처럼 자기 자신만을 주장하려는 게 아니라 보편적인 이상과 가치들, 즉 "위대한 것"과 "모두를 위해 올바른 것"을 주장하고자 하기 때문이다. 독일 민족은, 서로 모르고 분열되어 있는 중부유럽과 동유럽의 민족들을 통일하고 연결하는 요소다. 고대 세계에서 라틴어가 그랬듯, 독일어는 공용어이고 그래서 보편적인 언어다. 독일어를 중심으로 다른 민족들의 언어들이 피어나야 한다. 다른 민족의 그 어떤 언어도 자신들 종족의 한계를 넘어서지 못한다. 이런 독일 전체주의 전망에는 이중적인 면이 있다. 즉 독일 국가사회주의 시대에 보편성을 내세워 나치의 야만적인 인종차별 제국주의에 대항할 수도 있지만, 그들 지배를 도울 이데올로기적 도구들과 열정을 나치에 제공할 수도 있는 것이다.

칠리히 역시 민족주의 어조를 띠기도 하고, 국가를 떠나 형제애를 강조하기도 한다. 그의 소설 말미에서 트란실바니아의 작센인 루츠는 독일로 이주하지 않고 자신의 고향에, 새로 탄생한 루마니아에 남는다. 왜냐하면 작센인들은, 그들이 한때 오스트리아와 헝가리에 주었던 것을 루마니아에 줄 책임이 있기 때문이다. 이것이 독일인이 되는 그들의 방법이고 의무다. 이는 험난한 일인데, 왜냐하면 "동유럽에서 독일인으로 살아간다는 것은 어려운, 너무나 어려운 일"이기 때문이다.

빈도 베를린도 이해하지 못할 만큼 너무나 어려운 일이었다. 합스부르크가와 호엔촐레른가는 자신들의 관대한 보초들을 배신했다. 중앙과 변방의 관계는 언제나 어렵다. 지리적 혹은 문화적 국경에 사는 사람은, 자신들이 국가를 지키고 대변한다고 느낀다. 또한 국가의 나머지 지역 사람들로부터 이해받지 못한다고 느끼면서도, 타지 사람들은 자신들을 판단할 자격이 되지 않는다고 생각한다. 에르빈 비츠토크의 소설에서 헤르만슈타트의 포그트 가족은 비스마르크의 초상을 집안에 소중히 간직했다. 반면 칠리히의 소설에서, 비스마르크는 헝가리인들을 적으로 만들지 않기 위해 동유럽의 독일인들을 냉정히 버렸던 사람으로 비난받았다. 내가 그 문제를 지적하자, 안카 할머니는 비스마르크는 분명 유대인이었을 거라 말하면서 서둘러 넘겨버렸다.

13. 시계탑에서

옥타비안의 무덤은 시기쇼아라에 있다. 시기쇼아라는 에네아 실비오 피콜로미니*를 매료시켰던 도시고, 지벤뷔르겐의 진주이자, 탑이 많고 접근하기 어려운 '트란실바니아의 뉘른베르크'다. 시기쇼아라는 작센인들에게는 셰스부르크이고, 헝가리인들에게는 세게슈바르다. 고딕 양식의 집들과 대장장이·구두수선공·재단사·무두장이·구리세공인 등 여러 길드에게 바친 탑들과 도시로 올라가는 조용하고 매력적인 길들이 있는 시기쇼아라는 프라하를 연상시킨다. 또다른 신비한 공간으로서, 예상치 못한 사물의 일면을 열어주는 문들과 돌들의 신비를 떠올려준다. 탑들 위에서는 가늘고 날카로운 철 깃발들이 하늘에서 용감하게 바람을 맞으며 꼿꼿이 서 있다. 마치 마상시합장에서 두려움 없이 낯선 운명을 기다리는 기사들 같다. 도시 전체가 평화롭고 조용하지만, 눈을 들어 그 깃발들을 보고 있노라면 요란한 함성이 들리고 불안하지만 회피할 수 없는 전쟁이 시작될 것만 같다.

학살과 공포도 이 문장紋章의 우아함을 감추지는 못했다. 1785년 3월 21일 귀족 안드레아스 메츠는, 시기쇼아라의 상원의원인 자신의 형 미하이에게 알바줄리아에서 편지를 써서, 1784년 농민반란의 주동자 호레아와 클로슈카의 형 집행 소식을 기쁜 마음으로 알려주었다. 농민들은 노예제도에 대항해 반란을 일으켜 요제프 2세와 황제의 약속에 호소했지만, 황제는 반란을 비극적으로 진압시켜야 했다. 비록 황제가 추진한 개혁의 지지자들이 농민들이었지, 농민들이 대항하여 들고 일어난 귀족들이 아니었지만 말이다. 요하네스 안드레아스 메츠의 교화를 받은 클로슈카는 바퀴에 묶여 죽었다. 반면 얀코비츠

* 교황 비오 2세의 세속명.

공작의 개입으로 호레아는 바퀴에 묶이기 전 칼로 두 번 찔리는 특혜를 받았다. 죽은 시체는 몇 등분으로 잘렸다. 머리는 집 문 앞에 놓였고, 나머지 부위들은 "다른 왈라키아 반란자들이 경고로 삼도록" 길에 버려졌다.

나는 무덤에 가는 안카 할머니를 따라가지 않았다. 이런 일은 불편한 제삼자는 빠지고 두 사람이 해결해야 할 일이다. 중위와 볼일이 있는 사람은 안카 할머니였다. 할머니가 옥타비안과 있는 동안, 나는 14세기 시계탑으로 올라갔다. 4층짜리 탑 꼭대기에, 시계 톱니바퀴와 함께 한 주의 요일들을 형상화한 높이 약 1미터의 형형색색의 인물상들이 있었다. 자정이 되면 인물상들은 자리를 옮기며 자신의 자리를 찾아가고 자기 차례가 오면 나타난다. 나는 시계장치 뒤에, 다시 말해 그 안에 있었다. 도르래와 감아올리는 장치가 초침을, 색상이 선명한 우스꽝스러운 목조 인물상들과 부속장치들을, 그리고 안카 할머니가 옥타비안을 마지막 봤던 때부터 흘러온 시간들까지를 움직이게 하고 있었다. 뷔히너의 『보이체크』에서 대령이 뭐라고 말했더라? "맙소사, 하루에 세상이 한 바퀴를 다 돈다고 생각하면, 하루 만에, 알겠나, 그건 소름끼치는 일이야. 이 모든 시간은 많은 쓰레기를 안고 버려져 사라지지…… 벽에 걸려 있는 내 웃옷을 볼 때 난 눈물이 나와. 웃옷은 저기 걸려 있네……"

이런 관점에서 보면 인생은 시간의 소멸, 고장 나기 쉬운 기계 같다. 삶을 재는 시계처럼, 현실은 늘 다음 단계로 이어지는 몽타주의 연쇄, 영원히 반복되는 조직체, 톱니바퀴다. 삶을 사랑하는 사람은 톱니바퀴가 맞물려들어가는 상호작용을 사랑하고, 멀리 섬 여행을 떠나는 것에 마음이 들뜰 뿐만 아니라, 여권 발급에 관계된 행정 수속에도 마음이 들떠야 한다. 일상의 일반적인 이 동원을 싫어하는 강한 신념은, 무언가 다른 것, 삶보다 위대한 무언가를, 휴식시간에도, 단전 때에도, 메커니즘이 멈췄을 때에도, 반짝반짝 빛나는 어떤 것을 사랑한다는 것이다. 정부와 세계는 텅 비어 있음, 부족, 부재를 의미하는 휴가 상태에 있고, 여름날 쨍쨍 내리쬐는 강한 빛만이 있다. 보르헤스가 말했듯이 세상은 실재한다. 그런데 세상은 왜 그리 우리의 발을 걸어 넘어뜨려야 했을까? 우리가 고작 해봐야 결국에는 뚱딴지 같은 항의 정도일 텐데 말이다. 말하자면 선생님들을 존경하지 않는 것도 아닌데 괜히 때때로 무단결석이나 해보는 정도 말이다.

달(월요일)은 내게 뒷모습을 보여주지만, 일요일 즉 독일어로 '존탁 Sonntag'인 태양의 날(관광안내서에서 말했듯 황금, 부의 날)은 둥글고 불그레한 큰 얼굴을 보여준다. 창가에서 나는 밑을 내려다봤다. 묘소에 다녀온 안카 할머니가 내게 내려오라는 가벼운 손짓을 했다. 지나가던 행인이 독일 사투리로 우리에게 가르쳐준 맥줏집에서, 루마니아에는 식료품이 부족한데도 불구하고, 아주 맛있는 소시지를 먹었다.

14. 침묵의 언저리에서

비스트리차는 드라큘라 백작 때문에 유명해졌다. 시기쇼아라에서 그 저택을 공개하고 있는 실제 인물 '꼬챙이 살인자' 블라드 드라큘라 백작 때문에 유명한 게 아니라, 브램 스토커의 소설에 나오는 흡혈귀 가짜 드라큘라 백작 때문에 유명하다. 소설에서 비스트리차는 독일어로 비스트리츠로 불린다. 어쨌든 나는 스토커의 소설 주인공 조너선 하커보다 더 보호를 받았다. 왜냐하면 안카 할머니는 밤의 온갖 유령들을 비롯해 공포심을 자극하고 싶어하는 어느 누구도 무서워하지 않았기 때문이다.

스토커 소설의 문학적 시계장치는 완벽하고 매력적인 메커니즘을 보여준다. 다뉴브 강 여행자의 호기심을 자극하는 것은, 드라큘라 백작이 3장에서 세케이 민족을 찬양했다는 것이다. 세케이족은 국경 지역 기마유목민인 훈족이었으며 마자르족·랑고바르드족·아바르족·불가리아족·터키족 등에 대항하여 몇백 년간 국경을 지켰다. 세케이족은 전부 귀족이었는데, 모두 평등하게 말을 타고 달리며 자유를 갈구했기 때문이다. 그들은 기억할 수 없을 정도로 오래전에 마자르족에서 간신히 떨어져나왔다. 최근에 헝가리 작가 죄르지 코바치와 루마니아 작가 루치아 데메트리우스가 자신들의 소설에서 세케이족을 다루었다. 1863년 나온 그들의 민중시집 제목이 '야생 장미'다. 이 장미들의 붉은색과 비교하면, 드라큘라를 그린 영화와 책들에서 뿌려졌던 피는 단지 곱게 물든 물일 뿐이다.

스토커의 소설에서 말했듯, 드라큘라 성은 현재 소련 땅인 부코비나 국경 지역 근처에 있다. 1865년 빈 문예란의 대가 페르디난트 퀴른베르거는, 합스부르크제국의 그 먼 깨끗한 동쪽 지방에서 새롭고 신선한 문학, 오스트리아인-루마니아인-유대인-러시아인-루테니아인이 섞여 있는 그 용광로의 문화를 자양분으로 한 독일어 문학이 생겨나기를 바랐다. 프루트 강의 깨끗한 포도가, 오스트리아인의 핏줄에 흐르는 라인 강의 지치고 지루한 포도주를 대치해야 했다. 동쪽 땅을 새로이 가꾸어야 할 제국이 이젠 사라졌을 때, 그 희망이 실현되었다. 1918년 이후 부코비나의 주도 체르노비츠가 이치크 망거, 레초리, 알프레트 마르굴슈페르버, 로제 아우슐렌더 등으로 인해 활기 넘치는 다국적 문학 중심지가 되었다. 『체르노폴의 흰담비』에 나오는 작품 주인공들처럼 "어떤 국적에도 속하지 않으며, 안 해본 일이 없는, 다중언어 구사자"인 그레고어 폰 레초리는 암시적이고 우수적인 시로 이 바벨탑의 풍부한 모호성, 서로 역할이 뒤바뀐 진실과 거짓의 냉소적이고 불안한 게임을 표현했다.

이 세계는 사라졌다. 그 세계의 가장 훌륭한 대변자 파울 첼란은 사라짐, 죽음, 갑작스러운 침묵의 진실을 잘 표현해낸 시인이다. 첼란의 서정시는 현대 오르페우스의 시를 보여준다. 밤으로, 죽음의 왕국으로 내려와 노래한다. 노래는 알아들을 수 없는 삶의 중얼거림이 되고, 역사의 감옥을 열 마술 같은 신비한 말을 찾기 위해 언어적이고 사회적인 모든 형태를 해체한다. 현대시의 가장 훌륭한 우화로 시인은 구원자가 되고 싶어하고, 존재의 악을 자신이 모두 떠안고 싶어하며, 커뮤니케이션의 거짓 언어가 지워버린 사물의 진정한 이름을 되찾고 싶어한다. 개인을 휩싸고 있는 뒤엉킨 매개 그물에서, 시인은 그물 주름 사이에 숨어 있지 않고 그물을 찢고 나와, 그물이 숨긴 존재의 밑바닥에 닿기 위해 싸우는 특이한 피조물이다. 횔덜린이나 랭보의 경우처럼 종종 모험은 치명적이다. 왜냐하면 그물 밖에는 아무것도 없어서, 시인은 무無 속으로 떨어지기 때문이다.

주세페 베빌라쿠아가 번역한 첼란의 마지막 서정시들 가운데 하나에서 보듯, 그 역시 삶의 "바닥없는 바닥"을 찾는다. 첼란은 1920년 체르노비츠에서 태어나 1970년 파리에서 자살했다. 유대인 학살을 경험했던 첼란은 그 학살로 부모님을 잃었고, 진정한 삶과 역사의 모든 가능성을 없애버리는 어떤 절대적 밤을 경험했다. 첼란은 나중에 자신이 서양 문화에 뿌리내릴 수 없음을 절감한다. 그는 개인과 현실 사이의 상처에서 생겨난 유럽 시의 한 세기를 온몸으로 체험하며, 세상을 구하겠다는 꿈이 산산조각나는 것을 토로했고, 자신의 순교를 표현하면서 스스로를 파멸시켰다.

첼란의 서정시는 침묵의 언저리에서 나온다. 침묵을 찢고 나온 말이며 침묵과 거부에서 피어난 말, 의사소통이 불가능한 소외된 거짓 커뮤니케이션에서 피어난 말이다. 어휘와 구문을 아주 대담하게 사용한 그의 난해한 시는, 이런 부정과 거부를 짜서 만든 것이다. 부정과 거부만이 진실한 감정을 표현할 수 있는 방법이었던 셈이다.

첼란은 자신의 상처 속에서 괴로워했고 절대악으로서의 대학살을 경험했다. 분명 이 절대악은 존재하지 않지만, 에리크 베유가 메두사의 유혹에 대항하여 방어한 건 지당한 일이다. 가장 잔인한 행동도 총체적인 현실과 역사적인 상관관계를 갖는다. 그러나 악을 경험하는 순간 그 악은 하나의 절대적 폭력으로 느껴지고, 악의 원인과 이유를 이해하려는 성찰조차 다 같이 고통스럽게 악을 겪었던 그 순간을 잊게 할 수는 없다. 고통을 무디게 하고 비극을 진정으로 이해하지 못하게 만드는 속물적인 화해로 빠져들지 않으려면, 너무나 고통스럽게 악을 체험했던 그 순간을 심사숙고하게 해야 한다.

첼란은 어떤 확고한 개념적 생각 없이 직접 패자들 편에 가까이 서 있었다. 아마 그는 마지막 오르페우스 시인이며, 베빌라쿠아가 정의했듯 시가 사라지기 전에 원래의 맹목적인 순수함으로 시를 데려가고자 했던 오르페우스 시의 종교개혁가일 것이다. 한 세기 동안 그 언어적 존재론의 뿌리깊은 부정은 사회의 소외에 대항한 실질적인 저항이 됐다. 지금 그 부정은 더이상 스캔들이 되지 못하지만 스캔들의 귀중한 대상으로 연구되고 있다. 비록 개인적인 진실성을 가졌다 하나 지금 그 길을 다시 가려는 사람은, 티토 페를리니가 관찰했듯 우울한 운명을 만나게 될 것이고, 소외된 커뮤니케이션의 톱니바퀴에 쉽게 빨려들어가고 말 것이다. 첼란에게서는 이런 뿌리깊은 거부, 전통을 닫고 그것과 함께 자기 자신도 지우려 하는 사람의 몸짓이 느껴진다.

시를 비난했던 플라톤의 주장을 받아들일 수 없지만, 매번 시를 다시 생각해볼 필요는 있다. 자신의 구원을 오직 자기 자신에게서 찾는 시는 모순, 불행, 혹은 개인의 통속적인 정신 상태를 기꺼이 모방할 위험이 있다. 플라톤에 따르면 그것들은 정의와 진실 추구를 방해하는 것들이다. 분명 지금 누구도 플라톤이 경험했던 것과 같은 문제를 경험할 수 없다. 그러나 자기 자신만을 자양분으로 삼는 서정시는, 시에 위해가 되는 죄를 지을 수 있다. 사행시나 운을 맞춘 시들, 어둠 속에서 더듬거리는 말의 조각들 역시, 자신의 고통 속에서 무한히 자신을 되풀이해 재생산해내면서 상처투성이 수사학이 될 수 있다. 첼란의 희생은 이런 위험을 쫓아내기 위한 푸닥거리이기도 하다. 불가능한 확신이 그를 침묵하게 했고, 동시대인 혹은 후세대에게 "병 속에 띄운 메시지"를 남긴 후에 사라지게 했다. 첼란은 밤에, 그가 찾아낸 죽음의 장소 센 강 물속으로 사라졌다. 그의 시는 "나는 나 자신 뒤에 빛을 만든다"라고 했다. 시는 이런 반짝임이다. 이 빛은 첼란이 그의 시를 데려가 사라졌던 곳을 보여준다.

15. 자살에 대한 가설들

예술을 본뜬 기술의 유혹에서 유발된 작은 지적 실망. 부코비나에 로베르트 플링커가 살았다. 그는 카프카의 영향을 받은 작가이며 병리학자였고 수수께끼 같은 재판, 어두운 죄악과 미스터리한 법정을 다룬 중단편 소설가였다. 카프카에게 영향을 받긴 했지만, 그는 개성이 강하고 불안한 작가였다. 유대인이었던 플링커는 히틀러 통치 기간 중에 숨어 살다가, 자유를 얻은 후 1945년에 자살했다. 나는 그의 자살에 마음이 끌렸다. 그가 죽음의 위협에 저항했지만 악몽이 끝나고 자유를 얻자 그것에 적응하지 못했다고 생각한 것이다. 혹은 악인 나치즘은 견딜 수 있었지만 자유의 얼굴을 한 스탈린주의는 참을 수 없었고 스탈린은 히틀러를 대체한 것일 뿐이라는 생각에 자살했다고 생각했다.

그러나 볼프강 크라우스는 플링커가 사랑 때문에 자살했다고, 풋

내기 같은 그에게 찾아온 사랑의 열병과 마음의 실망 때문에 자살한 거라고 내게 일러주었다. 소설가를 놓고 쓴 가상의 이야기는 그렇게 연기 속에 사라졌다. 한데 똑같은 것이 아닐까? 사람들은 삶이 피곤해졌을 때 거기서 벗어나기 위해 암이나 심장발작 같은 무의식적이고 간접적인 수단들을 선택하게 된다. 불행한 사랑도 그런 수단이 아니었을까? 스탈린은 자유가 될 수 없다는 사실을 확인했어도 곧장 결론짓고 자살할 수는 없었기에, 플링커에게 매개 수단이 필요했을지 모른다. 그래서 아직은 부족했던 자극을 주어 그를 죽음으로 밀쳐낼 수 있는 어떤 여인을 찾았을지 모른다.

16. 수보티차 혹은 위조된 시

헝가리와 유고슬라비아를 걸쳐 수보티차로 긴 길을 돌아 벨라츠르크바로 다시 돌아왔다. 수보티차에 들른 건, 그 지역을 알고 싶다면 수보티차를 봐야 한다고 안카 할머니가 강력히 주장했기 때문이다. 예상도 짐작도 못했는데 수보티차는 매력적인 위조와 위반이 있는 도시 같았다. 14세기 초에 지기스문트 왕의 비밀서기관인 가브리엘 셈레니는 왕의 인장이 찍힌 독점사업권을 수보티차에 전달했다. 나중에 이것은 다른 비슷한 서류들과 함께 가짜로 밝혀졌고, 결국 서기는 화형에 처해졌다. 수보티차가 16세기에 터키 손에 들어가기 직전, 모험가인 자칭 차르 이오바가 잠시 거주하며 지배했다.

마리아 테레지아로부터 자유로운 도시였지만, 테레지아의 국고 재정에서 나온 당대 유행한 스타일의 우울한 이미지를 풍긴다. 그 이미지에 20세기 초 브레이크 없는 자유가 덧씌워졌다. 집들은 노란색과 파란색으로 현란해서 마치 조개껍질 같으며 파인애플을 닮은 왕관,

커다란 여자 젖가슴을 하고 있는 남자아이 조각상, 기둥 아래쪽은 사자 모양이고 그 아래는 형체 없는 물결로 해체되는 거대한 여인상 기둥 등 아주 특이한 장식과 장식품들로 꾸며져 있다.

버려진 유대교 회당은 디즈니랜드에서 나온 것처럼 빵빵하게 부푼 둥근 지붕들이 많고 색깔이 현란하며, 부서진 창문들에 가짜 작은 다리들이 놓여 있고, 계단들은 풀로 덮여 있다. 시청 건물은 스테인드글라스와 계단, 잡다한 처마 장식들의 대향연이었다. 여기서 자유는 기꺼이 자신의 수도꼭지를 열었다. 서로 양립할 수 없는 요소들이 모여 있고 중첩되어 있다. 마치 시의원들 각자가 빈이나 베네치아 혹은 파리에 가서 자신이 본 것의 일부를 모방해왔고, 시가 이 모방해온 조각들을 하나로 끼워맞춰놓은 것 같다. 세기말 빈의 미학적 절충주의 속에서, 그 화려함 뒤에 감춰진 가치의 공허함이나 키치를 고발했던 브로흐가 이곳에서 그런 키치의 요란스러운 예를 발견했을지도 모르겠다. 위조는 수보티차의 시인 듯하다. 수보티차의 매력적인 소설가 다닐로 키슈의 환상 속에서, 이 위조는 스탈린주의가 만든 삶의 거대한 변조가 되고, 혁명가들의 은밀한 분열이 된다. 혁명가들은 공권력을 피해 자신들의 정체성을 바꾸고 배가시키고 변장하고 잃어버린다. 현대 세르비아 문학에서 가장 중요한 작품 가운데 하나인 『보리스 다비도비치의 무덤』의 주인공들은 위조자, 희생자, 살인자 들이 한데 모인 세계 역사의 인물들이다.

왜 이런 키치가 수보티차에서 터져나오는지 모르겠다. 인근 솜보르에 있는 시의회 건물은 차분하고 기하학적인 질서를 갖고 있다. 다뉴브 강과 다른 강들을 연결하는 운하 계획과 연구에 부합하는 도시 모습을 보여준다. 솜보르 근처에는 스초호카트지 사람들이 살았다. 대신 수보티차에는 지난 몇백 년간 헤르체고비나에서 온 부네바트지 사람들이 살았다. 세기말에 나온 어떤 책에서, 부네바트지인들은 통통하고 혈색이 붉은 여자들을 좋아하는 마자르족과는 달리, 창백하고 마른 여자들을 좋아한다고 말했다. 헝가리 국경 근처에 있는 수보티차는 여러 언어를 사용하는 활기찬 변방 도시다. 수보티차가 유고슬라비아에 있는지 헝가리에 있는지 잠깐 생각조차 안 해볼 때가 있다. 키드리체바 울리카 거리에서 도로 공사를 위해 세워놓은 함석 울타리에, 사랑에 빠진 수개국어 구사자가 "Jai t'ame"*라고 모호하게 적어놓았다.

17. 노비사드와 인근 지역

다시 진짜 다뉴브 강으로 돌아왔다. 노비사드는 '세르비아의 아테네,' 세르비아의 문화·정치 부흥의 중심지다. 지금은 보아보디나의 주도다. 공공기관과 의회에서 공식적으로 인정되는 언어는 다섯 개(세르비아어·헝가리어·슬로바키아어·루마니아어·루테니아어)다. 비록 군대에서는 세르비아어가 압도적으로 많이 쓰인다는 게 의심스럽지만 말이다. 풍광은 아름답고, 페트로바라딘 요새가 오스트리아와 오스만튀르크제국의 기억을 떠올려주며 다뉴브 강변에 위풍당당하게 서 있다. 프루슈카-고라의 인근 숲들에 동방정교회 수도원들이 자신들의 성화상과 옛 평화를 간직한 채 숨어 있다.

노비사드 시장에서 슬로비키아 민족의상을 입은 농부들도 볼 수 있다. 노비사드처럼 보이보디나 주 전체가 다국적인 특징, 다민족으로 구성된 하나의 통일체를 보여준다. 이는 유고슬라비아 전반을 구성하고 있는 특징이다. 이런 다민족 통일체는 경제적 위기와 여러 공

* '널 사랑해'라는 뜻의 이 프랑스어 문장의 올바른 표기는 'Je t'aime'이다.

화국의 원심력으로 인해 때때로 위협받고 있는 듯하다. 지티슈테의 독자적인 문화운영권 사업을 맡고 있는 루마니아인 이온 페트로비치는, 한 텔레비전 방송과의 인터뷰에서 자신이 루마니아에 갔을 때 외국에 있다는 느낌을 받았다고 했다. 바치키페트로바츠는 슬로바키아인들이 자신들의 문화 전통을 꽃피운 중심지다. 1948년 티토의 분립 이후 이들 슬로바키아인들 가운데 일부가 힘든 시간을 맞았다. 왜냐하면 스탈린주의 체코슬로바키아를 심적으로 지지한다는 의심을 받았기 때문이다. 슬로바키아로 간 또다른 이들은 티토주의자로 의심받아 박해를 받았다. 텔레비전에서 그들의 주교 요라이 스투루하리크는 맥주와 소시지를 즐기는 사람처럼 울퉁불퉁한 붉은 코를 보여주었다. 루테니아인들이나 러시아인들은, 슬로바키아인들과 우크라이나인들과 자신들을 엄격히 분리하면서 문화에서 자신들의 정체성을 찾고 있다고, 그들의 대표자 율리얀 라츠가 말했다.

슬로바키아인들처럼, 혹은 그보다 더 헝가리인들도 신문, 잡지, 출판사, 활발한 토착 문학을 가지고 있다. 몇 년 전 노비사드의 유명인사 에르빈 신코가 죽었다. 그는 벨런 쿤 공화국에 참여했다가 모스크바로 망명했는데, 그의 회고록 『소설에 관한 소설』에서 스탈린의 숙청이 자행되는 모스크바에서 자신의 소설 『낙관론자들』을 발간하기 힘들었다고 회상했다. 『낙관론자들』은 1919년 헝가리 혁명을 다룬 1200쪽의 프레스코 벽화 같은 작품이다. 그는 특히 회고록에서 스탈린 치하의 끔찍했던 세월을 회상했다. 『소설에 관한 소설』은 뛰어난 증언이며 작가의 이야기다. 작가는 어느 누구를 위해서 글을 쓴 게 아니라고 믿었는데, 그의 책이나 일기가 영원히 발간되지 않을 거라 생각했기 때문이다. 신코는 수신자 없는 작품의 드라마 같은 삶을 살았고, 삶을 빨아들이는 듯한 글쓰기 유령으로 살았지만, 그에게는 목적도 출구도 없는 삶이었다.

스탈린 치하의 모스크바에서 신코는 재판과 숙청과 박해의 그림자 속에서 "객관적인 기회주의자"로서의 삶을 살았다. 왜냐하면 그는 개인적인 이기심 때문에 스탈린에 동조하지 않았지만, 독재의 파렴치한 행위를 보면서도 그것의 공갈 협박을 객관적으로 받아들였다. 그는 반파시즘 투쟁을 벌이면서도, 스탈린 정권에 반대하고 정권을 무력화시키는 것은 그 순간 불가능하다고 믿었다. 비록 이런 생각의 밑바탕에는 공포를 조장하는 음모가 있을 거라는 걸 그도 알았지만 말이다.

1936년 3월 18일자 한 훌륭한 글에서, 신코는 소련을 방문한 말로와 고리키의 대담을 지적했다. 그야말로 우둔함이 무엇인가를 보여주는 짧은 대담이었다. 두 사람의 대담은 도스토옙스키에 관한 것이었다. 고리키는 도스토옙스키를 설교적인 신학자로 치부했고, 말로는 세상에 위대한 질문을 던진 도스토옙스키가 이젠 시대에 뒤처졌다고 말하면서도 선의를 베풀어 단결과 미래를 이야기한 도스토옙스키는 그래도 가치 있다고 말했다.

전 세계에서 형편없는 번역판으로 혹은 왜곡된 책으로 도스토옙스키를 읽었던 아주 단순하고 자격 없는 독자도 이토록 어리석은 말은 결코 한 적이 없다. 정신은 원하는 쪽으로 기운다. 그 순간 고리키와 말로, 존경받는 두 작가는 그들보다 문학을 이해하지 못하는 사람은 아무도 없다는 부정적인 세계 기록을 얻었다. 그들이 강요나 어떤 협박을 받은 게 아니다. 설령 그들이 도스토옙스키에 대해 말하지 않았다고 해서 스탈린이 그들을 시베리아로 보냈겠는가. 그들을 움직인 건, 아주 큰 비겁함, 보고도 못 본 체하고 자신들이 최고가 되어 문화 논쟁에 목소리를 내려는 어두운 욕망 때문이었을 것이다. 그들은 자신들의 목적 달성, 남들이 부러워할 만한 기록 갱신에 성공했다고 생각했을 수도 있겠다.

보이보디나에는 집시들, '루마니아인들'도 있다. 그들은 단지 바이올린 연주자들일뿐 아니라 집시 사전을 만든 트리푼 디미치처럼 문헌학자들이기도 하다. 루마니아 시비우의 집시들에게는 옛 종족 법에 따라 자신들의 분쟁을 즉석에서 해결해주는 우두머리가 아직도 있다. 보이보디나의 공식 설문지에서 국적을 묻는 질문에 단순히 '유고슬라비아인'이라고 말하는 사람들의 숫자가 늘었다. 노비사드에 사는 한 이탈리아인은 자신이 『타타르족의 사막』*에서 오지 않는 뭔가를 하염없이 기다리는 드로고 대위같이 느껴진다고 말했다.

18. 국경 사람들

안카 할머니는 군사전선의 전설적인 비정규군 '그렌처Grenzer'에 대해 말하는 걸 달가워하지 않았다. 군사전선은 안카 할머니가 태어나기 약 20년 전 프란츠 요제프 황제에 의해 해체되었다. 그런데 그 이전에 안카 할머니의 할머니가 한 차이키스트와 이야깃거리를 만들었고, 이는 비밀과 스캔들을 숨기기 쉽지 않은 벨라츠르크바의 작은 사회를 당혹스럽게 했다. 차이키스트라는 말은 다뉴브 강을 무장한 채 예고 없이 지나다니던 작고 빠른 범선 '차이카tschaïka'에서 나온 말이다. 차이키스트는 수로 안내인이자 군인이었고 대개가 세르비아인들이었다. 터키군과 전쟁을 치르게 된 차이키스트 함대는 바나트의 비정규군 군사전선에 합병되었다. 18세기에 바나트 주도 자신들의 '차르다카tschardaka' 혹은 초소들을 가지고 군사전선을 만들었다. 카르니올라에서 발칸반도까지 제국을 지키기 위해 1000킬로미터에 걸

* 1940년에 발표한 이탈리아 소설가 디노 부차티의 소설로, 1976년 발레리오 추를리니가 영화로 만들었다.

쳐 펼쳐진 이 긴 자율적 군사전선은, 다뉴브 강의 단결력을 보여주었으며, 로마제국의 국경이나 이주민인 유목민들처럼 튼튼했다. 유목민들은 터키군과 봉건영주들을 피해 이리저리 이주하다가 군사전선에 합류하곤 했다. 16세기 스티리아와 카르니올라에서 생겨난 군사전선은, 제국군이 성장함에 따라 마치 움직이는 성벽처럼 길어져 동쪽과 남쪽으로 뱀처럼 기어갔다.

군사전선은 독립적인 지위를 누렸고, 하나의 공동체 안에 병사들과 그 가족들이 모여 살았다. 그들은 자신들의 군주인 '크네즈Knez' 혹은 '보이보다Vojvoda'와 멀리 있는 보이지 않는 황제에게 복종했지만, 부호나 봉건영주들에게는 복종하지 않았다. 1000킬로미터에 걸친 군사전선은 벤드족·게르만족·일리리아족·왈라키아족 등 여러 민족을 포함했지만, 국적은 복잡하고 불분명했다. 그렌처는, 특히 초반에 대개가 크로아티아인들이었지만 더 많은 다양한 종족을 포용했다. 그렌처에 들어간 종족 가운데 자드루가에 살던 세르비아 종족이 눈에 띄는데, 이 세르비아 종족은 재산과 혈연관계가 명확히 구분되지 않는 씨족집단이었고, 유대관계·애정·소유를 구분할 수 없는 공동체였다. 그렌처는 터키의 침입과 공격으로부터 제국을 지켰지만, 그들 안에는 하이두크나 우스코치*로 불리는 도적떼와 별단 다르지 않은 떠돌이 모험가들이 있었으며, 특히 봉건 농노제도에서 탈출한 농민들이 흘러들어왔다.

대부호들은 자신들의 권력으로부터 독립되어 있는 이 자유로운 병사들을 미워했고, 터키의 침입보다 그들의 자치권을 더 많이 불만스러워했다. 그러나 그렌처는 터키군을 두려워하지 않았듯 대부호들도

---

* 'Hajduk'는 주로 16~18세기 오스만튀르크 대 발칸반도 슬라브인 거주지에서 오토만에 대항해 애국적 게릴라전을 펼쳤던 도적을, 'Uskoci'는 합스부르크가 통치 당시 아드리아 해 동부 쪽에서 유격대처럼 활동하던 크로아티아 비정규군을 가리킨다.

무서워하지 않았다. 하인리히 칠리히의 소설에는 그렌처가 거만한 헝가리 남작의 엉덩이를 어떻게 피가 나도록 쳤는지 묘사되어 있다. 남작 소유의 땅은 그렌처 소유의 땅과 접해 있었다. 분쟁이 이 접경 지역에서 일어났고, 이곳에서 봉건법과 그렌처 영토의 자율적인 법 가운데 어떤 법이 더 우세한지 불분명했기 때문에 번거로운 법적 분쟁을 피하기 위해 그렌처들은, 경계선에 걸쳐놓은 벤치에 남작을 눕히고 남작의 영토 쪽에 가 있는 손에는 조공을 바치고 군사전선 쪽에 있는 엉덩이에는 채찍을 가했다.

몇백 년간 페스트를 막기 위한 방역선 역할도 했던 군사전선의 역사는 무질서의 역사이지만, 다른 나라들 가운데 낀 무인도 같았던 여러 종족을 하나로 묶은 튼튼한 연대의 역사, 훈육의 역사이기도 하다. 그들의 이야기는 잔혹함, 야만적이고 잔인한 형벌, 충성심, 용기, 끈질긴 노력, 야생의 생명력, 강인한 군인정신을 보여주었다. 보병 500명으로 구성된 제국군 대대가 탈취당하지 않도록 판두르* 두 명을 보내 대대를 보호했다는 얘기처럼 말이다. 그들은 자신들의 자율권을 자랑스러워했으며 모든 외부 세력으로부터 자신들의 독립을 지키기 위해 애썼다. 1871년과 특히 1881년에 제국 칙령이 몇백 년간 내려온 군사전선을 해산하고 헝가리 관할 아래 두자, 그렌처들은 자신들이 배반당했다고 느꼈다. 헝가리 세르비아인들의 왕관 없는 왕 스베토자르 밀레티치는 프란츠 요제프 황제를 공식적으로 고발했다. 미하일로 푸핀은 옛 세르비아 그렌처였던 자신의 아버지가 다음과 같이 말했던 걸 기억했다. "너는 절대 제국군 병사가 되지 마라. 황제는 자신의 말을 지키지 못했다. 황제는 군사전선 사람들에게는 배신자다."

* Pandur. 발칸 슬라브족 전사로, 주로 18세기 무렵 오스트리아 정규군으로 병합시키기 위해 데려온 무자비한 헝가리 민병을 가리킨다.

안카 할머니 가문에 유쾌하지 않은 기억을 남겼던 차이키스트의 대담함은 군사전선 사람들의 마지막 무훈들 가운데 하나일 것이다. 어떤 명분이나 깃발을 지키기 위해 목숨을 바쳤던 많은 사람이 그랬듯, 그들 역시 그들의 깃발로부터 배반당했다. 자신의 영주에게 충성하는 신하라는 오스트리아의 위대한 신화는, 신하는 충성을 바쳤지만 영주는 종종 그를 배반한다는 걸 가르쳐준다.

19. 베르테르 같은 스탈린주의자

쉽게 상상할 수 있듯 벨라츠르크바는 훌륭한 문학을 갖고 있다. 각 민족은 자신의 문화에서 자랑스러움을 찾는다. 예를 들어 세르비아인들은 법학자이자 법무장관인 글리샤 게르시치 같은 사람을 자랑스럽게 여긴다. 그는 공공법과 국제법의 대가이며, 로마법과 전쟁법 학자였고, 1909년 발칸반도의 위기를 법적인 측면에서 분석한 중요한 저서의 저자다. 언어적 지식이 부족해서 편파적으로 봐서 그런지, 나는 독일어권 문학에 특히 관심이 갔다.(벨라츠르크바의 독일인 수는 적지 않았다. 1910년 독일인이 6062명이었는데 반해, 헝가리인은 1213명, 세르비아인은 1994명, 슬로바키아인은 42명, 루마니아인은 1806명, 루테니아인은 3명, 크로아티아인은 29명, 체코인은 312명, 집시는 42명, 여러 지역에서 온 주둔군은 1343명, 기타는 29명이다. 그리고 '유대교인'이 250명이었다. 1만 1524명 중에 8651명이 읽고 쓸 줄 알았다.)

벨라츠르크바의 독일 문학은 상류계급 부인들과 숙녀들을 주축으로 한 여성들이 주로 활약했다. "나글-차이들러-카스틀러의 『독일-오스트리아 문학사』에 따르면, 장교 딸들 가운데 재능 있는 시인들이 있었다." 향수 어린 시로 벨라츠르크바를 노래한 최근의 서정적 목소리 가운데 하나도 힐다 메르클이라는 여성의 목소리다. 그러나 벨라츠르크바의 뛰어난 여성 시인은 바나트 주의 '작은 백색 도시'의 슬프고 외로운 나이팅게일 마리 오이게니 델레 그라치다. 1864년 벨라츠르크바에서 태어난 내성적이고 신경이 예민한 이 여성 작가는 자신의 작은 고향 도시, 여러 언어로 역명을 알려주던 철도원, 어린 시절 이상향이었던 투로치 제과점, '검둥개'라는 뜻의 데어슈바르체훈트 식료품 잡화점 주인이었던 찡그린 얼굴 보지치 씨, 많은 사람의 감탄을 받으며 마차를 타고 지나가곤 했던 세르비아 출신의 아름다운 라둘로피치 부인, 말 탄 하이두크, 언덕에 묻힌 터키 병사, 봄에 깨지는 다뉴브 강의 얼음(안카 할머니도 뛰어난 표현력으로 묘사했다), 나일강 유역에서 날아오는 황새들을 찬미했다.

소설 『다뉴브 강의 딸』에서 여성 작가는, 고향땅을 사랑하면서도 폐쇄적이고 거의 병적인 고독에 갇히게 된 넬리라는 인물에게 작가 자신을 투사함으로써 자신만만하지만 불행한 여성 해방의 표현을 담아냈다. 1885년에 쓴 단편 『집시 여인』에서는 방랑의 아픔, 고통을 겪지만 그 고통이 어느 누구의 동정도 관심도 얻지 못하고 바이올린만으로 자신들의 외로운 운명을 말하는 민족의 형벌을 이야기했다.

어쩌면 벨라츠르크바의 마지막 독일 작가일, 안드레아스 A. 릴린이 몇 달 전에 죽었다. 열성 스탈린주의자였던 그는 분명 서사적인 소설가, 사회주의 리얼리즘의 대표적인 고전 작가였다. 그의 소설 『곡식을 찧는 곳에서』는 시골 생활을 그린 활기차고 힘 있는 프레스코 벽화 같은 작품이며, 공산주의 사회의 건설과 세계정신을 찬양한 작품이다. 세계정신은 5개년 계획의 옷을 입고 나타났을 때도 늘 개개인의 선을 위해 일한다. 설사 개인들이 그것을 모르거나 자신들이 학대받는다고 느끼더라도 말이다.

불행히도 시대는 변했고, 확신은 무너졌으며, 정통파의 삶은 사태와 전망의 급류 속에서 점점 더 불안하고 우울해졌다. 전체주의를 옹호했던 안드레아스 A. 릴린은 점점 더 혼자가 됐고, 세상을 견고하게 할 하나의 통일된 이데올로기와 체계를 지키려 했던 소수 가운데 한 명, 혹은 유일한 사람이 되었다. 그를 둘러싼 현실과 사람들이 바뀌었고, 티토의 유고슬라비아는 코민테른에서 분리됐으며, 그가 살았던 루마니아는 사회주의 국가를 선택했고, 소련은 스탈린 사상을 문제시 했으며, 전 세계 공산주의자들은 새로운 길로 들어섰고, 누구도 이젠 아방가르드 예술이 부르주아의 퇴폐이며 모두들 『고요한 돈 강』 같은 소설들만 써야 한다고 주장하지 않았다.

변하지 않는 진실을 완강히 지키고자 했던 많은 사람처럼 안드레아스 A. 릴린도 내적으로는 약하고 예민한 사람, 베르테르 같은 스탈린주의자, 흔들리지 않는 단단한 믿음 안에 상처받기 쉬운 감상적인 여린 마음을 갖고 있던 아름다운 영혼이었다고, 요아힘 비츠토크가 내게 말해주었다. 모두가 그렇듯 그도 침묵하는 세계, 지나가는 진실, 점점 낯설어지는 사랑했던 얼굴들, 끝없이 소멸되어가는 사물들에 아파했다. 그는 불분명하게 스쳐지나가는 실존들에 변하지 않는 얼굴, 확고한 질서를 부여하고자 했다. 그를 둘러싼 세상이 변하고 낯설어질수록 그는 더욱더 완강히 애처롭고 고통스러운 고독 속으로 고립되어갔다. 비록 겉으로 보기에는 단단하고 휠 것 같지 않았지만 말이다. 그의 마지막 작품 『사랑하는 우리 살붙이』는 루마니아의 독일인들이 서유럽으로 이민을 가는 것에 반대해 쓴 1983년 작품이다. 이 비극적인 대탈출을 자본주의자들이 쳐놓은 음흉한 속임수로서 표현하고자 한 설교적인 무거운 소설이다.

릴린은 잊힌 채 외로이 죽었다. 그는 바나트의 죽어가는 독일 정신을 표현한 자그마한 모자이크 조각이다. 모자이크는 종종 역설적이기도 하다. 브르샤츠시립박물관 큐레이터인 밀레커는 卍자가 옛날에 무엇을 상징했는지 연구한 1941년 논문에서, 6000년 전 바나트에서 발견된 卍자의 이름은 슬라브말이었다고 썼다. 그러면서 나치주의자들이 아주 오래된 이 "사랑의 상징"보다 더 우아한 기호를 찾아낼 수 없었을 거라고 덧붙였다. 독일어를 잘하는 안카 할머니는 자신의 집에서 개들에게 독일어로 말한다고 내게 일러주었다. 하지만 헝가리의 독일민족당의 리더인 크레믈링 박사를 열렬히 지지하는 안카 할머니는, 개들에게 독일어로 말하는 게 경멸적인 의미를 뜻하는 건 아니라는 점을 분명히 했다.

20. 베오그라드의 전설

폴란드의 유머 작가 스타니슬라브 예지 레츠는 언젠가 판체보에서 다뉴브 강의 오른쪽 기슭, 즉 베오그라드와 칼레메그단 요새 쪽을 바라보면서, 그가 있는 다뉴브 강 왼쪽 기슭 옛 합스부르크 군주제의 국경 안에서는 집같이 편안하지만, 강 오른쪽 기슭은 그에게 외국, 이방의 땅처럼 느껴진다고 말했다. 다뉴브 강은 사실 오스트리아-헝가리 제국과 세르비아 왕국의 국경선이었다. 1903년 알렉산다르 오브레노비치 왕의 호위병이었던 안카 할머니의 삼촌은, 국왕 시해의 조짐을 느꼈으나 감히 반대도 지지도 못한 채, 국왕 시해 몇 시간 전에 군복을 벗어버리고 다뉴브 강에 뛰어들었다. 헝가리 세관원들에 의해 하류에서 구조된 그는, 나머지 일생을 벨라츠르크바에서 쌍두독수리의 보호를 받으며 사형수 세르비아 탈주병으로 살았다.

소설에서 오스트리아-헝가리 이중제국의 붕괴를 몽상적인 시로 환기시켰던 폴란드 소설가 안드레이 쿠시니에비치는, 그의 동료이자 동향인인 예지 레츠의 감상적이고 환상적인 전망에 동의하면서 그가 했던 말들을 언급한다. 쿠시니에비치 역시 사라진 그 국경선에 차례로 관심이 기운다. 아직 그에게도 그의 세계의 경계선인 것이다. 즉 베오그라드는 레츠와 쿠시니에비치에게는 다른 쪽이었다.

베오그라드가 어디에 있고 어느 쪽인지 말하기란 어렵다. 수없이 파괴되었다가 수없이 재건되며 과거의 흔적을 지웠던 이 믿을 수 없는 도시의 놀라운 생명력과 변화무쌍한 정체성을 포착하기란 쉬운 일이 아니다. 베오그라드는 여러 시대에 걸쳐 위대한 도시였다. 그러나 카멜레온 같은 이 도시를 사랑했던 페디아 밀로사블레비치가 썼듯이 베오그라드의 위대한 각 시절은 "놀라운 속도로 사라졌다." 베오그라드의 역사, 과거는 현재 남아 있는 몇몇 유적보다는 보이지 않는 기층, 낙엽처럼 땅에 떨어진 시대와 문화, 층층이 쌓인 비옥한 여러 부식토에 더 생생히 살아 있다. 이 다양한 모습의 도시 베오그라드는 층층이 쌓인 부식토에 뿌리를 내리고 끊임없이 쇄신되었으며, 베오그라드 문학은 그 부식토를 종종 변화의 용광로로 표현했다.

베오그라드에서 다뉴브 강 제국의 자손은 자기 마음의 국경선 안에 있는 것처럼 편안함을 느낄 것이다. 슬로베니아는 오늘날 합스부르크의 가장 진정한 풍경이며, 유고슬라비아—그리고 어려운 원심력적 균형을 유지하고 있는 유고슬라비아의 수도—는 쌍두독수리, 그 초국가적인 복합체의 후예이고, 동유럽과 서유럽, 서로 다른 혹은 대립하는 정치 블록과 세계를 이어주고 중재해주는 기능을 이어받았다. 유고슬라비아는 사실 다민족 국가 혹은 하나의 분명한 지배적 차원으로 치환될 수 없는 다민족성으로 구성된 국가다. '오스트리아적'이라는 말처럼 '유고슬라비아적'이라는 말 역시 무질식의 공상적인 것이며, 현실에 근거한 어떤 구체적인 것이라기보다는 관념에서 나온 추상적인 것을 가리킨다. 또한 그 말은 제거하고 남은 결과, 개개의 고유한 민족성이 일단 제거되고 남은 요소 즉 민족 모두에게 공통되는 요소이지, 어느 특정한 민족에만 일치할 수는 없다.

티토 장군은 점점 더 프란츠 요제프 황제와 비슷해졌다. 이는 티토가 일차대전 때 그의 깃발 아래서 싸웠기 때문이 아니라, 다뉴브 강의 초국가적인 유산과 리더십을 의식하고 모으고자 했기 때문이다. 그러나 무엇보다도 티토 정권의 위대한 계승자인 질라스는, 구 중부유럽의 공식적인 대표자다. 중부유럽을 재발견해내고, 정치-문화적인 모델을 다시 제안했으며, 아마도 하나의 이상적인 합의를 보여줬다고도 할 수 있을, 가장 권위 있고 거의 신화에 가까운 목소리 가운데 하나였다. 합스부르크가의 모자이크와 비슷하게, 유고슬라비아의 모자이크도 장엄하지만 불안하고, 국제정치에서 상당히 두드러진 역할을 수행하고 있으며, 모자이크 내부의 해체 충동을 막고 제거하려 한다. 유고슬라비아의 단결은 유럽의 균형에 필요하며, 혹시 모를 유고슬라비아의 와해는 이중 군주제의 와해가 과거 세계에 해가 됐듯 유럽에 해가 될 것이다.

베오그라드의 모습을 명확히 그려내기란 힘들다. 그 모습을 자세히 그려내기는 어렵지만, 직접 살아보거나 이미지 표현을 통해 그 변화를 낚아챌 수는 있다. 쉰 살의 유고슬라비아 작가 모모 카포르는 1974년 소설 『사기꾼들』에서 베오그라드에서 가장 아름답고 서사적인 거리인 크네즈미하일로바 거리를 무대로 영웅담을 펼친다. 사라진 옛 베오그라드, 다시 나타난 새로운 베오그라드, 아니 역사와 사회의 점점 빨라지는 리듬 속에서 그때그때 태어나 매력을 발산하다가 사라지곤 하는 짧은 수명의 새로운 베오그라드, 그 회오리 속에서 50년대와 60년대에 자신의 젊음과 생명을 잃었던 길 잃은 세대를 이야기했다. 모모 카포르의 사기꾼들—달리 말하면 위선자들—은, 이데올로기의 딱딱한 찌꺼기와 서유럽 복지의 반짝이는 꿈, 가슴 아픈 진실과 허황된 감정의 유혹, 사회주의의 숨은 위기와 가공의 신화들이 널려 있는 크네즈미하일로바 거리의 세계 영사막에 삶이 비춰준 약속에 현혹당했다. 카포르는 이 작품으로 전후의 희망과 꿈을 이야기한 짧은 『감정교육』을 썼다. 앞서 나갔다가 때때로 사라지는 제3세계의 정찰대 같은 베오그라드가 배경이다. 베오그라드는 이 절망의 회전마차 무대였지만, 그 절망을 딛고 다시 태어나는 삶의 무대이자, 크네즈미하일로바 거리의 모델 미마 라셰브스키의 당당한 걸음걸이처럼 그 변화된 국면이 놀라움을 남기는 곳이기도 하다.

21. 철문에서

철문으로 가는 수중익선이 베오그라드, 사바 강이 다뉴브 강에 합류하는 지점 근처에서 출발했다. 철문으로 가는 동안 안카 할머니는 도시의 한 지점을 손짓으로 가리켰다. 1941년 4월 6일 독일이 폭격했을 당시, 안카 할머니가 두번째 남편과 함께 잔해에 깔려 하루를 보냈던 곳이다. 물론 할머니는 다치지 않았다. 아니 두 사람 모두 상처입지 않았다. 태양이 강 위로 올라와 눈부신 빛으로 물결과 안개의 모양을 변화시켰다. 우리는 강변을 따라 다뉴브 강을 빠르게 내려갔다. 강변에 서 있는 트라야누스기념주가 데케발루스 왕이 다키아인들에 맞서 싸웠던 전투를 상기시켜주었다. 유고슬라비아와 루마니아 국경에 있으며 불가리아 국경과도 가까운 제르다프 협곡에 거대한 댐과 수력발전소가 최근 세워지기 전, 그곳은 숨은 위험과 소용돌이가 많았다. 막대한 양의 에너지를 생산하는 그 거대한 사업은 풍경을 변화시켰고 과거의 흔적을 대부분 없애버렸다. 예를 들어 몇 년 전까지만 해도 다뉴브 강에는 아직 아다칼레 섬이 있었다. 섬에는 터키인들이 살았고 커피숍과 회교사원들이 있었지만 지금은 강물에 잠겨 사라졌고,

발트 해의 신비한 도시 비네타처럼 수면 아래서 천천히 흐르는 마술적인 시간에 몸을 맡겼다.

바로 이 철문에서, 로마제국의 장군 가이우스 스크리보니우스 쿠리오는 기원전 74년에, 다뉴브 강 너머 어두운 숲으로 들어가기 싫다고 말했다. 질서 있게 정복해가는 문명의 대표자인 그는, 여러 민족과 문화가 불분명하게 섞여 있는 그 다양한 성층 앞에서 불길한 거부감을 느꼈을 것이다. 지금도 투르누세베린 발굴 현장에서 나온 것들이 그 다양한 성층을 증명해준다. 나는 현장학습을 나온 학생들과 섞여 발전소를 둘러보았다. 거대한 위용을 뽐내는 발전소에서 위협적이고 영웅적인 서사시가 느껴졌다. 우리에게 보여준 다큐멘터리 영화는 발전소가 어떻게 건설되었는지 설명해주었고 강물에 던져진 거대한 돌덩어리들, 강물이 나뉘고 갈라지는 모습, 트럭의 거대한 바퀴들이 쉴새없이 전진하는 모습을 보여주었다. 진보에 대해 끊임없이 비판해왔고 생태환경이 파괴되는 걸 염려했던 사람들은, 5개년 계획이 낳은 이 거대한 이야기 앞에서, 합리적 이성과 기술이 자연을 이긴 이 이미지들 앞에서 놀라움을 느꼈다. 그러면서 시멘트가 쏟아내는 그 물이 과연 길들여진 것인지, 아니면 억눌려 있으면서 엉큼하게 복수의 기회를 엿보고 있는 것인지 의문이 생겼다.

그러나 로마제국의 상수도, 산을 가르고 낸 티무르(타메를란)왕조의 길들, 키플링의 코끼리들을 연상시켜주는 이 서사적 성과물은, 우리 문화에 침투한 기술에 대해 고통스럽지만 분명 이해할 수 있는 거부를 해왔던 우리가 느끼지 못했던, 위대한 면과 초개인적인 시를 갖고 있다. 진보를 강조하지 않고 계시록의 공포를 느끼지 않고, 키플링처럼 각각에 맞는 가치를 부여하면서 이 현대의 피라미드를 바라볼 필요가 있겠다. 키플링은 『교량건설가들』에서, 대영제국의 공학자들과 인도의 신들을 편견 없이 다루면서 진보를 원했던 헤라클레스의 노력과 연결지어 찬양했다. 영화는 멋있고 인상적이었지만 정권의 논리가 숨어 있었다. 그러나 아름답고 착한 여선생님들의 야단에도 아랑곳없이 영사실 어둠 속에서 거친 말을 내뱉고 팔꿈치로 서로 툭툭 치면서 진지한 사업과 무례한 삶 사이에 균형을 다시 만들어내고 있는 학생들 때문에 그 숨은 논리는 흐릿해졌다.

학생들의 까불대는 그 소리가 없었다면, 아마도 이 거대한 파토스에 대한 느낌은 덜했을 것이다. 버스가 우리를 불가리아와 접해 있는 클라도보로 데려갔다. 준비가 덜 된 서양인에게 어디가 어딘지 지리가 점점 더 막연해졌다. "태풍의 눈 속에서," 다시 말해 독일국방군 베르마흐트의 군사작전지에서, 아주 흥미 있는 수첩을 남긴 독일 작가 펠릭스 하르틀라우프는, 그가 "남동부 정글"로 보내졌을 때 베오그라드를 지나자 짙은 안개가 시작되어 그가 있던 발칸 땅을 모호하고 부정확하게 만들었고, 자신이 어디에 있는지 스스로에게 묻게 되었다고 했다. 나 역시 클라도보로 가는 버스를 기다리면서 내가 어디 있는지 나 자신에게 되물어본다.

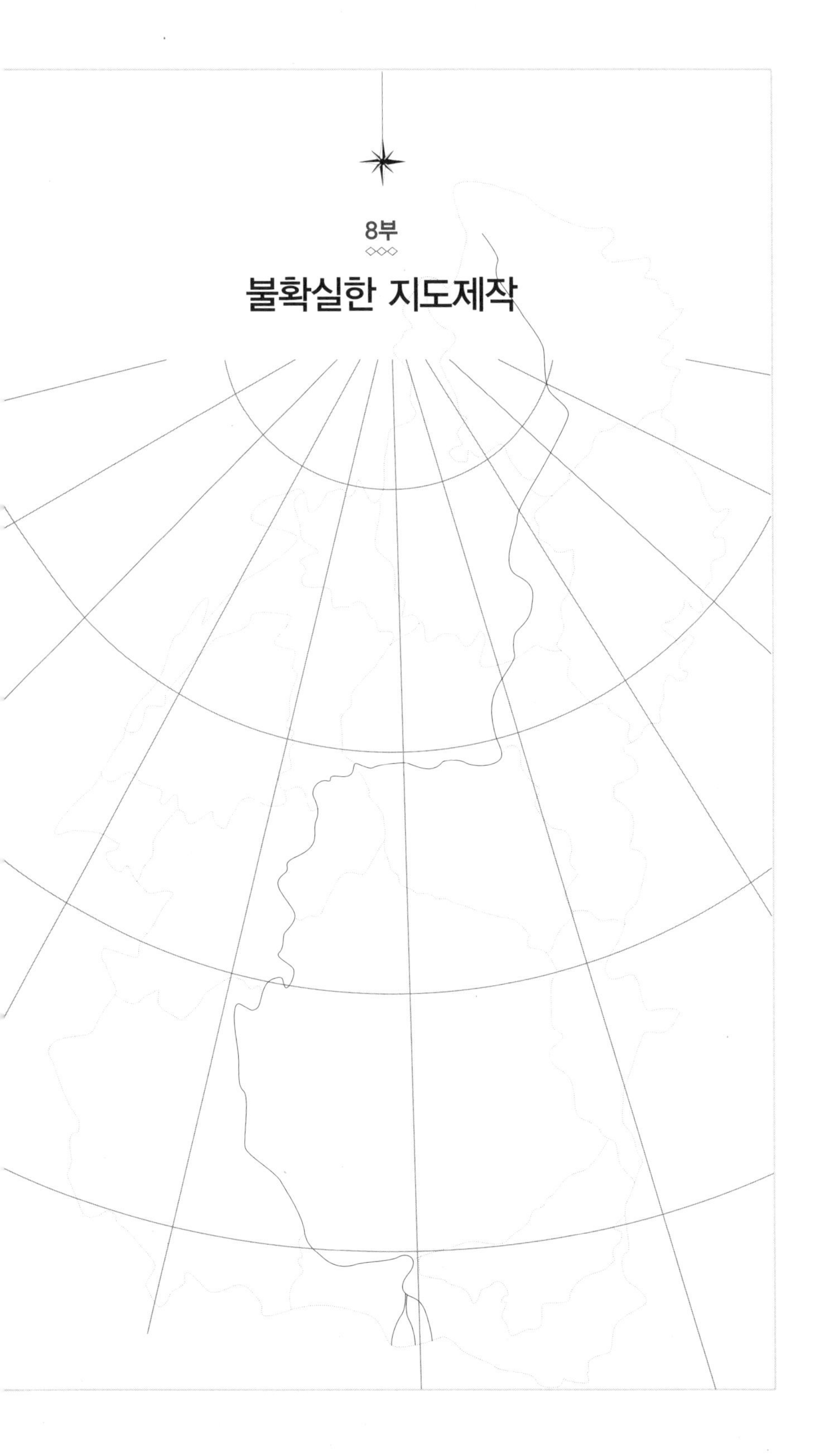

8부

불확실한 지도제작

1. 터키인들을 경멸하다

1860년 프랑스 과학자이며 여행가인 기욤 르장은 곤도코로까지 백나일 강을 거슬러올라갔고, 다시 청나일 강을 올라가며, 백과사전들이 증언하듯 믿을 만한 최초의 지도 가운데 하나를 그려나갔다. 1857년과 1870년 사이에 그는 발칸반도를 여행하며 마흔아홉 장의 커다란 종이에 지도제작에 필요한 중요한 내용들을 담았다. 이 가운데 스무 장이 손질되어 완성되었다. 그러나 그의 친구이자 빈의 동료인 펠릭스 필리프 카니츠는 1875년 불가리아를 여행하면서, 불가리아 지도들이 부정확하고 믿을 수 없으며, 다뉴브 강 유역의 경우 실제 지역을 표시하지 않거나 현지에도 없는 가상지역을 표시해놓았다고 불평했다. 그러면서 불가리아는 동유럽에서 가장 알려지지 않은 나라라고 말한 키페르트 교수의 의견에 동조했다. 다른 지도제작자들은 없는 마을을 만들어내거나 마을을 원래 위치에서 수십 킬로미터 떨어진 곳으로 옮겨 표시했고, 강의 물길을 다른 방향으로 바꾸어놓았으며, 그들 임의대로 강 하구를 표시해놓곤 했다. 카니츠는 가치는 있지만 나일 강 지도보다 정확성이 떨어지는 르장의 지도들을 수정했고, 불가리아를 "전혀 알려지지 않은 땅"이라고 정의했다. 다뉴브 강은 나일 강보다 덜 알려져 있었고, 다뉴브 하류 지역 사람들은 휘르틀 교수가 주장했듯 미지의 남태평양 섬들보다도 덜 알려져 있었다.

물론 지도제작은 중요한 진척을 이루었지만, 불가리아는 동유럽 국가 중에서 아직까지도 가장 알려지지 않은 나라, 발길이 잘 닿지 않는 곳이다. 확인할 수 없는 모종의 함정이 곳곳에 도사리고 있고 세상을 놀라게 할 음모가 벌어질 것만 같은 곳으로 세상 무대에 비춰졌다. 불가리아는 부인하고 있지만 대량학살로 비난받았고, 인터뷰에 실렸던 터키 소수민의 대표자들이 학살당했다는 소식이 국제 신문에 실렸던 나라로 기억됐다. 서유럽 공산주의자들은 어떤 사람, 특히 당원이 아닌 사람이 불가리아에 산 적이 있다는 소리를 들으면, 서둘러 냉소적이고 냉담한 동정심을 그에게 보인다. 특히 그 사람이 불가리아에 긍정적인 인상을 갖고 있으면 의외라는 듯 놀라워한다.

불가리아인들은 긍정적인 측면을 강조하며 긍정적 인상을 심어주려 애쓴다. 그들이 친절하고 상냥하게 손님을 대접하는 것도 기분좋은 주입식 교육, 외국인에게 불가리아를 알려주고 사랑하게 만들려는 역사·문학·문화의 한 과정이다. 우리의 통역사 키탄카는 라키 술을 좋아하고 좋은 브랜디를 마시며 밤새 노는 것을 즐기는 활달하고 명랑한 아가씨다. 키탄카는 나와서 아름다운 날씨를 감상하라고 부추기는 사람처럼, 자연스럽고 열정적으로 자신의 나라의 위대함을 보여주면서 손님에게 그 위대함의 흔적을 확인하도록 기분좋게 강요했다.

여행자는 이렇게 거리낌 없이 애국심을 보여주는 것에 익숙하지 않다. 거의 어느 나라든 마땅히 그래야 하는 하나의 관습인 듯, 여행자라면 누구나 조금은 포장된 신비를 벗겨내려 한다. 그 이유가 정당한지 아닌지는 상관없이, 자신에 대해 냉소적 비판을 가하는 게 서양 데카당스의 특권만은 아니었다. 헝가리나 루마니아에서도 공식 기관을 대표하는 사람은 스스로에게 약간의 이의를 제기해볼 필요가 있다고 느낀다. 국경과는 상관없이 정치적이고 사회적인 구체적 이유들을 넘어 이의 제기는 현실에 대해 반대 의사를 표명하는 것이다. 그러나 5월 1일 퍼레이드 연습부터 시설 좋고 손님 많은 식당들과 거리 매점들에 이르기까지, 불가리아는 혈기왕성한 서사적 특성을 보여준다. 자기 방에서는 걸핏하면 난리법석을 피워도 자신의 군대와 국기에 대해서는 강한 애정을 보이는, 잘 훈련받은 젊은 신병 같다.

비딘에서 키탄카는 로마제국·불가리아·터키의 요새였던 옛 바바 비다 요새에 대해 상세하게 이야기를 늘어놓았지만, 반달 자리에 하트 모양이 들어간 오스만 파즈반토글루 회교 사원에 사람들이 관심을 보이는 것은 지나치다고 생각했다. 18세기 말과 19세기 초 사이에 비딘 총독을 지낸 오스만은, 비딘을 화려할 뿐만 아니라 현대적이고 유럽적인 도시로 만들었다. 오스만은 술탄 셀림 3세에 반역해, 반달 대신 자신의 상징인 하트를 집어넣었다. 1966년에 나온 베라 무타프치에바의 소설 『불안한 시대의 연대기』에서 묘사되었던 그 반란은, 한편으로는 역설이다. 왜냐하면 오스만 총독은 분명 시대에 뒤처진 인물이 아니었음에도 진보적인 개혁을 추진했던 계몽된 술탄에 대항하여 반란을 일으켰고, 셀림 3세가 해산시켰던 근위병들의 수장이 되어 기독교인들, 오스만제국에서 억압받던 불가리아 농민들, 어쩌다 신화와 현실에서 반터키 전사들이 된 반역자들이며 산적들인 카르잘리를 자신의 깃발 아래로 불러모았다.

오스만제국의 이 내부 분열에 키탄카는 전혀 동요하지 않았다. 키탄카는 불가리아인들에 대한 라마르틴의 생각을 들려주었다. 라마르틴은 1833년 터키인들·그리스인들·아르메니아인들도 사는 매력적인 도시 플로브디프에 머무는 동안 "터키인들을 경멸하고 증오한다"라고 썼다. 이런 감정은 아직도 강하며 원한은 아직도 살아 있다. 불가리아는 사회주의 건설을 찬양하기보다, 불가리아의 재탄생 혹은 부활을 찬양했다. 불가리아와 러시아의 형제애 자체도 무엇보다 지난 세기 터키제국으로부터 해방되기 위해 싸웠다는 사실에 근거한다.

전장과 일화마다 아주 상세한 내용까지 열정적으로 조명받고 있다. 지식과 열정을 갖춘 아름다운 아가씨들이, 학생들 앞에서 주변 환경을 이용한 플레벤의 참호와 포위 공격을 설명해주고 있었던 것이다. 결정적인 대결전을 기념하며 시프카 꼭대기에 세운 기념비에는, 모하치 전투에서처럼 갓 따온 생화들이 항상 놓여 있다. 세기말 도시의 이미지를 만들었던 수없이 많은 회교 사원과 미너렛 첨탑은 거의 사라졌다. 그 앞에서 발길을 재촉하게 되는 무너진 폐허, 혹은 비현실적인 외로운 형상이 되었다. 그 모습은 브레라 관측소를 세운 라구사 출신 천문학자이며 수학자인 보스코비치가 느꼈던 옛 인상을 확인시켜준다. 보스코비치는 이미 1762년에 오스만제국의 쇠퇴를 보고 충격을 받았다.

그 수를 어림잡아 추산해본다면 불가리아에 사는 터키인들은 약 70만 명이다. 그러나 공식 자료는 그들의 존재를 부정하고 있는데, 이 자료에 따르면 예전에는 포마크Pomak라고 불리던 불가리아 무슬림들로, 이들은 지금 불가리아 성을 붙이도록 강요받고 있다. 매일 『누벨 드 소피아』 신문에서는 터키인들 혹은 불가리아 무슬림들의 인터뷰가 실린다. 국제사면위원회나 안카라 신문들에 따르면, 그들은 행방불명되었다. 그러나 불가리아 당국에 따르면, 그들은 살아 버젓이 활동하고 있다. 오늘은 안토노보에서 자동차와 트랙터 휴게소 매니저로 일하는 다미안 흐리스토프의 차례다. 다미안은 그의 실종 사건을 묻는 질문에 활짝 핀 웃음으로 응하고 있다.

500년에 걸친 오스만제국의 억압은 분명 끔찍했다. 학살과 약탈이 자행되고 목이 잘려나갔으며 알게 모르게 착취당했다. 알렉산드르 넵스키 성당 지하 납골당 소피아에 보관되어 있는 아름다운 성상들은 불가리아 제국의 위대한 시대 때의 소산으로, 오스만제국이 14세기 말에 얼마나 높은 수준의 고귀한 문명을 정복해서 500년 동안 묻어두었는지 예술적으로 그리고 종교적으로 강렬히 보여준다. 19세기에 불가리아인들은 재기를 시도하기에 앞서, 자신들의 정체성은 무엇이며 이를 다시 발견하고 찾을 수 있는지 재인식해야 했다. 오스만제국과 연합했던 그리스 교회와 문화의 무국적 영향 아래서, 자신을 그리스인으로 생각했다가 1829년 우크라이나 학자 베넬린이 발간한 『어제와 오늘의 불가리아인들』을 읽고 자신이 불가리아인임을 인식하게 된 아프릴로프의 경우처럼 말이다. 책은 불가리아의 정체성 형성에 아주 중요한 역할을 했다. 1762년 힐란다르의 파이시가 쓴 『슬라브계 불가리아인의 역사』는 수없이 필사되었는데 침묵의 몇 세기를 보낸 후 다시 꽃폈다.

불가리아인들의 숨겨진 오랜 저항은 문화를 보여주는 놀라운 증거다. 그러나 모든 민족은 다른 민족으로부터 받은 폭력을 기억하고 있다. 터키군이 1876년 바타크 학살 같은 짓을 불가리아에서 저질렀다고 가정해본들, 터키군이 그들 통치하에 있던 다른 정복지에서보다 더 관대하게 행동했을까 싶다. 그렇다면 왜 국경 이편에서 원한이 더 오래 지속되는 것일까? 분명 관대하고 따뜻한 불가리아인의 성격 때문은 아니다. 키탄카는 불가리아에는 터키인들이 없고, 따라서 억압받는 쇠퇴한 소수민도 없다고 말하면서 문제를 일갈했다. 이것에 관련된 의견은 중요하지 않다. 로도피 산맥의 서사 시인 안톤 돈체프는 슈멘 근처에 사는 한 공무원과 다툰 이야기를 들려준다. 이 공무원은 자신이 터키인이라고 감히 주장했는데, 돈체프의 말에 따르면 서류들이 그가 칭기즈칸의 후손이라는 것을 증명해주었기 때문이다. 국적과 시민권이 다른 것이 이상해 보인다. 불가리아에 사는 사람은 강제로 불가리아인이 된다. 내가 여러 민족이 모여 한 나라를 이룬, 찬양해 마지않는 소비에트를 예로 들자, 아름다운 키탄카는 이해가 안 되는지 조용해졌다.

2. 어느 하이두크의 자서전

벨로그라드치크의 암벽은, 멀리 로마제국의 성벽에 쌓은 터키 옛 요새의 보루들과 어우러지며 외로운 독수리처럼 주변 풍경 위에 우뚝 솟아 있다. 감상적인 여행자들에게 늘 깊은 인상을 주는 거칠고 우수 짙은 발칸 풍경이자, 카르잘리와 하이두크들의 무훈이 빛났던 접근할 수 없는 배경이다. 발칸반도 전체가 반역자 하이두크의 무대였다. 하이두크는 헝가리·세르비아·루마니아 민요와 소설 들에서 만나볼 수 있는데, 하이두크의 진짜 고향은 아마 불가리아일 것이다. 오스만튀르크제국의 오랜 지배하에 있을 당시, 불가리아에서 하이두크는 국가의 자유를 상징하는 횃불과 같았다. 국가 '재건'을 위해 애썼던 작가 카라벨로프와 혁명가 시인이자 순교자, 불가리아의 페퇴피였던 흐리스토 보테프가 하이두크들을 노래했다. 불가리아의 무슬림 포마크족의 무관심 속에서 터키의 지배를 거부하기는커녕 오히려 이들에게 우호적이었던 유복한 민족 초르바지족의 반감 속에서, 빨치산들이기도 하고 도적들이기도 한 하이두크들은 터키군의 적이었지만 때때로 이들과 섞이기도 했다. 하이두크들은 영원한 전사들이었으며 계곡과 협곡의 주인들이었다. 마을들을 전전했던 음유시인들, 연대기 작가들이나 여행자들은 하이두크들을 터키 민병대—잡티에zaptié와 바시보주크başibozuk—와 오스만제국에 봉사했던 알바니아 군인 아르나우트가 쫓아다녔지만 잡지 못했던 거친 야만인들로 묘사했다.

하이두크들에 대한 책을 썼고 그들의 민중시를 번역했던 게오르크 로젠은 하이두크들이 끊임없이 벌인 게릴라전이 불가리아를 보호했는지 아니면 불가리아의 경제적 발전, 상업, 산업을 지체시켰는지 의문을 가졌다. 무법자 빨치산인 하이두크들 가운데 가장 흥미로운 인물인 파나요트 히토프의 자서전은, 오스만제국의 독재정치에 하이두크들이 실제 어떻게 저항했고 불가리아 해방에 어떤 기여를 했는지 삶의 현장에서 생생하게 보여준다.

발칸의 배경은 하이두크에게 아름다우면서도 혼란스럽고 야만적인 무질서의 분위기를 주지만, 이것은 정형화된 인습일 뿐이다. '발칸의'라는 말은 모욕적인 어휘에 속하는 형용사다. 예를 들어 야세르 아라파트는 언젠가 "레바논과 중동 전체를 발칸화"하고자 한다며 시리아를 비판했다. 거울처럼 깨끗한 사라예보의 길들과 상점가 혹은 소피아의 깨끗한 질서를 보고, 이를 문명의 모델로서 일컬어지는 다른 도시들이나 국가들과 비교해본 사람은, '발칸의'라는 말을 찬사의 말로 사용하고자 할 것이다. 다른 사람들이 '스칸디나비아의'라는 말을 찬사의 말로 사용하듯이 말이다.

3. 다뉴브 강에 떨어진 원고

불가리아 최초의 진정한 현대 시인 페트코 슬라베이코프는, 비딘에서 물에 빠져 치바르라는 작은 강에서 원고 몇 개를 잃어버렸다. 불행히도 다른 시 원고 몇 편도 다뉴브 강에서 잃어버렸다. 유유히 흘러가는 망각의 온화한 강의 신에게 네베클로프스키의 작품부터 그의 모방자들의 작품까지, 강을 노래한 문학작품을 희생 제물로 바쳐야 할 것 같다. 슬라베이코프는 자신의 삶과 작품을 관대하게 소비했고, 시프카에서 싸웠으며, 이스탄불에서 감옥에 갇혔고, 조국과 사랑과 절망을 노래했다. 부주의해서 다뉴브 강의 소용돌이에 원고를 빠트린 것은 그의 헤픈 성격을 말해준다. 페트코 슬라베이코프의 아들이며 니체 추종자이고 삶을 노래한 시인, 모든 것을 끌고 올 미래의 시인 펜코 슬라베이코프의 서정시들마저 그 물속에서 사라졌다면 완벽하게 아이러니한 상황이 만들어졌을 것이다.

1890년대 후반과 20세기 초에 불가리아는 정확한 지리적 위치를 획득한 지 얼마 되지 않았고, 유럽의 먼 변방이며 한 지역에 불과했다. 당시 유럽에는 커다란 위기가 찾아왔다는 목소리들이 있었고, 그 위기는 오늘날까지도 해결되지 않고 있다. 니체·슈티르너·입센·스트린드베리 등 동시대의 위대한 예언가들은, 현실을 덮은 가면을 제거하고 밑바닥을 하나씩 파헤치면서 삶을 따라가 그 바닥없음을 드러냈다. 다른 나라들에 비해 뒤늦게 국가의 지위를 회복한 불가리아는 여러 시대를 동시에 살고 있다. '유스 아우토르' 협회 대표이며 불가리아의 문화 생활을 연구한 학자인 야나 마르코바의 말에 따르면, 1945년 이후 불가리아에는 아직도 극장 구경 한 번 하지 못한 마을들이 있었다. 1889년 발간된 불가리아의 훌륭한 민족민중소설 이반 바조프의 『멍에 아래서』의 유명한 한 장에 정확히 묘사됐듯, 평생 처음 빨치산 활동을 다룬 연극을 관람한 농부들은 터키군에 의해 교수형을 당한 영웅적 지식인 렙스키 역을 한 배우를 칭송했고 사악한 총독 역을 한 배우를 분노의 눈으로 바라보았다. 지난 40년간 불가리아가 이룬 진보와 번영과 교육의 확산을 생각하면, 그런 발전을 이끈 사회주의를 칭찬하지 않을 수 없다.

그러나 이슬람의 지배 아래 있어 그랬겠지만 연극을 한 번도 보지 못했던 마을들이 수두룩했던 불가리아는, 톨스토이와 니체에 심취한 불안한 지식인들의 나라이기도 했다. 에밀리안 스타네프는 1958년과 1964년 사이에 쓴 자신의 소설 『이반 콘다레프』에서 이런 지식인의 모습을 잘 형상화했다. 스타네프는 니체 사상, 그리고 도덕을 무시하면서 삶을 쫓아가는 윤리적 엄격함을 중세의 이원론적 그리스도교 보고밀 이단에 관해 쓴 자신의 소설들에 옮겨놓았고, 확신을 강요하는 모든 독단적 사고를 거부하고 불가해한 삶의 강을 바라보는 종교적 순수함을 추구했다. 삶은 선과 악을 넘어 흘러가며, 도덕을 떠난 그 순수한 삶의 흐름을 붙잡고 싶지만 손가락 사이로 물이 빠져나가듯 빠져나가버린다.

활기 넘치는 사람들이 모두 그러하듯, 키탄카는 약동하는 생에 대한 향수로 고통스러워하지 않았으며, 자신의 나라를 자랑스러워했다. 그녀는 부러울 만큼 많은 양의 라키 증류주를 조용히 마셨지만 전혀 술에 취한 내색을 하지 않았다. 오스만제국의 지배에 대항하여 싸웠던 혁명 시인 이반 바조프가 썼듯이, 그녀의 혈기왕성한 쾌활함은 아마 오스만제국 지배의 영향 탓일 것이다. 바조프가 불가리아에 대한 그의 장편 서사소설에서 썼듯이, 억압은 유쾌한 민족을 만드는 동력이다. 정치 무대가 닫혀 있는 곳에서, 사회는 삶의 즉각적인 이득, 나무 아래서 마시는 술, 사랑, 생식기능에서 위안을 찾는다. "노예로 산 민족들에게는 삶과 그들을 화해시키는 그들만의 철학이 있다." 위대한 바조프는 이 말로 그를 수호성인처럼 숭배하는 고국 불가리아의 힘을 혼란에 빠트렸을지 모른다. 그러나 불가리아의 매력은 지금도 여전히 삶과 화해하는 이 분위기에 있지 않을까? 또다른 억압 덕분에 말이다.

4. 타타르족과 체르케스족

오스만 파즈반토글루의 반란의 깃발 아래 타타르 술탄도 있었다. 타타르 술탄은 실리스트라 총독에 의해 가장 늦게 진압됐다. 몇천 년간 다뉴브 강변은 여러 민족의 이민자 물결을 싣고 왔다. 비딘은 역사의 막다른 골목이었다. 라구사인들, 알바니아인들, 쿠르드 망명자들, 맹금류처럼 새장에 갇혀 있는 모습을 봤다고 카니츠가 말했던 레바논에서 온 드루즈인들, 집시들, 그리스인들, 아르메니아인들, 스페인계 유대인들, 특히 타타르인들과 체르케스인들이 있었다. 타타르인들은 이전에도 왔었지만, 1860년대에 일종의 민족 교환으로 또다른 타타르인들이 왔다. 많은 친러시아 불가리아 가정들이 여러 차례의 러시아와 터키 전쟁 이후 베사라비아와 크림반도에 왔다면, '숭고한 문'*은 특히 1861~1862년에 차르의 지배를 못마땅하게 여긴 타타르인들과 체르케스인들을 받아들여 불가리아로 이주시켰다. 자신들의 자리를 양보해야만 하는 불가리아인들에게나, 새로 온 이민자들 모두에게나, 비극적인 오디세이가 됐다.

지금까지 받아들여진 이미지와 불가리아인들과 불가리아를 좋아하는 여행자들의 눈에도, 타타르인은 온화하고 근면하며 예의바른 문화인이다. 반면 체르케스인은 야만인이고 일하기 싫어하는 산적에다 말도둑이고, 터키인들의 사나운 경비견이었다. 이반 바조프의 단편에서 불가리아 혁명의 순교 시인 흐리스토 보테프를 죽인 것은, 기사시에 등장하는 잔인하기 짝이 없는 인물들처럼 끔찍하고 검은 체르케스인 잠발라자르트의 총알이었다. 아름답기로 유명한 체르케스 여인들을 친불가리아계 사람들도 부정하진 않았지만, 그녀들의 몸은 도발

* Sublime Porte. 오스만제국을 가리킴.

적이고 다소 천한 섹시함으로 지저분한 가죽 침대에서 위압적이고도 야성적인 매력을 발휘할 것 같다.

크림반도의 불가리아인들과 불가리아의 체르케스인들, 서로 교차하는 이 이중의 망명은 정복의 헛됨을 보여주는 발라드다. 체르케스인들이 습격이라도 한 듯 공포를 퍼트리며 불가리아 마을들에 정착하는 동안, 그들은 유럽인의 마음을 가슴 아프게 한 비극을 겪었다. 유럽은 그 뒤에 또다시 1876년 터키에 의해 학살당한 불가리아인들 때문에 가슴아파하게 된다. 체르케스인들이 코카서스에서 탈출한 것은 샤밀이 이끄는 러시아군과의 전쟁 때문이다. 톨스토이는 그의 작품 『하지 무라트』에서 그 이야기를 상기시켰다. 이 작품은 톨스토이가 인생 말년에 시를 쓰지 않겠다는 완고한 의지를 깨고 시적 감수성에 이끌려 쓴 걸작이다. 체르케스인들은 트라페준테나 삼순에서 배를 탔는데, 비위생적인 환경에서 많은 사람이 죽었으며, 동물들과 죽어가는 사람들 혹은 이미 사망한 사람들과 섞여 배고픔과 질병, 무섭게 그들을 학살하는 전염병을 겪었다. 1864년 9월 삼순에서는 6만 명의 생존자와 5만 명의 시체가 있었다. 그들을 싣고 가는 배 뒤로 계속해서 시체들이 물속에 버려졌다.

체르케스 족장들은 자신들에게 할당된 다뉴브 강 유역, 특히 롬 인근 지역에 도착하자, 쓰레기 처리하듯 미처 강에 버리지 못한 시체들을 땅에 묻었다. 그렇게 함으로써 그 땅을 자신들의 영토로 만드는 것이라고 생각했다. 그들은 옛 방식에 따라 자신들의 칼을 땅에 꽂으며 옛 전통이 계속 이어질 거라고 믿었지만, 실은 그들 신화에 종말을 고한 것이었다. 코카서스에서의 전설 같은 자유는 그 쓸쓸한 절차로 끝났고, 코카서스의 반역자들은 공공 직업소개소의 무식한 사람들로 변하고 말았다.

런던에서 체르케스인들을 돕고자 하는 위원회들이 생겨났다. 그들은 러시아인들에게 항의 메시지를 보냈고, 체르케스 족장들은 화이팅턴 클럽에서 동정과 이국적인 호기심의 대상이 되었다. 그들의 비극은 영국 자선가들이 생각했던 것보다 컸다. 왜냐하면 그들은 단순히 러시아인들에게서 쫓겨난 것이 아니라, 일부분 자신들이 스스로 선택한 것이라 믿으며 이민을 떠났기 때문이다. 이민은 술탄이 그들에게 준 정복지로 향하는 승리의 행진과 같았다. 10년 후 체르케스 문제에서 러시아에 반대하며 터키에 우호적인 입장을 보였던 런던 클럽들은, 전 유럽인과 함께 불가리아 반란자들을 학살했던 터키인들에게 항의했다. 카니츠가 썼듯, 불가리아 횡단 여행에서 볼 수 있는 마일 표석들은 사라진 민족들의 무덤들이다.

5. 로제스코 지점장

체르케스 땅은 주로 다뉴브 강을 따라 롬 근처에 길게 자리하고 있다. 롬에는 로제스코 지점장이 관리하는 다뉴브 강 제국증기해운회사의 지점이 있었다. 그는 장티푸스에 걸린 체르케스인들이 탑승한 배들에서 올라오는 시체 썩는 냄새와 환자들 냄새가 집 안에 들어오지 못하도록 몇 주 동안 강 쪽 창문들을 닫아놓았다. 여행자들의 증언 이외에 보고서와 진술서 들은, 로제스코가 전염병을 예방하고 피난민들을 돕고 그들에게 잠자리와 음식을 제공하고, 병을 치료하고, 그들이 정착할 수 있도록 하기 위해 지칠 줄 모르고 용감히 고군분투했다는 것을 보여준다.

그 당시 아직 지리가 확실히 정해지지 않은 이 땅에서 강을 따라 가다보면 상인들, 영사들, 의사들, 모험가들, 법의 전초병들이나 다소 너무 앞서가서 무질서에 빠져버린 아방가르드들 같은 이런 인물들을 많이 만나게 된다. 오스트리아 관료로서의 정확함과 길을 잃은 탐험가의 진취성을 함께 가진 통 큰 인물 로제스코, 체르케스인들을 싣고 삼순에서 떠난 배들에 공식 파견된 바로치 박사, 오스트리아-헝가리 제국과 프랑스를 위해 바르나에서 영사로 일한 스페인 혹은 세파라딤 유대인 알렉산드르 테데스키, 로이드 트리에스티도 해운회사의 직원들과 선장들, 전직 영국 선장으로서 '싱클러'라는 이름으로 활동하며 불가리아인들에게 미움받는 삼류 지방총독에 터키인들과 산적들의 친구가 된 수상쩍은 인물 세인트 클레어. 세인트 클레어는 키플링의 왕이 되고자 했던 남자 콘라드의 커츠와 아라비아의 로렌스를 섞어놓은 인물이다. 일을 마쳤거나 계약 기간이 끝나 이들 인물들은 사라지고, 그들 뱃사람들은 육지에 내려와 관리장부에만 흔적을 남긴 채 군중 속으로 묻혀버린다.

6. 파도와 대양

불가리아를 만든 용광로는 발칸인과 코카서스인의 아름다운 혼합보다 훨씬 오래됐고 신비스러운 여러 깊이를 지니고 있다. 그 옛날 남동부의 농업 문명과 대초원 유목민 침입자들 사이의 충돌에 그 뿌리가 있다. 불가리아는 위대한 슬라비아의 중요한 핵심이다. 사실 불가리아는 고대슬라브어 혹은 일명 고대 불가리아어라 불리는 키릴로스와 메토디오스의 언어가 형성된 땅이다. 알타이에서 온 최초의 불가리아인들은, 7세기에 칸 아스파루흐와 함께 다뉴브 강을 건너 강력한 제국을 건설했고, 여러 차례 비잔틴제국과 대등한 세력을 갖추었다. 그러나 한 세기 전에 온 슬라브인들에게 조금씩 흡수되고 예속당했다. 패배한 고대 불가리아인들은 슬라브인들에게 합병되어 그들의 언어를 취했으며, 슬라브 문명의 치밀한 동화력에 흡수되었다. 슬라브 문명은 초창기에 슬라브 문명을 확장시킬 임무를 다른 민족들에게 맡긴 듯하다. 의기양양한 정복자였다가 곧 사라진 아바르족들에게 슬라브화를 맡겼듯이 말이다. 아바르족은 그들 고유의 문화가 아닌 슬라브 문화를 확장시켰다.

그러나 슬라브 문화가 계속 거론되긴 하지만, 이것보다 더 깊은 밑바탕은 트라키아 문화다. 트라키아족은 카르파티아-다뉴브 강-발칸 반도 전체 문화의 기층이 된 아주 폭넓은 민족 공동체였다. 경건한 마음으로 터키의 유물까지도 포용하면서 자기 나라의 기원에 관한 서사적이고 신화적인 글을 쓴 안톤 돈체프가 말했듯, 트라키아인들은 대양이고, 카스피 해와 아조프 해에서 온 우노곤두리와 오노구리 고대 불가리아인들은 그 원초의 대양을 움직이고 흔드는 파도다. 슬라브인들은 흙이자 그 흙을 반죽해 모양을 만드는 인내심 있는 손이다. 현대 불가리아인들은 세 요소가 모두 융합되어 형성됐다.

니체는 기원을 찾아 돌아가는 것이 무의미하다고 폭로했지만, 기원 찾기는 불가리아 문화에서 흔히 볼 수 있으며, 장난 섞인 재미와 진심 어린 마음을 오가며 행해진다. 그래서 고대 불가리아인의 외형을 갖고 있는 사람은 지금 찬사의 대상이다. 19세기에 뢰슬러 교수는 고대 불가리아인들이 사모예드족에서 나왔다고 확신했다. 상황이 어떻든, 순수미술 화가 즐라튜 보야지예프는 키 크고 우수에 찬 사냥꾼의 모습에서, 양치기 왕처럼 자신들 지팡이에 기댄 채 생각에 잠겨 있는 건장한 카라카찬 유목민들 모습에서, 매력적이고 위풍당당한 불가리아인의 모습을 찾아냈다.

불가리아 문학은 스탈린주의를 찬양했던 서사적인 기념물이 산산이 부서지기 시작할 때인 1956년까지 서사시 형식으로 이루어졌다. 모스크바의 레닌 미라처럼 디미트로프의 미라가 아시아식 장례의식으로 소피아에 전시되어 있다. 디미트로프는 1945년 5월 14일 작가 연맹에 보낸 편지에서, 인격 형성과 교육에 대한 임무를 문학계에 시사했다. 그는 하나의 통일된 바탕 위에서 민족문학을 만들어나가기를 원했다. 지금은 상황이 변했다. 불가리아는 프라하의 봄이나 헝가리의 가을을 알지 못했다. 적어도 공식적으로는 반대나 수정주의 자세를 보이지 않았다. 그러나 몇 가지 중요한 사건만 인용해보면 1956년 4월 공산당 총회, 1969년 토도르 지브코프가 소피아의 젊은이들에게 한 담화, 1971년의 제10회 당 대회 등이 문학 상황을 뿌리깊이 바꾸어놓았다. 오늘날 이바일로 페트로프와 함께, 불가리아 소설은 건설적인 공식적 낙관론을 은근히 조롱하고 있다. 사기 진작을 위해 훈장을 수여하는 등, 관료주의의 불필요한 요식과 절차로 고통받는 한 유능한 남자의 이야기를 다룬 재미있는 단편『공화국의 훌륭한 시민』에서 그런 조롱이 보인다. 자신에게 쏟아지는 훈장과 그로 인해 얻은 명예에 당황해 쓰러지는 불쌍한 안초 삼촌이 과연 고대 불가리아인들의 자손일지 누가 알겠는가.

7. 마케도니아 문제

역사의 피비린내나는 페이지와 문학의 열정적인 글이 증명해주듯, 오랜 세월 불가리아는 정치적으로 인종적으로 마케도니아를 회복하려 애써왔다. 마케도니아 문제는, 아담 반드루스카가 내게 설명했듯 오메리치 씨의 이야기로 요약될 수 있다. 그는 유고슬라비아 군주제 아래서 '오메리치'로 불렸다가 이차대전 때 불가리아에 정복되면서 '오메로프'가 되었고, 마케도니아 공화국이 유고슬라비아 연방에 포함되면서 '오메르스키'가 됐다. 그의 본명 오메르는 터키 이름이었다.

8. 녹색 불가리아

코즐로두이. 1876년 증기선 라데츠키를 소유하게 된 흐리스토 보테프는, 다뉴브 강을 올라가 동행한 200명과 함께 불가리아 땅에 상륙해 반란의 기운을 일으켰고, 곧 스물여덟 살에 전쟁에 참전하게 됐다. 자신의 시에서 땅거미가 질 때 하이두크의 노래를 부르는 발칸인의 노래를 들으라고 말했던 낭만적인 혁명 시인은, 발칸의 모든 민족이 형제애와 인류애의 종교로 똘똘 뭉쳐 민족적으로나 사회적으로나 하나되는 자유를 생각했다. 그에게 혁명계급은, 불가리아 농촌 인민주의의 민주적 전통에 따라 살고 있는 농민계급이었다. 민주적 전통은, 대지주에 의해 억압받는 이웃 나라들보다 불가리아 농민들의 작은 땅에 훨씬 폭넓게 뿌리내렸다.

불가리아의 농촌운동은 그 운동의 최고 리더 스탐볼리스키의 정책이 보여주듯 열려 있었고 진보적이었다. 예를 들어 루마니아 군단병들의 대장 코르넬리 코드레아누가 꿈꾸었던 "녹색 인간들"에서처럼, 다른 녹색운동들에서 나타났던 퇴행적인 파시즘 어조가 없었다. 진보적인 불가리아 인텔리겐치아는 대부분 마을 학교 선생님들의 손에서 나왔다. 오랜 세월 때 묻지 않고 옛날 그대로 살아왔던 숲속의 작은 마을 보젠치는, 예전의 야만성이 사라진 현대적이고 조용한 농촌 이미지다. 이것은 지브코프의 생가, 혁명 리더가 되겠다는 소명의식이 생겨난 협소하지만 깨끗한 그 작은 삶의 공간에서도 나타난다. 목가적인 이상적 풍경으로 바라보고 싶다면, 아무튼 카니츠가 썼던 글을 잊어버리는 게 좋다. 카니츠는 노동에 지친 농촌 아낙네들을 보면서, 몇 가지 특징만으로 겨우 스무 살 된 여인이 열일곱 소녀였을 때 어땠을지 짐작할 수 있었노라고 말했다.

9. 체르카즈키 이야기

어디서나 마을 문화는 죽어가고 있다. 불가리아에서도 마찬가지다. 그러나 여기 마을 문화에서는 한 시인을 발견하게 해준다. 마지막 순간 신화에서 환상을 퍼올리고, 그 환상을 해체할 수 있는 아이러니의 마술 또한 신화에서 끌어냈던 이 시인은, 동화적 환상과 함께 시간의 심연 속으로 사라졌다. 예순 살의 조르단 라디츠코프는 농촌 세계에 속해 있고, 하나의 옛이야기인 그의 단편들에서 이 농촌 세계는 체르카즈키라는 상상의 마을이 된다. 사람만큼이나 중요한 닭들과 돼지들이 사는 눈 덮인 체르카즈키는, 예상치 못한 곳에 악마들이 숨어 있는 마을이다. 썰매들이 저절로 미끄러지고, 장총이 저절로 발사되며, 갯가재와 어치들이 파수꾼이나 시장처럼 자신들 일을 말하고, 붙잡힌 풍선이 바람에 따라 움직이며 마을 전체와 경찰에게 싸움을 일으킨다.

체르카즈키의 시인은 구전 설화의 화신이다. 시인이 들려주는 놀랍고 부조리한 이야기는 시골 주막에서 입에서 입으로 전해지는 잡담, 인생에 대해 장황하게 이야기를 늘어놓으며 역사의 협박을 피하려고 만든 이야기, 짐짓 진실이라고 맹세하며 친구들에게 들려주는 거짓말이다. 옛날이야기를 들려주는 동안 삶은 움직이지 않는다. 체르카즈키의 이야기들은 집들, 작업 도구, 나무에 찍어놓은 도끼, 우물 안 두레박 사이에 숨어 있다. 사물들 자신이 속삭속삭 이야기하며 그 이야기들을 퍼트려나간다.

소피아에 있는 자신의 집에서 라디츠코프는 겨울과 동물들에 대해, 얼어붙은 다뉴브 강에 대해, 도끼로 강 얼음을 깨고 물을 떠오라 시켰던 자신의 아버지에 대해 이야기했다. 그는 어린 시절 만났던 집시들과 터키인들에 대해 말했다. 통역사 키탄카는, 불가리아에는 터키인들이 없고 불가리아인들만 있기 때문에 이것이 시적인 자유라고 말했다. 라디츠코프는 추위, 눈, 하얀 겨울을 노래한 시인이다. 그는 세계를 비눗방울로 변모시킨 세련된 아이러니 작가다. 그러나 그가 이야기하는 이 서사적 세계에 뿌리박고 있던 혈기왕성한 농부이기도 했다. 죽음에 친숙하고 삶의 모든 목소리, 지붕 위 황새와 나무에 사는 좀벌레 이야기를 들을 줄 아는 시인은, 세계를 아름답게 수놓고 그 종말을 다양하게 변화시켰다.

라디츠코프는 오늘날 불가리아에서 가장 유명한 작가다. 진솔한 일상 깊은 곳에 있는 지혜, 어리석은 겉모습 안에 숨어 있는 지성, 소박한 양식과 무뚝뚝한 고집으로 위장한 시적 열정, 산초 판차로 변장한 돈키호테를 발굴해낸 그는, 환상적인 모양으로 얼어붙은 분수 같은 겨울 다뉴브 강을 노래한 시인이다. 그는 그 얼음 속에 갇힌 이야기와 인물들을 끄집어냈다. 그의 아버지는 광맥 탐사 막대기를 들고 보물을 찾아 늘 돌아다녔다고 한다. 매일 저녁 시인의 아버지는 친구들과 함께 다음날의 원정을 준비했다. 문에서 우리는 아쉬운 마음으로 시인에게 인사하며, 혹시 아버지가 보물을 발견한 적이 있느냐고 물었다. 아니요, 단 한번도 없습니다, 라고 그는 눈 하나 깜짝 않고 대답했다.

10. 사타나엘이 창조한 세계

다뉴브 강 인근에 있으며 지금은 기겐으로 불리는 에스쿠스의 성당 벽에, 아마 11세기 이전에 씌었을 문구 하나가 이단자들을 저주할 것을 촉구하고 있다. 저주는 분명 보고밀 이단파를 겨냥한 것이다. 1211년 차르 보릴의 종교회의는 보고밀파를 연속적으로 파문했다. 보고밀파는 10세기에 불가리아에서 생겨나 14세기까지 발칸반도 전체에 퍼졌다. 그들은 카타리파와 알비주아파의 형제들이었으며 카타리파와 알비주아파들처럼 잔인하게 학살당하고 화형에 처해졌다. 보고밀파는 신은 천상의 정신세계를 창조했지만, 악마 사타나엘은 지상세계, 짧게 있다 사라지는 감각세계를 창조했다고 주장했다. 아시아 위구르 제국에서 공식 종교이기까지 했던 마니교와 그노시스파의 이원론의 후예이며, 바울파와 메살리안파 같은 유사 이단과 종종 혼동되었던 보고밀파는, 세상은 사악한 신에 의해 창조되었다고 생각하며 악과 고통만이 끊임없이 승리한다고 설명했다. 타락한 천사이며 신의 아들이고 그리스도의 사악한 형인 사타나엘은, 우주의 창조자이자 잔인하고 부당한 피조물의 군주이며 우주의 '관리자'고, 세상이 끝나는 날까지 혹은 좀더 과격한 이원론자들에 따르면 영원히, 선한 신의 적대자다. 현실 전체는 사타나엘에게 복종했다. 삶을 생산하고 지속시키는 것은 그의 명령에 복종하는 것을 의미했다. 노아가 그랬듯, 악을 존속시키는 공범인 모세와 영광과 폭력의 책 구약의 예언자들이 그러했던 것처럼 말이다. 모든 군주와 세상의 권력자는 어두운 심연에 복종했고, 예루살렘은 악마의 도시이며, 세례 요한 성인은 어둠의 전령이었다. 알렉산다르 넵스키 성당 지하 납골당에 있는 성화들은, 사악한 전기에 감전되어 떠는 듯 쭈뼛 선 머리칼과 불행을 알리기를 즐기는 사람의 성난 표정으로 세례 요한을 묘사해놓았다.

창조의 고통과 죽음은 보고밀파가 했던 질문을 역사의 행위에 대고 하지 못하도록 했다. 보고밀파는 산 자들에게 가한 불법행위가 과연 누구의 책임인지 물었다. 악에 대항한 반란은 부정에 대항한 항의이기도 하다. 보고밀파는 억압받는 농민계급을 대변했고, 사회계급과 지상의 모든 권력자에게 대항해 설교했다. 특히 예리한 두 소설인 1968년의 『프레슬라프의 군주 시빈의 전설』과 2년 뒤에 나온 『적그리스도』에서, 에밀리안 스타네프는 보고밀파가 유행했던 격동의 불가리아를 그리면서, 진실을 찾고 싶은 뿌리깊은 갈망이 사람들 마음에 풀어놓은 질문과 무질서의 우화이기도 한 광대한 역사를 묘사했다. 시빈 군주는 이단과 이단 박해로 인해 유발된 정치적 혼란뿐만 아니라, 선과 악의 혼합과 창조력과 파괴력의 혼합 때문에, 그리고 그것들을 분별할 수 없다는 것 때문에, 상처받은 정신의 모순 역시 겪게 된다.

아름다운 자연은 영원의 종교적 의미를 일깨우지만, 그것은 나무들 사이에서 살랑대고 생명의 힘 안에서 호흡하는 사타나엘일지도 모른다. 파괴의 원칙은 가장 숭고한 신의 창조를 부정하지만, 이 부정은 창조 과정과 윤리적인 삶 자체에 필요하고, 따라서 선하고 신성할 수 있는 것이다. 단지 이런 직관 자체가 어쩌면 사타나엘의 유혹일 수도 있다. 사타나엘은 사람들을 높은 곳으로 끌어올려 세상이 돌아가는 모습을 위에서 보여준다. 선과 악이 세상을 움직이는 지렛대이며, 이단들의 순교와 그들을 박해하는 자의 분노 모두가 필연적인 것이다.

스타네프는 삼라만상 안에서, 상처입고 죽어가는 사슴의 눈 안에서, 관능 안에서, 고행 안에서, 모호함을 이해하고 받아들이는 시도 자체에서, 이 진실과 거짓의 혼합을 인식한 사람의 당혹감을 표현했다. 무질서는 사람들 마음과 이단들 무리에서 화르르 타올라 사회 반란을 선동했으며, 또다른 반대명제의 이단들을 양산하면서 순수와 타락 속에서 신을 찾게 했다. 절대진리에 대한 추구는, 모든 진리를 불태우고 역설적이게도 모든 것에 똑같은 가치를 부여해 차이가 없는 것으로 만들었다. 순수함에 대한 갈망과 죄로부터 자유로워지고 싶은 욕구는, 결국 어리석게도 진탕 먹고 즐기는 잔치로 끝났다. 본질을 쫓아가는 삶은, 자신의 얼굴을 부정하며 계속 반대쪽 얼굴로 뒤집어놓았다.

스타네프는 동물들에 대한 놀라운 이야기들을 쓰게 해주었던 니체의 감수성으로 보고밀파의 드라마에 접근했다. 기독교 의식은 죽어가는 사슴의 시선 깊은 곳에서 고통과 죄의 미스터리를 해독하고, 대답 없는 이런 질문으로 영혼에 상처를 주었다. 이런 어지러운 질문들에 휘말린 시빈은 때때로 탄그라, 고대 불가리아인들의 메마르고 무관심한 신성, 영혼과 정신을 괴롭히지 않고 초원과 사물들 위에 드리운 하늘을 그리워했다.

"이단의 검은 딸기나무"는 도처에 퍼졌고 시리아·보스니아·러시아·서양에서도 무럭무럭 자랐다가 뿌리째 뽑혀나갔다. 그러나 불가리아는 일명 이단자들의 나라, "저주받은 불가리아인들"의 나라였다. 키탄카는 이런 불가리아를 자랑스러워하면서도 반대한다. 유럽에 아주 중요한 종교운동을 퍼트렸던 불가리아의 이 커다란 역사적 위치는 키탄카의 애국심과 잘 어울렸지만, 또다른 논리 즉 "우리 불가리아인들은 늘 무신론자였다"는 논리와는 맞지 않았던 것이다.

11. 고트족의 성경

니코폴. 지금은 마을로 축소된 다뉴브 강의 이 도시에서 바예지드 술탄은 1396년 헝가리 지기스문트 왕이 이끄는 기독교군을 전멸시켰다. 당대의 연대기 학자들과 독일의 대여행가 실트베르거의 증언, 바이에른 사람 마르코폴로는, 프랑스 기사단이 전술을 무시하고 우아하게 거들먹거리다가 깨끗하게 패배를 당했다는 점을 강조했다. 10세기 전 니코폴 지방에는 고트족이 살았다. 그들 고트족 가운데 울필라 주교가 있었는데, 그가 고트어로 번역한 성경에서 독일 문학이 움튼다. 독일의 흔적이 전혀 없던 이 강변에서 어쨌든 독일정신이 싹튼 것이다. 서쪽으로 시작된 이 행진은 몇백 년 후, 강물이 흐름을 바꾸듯 다시 동쪽으로 방향을 틀었다가, 결국 이민자들의 물결에 쫓겨 다시 서쪽으로 방향을 바꾸게 된다.

12. 루세

엘리아스 카네티가 쓰기를, 루세에서, 아니 카네티에게는 루스추크였던 곳에서, 나머지 세상은 유럽이라 불렸다. 누군가 빈까지 다뉴브 강을 거슬러올라가면 유럽에 간다고 말했다 한다. 그러나 사실 루세는 이미 19세기 상인들의 황토색 집들, 널찍하고 품위 있는 공원들, 여인상 기둥과 장식으로 채워진 절충주의 양식의 세기말 건물들, 후기 신고전주의의 대칭을 보여주는, 작은 빈이요 유럽이었다. 루세는 예전에 다채로운 상업이 번성했던 강 포구의 모습과 중공업 시설의 칙칙한 육중함을 보여주는 가운데, 믿음직하고 근면한 중부유럽 같은 친숙한 분위기를 풍기기에 편안함을 준다. 루세의 길들과 광장에서 빈이나 피우메(현 리예카 항구도시)의 한 모퉁이, 다뉴브 강 스타일의 안정감 있는 균일성을 만나게 된다.

'작은 부쿠레슈티' 루세는 양차 세계대전 사이(1918~1939)까지 불가리아에서 가장 부유한 도시였다. 이때 첫 은행이 설립되었다. 터키 통치자 미드하트 파샤는, 호텔과 철도를 건설하고 친분이 있었던 오스만 남작의 파리 모델을 따라 크고 작은 길들을 확장시키면서, 루세를 새로이 단장하고 현대화시켰다. 1910년대 말경 루세에서 태어난 이탈리아인 엘리아스 자매(자매의 아버지는 Lazar & Co 모자공장 대표였다)는, 겨울에 집채만큼 높이 쌓인 눈과 다뉴브 강에서의 여름 물놀이, 터키 빵집 '테테벤,' 아스트뤼크 부부의 프랑스 학교, 아침에 요구르트가 든 양동이와 강에서 난 물고기를 가져가는 농부들, 학생 사진을 찍기 위해 찾아갔던 카를 쿠르티우스의 '포토그래피 파리지엔' 사진관, 자신들의 부를 감추려는 그들의 경향 등을 기억했다.

반면 19세기 말의 도시는 긴장이 다소 풀려 있었다. 다양한 나라의 영사들과 여러 다른 나라의 상인들은 루세의 밤에 활기를 불어넣었다. 유명한 그리스 상인이 도박에서 자신의 전 재산과, 다뉴브 강 인근의 신고전주의 양식의 붉은 저택, 아내를 잃었던 밤처럼 말이다. 9월 9일 광장 모퉁이에 있는 지역 저축은행 건물 정면은, 탐욕스럽고 혼란스러우며 장식에 빠진 이 세계를 상징적으로 보여준다. 오래된 은행 문들 주변에 비웃음 짓는 얼굴들, 사티로스의 머리, 은제 몰록이 조각되어 있다. 자유로운 장식성을 한껏 보여주는 긴 콧수염을 단 몰록이 음흉한 몽골인의 눈으로 흘겨본다. 더 높은 건물 위쪽에는 영 딴판인 머리 하나가, 월계수를 머리에 두른 표정 없는 우아한 얼굴 하나가 툭 튀어나와 있다. 지금 국가 천사장들로부터 보호받고 있는 금융 악마들의 아버지, 즉 은행 창립자일 것이다.

13. 우렁찬 박물관

오스만의 마지막 지배를 받고 있던 시절, 루마니아에서, 특히 부쿠레슈티와 브러일라에서 활동했던 혁명가들과 애국지사들이, 배를 타고 와 루세에서 내렸다. 다뉴브 강을 바라다보고 있는 바바통카박물관은, 지칠 줄 몰랐던 영웅적인 여인을 추모하기 위해 지은 곳이다. 1871년 루세에 설립된 혁명위원회와 피를 흘리며 진압됐던 1875년과 1876년의 봉기에 큰 영향을 미쳤던 여인 바바 통카는 샐쭉한 얼굴과 사각턱, 아들 넷을 조국에 바친 것에 대해 자랑스러워하는 사람의 표정을 짓고 있다. 아들 둘은 죽었고, 둘은 추방당했다. 바바 통카가 말했던 대로, 아들 넷을 더 조국에 바칠 준비가 된 얼굴이다. 박물관 안에는 미드하트 파샤의 초상화도 있다. 터키 모자를 쓰고, 짙은 새 더블 양복을 입고, 카보우르가 꼈던 코안경 비슷한 안경을 낀 미드하트 파샤는, 불가능한 상황에 휘말렸던 천재적인 인물이었다. 그는 오스만 정권의 몰락과 부정까지고 명확히 보았고, 국가를 개혁하고 현대화시키기 위해 총력을 기울였지만, 그가 변화시키고자 했던 터키 정권을 지키기로 결심한 후 개혁을 포기하고 교수대를 이용했다. 다뉴브 강변, 검은 나무 골조가 드러난 노란 집에, 그의 애첩이 살았다.

바바통카박물관은 우렁차다. 소설 『멍에 아래서』에서 1876년의 봉기를 찬양했던 이반 바조프는, 그 봉기를 "비극적이고 불명예스러운" 봉기라고 정의하면서 혁명운동의 모순을, 혁명 당시 아직 자유를 얻을 준비가 되지 않았던 불가리아 민중을 용기 있게 보여주었다. 바로 이 때문에 오늘날 탁월한 고전작가로 인식되고 있는 바조프는 진정 애국 작가인 것이다. 그의 위대한 소설은 불가리아와 그 탄생을 그린, 사실적이고 비극적이며 유머러스하기까지 한 서사시다.

14. 이바노보의 낙서

루세에서 20킬로미터 떨어진 곳 이바노보 근처 접근하기 어려운 절벽 높은 곳에, 14세기 암석 성당이 숨어 있다. 파란 밤하늘, 시에나 회화에서나 볼 수 있는 풍경, 채찍질을 당한 채 조용히 그 앞을 보는 예수를 담은 프레스코 벽화들이, 조토를 연상시키는 색조로 암굴 벽에 그려져 있다. 야생의 평화로움이 느껴지는 매력적인 풍경 위로 솟아오른 이 독수리 둥지 안에 보관된 프레스코 벽화들은 감탄스러울 정도로 아름답다. 불가리아 차르들의 옛 수도 투르노보 비잔틴 유파가 그린

이 그림들은, 500년 동안 침묵 속에 묻혀 있어야 했던 수준 높은 문화를 보여준다. 이 프레스코 벽화들을 위협하는 것은 이제 터키군이 아니라, 습기와 방문자들이 돌에 낙서한 문구와 서명들이다. 불멸을 갈망한 이 무례한 행위는 유명한 선례들이 있다. 예를 들어, 바이런은 수니온 곶의 포세이돈 신전에 자신의 이름을 써서 훼손시켰다. 그러나 세월은 이런 반달리즘조차 우아하게 만들어놓았다. 18세기에 몇몇 그리스인들과 아르메니아인들이 훼손시켰던 마술 같은 파란 하늘의 문구가, 지금은 관심의 대상이 되었고 그 파란 하늘과 거의 동급으로 보호되고 있다. 아주 어리석거나 사악한 어떤 것을 봤을 때 빅토르 위고가 말했듯, 내가 참을 수 없는 것이 하나 있다면 바로 이 모든 게 내일은 역사가 되리라고 생각하는 것이다.

15. 황새의 가로등

이바노보와 루세 사이에 있는 한 마을에서, 황새 한 마리가 위험하고 해가 될 수 있는 행동이라는 것을 모른 채 늘 가로등 기둥 위에 둥지를 틀곤 했다. 시는 황새를 쫓으려고 여러 차례 시도했으나 실패하자, 공식 토론을 거쳐 황새를 위해 일부러 다른 기둥을 하나 세웠다. 실제 황새도 이 마을을 찾을 때마다 그 기둥에 날아와 살았다. 불가리아는 이런 친절이 있는 땅이기도 하다. 몰트케가 요새들을 찾아 돌아다닐 때 그를 어지럽혔던 유명한 장미 계곡이 있는 나라이면서도, 동물들과 동물들의 시에 대해 관심이 많은 나라가 불가리아다.

16. 카네티의 집

항구로 직접 내려가는 루세의 길, 울리카 슬라비안스카 12번지 철제 발코니 옆에 돌로 만든 커다란 C 머리글자가 아직도 있다. 삼층집은 카네티 할아버지의 회사였는데, 지금은 가구점이다. 한때 루세에 많이 살았던 진취적이고 또 그만큼 배타적이었던 '스페인인' 구역은, 아직도 대부분 단층인 나지막한 집들을 녹음 사이로 보여준다. 유대인들은 불가리아에서 잘 지냈다. 한나 아렌트는 아이히만에 관한 자신의 책에서, 나치 연합군이 유대인들에게 그들을 식별할 수 있는 배지를 달라고 소피아 정부를 강압했을 때, 불가리아 국민들이 그 배치를 달고 다니는 사람을 동정하여 시위를 벌이고 반유대인 조치들을 방해하거나 약화시키기 위해 노력했던 사실을 기록해놓았다.

이 지역에 카네티의 어린 시절 집도 있다. 친절하고 교양 있는 스토얀요르다노프 시립박물관 관장이 구르코 가 13번지로 우리를 안내한다. 이 주소는 카네티가 그의 자서전에서 알리길 기피했던 주소다. 정문 현관 앞 거리는 여전히 "먼지 많고 잠이 오게" 하지만, 안뜰 정원은 다른 건축물들이 들어서서 이젠 그렇게 널찍하지 않다. 안뜰 왼쪽으로 몇 계단 올라가면 지금도 카네티의 집이 나온다. 건물은 작은 아파트로 분리됐고, 일층에는 다코비 가족이 살며, 마지막 층에는 집 주인 블코바 여사가 사는데, 여사가 우리를 집 안으로 들여보내주었다. 방들마다 온갖 잡동사니들이 가득하고 카펫, 이불, 상자, 여행가방, 의자 위 거울, 조화, 슬리퍼, 서류, 호박 등이 어지러이 널려 있다. 벽에는 마리나 블라디, 정복자의 미소를 짓고 있는 젊은 날의 데시카 등, 낡고 큰 영화배우 사진들이 붙어 있었다.

세기의 위대한 작가들 가운데 한 명, 뛰어난 능력으로 시대의 망상을 직관했고 표현했던 시인, 세계를 보는 시각을 현혹시키고 바꾸어놓은 시인이, 이곳에서 세계를 향해 눈을 떴다. 이 가치 없는 물건들 사이, 무형의 우주 안 잘게 잘린 모든 공간에 늘 숨어 있는 신비 속에서, 되돌이킬 수 없는 무언가가 사라졌다. 카네티의 어린 시절 역시 사라졌고, 자세히 적어넣은 자서전도 그 어린 시절을 붙잡아둘 수는 없었다. 우리는 취리히에 있는 카네티에게 엽서를 보내지만, 과거에 자신이 살던 곳에 이렇게 불시에 침입해서 자신의 은신처를 캐내고 확인하려 드는 것을 그가 좋아하지 않으리라는 걸 안다. 노벨상 수상에 결정적인 역할을 했을 그의 자서전에서, 카네티는 자기 자신, 『현혹』의 작가를 찾아나선다. 노벨상은 숨겨진 과거의 작가와 다시 나타난 현재의 작가, 두 명의 작가에게 수여된 셈이다. 전자는 사라져서 영원히 되돌아올 수 없는 신비하고 비범한 천재, 1935년 서른 살에 세기의 위대한 책 가운데 하나이자 진정 위대한 그의 유일한 책, 문단에서 30년간 거의 사라졌던 이 책 『현혹』을 발간한 작가다.

문화기관에 어떤 양보도 하지 않고 동화되는 것도 허용하지 않는, 신랄하고도 다루기 힘든 이 책은, 삶을 파괴하는 지식의 망상이 낳은 기괴한 우화, 사랑의 부재와 맹목을 그린 끔찍한 초상이다. 이상적인 중재자로서 그의 책은 좋은 의도로 역사를 기술하고자 한 문학공화국이다. 이 책에서 보여준 그의 거부는 하나의 불가피한 현상이었고, 소화시킬 수 없는 급진적이고 절대적인 위대함에 대한 거부였다. 몇몇 소수의 다른 책처럼 우리의 삶을 밝혀주는 이 책은 오랫동안 잊힌 채로 있었고, 카네티는 거역할 수 없는 상황을 겸손히 받아들이며 자신의 천재성을 굳게 믿고 이 멸시의 기간을 참아냈다.

『현혹』의 작가는 당대에 그가 썼던 다른 작품들 없이는 노벨상을 탈 수 없었을 것이다. 이 의견을 수긍한다면 또다른 작가, 즉 30년 뒤 각광받으며 무대에 나타나 사후에 재발견되어 그 가치를 인정받게 될 카네티의 책과 행운을 함께 나누고 그 책을 읽고 해석하고 주석을 달아줄 또다른 작가가 있어야만 할 것이다. 마치 몇십 년이 지나서야 『소송』이 발견되었고, 이 뛰어난 노신사의 각도에서 카프카 그 자체를 재발견해내어 우리를 그 고유한 미궁 속으로 데려갔듯이 말이다.*

그의 자서전은 루세에서의 어린 시절에서 시작하여 자신의 고유한 이미지를 만들어나가고 자신의 삶을 스스로 설명해나간다. 실제의 생생한 삶을 서술했다기보다는 묘사하면서 삶을 위축시켰다. 카네티는 『현혹』의 탄생 배경을 설명하고자 했지만 그 위대한 책에 대해, 재난과 허무의 끝자락에 서 있어야만 했던 상상할 수 없는 그 책의 작가에 대해, 실은 아무 말도 하지 않았다. 그는 그 책의 작가, 즉 그의 또다른 자아의 침묵과 부재, 작가를 삼켜버린 블랙홀을 표현하지 못했다. 그것을 표현했더라면 또다른 위대한 작품을 탄생시킬 수 있었을 것이다. 오히려 그는 모난 데를 다듬고 화해를 청하는 권위 있는 어조로 상황을 정리했다. 결국 모든 게 제대로 됐다는 것을 확인시키고자 한 것 같은 그의 책은, 너무 조금, 그러면서도 너무 많이 말했다.

이런 판단을 그가 받아들이기 어려울 거라고 나는 생각한다. 분명이 판단은 모든 다른 판단과 마찬가지로 논쟁거리가 될 수 있지만, 그를 사랑하는 마음에서, 진실을 가르친 그의 교훈에서 나온 생각이다. 때때로 카네티는 그의 책에 나온 권력자들, 온 삶을 통제하고 싶어하는 권력자들과 닮았다. 그는 『군중과 권력』에서 이 갈망을 조사하고 들추어낸 바 있다. 모든 위대한 작가는 그가 낱낱이 파헤친 악마들로부터 위협받고, 자기 자신 안에 그 악마가 있기 때문에 악마들을 인식하며, 그 역시 악마들에게 굴복할 위험이 있기 때문에 악마들의 힘을 고발한다. 때때로 위대한 작가는 세상을 손안에 넣거나, 아니면 적어

* 카네티가 쓴 『카프카의 또다른 소송: 펠리체 바우어에게 보내는 편지』를 염두에 둔 말이다.

도 자신의 이미지를 통제하고 싶어한다. 카네티만이 카네티를 말할 수 있다는 은밀한 갈망을 카네티가 갖고 있었듯이 말이다. 그라치아 아라 엘리아스 부인이 그에게 편지를 써서, 그녀도 루세에서 태어나 성장했으며 카네티가 사람들과 자서전에서 설명했던 메나케모프 씨 역시 알고 있다고 했을 때, 카네티는 답장을 보내지 않았다. 어떤 다른 사람이 자서전에서 그가 말했던 루세의 이미지와 박사와 모든 것에 대해 권리를 주장할 수 있다는 생각에 아마도 불안해했을 카네티는, 자신의 자서전에서 말했기 때문에 그 안의 것들이 자신만의 것이라고 생각했을 것이다.

한때 그는 서신 교환을 통해 관대히 내가 그의 삶에 들어가게 해주었고, 내가 나 자신의 삶에 들어가도록 도와주었다. 그의 편지들과 그의 인격, 그의 『현혹』을 통해, 나는 내 현실의 본질적인 중요한 부분을 형성했다. 그의 자서전을 보고 기뻐한 것이 그에게는 기분 나쁜 일이 됐던 모양이다. 그러나 권력의 많은 얼굴을 보는 법을 그에게서 배운 사람은, 그가 잠깐 권력의 얼굴을 취했을 때도 이 권력에 그의 이름으로 저항해야 할 의무가 있다. 블코바 부인이 문을 닫을 때, 나는 내 인생 마지막으로 이 어지러운 방들을 바라보았다. 받아들일 수 없는 죽음의 잔악행위에 저항하고 나라에 충성하라고 가르쳤던 한 시인, 천진한 어린 남자아이가 뛰어놀고 성장했던 그 방을.

9부

마토아스

1. 악의 길에서

루세와 지우르지우 사이에 있는 불가리아-루마니아 국경과 다뉴브 강을 이어주는 다리는 우정을 기리는 이름이 붙어 있다. 길이가 2224미터에 달하는 이 다리는 리스본에 있는 테주 강의 다리 다음으로 유럽에서 두번째로 길다. 옛 연대기 학자 그레고레 우레케는 루마니아 땅은 "악의 길 위에" 있었다고, 혹은 몇백 년간 동유럽을 발칵 뒤집어놓은 침략자들의 침입로에 있었다고 말했다. 루마니아 땅은 야지게스족·록솔란족·아바르족·쿠만족·페체네그족이 충돌한 곳일 뿐만 아니라, 평범한 오해와 일상의 실수가 유혈사태를 불러올 수 있는 곳이기도 하다. 어쩌면 모든 게 흘러 퇴색하는 세월에 기꺼이 순종할 준비가 되어 있어야 할지도 모른다. 전원시인 잠피레스쿠는 운명의 이해할 수 없는 움직임 앞에서도 "사는 게 이렇지 뭐"라고 조용히 말할 수 있는 루마니아 농민들의 내면을 찬양했다.

체념은 루마니아 정신의 클리셰 같다. 안이한 웅변가들뿐만 아니라 감상적인 시인들도 이 점을 확인시켜준다. 민족 서사시를 창작해낸 활기찬 소설가 미하일 사도베아누 역시 1905년의 한 단편에서 루마니아 사람들이 천성적으로 자신의 운명을 받아들이는 경향이 있다고 말했다. 에밀 시오랑은 속박을 받아들이고 고통 속에서도 인내하며 "예속을 품위 있게" 참아내는 루마니아 민족의 천성을 찬양했다. 루마니아 속담에 "고개 숙인 머리는 잘리지 않는다"라는 말이 있다. 애국 시인이며 농부인 제오르제 코슈부크는 자신의 시 「억압 아래서」에서 "모욕당하고 채찍질당하고 침 세례를 받은 우리는 수치와 파괴를 운명으로 받아들였다"라고 썼다.

조용히 희생을 받아들이는 노래, 민중 발라드 미오리차에서도, 운명에 "예" 하고 대답하는 것을 선천적인 온화함과 평화를 사랑하는 성향의 표현으로 찬양했다. 학자 안드레이 오테테아가 이끄는 팀이 편찬한 이념적인 책 『루마니아 민중사』에서는, "인간의 감정"을 추적하며 루마니아 민중이 "열심히 일하고 아주 민주적"이면서도 다른 민족들을 지배하려 들지 않는 민족이라고 했다. 과거 트라야누스 황제의 천재적이고 무서운 적 데케발루스의 다키아 왕국이 그랬듯이 말이다. 한편 이 책은 기원전 1세기에 부레비스타 왕이 다키아를 통일했던 것을, 넓게는 사회주의뿐만 아니라 세부적으로는 차우셰스쿠 정권의 도래를 위한 첫걸음으로 보았다.

온화하고 우울한 이 목가를 사회주의와 다른 노선을 걸었던 학자들도 좋아했다. 디누 C. 지우레스쿠는, 수세기에 걸친 변화를 재구성하면서 루마니아의 역사에 새롭게 접근했다. 그는 책 초반부에서 삶의 영원한 흐름과 역사적 변화, 덧없이 흘러가는 인생의 무상함과 호흡을 같이했던 루마니아의 조화로운 풍경과 숲의 숨결을 느끼게 해준다. 그 아름답고 조화로운 풍경도 비극과 폭력을 목격했다. 자하리아 스탄쿠는 그의 소설들에서, 다툼과 역사의 거품을 만들어낸 어둡고 성난 다뉴브 강을, 예속으로 인해 거칠어졌지만 1907년의 대반란에서처럼 운명을 가장한 억압에 현혹당하지 않는 지성을 갖추고 철과 불로 봉기할 줄 알았던 농민들의 맨발과 배고픔을 묘사했다.

앞의 연대기 학자가 말했듯 루마니아는 '악의 길 위에' 있었다. 루마니아의 칼과 충돌했던 게테족의 굽은 사브르 검, 아리아누스가 기록한 바에 따르면 기마부대가 지나갈 수 있도록 높다랗고 빽빽하게 자란 곡식들을 긴 창으로 넘어뜨리며 다뉴브 강을 건너갔던 마케도니아 보병대, 스키타이족이 마치 신처럼 숭상했던 철검, 튀르크군에 의해 납치된 어린아이들, 역사학자 미카이 체레이가 말했듯 철로 만든 멍에로 교체될 오스만제국의 나무 멍에가, 이 루마니아 땅을 지나갔다. 마호메트 2세의 진격을 막기 위해 몰도바의 슈테판 대왕이 곡식과 갈대를 불사르게 했던 길목이었으며, 억압받고 핍박받던 농민들이 살았던 터전이자, 학살과 약탈이 자행되고 야만과 폭력이 난무하던 곳이었다. "우리는 굴레와 멍에를 써왔고 지금도 쓰고 있다"라고 코슈부크는 시에서 말했다.

루마니아의 불행은, 지나치게 많은 역사가 이뤄진 곳에 있었다는 것, 세계사의 흐름에서 어느 교차로 혹은 임시 정류장이었다는 것이다. 세계사가 지나가는 길목의 작은 역들에서도 도축장들은 부지런히 돌아갔다. 몇 년 전 크라이스키 수상이 말한바, 오스트리아는 역사에서 나왔고 이들은 그 사실에 기뻐하고 있다. 합스부르크가의 상속자 혹은 후손들은, 거대한 빈의 마술적인 옛 민중희극에 나오는 정령들과 영혼들만큼이나 변덕스러운 어떤 힘이 자신들을 세계 극장에, 세계사 무대에 단역으로 보낸 것을 알고 실망하고 있다. 자신이 〈마술피리〉에 나오는 타미노 왕자보다 못한 역할이며 자애롭고 숭고한 힘에 의해 보호받고 있지 않다고 의심하게 된 단역 배우는, 그 무대에서 나가고 싶어졌고 뒤돌아보지 않고 무대 뒷문을 찾았다.

그 발걸음은 무대 밖으로 나가는 가상의 출구를 찾아가는 것이라기보다, 무너지기 쉬운 약한 땅에 발을 내딛는 것에 가깝다. 마치 낙엽이 쌓여 흙에 섞여 썩어가는 땅에 발을 내디뎠는데 무게에 눌려 낙엽들이 흩어지고 그 아래 있는 다른 낙엽 층, 즉 작년에 떨어져 썩어서 축축한 흙으로 변한 낙엽들에 신발이 빠지게 된 것과 같다. 루마니아의 베네데토 크로체라 할 위대한 역사가 니콜라에 이오르가는 루마니아와 그 문화 여정을 완벽히 재구성하기 위해 민중의 삶의 침범할 수 없는 깊은 곳까지 파고들어갔다. 즉 글로 기록된 자료나 학자들과 과거 상위계급이 작성한 문서가 아니라, 오랜 세월 뿌리를 내린 일상의 습관과 몸짓, 관습과 형태에 자신의 기억을 남긴 민중의 삶 속으로 스며들어갔다.

이 부식토 깊은 곳까지 내려가면서, 수액이 뿌리에서 가지와 이파리까지 올라가는 그 여정을 거꾸로 따라가면서, 이오르가는 깊숙이 묻혀 있지만 아직도 삶의 본질을 풍부히 담고 있는 옛 지층들, 오스만 이주의 흔적, 중앙아시아에서 신화의 '룸 제국의 땅'으로 이주했던 튀르크족의 흔적을 다시 찾아냈다. 이오르가의 역사적 소명을 계승한 후계자이며 손녀인 비안카 발로타 카발로티가 썼듯, 이로르가는 비잔틴-튀르크-몽골이 지하 수맥처럼 하나되어 연속적으로 흘러간다는 것을 발견했다. 또한 고대 트라키아족 문화를 근간으로 하여 다민족적 그리스의 요소가 추가된 옛 '카르파티아산맥-발칸반도 공동체'가 끊임없이 이어지고 있음을 발견했다. 그리스적 요소는 다뉴브 강 공국들의 역사에서, 특히 상업·문화·행정 측면에서 두드러지게 나타난다.

여러 종족과 문화가 뒤섞인 이 용광로는 우리 역사의 시원에 자리한 매개체, 분류할 수 없고 혼란스러운 싹들이 번식하는 나일 강의 점토층 같은 것이다. 네스토르가 말했던 것처럼, 기원전 8세기에 스키타이족에게 쫓겨난 킴메르족 역시 트라키아족에 속한다면, 그리고 헤로도토스와 스트라본이 게테 사막이라 불렀던 곳이 확장되어 다뉴브 강 삼각주의 주인이었던 고대 오드라사이 왕국과 합쳐져 강 하구까지 뻗쳤다면, 여러 기원이 섞여 있는 킴메르족의 안개 속으로 들어가 처음과 끝이 다시 만나면서 길을 잃고 말 것이다.

폼페이우스 트로구스는 게테족의 왕이며 스키타이족과 싸웠던 "히스트리아노룸 왕Histrianorum rex"에 대해 말했다. 유스티누스 시대에 도브루자는 소小스키타이라고 불렸다. 얼마 전까지도 나한테 그 순수한 이름들은 입안을 가득 채우고 모호한 메아리를 일으키는 환상적인 말들flatus voci이었다. 마치 우리가 학생 시절 트라브존이 트라비존다와 같은 곳인지 아닌지도 모르면서 트라브존을 이야기하고, 미트리다테가 폰토스의 왕이자 비튀니아의 프루시아스 왕임을 알지만 폰토스와 비튀니아가 정확히 어디에 있는지는 몰랐던 것처럼 말이다. 또 내가 지금 '뮤온muon'과 '바리온barion' 같이 목소리가 울리며 굴러가는 단어들을 좋아하듯 학생 시절 우리는 시칠리아와 카파도키아를 말하길 좋아했다. 나와 같은 도시 출신인 피에트로 칸들러의 박학다식한 글에서, 나는 도브리자-소스키타이가 좀더 옛날에는 이스트리아로 불렸다는 걸 알게 됐다. 그러나 그건 다른 문제고, 아무튼 그 이름은 냄새와 색깔이 있었고, 붉은 흙과 바닷가 흰 바위이며, 뭔가를 말해주는 장소다.

그리하여 이스트리아인들은, 아폴로도로스가 주장했듯 트라키아족일까, 아니면 플리니우스와 스트라본의 주장대로 콜키스족일까, 아니면 게피다이인일까? 그러므로 야만의 콜키스에서 황금양모를 찾는 것은, 인간은 불멸할 수 있다는 것을 내게 이해시키기 위해 연출가가 선택한 그 해변, 고향을 찾아가는 것이다. 황금양모는 옛적부터 내가 알던 이 바다에서 떠오른 암포라 항아리가 아닐까? 그것은 다뉴브 강의 장난이다. 혼란은 고대인들의 이 오류에서 생겨났다. 고대인들은, 다뉴브 강—이스트로스 강—이 두 지류로 나뉘는데, 이스트로스 강은 흑해로 들어가고 다른 하나 퀴에투스 강 혹은 티마부스 강은 아드리아 해로 흘러들어간다고 생각했다.

흑해에서 온 트라키아인들이 다뉴브 강 유역의 지명들을 함께 가져왔을 수도 있고, 아니면 아르고호 선원들을 쫓아 다뉴브 강, 사바 강, 류블랴나를 거슬러올라왔다가 나중에는 배를 어깨에 짊어지고 올라왔던 콜키스인들이 황금 같은 이 이름들을 가져왔을 수도 있다. 흑해에 압시르토스라는 곳이 있다. 이 역시 아드리아 해의 압시르티데스 섬들처럼 메데이아가 죽여 바닷속에 던진 남동생 압시르토스의 몸에서 생겨났다.

학자들은 잘못된 말을 남긴 신화기록자들을 비판한다. "스트라본과 플리니우스가 압시르토스가 베네치아 만에 있는 압시르티데스 섬에서 살해되었다고 말했던 건 용납할 수 없는 잘못이다"라고 라마르티니에르 사전에 적혀 있다. 비록 고대 지리학자들의 실수에서만 행복의 전망이 빛날 뿐이지만, 행복이란 게 완전히, 절대적으로 불가능한 것은 아니지 않을까? 새로이 얻은 성과들을 주기적으로 논박하고 지나간 옛 가설로 돌아가는 학문의 관습에 따라 내가 그들의 말을 다시 믿으려 하는 건 분명 아니다. 폼포니우스 멜라도 분명 베르나르도 베누시의 비판에 저항할 수 없다. 카포디스트리아의 제국 공립 고등학교출판부에서 1872년 발간한 책에서 베르나르도 베누시는 폼포니우스 멜라를 비판했다. 소개말에서 보듯, 저자는 당시 아직 젊은데도 이미 "현직 교사, 사서, 반장"이었다.

정확히 파악할 수 없고 늘 불확실한 기원은 별로 중요하지 않다. 이오르가 역시 문화의 원시적 기층을 발견해낼 수 없었다. 쿠르티우스가 말했듯 "역사는 어떤 민족의 기원도 알지 못한다." 왜냐하면 역사는 존재하지 않기 때문이다. 역사는 문제를 제시하고 조사하면서 역사를 만들어내고 생산하는 역사기술일 뿐이다. 모든 계보학은 빅뱅으로 돌아가고 만다. 루마니아 내부의 민족 이데올로기나 역사학이 여러 번 강조했던 루마니아의 라틴 기원이나 다키아-게타이-라틴-루마니아로 이어지는 연속성에 대한 토론은, 다뉴브 강의 수원을 놓고 벌인 푸르트방겐과 도나우에싱겐 사이의 논쟁보다 더 중요할 것도 없다.

2. 신과 팬케이크

부쿠레슈티. 전기 에너지 절약 차원에서 저녁때 '빛의 도시'가 되지 못하는 것만 빼고 부쿠레슈티는 발칸반도의 파리다. 프랑스의 수도이자 19세기 유럽의 수도라 할 수 있는 도시의 표본이자 이미지가, 남동쪽으로 나아가면서 점차 널리 퍼지며 훼손되게 된 이 유출과정 중에 뒤늦게 세속화한 아이온*인 셈이다. 신플라톤 철학과 종교에서 하나의 본질이 다른 본질로 계속 이행해가듯, 이 경우도 단일자 혹은 이데아가 물질의 여러 단계를 거치며 내려가고 확산되는 것은, 단순히 하나의 퇴화 및 상실이 아니라, 뒤에 숨겨진 구원의 충동을 암시하는 것이기도 하다.

프랑스-발칸 양식은 장식을 좋아하고 빈 곳을 싫어하는 것horror vacui 때문에 보다 무겁고 장식적이다. 파리식의 건물 발코니와 연철에는 곡선, 장식 글씨, 아라베스크 무늬가 두드러진다. 고전주의 양식

* Aeon. 그노시스파의 용어로, 신으로부터 유출된 아이온(영구불변의 힘)은 점점 그로부터 멀어져 최하위급 아이온인 물질이 된다고 한다. 여기서 마그리스는 유출설에 따라 현실세계가 단일자/이데아에서 유출된 각각의 존재자가 단계적으로 전개되어 완성된 것에 빗대어, 이 도시의 지금을 설명하고 있다.

은 더 묵직하고, 절충주의 양식은 더 뚜렷하고 무거우며, 기둥들은 장식이 과도하고, 경쾌한 둥근 지붕은 화려하고 장식적인 스타일이다. 아르누보는 화려함과 빈곤함, 스테인드글라스와 노후한 계단을 보여준다. 카사드모드의 유켄트슈틸 홀에는 집시들이 바글거리고, 멀지 않은 곳에 있는 립스카니 거리의 노점상들은 악취 나는 빵들과 몇 번 입었던 듯한 브래지어들을 팔고 있다. 파리보다 더 파리 같은 파사주를 걷다보면 벽 하나를 사이에 두고 그림과 수공예품을 전시한 상점들을 만나게 되지만, 그 상점들의 짙은 검은색 철문들이 닫혀 있는 걸 보면 꼭 벽에 기대놓은 관들 같다.

립스카니 거리 12번지에 붙은 푯말이 민족시인 미하일 에미네스쿠의 저널 활동을 상기시켜준다. 에미네스쿠는 마치 외국인의 입으로 서술하듯 그의 삶을 적어내려갔다. 비평가 자하리아는, 그가 자주 집을 바꾼 것에 대하여 병리학적인 "배회자동증"이라고 비난했다. 대문을 들어가면 프레스코화 같은 풍성한 장식과 쓰레기가 많은 안뜰이 나온다. 한쪽 구석 벽감 속에 한 여성 조각상이 보인다. 여인상은 주변의 쓸쓸한 풍경에 전혀 끄떡없는 아르누보의 에로티시즘을 보여주며 주민들이 쌓아놓은 쓰레기 더미를 지키고 있다. 1808년 마누크 베이가 지은 하눌루이마누크 호텔의 목조 계단에 붉은 카펫이 덮여 있고, 손님들은 역시 나무로 만들어진 안뜰이나 위층의 기둥과 아치 근처에서 맥주와 커피를 마시고 있다. 일층 테이블들 사이에는 닭장도 있다.

부쿠레슈티는 분명 사람들과 시장으로 유명한 도시일 뿐 아니라 바람이 잘 통하고 우아한 넓은 공간, 녹색 공원과 한적한 호수로 이어지는 대로들, 19세기 집들과 카롤 2세의 유명한 정부였던 루페스쿠가 세기말에 거주했던 곳, 신고전주의 건물들과 스탈린 시대의 건축물들을 갖고 있는 도시이기도 하다. 부쿠레슈티는 진정 수도다. 부쿠레슈티는 수도의 숨결, 장대함, 부주의하게 낭비되는 웅장한 공간을 갖고 있다. 스큰테이아 같은 50년대 소비에트 양식의 몇몇 고층건물이 있지만 부쿠레슈티는 파리처럼 수평으로 확장되었다. 서양의 많은 현대 도시처럼 위로 올라가지 않고 평야로 넓게 확장되었다.

립스카니 거리의 노점들이나 뜰 조각상의 풍만한 곡선 앞에 있던 쓰레기는, 파리의 우아함을 부정하는 것이 아니라 이 우아함을 이어나가며 금방 사라지는 일상과 뒤섞이면서 이를 알려주고 확산시키는 최후의 밑바닥 천사 부대다. 이런 플로티노스식 과정에서 존재의 상위 단계들은 충만함이 과해 흘러넘치고 더 낮은 단계들로 확장된다. 영혼은 활기 넘치는 물질의 작은 하천으로 내려와 물질 아래로 펴져나간다. 파리의 파사주는 근동의 재래시장 수크souk로 변모했다. 품위 있고 우아한 스타일이 얼굴에 촌스러운 색깔의 베일을 두른 것처럼 모호해졌다. 그러나 육화로 인한 인간적인 모습, 비천한 냄새와 땀, 치열하고 불순한 정신을 보여주는 말과 몸짓, 움베르토 사바가 뜨거운 삶이라고 불렀던 삶의 축축한 숨결 또한 지니게 됐다.

발칸반도에 의해 수정되고 다시 보게 된 이 파리는 그노시스파의 관능 같다. 그노시스파는 육체를 파괴하며 구원을 열망했고 자신의 기원과 자신의 신적 운명을 잊지 않으면서 유한한 존재의 낮은 소굴에서 쾌락에 젖었다. 잡다한 인종과 문화가 섞인 루마니아의 다각적이고 불분명한 생물학적 층위는 계속해서 각양각색의 인물들을 감싸고 흡수했다. 루마니아 문화에서 토대와 형태 사이의 대립 문제가 오랫동안 토론되어온 것은 우연이 아니다. 마르크스주의자 게레아는 자본주의가 발전하지 못한 후진국에서 사회 형태는—정치경제적으로 발전한 나라들에서 일어나는 것과는 반대로—사회적 토대보다 앞서가기에 약하고 불안한 상부구조로 남게 되고, 하부구조가 상부구조를 계속 약화시키고 잠식한다고 보았다. 부쿠레슈티의 어떤 지역에서는 오늘날까지 생명력이 확고한 한계를 모두 와해시키는, 이런 잠식 과정이 끊임없이 일어나고 있는 듯하다. 복잡한 인종 층위는 이 오랜 혼합물의 다양하고 변화무쌍한 얼굴이다. 파나리오트 여인들의 녹갈색 눈과 거만한 코, 마케도니아계 아로무니인들이나 쿠초플라크인들의 후손들의 기름진 검은 머리가 가마솥의 거품처럼 군중들 사이로 걸어다닌다.

하부는, 부서진 장식품 조각처럼 상부와 그 상부의 기억을 내포하고 있다. 비잔틴의 아름다운 전통이 루마니아의 민속과 왈라키아 농촌 예술의 봉헌 삽화에 녹아 있다면, 이 민속에 침잠해봄으로써 격렬했던 옛 성스러운 예술을 다시 찾아낼 수 있을 것이다. 부쿠레슈티의 에로티시즘을 끊임없이 가슴 아프게 노래했던 시인 그리샤 레초리는* 노점에서 천연덕스럽게 벨트와 버클을 파는 이 집시 여인의 풍만한 가슴에서 아마도 상승과 귀환의 첫 계단을, 천사계급의 가장 낮은 단계에 속하지만 바로 이 때문에 치열하게 살아가는 우리에게까지 다다를 수 있는 구원의 전령들을 보았던 모양이다. 립스카니의 이 거리들에서 나는 그리샤와 섹스에 대한 그의 메시아적 향수를 이해했다. 부쿠레슈티 작품에서 그리샤는 위를 향해, 무無를 향해 올라간다. 이 집시 여인의 넓은 골반 안으로 깊이 들어가 허벅지의 조임을 느끼고 여인의 광폭하지만 기분좋은 리드에 복종하는 것이, 마치 막연히 약속받은 어떤 것을 찾아가는 것 혹은 찾아낸 것을 의미하는 것 같다.

집시 여인이 분명 인상적인 블라우스를 입고 있지만, 나는 이 여인이 천상의 전령이라고는 생각하지 않는다. 그러나 역사와 여러 종족이 판매되고 있는 이 시장에 칠십 종의 다른 화폐들이 유통되고 있듯, 수많은 신이 있을 수 있다. 19세기까지 왈라키아와 몰다비아 공국들

* 마그리스가 애칭 '그리샤'라고 부르는 이 작가(Gregor von Rezzori, 1914~1998)는 오스트리아-헝가리 제국의 시민으로 계속 남아 독일어로 글을 쓴 작가이자 영화배우다. 부코비나의 체르노비츠에서 태어나 이탈리아 토스카나에서 죽었다.

에서는 은으로 만든 아스프리·바니·코페크·크라이차르·두카트·플로린·갈벤·그로센·레프·오르툴·탈러·피타크·포트로니크·실링·팀피·위기·즐로티·톨트·디나르가 유통됐고, 타타르족 디르함은 아직도 유통되고 있는 듯하다. 인플레이션은 재앙이지만, 어떤 한계 내에서 그 비율은 삶의 흐름과 변화에 기여한다. 노점에서 팔리는 기름진 팬케이크처럼 이곳에서는 많은 신이 넘쳐났고 소비됐다. 현재 마지막 신들 가운데 하나가 차우셰스쿠다. 도처에 그의 초상이 있다.

시간제로 임대되는 방처럼 신들이 이렇게 소비되는 것은, 역사 내 빈틈이 존재하고 일시적인 것들이 계속 들락날락하며 개화한 탈마법화 상태에 있는 역사를 보여준다. 미몽과 더불어 거기에서 깨어나게 해준 시오랑은, 비록 부쿠레슈티는 아니지만 루마니아 세계에 깊이 자리한 이런 활기 없는 삶에서 태어났다. 혹은 그가 썼듯 신선함과 부패, 햇살과 배설물이 혼합된 곳에서 태어났다. 그러나 근본적으로 그의 웃음은 질서와 가치에 대한 믿음을 비웃을 뿐 아니라, 혼돈과 무의 의도까지도 비웃는다. 부패를 그리워하며 그것에 현혹된 시오랑은, 진정한 회의나 유머를 할 수 없다. 모든 철학과 사상의 베일을 하나씩 찢으면서, 시오랑은 이제 끝장난 세계사 무대에서 파산한 믿음들이 그의 눈앞으로 지나가는 것을 봤다고 착각했지만, 그 역시 세계의 전시 무대를 걷고 있다는 걸 깨닫지 못했다. 불만을 파먹고 살던 그는 절대부정으로 도피해 삶과 문화의 모순들 사이로 유유히 첨벙거리고 다녔고, 그 모순들에 광분하면서 매일 일어나는 선과 악, 진실과 거짓의 험한 투쟁을 이해하려 들지 않았다.

립스카니 거리의 노점들 사이에서 하루 벌어 하루 먹고 사는 행상들이, 절대부정의 이 철학자에게 부정이란 단지 모든 문제를 단번에 해결하고 모든 의심으로부터 자신을 보호하기 위해 취한 편리한 방편일 뿐이라는 사실을 가르쳐줄 수 있을지도 모르겠다. 시오랑은 그

시장이 낳은 천재아들이지만, 이성적으로 행동하고 파리의 다락방에서 살며 인간의 비천하고 유쾌한 이 가난과는 동떨어져 지내던 아들이었다. 립스카니 거리는 저속한 축제의 장이지만, 이 저속함을 만들어내는 모든 가치의 부재는 무와 죽음의 고뇌 역시 만들어내고, 이 거리의 애매모호한 이 경박함은 무와 죽음에 대한 고뇌를 무디게 한다. 이 저속함 역시 존중받을 만하다. 카프카가 잘 알았듯, 까다롭게 구는 건 삶에 반하는 죄다.

3. 장소가 바뀐 회의

이탈리아와 루마니아의 문학 만남이 진행되던 작가연맹 건물은, 화려한 장식이 풍부하던 절충주의 아르누보 양식의 19세기 말 건축물이다. 누군가 무언가를 대표할 수 있는지는 모르겠지만, 이탈리아를 대표해 비안카 발로타, 움베르토 에코, 로렌초 렌치, 나, 이렇게 네 명이 참석했다. 두 문화의 상생을 기리며 한 유명한 학자가 소개말을 준비했다. 루마니아 학계의 칙칙한 분위기와는 전혀 다른 인물이다. 미남인 그도 자신이 잘생겼다는 것을 아는 눈치다. 말할 때 크고 날씬한 한 손으로 은퇴에 가까운 나이와는 어울리지 않게 숱 많은 긴 검은 머리를 자주 기분좋게 쓸어넘겼다. 아주 똑똑하고 상냥하고 독창적이고 풍부한 교양을 갖춘 인물이었다. 어디서나 그렇듯 주최 측에서 판에 박힌 관습적 이야기를 하는 동안, 그는 눈을 들어 천장을 쳐다보며 우스꽝스러운 표정을 감추지 못한 채 체념한 듯 그 이야기를 듣고 있었다. 그러나 자신의 차례가 되자 일어나서는, 침착하게 상투적인 비슷한 연설을 조곤조곤 늘어놓았다. 조용하고 세련되고 인자했지만, 순간순간 강인함이 엿보였다. 개인적인 관계에서는 관대하고 친절했으며 종종 일부러 말을 얼버무리기도 했지만, 그를 위험에 처하게 할 수도 있는 날카로운 말과 판단을 대담하게 내놓으며 경멸을 보이기도 했다. 폭풍우가 지나가기만을 바라며 어려움을 용케 피해가는 기술을 가졌는데도, 오히려 그는 용감히 말안장에 올라 고삐를 잡았다.

철위대*부터 스탈린주의까지 그가 보낸 세월은 타키투스가 역사에 기록할 만한 시대였지만, 이 세월이 관대한 그의 매력과 타고난 친절함에 흠집을 내지는 못했다. 레초리의 타란골리안 씨†의 경우처럼, 진실과 거짓이 서로 얽혀 있어 분리해내기 어렵지만 신뢰할 만한 사람이라는 게 느껴진다. 그의 교양은 단지 개인적인 성질의 것일 뿐만 아니라 루마니아 지식인 계층의 수준, 그들 조직의 진중함, 폭넓은 관심사와 지식, 엄격하고 개방적인 그 지성을 보여주었다.

대담과 발표보다 휴식시간에 나누던 대화와 잡담이 더 중요했다. 그들은 조심스럽게, 혹은 경솔하게 대화에 응했다. 이런 의식에서도 차우셰스쿠 태수에 대한 숭배가 엿보였지만, 차우셰스쿠 정권의 실패와 개인 독재 역시 봉건귀족들과 가난한 농촌 시절의 루마니아에 비하면 커다란 발전인 듯했다. 많은 사람이 작은 소리로 속삭이듯 말했다. 솔직대담한 몇몇 사람은 공개적으로 정부와 국가와 당을 비난했다. 한 학자가 내게 자신의 책을 선물하면서, 끝에서 두번째 장까지만 신뢰 있게 읽어보고 이차대전에 관한 마지막 장은 건너뛰라고 일러주었다. 그는 마지막 장은 모두 거짓이라고 가슴 아프게 강조했다. 가장 흥미로운 발표를 한 비안카는, 비록 빛나고 우아한 태도로 자신의 불편한 심기를 감추긴 했지만 불안해했다. 애국심과 세계 시민의식이

---

* Iron Guard. 1927년부터 이차대전 초까지 지속된 루마니아 극우 정치단체로 극단적인 민족주의, 반공산주의, 유대인 배척을 주장한 파시스트 성격의 단체.

† 그레고어 폰 레초리의 소설 『체르노폴의 흰담비』(1958)에 나오는 인물.

결합된 역사의식을 물려받은 위대한 이오르가의 손녀는 다른 모습의 루마니아, 그녀가 사랑하는 루마니아, 모든 고향이 그렇듯 이 사랑 안에서만 존재하는 루마니아를 우리에게 보여주고 싶어하는 듯했다.

토론할 때 몇몇 청년의 간섭과 대담한 질문도 빠지지 않았다. 그래서 결국 다음날 우리는 장소를 옮겨 다른 곳, 이오르가 협회에서 대담을 계속하게 됐다. 그 사실을 몰랐던 많은 청중은 당연히 공식적으로 발표된 사전 프로그램에 따라 작가연맹으로 갔다. 머리가 비상하고 진취적인 몇몇 청년만이 장소가 바뀌었다는 사실을 눈치채고 우리를 찾아올 수 있었다. 반면 많은 사람들, 이탈리아에 호감이 있거나 외국과의 접촉에 관심이 있던 사람들, 특히 에코의 명성을 듣고 온 사람들은 다른 곳에서 우왕좌왕하며 기다렸고, 우리는 다른 곳에서, 청중들 숫자보다 우리 숫자가 더 많은 상태로 대담을 계속했다.

4. 육군원수의 창문

예술비평가 겸 시인인 그리고레 아르보레가 지금은 공화국 청사로 사용되는 왕궁 창문을 내게 보여주면서, 그 방에서 미하일 왕이 루마니아의 군사독재자 이온 안토네스쿠 육군원수를 1944년 8월 23일 체포했다고 말했다. 안토네스쿠는 무솔리니 같은 인물이며 나중에는 바돌리오*가 되려고 헛되이 시도했던 인물이다. 1941년 1월에 안토네스쿠 육군원수는 파시스트 부대인 철위대를 자신의 정부에서 없애고 불법화했다. 나치들과 연합했고 1941년 1월 러시아 공격 때 적극

* Pietro Badoglio. 이탈리아의 군인·정치가·참모총장·원수·리비아 총독 등을 지냈다. 무솔리니 정권 때 총리에 임명되어 독일에 선전포고를 하였다.

적으로 나치를 도와준 안토네스쿠는, 루마니아의 정치적 군사적 자율권을 지키고자 애썼다. 반유대인 정서가 확산되고 있었음에도 불구하고 루마니아에 강제수용소를 두지 않았고 국경 밖 강제수용소로도 유대인을 추방하지 않았던 것은, 아마도 안토네스쿠의 정책 때문이었거나 아니면 적어도 신중하게 기다려보고자 했던 그의 야심 때문이었을 것이다.

사실 안토네스쿠는, 유대인들이 계속 루마니아에 남아 있다 해도 다른 데로 도망갈 수 없는 처지고 그러니 전쟁이 끝날 때까지 기다렸다가 그들을 어떻게 할지 두고 봐도 된다고 나치스트들을 설득했다. 1944년 러시아와의 휴전을 마무리하고자 이면공작이 시작되었지만 많이 회자된 8월 23일 협상은 불확실한 채로 여전히 진행중인 상태였다. 육군원수는 왕에게 반대했고, 왕은 즉각 휴전을 선언하라고 그에게 요구했다. 독일 동맹국에서 나오려 했지만 이 행보를 취하기에는 아직 충분히 보장받지 못했다고 생각했던 독재자는, 단번에 나치스트들을 버리지 못해 불시에 체포되었다.

오늘날 루마니아에는 1946년 6월 1일 처형됐던 총통에 대해, 영도자Conducător에 대해 다시 판단해봐야 한다는 얘기가 조심스럽게 나오고 있는 듯하다. 안토네스쿠의 이야기는 파시즘과 동유럽 내부의 상처를 보여주는 고전적 우화다. 안토네스쿠는 부다페스트를 점령하면서 벨러 쿤의 헝가리 공산주의 혁명 탄압에 적극적으로 참여했고 전형적인 반동자였다. 독재자는 나치와 연합했지만 루마니아 파시즘을 억압했다. 그 몇십 년간 파시즘은 어느 정도 힘을 키웠고 다른 세력들이 그 힘을 이용하려고 했는데, 서부 열강의 경우 이 힘으로 공산주의를 무력화시키고 소련에 대항시키려 했다. 소련은 히틀러와 연합하여 판세를 뒤집고 자신의 세력을 공고히 할 시간을 벌고자 했다. 어느 순간 게임은 끝났고, 파시즘은 더이상 어떤 목적에도 이용할 수 없고 어떤 정치적 계산에도 쓸모없어져버렸다. 파시즘은 모든 것에 대항했고, 모두가 파시즘에 대항했다. 파시즘의 운명은 정신착란, 불명예, 절망의 극단적인 길을 걷게 됐다.

몇몇 파시즘 혹은 파시즘에 동조했던 우익 세력들은 상황이 아주 불리해지자 마차에서 뛰어내리려 했고, 자신들의 군사민족주의를 흑색의 과격급진주의와 구별하려 애썼다. 안토네스쿠만이 한걸음 뒤로 물러나는 데 성공했다.

안토네스쿠의 체포는 나치스트들, 특히 부쿠레슈티에 있던 활동적인 독일 대사 파브리티우스까지도 놀라게 한 듯하다. 부쿠레슈티에서의 그 몇 달, 그 며칠간의 비극에는 기괴하고 비현실적인 면들, 부조리한 모순들, 역설적인 대립적 요인들도 있다. 부쿠레슈티에서 가정을 이루고 그곳에 남아 있던 전 이탈리아 헌병이, 이 시기의 생생한 데카메론을 전해준다. 그는 전쟁 당시 이탈리아 대사관에 복무중이었다. 무솔리니는 살로에서 부쿠레슈티에 사는 이탈리아인들 사이에서 자신의 새 대사를 선택하여 임명했다. 이 새 대사는 안토네스쿠에게 인사하러 갔고, 안토네스쿠는 연합국 대사의 신임장을 받았지만, 지금은 적이 된 이탈리아 왕의 대사를 대사관에서 쫓아내고 싶지 않다고 정중히 말했다. 그래서 러시아군이 오기 전까지 나머지 전쟁 기간 동안 이탈리아 대사관에는 적군이 된 왕의 대사가 하는 일 없이 누구의 방해도 받지 않고 남아 있었다. 독일군과 루마니아군은 그것에 대해 모르는 척했다. 형식을 갖추고 안전함을 과시하기 위해 그 헌병은 소총을 들고 문 앞에서 보초를 섰고 그 앞을 적군들이 지나다녔다. 나중에 그 헌병이 말하길, 만일 적군 가운데 하나가 그 유령 대사관을 공격하러 왔다면 장전된 그 소총으로 무슨 일을 저질렀을지 결정하지 못했노라고 했다.

5. 마할라와 아방가르드

부쿠레슈티 근교에 있는 마할라는, 루마니아의 고전 극작가 이온 루카 카라지알레의 희극에 이야깃거리, 음모, 혼란, 악당의 소동 등 무궁무진한 배경을 제공해준다. 세기말에 그 근교의 카페들에서 카라지알레는 여러 운명과 운명의 패러디, 개인의 슬픔과 타협 등을 포착했다. 그 안에는 통일국가를 이룬 지 얼마 되지 않은 신생 루마니아, 루마니아의 사회계급, 특히 탐욕스럽고 추한 지배계급의 혼란스러운 성장과정이 반영되어 있었다. 그 자신이 그 세계를 형상화한 시인이었을 뿐 아니라 그 세계의 표상이기도 했다. 희극·단편·스케치 등 많은 작품을 남긴 작가 카라지알레는 기자, 극장 프롬프터, 원고 교정자 등의 일을 했다. 그는 여러 잡지—예를 들면 1893년 발간한 '루마니아식 우스갯소리'라는 뜻의 『모프툴 로믄』 등—를 창간했고, 역에 호프집과 레스토랑을 열었지만 계속 망했다.

유쾌하고 활기찬 카라지알레의 희극은 무無의 완벽한 메커니즘, 사회와 삶의 모순을 정확하게 순간 포착하고 해결하는 보드빌이다. 카라지알레를 프랑스 희극작가 라비슈에 비교해 루마니아의 라비슈라고 한다면, 이오네스코는 그의 유파에서 형성된 극작가다. 루마니아계 프랑스인인 이오네스코는 사실 아방가르드 문학에 속한다. 많은 비평가에 따르면 아방가르드 문학, 특히 다다이즘은, 서구에서 정식으로 부각되기 전에 "루마니아에서 잉태"되었다. 트리스탕 차라, 우르무즈는 언어에서 주체의 자기파괴와 주체의 상징적인 자살을 이야기했으며, 비르질 테오도레스쿠는 다음과 같이 자신이 만든 표범언어로 글을 썼다. "Sobroe Algoa Dooy Fourod Woo Oon Toe Negaru……"

비록 이오네스코의 세계가 프랑스였지만, 그는 루마니아 다다이스트의 토양에 뿌리를 박고 있으며, 그의 대사에 활기를 불어넣어준 전체적인 패러디 감각도 거기서 끌어냈다. 이 감각은 그의 걸작인 얼굴, 버스터 키턴식의 광대 같은 그의 형이상학적 얼굴에도 잘 나타난다. 카라지알레는 이오네스코보다 더 섬세한 난센스와 부조리의 대가였던 것 같다. 왜냐하면 이오네스코는 삶과 사회적 규율의 엄숙한 공허를 부각시키기 위해, 우스갯소리에 불필요한 설명을 덧붙이듯 때때로 설교조의 도식화된 표현으로 이 비현실성을 노골적으로 강조했기 때문이다.

카라지알레는 현실의 허위성과 공허함을 보여주기 위해 현실을 왜곡하거나 조롱할 필요를 느끼지 않았다. 정상적일수록 더욱더 불안한 현실의 무가치함을 보여주기 위해, 있는 그대로 현실을 보여주고 실제로 말해지는 익숙한 표현을 인용하기만 하면 됐다. 카라지알레의 인물들은, 부조리함을 노골적으로 말하는 게 아니라 아주 이성적으로 행동함으로써 더욱더 부조리하게 만들며, 우리가 만들어내는 비눗방울 캐리커처가 아니라 우리의 충실한 초상이다.

판에 박은 듯한 부조리 메커니즘이 그를 진정 위대한 대가로 만드는 걸 방해하지만, 이오네스코는 분명 카라지알레보다 더 위대하다. 왜냐하면 죽음의 고뇌, 삶의 어둠, 영원에 대한 충족되지 않지만 억누를 수 없는 갈망을 표현해냈기 때문이다. 그의 잔인한 풍자는 특히 기생충 같은 부조리한 인간들을, 이론가 행세를 하며 역설적인 궤변과 최신 개그를 늘어놓는 말 많은 사람들을 공격했다. 신문에 적힌 말들과 인습적인 말을 반복하는 『대머리 여가수』의 스미스 가족이 보여주는 부유한 중산층의 속물근성은, 진정한 솔직함은 모호한 이중게임을 벌이고 있으며 "계속되는 건 하루살이 같은 것"이라고 주장하면서 부유한 중산층을 비웃는 현대 지식인들의 속물근성과 같다.

자기 자신에게 충실한 아방가르드는 이제 진부한 반복이 되어, 회전목마처럼 돌고 돌며 새로운 아방가르드들을 쳐내고 있다. 『알마의 즉흥극』에서 가난한 작가에게 법을 불러주는 편지 주인들의 한 명인 바르톨로메우스 1세는 '창조자'라는 말을 좋아하지 않는다. 사리분별 있는 실험주의자 혹은 수사학자의 좋은 표본인 그는 그 대신 '메커니즘'이라는 말을 좋아한다. 바르톨로메우스와 그 인물의 실제 모델들을 생각하면서, 이오네스코는 루마니아 다다이스트 미하이 코스마의 묘비명을 떠올렸을지 모른다. "문학, 세기의 가장 좋은 화장지"

루마니아 문화는 루마니아의 위대한 아방가르드 전통의 유산을 조심스럽게 그리고 자비심을 가지고 지금 관리하고 있다. 이미 1964년에 뼛속까지 반공산주의자 작가로 악명 높은 이오네스코의 『코뿔소』가 상연되었다. 40년대 말에 루마니아 정권은, 허무주의적 "시의 해체"로 의심되는 작가들에 대항하여, 저속한 마르크스주의자의 가짜 고전주의라는 명목하에 물리적 탄압을 가했다. 위대한 혁명주의 시인 투도르 아르게지까지도 고초를 겪었다. 조심스럽게 푸닥거리를 하는 듯한 도발적인 표현으로 니나 카시안은 이미 1945년에 자신의 서정시집 제목을 『나는 데카당스 시인이었다』라고 했다. 그러나 마린 소레스쿠 같은 시인은, 뜻한 바와는 달리 1968년에 쓴 『요나스』로 이오네스코의 『왕은 죽어가다』에, 하물며 훨씬 더 위대한 작품인 베케트의 『고도를 기다리며』에도, 적극적으로 응수하지 못하고 말았다.

6. 시의 슬롯머신

외곽이라 할 수 있는 지역에 이디시어 시인 이스라일 베르코비치가 살고 있다. 문학은 슬롯머신이라고 그가 내게 말했다. 삶과 역사가 그 안에 빗발치는 사건들, 다시는 되풀이되지 않는 어느 저녁의 노을빛, 감정의 혼란이나 세계전쟁을 집어넣지만, 거기서 무엇이 나올지,

보잘것없는 동전 몇 개가 나올지, 돈 한 뭉치가 쏟아져나올지, 아니면 시가 쏟아져나올지 결코 알 수 없다는 것이다. 부끄럼 많고 신중한 베르코비치는 섬세한 시인이며, 폭력과 집단학살의 막바지 세월을 지나온 피에타스 같은 경건함과 친밀한 온화함이 몸에 배어 있다. 그의 깔끔하고 현대적인 집은 동유럽 유대정신을 보여주는 작은 노아의 방주다. 의사인 아내가 병원 근무 후 돌아와 식사를 준비하는 동안 그가 우리에게 자신이 쓴 서정시를, 예를 들어 「나이팅게일」을 읽어줄 때면 아이작 싱어*의 단편들, 부부의 신비, 유대인의 가정생활의 뜨거운 서사성이 보다 잘 이해되는 것이다.

책들 가운데 이사하르 베르 리바크의 『슈테틀』† 이란 제목이 붙은 판화와 데생집이 있었다. 마술적이고 인상에 오래 남는, 그러면서 더 강하고 시적인 샤갈의 세계다. 리바크는 위대한 샤갈보다 더 훌륭한 예술가다. 파리는 동유럽 고향의 시를 가지고 온 그를 서유럽 문화에 들어오게 해주고, 그에게 명성을 안겨주었다. 그러나 파리에서의 경험에도 불구하고, 그는 국제적으로 널리 이름을 알리지 못했다. 자격은 충분하지만 아마 국제적인 명성을 얻지는 못할 것이다. 언젠가 세월이 흘러 후대인들이 그를 재평가하여 능력을 인정하고 보다 나은 등수를 줄지도 모르겠다. 그러나 시간은 지금보다 더 친절하지 않을 것이며, 평균 이상의 메시지를 발견해낼 수도 없을 것이다. 오늘날은 미디어가 메시지이고, 역사를 바꾸고 지운다. 오웰의 『1984』에 나오는 빅브라더처럼 말이다. 문화산업은 후대인들을 파괴했다. 현재의 승리를 재평가하지 않을 것이며 리바크의 시간은 사실 오지 않을 것이다. 단지 그를 사랑하는 몇몇 팬이 미약하나마 잠시 재평가를 시도

* 폴란드 태생의 유대계 미국 작가 아이작 싱어 역시 이디시어 작가로, 이디시어 문학 운동을 이끌었으며 1978년 노벨문학상을 받았다.

† 'Schtetl'은 과거 동유럽에 있던 소규모의 유대인 촌을 가리키는 말.

하는 정도일 것이다. 가진 사람에게는 더 많이 주어질 것이고, 못 가진 사람은 조금 가지고 있는 그마저도 뺏길 것이다. 그러나 만일 거대한 세계가 고개 숙이라 강요한다면, 베르톨도처럼 반대 방향으로 고개 숙이고 있을 수밖에 없다.* 리바크의 특출난 위대함은 그림자 속에서 빛난다.

루마니아에서 이디시어 문학은 오늘날 독특한 위치에 있다. 유대인들, 그리고 유대인 작가들 역시 대부분 고향을 떠났고, 남아 있는 소수는 대개가 노인들이다. "우리에게는 이들이 바로 새로운 피지요." 베르코비치가 웃으며 말하면서 이디시어 문예지를 내게 보여준다. "새로운 시인들입니다. 다소 늦은 나이에 글을 쓰기 시작했고, 서둘러 자신의 소명을 찾느라 다그치지도 않지요. 예를 들어 여기 이분은 일흔아홉에 등단했고, 또 여기 이분은 벌써 두번째 시집을 냈는데 일흔여섯에 첫 시집을 냈습니다."

대부분의 경우, 성경의 시에 가까이 접해 있던 노인들이 제2의 문학적 사춘기를 맞아 쏟아내는 감상적이고 애잔한 내면 토로는 아니었다. 이 서정시들은 절제 있고 예리했으며, 감정을 모방하지 않았고, 동시대의 시 형식을 잘 알고 자신의 것으로 소화시켰음을 보여주었다. '새로운 시인들'은 무엇을 의미할까? 문학의 슬롯머신은 여전히 놀라운 것들을 예비하고 있고, 세대 간의 관계까지도 게임거리로 만든다.

---

* 반대 방향으로 고개 숙이는 이 자세는, 이탈리아인들에게는 아주 친숙한 것으로 (17세기) 소설 속 꾀바른 농부의 전형적 자세.

7. 민속촌에서

헤러스트러우 호숫가 민속촌은 부쿠레슈티의 유명한 명소 가운데 하나일 뿐 아니라, 수세기에 걸친 루마니아 생활사를 요약한 곳이기도 하다. 루마니아의 생활사는 반복의 연속이며, 농촌 세계가 천천히 진화되어 만들어졌다. 나무로 만든 집과 성당, 짚더미와 진흙으로 만든 지붕, 알록달록한 커다란 이불을 덮은 침대는, 자연처럼 좀처럼 변하지 않고 정체되어 있는 듯한 세계다. 그렇지만 큰 나무들이 성장하며 나이를 먹듯 천천히 끈기 있게 변화되어왔다. 루마니아 문화는 목재 문화, 나무의 선함과 힘을 느낄 수 있는 문화, 일상 가정용품들의 종교적이고 단단한 포근함을 느낄 수 있는 문화, 옛날 터키 침공 때 루마니아 원주민이 안전한 피난처를 찾아 숨어들었던 커다란 숲의 기억을 집안에 간직하게 하는, 벤치와 테이블이 있는 문화다.

대개 루마니아 문학에서, 마을은 세계의 중심이고 세계를 보는 관점이다. 민중정신을 노래하고자 했던 코슈부크는 루마니아 마을의 서사시를 짓고 싶어했다. 이런 서사시를 창작했던 미하일 사도베아누 역시 길고 조용한 호흡의 필력을 보여주고 있지만, 항의하고 반항하는 자신의 예술 뿌리를 1901년 생겨난 정치문화 운동인 '씨 뿌리기 운동'에 두었다. 이 운동은 농촌 전통에 단단히 뿌리박은, 진보와 혁신을 주장하던 잡지 『서머너토룰』*과 함께 시작되었다. 루마니아 인민주의는 농민당의 리더인 이온 미할라케의 입을 통해 농민의 일치단결을 선언했고, 농민이 루마니아의 '유일한 동종 계급'이라고 주장했다.

---

* '서머너토룰Sămănătorul'은 '씨 뿌리는 사람'이라는 뜻으로, 1901~1910년에 발행된 루마니아 문학·정치 잡지다. 제오르제 코슈부크 역시 이 잡지의 창단자 중 한 사람이다.

농촌 세계를 옹호하는 사람들은 호전적인 정치감각으로 봉건자본주의자의 착취로부터 농촌 세계를 지킬 수 있었지만 과거를 이상화했다. 대규모 사유지의 확장과 한 가족을 먹여 살리기에도 부족한 작은 토지들은, 역설적이게도 19세기에 만들어진 농지법, 특히 1831년 유기농 규정의 결과다. 유기농 규정은 전통적으로 내려오던 관습법을 깨고 현대적 의미의 개인 소유권을 인정했다. 옛 농촌 공동체는 마을에 대한 자신들의 통치권을 잃었고, 농민들에게 부여된 새로운 농업 조약들은 농민들을 지주들의 자비에 맡겼다.

이오르가는, 1907년 혁명 직후 옛날부터 땅을 소유해온 특권귀족 보야르*들의 항의에 이의를 제기하면서, 한때 보야르가 다른 사람들과 동등하게 자신의 역할을 수행했던 옛 마을공동체의 조화로운 이미지를 환기시켰다. 민주혁명 작가 미하일 사도베아누까지도, 농민들과 지주들이 동등한 권리를 가진 자유민이었던 과거 세계를 형상화한다. 봉건영주들, 정부관리들, 잔인하고 부패한 고위 성직자들에 대항한 하이두크들의 피비린내나는 산적식의 복수를 찬양했던 반항적인 혁명주의자 파나이트 이스트라티 역시, 보야르들이 토지 소유주가 아니라 정말 공동체의 우두머리고 토지는 공동체의 소유였던, 조화로운 집단으로 구성된 최초의 한 시대에 대해 회상하고 있다. 에미네스쿠 역시, '현대의' 자본주의 착취에 대항하여 '옛 계급'을 옹호했다. 잠피레스쿠는, 『시골 생활』(1894)에서 돈으로 토지와의 관계를 파괴하는 잔인한 새 대농장주들 계급에 대항하여 건강한 국가 계급, 농민들과 귀족들을 찬양했다.

루마니아의 반자본주의는 종종 비참한 가난과 어두운 폭력이 스며

* boyar(러)/boier(루). 10~17세기 러시아 및 옛 루마니아 봉건귀족의 최상층을 가리키는 말로, 귀족 권력이 점차 약화되다가 18세기 차르 표트르 대제에 의해 폐지된 호칭.

들어 있었는데도 옛 농촌 세계, 공동체의 따뜻한 외양간의 분위기를 이상화했다. 소외라는 명목으로 너무나 자주, 너무나 편파적으로 비난받았던 도시사회는, 개인을 해방시키거나 적어도 해방시켜주겠다는 약속을 내놓았다. 이오르가처럼 농촌 세계를 변모시킨 지식인들에게 잃어버린 전원생활을 다시 찾으려는 의도는 없었다. 이상화는 과거로 돌아가려는 충동을 준 게 아니라, 현재의 악들과 맞서 싸우고자 하는 충동을 그들에게 주었다. 옛것에 대한 그리움은 그들로 하여금 미래를 바라보게 했다. 이 민속촌의 집들과 성당, 농장, 방앗간, 구식 인쇄기는 모두 진짜고, 이곳으로 옮겨와 인위적으로 함께 모아놓음으로써 하나의 박물관이 되었다. 그러나 이 가짜 마을을 돌아다니면서 이곳 진짜 오두막에 들어가보기도 하고 옛날 빵 반죽통과 6월초의 나뭇잎들을 보는 것은, 잠피레스쿠가 말했던 '시골 생활' 못지않게 진짜 삶을 경험하는 것이다. 오늘날 진짜 마을들에는 아마 가짜들만 있을 것이다. 자연을 찾고자 하는 사람은 민속촌에 가보길 바란다.

8. 히로시마

부쿠레슈티 사람들은 차우셰스쿠가 자신의 본부, 자신의 영광의 기념물을 건설하기 위해 기존 건물을 철거하고 땅을 파내고 고르고 황폐화시키고 지저분하게 만든 도시 구역을 '히로시마'라고 부른다. 아마 차우셰스쿠는 퐁피두 대통령과 경쟁하며 발칸반도의 파리에 걸맞은 도시를 만들고 싶었을 것이다. 파괴자인지 건설자인지 분명치 않은 중국 황제 진시황은, 만리장성을 건설하고 모든 책을 불사르면서 파괴와 건설, 두 대립하는 열정을 균등하게 분배했다. 적어도 이 거대한 건설계획에 관한 한 차우셰스쿠의 과대망상은 철거, 이전이라는 아주 특별한 형태로 실현된 듯하다. 그는 건물들을 없애기보다는 종종 보존시켰다. 그러나 새 공간을 만들기 위해 건축물들을 근처 다른 곳으로 옮기거나 10미터나 100미터 떨어진 곳으로 이전함으로써 풍경을 바꿔놓고 말았다.

18세기 성당을 해체해서 건물의 모든 주춧돌과 함께 50미터 떨어진 곳에다 다시 지었다. 저택과 집들을 이전하고, 150년 후에 만든 건물에 성당의 둥근 지붕을 붙였다. 두 돌덩어리가 완벽하게 일치하지 않으면 이쪽이나 저쪽 일부를 자르거나 떼어버렸고, 모래성을 지으며 노는 변덕스러운 어린애 마음처럼 도시계획 평면도를 마음대로 수정했다. 카네티가 묘사한바, 권력자들은 무하마드 투글라크가 자신의 도시 델리에 했던 것처럼 권력의지를 고취시키기 위해 그들 주변에 아무도 없는 진공을 만들고 도시 인구수를 줄일 필요가 있다는 것이다. 차우셰스쿠는 역사와 역사의 유물을 대량 이전시키는 이런 작업에 다소 도취되어 있었다. 그는 수세기의 역사 무대를 포장 이사하는 운송회사의 소유주, 운송업자 대표나 마찬가지였다.

국회 건물과 대주교 성당이 서 있는 경치 좋은 평지 주변의 광장·거리·대로·골목 들은 웅덩이와 균열, 흙더미와 돌더미, 이동식 기중기, 석회 조각이 늘 난무하는 하나의 거대하고 역동적인 건설 현장이었다. 황폐한 풍경에는 비밀스러운 위풍당당함이 있었고, 황량하기 그지없는 이 긴 철거작업에는 지하 통로와 틈새로 기어다니고 폐수와 함께 땅속 한가운데에 숨어 있는 보물들을 향해 흘러가는 눈먼 잿빛 삶의 불투명한 마력, 지하 유충 상태의 위엄이 있다.

밖으로 드러난 그 지하 세계는 갑자기 빛에 노출된 두더지와 박쥐, 혹은 뒤집혀 버둥거리는 곤충과 비슷하다. 그러나 어둠이 지배하던 곳에 빛이 들이닥쳤다 하더라도 숨겨진 그 지하 세계의 비밀이 풀리는 건 아니다. 집의 토대였던 파헤쳐진 그 눅눅한 어둠은, 아래로 쫓겨났던 원시의 늪지이자 삶이 그 뿌리를 박고 있던 곳이다. 집은 고공을 타고 기어오른다. 밝은 주방, 유아용 놀이방, 서재 등은 모두 똑같이 자신들을 떠받히는 얼굴 없는 이 지층을 기억해내지 못한다. 현재의 삶은 자신이 온 하층을 기억하지 못하며 기억하고 싶어하지도 않는다. 자신의 분비물과 찌꺼기와 함께 자기 땅에 존재하던 삶의 기억까지 하수도에 던져 저 밑으로 쫓아버린다. 쓰레기 배출과 하수시설의 고고학은 우리에게 도시들의 뒤집힌 비밀 역사를 알려주는 듯하다. 에르네스토 사바토가 『영웅들과 무덤들에 대하여』(1961)라는 소설에서 포착해낸 그 위대한 역사처럼 말이다.

그러나 그 세계는 아르헨티나 작가가 환기시킨 지옥의 하수도가 아니다. 땅 깊숙이에서 정령들이 파낸 어떤 보물이 폐기물과 쓰레기 더미 사이에서 반짝인다. 어린 시절 납병정 인형이나 초콜릿 은박지가 신기하게도 어느 날 갑자기 없어졌을 때, 우리는 그것이 어떤 틈새로 미끄러져들어가 미지의 나라로 떨어졌고, 어부들이 사이렌의 노랫소리에 홀려 바다 밑바닥으로 끌려갔듯 그것들이 미지의 나라에서 열렬한 환영을 받으며 왕위에 올랐을 거라고 생각한다.

문학은 밑바닥과 폐기물에 흥미를 느낀다. 구원해줘야 할 어떤 불행이 있어서라기보다는, 사라진 어떤 매력이 한구석에 숨어 있기 때문이다. 쥘 베른의 여행에서부터 하수도에서의 수시와 비리비시*의 소박한 여행까지, 지하로의 여행은 다른 여행보다 더 우화적이다. 왜냐하면 꼭꼭 숨어 있고 접근할 수 없는 지하 한가운데, 지구가 눈부시게 밝은 공이었던 시대를 떠올려주는 신비한 불꽃 중심부, 혹은 이제

---

* 1902년 파올로 로렌치니가 쓴 아동도서에 나오는 주인공들. 쥘 베른의 『지하여행』을 언급하고 있으며 '지하 여행 이야기'라는 부제가 붙어 있다. 두 주인공은 쥘 베른의 소설에 매료되어 그 신비한 여행을 따라가기로 마음먹고 피렌체의 하수도에서 여행을 시작한다.

더는 볼 수 없는 존재의 폐기물 안으로 들어가는 것이기 때문이다.

미르체아 엘리아데는 자신의 소설 『노인과 공무원』에서 부쿠레슈티에 있는 오래된 마을의 지하실로 내려간다. 그곳은 하늘 높이 쐈는데 땅에 다시 떨어지지 않는 화살들처럼, 그의 주인공들이 그렇게 신비하게 사라져갔던 곳이다. 소설에서 정부 비밀경찰은 마법 같은 이 이상한 실종 사건들의 정치적 의미를 해석하려 애쓰지만 신화적인 서술의 미로에서 길을 잃고 만다. 이 이야기를 설명하는 늙은 학자 자하리아 파르마는 정부 기밀을 빼내려고 그를 심문하는 권력자들과, 이런 환상들을 헤아려보기 위해 그를 소환해놓고 불안해하는 안나 파우커를 견뎌낸다.

엘리아데에게 진정 불멸의 민중 신화는, 권력의 거짓된 기술만능 신화와 대립한다. 그 위대한 신화학자는 잘못을 범한 것 같다. 그는 과거를 지나치게 이상화했다. 지금 우리에게 부패하지 않은 진실로 보이는 모든 고대 신화는 분명 기술만능의 권력이자 속임수, 권력이 축적한 신비, 비밀경찰에 둘러싸인 수수께끼였던 듯하다. 세월은 비밀경찰들과 그 권력을 지우고, 어떤 부수적인 목적들을 얻어내고자 하는 게 아니라 단지 이야기하려고만 하는, 모든 우화처럼 순수하고 진실한 그 수수께끼 같은 이야기, 미토스만을 남겼다. 할당된 시간이 흘러가면, 차우셰스쿠가 명령한 작업에서 시작된 재출현과 침하는 아마 옛 시대의 파괴로서 시와 신화의 원천이 될지도 모른다.

9. 트라야누스의 승리

아담클리시는 트로파에움 트라이아니가 있는 곳이다. 다이카인들과 사르마트인들에게 맞서 얻은 승전을 기념하기 위해, 109년 로마 황제가 세운 원래의 기념비 가운데 지금은 원형 토대만 남아 있다. 옛 모델대로 재건축한 지금의 건물은 1977년의 것이다. 트라야누스 황제는 다키아의 왕 데케발루스를 무찌른 자신의 승전을 기념하기 위해 그 기념비를 세웠다. 루마니아는 데케발루스를 루마니아 역사의 위인들과 영웅들 가운데 한 명으로 생각한다. 데케발루스의 후손들은 승리자와 패자 그 둘 모두의 영광을 기념하기 위해 그 기념비를 재건했다.

데케발루스는 역사적 인물인 동시에 상징적 인물이고, 수세기를 거치며 시와 민중가요의 영웅이 된 천재적 정치전략가이자, 루마니아의 자유를 표상하는 인물이다. 그러나 루마니아인들은 억압된 자신들의 정체성의 옹호자로서 데케발루스를 찬송하며 스스로를 똑같이 데케발루스의 자손이자 그의 적의 자손, 침략당한 다키아인들의 자손이자 침략자 라틴인들의 자손으로 생각한다. 다키아와 로마의 종합, 이 종합의 연속은 세월이 흐르면서 루마니아에서 국가 이상과 정서의 토대가 되고 있다. 디누 지우레스쿠는 자신의 『루마니아 민중의 역사 도해』에서 코스토보카이족과 맞서 싸우다가 트로파에움 트라이아니 근처에서 전사한 다이주스라는 사람의 자손들이 세운 묘비를 언급했다. 다이주스의 아버지는 코모주스이고 그의 이름은 다키아 이름이지만, 그의 자손들은 이미 유스투스와 발렌스라는 라틴 이름을 가졌다는 사실을 묘비를 통해 알 수 있었다. 그 역사가는 삼세대를 거친 이런 로마화에 만족해했다. 역사가는 자신의 라틴성과 슬라브 바다에 쐐기를 박은 것을 자랑스러워하는 루마니아인의 자긍심에 기쁨을 표했다. 이런 긍지심에 대해 차르의 재상 고르차코프는 비난을 가했고, 카보우르 같은 사람은 만족스럽게 언급해놓았다.

10. 흑해

네스토르에 따르면, 그리스인들은 내해 주변에 살고 있는 원주민들이 붙인 검은 바다 '흑해'라는 이름을 '악세이노스axeinos' 즉 '사람이 살기 힘든 바다'로 해석했다. 그러다가 흑해 연안에 자신들의 도시가 건설되고 그리스 바다로 바뀌자, 흑해를 '에욱세이노스euxeinos' 또는 '에욱신Euxin' 즉 '살기 좋은 바다'로 해석했다. 그러나 이 말의 힘은 오늘날까지 흑해에 대해 유럽의 황무지, 답답한 커다란 연못, 추방과 겨울과 고독의 장소라는 이미지를 심어주었다. 바이닝거는 흑해를 니체와, 평정을 찾지 못하는 먹구름 낀 얼굴에 연결시켰다. 호텔들이 늘어서 있고 관광객들이 많은 콘스탄차와 마마이아 사이 유명한 해변들의 해수욕 시즌도 그 이름의 마법을, 빈틸라 호리아가 썼듯 "마치 밤이 그곳에 자신의 요람을 놔둔 것처럼 때때로 검게 보이는" 이 물의 이미지를 깨뜨리지는 못한다. 무더위, 움직임 없는 기름투성이 바다, 인공적이고 비현실적인 화려함을 뽐내는 대형 호텔들은, 흑해라는 말과 그것이 불러일으키는 야만적인 고대 신화에서 나온 활기 없는 어두운 매력과 쌍을 이룬다.

콘스탄차—고대 이름은 토미스로, 오비디우스가 추방되었던 곳—는 지금은 산업·상업·항만 활동이 활발한 곳이다. 절충주의 양식의 건축물은 무거운 납빛이고 언뜻 비치는 아르누보 양식은 음울하고 웅장하다. 바다는 지금 비를 머금은 먹구름 아래서 실제로 멍든 듯 흙빛이다. 항구에 있는 크레인들이 수평선을 배경으로 녹슨 슬픔을 확연히 보여준다. 호리아는 오비디우스에 대한 자신의 소설에서, 추방된 시인이 시끄러운 갈매기들 울음소리를 들으며 야만스러운 여자 마법사가 찢어지는 날카로운 소리로 "메데이아아아!" 하고 소리치는 것으로 들었을 거라고 상상했다. 일부러 상상력을 자극하지 않더라도, 축축한 바람은 마음을 무겁게 했고, 이것이 혈압에 미치는 효과는 메데이아가 알던 마법의 독초 못지않을 것 같다.

높은 습도와 문학적 감성의 결합은, 갑자기 불어닥친 바람에 깃발이 흔들리듯, 삶을 비워내고 어두운 무의미와 활기 없는 삶의 고독을 드러내기에 충분하지 않았을까? 크레인들은 거대하고 쓸쓸한 배, 국영 조선소에서 진수進水하는 카론의 배에 달린 금속 돛대 같다. 도시 전체가, 인사할 시간도 없이 출항해서 작별의 슬픔과 향수를 떨쳐내며 잔잔한 바다를 흔들흔들 항해하는, 거대한 무명의 선박 같다. 바닷물은 세속의 수의壽衣이자 마지막 통로다. 그 통로를 넘어서면, 지식은 통하지 않고 수많은 질문에도 대답할 수 없게 된다. 오직 흐릿한 림보, 원초적이고 그만큼 불완전하지만 보다 서투르고 미숙한 현실, 마치 단 하나 남은 비밀스러운 감정이 둔감함이고 진실에는 흥미가 사라진 듯한 상태가 된 듯, 둔한 감정과 욕망의 세계가 있을 뿐이다.

기독교의 저세상에는 영혼과 육체가 있다. 이교도의 저세상에는 단지 그림자뿐이다. 이 때문에 이교도의 저세상이 보다 현대적이고 믿을 만한 것 같다. 지금은 더이상 존재하지 않는 현실의 영화를, 삶의 순수한 실루엣을 반복해서 상영하는 영화관 같다. 이 삶의 실루엣은 자신에 대해 말할 만한 게 별로 없고, 한때 요란했던 대본에 지쳐서, 마치 서로 바짝 붙어 앉아 있지만 키스하지 않는 두 연인의 사진처럼, 침묵과 무관심을 내보인다. 이 더운 모래바람 시로코* 속에 있으면, 사랑하는 사람의 얼굴이 모퉁이 뒤로 사라지는 것을 보아도 가슴 아프지 않고 고통을 느끼지 않을 것 같다. 아베르누스의 호수† 같다.

흑해의 바람이 오비디우스에게 이런 우울한 감정을 불어다주자,

* sirocco. 사하라에서 지중해 주변으로 부는 모래먼지가 뒤섞인 열풍.

† 이탈리아 나폴리 부근의 작은 호수. 예전에 '지옥의 입구'라고 불렸다.

오비디우스(나중에 오비디우스의 이름을 딴 광장이 생겨났다)는 시간의 공허한 흐름에 대항하여 불러내기에는 적절하지 않은 신, 에로스에게 달려갔다. 그러나 토미스에서 이 떨림에 특효약이던 것이 오비디우스에게는 소용없었다. 왜냐하면 그는 사랑 혹은 섹스의 시인이 아니라 에로티시즘의 시인이었고, 에로티시즘은 대도시, 매스미디어, 살롱용 잡담, 광고를 필요로 하기 때문이다. 오비디우스나 단눈치오 같은 능력 있는 에로티시즘 작가는 마케팅의 천재고, 태도의 기본 코드를 만들어내며, 단눈치오처럼 슬로건과 광고 형식을 창조해내고, 오비디우스처럼 패션과 화장품을 규정한다. 이는 그가 훌륭한 작가가 되는 것을 방해한다. 오비디우스와 단눈치오가 그 당시 그랬던 것처럼 말이다. 어쨌든 그에게는 퍼포먼스를 행할 수 있는 중요한 광장, 특히 복잡하고 다면적인 사회, 사회적 중재로서의 네트워크 및 영매와 신의 전령, 경험과 정보, 상품과 선전을 구분할 수 없게 만드는 현실의 재생산 메커니즘이 필요하다. 에로티시즘의 시인이 그러한 상태로 살려면 계속 돌아다녀야 하고, 그에게는 로마나 비잔틴제국, 파리, 뉴욕이 필요하다. 지방적이고 가족적이었던 19세기 독일에서는 문학의 에로티시즘을 실천하기가 어렵거나 불가능했다. 분명 게타이족 안에서는 더욱더 그러했다. 사르마트의 이 겨울이 오비디우스에게는 정말 추웠을 것이다. 아우구스투스 황제는 진정 복수를 제대로 할 줄 아는 사람이었다.

11. 트라키아 기사

콘스탄차박물관에 있는 신들은 모호한 혼성모방작이고 수수께끼 가면을 쓰고 있다. 그 가면 안에서 킴메르족의 기원들에 대한 무차별

성은 퇴폐적 혼잡 속에서 흐려지고 말았다. 기원전 1세기의 아폴론은 아름다운 여인 얼굴을 하고 있는데, 조금 떨어져 있는 아프로디테 얼굴보다 훨씬 더 여성적이고 매력적이다. 이시스 여신은 육감적인 도톰한 입술을 보여준다. 엘레우시스의 세 신*은 죽음과 재탄생의 순환을 상기시켜준다. 바다의 신 폰토스는 행운의 여신 포르투나에게 복종한다. 한쪽 프리즈에서 심술궂은 사내아이의 얼굴과 표정을 한 에로스가 사자들을 쫓고 있다. 큰 글씨로 벽을 장식하고 있는 차우셰스쿠의 훈계조 격려가 머리가 셋인 헤카테†를 포위하고, 위대한 어머니 키벨레‡ 마저도 복종시키면서, 디오니소스적 비의를 사회주의의 착하고 정직한 감정으로 바꾸어놓으려 한다.

이 형상들은 수상쩍고 불분명한 그들의 에로티시즘처럼 모호하며, 항구의 슬럼가에서처럼 종족·시대·신 들이 뒤섞인 문명의 다양하고 복합적인 기층을 보여준다. 이오르가는 카르파티아-발칸-비잔틴이 혼합된 공동체의 먼 토대, 그 최초의 기층이 트라키아족에게 있다고 생각했다. 트라키아족이 "인도인들 다음으로 세상에서 가장 훌륭한 민족"이라고 정의한 헤로도토스는, 이들이 다양한 이름의 많은 부족민으로 흩어지지 않고 한 명의 수장을 중심으로 단합해 일어섰더라면 가장 강력한 민족이 될 수 있었을 거라고 보았다.

박물관에서 신들 집단을 압도하는 형상은 단연 트라키아 기사다. 트라키아 기사는 실제 이름도 없으며 신도 아니다. 그는 숨겨진 신의

---

* Triade. 데메테르-코레(페르세포네)-디오니소스를 가리킨다. 아테네에서 조금 떨어진 고대 도시 엘레시우스에서 벌어지는 신비의식과 관련된 신들로, 죽음 후의 재탄생과 연관된 생산과 풍요의 상징이다.

† 그리스 신화에 나오는 여신. 달의 여신, 대지의 여신, 지하의 여신 등 세 여신이 한 몸이 된 여신으로 천상·지상·바다에서 힘을 발휘하며 부와 행운을 준다고 생각되었다.

‡ 소아시아 북부 프리지아에서 숭배되던 대지의 여신. 그리스에서 크로노스의 아내이며 신들의 어머니인 레아와 동일시되었다.

상징이다. 그 모습은 세속화되지 않았는데, 아마 신처럼 표현할 수 없고 형언할 수 없는 존재이기 때문일 것이다. 그는 신의 용감한 군사다. 신성한 동물인 말을 타고 트라키아 기사는 망토를 바람에 나부끼며 앞으로 달려나간다. 어떤 형상에서는 세월이 말과 기사의 머리를 없애버렸다. 하지만 또다른 형상은 전장에서 싸우는 기사의 얼굴 및 시선과 함께 전체 인물상을 보여준다.

전통은 트라키아족과 게타이족의 평정심, 조용히 죽음을 받아들이는 그들의 자유로운 정신, 『일리아스』에서 레소스 왕의 황금무기와 그의 눈처럼 희고 바람처럼 빠른 말들을 휘감았던 빛나는 광채를 증언해준다. 이 평정심은 죽음과 친밀하고, 삶을 맹목적으로 숭배하게 만드는 두려움과 불안으로부터 자유로워지면서 생겨난다. 트라키아인들은 인간에게 많은 고통을 안겨주는 탄생을 슬퍼하였고, 인간을 악에서 해방시키거나 축복으로 인도하는 죽음을 찬양했다. 게타이족은 죽음을 두려워하지 않았으며, 감옥에 가거나 노예가 되느니 차라리 자유롭게 죽음을 선택했다.

이런 평정심은 어디서 나오는 걸까? 자연의 숨결에 내맡김으로써 스스로를 나뭇잎 같다고 느끼며 나뭇잎처럼 자라났다가 떨어지는 존재로 생각하는 것에서 나오는 걸까, 아니면 영원불멸에 대한 믿음 즉 죽음과 더불어 숨겨진 신 잘목시스* 옆에서 영원한 진짜 삶이 시작된다는 확신에서 나오는 걸까? 잠자다가 공격당해 죽은 레소스를 휘감고 있는 황금빛과 흰빛은 밤의 학살이 상처내지 못했던 신념, 그의 적들의 자손인 호메로스가 천년 동안 다시 빛나게 해준 신념의 아우라다. 트라키아 기사는 신념 있는 인물이고 죽음도 그에게 힘을 발휘하

* Zalmoxis. 헤로도토스 『역사』에 처음으로 언급되며, 고대 트라키아 게타이족이 모시는 죽음 다음의 영생불멸을 상징하는 종교적 신성으로서의 인물.

지 못했을 것이다. 그는 그의 충직한 동반자가 된 지옥의 동물인 그의 말에 자신 있게 올라타 당당히 죽음으로 질주했을 것이다. 기사는 말을 타고 어떤 통로를 지나 어디로 갔을까? 스네주니크 산에 있는 포모치나키 분지에서의 아침, 막 떠오른 태양이 수풀에서 올라오는 수증기로 침투할 수 없는 빛나는 커튼을 만들었고, 그 빛의 커튼이 뒤에 있던 숲을 가린다. 실루엣이 일어나 이 빛의 커튼 쪽으로 걸어가 밝은 빛 속으로 들어가면서 내 시야에서 사라졌다. 단번에 이 문턱을 넘어 사라지는 실루엣을 내 시선이 좇아갔지만, 이 사라짐에는 어떤 두려움도 상실감도 없었다. 그것을 목격했다는 사실 속에도.

진정한 신비는 이 아침처럼 빛나고 순수하다. 그리고 속임수나 기적, 센세이셔널하고 주술적인 값싼 신비를 멸시한다. 박물관에 글리콘 조각상이 있다. 글리콘은 사람의 눈과 머리카락을 가진 영양이나, 개 머리에 뱀 몸통을 하고 사자 꼬리가 달린 세 가지 형태의 괴물이다. 글리콘은 기원후 2세기에 파플라고니아에서 아스클레피오스*의 화신으로 숭배되었고 그 신앙은 로마까지 이르렀다. 글리콘은 모호함과 변신의 이 무대를 지키는 '장소의 수호신'일 수 있다. 보다 더 세속적으로 말해 사기의 유물인 셈이다. 대사기꾼 아보누테이코스†의 알렉산더는 뱀을 길들이고 변장시켜 비싼 가격을 받고 징조나 신탁의 표시로 신자들에게 팔았다. 그 추종자들과 후세대들은 신을 믿지 않으며 원자와 빈 공간을 똑바로 바라볼 줄 몰랐다. 복음서나 루크레티

* 그리스 신화에 나오는 의술과 의약의 신. 아폴론의 아들로 죽은 사람을 소생시키는 힘을 지녔다.

† Alexander of Abonouteichos. 2세기경 글리콘 컬트 신앙을 만든 파플라고니아 해안가 마을 아보누테이코스 출생의 신비주의자. 파플라고니아의 이오노폴리스로 후대에 불렸으며, 글리콘 신의 사제이자 첫 예언자로서 안토니우스 피우스 통치시대에 사람 머리에 뱀의 형상을 한 새로운 아스클레피오스로서의 글리콘으로 자신을 소개했다.

우스를 이해할 수 없는 그들의 준문화Halbkultur는, 궤변적인 주장을 담은 값싼 지적 장신구를 찾게 됐고 작은 공간에 담긴 초자연물에서 위안을 찾고자 했다. 삶과 죽음과 운명의 신비는, 관중이 보는 앞에서 상자에 들어가 톱질당하다가 결국 상자에서 튀어나와 인사하는 여인의 신비와 혼동되고 있다.

글리콘 신앙은 속임수를 이해할 수 없는 자신의 무능력을 보여주는 것이다. 반면 몇 미터 떨어진 저쪽, 바다에서 발굴된 양손잡이 그리스 항아리들과 그 항아리들이 있던 바다에 있는 신비, 혹은 형언할 수 없는 고통을 전하는 상복 입은 여인의 아름다운 머리에 있는 신비는, 정말 그 깊이를 측량할 수 없다. 고통을 보여주는 이 매력적인 여인이, 뻰뻰스러운 아보누테이코스의 알렉산더가 그랬듯이 "당신은 어떤 별자리인가요?" 하고 묻는 모습을 상상하기란 어려운 일인 것이다.

12. 죽은 도시

다뉴브 강을 따라 독일인 선조들이 한 여행은 횔덜린에게는 여름날을 향한 귀향nostos, 태양의 나라 헬라스와 캅카스를 향해 가는 여정이었다. 나는 히스트리아, 이스트리아, 이 죽은 도시에 이르렀다. 내게 이 이름은 여름과 친숙한 장소들을 떠올려준다. 이런 저녁 시간에 도착하니 이상한 느낌이 든다. 그것도 혼자서 오니 더욱 이상하다. '이스트리아'라는 이 말은 절대적인 빛, 한낮, 고독을 모르는 친밀과 관련된 말이다.

그런데 여기 고고학적으로 중요한 이 대도시는 사막과 같다. 철문은 벌써 닫혔고, 몇몇 불 꺼진 굴뚝들과 트럭들은 옛 밀레투스 식민도시의 폐허처럼 버려져 있다. 나는 담을 넘어 엉겅퀴와 야생 귀리를 헤치며 제우스 사원과 대성당의 잔해들, 황혼녘 기념비처럼 버티고 서 있는 기둥들과 거대한 문들, 조용한 목욕탕 사이로 걸어갔다. 바람 한 점 없는 투명한 저녁이 몇백 년 된 이 무덤 위로 둥글게 내려앉고, 실뱀 몇 마리가 돌들 사이로 기어가고, 새들이 부서져내린 담벼락 위에서 울어댄다. 폐허가 미역과 개흙으로 불그스름해진 바다로 내려온다.

죽은 도시는 파괴의 영원함을 보여준다. 돌들이 이 연안에 밀레투스의 배들이 와서 도시를 건설하던 때를 말해주지는 못해도, 고트족·슬라브족·아바르족이 휩쓸고 지나갔던 물결, 잠시나마 정착 생활을 했던 순간들에 대해 일러준다. 돌 사이에 있는 십자가 하나가 1984년 3월 12일 사망한(익사한?) 파나이트 에밀과 시미온 미하이, 플라톤 에밀을 상기시켜준다. 그러나 그 몇백 년간 침묵 속에 잠겨 있던 낯선 지방 신에게 바친 사원의 잔해는, 아베마리아 기도 시간인데도 불구하고 기독교 대성당의 잔해에 그늘을 드리운다.

도시는 광막하고, 거리는 서로 교차하고 갈라지고 미로 같이 얽혀 있다. 잠시 돌아가는 길을 찾기도 어려웠다. 키플링의 죽은 도시에 나오는 흰 코브라처럼, 소리 하나하나가 온전히 보존되는 깨끗한 분위기에서, 어쩌다 귀머거리가 돼서 더이상 현실의 목소리들을 듣지 못하게 된 듯한 인상을 받는다. 이 폐허 사이에 쌓인 죽음의 세월은 어둠, 이미지들을 삼켜버리는 캄캄한 어둠이 아니라, 훤히 모든 사물을 식별할 수 있는 변함없는 밝은 빛이다. 그것은 세상 소리를 막아주는 유리벽이기도 하다. 맹인이라기보다는 귀머거리가 되어, 우리는 이 과거의 잔해들 사이를, 귀 어두운 사람을 감싸는 불편하고 우습기도 한 비현실 속을 돌아다닌다.

우리는 넋 놓고 있다가 갑자기 들이닥친 습격에 맥없이 노출된 사냥감 같다. 추리소설에는 살인자와 탐정을 두렵게 만드는 맹인은 있을지언정 귀머거리는 없다. 또 나이가 들면 눈이 어두워지기보다는 귀가 더 어두워진다. 비록 눈과 귀가 어두워지지만 말은 자비로워서, 사람들은 언제나 그 말에 설득당한다. 귀머거리가 되는 게 아니라 단지 음향 청취능력이 떨어질 뿐이라고, 의사가 지지 삼촌을 안심시켰듯이 말이다. 그러자 지지 삼촌이 이렇게 답했다고 한다. "그런데 선생님이 뭐라고 말하는지 안 들리는데요."

13. 경계선에서

잠시 후 나는 다시 곧장 강으로 가서, 여행이 끝날 때까지 다시는 강을 떠나지 않을 것이다. 서쪽 저 너머에 루마니아의 스텝 버러간이 펼쳐져 있다. 여기는 비탄과 추방의 장소, 무더운 여름과 추운 겨울이 있는 곳, 끝없이 지평선이 펼쳐진 곳이다. 안토네스쿠 정권 때 집시들은 버러간으로 추방되었다. 자하리아 스탄쿠는 그의 소설 『캠프』에서 집시들의 대탈출을 묘사한 바 있다. 1945년 이후에는 루마니아의 독일인들이 버러간으로 추방되었다. 미하일 사도베아누와 파나이트 이스트라티는 끝없는 초원의 바다에 깔리는 황혼, 엉겅퀴, 농부들의 투쟁, 슬픈 향수가 담긴 집시의 바이올린과 개똥지빠귀를 노래했다.

바다다그에서 좀더 북쪽으로 데니스테페 언덕 밑에 콜키스에서 돌아온 아르고호 선원들이 닻을 내렸다고 추정되는 만이 있다. 정박지는 비어 있고, 바다는 빛바랬으며, 색깔 없는 산비탈에 드문드문 서 있는 산업시설은 쓸쓸한 변두리 광경을 보여준다. 깨진 크라테르*에서 포도주가 새어나오듯 다뉴브 강이 갈라져 퍼져나가기 시작한다고,

* Krater. 술과 물을 섞는 데 쓰던 고대 그리스 항아리로, 넓적한 아가리에 몸통이 크고 위로 뻗은 손잡이가 두 개 있다.

상처 입은 영웅이 이륜마차에서 떨어졌을 때 시인은 읊었다. 그러나 이 종말의 조짐은 조용하고 장엄하며 풍부한 생명력으로 넘쳐난다. 발타에서 다뉴브 강은 초원과 합쳐져 빠져나올 수 없는 커다란 물의 정글을 만든다. 빽빽한 수목들이 강 쪽으로 드리워져 물의 동굴, 깊은 물의 은신처를 이루고, 땅과 물과 하늘을 구분할 수 없는 밤처럼 짙은 청록색을 띤다. 식물들이 모든 것을 덮고, 어디든 기어올라가고 휘감으며 무성히 번성하고, 자신의 모습을 반사하는 거울놀이를 한다.

다뉴브 강의 중심 지류와 구 다뉴브 강 사이에 포함된 지름 60킬로미터의 브러일라 섬은 물의 에덴동산이며 알치나*의 섬이다. 그곳은 갈대가 무성하다. 에드워드 기번이 말했듯, 그 섬에서 고트족은 로마인들에게 자신들의 아내와 자식들은 넘겨주기로 했지만 자신들의 무기만은 넘기지 않았다. 브러일라 섬에서 강은 다시 형태를 갖추고 하나의 큰 강이 되어, 무역과 산업이 발전한 도시에 걸맞은 강이 된다. 인근 갈라치의 포구처럼 브러일라 섬의 포구도 부지런히 바삐 움직인다.

옛 시장은 지금 제련업과 조선업의 중심지가 됐다. 나선형 무늬와 아르누보식 여인상 기둥으로 장식된 신고전주의적 장식의 우아하고 무거운 19세기 황토색은, 물결이 강변에 남긴 모든 요소가 섞여 발효된 듯 동쪽 항구 레반트의 모호함을 불명확하게 만들고 만다. 19세기에 브러일라 섬은 혁명을 준비하던 불가리아 정치 망명자들의 중심지이기도 했다. 바조프는 이 커쇼비Chăšovi라고 불리는 혁명가들과 도시 술집들에서 밤새 나누었던 그들의 끊임없는 토론을 묘사한 바 있다.

레닌 광장에 있는 '다뉴브' 레스토랑 벽은 세기말을 장식했던 포부

* 헨델이 작곡한 3막의 오페라에 등장하는 마법사.

를 담아 붉은색으로 화려하게 도배되어 있다. 그러나 빛은 약해서, 구름 없는 한낮에 작은 룸마다 전등까지 켰는데도 메뉴를 제대로 읽을 수 없다. 내가 조금 전에 지나왔던 스트라다 레푸블리치 거리는 양쪽으로 절충주의 양식의 건물들이 늘어서 있는 그런 거리 가운데 하나다. 종종 오렌지빛 도는 황토색 건물들이 보이는데, 최근 몇 년 헝가리·슬로바키아·바나트·판노니아 바다의 수많은 중소 도시에서 숱하게 지나왔던 그런 거리 풍경이다. 이 레스토랑의 희미한 불빛 속에서, 나는 그 많은 거리가 이 광장으로 흘러들어와 영원히 종말을 맞이한다는 인상을 받았다. 마치 이곳이 내 다뉴브 강 세계의 경계선, 나의 경계선 같다.

터키인들, 나아가 그리스인들은 브러일라 혹은 이브라일에 그들의 흔적을 남겼다. 그리스 성당에서 자신들의 부를 과시했던 상인들부터 시민들이 일으킨 내전 후 1948년에 온 마르코스의 유격대원들까지도 말이다. 브러일라의 시인 파나이트 이스트라티는 그리스 밀수업자의 아들이었고, 그 밀수업자는 아들이 누구인지 알지 못했다. 파나이트 이스트라티의 고향 도시는 시인을 기리며 전시를 하고 있다. 1921년 니스에서 그를 찍은 사진 한 장이 박물관에 걸려 있다. 거리에서 챙 넓은 모자를 쓰고 스콧 피츠제럴드 같은 포즈로 『뤼마니테』 신문을 읽고 있는 모습이다. 그 모습은 지독히도 거만스러운 태도, 자신의 상실을 부르짖는 길 잃은 세대, 즉 파나이트 이스트라티가 속했던 세대가 지닌 무기력하고 뭐든 다 안다는 식의 순진함을 보여준다.

목을 베어 자살을 시도한 후 니스에 있는 병원에서 파나이트 이스트라티는 로맹 롤랑에게 편지를 보냈다. 자살 시도 전날 저녁에 절망적으로 도움을 요청하며 쓴 편지였다. 편지에서 파나이트는 두 번 자신의 한탄을 잠시 접고 어린 시절 우스운 에피소드를 이야기했다. 롤랑은 불가능한 직업들을 전전하며 세상의 반을 돌아다녔던 이 "동유럽의 이야기꾼," "발칸의 고리키," 방랑자들과 부랑자들의 시인에 열광했다. 롤랑은 그를 프랑스에 추천하여 그의 작품들을 출간시켰다. 몇 년 후 그는 세계적인 명성을 누렸다. 거의 언제나 루마니아와 발칸을 소재로 했지만, 독학으로 배운 프랑스어로 글을 쓴 그의 작품들은 25개국어로 번역되었다. 토마스 만이 활동기에 존경 어린 떨리는 심정으로 『부덴브로크 가의 사람들』을 보냈던 게오르게스 브라네스는, 동시대 유럽의 다른 소설가들보다 파나이트를 좋아한다고 대놓고 말했다. 공산주의에 반대했던 작가는 소련 정권에 비난을 가했다는 이유로 정통 좌익의 분노를 샀다. 그래서 1925년 파나이트는 루마니아에 병합되어 루마니아 정부로부터 탄압받았던 드네스트르 강과 티서 강 사이에 사는 사람들을 위해 계획했던 문학 프로젝트를 접게 됐다.

롤랑은 끝도 없이 이어지는 파나이트의 이야기들을, 굽이굽이 흘러가고 갈라지고 얽히며 흘러가는 다뉴브 강물과 강변에 비유했다. 파나이트 이스트라티는 소설 『키라 키랄리나』에서 이 상호침투에 대해 묘사하면서, 다뉴브 강의 반짝임과 사라짐에 매료되었고, 각각의 강굽이 뒤에 숨어 있는 책략과 불행과 잔인함에 아연실색했다. 그는 동유럽의 뒤범벅된 혼란과 양면가치, 해방과 폭력을 함께 담고 있는 듯한 무질서를 보여주는 시인이다. 파나이트의 반항적인 무정부주의는 그를 희생자들과 패배자들의 형제로 만들었다. 『하이두크족』에서처럼 파나이트가 희생자들과 패배자들의 반란을 이야기하거나 그들의 복수를 설교했는데도 문학적으로는 그다지 성공하지 못했다.

거짓 윤리에 반대하며 일어난 윤리적 반항이 종종 부도덕해지는 일이 있듯, 약자와 비천한 사람들의 옹호자인 파나이트 이스트라티 역시 생명력의 순수한 유혹에 빠지고 말았다. 생명력이, 강자의 권력 남용을 교묘하게 인정해준다는 것을 그는 몰랐다. 여러 형태의 섹스는 자유로운 쾌락으로 찬미되지만, 이 역시 삶의 회오리와 박해자들의 손안에 희생자를 끌어들이는 덫이 되기도 한다. 고통에 귀 기울일 때는 시인이 되고 법이나 발전이 없는 삶을 노래할 때는 수사학자가 되는 파나이트 이스트라티에게, 생존은 입구에 예쁜 커튼이 쳐 있고 안은 번드르르한 동유럽의 매음굴과 비슷했다.

브러일라와 근처 갈라치, 즉 안티콰리우스가 골목마다 매춘부들이 득실거린다고 낙인찍은 이곳들은, 시장 이야기꾼들에게 적합한 장소들이다. 오늘날 두 도시는, 특히 다뉴브 강의 함부르크인 갈라치는 카펫이 아닌 조선소, 크레인, 철의 지옥을 보여준다. 사실 그것들은 다채로운 과거 세상에서 일어났던 인간 대학살을 잊은 단기기억증 사람에게만 보인다. 지금 두 도시, 특히 갈라치는 산업 투자로 소련으로부터 독립을 이루겠다는 루마니아의 야심을 보여주는 상징이다. 그리고 이 야심만만한 계획들이 일으킬 경제 위기의 상징이기도 하다.

한때 건강에 좋은 깨끗한 물로 칭송받던 프루트 강은 몇 킬로미터가 러시아와 경계를 이룬다. 그 국경 너머로는 다뉴브 강의 좌표가 더는 작용하지 않는다. 경계선은 불안정을, 카네티의 인물들을 얽어매는 그 공포처럼 접촉에 대한 두려움, 타자에 대한 막연한 두려움을 보여준다. 우리 자아의 경계를 포함하여 모든 경계선이 그렇듯, 프루트 강도 상상의 선이다. 그 선 너머의 풀은 이쪽 강변에서 자라는 풀과 같다. 열려 있고 범세계적인 듯한 다뉴브 강의 문화 역시 이런 폐쇄와 불안을 만들어낸 듯하다. 다뉴브 강의 문화는, 너무나 오랜 세월 터키인들, 슬라브인들, 타민족들을 막을 수 있는 보루와 제방에 집착해왔던 문화다. "그러므로 다뉴브 강은 작전 방향이 어떤 것이든 모든 작전의 기본이 되는 큰 토대였다. 왜냐하면 공격이 어느 쪽에서 오든 그 공격을 저지하기에 알맞은 뛰어난 방어선이기 때문이다……"(G. 시로니 연대장, 『전략 지리학 에세이』, 토리노, 1873, 135쪽)

14. 삼각주에서

헝가리 부흥을 이끈 대부일 뿐 아니라 남동유럽의 소통을 이끌어낸 선구자인 이슈트반 세체니 백작은, 1830년 10월 13일 친구 라자르 포타 포포비치에게 편지를 써서 세르비아의 군주 밀로시 오브레노비치를 만났고, 밀로시가 다뉴브 강 항해에 필요한 작업과 프로젝트, '레귤레이션Regulation'의 확실한 지지자라는 사실을 알게 되어 기쁘다고 말했다. 세체니는 자신의 원대한 계획을 실행해 옮기고자 콘스탄티노플과 갈라치에 갔다 돌아오던 길이었다. 그는 하구까지 갔다가 다시 하구 너머, 그의 머릿속에 있던 커다란 물길의 반을 넘어 갔었다. 집으로 돌아가던 길에 그는, 타고 가던 배 안에서 발트슈타인 백작에게 그 자신의 정치적 유언서로 생각되는 편지를 쓸 정도로 심하게 병을 앓았다.

그 몇 달 동안 세체니는 여러 이유로 종말을 생각하며 살았다. '레귤레이션'은 종말에, 혹은 종말이 가까이 다가왔을 때 일어난다. 정확한 결론은 기술자들, 공증인들, 계산이나 회계나 정확한 기록을 필요로 하는 사람들이 하는 일이다. 죽음은 삶에, 죽음과 아주 가까이 있는 삶에 질서의 위엄을 되돌려준다. 세심히 주의를 기울이지 않았던 돈의 흐름이 유언장에서 명확히 정리되고, 사망통지와 애도의 말 속에서 변칙적 관계들은 허공에 사라지고 적법한 배우자에게 자리를 내준다. 삶의 다른 순간과 달리 임종을 옆에서 지키며 살피게 된다. 1881년 알렉산더 프란츠 헥슈는 다뉴브 강에 대한 묵직한 저서 745쪽에서 자신이 쓴 글을 다시 살피다가 책을 완성해나가는 사이 현실에서 일어난 변화들 때문에 쓸모없어진 이전의 설명 내용 일부를 교정하게 되지 않을까 걱정했다. 그 순간까지 그는 책 내용을 살피지 않았고 아무 생각 없이 신속히 책을 진척시켜나갔지만, 결론에 이르러 모든 것을 정리해야 할 필요를 느꼈던 것이다.

마지막에 나타나는 둔화된 원심력과 그것을 기록하는 장부 사이에는 긴밀한 연관이 있다. 배가 들어갔다가 나무가 표류하듯 길을 잃게 되는 삼각주는, 죽음에 굴복하고 있는 신체의 조직체들이 점차 서로 관계를 상실해가듯 지류들과 지천들, 개울들이 각자 제 갈 길대로 흩어지는 커다란 분해다. 그러나 삼각주는 '레귤레이션'의 걸작, 정확한 기하학, 완벽한 운하망이기도 하다. 티토 육군원수나 세계사의 다른 주인공들의 죽음처럼, 규제 아래서 유지되는 위대한 죽음이다. 그 죽음은 끊임없는 재생을 일으키며 왜가리·철갑상어·멧돼지·가마우지, 서양물푸레나무와 갈대숲, 110여 종의 물고기와 300여 종의 새 등 동식물을 번성시키고, 삶과 삶의 형태들을 실험한다.

뿌리 뽑힌 떡갈나무 한 그루가 물속에서 썩어가고, 독수리 한 마리가 작은 검둥오리 위로 번개같이 하강한다. 한 소녀가 샌들을 벗고 배 밖으로 두 다리를 대롱대롱 내밀고 있다. 집합체 안에 압축되어 묶여 있던 원자들은 또다른 배합과 또다른 형태를 향해 달아난다. 삼각주는 갈대숲 사이로 서로 얽혀 있는 이 물길들, 기올ghiol의 미로다. 또한 미로 속에서 물 흐름을 관장하는 운하들의 지도다. 삼각주의 서사는 갈대와 진흙으로 만든 리포베니 어부들의 오두막집들 사이로 지나간 이름 없는 이야기들 안에, 그리고 꽁꽁 얼어붙었다가 얼음이 녹으면서 오두막집들을 쓸어가는 이야기 안에 있을 뿐만 아니라, 1856년 시작된 『다뉴브강유럽위원회 의사록』에서도 나타난다. 다뉴브강유럽위원회는 1872년과 1879년 사이 술리나에 제방을 쌓는 데 75만 4654프랑을 할당했다.

운하에 대한 얘기를 여행 노트에 끼적이는 게 차라리 쉽겠다. 짠물 호수 기올에 대해, 다뉴브 강과 흑해 사이의 카나라 운하를 설계했던 전문 설계사이며 100년 전 그 주제에 대해 강연을 하기도 한 콘스탄티 바르스키 기사에 대해, 술리나로 흐르는 지류 스물세번째 마일표에 사는 리포베니 어부이며 선원인 코발리오브 단이나 니콜라이 소년에 대해 쓰는 것보다는 말이다. 나는 한 소녀가 배에서 내려와 뽀뽀해주자 니콜라이가 수줍게 미소짓던 것을 기억한다. 그 연유를 이야기하자면 니콜라스 이야기, 소녀가 니콜라이에게 얼굴을 숙이자 수줍어 물러섰던 이야기가 책 한 권은 될 것이다. 책들은 니콜라스와 같은 이야기가 아닌 제국의 정복과 멸망, 의회에서 일어난 일화, 궁정과 파르나소스에 관한 이야기, 국제회의 문서를 요약하고 정리한다.

배가 물 위를 미끄러져나아가자 양 옆으로 갈대들이 물러선다. 나무 위에서 날개를 펼쳐 몸을 말리는 가마우지 한 마리가 하늘을 배경으로 마치 십자가처럼 시선을 끌고, 각다귀들이 대충 집어든 인생의 잔돈 한 줌처럼 산만하게 붕붕거린다. 다뉴브 강 문학을 연구하는 독문학자는 카프카나 무질, 컴컴한 대성당이나 아무것도 결정나지 않는 회의를 표현하는 그들의 천재적인 능력을 부러워하기보다는, 오히려 파브르나 마테를링크, 벌들과 흰개미들의 이 음영吟詠 시인들을 부러워한다. 그는 쥘 미슐레가 왜 프랑스 혁명사를 쓰고 난 뒤 새들과 바다 이야기를 쓰고 싶어했는지 이해한다. 물고기 가시와 뱀 비늘 숫자를 세어보라, 새를 날 수 있게 해주는 큰날개 깃털과 방향잡이에 쓰이는 꽁지깃을 살펴보라, 우리에게 이렇게 권하는 린네, 그가 바로 시인이다. 여름과 강물의 속삭임에는 그 매력에 빠져 그것들을 말로 대신 표현해줄 사람이, 스웨덴 분류학자의 구두법, 문장을 구분하는 쉼표와 그 문장을 하위분류하는 쌍반점, 갖가지 특성을 규정하는 마침표가 필요한지도 모른다.

배가 떠나는 육지의 마지막 도시 툴체아의 삼각주박물관 카탈로그에는 분명 방울새·갈까마귀·황새·왜가리·펠리컨·수달·담비·들고양이·늑대·야생자두나무·개장미·등대풀속·버드나무 등이 쉽게 설명되어 있다. 뭐니뭐니해도 린네는 본초학, 다시 말해 학자일 뿐만 아니라 엄밀히 얘기하자면 진짜 식물학자로서, 시인·신학자·사서·편찬자 등등 갖가지 분야의 아주 모험적인 아마추어이기도 했다. 그러나 잡다한 것을 집대성한 자료집은 세계의 축소판으로, 주변 모든 게 곧 세계인 것이다. 탁상 식물학자는, 뷔퐁처럼 오직 왕의 명령으로 박물학자가 됐기에 고대의 어머니 자연 앞에서 곤경에 빠져, 그 프랑스 신사가 그랬듯 산토끼가 뛰어가는 모습을 묘사하고자 야만의 시대에 민중들이 이주하던 모습에 빗대어 설명하고 있는 자신을 마주하게 된다.

어제 나는 삼각주박물관에 있었고, 지금은 삼각주에 있다. 냄새, 색깔, 반사, 물에 비친 흔들리는 그림자, 햇살을 받아 반짝이는 날개. 강물처럼 흘러가는 삶은 손가락 사이사이로 빠져나가며 우리로 하여금 이런 것들을 깨닫게 해준다. 마차에 앉은 호메로스 왕처럼 배 갑판에 앉아 있는 오늘 같은 즐거운 날에도 우리의 감지능력은 떨어지고 있고 감각은 수천 년간 위축되어왔다는 것을, 바람에 흔들리는 수풀에서 들려오는 메시지를 다르게 듣고 냄새 맡는다는 것, 삶의 흐름으로부터 일찌감치 분리되었고 형제애를 상실했으며 서로를 부정한다는 것, 존경하옵는 '나'라는 자아는 초음파 소리처럼 들리는 그 속에서 사이렌의 노래를 분간해내지 못하기에 더는 율리시스처럼 자신의 몸을 묶게 하고 선원들처럼 자신의 귀를 막을 필요가 없다는 것을 말이다. 가마우지 한 마리가 원시의 늪지대 위를 날아가는 시조새처럼 부리를 벌리고 하늘을 날아간다. 하지만 삼각주의 거대한 합창과 계속되는 깊은 저음은 우리들 귀에는 속삭임이고, 붙잡을 수 없는 목소리이며, 청각능력이 약해진 우리를 뒤에 남겨둔 채 들리지 않고 지나가 버리는 삶의 속삭임이다.

이게 다뉴브 강 탓은 아니다. 여기서 다뉴브 강은 푸르트방겐 근처

동화 같은 수도꼭지에서 흘러나오는 게 아님을 보여준다. 잘못은, 물의 음악과 반짝임 앞에서도 그 거짓말을 경멸적으로 부정하기 위해 수도꼭지 얘기에 집착하는 사람, 강의 노래를 피하기 위해 터무니없는 수도꼭지 물을 이용하려는 사람한테 있다. 율리시스라기보다 배관공이 쓴 것 같은 선박 신문 역시, 니콜라이가 나무껍질과 종이로 만들어냈던 작은 배처럼, 빠르고 안전하게 흘러가지 못하고 물이 새서 가라앉을 것 같다. 알다시피 책들은 보장이 잘 되어 있는 위험자산이고, 문학계는 선견지명이 있는 보험사다. 그래서 폭넓게 보장받지 못한 시적 재해란 좀처럼 보기 힘들다. 그러나 삼각주의 구불구불한 길을 빠져나가며 이 갑판 위에서 편안한 마음으로 메모를 하기 위해서는 수송중 일어나는 특별한 손상, 낚싯바늘로 인한 상처, 화물의 오염물질 접촉, 절도, 불법 개봉, 배달 실수, 파손이나 누출 등 모든 위험에 대비한 '올리스크스all risks' 해상관련 조항이 필요할 것 같다.

눈부시게 아름다운 날이고 배는 강의 여러 지류를 동물처럼 돌아다닌다. 칠리아 쪽 옛 삼각주의 진흙은 점차 단단한 땅으로 변했고, 바닥없는 연니軟泥는 건물을 세우고 나무를 심고 곡식을 수확할 수 있는 땅이 되었다. 지류들과 운하들이 삼각주 안에 삼각주를 형성했다. 버드나무들과 포플러들이 검은딸기들과 위성류 관목들 위로 뻗어 있고, 흰색 노란색 커다란 수련들이 고대 우주의 원시 대양에 땅에서처럼 누워 있다. 그리스 식민도시였으며, 공증인 안토니오 디 폰초가 14세기에 카펫, 포도주, 소금, 열두 살의 여자 노예들이 거래되었다고 기록한 제노바의 무역거래소였고, 수도사 니콜로 바르시가 17세기에 하루에 2000마리의 철갑상어가 잡힌다고 말했던 칠리아베체는, 소련 국경 근처에 있으며 성당의 높은 탑들을 보여준다. 오스카르 발테르 치세크가 30년대에 쓴 소설 『끝없는 강』에서 그 높은 탑들은 리포베니 어부들에게 큰 인상을 주었다.

스픈투게오르게로 가는 112킬로미터에 달하는 가장 긴 지류는, 마흐무디아 근처 살소비아 요새를 끼고 돈다. 이 요새에서 콘스탄티누스 황제가 리키니우스를 살해하게 했다. 지류 왼쪽으로 열대숲과 지반이 꺼진 모래땅, 여름에 기온이 60도까지 올라가는 개구리와 뱀들의 왕국이 있다. 삼각주 문학은 사실 여름 무더위보다는 혹한을 더 좋아한다. 치세크는 겨울에 여기를 찾아 강 표면에 구멍을 뚫는 어부들을 묘사했다. 슈테판 버눌레스쿠는 살을 에는 듯한 찬바람이 부는 크리브츠에 대해 말했고 눈보라, 금이 가면서 녹기 시작하는 삐걱거리는 얼음 소리를 묘사했다. 델타 문학의 전통적 주제, 특별한 서사적 장면은 당연히 홍수, 범람, 마을을 덮쳐 잠기게 하는 다뉴브 강, 대홍수 때처럼 숲속의 마구간과 오두막과 동굴들을 휩쓸어 가축들과 야생동물들과 소들과 사슴들과 멧돼지들을 물속에 밀어넣는 조류다.

사도베아누에게 삼각주는 민중들과 사람들을 위한 저수지이기도 했다. 다뉴브 강이 바다로 향하다 주변에 넘쳐흐르며 오랜 세월과 문명의 침전물, 역사의 파편들을 강둑에 남겨두고 가듯이 말이다. 그러나 이 잔여물은 얼마 못 간다. 강 범람 시기에 강변에서 흘러내려 낙엽들과 강에서 온 다른 찌꺼기들처럼 땅에 퍼진다. 다뉴브 강의 이야기들은 말라버린 웅덩이처럼 금방 생겨났다 사라진다고 사도베아누가 말했다. 슈테판 버눌레스쿠는 한 단편에서 겨울 폭풍우 때 행해진 아이의 장례식, 무덤을 팔 수 있는 둑이나 모래 둔덕을 찾아 아이를 싣고 가는 배, 초라한 무덤을 덮칠 것 같은 성난 물살, 그 비극과 고통까지도 없애버리는 겨울, 위태로운 그 무덤, 이름 없는 그 이야기를 묘사했다.

사도베아누와 버눌레스쿠의 단편들에는 종종 집시들이 등장한다. 사회의 변방에 있는 이 유랑민은 원시의 잊힌 삼각주 세계에 살기에 적합한 부족 같다. 100년 전 사실 삼각주는 불법자들과 도망자들의 왕국, 각지에서 온 무법자들에게 은신처를 제공하는 무인도였다. 그곳 주인 노릇을 하던 터키인들은 정규 수비대를 두지 않고 농부들 가운데서 되는 대로 오합지졸을 징집하여 비정규군을 만들었다. 그들 부대는 늪지에 숨어 있는 도적들과 탈영병들을 감시하고 그들과 싸워야 했지만, 그들과 연결되어 있었고 그들과 구분하기도 어려웠다. 100년 전의 안내서들, 예를 들어 아만트 폰 슈바이거레르헨펠트 남작의 훌륭한 안내서는 터키인과 코카서스인, 집시들과 흑인들, 불가리아인과 왈라키아인, 러시아인과 세르비아인, 세계 여러 곳에서 온 선원들, 모험가들, 범죄자들, 탈옥수들 등 여러 유형과 인종이 모인 정글을 이야기해준다. "살인이 일상이었다." 크림 전쟁이 끝나고 전염병에 학살당한 노가이족·타타르족·체르케스족이 불가리아로 들어왔다.

현재 약 2만 5000명 혹은 3만 명이 살고 있는 삼각주는 특히 수염을 위엄 있게 길게 기른 어부들, 리포베니인들의 나라다. 그들은 18세기에 종교적 이유 때문에 러시아를 떠나 이곳으로 왔다. 늙은 신자들, 수도사 필리프의 추종자들은 몰도바를 떠나 부코비나로 피신했다. 그들은 사제들과 성체, 결혼, 군복무를 거부했고 특히 차르를 위해 맹세하고 기도하기를 거부했다. 반면 그들은 화형대에서 죽거나 단식해 죽는 것을 최고의 속죄행위라고 생각했다. 오스트리아 부코비나에서 요제프 2세는, 그들에게 신앙의 자유를 인정해주고 군복무에서 면제시켜주었다. 계몽군주인 황제는 아마 예방주사를 맞지 않고 어떤 약도 먹지 않는 그들의 교리를 경멸했을 것이다. 그러나 황제는 분명 열심히 일하고 법을 존중하는 그들의 온화한 성격과 특히 여러 산업 분야에서의 그들 재주를 높이 샀다. 그들은 기술적 측면에서 앞서가는 상당히 재능 있는 수공업자들이며 농부들이었다. 19세기 중반경 많은 리포베니인이 돌아가 계급제도를 받아들이고 옛 의식에 따라 미사를 거행했다. 19세기 말 리포베니인들 일부는 그리스정교회에 들어갔다.

리포베니인들은 삼각주에서 어부들로 살아왔지만, 현재 루마니아 공장과 산업시설에서 여러 종류의 일을 한다. 그러나 그들은 늘 강의 민족이었고, 돌고래나 바다의 다른 포유동물처럼 물에서 살아간다. 강변에 있는 그들의 검은 배들은 해변에서 햇볕을 쬐며 쉬고 있는 동물들을 닮았다. 작은 신호라도 있으면 금방이라도 물에 뛰어들어 물살 사이로 사라질 바다표범들 같다. 물 위에, 나무와 진흙과 지푸라기로 만들고 갈대로 지붕을 덮은 그들의 집들이 있다. 파란색 십자가가 있는 그들의 무덤과 아이들이 카누를 타고 가는 학교가 있다. 리포베니인들의 색은 검정색과, 금발 머리 니콜라이의 눈처럼 맑고 부드러운 파란색이다. 여객선이 그들의 집 앞을 지나가자 사람들이 친절하고 쾌활하게 얼굴을 내밀고 인사하며 배를 멈추고 들어오라며 손짓했다. 어떤 사람은 노를 저어 우리 옆에 오더니 싱싱한 생선을 라키술과 바꾸자고 했다.

땅과 물 사이에 경계가 없다. 마을에서 집들을 연결하는 길은 어떤 때는 잡초로 덮인 오솔길이기도 했다가, 어떤 때는 갈대와 수련이 떠다니는 운하가 되기도 한다. 땅이 강이 됐다가 강이 땅이 됐다가 한다. 갈대로 덮인 '플라우르plaur'들이 표류하는 나무처럼 떠다니거나 섬처럼 바닥에 붙어 있다. 둥근 지붕들이 있는 그 성당들, 발코브 삼각주의 그 베네치아는 존재하지 않는다.

자하리아 하랄람비에는 술리나로 가는 운하 근처, 이중으로 흘렀던 옛 다뉴브 강의 23마일 인근에 사는데, 펠리컨 서식지를 지키는 파수꾼이다. 평생 그는 펠리컨의 울음소리와 날갯짓 소리를 들었다. 다른 리포베니인들처럼 그도 솔직하고 진솔한 얼굴을 하고 있고 두려움을 모르는 순수함을 지니고 있다. 우리가 배에서 내리자 우르르 우리 주변에 모여들었던 아이들이 강물에 뛰어들어 물을 마셨고, 물과 땅을 구분하지 않고 술래잡기를 했다. 여인들은 수다스러웠고, 사랑스러웠으며, 쉽게 다가서는 친근함을 보였다. 여인들의 그런 친근함은 치세크의 소설에서 사랑의 환상을 자극했다. 삼각주는 전적으로 유출에 내맡겨진 곳이다. 자유로이 풀려나온 이 액체 세계에서, 나뭇잎들이 지나가고 흐름에 휩쓸려간다.

다뉴브 강은 어디서 끝날까? 이 끊임없는 흐름에 끝은 없다. 단지 현재로 무한히 존재하는 동사만이 있을 뿐이다. 강의 지류들은 제각기 흘러가고, 거만한 하나의 통일체에서 자유로이 흩어져나온다. 조금 빠르고 조금 느릴 뿐 각기 원하는 때에 죽는다. 마치 사망선고가 내려져 심장, 손톱 혹은 머리카락이 상호연대의 끈을 놓듯이 말이다. 철학자는 이렇게 복잡하게 얽혀 있는 곳에서, 다뉴브 강이 어딘지 손가락으로 가리키기 어려울 것이다. 정확히 가리키려다 보면 어정쩡하게 주변을 빙 둘러 주변 전체를 가리키게 될 것이다. 왜냐하면 주변이 다 다뉴브 강이고, 다뉴브 강 끝은 4300평방미터의 삼각주 어디든지 다 될 수 있기 때문이다.

안톤 프리드리히 뷔싱은 고대 암미아누스 마르켈리누스처럼 다뉴브 강의 하구가 여섯 개라고 말했다. 1764년 클레만은 헤로도토스와 스트라본처럼 다섯 개라고 했고, 지크문트 폰 비르켄은 플리니우스에게서 찾아낸 이름들에 따라 하구의 이름을 나열했다. Hierostomum(히에로스토뭄-성스러운 하구), Narcostomum(나르코스토뭄-느긋한 하구), Calostomum(칼로스토뭄-아름다운 하구), Pseudostomum(세우도스토뭄-가짜 하구), Boreostomum(보레오스토뭄-북쪽 하구), Stenostomum(스테노스토뭄-좁은 하구), Spirostomum(스피로스토뭄-뱀처럼 구부러진 하구).

툴체아에서 출발하는 공식적인 지류들은 세 개다. 북쪽에 있는 칠리아 지류는, 소련 영토에 있는 마흔다섯 개의 하구를 통해 바다로 들어간다. 다뉴브 강물과 폐기물 3분의 2가 흘러간다. 술리나 중심 지류는 1880년과 1902년 사이에 건설된 운하를 통해 흑해로 직접 흘러들어간다. 운하는 항해를 쉽게 해주었고 강의 흐름을 상징적으로 똑바로 바꾸어주었다. 남쪽에 있는 뱀처럼 굽이진 스픈투게오르게 지류는, 안내서들에서 말하는 다뉴브 강의 공식 길이를 결정해준다. 엄격히 따지면 네번째 지류 두나버츠 운하가 있다. 두나버츠 운하는, 앞의 지류에서 갈라져 남서쪽으로 뒤로 돌아 거대한 라진 호수로 들어간다. 같은 지류에서 나온 드라노브 운하 역시 라진 호수로 흘러들어간다.

하구를 결정하는 일은 분명 수원 문제처럼 볼썽사납게 다툴 일이 아니다. 사람이나 강물이나 동물이나 누구든, 그 무엇이든 이름을 묻지 않고 조용히 죽게 놔두는 것이 좋다. 이름에 따라 다뉴브 강의 하구를 선택하는 것이 옳을지 모르겠다. 느긋하고 종잡을 수 없는 결론을 좋아한다면 그 이름대로 나르코스토뭄을, 카드를 마구 섞는 것이나 소매에 에이스를 숨기는 걸 좋아하면 세우도스토뭄을 선택하는 것이다. 일관성과 마법을 좋아하는 나는 분명 성스러운 입을 택할 것이다. 왜냐하면 지크문트 폰 비르켄에 따르면, 그 근처에서 고대에 이스트로폴리스라고 불리던 도시가 생겨났기 때문이다.

사실 지나치게 혼란이 일어나고 있다. 노인들이 이름과 날짜를 혼동하고 몇십 년씩 실수하면서 산 자와 죽은 자를 혼동할 때처럼 말이다. 그러므로 허무주의 시대에 그랬듯, 관습대로 혹은 임의적으로 선택할 수 있다. 진실이 없다면 선택 기준은 내 맘대로 결정될 수 있다. 장기 규칙이나 도로 표지판처럼 말이다. 술리나로 가는 직선이 결정에 도움을 준다. 운하 덕분에 항해가 쉽다는 사실이 '레귤레이션'을 좋아하는 사람들의 마음을 끈다. 아무튼 다뉴브 강은 술리나에서 끝난다고 알려져 있다.

15. 거대한 바다로

탁월한 기호체계인 예술이 술리나라는 선택이 옳음을 증명해준다. 다뉴브 강이 끝을 향해 천천히 아주 조용히 흘러가고, 그 길들여진 다뉴브 강변에서 여인네들이 물속에 쭈그리고 앉아 카펫을 빨거나 펴서 말리고 있다. 철로 만들어진 녹슨 배들이 물결에 흔들리며 항구의 활발한 움직임을 비춰준다. 그러나 도시는, 이유를 잘 모른 채 오랫동안 무기력하게 방에 갇혀 있었던 것처럼 기운 없이 꾸벅꾸벅 졸고 있다. 상점들과 대형 창고들에는 돼지기름과 통조림이 조금 있을 뿐 거의 아무것도 없다. 시장 가판대들도 텅 비어 있고, 대량 공급된 무들만 넘쳐나서 풍요를 패러디하고 있다.

무계획적인 색깔 없는 현대화는 옛 터키 도시를 파괴했다. 도시는 먼지 이는 도로들, 석회 조각들, 관목들 사이로 너즈러져 있다. 강유람 관광을 통제하는 역 창구는 닫혀 있고, 얼마 안 되는 사람들이 언제 표를 구할 수 있을지 알지 못한 채 막연히 창구 앞에 줄을 서 있다. 군복을 제대로 갖추어 입지 않은 군인 몇 명이 무슨 일 때문인지는 몰라도 분주히 움직이고 있다. 파룰 호텔에서는 뭔가를 아삭아삭 씹어 먹을 수 있지만 음료를 마시려면 뜰에 앉아야 한다. 하지만 그곳에서는 음식이 제공되지 않는다.

술리나는 비우기, 내버리기의 표상이고, 얼마 전에 공연이 끝난 극장 같다. 극단이 떠나면서 더는 쓸모없어진 무대장치·의상·막을 버리고 간 것 같다. 비스마르크에게 반대했던 법학자 콘스탄틴 프란츠는 독일적 요소가 부정행위가 아닌 통일의 구성요소가 되는, 다민족 연방 중부유럽을 지지했다. 편지에서 말했듯 그는 하구들, 삼각주, 강물이 바다로 들어가는 지점을 가리켜주는 술리나의 이 등대를 포함하여 다뉴브 강 연방을 꿈꾸었다. 이 강변의 철썩이는 물결이 흘러가는 강물에 답한다. 벌써 상연이 시작된 영화는 옛 다뉴브 강의 유럽을 그린 영화, 사랑과 외교적 술책과 벨 에포크의 우아함이 있는 이야기, '다뉴브강유럽위원회'를 배경으로 한 이야기다. '다뉴브강유럽위원회'는 19세기 정책을 점잖고 조심스럽게 펼쳐나가며 술리나 항구를 확장하고 통제하는 일을 맡았다.

이 이야기는 오늘날 터키 집 몇 채, 항구에 들어온 배들에게 부과한 세금으로 건축된 등대, 건물 정면이 어렴풋이 아르누보 양식을 보여주는 건물 몇 채만을 남긴 채 술리나를 떠나버렸다. 술리나에는 지금 다뉴브 강이 끌고 온 잔해들이 들어온다. 1933년 소설 『유로폴리스』에서 장 바르—일명 유진 보테즈—는 난파 잔해처럼 인간들의 운명이 술리나에 떠밀려오는 것을 보았다. 그 상상의 이름이 말해주듯, 도시는 아직 풍요와 화려함의 아우라 속에 살고 있다. 중요한 항로에 자리한 항구, 먼 나라에서 온 사람들이 서로 만나는 곳, 부를 꿈꾸고 보고 움켜잡기도 하지만 부를 잃어버리기도 하는 곳이다.

소설에서 자신들의 카페를 가진 그리스 식민도시는 이 기울어져가는 번영의 배경이 된다. 다뉴브강위원회는 정치외교적 위엄 혹은 적어도 그 반사물을 제공했다. 그러나 책은 환상, 멸망, 속임수, 고독, 불행, 죽음의 이야기다. 유럽의 작은 수도 역할을 했던 도시가 밑바닥으로 떨어지고 버려진 정박지로 변하는 과정을 그린 종말의 심포니다.

나는 하구를 보고 싶은 마음에 바다 쪽으로 걸어갔다. 강물이 바닷물과 혼합되는 곳에 손과 발을 담가보고 싶기도 했고, 연속성이 끝나는 곳, 해체의 가상 지점을 건드려보고 싶기도 했다. 먼지는 모래가 되었고, 땅은 이미 해안가 사구가 되었다. 신발이 웅덩이에 빠져 진흙이 묻었다. 그 웅덩이들도 다뉴브 강이 물을 토해내는 비틀어진 작은 입, 하구일지 모른다. 저 끝에 바다가 보였다. 모래색 황야에 방치된 공사장들 사이로, 진행중인 공사 잔해와 히스 관목이 즐비하고 타르

냄새가 났다. 동방정교회·터키인·유대인 등 옛 신자들의 무덤들이 서로 가까이 붙어 있다. 시몬 브룬스테인은 1924년 5월 17일 예순일곱의 나이로 생을 마감했다. 초원에 박아놓은 창들 같은 빽빽한 울타리가 이름 없는 터키인을 지키고 있다. 1876년 마흔여섯의 나이에 술리나에서 익사한 다비드 바이르드 대령임을 비석이 알려준다. 마거릿 앤 프린글은 1868년 5월 21일 스물세 살에 사망하여 윌리엄 웹스터 옆에 묻혔다. 윌리엄 웹스터는 '아달리아호號'의 최고 관리자였고 마거릿을 구하려다 물에 빠져 죽었다.

마거릿과 윌리엄은 폴과 비르지니,* 헤로와 레안드로스,† 젠타와 네덜란드인,‡ 혹은 사랑과 바다와 죽음을 통해 하나로 묶인 옛이야기의 전설적 인물들 같지 않았을까? 하나의 무덤은 쓰다 만 하나의 서사시epos로서, 숱한 소설을 만들어내고 영감을 불러일으킨다. 이 모래땅의 한쪽 구석에 불법으로 울타리를 치고 그곳에 맥줏집·선술집·카페 간판들과 표지판이 세워진다. 매번 맥없이 철거되는데도 말이다. 난 방금 카페가 문 닫는 걸 봤다. 계산을 해보면 어쨌든 마음이 놓이는 모양이다. 그렇게 하면 손해를 줄이고 막을 수 있다는 이 환상, 장부에 쓰인 조용한 문구에서 장례 행렬의 파토스가 느껴진다.

---

* 소년소녀의 아름다운 우정과 청순한 사랑을 그린 프랑스 작가 자크앙리 베르나르댕 드 생피에르가 1789년 발표한 소설 제목이자 주인공들의 이름으로, 플로베르·모파상·발자크 등의 소설에 영향을 주었다.

† 고대 그리스신화에 나오는 연인들의 이름으로, 세스토스에 있는 아프로디테 사원의 무녀 헤로와 아비도스에 사는 레안드로스는 강을 서로 마주하고 비극적인 사랑을 나눈다. 이 이야기는 수많은 작가와 화가에게 영향을 끼쳤다.

‡ 15세기 후반부터 18세기까지의 대항해 시대를 거치면서, 뱃사람들 사이에 떠도는 전설 가운데 영원히 바다를 떠도는 저주받은 유령선 이야기가 있었다. '방황하는 네덜란드인'이란 뜻의 이 배는 저주받은 네덜란드 선장이 운항하는 유령선 이름이다. 바그너는 이에 영향받아 오페라 〈방황하는 네덜란드인〉을 1843년에 초연했는데, 여기에 등장하는 저주받은 네덜란드 선장과 유령선의 운명을 사랑의 서약으로 구해내는 여인이 바로 젠타다.

아직 한낮인 오후에 갈매기들과 왜가리들이 참 많이도 날아다닌다. 단조롭고 날카로운 소리로 크게 울어댄다. 덩치 크고 털이 많은 돼지들이 웅덩이에 코를 박고 킁킁거린다. 때때로 돼지들 그림자가 길게 드리우며 사구를 조각내고 잠시 돼지들을 거대하게 만든다. 해변은 크고, 형상들은 추상적인 모습을 띤다. 사용하지 않은 레이더 몇 개가 거대한 새들이나 선체처럼 모래에 박혀 있고, 현명한 도교 신자들을 하늘로 데려갔을 것 같은 누런 녹슨 깃털을 단 낡은 크레인도 있다. 바다는 불투명하고 기름이 떠 있다. 석유 냄새가 나고 생활 쓰레기들이 떠다닌다. 암미아누스 마르켈리아누스가 말했던, 먼 바다에서 온 물고기들이 다뉴브 강의 밀려드는 물결을 헤치고 올라간다던 물길, 그 통로는 안 보인다. 강물 조류를 구분하기가 점점 더 불가능해졌다. 살로몬 슈바이거에 따르면, 다뉴브 강물이 흑해로 깨끗이 들어와 바닷물과 섞이지 않고 그대로 흑해를 건너 이틀 후 마실 수 있는 깨끗한 물 그 상태로 콘스탄티노플에 도착했다고 한다.

공기는 무덥고 나는 목이 말랐다. 누군가 내게 멀리서 뭐라고 소리쳤지만 알아듣지 못했다. 돼지들은 여전히 철로 만든 커다란 새 주변에서 코를 박고 킁킁거렸다. 다뉴브 강은 돼지들이 주둥이를 박고 킁킁거리는 늪지다. 옛날 책에서 말했던 그 맑은 물은 어디서도 바다로 내려가지 않는다. 우리들의 여행이 왜 아무것도 아닌 것으로 끝나야 할까? 투도르 아르게지는 이처럼 시에서 물었다. 지평선은 거대하고 누르스름하다. 높다란 담은 부서졌고, 태양이 희디흰 창으로 바다를 찌른다. 구름 테두리가 스르르 내려온다. 눈을 반쯤 감자 그녀의 속눈썹도 스르르 내려온다. 만일 우리가 동방의 이 척박한 나라에 있는 게 아니라면, 나는 해변 바에서 그녀를 불렀을지도 모르겠다. 안내서에 따르면 삼각주는 철새들이 교차하는 지점이다. 봄에는 여섯 개, 가을에는 다섯 개의 철새 이동로가 교차한다. 뷔퐁이 원했던 것처럼 단지 철새 한 마리의 변화와 이동 경로를 완벽히 따라갈 수만 있다면 플라톤의 항수, 먼 것에 대한 사랑 등 모든 것을 알 수 있게 될 것이다. 비잔티움의 스테파누스와 에우스타티오스에 따르면, 스키타이인들은 다뉴브 하류를 '마토아스Matoas' 즉 '행복의 강'이라 불렀다. 갈매기들과 왜가리들이 시끄럽게 울어대고, 돼지 한 마리가 송곳니로 잡초를 뿌리째 파헤쳐서 씹어 조각낸다. 돼지가 멍청한 눈을 무섭게 뜨고 아주 가까이에서 나를 쳐다본다.

하구는 없다. 다뉴브 강은 보이지 않는다. 갈대와 모래지대 사이를 흐르는 진흙투성이 실개천들은 푸르트방겐에서 왔고 마르기트 섬을 스쳐지나왔다고 말할 수 없다. 단 하나의 하구, 열거할 수 없을 정도로 많은 숱한 하구 가운데 어떤 하나라도, 다뉴브 강에 대해 꼼꼼히 적은 노트의 '레귤레이션'에서 빠질 수 없다. 나는 열쇠를 찾듯 떠오르지 않는 한마디, 부족한 한 페이지를 찾아 주머니와 서랍들을 뒤진다. 여권에 도장이 없다. 도장 없이는 떠날 수 없다. 커다란 돛대를 가진 원양항로용 배도 없고, 마음속에 선원들의 노래도 없다.

서류의 세계, 공식 절차, 요식적인 심의 절차는 그 특성상 장애를 일으킨다. 매번 어려움에 봉착하지만 마지막 순간에 가서 어찌된 영문인지 모르지만 제대로 해결된다. 이쪽에서, 사구와 해변, 지평선과 바다가 무한히 펼쳐진 공간에서, 뭐가 뭔지 구분되지 않게 사방에 뿌려져 퍼져나가는 실개천들을 쫓아가면서 하구를 찾고자 했던 게 잘못이었다. 뒤로 돌아갈 필요가 있다. 복장이 불량한 한 친절한 군인이 자전거를 타고 웅덩이들 사이를 지나가다가 질문을 받자 돌아가라는 몸짓을 했다. 그는 다뉴브 강이 어디서 바다로 들어가는지 가리켰다. 창백하고 친절한 주술사 타치오에르메스의 제스처와 비슷했다. 그는 거대한 공간, 경험으로 얻은 모든 것을 불사르는 무한한 바다의 머나먼 한 지점을 가리켰다. 하지만 옷을 풀어헤친 군인이 팔을 뻗어 웃으며 보여준 것은 항구 입구, 페인트칠이 벗겨진 차단 막대기 뒤에서 보초가 들어오는 사람을 조사하고 신분증을 요구하는 관제소였다.

운하를 타고 들어온 다뉴브 강은, 부두 직원들이 이용하는 항구 지역으로 흘러들어가 항만관리사무소의 감시 아래, 바다로 사라졌다. 그 끝까지 접근하려면 통행허가증이 필요했지만 검사원들은 세상 사람들이다. 그들은 외국인이 무엇을 원하는지 잘 알지 못하지만 해가 될 인물이 아니라는 걸 알고는 운하를 둘러보게 해주었고 볼거리는 없지만 운하를 한번 살펴보게 해주었다. 운하는 배들, 권양기, 구조물, 부두에 쌓여 있는 상자 더미, 통관을 마쳤음을 보여주는 소인 찍힌 우편물들을 배경으로 바다로 흘러들어가고 있었다.

그럼 여기서 모든 게 끝난 걸까? 3000킬로미터의 필름이 다 돌아가자 우리는 일어나 영화관을 나왔고 팝콘 파는 곳을 찾다가 뒤쪽에 있는 비상구로 무심히 들어갔다. 사람들이 적었다. 그들은 서둘러 극장을 나갔다. 왜냐하면 이미 늦었고, 항구는 비었기 때문이다. 그러나 운하는 바다로 가볍게, 조용히, 편안히 흘러간다. 이제 더는 운하도 경계도 레귤레이션도 없다. 강물은 자신을 활짝 열고 전 세계의 물과 대양에, 그 깊은 곳에 사는 피조물들에게 자신을 내맡길 뿐이다. 마린은 시에서 노래했다. "주여, 나의 죽음이 거대한 바다로 들어가는 강물의 흐름 같게 하소서."

옮긴이의 말

중부유럽의 혈류, 다뉴브 강에 관한 데카메론

다뉴브 강의 수원, 중부유럽의 근원을 찾아가는 여정

독문학자이며 트리에스테 대학 교수이고 노벨상 후보로 거론되는 이탈리아 작가 클라우디오 마그리스(Claudio Magris, 1939~)는 국가나 민족의 정체성 문제, 특히 그 경계에 선 사람들의 정체성 문제에 관심을 가졌고 인종·민족·국가를 초월하여 여러 민족과 문화가 어떻게 공존할 것인지를 깊이 사유한 지성인이다. 마그리스 자신이 아드리아 해 북부 슬로베니아와 이탈리아 국경지대에 자리한 도시 트리에스테 출신으로, 어려서부터 다양한 인종·언어·문화가 공존하는 공간에서 자랐고 독문학자로서 유럽 문화를 폭넓게 접해왔기에, 국경을 넘어선 인간의 보편적 가치와 이상에 많은 관심을 갖게 되었다.

마그리스의 대표작 『다뉴브』(1986)는 2860킬로미터의 다뉴브 강을 수원에서 흑해로 들어가는 거대한 하구까지 4년간 여행하며 중요한 도시들(울름·레겐스부르크·파사우·린츠·빈·베오그라드·부다페스트 등), 거대한 초원과 습지 등 다채로운 자연과 더불어, 그 강을 끼고 존재하는 민족·관습·문학·역사·언어 문제를 살펴보고 난 후 집필한 여행 에세이다. 역사적으로 중부유럽의 뿌리를 연구할 뿐 아니라, 문학과 예술에서 출발하여 인간 존재와 삶까지 명상하는 존재론적 경험으로서의 여행 에세이다.

마그리스에 따르면, 여행은 사라지고 있는 무언가를 기록하는 것, '상실에 대한 저항'이다. "여행은 늘 구출작업, 사라져가고 있거나 조만간 사라질 뭔가를 서류로 남기고 수집하는 작업이며, 물에 잠기고 있는 섬에 마지막으로 상륙하는 것"이다. 그래서 여행자는 '망각에 대항하여 싸우는 작은 전사'다. 망각에 대항하는 '기억'은 책에서 중요한 역할을 한다. 하이데거·루카치·카네티 등의 집과 카프카가 죽은 병원, 수많은 박물관, 공동묘지, 무덤 등을 방문하며 그 안에 보존되어 있는 삶의 열정과 상처를 들여다본다. 마그리스의 말대로 "하나의 무덤은 쓰다 만 하나의 서사시로서, 숱한 소설을 만들어내고 영감을 불러일으킨다." 또 울름의 빵박물관에 있는 1914년과 1924년 사이 10년 동안 빵 1파운드의 가격 변화를 기록한 도표를 보면서, 개인의 삶을 단순한 통계자료로 변화시키고, 개인을 집단과정 속에 밀어넣어 순환시키며, 보편적인 것을 위대한 숫자 법칙으로 강등시키면서 개인의 삶을 통합시키는, 세계의 역사와 경제의 자동 메커니즘을 꿰뚫어 본다.

여행자는 '향수에 젖어 일상생활을 기록하는 문헌학자'이기도 하다. 여행자는 큰 유적뿐만 아니라 길을 가다가 만나는 풍경의 아주 세세한 부분들, 역사의 유명인들뿐만 아니라 인식할 수 없는 흐린 흔적을 이 땅에 남기고 간 이름 없는 인물들에게까지 관심을 쏟는다. 그뿐만 아니라 여행자는, 시간 속에 묻혀 있는 현실의 다양한 층위를 발견하고자 하는 '고고학자'다. 고고학자가 오랜 세월 땅에 묻혀 있다 드러난 작은 물건이나 장소를 통해 그 밑에 숨어 있는 과거의 역사·생활·습관·사상 등을 발견하듯, 여행자도 자신의 눈앞에 펼쳐진 것 뒤에 있는 이러한 과거의 다양한 층위들을 발견하고 그 현재적 의미를 다시금 되묻는 사람이다. "마치 낙엽이 쌓여 흙에 섞여 썩어가는 땅에 발을 내디뎠는데 무게에 눌려 낙엽들이 흩어지고 그 아래 있는 다른 낙엽 층, 즉 작년에 떨어져 썩어서 축축한 흙으로 변한 낙엽들에 신발이 빠지게 된 것과 같다."(본문 486쪽)

마그리스는 『다뉴브』에서, 꼭 가야 할 목적지도 유명한 여정도 없고 술집이나 교회에 적힌 문구, 낯선 공동묘지 묘비에서 읽은 삶이 만들어낸 짧은 소설, 우연히 들은 이야기, 낯선 이의 얼굴에 퍼진 미소 같은 것들이 역사의 위대한 순간이나 유적들보다 더 중요하다고 여기며, 강둑에 어지러이 남은 어두운 존재들의 희극적이고 비극적인 작은 이야기들에서 역사를 보기에, 『다뉴브』는 일종의 다뉴브 강의 '데카메론'이라고 했다.

마그리스는 중부유럽에 대한 책을 많이 쓴 이후, 그 세계에서 나온 하나의 소설을 쓰고 싶어했다. 그는 이 작품을 단순히 여행 일기 혹은 여행 에세이가 아니라, 소설의 상상력이 가미된 에세이로 쓰고 싶어했다. 독일 문화를 끌고 동쪽으로 흐르다가 다른 문화들과 섞이며 수많은 혼혈과 변형을 낳고 그 속에서 성공과 몰락을 함께했던 다뉴브 물길을 따라 여행하면서, 마그리스는 '인용과 공상의 짐 꾸러미'를 짊어지고 다닌다. 『다뉴브』에는 환상과 현실이 섞여 있다. 책에 묘사된 모든 세부 사실들은 세심하게 현실로부터 가져온 것이지만, 상상력이 이들을 새로운 몽타주, 상상의 구조로 연결하여 다른 의미를 부여해준다. 이로써 여행자는 이 세계를 묘사하고 세계를 다시 생각하며 재인식한다.

다뉴브 강의 여러 얼굴 너머, 전체주의와 개별주의 사이에서

『다뉴브』는 단순히 다뉴브 강에 대한 책, 다뉴브 강의 지리나 역사 등에 대한 책이 아니다. 다뉴브 강은 복합성, 동시대 정체성의 모순적인 다층화를 나타내주는 은유 그 자체다. 왜냐하면 다뉴브 강은 한 민족, 하나의 문화와 동일시되는 강이 아니라, 여러 다른 나라와 민족·문화·언어·전통·국경·정치·사회체계를 거치며 흐르는 강이기 때문이다. 그래서 『다뉴브』 속에는 정확히 어느 국적에 속하는지 모르는 사람들, 부정으로만 자신을 정의할 수 있고 정확히 누구라고 자신들을 말할 수 없는 사람들이 다수 등장한다.

다뉴브 강은 여러 국경을 통과해 지나가기 때문에 국경 혹은 경계의 상징이다. 국경은 국가나 정치적 국경뿐만 아니라 정신적 문화적 종교적 국경이기도 한데, 그 국경을 넘어야 할 필요가 있고 또 넘기도 어렵다. 국경은 이중적이고 모호하다. 때로는 다리가 됐다가 때로는 장벽이 되기도 한다. 역사-사회-정치적 충돌 시기에, 국경은 만남의 장소나 가교가 아니라, 서로를 분리하는 담이 되는 것이다. 국경은 우리의 정체성을 규정짓기도 한다. 하지만 국가가 민족과 하나가 되어야 한다는 망상에서는 벗어나야 한다. 아무리 단단하고 동질적인 국가라 해도 소수민족은 있으며 명확한 경계를 짓기 어렵다. 우리 모두는 민족적인 정체성뿐만 아니라 문화적 정치적 종교적 성적 정체성을 갖고 있다. 마그리스는 우리가 시간 속에서 변화하는 존재이기 때문에 정체성은 깨지기도 하고 새로이 만들어질 수도 있다는 사실을 받아들여야 한다고 주장한다. 그러므로 자신의 정체성을 고집하기보다는, 타자의 존재를 인정하고 타자를 이해하고자 하는 더 넓은 마음으로 경계를 넘어 사유할 수 있어야 한다고 했다. 모든 민족이 자신의 때를 가지고 있으며, 절대적으로 더 우월하다거나 열등한 문화는 없고, 다만 민족들이 각기 다른 시기에 번영하고 쇠퇴하는 것이라는 사실을 몸으로 체험하여 확실하게 배우지 않는 한 우리는 진정으로 안전하다 말할 수 없다는 게 마그리스의 주장이다.

여러 국경을 통과해 지나가는 다뉴브 강의 다층적이고 복합적인 정체성을 이 책은 전체주의와 개별주의의 대립을 중심으로 풀어낸다. 마그리스는 개별주의를, 모든 중앙집권적 권력과 국가 중심적 형태들, 천편일률적 코드화에 반대하면서 전통과 역사적 차이를 인정하는 것으로 설명한다. 마그리스는 각각의 개별주의를 아우를 수 있는 보편적 전체를 생각한다. 다뉴브 강을 여러 민족을 아우르는 강이 아닌 순수 혈통을 고집하는 라인 강의 지류로 보는 독일의 전체주의 시각을 경계하고, 오스트리아 합스부르크제국의 민족들을 아우르는 힌터나치오날 제국 사상을 지지한다. 다뉴브 강은 독일·오스트리아·체코·슬로바키아·헝가리·유고슬라비아·불가리아·루마니아를 거쳐 흐르고, 빈·부다페스트·베오그라드 등 각국의 수도들이 그 연안에 위치한다. 오스트리아와 독일의 분열이 가속화되면서 합스부르크가의 오스트리아는 프로이센이 앞장섰던 독일 통일을 실현할 수 없었고, 이 때문에 다뉴브 강을 라인 강과 대립시키며 새로운 여러 민족과 문화가 서로 어울려 융화되는 초민족적 제국에서 새로운 정체성과 사명을 찾았다. 합스부르크가의 통치는 루이 14세나 프리드리히 2세 혹은 나폴레옹의 중앙집권적 단일 독재정치가 아니었다. 합스부르크가의 통치술은 분열을 막거나 모순을 극복하려 한 것이 아니라, 모순을 덮고 늘 잠시 평형을 이루도록 만들어서 본질적으로 모순 그 상태로 남아 있게 했으며 그 모순들이 서로 대립하도록 했다. 여러 민족에게 하나의 엄격한 통일을 강요하기보다는, 그들이 자신들의 이질성을 지키며 공존해나가도록 했다.

반면 라인 강은 스위스·오스트리아·독일·프랑스·네덜란드를 거치치만, 독일을 흐르는 부분이 가장 길어 독일의 상징으로 불린다. 다뉴브 강의 일부가 아흐 강으로 흘러들어가고 이 아흐 강은 라인 강으로 흘러들어가기 때문에 다뉴브 강을 라인 강의 지류로 보는 입장은, 독일의 전체주의 이데올로기를 상징한다. 이 이데올로기는 합스부르크가의 다민족 군주제에서 튜턴 문화의 한 지류를 보여주었고, 중부유럽을 문화적으로 게르만화하기 위한 논리의 도구를 보여주었다.

마그리스가 보기에 다뉴브 강은, 라인 강처럼 게르만의 순수 혈통을 고수하기보다는 여러 다른 사람이 서로 만나고 교차하고 섞이는 강이며, 합스부르크가의 오스트리아 신화와 이데올로기가 자신의 제국 및 국가를 넘어서는 복합적 코이네의 상징으로 만들었던 힌터나치오날 세계제국, 즉 민족들을 아우르는 세계다. 마그리스는 오스트리아 합스부르크제국의 민족을 넘어서는 중부유럽 정책에서, 즉 각 민족의 개별성을 인정하고 융합하는 보편적 전체에서, 유럽의 미래를 찾는다.

우리에게는 민족적 정치적 문화적 성적 종교적 정체성 등 여러 정체성이 혼재해 있다. 정체성은 상당 기간 비교적 일관되게 유지되는 고유한 실체이지만, 깨질 수 있고 바뀔 수 있는 것이다. 서로 섞이고 빼고 제거하면서 만들어진 찾기 힘든 정체성은, 다뉴브 강 후손들의 운명일 뿐 아니라 전반적인 역사 상황, 모든 개인의 삶이라고 마그리스는 말한다. 정체성은 변할 수 있는 것이고 열려 있는 것이며, 어떤 것도 영원히 우월하지 않다. "각자 역사에서 자신의 시대와 맡은 사명이 있기 때문에, 로마제국이 영원성을 주장했음에도 소멸했듯이 보편성과 문화를 대표한다고 주장했던 권력은 그 대가를 지불하고 종전까지 열등한 존재라고 생각했던 자에게 무기를 내려놓는 순간이 온다. 경멸받던 야만인들이 새로운 유럽을 만드는 사람들이 되었고, 몇백 년 동안 역사도 없는 무지한 백성들로만 생각됐던 슬라브인들이 이후 그들의 시대를 알렸으며, 인력거로 백인들을 실어나르던 중국인들이 지금은 세계 최강국이 되었다."(본문 133쪽 참조)

마그리스는 영원한 강자도 영원한 약자도 없다고 주장하면서 또 어떤 민족도, 문화도, 개인도 역사적 잘못을 저지를 수 있기 때문에 "모든 사람과 자기 자신의 단점과 어둠을 냉정하게 판단하는 것은, 예의바르고 관대하게 서로 공존할 수 있는 훌륭한 전제조건이 될 수 있다"(본문 397쪽)고 말한다. 국가란 것이 민족과 하나되어야 한다는 망상에서 벗어나, 아무리 동질적인 국가라 해도 소수민족은 있으며 그 경계를 짓기 어렵다고 작가는 이야기한다. 경계는 이동하고, 사라졌다가 갑자기 다시 나타나기도 하며, 그런 불안한 경계로 인해 고국이라 부르는 개념은 떠돌며 변화한다. 그는 어느 자리에서 이렇게 말했다. "국경은 나누고 연결하는 선이고, 아물어가는 상처처럼 날카롭게 베인 자국이며, 누구의 것도 아닌 지역, 뒤섞인 영토다. 그곳의 주민들은 종종 어떤 나라에도 속하지 않는다고 느낀다. 그래서 경계의 땅의 자식은 자신의 국적을 불확실하게 느끼거나 동포들보다 열정적으로 애국심을 갖게 된다."

물의 길, 글쓰기(문학)의 길

마그리스는 글쓰기를 여행에 빗대어 이야기한다. 여행이 사라져가는 무언가를 기록하며 상실에 저항하듯이, 문학은 상실 그 자체는 말할 수 없을지라도, 그 상실을 이야기하고 어떤 식으로든 상실을 쫓아내거나 극복하거나 다른 것으로 변화시킨다. "글쓰기는 극도의 고적감, 실존과 무, 삶이 공허할 뿐인 순간들, 상실, 공포를 진정으로 표현할 수 없을지도 모른다. 그런 감정을 쓰려는 사실만으로도, 어떤 식으로든 그 공허감은 다시 채워져 그것에 형태를 주며 공포와 대화할 수 있게 해주고, 그래서 조금이나마 의기양양하게 해준다."(본문 161쪽)

또 여행이 시간 속에 묻혀 있는 현실의 다양한 층위를 발견하고자 하는 고고학이듯이, 문학은 현실의 다양한 층위를 발견하고 해석하길 바라는 삶의 고고학이다. "과거에는 미래가 있다. 미래를 바꾸는 변화가 있다. 현실이 그렇듯, 현실을 살아가고 현실을 바라보는 나 역시 복수라는 사실을 발견하게 된다. 30년 전 그 서사적인 기사들에 표시된 장소들을 따라가면서, 보이지 않는 얇은 막들을, 여러 다른 현실이 켜켜이 쌓인 층들, 맨눈으로 볼 수는 없지만 여전히 현존하는 것들을, 역사의 적외선이나 자외선, 필름 감광판에 와닿을 수는 없지만 늘 거기에 존재하고 있는 이미지와 순간들을, 만질 수 없지만 예민한 감각적 경험을 통해 감지할 수 있는 전자들처럼 그렇게 존재하는 이미지와 순간들을, 벗겨내고 있다는 인상을 받게 된다."(본문 340~341쪽)

더 나아가 마그리스는 우리가 무엇이고, 우리의 운명 즉 보편적 형이상학적 운명뿐만 아니라 역사사회적 운명이 무엇인지 알기 위하여, 문학에 시대 현상을 묘사하고 진단하면서 인간 경험을 증언할 임무를 맡긴다. 마그리스는 한 자리에서 자신의 문체에 대해 논하면서, 자신의 문체는 존재의 흐름과 조화를 이루는 유동적이고 아이러니한 언어이지만, 인간 삶에 내재된 악까지도 표현할 수 있는 비판적인 언어임을 주장한다. "여행자가 사물들, 색깔, 사람들, 멈춤에 이끌리어 호기심을 가지고 감각적인 것을 사랑하며 여행하듯, 문체 역시 물 흐르듯 흘러가는 여행의 흐름, 존재의 흐름과의 이 조화를 모방하는 것이어야 한다. 그러므로 아이러니하고 즐겁고 환상적인 언어, 사물에 이끌려가도록 자신을 맡기는 아주 유동적이고 연약한 자아의 언어다. 그러나 이 자아가 아픔과 고통, 마우트하우젠 수용소 같은 절대악 앞에 놓일 때가 있다. 이런 상황 앞에서 자아는 또다른 언어, 긍정할 건

긍정하고 부정할 건 부정하는 강하고 도덕적인 언어, 불행히도 악까지도 포함한 삶의 흐름과 이젠 조화를 이루지 않는 언어, 삶에 대한 판단의 언어가 되어야 한다."

마그리스는 문학도 그 자체로 하나의 국경·문턱·경계 지역이라고 말한다. 문학은 경계를 넘으라고 가르치지만 계속 경계를 긋기도 하는데, 경계가 없다면 경계를 넘어 더 높고 인간적인 어떤 것에 도달하게 만드는 '긴장'이 없기 때문이다. 경계가 없으면 '차이'도 없어지기 때문에, 경계란 긍정적이고 필수적인 것이기도 하다. 그래서 문학도 경계를 만들지만, 그 경계는 움직이고 변하면서 또다른 문학 형태를 만들어내야 한다. 그래서 마그리스는, 문학 장르들을 혼합해서 새로운 경계를 만들어내길 즐긴다. 마그리스에게 진정한 문화적 보편성은 고유의 차이와 다양성이 조화를 이루면서 여러 다른 형태와 언어를 연결하는 것이다.

마그리스의 『다뉴브』는, 다뉴브 강 중부유럽의 문화·역사·정치·경제·언어·민족 상황을 사실적 자료를 근거로, 작가의 박학다식하고 독특한 상상력을 가미해 풀어낸 훌륭한 작품이다. 하나하나의 작은 이야기들이 모여 커다란 모자이크를 만들어내는 작가의 경이로운 지식은, 놀라움을 금치 못하게 한다. 그 이야기들에는 우리 인간 역사의 희로애락이 송두리째 담겨 있다. 마그리스는 희망을 믿지만, 희망은 사물에 대한 장밋빛 낙관적 전망에서 나오는 것이 아니라, '사물의 끔찍함을 확인하는 것'에서 나오는 것이라고 했다. 우리 과거의 아픈 상처와 슬픔까지도 확인하고 같이 공유할 수 있을 때, 한 개인과 민족의 이익보다는 함께 공존할 수 있는 길을 모색하며 열린 마음을 갖고 끊임없이 노력할 때, 장밋빛 미래가 가능하다는 마그리스의 주장은 짐짓 진부하게 들릴지 모르지만 그만큼 실천하기 어려운 꼭 필요한 이야기다.

이 책을 번역하면서 그 지적 깊이를 온전히 전할 수 없음에 번역자로서 많은 부족함을 느끼기도 했지만, 그 의미가 다가올 때마다 새록새록 지적인 기쁨을 맛보기도 했다. 좋은 책을 번역할 기회를 주고 부족한 부분들을 정말 열심히 보완해준 문학동네 인문팀에 깊은 감사를 드린다.

2015년 초봄에,

이승수

지은이 **클라우디오 마그리스**Claudio Magris

1939년 4월 10일 트리에스테 출생. 2000년대부터 유력한 노벨문학상 후보로 수차례 거론된 이탈리아 현대 작가이자 명망 있는 중부유럽 연구가. 토리노 대학을 졸업하며 펴낸 『현대 오스트리아 문학에 나타난 합스부르크가와 신화』(1963)로 독문학 연구가로서 성공적인 첫발을 뗐고, 『그곳에서 멀리. 요제프 로트와 히브리-동양 전통』(1971)으로 중부유럽 문학에서 히브리 문학의 맥락을 재평가한 선구자로 주목받았다. 1970년에서 1978년까지 토리노 대학 독어독문학과 교수로 있었고, 이후 트리에스테 대학에서 현대 독일문학을 강의하며 이탈리아 신문 『코리에레 델라 세라』 논설위원으로 활동했다. 1994년에서 1996년까지 상원의원을 역임했고, 2001년에서 2002년까지 콜레주드프랑스에서 강연했다. 세계 여러 대학에서 중부유럽의 문화와 문학에 대한 초빙 강연자로 활발히 활동하고 있으며, 스트라스부르, 코펜하겐, 클라겐푸르트, 세게드 등의 대학에서 명예학위를 받았다.

산문과 허구를 넘나드는 마그리스의 작품은 해박한 지식과 풍부한 상상력, 날카로운 현실 인식과 깊은 인류애를 담고 있으며, 수려하고 아름다운 문체로 정평이 나 있다. 입센, 클라이스트, 슈니츨러, 뷔히너, 그릴파르처 등의 작품을 번역해 이탈리아에 소개했고, 보르헤스, 호프만, 입센, 카프카, 무질, 릴케, 요제프 로트 등에 관한 뛰어난 비평을 써서 독문학자로서 명성을 떨쳤다. 중부유럽 문화와 역사에 대한 해박한 연구와 탁월한 안목으로 '경계의 정체성'을 탐구한 작가, '미스터 미텔오이로파Mr. Mitteleuropa'로 불리며 유럽 지성계를 떠받치고 있는 인물이다.

1986년 '걸작'으로 칭송되는 『다뉴브*Danubio*』로 1987년 바구타 상과 1990년 프랑스 최고외국도서상(에세이 부문)을, 1997년 『작은 우주들*Microcosmi*』로 스트레가 상을 수상했다. 두 에세이로 전 세계 비평계와 독자로부터 찬사를 끌어내며 백과사전적 지식과 뛰어난 통찰력을 갖춘 현대의 명문가로 이름을 날렸다. 이외에 『사브르 검에 대한 추론』(1984), 『슈타델만』(1988), 『또다른 바다』(1991), 『목소리』(1995), 『전람회』(2001), 『맹인에게』(2005) 등의 작품이 있다. 여러 언어로 번역되어 소개된 그의 작품들은 1992년 훔볼트 재단연구상, 2001년 에라스뮈스 상, 2003년 스페인미술협회 황금메달상, 2004년 오스트리아 황태자상, 2009년 독일문고평화상, 샤를 베용 유럽에세이상, 장 모네 유럽문학상, 2014년 FIL로맨스어문학상 등 수많은 상을 휩쓸었다.

옮긴이 **이승수**

한국외국어대학교 이탈리아어과를 졸업하고 동 대학원에서 비교문학 박사학위를 받았다. 현재 한국외국어대학교 이탈리아어통번역학과에서 강의하고 있다. 번역서로는 『내가 있는 곳』 『나는 너를 기다리고 있었다』 『폰의 체스』 『책이 입은 옷』 『나는 포옹이 낯설다』 『이 작은 책은 언제나 나보다 크다』 『페레이라가 주장하다』 『폭력적인 삶』 『넌 동물이야, 비스코비츠!』 등이 있다.

클라우디오 마그리스 선집 1
다뉴브

1판 1쇄 2015년 2월 27일
1판 5쇄 2023년 6월 13일

지은이 클라우디오 마그리스 | 옮긴이 이승수
기획 고원효 | 책임편집 송지선 | 편집 김영옥 고원효
디자인 이경란 최미영 | 저작권 박지영 형소진 최은진 오서영
마케팅 정민호 김도윤 한민아 이민경 안남영 김수현 왕지경 황승현 김혜원 김하연
브랜딩 함유지 함근아 박민재 김희숙 고보미 정승민 배진성
제작 강신은 김동욱 임현식 | 제작처 한영문화사(인쇄) 경일제책사(제본)

펴낸곳 (주)문학동네 | 펴낸이 김소영
출판등록 1993년 10월 22일 제2003-000045호
주소 10881 경기도 파주시 회동길 210
전자우편 editor@munhak.com | 대표전화 031) 955-8888 | 팩스 031) 955-8855
문의전화 031) 955-1927(마케팅) 031) 955-2685(편집)
문학동네카페 http://cafe.naver.com/mhdn
인스타그램 @munhakdongne | 트위터 @munhakdongne
북클럽문학동네 http://bookclubmunhak.com

ISBN 978-89-546-3521-9 03880

www.munhak.com